图书 影视

# 男友请就位

莫里 著

MoLi
WORKS

上册

江苏凤凰文艺出版社
JIANGSU PHOENIX LITERATURE AND
ART PUBLISHING

# 目录

| | | |
|---|---|---|
| 第 一 章 | 精致丽人，永不流泪 | 001 |
| 第 二 章 | 初次见面，我是你的男朋友 | 022 |
| 第 三 章 | 我的男朋友，撞款了？ | 045 |
| 第 四 章 | 您的男朋友，已就位 | 060 |
| 第 五 章 | 职工家属运动会 | 078 |
| 第 六 章 | 野球比赛 | 104 |
| 第 七 章 | CUBA首发名单 | 128 |
| 第 八 章 | 醉酒之后 | 142 |
| 第 九 章 | 再次相见 | 162 |
| 第 十 章 | CUBA比赛 | 176 |
| 第十一章 | 公司倒闭了！ | 196 |
| 第十二章 | 阴魂不散前男友 | 218 |
| 第十三章 | 狠整前男友！ | 237 |
| 第十四章 | 小皮筋儿 | 262 |
| 第十五章 | 新领导空降 | 283 |

# 第一章
# 精致丽人，永不流泪

这个中秋节，杨笑要带男朋友回去见家长。

"这次真定下来了？"唐舒格穿着睡衣躺在懒人沙发上，手里抱着一大盒冰激凌，跷着腿，好奇地问道，"要张开双臂迎接新生活了？"

杨笑一边化妆，一边作答："定不定的再说吧，主要是爸妈总替我担心，我就想把现在的男朋友带过去给他们看看，让他们安安心。"

唐舒格听了，跟着点点头："也对，于老师长得帅，又有气质，还是大学教授，你带他回家见家长，叔叔阿姨肯定放心！"

杨笑无奈："说过多少次，不要叫他于老师。"

唐舒格挥舞着冰激凌勺："又有默契、又有共同语言，你的这位于老师不管从哪个方面来看，都比上一位霸道总裁强吧？"

杨笑表情凝固了一瞬："我算是明白你妈为什么说你在家从来不做家务了。"

"……啊？"

"因为你这人，实在太擅长哪壶不开提哪壶。"

杨笑上一位男朋友，是一位实打实的霸道总裁，就暂且称呼他为——"国王"陛下吧，这位"国王"陛下样貌帅气逼人，家世显赫，本人也勤勉努力，身家好几个零。

两人在工作场合里认识，那时候杨笑还是新闻频道的实习记者，在一次经济会议的采访里，遇到了这位英俊潇洒的"国王"先生。

"国王"对杨笑一见钟情，立即展开了韩国偶像剧里那样的霸道攻势，外人觉得杨笑很幸福，可以一直被宠爱，可杨笑却觉得异常疲惫，因为"国王"十分大男子主义，一切事情都必须由他做主。杨笑有时候怀疑，

"国王"不需要女朋友,只需要一个精致又听话的漂亮娃娃。

交往两年后,"国王"大发慈悲地表示可以考虑生孩子了。

杨笑觉得不对劲,问:"考虑生孩子?不是应该先考虑结婚吗?"

"唔……""国王"说,"还是先生孩子吧,生了孩子再说结婚的事情。"

杨笑震惊了。

杨笑想到了社会新闻上的种种案例,讶异道:"你是准备让我未婚先孕?先生孩子再领证!"

"当然不是啊。""国王"摇头。

杨笑松了一口气。

哪想"国王"还有后半句话没说完,"国王"说:"生男孩才能领证。"

杨笑:"……那要是生了女孩呢?"

"那就继续生呗,什么时候生到男孩什么时候再领证。"

杨笑懂了,看来这位霸道总裁,家里有皇位急需继承。

杨笑当即表示他俩结束了,她绝对无法接受先上车后补票的事情。

"国王"惊讶地问:"先上车后补票有什么不对吗?工作是先上班后发工资,去餐厅是先吃饭后买单,去超市也是先购物后付费啊!"

杨笑冷冷地道:"所以当你老了,我先把你火化再等你死?"

杨笑向来是个雷厉风行的人,两人感情破裂的第二天就收拾行李搬出了"国王"家,搬来和闺密合租,那些不属于她的东西她都没带走,不论是珠宝,包包,漂亮衣服……她从来不需要他送的昂贵礼物,她需要的只是一个心意相通的恋人罢了。

分手后,杨笑换了工作,从台前转向幕后,工作更忙了,头发更少了,钱赚的也更多了。

本来她不想这么快再开启第二段感情,可有时感情来得就是这么突然,她在一次朋友聚会里,遇到了华城外语学院的副教授于淮波。

于教授比杨笑大了十岁,身上带着一股时光沉淀的成熟味道,他教西方文学史,著作等身,气质温和。他穿白衬衫、戴金边眼镜,简直是行走的荷尔蒙发生器。

## 第一章 精致丽人，永不流泪

两人交往一年，感情稳定，杨笑经过郑重考虑，决定带于淮波回家见父母。

时间，就定在这个中秋节，恰逢周末。

为此，杨笑特地抽出时间去做了美容，还新种了假睫毛，整个人容光焕发，全是拿钱堆出来的幸福味道。

杨笑在镜子前化妆时，唐舒格接了个电话，是上司打来的，问她工作的事情。

待她挂断电话，杨笑关切地问："糖糖，你新换的这个工作怎么样？"

"新工作很好啊！加班少，前景广大，老板说现在正在融资，等搞定A轮，我们就能躺着等分钱啦！"唐舒格乐滋滋地说。

杨笑却没这么乐观，生怕这位闺密被忽悠，进了互联网黑窑厂。

唐舒格不知怎么回事，工作运很差，她找的每一个工作，不出半年公司就要倒闭。不过她自己倒是挺乐观的，说互联网公司嘛，能长久活下来的才少见，她也就是混一口饭吃，只要公司不拖欠工资就好。

杨笑追问："你们公司做什么的？有什么项目？"

唐舒格掏出手机，在屏幕上点了点，递了过去："看，我们公司开发的应用，这可是一片蓝海！"

杨笑接过来一看，只见手机上有一个天蓝色的图标。

杨笑目瞪口呆："……你们公司就靠这个赚钱？"

唐舒格道："这是我们公司的项目，都市丽人必备应用——'帮帮忙'！"

据她介绍，这款软件可以提供各种各样的服务，修水管、修电器、跑腿、代驾、代取快递、逛街拎包等等，只要你需要，就能找到相应的人帮你解决问题，时间按时、按天、按周都有，旨在帮助单身女生解决一切生活难题。

杨笑狐疑地问："说来说去，你们公司和那些同城服务软件有什么区别？"

"当然有区别！"唐舒格说，"我们还可以开发票呢！"

杨笑抱拳："佩服！"

今天其实是杨笑和于淮波交往一周年的纪念日,他们计划去城郊泡温泉,晚上住那边,明天中午直接开车回去见家长。

两人约在于淮波的学校门口见面,杨笑早到了一会儿,便站在校门口的绿荫下等待。她正犹豫要不要给于淮波打电话,就见于淮波的爱车从学校大门驶出。

杨笑正要伸手招呼,忽然发现那辆车缓缓停靠在路边,几分钟后,一个小姑娘走下了副驾驶座,小姑娘估计还不到二十岁,打扮得很清纯,背着双肩包,一看就是学生。

杨笑不是那种爱吃醋、爱胡思乱想的女朋友,即使亲眼见到一个陌生女孩从于淮波的副驾驶座上走下来,也只当对方搭便车。

杨笑走近,恰好听到那女孩和于淮波的对话。

女孩说:"谢谢你,于教授。"

看吧,果然是搭便车的学生。

于淮波温柔一笑,眼神如深深潭水,可以溺死鸿毛。

于淮波注视着那个青春懵懂的小姑娘,说:"都出了学校了,还叫我教授?"

小姑娘涉世未深,脸腾一下就红了。

而站在树荫下目睹了这一切的杨笑,头顶腾一下就绿了。

十分钟后,杨笑从大门的另一侧绕过来,装作一副姗姗来迟的模样,坐上了于淮波的车。

于淮波没有立即开车,而是拿出了一分钟,仔细端详自己的女友。

他的目光是那样柔软,被这样的视线注视着,不论是哪个女孩子都会认为自己是被他深爱着的。

"你今天看起来不一样。"他说。

杨笑任他随便看,笑眯眯问:"哪里不一样?"

"感觉比上次见面更漂亮了。"于淮波赞美她。

杨笑点头:"是啊,当然漂亮。我昨天才花了一千块钱做美容,五百块钱做睫毛,这都是人民币啊,能不漂亮吗?"

于淮波驱车向着温泉度假村开去,一路上两人有问有答,气氛和睦。

这度假村消费极为昂贵,一晚的房费就顶杨笑小半个月工资,如果不是为了庆祝纪念日,她绝对不会定这么贵的酒店的。

房子相当豪华,院内有独立汤池,撒了玫瑰花瓣,浪漫非常。

于淮波褪下衣物,换上浴袍。

他身高超过一米八,因为常年待在教室,所以皮肤很白,只是有些疏于锻炼,身材虽瘦,却干巴巴没有型。

他换衣服时,杨笑就坐在一旁看他,以前她觉得"白瘦总比黑胖好",现在却觉得自己还不如去博物馆看干尸。

于淮波见她不换衣服,温柔催促:"快些,我在温泉里等你。"

这话充满暗示,这也是他们两个定温泉度假村的目的。

杨笑换了副愧疚模样,答:"我今天出来前,忽然发现自己来例假了……"

来例假了,那就必然不能泡温泉了,不仅不能泡温泉,更不能有任何性生活。

于淮波惊讶:"怎么会……你生理期不是在每个月 5 号吗?"

这次换杨笑惊讶了,她早知道于淮波做事细致,没想到连自己的生理期都记得清清楚楚。

真是个体贴的"好男友"。

杨笑面色不变,淡定道:"最近工作忙,作息不规律,提前来了。"

话说到这份上,今天这个计划许久的浪漫泡汤行,只能"泡汤"了。

于淮波说:"太可惜了,听说这里温泉很好。"

"所以你替我好好泡一泡。"杨笑叮嘱,"多泡一会儿,不要浪费钱。我约了一个 SPA,现在去做。"

于是一对爱侣,一个留在屋里泡温泉,一个去做 SPA。

于淮波入池,手机就大咧咧放在桌上。

杨笑瞥了一眼,没拿,而是拿走了对方留在洗手台上的智能手表。

这块智能手表还是杨笑作为交往礼物送给他的,和手机共用一个网络,一切软件都是互通的。

杨笑从来没有查岗的习惯,也没有翻过于淮波的手机,一直给予他充分信任,但信任坍塌,有时候只需要一句话、一个眼神、一个瞬间。

杨笑不知道于淮波的密码,但是她可以猜,他的生日、身份证号、电话号……试到第四次,杨笑用于淮波的工号打开了。

她躺在SPA床上,点开了他的微信。

智能手表屏幕很小,杨笑翻了好一会儿才翻到自己。

她被命名为——"*二十六"。

在她之前还有二十五个人,后面还有八个。

杨笑先点开自己的聊天框,发现自己的备注很长。

杨笑,二十五岁,生日0820,狮子座,鞋码36,身高168cm,体重95-98,生理期每个月5号。师范大学英语系毕业,现任电视台编导,交过一个男朋友,性格强势,独生女,本市人,无婚房。父母退休,有高血压,常年吃药,父母有医保,负担轻,平板身材。

她低头看了看自己的身材,心想真抱歉啊,真是委屈他了。

杨笑又随便点开了一个十八号,发现备注内容比自己还多,而且十八号的身材超丰满,被于淮波用四个叹号标注了出来。

杨笑又放大了那个十八号的头像看了看,确实身材好,人漂亮。

在聊天记录里,十八号管于淮波叫老公。

其实老公不老公也无所谓了,毕竟杨笑现在只想让于淮波做公公。

她用录屏功能把所有"罪证"全部录了下来,这么多个女孩子,她足足录了半个多小时。

然后,她用于淮波的微信,把所有女孩子拉进了同一个群。

然后,发了个亲亲的表情。

然后,把录屏发出去。

然后,静待微信爆炸。

做完这一切,她把智能手表扔到了温泉池里。

给她做SPA的小妹吓坏了,战战兢兢问:"姐,你在哭吗?"

## 第一章　精致丽人，永不流泪

杨笑闭着眼睛说："别在意，我不会哭很久的。我新种的假睫毛很贵，我的眼霜更贵，渣男不配让我流泪超过五分钟。"

五分钟后，杨笑擦干净眼泪，拨通了闺密的电话。

"糖糖，我和于淮波分手了。"杨笑说，"你帮我找个人假扮我男友吧，明天陪我回家见家长。"

"什么？分手了！"

正横在沙发上追剧的唐舒格立即坐了起来，怀里的半个西瓜也顾不上吃，急匆匆问："分手？为什么分手啊？今天不是你们的一周年纪念日吗？"

作为闺密，唐舒格很是关心杨笑："你们吵架了？所以要闹分手？"

杨笑镇定地反问："糖糖，你和我认识十几年了，你觉得我是那种会头脑一热意气用事的人吗？"

唐舒格仔细一想，杨笑虽然性子火辣，但她做的每件事，都是经过深思熟虑的，她决定和于淮波分手，肯定有她必须这么做的理由。

"那是为什么？"唐舒格糊涂了。

杨笑没什么好掩饰的，简单几句话，就把今晚发生的事情都告诉了闺密。

在她说到"于淮波的微信里有三十几位红颜知己"时，唐舒格气得都炸了。

"垃圾！混蛋！臭不要脸！"唐舒格愤愤然，"真当自己是情圣啊！"

唐舒格又说："笑笑，你可不能轻饶他，要我说，把他所有女朋友拉到一个群里只是第一步，你可以发个匿名帖，把他做的好事曝光在他们学校的论坛上，再抄送一份给校领导……"

"不必了。"杨笑打断她，"那些女孩子都是和我一样的受害者，甚至有几名是他的学生，如果我贸然曝光，网上那些人说不定会称赞于淮波'有本事'，转而嘲笑那些无辜被哄骗的女孩子。"

唐舒格听了她的解释，渐渐冷静下来，由衷佩服道："笑笑，你真了不起，要是我遇到这种事，肯定所有理智都喂狗了。"

杨笑讽道："我之前还以为是他工作太忙，现在我才知道，原来是忙着左拥右抱。"

闺密俩又聊了一会儿，很快转入正题，杨笑让唐舒格帮她找个人假装一下她的男朋友，明天直接在她家楼下见面。

唐舒格拍拍胸脯："没问题，包在我身上！"她问，"你对男朋友有什么要求？我看看啊……混血儿模特，你觉得怎么样？"

"不怎么样。"杨笑无语，"反正不是真的，当务之急是找个男人，明天能帮我应付父母。"

杨家爸妈有高血压，去年她爸爸才做了心脏搭桥手术，经不得刺激，杨笑早就提前和爸妈说好要带男朋友回家，若是现在告诉他们男友出轨、两人分手，老两口的身体肯定撑不住。

杨笑安排完明天的事，正巧 SPA 也做完了。

她起身穿好衣服，镜子里的女孩容光焕发。

她望着镜子，轻声告诉自己："杨笑，你可是要笑到最后的人，可不要被这种小挫折击倒。"

说罢，她径直回到了自己的房间。

这个度假村占地面积很大，一共十二间度假屋，每一间都配有专属管家。

她走到门口时，就见她的专属管家带着五名保安堵在那里，他们皱眉望着房间大门，每个人脸上都是忧心忡忡的表情。

"怎么了？"杨笑问。

专属管家闻声转过头来，见杨笑裹着浴衣，自走廊那头款款走来，他先是一惊，又是一喜："杨小姐？你没在屋里？"

"没有啊。"杨笑说，"我去做 SPA 了，你们怎么都围在我的房间门口？"

待杨笑走近，听到房间里传出来的种种声音后，才明白过来。

虽然有门板阻挡，但却挡不住房间里男人歇斯底里的吼叫："杨笑，你个贱人，居然暗算老子，老子一定要给你好看！"房间内的于淮波早就撕破了他的伪装，在屋里一边骂骂咧咧，一边摔东西。

## 第一章 精致丽人，永不流泪

因为他搞出的动静太大，专属管家还以为他在对杨笑使用暴力，所以管家才叫来了保安，犹豫着要不要闯进屋里救人。

管家见杨笑回来了，忙说："杨小姐你没事就好，你男朋友他……"他低声道，"……需要我们报警吗？"

杨笑心里一动，立即把报警后引起的连锁反应都推导了一遍。

即使警察来了也没办法因为于淮波劈腿三十人就逮捕他，而且于淮波只是砸东西，没有真正对杨笑使用暴力，只要他有钱赔得起度假村的损失，他照旧能够逍遥法外。

……可就这样饶过他？

杨笑看向管家和那几位身强力壮的保安，悠悠叹了口气，默然道："别叫警察，叫——120吧。"

管家："啊？"

杨笑垂下头，低声道："我男朋友其实有很严重的精神分裂，容易出现幻觉，本来一直吃药控制得很好，没想到我就离开了这么一小会儿，他就犯病了。"

伴随着她的"解释"，门内继续传来了于淮波发狂的怒吼，实在是"证据确凿"。

管家立即点头，看向杨笑的目光更是充满怜惜。

——这么好的女孩子，居然摊上这么一个精神分裂的男人！

他赶忙打电话叫了120，告诉接线员度假村里出现了一位有暴力倾向的精神分裂患者。医院非常重视，不过十几分钟，就有几位全副武装的工作人员，带着束缚器赶到了。

管家用备用房卡打开门，只见于淮波站在凌乱的房间中央，房间里的花瓶、壁画全被摔坏了，被子枕头也都被拆开，扔进了温泉池，满屋子都是棉花。

大门一开，于淮波双眼赤红，一眼看到门外的杨笑，根本没顾得上门外的其他人，张牙舞爪的就要冲上来。

杨笑从未想过，这个与他交往了一年的、看起来文质彬彬的男人，居然也有如此疯狂可怕的一面，她不过是拆穿了他用情话编织的三十多个牢笼，他就干脆撕掉了自己的面具。

都说知人知面不知心，现在杨笑终于看清他了。

"杨笑，"于淮波大骂，"我要弄死你！"

面对冲上来的男人，杨笑冷静地后退一步，露出了被她挡在身后的医护人员。

紧接着，医护人员和几位人高马大的保安一拥而上，把于淮波按倒在地。

他像是被泼了一盆冷水，瞬间冷静下来，震惊地问："你们是谁？"

医生没说话，可于淮波却看到了他的白大褂上印着的医院精神科的名称。

于淮波大叫："放开我！我没精神病！我是大学教授！我没精神病！"

两个医生却根本没有一点表情变化，往他身上打了支安定，只见刚刚还宛如疯狗的男人，突然就昏睡了过去。

……

这个晚上，只能用"鸡飞狗跳"这个词来形容。

杨笑先用于淮波钱包里的卡划掉了他砸烂度假屋的损失，然后又赶去医院，为他交了住院费。

至于陪床？这辈子是不可能陪床的。

杨笑直接用于淮波的手机给他们学院的上级领导打电话，说他在住院，需要人照顾。

学校领导一愣，问："哪个医院？"

杨笑答："安定医院精神科。"

学校领导：好好的科研骨干于教授，怎么进了精神科了！

于淮波不是本市人，家人都不在身边，若是没有昨晚的事，他随便就能叫来三十分之一的女朋友过来陪床，可现在他身边一个人都没有，学校只能派人去医院看望。

挂电话前，学院领导问杨笑："情况我们知道了，不知道您是他什么人啊？怎么称呼？"

"我不是他什么人。"杨笑淡定作答,"纯粹见义勇为。"

杨笑一夜没睡,太阳穴一跳一跳的疼。

不过她精神尚好,这个周末还剩下一场硬仗要打。

她先回家里换了身衣服,仔细补了妆,唐舒格被她吵醒,迷迷糊糊从自己卧室里出来。唐舒格抱着印有明星头像的抱枕,困得一塌糊涂,明明都站不住,还在关心闺密:"笑笑,你没事吧?"

"我能有什么事?"杨笑低头在口红盒里挑选着,手指拂过一支,停下,拿起。

都说可以通过口红颜色的选择,看出一个女生的性格如何,比如像唐舒格,就很适合清透的西柚色,会衬得她娇俏可爱,很有活泼少女感。而杨笑偏爱颜色如血般的口红,正如她本人一样,气质卓然,干练利落。

杨笑旋开口红,对着镜子细细描绘着唇峰,口红膏体细腻,在唇瓣上画出一抹耀眼的正红。镜中的她看不出一丝疲惫,眼神明亮。

唐舒格见她一切如常,这才放下心来,一边揉着眼睛,一边困倦地嘟囔:"人已经帮你联系好了……十一点半在你爸妈的小区门口见面。你找得急,还是这么高难度的任务,这是个新人,不过照片看着挺精神的,应该不会露馅。"

"好,麻烦你了。"若是没有闺密帮忙,杨笑这次可没办法渡过这个难关了。

……

杨笑去车库里取了车,一脚油门奔向父母家。

她家住城北,可她工作的电视台在城西,距离甚远,为了每天早上能多睡几个小时、加班后不需要跨越大半个京城才到家,所以她刚毕业就从家里搬出来了。

唐舒格是她初高中的同学,在互联网公司996,两人同租一套房,平常也有个照应。

杨笑开一辆红色的小别克,价格不贵,但每一分钱都是靠自己赚得,没要家里接济。她车技不错,在如潮的车流中钻行了半个多小时,很快就抵达了爸妈家的小区门口。

她看了看表,时间才十一点——距离和假男友约好的时间还有半个小时。

她靠边停车,熄火,独自坐在车里,静静地整理思绪。

从昨天到现在,不过十几个小时,可她看似完美的人生却在一瞬间天翻地覆。

她亲自报复了渣男,爽吗?

爽,特别爽。

可她却无法抑制的一遍遍回想起他和于淮波这一年来的点点滴滴。

她不敢相信,为什么于淮波可以一边对她无微不至,一边用同样的手段去玩弄别的女孩的感情呢?

杨笑从来不是个恋爱脑,正相反,在她的人生规划中,家人、朋友、事业都排在"恋爱"之前。

可是偏偏,她已经连续两次陷入了同样糟糕透顶的恋爱,在渣男身上浪费时间与感情。

她叹口气,只觉得一种难以用语言形容的疲惫涌上了心间。

明明说好精致丽人永不落泪,可她的眼泪不知不觉又掉了出来。杨笑坐在车里默默哭了一会儿,刚种好的假睫毛被她哭掉了五根,她仿佛看到了人民币在离她远去,她心里更难受了。

她正低落着,忽然听到马路边响起了一阵嘈杂的叫好声。

鼓掌声、口哨声混杂在一起,杨笑下意识地抬头向车窗外望去,只见不远处的小区篮球场上,几个男孩正聚在那里打篮球。

因为这个小区是家属院,所以邻里之间都很熟悉,杨笑认出了其中几张年轻的面孔,都是同小区的高中生。时间过得真快啊,昨天他们还像跟屁虫一样,跟在她身后叫着"笑笑姐",可一眨眼的工夫,他们都长成大小伙子了。

而在那群高中生之间,有一个人影格外引人注意。

那是一个身材高大的年轻人,比周围的男孩们都高出了大半个头,杨笑估算了一下，那个年轻人身高应该远超一米九。

他穿着简单的T恤牛仔裤，顶着一头毛茸茸的短发，两侧鬓角斜推上去，发梢上还挂着汗珠。

篮球在他手下翻飞，他像是在变魔术一样，以一个刁钻的角度突破了那些高中生的防守线，轻而易举地冲到篮框下，紧接着高高跃起，帅气利落地灌入一球。

他灌篮后，还炫耀似的抓住篮框荡了荡，身体顺着惯性往前一跃，又轻巧地落回了人群中。

落地后，他迅速被周围的队友包围了，他们簇拥着他，一一与他击掌，庆祝胜利。

他随手搂住一个队友的脖子，仰着脖子肆意大笑着，带着一股年轻人独有的得意劲儿。

——很张扬，却不惹人反感。

杨笑的眼泪早就停了下来，她望着篮球场的方向，不知不觉间看了一场又一场。

杨笑对所有运动都不感兴趣，在十五六岁情窦初开的时候，唐舒格暗恋班草，每次班草打篮球，她就会拽着杨笑去看比赛，可杨笑觉得看几个无聊的男人追着一个无聊的球满场乱跑实在无聊，还不如回去自习。

这么算下来，杨笑已经有七八年没有好好看过一次篮球比赛了。

没想到她会在今天、会在刚刚失恋十二个小时后，坐在车里看了一场篮球比赛。

原来，她不是不喜欢篮球——而是不喜欢打得太烂的篮球。

她下意识地追逐着那个高大的身影，看那个年轻人在球场上奔跑，热风吹过他飘扬的头发，正是一副青春年少的好模样。

她正出神，放在包里的手机忽然响了。

掏出来一看，发现是唐舒格给她发来的微信：

sugar糖：见到你的假男友了吗？

sugar糖：[可爱][调皮]

> sugar 糖：女人，你还满意你所看到的吗？

糟了，看小帅哥看得太入迷，忘了正事了。

唐舒格早就把假男友的手机号发过来了，杨笑看时间已经到了十一点半，赶忙拨打了那位假男友的电话。

电话响了三声。

嘟，嘟，嘟，电话被接起来了——

"喂？"杨笑一边打着电话，一边走神盯着篮球场。

真巧，篮球场的那位"灌篮高手"，也走到场边开始接电话。

杨笑收回视线，专心讲电话："先生您好，我是……"

"我知道，"电话那头飘出好听的男中音，语气含笑，"你是我的女朋友。"

杨笑一瞬间就被那道好听的声音击中了。

她脸热了三秒，但又很快就冷静下来，提醒自己对方只是她找来的"工具人"，而男人热情主动的男朋友宣言，不过是为了讨好自己的手段罢了。

她想，对方一上来就这么快进入状态，可真不像是个新手，说不定早已身经百战。

杨笑立即为自己套上数层心理防御，用她最冷酷、最无情、最公事公办的声音问："你在哪儿？现在已经十一点半了，我怎么没在小区门口看到你？"

"我也在小区门口。"电话里，男人脾气很好的解释道，"我来早了一会儿，你们小区门禁太严，没有门卡不能进去，我就在这儿运动运动。"

运动运动？

杨笑一愣，神秘的第六感催促着她抬起头，看向了不远处的篮球场。

还不等她反应过来，篮球场边，那个体格高大的年轻人已经转过身，阳光刺眼，他微微眯起眼睛，双眼弯成两道好看的弧线，他在路边的人群中搜寻着什么，很快就找到了他的目标——他的视线望了过来，直直落在了杨笑的身上。

## 第一章 精致丽人，永不流泪

那一瞬间，阳光仿佛跟随着他的目光，一起撞进了她的世界。

"我看到你了！"电话里，同步传来他爽朗的声音，"你开一辆红色的车，是不是？"

说着，他高高举起一只手，向着她的方向热情地摆了摆，接着，他便三步并作两步地冲了过来。

杨笑浑身僵硬地坐在驾驶座内，眼睁睁地看着那个年轻的身影越跑越近。

她脑海里只剩下一个想法在反复萦绕——唐舒格不会给她找了个高中生吧！

昨天她没能送前男友进派出所，难道今天自己就要被送进派出所了吗？

短短几秒钟的工夫，杨笑脑袋里就刮过了无数风暴。

青年自然不知道她心中所想，他停在了车门旁，高大的身影替她遮住太阳。

"您好，杨小姐是吧？"他一边说着，一边自来熟地把胳膊探进车窗里，准确地捉住她放在方向盘上的左手，握紧，上下晃了晃，"我是孟雨繁，下雨的雨，雨下得很大的那个繁！很高兴认识你！"

"你先等等。"杨笑坚定地、果断地、冷酷地把自己的手从他的大掌里抽了出来，怀疑的目光不加掩饰地落在了他的身上，"小弟弟，你今年多大了？成年了没有？"

"啊？"年轻人，不，应该称呼他为孟雨繁，有些疑惑地微微侧了侧头，这个动作让他看起来极像是一只等待主人撸的大狗，他困惑道，"我都成年好几年了……你要看我的证件吗？"

杨笑闻言又仔细端详了他一番，发现他的面容虽然年轻，但绝不是稚气未脱的模样，怪只怪她先入为主，见他和一群高中生打篮球，就误以为他也是高中生了。

说实话，这位男同志确实长得高大帅气，离近了看，才发现他的外表有多出挑，他看起来就是很热爱运动的那类阳光男孩，最简单的T恤牛仔裤也掩盖不住他的好身材。他并没有健身教练那种夸张的大肌肉，而是紧实、流畅的线条，尤其是两条双臂，肌肉极其漂亮，被太阳温柔地吻成了麦色。

杨笑不由自主地想起了唐舒格发来的那条微信——女人，你还满意你看到的吗？

杨笑想：满意，她确实很满意。

孟雨繁一手撑在车门上，弯下腰同她讲话，那双明亮的眼睛很专注地盯着她。

就在这时，篮球场那边响起一阵脚步声，一只篮球直直地落在了车旁边。

"繁哥！你怎么说走就走啊？"刚刚还在打球的那群高中生们吵吵嚷嚷地追了过来，"说好再玩一会儿的。"

他们今天虽然是第一次见面，但孟雨繁高超的球技轻而易举地折服了他们。男孩子之间想要建立友情，就是这么简单。

"繁哥要走啦。"孟雨繁大半个身子倚在车上，转过身，笑嘻嘻地说，"不都说了嘛，繁哥是来女朋友家见家长的，和你们再打下去，搞得一身臭汗，丈母娘该把我轰出去啦。"

"哇……"高中生们正是爱起哄的年龄，赶忙叫起来，"女朋友？车里的就是你女朋友吧？"

杨笑一听，心叫不好。

他们小区是单位分的家属楼，楼上楼下关系都特别亲密，谁家有个风吹草动，整个小区都会知道。她今天带男朋友回家，和爸妈千叮咛万嘱咐千万不能和小区邻居说，就怕被大妈们围观。

哪想到，原本的正牌男友被她开除了，临时找来的冒牌男友居然高调上线了！

杨笑双手捂脸，恨不得拥有哈利·波特的隐身斗篷，原地消失才好。

高中生们一股脑地涌了上来，伸长脖子往车窗里看，每个人脸上都挂着好奇，他们叽叽喳喳地起哄："繁哥，让嫂子抬起头给我们看看呗……""嫂子抬头！""嫂子你住几号楼呀？""嫂子咱们是不是见

## 第一章　精致丽人，永不流泪

过啊？"

孟雨繁像拦住小鸡仔一样拦住他们："行了行了，你们嫂子害羞，别吓到她。"

杨笑也不知道自己怎么回事，头脑一热，居然松开手，重重地锤了方向盘一下，车喇叭发出"滴——"的一声巨响，那群小鸡仔瞬间被吓得安静了。

"安静。"杨笑目光凌厉，扫了那群凑热闹的小家伙一眼，"再吵，我就给你们家长打电话，全抓你们回家写五三去。"

高中生们目瞪口呆，万万想不到，热情开朗的繁哥，居然是小区大姐大的男朋友！

他们结结巴巴喊："笑、笑笑姐……你回来啦……"

杨笑从小就是"别人家的孩子"，长得美，成绩好，玩得开，性格泼辣，是小区里最受瞩目的孩子王。这群小豆丁刚会走路，就拖着鼻涕当她的小尾巴，一路听她的传说长大，哪想到突然之间，笑笑姐居然带着男朋友回家了！

原来，"繁哥"不是"繁哥"，是"姐夫"啊！

杨笑用中控锁打开副驾驶座的车门，又给孟雨繁飞了个眼刀过去："上车。"

孟雨繁也发觉自己做错事了，赶忙埋着头，小心翼翼地窜上了副驾驶座。

待他一上车，杨笑立即踩下油门，一路狂奔冲进了小区里。

孟雨繁腿长，两条腿蜷在那儿，看起来好不可怜。

他小心翼翼地问："那个……杨小姐，我能调整一下座椅吗？"

"不能。"杨笑硬邦邦回答。

孟雨繁不敢说话了，低眉臊眼的。

杨笑把车停进地库，熄火，拉手刹，升起车窗。

整个车厢内瞬间成一个寂静的密室。

杨笑扭过头来看他，孟雨繁便僵硬地任她看。

杨笑问:"孟先生,你有什么要说的吗?"

孟雨繁:"那个……"他呵呵干笑了两声,"你们小区看起来关系很好啊,邻居居然互相都认识。"

杨笑告诉自己不能生气。

"孟先生,容我提醒你,你只负责今天陪我回家,帮我渡过这一关。你现在告诉那些高中生咱们在交往,你信不信,等到今天晚上,整个小区的婆婆妈妈都会知道这件事,甚至连咱们什么时候结婚、在哪个酒店举办婚礼、在哪家医院的妇产科建档、请哪个机构的月嫂,甚至连二胎的名字都替我想好了。"

她每说一句话,孟雨繁的身子就往下蜷缩一下。

她如机关枪一样啪啪啪说了两分钟,孟雨繁整个人都要滑到副驾驶座下面了,身子不上不下地卡在那儿,委屈得像个两米高的孩子。

杨笑告诉自己不能心软。

"难道找你的人没有告诉你,老老实实按照剧本来,不要擅自加戏吗?"

"……对不起,第一次假扮别人的男朋友,业务不熟练。"天大地大客户最大,孟雨繁赶忙道歉。

杨笑问:"你以前没有做过类似的事情吗?"

"没有没有没有。"孟雨繁摇头,"以前都是陪女生逛街,帮她拎包、去奶茶店拍几张情侣照片,然后在试衣服的时候负责全方位夸奖她好看。还有过陪女生讨薪,公司看她一个小姑娘好欺负,欠了她三个月工资没发,她说她男朋友练拳击的,就把我叫过去了……"

杨笑本来还在生气的,结果听他说完,没忍住差点笑出来。

冷酷不到三秒就破功了!

她赶忙转过头,不想让青年看出自己被逗笑了。唐舒格到底给她找了个什么人,看着是个精神的帅小伙,其实傻乎乎的。

她好不容易止住笑意,装模作样地问:"你还是个学生?"

"嗯,研究生。"孟雨繁很自豪地挺起胸膛,"要看我的学生证吗?"

"不用。"杨笑赶忙制止他。

## 第一章　精致丽人，永不流泪

她想，他果然是一点警惕心都没有，他们不过是假装男女朋友，但实际上不过是两个陌生人，知道得太清楚，反而会尴尬。

两人坐在车里，又对了一遍剧本——包括怎么认识的、交往多久了、彼此的兴趣爱好……

待到一切布置妥当，杨笑深深呼出一口气，闭了闭眼："……先这样吧，其他的随机应变。"

希望她的这位战友不要临场掉链子，能帮她顺利瞒过父母吧。

杨笑下了车，从后备厢里拿出了提前准备好的礼物。

给妈妈的补品、给爸爸的白酒，还有包装精美的瓜果……她是第一次带男朋友回家，也不知道要买什么东西好，就买了些父母用得上的东西，到时候就说是孟雨繁买的。

礼物很沉，她还记得她把它们提上车时，分了好几批才全部装好，可孟雨繁一身力气，左手一提、右手一拽，便轻巧地全部拿在了手里。

不仅如此，孟雨繁还曲起右肘，冲她摆了摆。

杨笑不解。

孟雨繁又冲她摆了摆胳膊。

杨笑过了三秒才反应过来，小步追上去，挽住了他的胳膊。

他们靠的是那样近，女孩柔软的曲线紧紧贴着他的身体，发丝上的馨香徐徐传来，飘进了孟雨繁的鼻尖。

青年有些不好意思，之前他可没有和其他女生这么亲密接触过。

地下车库有电梯直通楼上，轿厢里装了三面镜子，清晰地映照出两人的身影。

孟雨繁身高足有一米九六，杨笑倚在他身边，颇有种小鸟依人的感觉。她今天穿了一条亮黄色的连衣裙，轻轻一转，裙摆就像波浪一样散开，镜中的她红唇明艳，眼线高高挑起，宛如一朵盛开的玫瑰。

孟雨繁看着镜子里两人亲密无间的身影，若他身后有尾巴的话，现在就要啪嗒啪嗒地甩起来了。

孟雨繁想，这么好看的小姐姐虽然脾气有点差，但她想找男朋友不是轻而易举的事情吗？为什么要去找人假扮呢？

……

电梯门开，两人相携走出了轿厢。

家属楼一层有六户，杨家在最左边的角落，门口打扫得很干净，杨家父母为了欢迎女儿和男朋友上门，连地垫都提前刷干净了。

杨笑挽着孟雨繁站在自己家门口，只觉得心如擂鼓，怦怦乱跳。

她自小到大，在父母面前撒过不少善意的谎言，小学时，有一次妈妈忘了给她做晚饭就去上夜班了，她说自己不饿，怕妈妈自责；大学时，她在学生会主席的竞选当中以一票惜败，她说她不难过，刚好可以有时间专心学习……去年，她和爸爸说，他的心脏手术能百分百报销，其实是自己拿积蓄补上了。

而这一次，绝对是她人生里撒过的最大的谎言了。

"孟雨繁，"杨笑手指收紧，死死抓住青年的胳膊，"我爸妈身体不好，你千万不准露馅，明白吗？"

不等青年回答，他们面前的防盗门突然打开了。

一对和睦的老夫妻出现在门后，光从面容上来看，就能看出这对夫妻和杨笑的血缘关系。

"笑笑回来啦！"杨妈妈热情开口，"哎呀，你们来就来吧，还买这么多东西干什么？"

她身旁的杨爸爸则一脸肃穆，用岳丈看女婿的挑剔眼光，威严地打量着孟雨繁——的下巴。

没办法，老房子都矮，门框标高一米八，可不只能看到孟雨繁的下巴。

还好孟雨繁有眼力见儿，赶快半蹲下身，这才让自己和杨爸爸的视线对上。

杨爸爸没想到女儿的男朋友居然会这么高，这种仰视的角度，让他作为家长的威严摇摇欲坠。他咳嗽一声，沉声问："你就是笑笑的男朋友？怎么称呼？"

"我……"孟雨繁喉结滚动，卡壳了三秒。

杨笑没想到他居然临阵宕机,急得悄悄拧了他大臂内侧一下。

而她的这一拧,终于唤回了孟雨繁的神智——

"我是孟雨繁!"青年吼得连楼道里的吊灯都在摇晃,"爸,妈,初次见面,请多关照!"

怎么回事,现在就叫上"爸妈"了!

第二章
# 初次见面，我是你的男朋友

尴尬的气氛弥漫在四人之间。

杨笑眼看自己父亲脸色铁青，也不知道他刚做完搭桥手术的心脏能不能撑住这声"爸"。

关键时刻，还是杨妈妈果断救场。

她扬起一抹温婉的笑容，她眼角的皱纹略深，可这让她看上去更温柔了。

"别在这儿站着了。"杨妈妈侧身让出玄关，"笑笑，你赶快让……让小孟，进屋吧。"

说着，杨妈妈在爱人后背上轻轻拍了一下，示意他注意态度，绝对不能用冷脸吓走女儿的男朋友。

虽然这男孩一张口就叫"爸妈"实在太唐突，但不也说明，他是真心爱笑笑、想和她结婚的嘛。

做父母的，总不能在这种时候，连基本的待客之道都忘了。

在杨妈妈的带领下，剩下三个人别别扭扭地走进屋里。

杨笑本来一个晚上没睡觉，太阳穴就嗡嗡疼，结果被身边的这位假男友一吓，觉得整个脑袋都要炸了。

孟雨繁个子高，进屋还需要低头，否则就会撞门框，待他走进玄关换鞋时，他更是高到连头顶的灯都遮住了。

老房子采光不好，玄关只能靠这盏顶灯照明，他板板整整站在灯泡正下方，整个玄关瞬间变暗，只有他的头顶如一颗炫彩光球，在黑暗里闪闪发光。

杨笑想，我现在很生气，我现在绝对不能笑。

## 第二章 初次见面，我是你的男朋友

她从鞋柜里拿出一双客用拖鞋，示意孟雨繁穿上。

孟雨繁脱掉他像船一样大的运动鞋，把两只脚往拖鞋里一塞——前脚掌进去了，可是脚后跟直接踩在了瓷砖上。

杨笑还没说什么，孟雨繁先脸红了："不好意思啊，我是四十六的脚。"

普通男人的鞋码一般在四十二到四十四，孟雨繁的脚实在大，不过他身高在那儿撑着，也不显得突兀了。

杨妈妈"哎呀"了一声："小孟你这么大高个子，不会是模特吧？"

女儿在电视台工作，来来往往总能接触到不少明星，杨妈妈看孟雨繁长得周正英俊，便以为他也是他们之中的一员呢。

"不是、不是。"孟雨繁垂下头，看着身高只有一米五出头的杨妈妈，语气乖乖地说，"我是篮球运动员，现在在一边读书一边打球。"

此话一出，别说杨家爸妈震惊了，就连杨笑换鞋的动作都慢了一秒。

杨家爸妈震惊之处在于，没想到女儿会找个"学生仔"，女儿性格成熟，怎么会看上象牙塔里的男孩？

而杨笑则在琢磨男孩的自我介绍方式——如果是一般的体特生，不会特别强调他在一边上学一边打球，听他的语气，孟雨繁应该是个经常上赛场的运动员。

她这是什么运气，随随便便找来的假男友，难不成还是什么明星球员？

她现在有点后悔平常不关注篮球赛事了。

"你还知道自己是篮球运动员啊？"杨笑接话，特意用亲昵的语气说道，"刚才在小区门口，你欺负几个高中生，整场下来就看你不停地灌篮、灌篮、灌篮，都要把那群小不点儿欺负哭了。"

她还特地给自己加戏，握起拳头轻轻捶了他胳膊几下，倒还真像是小情侣在开玩笑。不过，当她的身子倚过去时，男孩的身体明显僵硬了几秒，演技十分尴尬。

好在，杨爸杨妈没发现他们之间的不和谐，见小情侣这么亲密，还以为俩人在热恋期呢。

因为杨家实在没有适合孟雨繁穿的拖鞋,最后没办法,只能让他直接穿着袜子走进客厅。

杨妈妈把女儿拉到一边,有些嗔怪地说:"你说说,你多大人了,做事还这么不妥帖,你要是早和妈说小孟的脚大,我不就去楼下超市,提前买双大码拖鞋了吗?"

杨笑嘴上乖乖认错,撒娇道:"妈,我好不容易回来一趟,你难道要把宝贵的时间浪费在说教里吗?"

杨妈妈果然被转移了注意力,拉住她的手,忧心忡忡地说:"笑笑,你真的要注意身体,妈那天还看新闻,说现在的白领加班时间长,猝死风险大……你可不能一忙起来又两天两夜不睡觉,拿咖啡当水喝啊!"

"妈,我惜命的很,你就放心吧。"杨笑赶忙应下来。

"等等。"杨妈妈忽然抬着头,仔细端详起她的眼睛,"你眼睛怎么红红的?你是熬夜了,还是哭过?"

真不愧是她亲妈,明察秋毫,杨笑不仅熬了通宵,更狠狠哭过两场,可杨笑不能真对妈妈说实话啊,她大脑一时宕机,不知该如何圆过去。

关键时刻,她的好战友孟雨繁同志一个箭步冲过来,来了一个史诗级的救场:"是……是美瞳!她早上戴美瞳的时候没戴好,磨眼睛,您看这都磨出血丝来了!"孟雨繁凑过来,一手搭在杨笑肩膀上,拥住了她,"我已经让她把美瞳摘下来了,您别担心了。"

"对、对对,是美瞳。"杨笑立即接上,"我在淘宝上新买的美瞳特别不舒服,我估计是山寨货,回去就给它差评!"

"你就是从小爱臭美。"杨爸爸坐在沙发上,有些不满地说,"你又没有近视,非往眼睛里戳那种彩色玻璃片,多伤眼睛啊。还有你看看你,回家一趟,还打扮得像是出门上班一样,粉底涂这么厚,嘴唇涂那么红,皮肤都不能呼吸了!"

杨笑绝望地想,天啊,她老爸又来了。

明明她都二十五岁了,可她爸还觉得她是十五岁的小丫头,最好看的发型是"大光明",最漂亮的衣服是校服,最适合她的护肤品是大宝,连用个带颜色的唇膏都要被老爸叨叨好久。

最可怕的事情发生在刚毕业那阵，有个邻居阿姨要给她介绍对象，杨爸爸直接把她身份证上的照片发过去了……

那次相亲，男方看了照片就婉拒了，杨爸爸还纳闷，觉得自己姑娘这么漂亮，对方怎么能看不上呢？

是啊，杨笑想，在她爸心里，她素颜出镜都能当中国小姐，她若是化妆，那么娱乐圈四小花旦加起来都没她的颜值能打。

追星少女拥有亲妈滤镜，她爸爸则是持续了二十五年的亲爸滤镜，而且随着年龄增长，那滤镜也越来越厚。

杨笑怕她老爸一言不合逼迫她现场卸妆，她赶快挽着她妈躲进厨房，留下孟雨繁一个人在客厅应付她爸。

孟雨繁慌了，眼神可怜巴巴地追着她，模样像极了一只被主人遗弃的大狗狗。

杨笑趁爸妈不注意，对着她的假男友露出一抹狰狞笑容，伸出右手食指在脖子上比划了一个"死亡"的动作，然后留下一个"敢露馅就杀了你"的眼神，就缓缓关上了厨房的大门。

孟雨繁留在原地一动不敢动。

就在这时，杨爸爸开枪……不，开腔了。

"小孟，别站着了，坐吧。"杨爸爸指了指沙发对面的小板凳，"来，和我讲讲，你是怎么和我的宝贝女儿认识的？"

孟雨繁想，他可真是太难了……

好在，杨爸爸问的问题都没有超纲。

孟雨繁提前和杨笑对过答案，不说成竹在胸，但至少也能拿个八十分。

孟雨繁规规矩矩坐在小板凳上，一米九六的大个子蜷成一座小山，两只手放在膝盖上。

杨爸爸问他们是怎么认识的。

孟雨繁背答案："我和笑笑是在一次朋友聚会上认识的，当时第一面就对彼此挺有好感的，然后接触了几次，就自然而然地在一起了。"

这个答案勉强合格。

杨爸爸又问:"你刚刚说你是学生?那你多大了?"

孟雨繁回答:"我今年二十二岁,在读研究生。"

"二十二岁?"杨爸爸眉头一皱,"这么说,你比我们笑笑小三岁?"

杨笑本科毕业后就进入电视台工作了,她是记者出身,后来转去幕后做编导。工作是最催人成长的,尤其是在电视台工作,每天见过的妖魔鬼怪不知多少,这更磨砺了她的心智,让她从一个初出茅庐的小丫头,迅速成长为今天的女魔——女精英。

和她相比,年纪轻轻、还未走出校园大门的孟雨繁,看上去实在不怎么可靠。

虽然说女大三抱金砖,可是……

一想到要把掌上明珠交到面前的毛头小子手里,杨爸爸的心里更不舒服了。

厨房里,杨笑母女俩也恰好谈到了年龄问题。

今天中午杨家吃饺子,杨妈妈负责包饺子,杨笑负责擀皮,母女俩分工合作,一边聊天一边做饭。

杨妈妈惊讶道:"小孟比你小这么多呀?哎呀,面相倒确实看着挺年轻的。可是笑笑,你不是一直喜欢年纪大的男人吗?"

杨笑抗议道:"您别造谣啦,我哪有呀?"

"妈还不了解你?你看你高中时候听流行歌曲,别人都听潘帅啊、周董什么的,你不喜欢那些,你只喜欢陈医生,喜欢听粤语老歌;还有你大学的时候,你们宿舍一起追韩剧,男主是四十岁的'大叔',有一阵子你还把头像换成了那个男主角,而且你第一个男朋友……"

杨妈妈的话戛然而止,她讷讷道:"算了,不提他了。"

杨笑第一任男友,那位有繁殖癌的霸道总裁,年纪比杨笑大八岁。杨笑当时刚毕业,被对方身上的"成熟气度"折服,才和他谈了两年恋爱,可两人越接触、分歧越大,最终分道扬镳。

"没什么不能提的。"杨笑一边擀饺子皮,一边淡定地把话接了下去,"在我心里,我的前男友早就是火化炉里的一捧灰,除了每年清明的时候我会给他上炷香以外，我们再没有任何联系了。"

杨笑庆幸，好在她和于淮波谈恋爱的时候并没有告诉家长，否则要是让他们知道，她又一次跌进老男人的坑里，肯定要心疼不已了。

"我以前确实喜欢年纪大的男人，觉得他们成熟，懂得体贴人，可现在我发现，成熟和年龄是不挂钩的，很多男人空长了岁数，可是他们却没有与之相配的思想。"

所以，她的第一任男友，明明身家上亿，却依旧被封建的重男轻女思想所束缚，说出"不生儿子不领证"的无耻内容；所以，她的第二任男友，能在和她交往的同时和无数个女孩子聊骚，只因为这能证明他的魅力所在。

杨笑扬起一捧干面粉，落在擀好的饺子皮上，她一边做着，一边说着："他们头发越来越少、肚子越来越大、笑话越来越黄、烟越抽越多……好像自从踏入社会以后，所有男人都加大马力，向着油腻的方向奔去，他们既没有有趣的灵魂，也没有好看的皮囊。你女儿要是选了他们，你女儿才是眼瞎呢。"

杨妈妈忧心忡忡道："可……可是，你现在找了个年纪小的，也不能保证他以后不会变成你说的那种人啊。"

"没事，我有的是时间教他。"杨笑挑起眉毛，自信道，"要实在教不好，我就把他踹了，换一个呗。"

"哎呀哎呀，这话可不能乱说！"杨妈妈说着就去捂她的嘴巴，"人家小孟听了要多伤心啊。"

"妈，您这观念一百八十度大转弯啊。"杨笑吐槽，"刚刚还嫌他小，觉得他配不上你女儿呢。你女儿一说要换人，你就心疼了？"

"我可从来没说他配不上啊，妈就是关心关心你的感情生活。你从小就是个有主意的丫头，你觉得他好，那妈也觉得他好！"杨妈妈赶忙说，"再说了，妈可是个时髦的阿姨，平常也上网的！妈知道，现在可流行姐弟恋了，我看了好几篇文章，都是讲姐弟恋的。在我们那个年代，这叫'老牛吃嫩草'，不过你们年轻人里，是叫……是叫……"

杨妈妈敲敲脑袋，终于想起了那个词："叫'小奶狼'！"

杨笑差点笑到桌子下面去。

"妈啊，你可真是我亲妈！"杨笑问，"什么'小奶狼'啊，你看他那样子像吗，他明明就是只傻金毛吧！"

她家对门就养了一只金毛巡回猎犬，看着威风凛凛，那叫一个帅气逼人，其实本质就是个二货，有一次那只金毛追蜜蜂，结果被蜜蜂叮肿了嘴巴，整个脑袋肿成了小西瓜。

母女俩在厨房里有说有笑地聊着天，忽然头顶的灯泡闪了闪，就那么灭了。

杨笑一愣，正要问是不是停电了，就听客厅里传来他爸的声音：

"你俩别紧张啊！客厅的灯泡老化了，我拉闸换个灯泡！"

母女俩面面相觑，杨妈妈在围裙上擦了擦手，嗔怪道："你爸真是想起一出是一出，客人还在呢，就算要换灯泡，也不能这时候换啊！"

杨笑也说："我去看看吧，我爸年龄大了，登高换灯泡太危险了，我帮他扶着点梯子。"

她们说着便一起走出了厨房，哪想到刚拉开门，便被客厅里的一幕震住了——

原来，换灯泡的人根本不是杨爸爸，而是初次上门的孟雨繁！而且，他也根本没用梯子，而是仗着身高，直接伸手取下了灯罩！

他家这种单位分的老房子，本来层高就比现在的商品房要矮很多，孟雨繁一米九六的身高杵在客厅，简直就像是被孙悟空借走的那根定海神针一样显眼。

只见他轻轻松松抬起手臂，轻轻松松把灯罩拿下来，轻轻松松旋下旧灯泡，轻轻松松换了新灯泡，然后又轻轻松松把灯罩安了回去。

杨笑一连用了五个"轻轻松松"来形容他的动作，因为他实在是……太轻松了，没有搬梯子，没有登高，他真的就像是随手摘下一片树叶那样简单地完成了换灯泡的工作。

他还很细心地拿了抹布擦干净了灯罩，从始至终没超过两分钟。

杨爸爸合上电闸——"啪"，客厅的灯，亮了。

杨家客厅的顶灯是那种最常见的圆环形，原本的灯泡颜色已经发浊了，新的灯泡换好后，那圈明亮的光环是那样的耀眼醒目，孟雨繁就顶着那圈白色光环，圣洁的像是刚下凡的超龄天使一样。

杨妈妈的眼神瞬间犀利了起来。

在这一刻，她已经看到了未来大扫除时，这位女婿将如何为她建功立业，帮她清理阳台最上层的玻璃、书柜最顶层的灰尘，以及轻描淡写地拆卸抽油烟机了。

杨笑根本不知道，孟雨繁仅仅是替她家换了个灯泡，她妈就恨不得把他的名字写在她家的户口本上了。

她现在只在琢磨一件事——换灯泡在业务范围内吗？

换完灯泡，杨笑找了个借口把孟雨繁叫到了阳台上。

孟雨繁摇着尾巴靠了过去，邀功似的问她："笑笑姐，阳台的灯泡也要换吗？"

他还挺分得清人际距离的，当着父母面叫"笑笑"，私底下就叫"笑笑姐"。

杨笑问他："这也太麻烦你了吧？"

孟雨繁反应了好一会儿，才明白她在说什么。

"不麻烦、不麻烦。"他赶忙说，"换灯泡这种小事就是举手之劳，怎么会麻烦呢？"

杨笑好奇道："为什么我爸突然叫你换灯泡啊？"

孟雨繁挠挠头："不是叔叔让我换的，是我主动提出要帮忙换的。"他挺起胸膛，得意地说，"我专门做了功课，收集了'第一次去对象家要怎么表现'的十条忠告，第一条就是要有眼力见儿、帮对方家长做事，比如换换灯泡啊、洗洗碗什么的。"

杨笑无语："你的功课里还写了什么？不会还写了'要时刻记得秀恩爱，让家长觉得小情侣感情很好'吧？"

孟雨繁惊喜道："姐，你也看过那个经验帖啊？"

杨笑想，果然还是个小屁孩呢，傻乎乎的，满脸写着单纯。

杨笑叹口气，说："你啊，别做得太刻意了，你不用帮忙做家务、也不用特地秀恩爱，放轻松。说实话，我宁可你表现得粗鲁些，最好多多展现直男癌的一面。"

"啊？为什么啊？"

杨笑坦然回答："你现在表现得这么好，等到咱俩'分手'了，我爸妈肯定会问东问西。"

杨笑能找孟雨繁一次，却不能次次回家都找他来演戏，杨笑打算再过两个月，就告诉父母自己和孟雨繁分手的事情。

孟雨繁一愣，半响没说话。

这是他第一次踏入她家门、陪她见父母，如无意外，应该也是最后一次了。

杨笑见大男孩这副傻傻的样子，有些心软，可她现在自己都焦头烂额一身问题呢，实在无暇哄他开心。

孟雨繁比杨笑足足高了将近三十厘米，杨笑抬头和他说了一会儿话，觉得自己的颈椎病都要治好了，看来她以后要是找新的男朋友，也可以找个高一些的，就可以省下治疗颈椎病的钱了。

"你低头。"杨笑招招手，示意男孩低头，孟雨繁便弯下腰，如一条温顺的金毛犬一样，把自己毛茸茸的头顶送到她面前，她抬手自然地揉了揉他的头发，一切都默契得仿佛这个动作发生过无数次一样，"今天谢谢你了。"

杨家的阳台靠一层透明推拉门隔开，他们在阳台上的一举一动，客厅里的杨爸杨妈都看得清清楚楚。

杨妈见小情侣如此亲密无间，乐得眼角的皱纹都叠起来了。

倒是杨爸，从嘴角憋出了一声冷哼，就连刚刚换好的灯泡他都瞧不顺眼了。

杨妈说："你看笑笑和小孟多亲热啊？要我说，差三岁就差三岁吧，年纪小的男孩没那么多花花想法，一门心思对媳妇好。"

杨爸不乐意了："我比你大两岁，我不照样一门心思对媳妇好吗？"

杨妈直白地说："你年轻时长得就不够帅，要是再对我不够好，那我嫁给你干什么呀？"

杨爸无语了。

## 第二章 初次见面，我是你的男朋友

谁说他长得不够帅了，他年轻的时候也是单位的文艺骨干、运动健将呢，追他的女同事一大堆呢。

杨家中午吃饺子。

这个菜单是杨笑提前一周就和妈妈定下的，杨妈妈本来想着女儿的男朋友上门，又恰逢中秋节，怎么也要准备四荤四素才有面子，可杨笑怕妈妈太辛苦，撒娇说只想吃饺子，大不了多准备几种馅。

于是，杨妈妈提前准备了苋菜馅、白菜肉馅、素三鲜馅、胡萝卜牛肉馅，光是包就包了很久，煮出来红红绿绿一大锅，看着就让人有食欲。

开餐前，四个人举起手中的玻璃杯，杯中的橙汁散发着酸甜的气息。

"中秋节快乐！"他们互相祝福。

"小孟，别客气啊，就把这里当作自己家。"杨妈妈温柔地说，"这是阿姨调的馅儿，也不知道合不合你胃口。"

"合的、合的！"孟雨繁特别诚恳地说，"我就爱吃饺子，不信您问笑笑！笑笑说今天中午做饺子，可把我馋坏了。"

他把话头递给杨笑，她便打起精神陪他演了一会儿恩爱眷侣的戏码，等到正式开吃了，桌上的闲聊才渐渐平静下来。

杨笑工作忙，一个月才能回家一趟，很久没吃过妈妈包的饺子了，她食欲大开，一口气吃了十五个。

她已经撑到再也塞不下了，可杨爸还在继续往她碗里夹。

"笑笑，你好不容易回来一次，还不多吃点？是不是最近在减肥？看你都饿瘦了。"

"……爸，我真吃不下了。"杨笑看着眨眼间又堆满碗的饺子，只感觉自己的胃也要堆满了。

可是长辈挑的菜没有还回去的道理，杨笑盯着碗里的小山包，正在犯愁怎么消灭它们，没想到从她身边伸过来一双筷子，直接把饺子夹走了。

杨笑下意识地顺着那双筷子看去，只见身旁的大男孩态度自然，夹着饺子沾了沾碗里的调料，直接送进了嘴巴里。

杨妈妈包的饺子皮薄馅大，杨笑吃的时候都要小口小口吃，可孟雨繁一口就吞下了一整个，塞得整个腮帮子都鼓鼓的。

一边嚼着，他一边又从杨笑的碗里拨走了四个饺子，动作流畅熟稔，看上去真像是一对交往多年的情侣，男朋友毫无怨言地替女朋友消灭吃不完的东西，没有丝毫嫌弃。

虽然知道这都是演的，但这态度未免太好了吧？

她之前交往过的两任男友，一个赛一个的讲究，每次吃饭都要实行分餐制，就算是吃火锅也要一人一小盅，根本没有热闹的气氛。

见杨笑定定地望着自己，孟雨繁紧张地以为自己又做错了什么。

他低头瞧瞧自己碗里的饺子，小心翼翼地往杨笑碗里拨回去一个，道："我以为你吃不下了……那，我再还给你？"

"不用了。"杨笑哪想到他居然会误会，赶忙说，"我确实吃不下了，你都拿走吧。"

孟雨繁这才开心地又把饺子拨了回来。

他个子高，又是运动员，自然食量也大。

孟雨繁几乎是用风卷残云一般的速度吃完了桌上的所有饺子，一边吃一边称赞杨妈做的饺子好吃，彩虹屁一片追着一片。

杨妈被他哄得喜笑颜开，哪个丈母娘不喜欢说话好听、吃饭时特别捧场的女婿啊。

"小孟，你是不是没吃饱？没事儿，那儿还有没下锅的呢，妈……我是说，阿姨给你下去。"说着，杨妈妈又套上了围裙，给初次上门的未来女婿煮饺子去了。

杨妈妈就连走路都开心得一颠一颠的，看样子她已经完全倒戈向敌方阵营了。

坐在桌子对面的杨爸爸哼了一声，仰头看着即使坐下来也比自己高了一大截的孟雨繁，决定独自出击。

只见杨爸爸起身从酒柜里拿出了两只小口杯，又拿出一瓶珍藏多年的好酒，旋开盖，送到鼻尖前闻了闻，然后小心翼翼地在口杯里各倒了半杯。

"小孟。"杨爸爸一脸严肃地盯着孟雨繁,把其中一杯推到了他面前,"老话说,'饺子配酒,越喝越有',来,你陪我走一个。"

那澄清的透明酒液在杯中晃啊晃,孟雨繁的心也跟着晃啊晃。

杨笑连忙阻拦:"爸,医生不是说让你少喝酒吗?"

"这也就一杯底,还不少?"杨爸爸想,这女儿还没嫁出去呢,胳膊肘就拐出去了,不过是让她男朋友陪着喝一杯,瞧给她紧张的!杨爸爸酸溜溜道,"我也没欺负他,就这一小杯,他必须得陪我喝!"

这一次,不等杨笑再说什么,孟雨繁已经接过了那杯酒,捏在了他骨节分明的手掌中。

杨笑诧异地看向他,纤长的睫毛有些紧张地微微颤动着:"你……"

"笑笑姐,没事的。"孟雨繁凑过来,贴在她耳边小声说。

说完,他双手举起那杯白酒,与杨爸爸一碰,然后仰头全部灌入了腹中。

这杯酒一下肚,杨爸爸和孟雨繁的关系就这样缓和了下来。

孟雨繁其实很少喝酒,要喝也是喝啤的,一杯高度数的白酒下肚,他的脸眼见着烧了起来,思维也变迟钝了不少。

好在,他虽然小醉,但理智尚在,既没有说胡话,也没有做出什么失礼的事情,和杨爸爸一问一答流利得不得了。

待到新饺子上锅,他又呼哧呼哧吃了一轮,杨爸爸见状又给他倒了一小杯酒。两个男人你一杯我一杯,居然越喝、感情越深。

杨爸爸是老江湖,年轻的时候千杯不倒,近两年身体不好喝得少了,可也不是区区三两白酒就能灌醉了的。

然而孟雨繁可没他的海量,连着两杯下肚,便开始坐在椅子上左晃右晃,还时不时傻笑。

杨笑哪还看不出他醉了,生怕他说出什么不该说的,忙挡住爸爸倒酒的手:"爸,他都醉了。"

"哪里醉了?"杨爸爸耍起小孩脾气,问孟雨繁,"小孟同志,你醉了吗?"

孟雨繁振臂高呼:"报告首长,我没醉!"

然后咣咣咣又吃了两盘饺子。

杨妈妈包饺子时，特地包了六人份，多出的饺子打算他们老两口第二天煎着吃，哪想到这位 XXXL 号的未来女婿全部给包圆了，连一只水饺都没留下。

杨笑哪见过这样的大胃王，怕他吃顶着了，忙前忙后地张罗着给他拿水、拿健胃消食片。

孟雨繁坐在桌旁，见她像只小蜜蜂一样飞来飞去，绕着自己转啊转，他忽然傻笑一声，双臂一伸，揽住她的腰，哼哼道："笑笑姐，你别、你别紧张啦，我没吃多，我也……我也没喝多呀。"

年轻的男孩仰着头，眼角还带着被白酒辣出来的眼泪，看着又可怜，又可爱，又可恶。

杨笑被他揽在怀里，只觉得他的胳膊、他的胸口、他的全身都是那样的滚烫，就连他说话时，口中喷出来的热气都是烫的。

杨笑低头望着他，发现自己的体温直线上升，仿佛也被他传染了。

"哎呀，小孟这是醉了吗？"杨妈妈关切地问。

她一出声，杨笑立即从那种莫名的氛围中跌了出来，眼神乱飘，道："他确实酒量不好。"

作为始作俑者的杨爸有些尴尬："那什么……咱俩扶他上沙发上歇歇吧。"

父女俩齐心协力，引着这个醉鬼往客厅走，孟雨繁浑身都是紧实的肌肉，幸亏他还没有醉到失去意识，否则他们是绝对搬不动他的。

结果到了沙发上，尴尬的一幕发生了——

孟家客厅小，沙发是最基础的两人位沙发，孟雨繁躺上去，一双长腿无处安放，直接耷拉到了地面上。

杨妈妈提议："我看，不如让他去笑笑房间睡会儿吧？"

杨笑傻了。

拜托，他们今天是第一次见面，就让一个陌生男人睡在她床上？

她能倒扣他钱吗！

可是没办法，在父母面前，他们两人是正在交往中的男女朋友，杨

## 第二章 初次见面，我是你的男朋友

笑实在拿不出拒绝的理由，杨笑只能一边在心里碎碎念，一边扶着孟雨繁走向自己的房间。

结果，只听"嘭"一声巨响，身高超限的男孩一头撞在了卧室门框上。

孟雨繁委屈地嗷了一声，本来就晕的大脑现在更成糨糊了……

杨妈妈心疼女婿，一声尖叫："杨笑！让你照顾好小孟，你你你……"

杨笑自知理亏，赶忙连拉带拽，把孟雨繁拖进了自己的卧室里，然后大门一关，把妈妈的唠叨全部隔绝在了门外。

杨笑的卧室不大，但收拾得井井有条，杨笑七岁起就搬到了这里，这里几乎有她的整个少女时代。

不过她上大学后就开始住校，工作后又和闺密合住，这间屋子就连她都很少回来了。只是杨妈妈会定时帮她打扫房间，床单被罩刚换了新的，上面还有阳光的味道。

孟雨繁一进屋就倒在了床上，他太高了，若是竖着躺，一双大脚就悬空露在外面。

杨笑嫌弃极了，推了推他，他便迷迷糊糊地翻了个身，躺成了一条对角线——好歹脚进去了。

因为醉酒，他满脸通红，但最红的是额头正中央，看来刚刚那一下撞得太严重了……

杨笑盯着他额头上门框的痕迹，难得地升起了一阵愧疚之意。

这家伙个子虽然大，可到底年纪还是小些。

她把粉色小碎花薄被抖开，轻轻盖在了他身上。

"就你这酒量，还喝酒呢？"她低声道。

杨笑刚给他盖好被子，她的手机忽然响了。

屏幕上，唐舒格的头像跳啊跳。

  sugar 糖：怎么这么长时间都没回话？
  sugar 糖：没出什么问题吧？
  sugar 糖：见到人了吗？你爸妈没怀疑吧？

杨笑这才想起来,她忘了和闺密汇报事情进展了。

  LOL:见到了。
  LOL:一切都挺顺利的。
  LOL:不过你怎么给我找了一个这么小的啊,见到的时候吓了我一跳。
  sugar糖:嗯?
  sugar糖:笑笑,你进展也太快了吧?
  LOL:说什么呢!
  sugar糖:哈哈哈哈哈,开个玩笑!
  sugar糖:我是一只小猫咪,我年纪还小,什么也不知道!
  LOL:比我整整小了三岁,看着就挺年轻的。
  LOL:我妈还怀疑我来着,问我"你不是一直喜欢年纪大的吗",差点露馅。
  sugar糖:没办法,你要得太急了。我找了半天,年龄合适的就剩下他了。

杨笑想,敢情她找了一个尾货啊。

  sugar糖:对了对了,他长得怎么样?帅不帅?
  LOL:你没有他照片吗?
  sugar糖:有啊,可照片也有可能是照骗嘛。找个好的修图师,八戒也能变彦祖。
  sugar糖:不过我看他身高写的是一米九六,我就想那丑点也没关系!反正他海拔那么高,离地面那么远,你也看不清楚。
  LOL:[友谊的小船说翻就翻].jpg
  LOL:[拜拜].jpg

唐舒格好奇心重,前前后后打听了半天两人见家长的事儿,杨笑懒得打字，干脆开了语音电话和她讲。

在杨笑讲到男孩贴在她耳边说"没事"时，唐舒格那边突然传来一声巨响，"嘭咚"，像是有什么东西掉到地上了。

杨笑紧张道："糖糖，怎么了？"

"没没没没没事。"唐舒格夸张地说，"就是这位太戳老娘萌点了！害得我从床上摔下去了。"

杨笑无奈道："你萌点什么做的，纸吗？一戳就破。"

她又说："你声音小点，他在我身边呢。"

唐舒格："什么？"

杨笑："他陪我爸喝酒，喝了几杯就不行了，睡觉呢。"

唐舒格："啊，你确定他睡着了？不会在装睡偷偷听咱们聊天吧？"

杨笑坐在床尾，侧过头看男孩。

只见孟雨繁双眼闭着，脸上的酒红还没消下去，胸口有节奏的缓慢起伏着。他不知何时从平躺改成了侧躺，明明身高都快两米了，还像个小孩一样跨着被子睡觉，最可恶的是，他那双大掌里居然紧紧抓着一只兔子玩具——那可是杨笑小时候最喜欢的毛绒玩具，一直摆在床头！

她平常摸它，都轻轻地摸，柔柔地摸，而这个家伙，却把它搂在怀里，挤在自己的胸肌下面，小兔子都要窒息了！

杨笑总不能袖手旁观，立即起身去抢自己的小兔兔。

可这小子睡得死沉，杨笑推了半天，也没能从醉鬼手里把小兔子抢回来。

杨笑气喘吁吁地坐在床尾，也想骂人了。

杨笑跟唐舒格说："他确实睡着了，不仅睡着了，小呼噜都打起来了。"

"那你还在等什么？"唐舒格兴奋地说，"快乘虚而入！"

杨笑头疼："瞎说什么，他就是个弟弟，在我眼里，比我小的都是小鬼。"

"那不更好吗？"

"……信不信我揍你啊？"

唐舒格赶快对天发誓不再胡开玩笑。

两个好闺密又聊了一会儿闲话，直到半小时后，孟雨繁迷迷糊糊转醒了，她才挂断电话。

孟雨繁睡蒙圈了，在床上滚了会儿，把杨笑的床单都滚乱了，可不管他怎么滚，那只小兔子都被他夹在两片胸肌之间，兔脸扭曲，一看就遭受了兔生不可承受的折磨。

杨笑没好气地说："醒了？醒了那就赶快起来。"

孟雨繁晕乎乎的，闭着眼睛嘟囔道："教练，教练，让我再睡会儿。"

孟雨繁不知梦到了什么，换了副语气，委屈巴巴地说："教练，我想打篮球。"

杨笑知道这句台词——鼎鼎大名的《灌篮高手》里的嘛，虽然她没完整看过这部漫画，但也跟着唐舒格翻过几眼。

杨笑有些想笑，忽然觉得他赖床也没那么可恶了。

等到孟雨繁完全醒过来，时钟上的分针又跨过了两大格。

男孩茫然地坐在床边，头发乱蓬蓬的，神游天外。

杨笑去厨房给他拿了瓶冰可乐，往他脸上一贴，冰凉的铝罐瞬间让他清醒过来。

"笑……笑笑姐。"孟雨繁尴尬地接过了那瓶可乐，细长罐的可乐到了他手里，就像是迷你包装一样。

杨笑自己也拿了瓶可乐，坐在他身边，问："你以前是不是没喝过酒？酒量不好就别硬撑。"

"喝过。"孟雨繁小声道，"不过喝的都是啤酒。"

"啤酒那叫酒吗？"杨笑不屑地说，"有味道的气泡水罢了。"

孟雨繁震惊地看着她。

杨笑有个年轻时千杯不醉的爸爸，自然也继承了爸爸的好酒量，尤其在电视台那种地方，应酬是少不了的。她刚入台的时候，有些不怀好意的人想要灌醉她，结果全被她喝趴到酒桌底下了。

杨笑见男孩一副大受打击的模样，没忍住又摸了摸他的头，像是安慰一只沮丧的大狗。

男孩的头发很短，毛茸茸的立在头顶，发质很硬，有些扎手。

说实话，孟雨繁和她的择偶类型完全是南北两个极端，杨笑喜欢脑袋里有"东西"的成熟男人——而篮球少年，明显是四肢发达头脑简单的种族。

若是在路上相遇了，杨笑绝不可能多看孟雨繁一眼。

可是偏偏，两个最不可能有交集的人，却在这一天成了恩爱眷侣。

杨笑看了看表，发现已经三点多了。

她平静地说："快到时间了。"

"啊？"孟雨繁茫然问，"什么时间？"

杨笑说："灰姑娘的魔法时间。"

孟雨繁想起来了，有效期只有四个小时——现在，魔法要失效了。

孟雨繁低头看着自己掌心的那罐可乐，大手把易拉罐捏得啪啪作响。

他也不知道自己怎么了，居然脱口而出："其实我还可以再待会儿！"

"不用了。"杨笑说，"你已经完成了你的任务。"

孟雨繁看着她，有些不解地想，这世上怎么会有这样的女孩儿呢？

明明他之前遇到的人，都想尽办法在四个小时里无限压榨他的精力，甚至还以各种理由让他再留一会儿。可是杨笑和她们都不一样。

她能在家人面前用最温柔的眼神看着他，却在私下独处时，用最公事公办的语气同他说话。

孟雨繁嗫嚅道："我刚刚睡了半个多小时……这时间我应该给你补上的。"

"不用补。"杨笑拒绝了，"你是陪我爸喝酒才醉倒的，这算是工伤。"

看，她是多么善解人意的一个人啊。

不论是哪个男生遇到她，都会喜欢她的。

三点半，杨笑准时送孟雨繁离开。

正在客厅看电视的杨爸杨妈一看，立即站起来送他。

杨妈越看这个大高个女婿越顺眼，想着家里还未擦干净的阳台玻璃，她的笑容更热情了："小孟，有空多来啊！阿姨和叔叔都欢迎你的！"

杨爸也点点头,他和孟雨繁中午喝了几杯酒,喝出了感情,觉得这男孩没什么花花肠子,虽然年纪小了点,但是人很踏实。"小孟,下次来,叔叔教你下棋。"

孟雨繁很响亮地答应道:"好!"

可他心里清楚地知道,他可能没有机会再见到这两位长辈了。

杨笑的演技比他好太多了,她挽着他的胳膊,笑着说:"行了,您二位就别十八相送了。他教练刚给他打电话,让他回去训练呢,现在全队就在等他一个人,若是迟到了,他就要被教练罚跑圈了。"

"哦,训练是正事,那可不能耽误。"杨爸好奇地问,"对了,小孟,你打的什么比赛啊,电视有转播吗?"

孟雨繁怪不好意思的,挠挠头说:"我现在还是学生,打的校级联赛,只能现场看。"

"现场看也行啊。"杨爸爸饶有兴致地说,"你别看我现在有点胖,我年轻的时候,也是我们厂里的运动健将呢!你下次有比赛,我们去给你加油啊。"

说着,杨爸爸掏出手机,张罗着要和孟雨繁加个微信好友,说以后可以多多联络。这可是剧本以外的突发状况,孟雨繁赶忙看杨笑,有些无措地盯着她。

杨笑能有什么办法啊,当着父母的面,她只能说:"看我做什么,我脸上又没有二维码。让你加,你就加呗。"

孟雨繁的脸色一下放晴了,兴高采烈地加了杨爸爸、杨妈妈好友。

杨爸爸的微信叫"风和日丽",杨妈妈的微信叫"云淡风轻"。

都是老年人常用网名,眼熟到一定会出现在每个人的亲戚列表里。

巧了,孟雨繁的微信叫"雨过天晴"。

杨笑想,他仨倒像是吉祥的一家了。

看看——杨笑和孟雨繁还没交换过微信呢,可现在,孟雨繁已经"深入敌后"、打入"敌人内部"了。

到了地下车库,杨笑立即松开了他的手,紧张地问:"你朋友圈里没

## 第二章　初次见面，我是你的男朋友

有什么不该有的东西吧？比如你和你女朋友秀恩爱的照片？"

孟雨繁赶忙摇头，脸涨得通红："……笑笑姐，我没女朋友。"

若他不是单身，他也不会答应假扮杨笑的男朋友。

杨笑不知道信没信，只叮嘱他："这事麻烦你了，你把他们拉一个分组，发什么朋友圈都屏蔽他们，等过段时间，他们忘了这茬了，你就可以把我爸妈删了。"

孟雨繁只点头、没说话。

他其实——不想删。

他想，反正他平常也很少发朋友圈，就算留两位长辈在自己的微信联络人里，也……没关系吧？

杨笑根本不知道他心里在打什么小九九，她现在很累，她已经两天一宿没睡觉了，这二十四小时，绝对是她人生里经过的最漫长的二十四小时了。

在踏出父母家家门的那一刻起，她脑中紧紧绷着的那根弦终于松懈下来，无穷的疲惫感蔓延而至，迅速占领了她的身体。

她打了个哈欠，困倦道："我就不送你回校了，待会儿找个地铁站把你放下去。"

孟雨繁如梦初醒地"啊"了一声，赶忙说："行。"

两人上车，这一次依旧是杨笑开车，孟雨繁身子团成一团，坐在了副驾驶座上。

杨笑瞥了他一眼，说："把车座往后调调吧，搞得我像虐待小朋友一样。"

孟雨繁赶忙把车座退到了最后，这才勉强安放下了自己的一双长腿。

平心而论，男孩的身材真的很好，腿长且直，即使牛仔裤很宽松，也没能遮住他的优点。

杨笑的红色小别克冲出车库，一路风驰电掣，很快抵达了距离小区最近的那个地铁站。

孟雨繁开门、下车，一双长腿跨出车外，他没有直接离开，而是重新绕到了驾驶座旁边，低下头，看向了杨笑。

他真的很高，高到遮住了太阳。

杨笑抬头望着他，望着他下巴上那层疏疏的胡茬，望着他额角刚刚消退的青春痘，望着他未加修饰的杂乱的眉毛……

她不知是今天第几次这样想——"他还是个孩子呢"。

只不过，他是一个长得很英俊帅气的"孩子"。

"怎么了？"她轻声问。

"笑笑姐……"孟雨繁有些紧张，他喉结滚动，手里紧紧攥着手机，手机已经被他握得滚烫了，页面打开在微信的加好友界面，可无论如何，他也说不出那句"我能加你微信吗"。

最终，男孩只吐出了一句话："……很高兴认识你。"

杨笑眯了眯眼睛，笑道："姐姐也很高兴认识你。"

这一次，换她把手从车窗里伸出来，大方地握住他的手，上下轻轻摆了摆。

然而不等他攥紧，女孩的柔荑便从他的掌心里抽走了。

与孟雨繁布满茧子的手掌不同，杨笑的手很滑、很软、很白，仿佛还带着一股馨香。

孟雨繁觉得自己的心脏怦怦乱跳，这种感觉甚至比灌入三分球还让他快乐。

"那再见了。"杨笑洒脱地摆摆手。

"……再见。"孟雨繁呆呆回答。

车窗升起，贴着灰黑色防晒膜的玻璃阻隔了男孩的视线。

他傻傻地站在人来人往的地铁口，看着那辆红色的小车绝尘而去。他太高了，像根电线杆一样立在那里，每个经过他的路人都要向他投来好奇的目光。

孟雨繁却顾不得别人的视线，他觉得自己像是在做梦一样。

他只是普通地假装了一回别人的男朋友，普通地陪对方回家、普通地和两位长辈吃饭……

可他的心跳速度，为什么会这么快？

滴滴，微信响了。

## 第二章 初次见面,我是你的男朋友

孟雨繁没有顾得上去看。

滴滴,微信又响了。

他依旧没有看。

滴滴滴滴滴滴,微信响个不停。

孟雨繁无奈地拿起震动不停的手机,低头看去——

——【风和日丽】邀请您进入【吉祥一家人】。

孟雨繁:"这是什么?"

【吉祥一家人】
　　风和日丽(杨爸):小孟啊,我给你拉进群啦。
　　云淡风轻(杨妈):刚才你叔提醒我,说你第一次上门,我们这做家长的应该给你包个红包的。
　　云淡风轻(杨妈):是阿姨没考虑到。不是我们老两口对你有意见啊,我们对你很满意的!
　　风和日丽(杨爸):【红包】
　　风和日丽(杨爸):【红包】
　　风和日丽(杨爸):【红包】
　　风和日丽(杨爸):【红包】
　　风和日丽(杨爸):@雨过天晴,小孟,来领红包。

孟雨繁和杨笑万万没想到,就在他们分开五分钟之后,她爸妈居然把他们拉到同一个群了。

　　雨过天晴(孟雨繁):那个,叔叔阿姨你们太客气了。
　　雨过天晴(孟雨繁):红包就不用了。
　　风和日丽(杨爸):怎么能不用呢!给你你就拿着!
　　云淡风轻(杨妈):以后咱们就是一家人了。

——【LOL】把群名修改为【天气预报】

LOL：爸，妈，孟雨繁。

LOL：祝你们成为快乐的一家人。

LOL：[拜拜][拜拜]

——【LOL】退出【天气预报】

孟雨繁："嗯？"

第三章

# 我的男朋友，撞款了？

杨笑回到家，手机调到飞行模式，睡了个昏天黑地。

她一觉睡了十几个小时，第二天早上她睁开眼时，就见闺密唐舒格正坐在她床前，怀里抱了一大包薯片，正一边盯着她、一边吭哧吭哧吃呢。

唐舒格个子小小的，留个娃娃头，看上去就像是一只屯粮的小仓鼠。

杨笑把床头的抱枕扔过去。

"唐舒格！你要吓死人吗？大早上跑我屋里看着我干吗？"

唐舒格兴奋到两眼发光："我在等你给我讲昨天见家长的事情啊！"

杨笑满头问号："是我失忆了，还是你失忆了，昨天我不是在电话里告诉过你了吗？"

"我看电视剧还要二刷呢，听八卦当然也要二刷了！"唐舒格振振有词道，"而且一刷看梗概，二刷揪细节，等到三刷四刷，我还要放慢，用显微镜看呢！"

杨笑能有什么办法，自己认的闺密，硬着头皮也要分享八卦。

于是，杨笑把自己和孟雨繁相处的点点滴滴全部倒了出来，昨天没顾得上的小细节，今天也全部复述了出来。

唐舒格听得咯咯直乐，津津有味地啃着薯片，倒真像是在看电视剧了。

"最后，"杨笑为这个故事收尾，"我把群名改成【天气预报】，然后就退群了。"

"哈哈哈哈……"唐舒格笑倒在地毯上，怀里的薯片没抱住，撒了一地，"笑笑，真有你的！"

她顾不上清理地毯上的渣子，从兜里摸出一个巴掌大的小本和一支圆珠笔，奋笔疾书地趴在地上记了起来。

杨笑看她这副"刻苦"样子，无奈问："大作家，又有灵感了？"

"是呀是呀。"唐舒格头也不抬，笔杆子动得飞快，"你可真是我的灵感缪斯，这个梗实在太有趣了，我一定要记下来！为我的新文添砖加瓦！"

唐舒格高中便沉迷小说、漫画，等到大学时，就开始试着在网上连载小说了。她手速跟不上脑洞，到现在还只是个三流写手，但作为业余爱好，她一年也能入账几万块钱。

她心态好，有时候小说数据太差，糊到地心，她就告诉自己："没关系，我还有一份正经工作，不需要靠写小说养活自己。"

有时候工作受到委屈了，她又告诉自己："没关系，大不了不受这鸟气了，我靠写小说也能养活自己！"

杨笑最喜欢的就是她这副乐天派性格，仿佛一切荆棘与坎坷，都能越过。

杨笑说："说真的，我很好奇，你写过那么多的恋爱小说，难道就不想自己谈一场恋爱吗？"

哪想，唐舒格却回答："我现在就在谈恋爱啊！和别的男人谈恋爱，不如和我偶像谈恋爱！"

"……那你偶像知道你在和他谈恋爱吗？"

"他不用知道啊。"唐舒格一叉腰，"他每天通告那么多，工作那么忙，谈恋爱这种事，我一个人包办就好啦！"

说实话，若是唐舒格过段时间决定单方面和她的偶像举行婚礼，杨笑都不会感到意外的。

杨笑起床洗漱，从冰箱里摸出两片面包和一盒冰酸奶，很快就吃干净了，然后她深吸一口气，笔直地坐在桌前，掏出手机，坚定地关掉了"飞行模式"的开关。

手机沉静了三秒——然后立即被疯狂涌入的消息填满了。

数百条消息一一弹出，还不等她看清，又迅速被新的消息冲走，苹

## 第三章 我的男朋友，撞款了？

果手机的锁屏页面就像是被暴雨冲垮的大坝一样，根本无法阻拦那些疯狂涌动的信息流。

手机叮叮咣咣响了好几分钟，动静太大了，甚至惊醒了正趴在地毯上写笔记的唐舒格，她光着脚跑出来，震惊地问："笑笑，你手机怎么了，马蜂窝钻进去了？"

杨笑耸耸肩："还能怎么了，肯定是于淮波被精神病院放出来了呗。"

唐舒格："……这么快？"

杨笑道："本来也关不了他太久，毕竟他没有精神疾病，我昨天能把他坑进医院，纯属运气好。他在里面住两天，做个检查，医生发现他没病，不就只能把他放出来了吗。"

杨笑把他送进精神病院，又打电话通知他们学院的领导，目的就是为了恶心他。

可惜这招杀伤力不足，这混蛋只关了两天，就被放出来了。

不过嘛，高校教师之间八卦流传速度很快，他进精神病院的事情肯定瞒不住。这种事情洗不干净，以后每个老师看到他，都会对他指指点点，而他也会终身卡在副教授的职级上，晋升无望了。

虽然杨笑早在第一时间就把于淮波的所有联络方式拖入黑名单，但是于淮波也不是傻子，他可以换号继续骚扰。

杨笑瞥了眼自己的短信箱——她当初办理了"未接电话短信通知"的业务，于是现在她的短信箱里密密麻麻挤满了上百条短信，每一封短信，就代表于淮波打了一次她的电话。

除此之外，还有于淮波直接发来的短信。

杨笑看都没看，直接拖入了垃圾箱。

"哎呀，你怎么直接删了呀！"唐舒格手里拿着笔记本，遗憾地说，"我还想看看他的短信里都说什么呢——是忏悔错误？还是恼羞成怒？我的渣男素材库已经饥渴难耐了！"

"他说什么，和我有什么关系？"杨笑淡定地道，"难道你在路上踩到狗屎，还要低头研究一下这条狗早上吃了什么？"

唐舒格醍醐灌顶，再次露出了灵感降临的表情，小本子唰唰翻过一页,开始兴奋地记录起杨笑的语录。

杨笑下了个电话拦截软件,设置成"只有电话簿里的人才可以联系我",这样就把所有未知来电都屏蔽在外了。

然后,她又深吸一口气,点开了聊天记录显示"99+"的微信——

果不其然,她爸重新把她拉回了【天气预报】群,在她昏睡的这十几个小时里,孟雨繁已经和她爸妈打得火热了。

杨笑翻了一下聊天记录,刚看了几页就头晕眼花了。

孟雨繁确实很有长辈缘,而且特别会捧场,也不知道他哪里来的这么多中老年表情包,不管杨爸杨妈说什么,他都能接上。

风和日丽(杨爸):【分享文章——《99%的中国人都不知道的历史,向英雄致敬!》】

雨过天晴:太感人了,虽然我年纪小,但是我一直对这段历史很感兴趣。如果不是当了篮球运动员的话,我一直想去当兵!

云淡风轻(杨妈):【分享视频——《吃不完的饺子皮不要扔,这么做,隔壁小孩都馋哭了!》】

雨过天晴:阿姨做的饺子太好吃了,根本不会有吃不完的饺子皮!

杨笑想,这家伙讨好长辈的水平未免太高了吧。

眼看【天气预报】群里又开始了一轮全新的吹捧与被吹捧,杨笑只觉得头皮发麻,牙齿发酸。

她赶快通过了孟雨繁的好友申请。

LOL:我不在的这十几个小时里发生了什么事?

LOL:难道我爸妈发现你是他们失散多年的亲生儿子?

雨过天晴:笑笑姐,你还有个失散多年的亲弟弟吗?

LOL:没有,我是独生子女。

LOL:[微笑]

两人加上好友后，孟雨繁给杨笑一连发了四个红包，杨笑问他什么意思，孟雨繁说，这是杨爸杨妈给他的见面红包，他虽然当着他们的面收下了，但于情于理必须还给杨笑。

LOL：不用了，你拿着吧。
LOL：就当是谢谢你的帮忙了。

本来，她和孟雨繁的假情侣关系也只有四个小时，从他们离开他家的那一刻起，就应该再无瓜葛。

没想到杨爸杨妈居然会加孟雨繁的微信，看他们三个人在群里聊得那么热络的样子，杨笑觉得这就像是一个越吹越大的气球，看着漂亮喜庆，却不知道什么时候就会"嘭"的一声爆炸。

算了……还是走一步看一步吧。

成年人的世界，每一秒都是没有硝烟的厮杀。

杨笑没那么多时间沉浸在失恋带来的种种余震中，她用最快的速度把关于于淮波的所有回忆都打包扔进了垃圾桶里，等到周一的太阳升起，她照旧西装套裙配红唇，一手拎着名牌包包，一手拿着咖啡，快步走进了办公室里。

去年华城电视台内部做了一波重大改革，由"项目制"改成了"负责人制"，每个负责人都要竞聘上岗。

以前一档节目的结构是树型，有什么消息从上往下层层传达，而现在变成了礼花型，由负责人统一调动。

这样一来，负责人身上的担子就变得格外重了。

杨笑所在的项目是一档谈话类节目，叫《午夜心路》，开播四年了，收视率一直不温不火，最初立项的原因只是为了填补工作日深夜档的空缺。

这栏目体量小，一期只有四十五分钟，本来电视台高层就不重视这个栏目,改制后,整个节目只剩下零星几个人。

结果呢——上个月,隔壁一档热门综艺以人手不够为由,借调走了一个!

杨笑要疯了,她是节目编导,就是这小团队里的二把手,现在走了一个,她的工作量瞬间激增。

她已经连着加班一个月了,要不是之前中秋假期他们的节目停播一期,她根本连喘息的机会都没有。

杨笑向节目负责人吴哥递了条子,希望能招个新实习生。

没过多久,实习生到了。

实习生是踏着金黄色的秋叶进门的。

一入秋,华城的温度便迅速往下跌,杨笑脱下了西装短裙,换上了入秋的打扮。

她今天穿了一条灰色条纹的西装长裤,设计时尚,裤口微微呈喇叭状扩开,配上脚下的高跟鞋,气场足有一米八。

当季最新款塔罗牌丝巾在女孩纤长的颈上挽成一朵小花,随着她的走动,丝巾的飘带也随风飞了起来。

"你就是新来的实习生?"她风风火火走过来,一眼就看到了站在办公室大门外,一脸局促的年轻女孩。

小姑娘年纪不大,一米五五,瘦瘦小小,梳一个高丸子头,穿一件宽松的卫衣,背着双肩包,浑身上下都写着青涩。

"您、您好。"小姑娘九十度鞠躬,惶恐地说,"我是新来的实习生,刘悦月!我同学都叫我月月,您也可以叫我月月!"

"行。"杨笑说,"那我就叫你小刘吧。"

刘悦月:"好的……"

杨笑把手里的资料递给她,"小刘,"她特意强调这个称呼,"你今天是第一天来,我就不给你安排太多工作了。这是咱们节目的资料,你今天的唯一任务就是坐在这里,把今年来的所有节目都快速过一遍。"

"今年的所有节目?"刘悦月惊呼出声,"那不是有三十多期了吗?"

"准确地来说,是四十期。"杨笑说,"为了防止意外,每档节目都会提前两期录制,作为储备。明天上午咱们就要进棚,录制两百期的特别节目,到时会有很多位老嘉宾到场,你要做好准备。"

她雷厉风行,很快就把任务布置了下去。这个工作量在她看来并不大,可是对于一个刚入职的实习生来说,一点缓冲都没有,就把那么多节目堆在她案头,她在刚上班的第一分钟,就要被吓哭了。

眼看一朵小花被摧残得蔫蔫的,杨笑意识到自己有些过于严厉,中午吃饭时,她特地叫上刘悦月一块儿去食堂。

可刘悦月战战兢兢,简直像是老鼠遇上猫,吃饭时根本不敢抬头。

下午节目组的人组团点奶茶,杨笑问刘悦月要不要,刘悦月说:"杨杨杨杨杨杨姐我不要……我我我我我减肥……"

杨笑实在无奈,明明是给自己招个助手,结果却不小心把自己的助手吓到了。

这个小姑娘胆子是小了点,不过工作能力确实很强。

杨笑问她:"不错啊,你以前有过电视台的实习经验?"

"我没在电视台实习过。"刘悦月摇头,"不过我暑假的时候,在一个外包公司做了三个月。"

她口中的那家外包公司,杨笑也知道,那是一家很有名的综艺外包公司,和好几家电视台有过合作。

杨笑好奇地问:"那你怎么不在那儿继续干下去?就我所知,那家公司想留下,还是挺容易的。"

刘悦月沉默了一会儿,才小声说:"那个公司欺负我还是个学生,压了我三个月实习工资不发。"

"啊?还有这事?"杨笑一听,立即表示,"现在要回来了吗?我之前和那家公司打过交道,还算能说得上话,要是没要回来,我帮你要。"

刘悦月没想到杨笑居然会主动帮她的忙,她又惊又喜,忙说:"要、要回来了!我在找了个一米九多的肌肉男,我和同事说他是我男朋友,练拳击的,让他连续一周接我上下班,老板就把工资发给我了。"

杨笑沉默。

刘悦月:"怎么了杨姐?"
杨笑:"你这个故事,我好像在哪儿听过。"

这世上真的有这么巧的事吗?

晚上加班结束回到家,杨笑躺在床上点开了刘悦月的微信朋友圈。

她平常工作忙,没时间发朋友圈,也没时间看别人发的朋友圈,现在闲下来看,发现里面有趣的东西还挺多。

刘悦月还是个小丫头呢,尚处在"所有心事都要发到社交网络"上的年龄。

早上没挤上地铁,发一条,上午迟到了,发一条,中午食堂吃包子,发一条,下午奶茶喝多了,发一条。最新一条停留在刚刚,刘悦月拍了张月亮,月亮下是她高举的V字手,配文:"小刘同志本月加班第八天,加油!"

杨笑点了个赞,想,有进步,看来她已经接受自己是"小刘",而不是"月月"了。

杨笑继续往前翻,翻到手指抽筋,终于找到了中秋节前的一条朋友圈。那时候刘悦月还自称月月,连续一周,每天发张照片。

她根据时间顺序,从后往前倒着看。

第七天,刘悦月发了一个男人的高大背影,配文:"某人真的好高啊,我和他并排走在路上,就像他拎着一个热水壶一样。"

第六天,刘悦月发了男人握着矿泉水瓶的照片,配文:"某人手好大啊,拿着矿泉水瓶就跟拿着口服液一样。"

第五天……第四天……第三天……第二天……

正如刘悦月所说,她充分发挥了主观能动性,把这位假男友全方位多角度秀在朋友圈里,并且特地强调了他的高、壮、拳头大,一般的瘦弱办公室宅男,他一个能打八个。

照片翻啊翻,终于翻到了底。

时间是中秋前一周,刘悦月发了讨薪以来的第一段和男朋友有关的小视频——

## 第三章 我的男朋友，撞款了？

公司大门外，阳光暖融融，洒在路边的花坛上，等候在那里的青年眉眼弯弯，起身向她大步走来，同他一同奔来的，还有一只金毛寻猎犬，狗狗的脖子上系着一条格子花纹的牛仔巾，戴着一顶牛仔帽，嘴里叼着一支玫瑰。

狗与青年，花与阳光，他手里的冰奶茶和嘴角的笑……不知构成了多少青春少女的梦想。

"你下班了？"视频中的男主角低下头，对着镜头说，"我买了电影票，咱们去约会吧。"

十五秒的短视频到这里戛然而止，杨笑手腕一翻，直接把手机倒扣在了床上。

她现在终于可以确定了——她的男朋友，撞款了。

第二天吃早饭时，杨笑把这件事情告诉给了唐舒格。

本来昏昏欲睡的唐舒格瞬间清醒过来，惊讶道："世界这么小！你的假男朋友，和你们公司实习生的假男朋友，是同一个人？"

"对啊。"杨笑无奈地把手机递过去，"你看，这是视频。"

唐舒格赶忙把手机接过来，一边吃着早餐，一边欣赏。

十五秒的短视频很快播放完毕，唐舒格啧啧："这不是大圣吗？"

"大圣？"杨笑问。

"就是这只金毛。"唐舒格点了点手机屏幕，这只叫大圣的金毛可是我们公司里点单率最高的金牌宠物，出场费两百块钱一次，帽子、围巾额外算钱，它嘴巴里的玫瑰二十八一支。"

唐舒格一边说着，一边又把短视频看了一遍："哦，还有奶茶跑腿代购，三十一次。"

杨笑吐槽："你们公司领导到底是什么赚钱鬼才？"

"人都是要'恰'饭的嘛。"唐舒格说。

杨笑无奈地把手机收回来，问："你和我说实话，你们公司撞款的几率怎么这么大？"

唐舒格油嘴滑舌："这说明，你和这位小男朋友有缘呀——"

"有什么缘？"杨笑摇头，"要不是这次在同事的朋友圈里看到他，我根本想不起来他了。"

孟雨繁还挺聪明的，他告诉她爸妈，他最近要准备比赛，要封闭训练，连手机都不能摸，杨爸杨妈信以为真，就不在群里打扰他了。

不过现在最大的问题在于——杨笑能在新同事的朋友圈里看到孟雨繁，那她爸妈会不会在别的什么地方看到孟雨繁？

比如，孟雨繁和别人约会时，被买菜的杨妈看见？或者，孟雨繁给别人说情话，被遛弯的杨爸听见？

世界这么小，孟雨繁个子又那么大，若是被爸妈撞见了，可真没办法解释。

就在杨笑忧心忡忡之际，她的手机又响了。

【天气预报】

风和日丽（杨爸）：今天早上我去农贸市场逛了一圈，大闸蟹上市了，价格不贵，还挺肥的。

云淡风轻（杨妈）：@雨过天晴，小孟呀，最近训练是不是很辛苦啊？来阿姨家吃螃蟹啊。

怎么刚想到曹操，曹操就被点名？

不行，她得尽快想个理由，早点告诉爸妈，她和孟雨繁已经分手了。

杨笑想尽快和孟雨繁划清界限，可有的时候，计划总是赶不上变化。毕竟谁也不知道，"意外"和"前男友"哪个会先到。

虽然《午夜心路》是个小栏目，但并不是随随便便一档栏目就能做到两百期的。台里对它的第二百期特别节目还挺重视，不仅批了大笔经费让他们多请几位嘉宾，甚至在节目剪辑完成后，还要上报台里，由领导特别审核，而领导每审核一次，总能挑出一些错误来，打回来让他们重新剪辑调整。

前前后后折腾了一个星期，好不容易最终定稿等待播出了，结果一个晚上的工夫,就"变天"了——某位男嘉宾被爆孕期出轨粉丝的消息,而且还是有录音有视频有照片的实锤!

那位男嘉宾根本洗不干净,名声一落千丈,自顾不暇。

台里紧急下了指令,让他们重新剪辑视频,把有那位男嘉宾的镜头全部剪掉,剪不掉的就想尽办法遮挡。

杨笑能有什么办法啊,只能带着刘悦月泡在剪辑房里,和剪辑师苦熬了两个通宵,终于赶在节目放映前,把这期重新剪出来了。

当她们踏着月色走出电视台时,只觉得头重脚轻,大脑都不会转了。

"小刘,你住在哪里?我送你回去。"杨笑打起精神,看向困得昏昏欲睡的小助理,"我有车,就停在那边。"

"谢谢杨姐!"刘悦月打了个哈欠,艰难地吐出了自己的地址,还好她们住得不远,还挺顺路的。

两人走向了停车场,秋夜露重,刘悦月打了个寒战,把双手揣在了卫衣兜里。

刘悦月吸了吸鼻子,感慨道:"那个男嘉宾我一直很喜欢的,他的电影我部部都看,可他怎么能做出这种事?居然在老婆怀孕的时候出轨粉丝,还一口气出轨好几个,他怎么脸皮这么厚啊。"

"这算什么。"杨笑淡淡道,"我还见过同时出轨三十四个人的渣男呢。"

"什么!"刘悦月的眼睛瞪大了,不可思议地重复,"三十四个?就算一天撩一个,一个月都排的满满当当,他是怎么让每次约会都不撞车的?"

这事儿杨笑也琢磨过,于淮波这已经不是劈腿劈成鱿鱼精了,这分明是劈腿劈成鱿鱼丝。他若是把他劈腿的精力拿去著书立传,写一部《教你如何做时间规划》,肯定销量了得。

她忙碌了几天,现在大脑已经迟钝得不会转了,她大脑几近放空,木然地回想着于淮波的事情。

"——笑笑!"

看,她都累出幻觉了,居然会在半夜两点的停车场里,听到于淮波的声音。

她并未停下脚步，一边神游天外，一边按下了车门钥匙。

红色小别克的中控锁应声而开，喇叭发出响亮的滴滴声，车灯闪了闪——照亮了车前一道黑漆漆的身影。

"啊！"刘悦月惊呼出声，"你、你是谁？"

杨笑一愣，下意识地把刘悦月拉过来护到身后，手机打开照明模式，射向了那个人影。

果不其然，蹲守在这里的人，居然真的是阴魂不散的于淮波！

他西裤配衬衫，外面罩了一件经典的巴宝莉风衣，头发梳得整整齐齐，还是那副衣冠楚楚的模样。他这身打扮，根本不适合出现在凌晨两点的停车场，而是应该出现在湖边、出现在公园里、出现在任何一个花前月下的地方，再骗走一颗小姑娘的芳心。

杨笑警惕地看着他，问："于淮波，你来做什么？"

她说话时，右手悄悄伸进包内，摸住了自己不离身的防狼喷雾。

她脸上一副波澜不惊的模样："咱们已经分手了，不是吗？"

"分手？"哪想，于淮波却露出一副痛苦的模样，如吟诗一般说，"我这么爱你，你为什么要这么对我？"

杨笑身后的刘悦月小声惊呼，八卦地问："杨姐，这是你的前男友？"

"不是。"杨笑回答，"这是一张电线杆上的性病广告，我路过的时候粘在我鞋底，我好不容易才甩掉了。"

杨笑的声音不大，不过在寂静的停车场里依旧清晰可闻。

于淮波表情扭曲了一瞬，又强迫自己平静下来，依旧是那副风度翩翩的学者模样："笑笑，我今天不是来找你吵架的，是来和你讲道理的。"

真是奇怪，这世上有什么道理，需要一个男人半夜三更跑到空无一人的停车场讲给前女友听？

于淮波继续说："你知不知道你的冲动行为给我添了多少麻烦？"他忽然转过头，看向躲在后面的刘悦月，用一种沉痛又惋惜的口吻说："这位小姐，你有所不知，我和杨笑因为感情纠纷，她就诬陷我有精神病，把我送进医院，害我在同事之间声誉扫地！"

## 第三章　我的男朋友，撞款了？

他故意把这件事当着外人的面说出来，就是为了败坏杨笑的名声。

可刘悦月眼珠一转，说："你凌晨两点蹲守在这里，我看你确实挺像有精神病的！"

刘悦月又问："不把你送进精神病院，那把你送到哪里，派出所吗？"

看，果然是杨笑带出来的兵，怼人的功夫一等一。

杨笑打断他的表演："于淮波，你纯属咎由自取。我上次能把你送进精神病院，那我下次就能把你劈腿的证据送到你们院里——你身为副教授，却故意引诱院系里的女学生，这种师德问题可是红线，你就这么想被学校除名？"

"你！"于淮波祭出了渣男经典语录，"你不要胡思乱想好不好，我跟她们真的没有什么的！我把她们都当作妹妹！"

"你跟我解释什么？我又不是你妈，管你有几个妹妹。"杨笑根本不给他眼神，拉着刘悦月就要上车。

于淮波再也维持不住风度翩翩的绅士模样，本性再次暴露，伸手就去拽杨笑。

他即使瘦弱，但毕竟是个男人，杨笑才九十多斤，又穿着高跟鞋，被他一拽根本站不稳，踉跄一下差点跌倒。

于淮波见暴力得逞，便用更大的力道去拉扯杨笑，刘悦月急得扑上来救人，却被于淮波一把推开。

关键时刻，杨笑从包里掏出防狼喷雾，对着于淮波的眼睛就是一通狂喷。

于淮波猝不及防，下意识收回双手捂住眼睛，杨笑趁机脱下高跟鞋，对着于淮波就是一阵强攻猛打。

这双经典款红底高跟鞋价格不菲，小羊皮底，杨笑平时都舍不得穿它走水泥地，就怕磨损了娇贵的鞋底。不过到了这时，高贵的高跟鞋化身世上最称手的防身武器，两锤敲下去，于淮波就被锤得嗷嗷大叫。

简直像是杀猪。

"你们干吗呢？别打了！"

停车场保安听到了动静，拿着手电筒急忙赶来，眼前的情况却有些出乎他的意料——只见一个衣冠楚楚的男人捂着眼睛跪倒在地，额头带血，嘴里不时发出吸气声，而在他身前，一个高挑的女孩子赤脚站在那儿，头发凌乱，双手握着一对高跟鞋，明明模样狼狈，可脸上的凌厉劲儿却让人望而生畏。

见保安来了，杨笑腾出一只手，以指为梳，随意理了理凌乱的鬓发，又整了整纷飞的衣角。

她重新把手里的高跟鞋放回地面，在众人的视线追逐下，女孩一双玉白的赤足踏入高跟鞋中，艳红色的鞋底一闪而过。

她两脚并拢，鞋跟轻撞。

"别愣着了。"杨笑淡定地对保安说，"报警吧。"

民警来得比想象中的快，可处理结果，却比想象中差很多。

民警在得知杨笑和于淮波是前男女朋友关系后，表情有些为难。

"这个……杨女士，你激动的心情我们可以理解，但是我国确实没有法律，能够因为一个男人出轨就把他抓走。"民警解释道，"而且，你说他跟踪你、在停车场故意埋伏你，但是他那边的证词不是这么说的。"

杨笑挑眉："哦？他怎么说的？"

民警说："他说，他是想挽回你……"

杨笑："在凌晨两点半的停车场挽回前女友？您不觉得可笑吗？民警同志，我这儿可有同事作证，他对我使用了暴力！"

在旁边当了很久透明人的刘悦月赶忙举手："没错！我证明，他确实对杨姐拉拉扯扯来着！"

民警视线尴尬地从她脚下的凶器……哦不对，高跟鞋上瞟过，"这个，根据医院出示的病情单，他的手上、额头都有多处利器击打的伤痕，要缝针的。"

用更清楚的话来讲，他对她使用暴力？无法证明。

她对他使用暴力？证据确凿。

杨笑和刘悦月在派出所录笔录，一直录到早上五点才离开，而最终她只拿到了一份"不予立案通知书"。

她走出派出所，看着手里这张轻飘飘的纸，觉得异常可笑。

## 第三章 我的男朋友,撞款了?

民警也挺同情她的,劝她:"这种感情纠纷,根据现行法律法规,我们确实没办法处理。你揍他那一顿也够他受的了,我看了下,那伤口没个十天半个月,好不了的。"

杨笑问:"那如果他伤好了,再来纠缠我呢?"

"杨女士,要不然这段时间,你就让你男性家人,比如父亲、兄弟来接送你吧?"

可杨笑是独生子女,没有兄弟,而杨爸去年才做了心脏搭桥,身体不好,断不能让他知道这件事情……

杨笑眉头紧皱,发现身边居然没有一个可以帮得上忙的男性。

就在她思索之际,身旁的刘悦月就忽闪着一双灵动的大眼睛望着她,那样子活像是小学课堂上等着班主任提问的小朋友,满脸都写着"问我啊!快问我啊!"

杨笑只能问:"……小刘,你有什么好建议吗?"

刘悦月立即说出了自己的答案:"杨姐,我可以给你推荐一个人啊!"

"哦,是谁?"

"你记不记得我和你说过,我之前找的那个假男朋友?"

"随叫随到,特别好!"刘悦月兴奋地卖起安利,"他身高一米九六,浑身肌肉,年轻力壮,像你前男友那种货色,他一个打十个没问题!"

杨笑:"等……"

刘悦月掏出手机,直接送到她眼皮子底下:"姐,我看你不如就找他,那个于渣渣看到你的新男友又年轻又高大又帅气,肯定不会再骚扰你了!"

刘悦月语速极快,几分钟的时间,就已经帮杨笑计算出了最实用的选择。

在这一刻,杨笑深切地意识到,把刘悦月留在《午夜心路》栏目组完全是浪费了她的天赋,她明明可以去电视购物栏目独挑大梁啊!

杨笑尴尬道:"那个,小刘,我觉得这事不急,你让我再考虑一下……"

"还考虑什么啊!"刘悦月激动道,"我有他联系方式!现在就帮你联系!"

## 第四章
## 您的男朋友,已就位

华城大学,室内训练场。

刚跑完五组一百米往返跑的孟雨繁脱掉汗津津的 T 恤,呈大字形躺在了地上。

他全身热腾腾的,冒着汗,简直像是刚从水里捞出来一样。

助理教练站在旁边,左手掐着表,右手拿笔在本子上记下了他的冲刺数据。

"行,成绩挺稳定的。"助教难得地抬了抬嘴角,"不错嘛,看来最近没偷懒。"

孟雨繁赶忙问:"助教,那我能上这赛季的首发名单吗?"

助教没有正面回答:"不带旁敲侧击走后门的啊,首发名单需要武教练宣布,你别和我套近乎。"

见助教嘴巴严,孟雨繁傻笑着挠了挠头。

每年秋季,备受瞩目的 CUBA——也就是大学生篮球联赛——就要进行地区预选赛了。

华城大学作为国内超一流的综合类院校,校领导雄心勃勃,每年都剑指篮球联赛冠军,冠军队不仅有丰厚奖金,对于球员来说,更是彰显能力的最佳平台,若是表现足够抢眼,就有可能拿到 CBA 选秀卡,未来便可以去职业篮球队打比赛!

更进一步,甚至能代表国家去打世界杯!

## 第四章 您的男朋友，已就位

哪个篮球少年没有梦想？孟雨繁才二十二岁，正是一个篮球运动员在赛场上初露头角的黄金年龄。越是临近比赛，他心里越是紧张。

可华城大学储备的篮球人才太多了，像他这样的单招体特生，每年都有两三个名额，他们篮球队加起来总共有十来个人，可首发只有五人！

他踏入校门的几年来，当过两次首发、两次替补——而根据现行联赛规定，每名球员最多只能参加五年联赛。

也就是说，今年是他最后的机会了。

想到这里，孟雨繁垂头丧气地坐起来，颇像是一只吃不到骨头的大狗，尾巴、耳朵都耷拉下来，看着好不可怜。

……

今天的训练结束，队员们一哄而散，吵吵嚷嚷地冲进了更衣室里。

十来个浑身臭汗的大男孩挤在密闭的小空间里，那味道实在可怕，据说这学期新上岗的保洁阿姨来更衣室里打扫，直接被熏晕了过去，还以为榴莲坏在柜子里了。

孟雨繁穿衣服时，放在书包里的手机响个不停。

他从包里翻出手机，发现联系他的人，居然是——杨爸杨妈。

他们在那个【天气预报】群里圈了他，问他什么时候有空过去吃螃蟹，见他好久不回复，又改为私聊，直接敲他。

*风和日丽（杨爸）：小孟啊，你集训结束了吗？*

*风和日丽（杨爸）：要是忙完了，来叔叔家吃螃蟹啊，现在螃蟹正肥呢。*

孟雨繁可耻地咽了口口水，他刚刚运动完正是最饿的时候，肚子咕咕叫个不停。

但是——孟雨繁想到杨笑，心底升腾起来的馋意又被压下去了。

他和杨笑本来就是最单纯不过的假情侣关系，这事结束后，就不应该再有瓜葛，可他却误打误撞地加上了杨爸杨妈的微信，老两口经常对他嘘寒问暖，而他根本不知道如何拒绝这份善意。

就在他对着手机冥思苦想之际，突然从身后窜出来一道人影。

"繁子！干吗呢？"他的好兄弟徐冬嬉皮笑脸地凑过来，作势要抢他的手机，"我知道了，和小姑娘聊微信呢吧？让我猜猜，是不是上周向你要微信的那个外语学院的小学妹？"

孟雨繁身子一挡，躲开了队友的魔爪。

"别乱说。"孟雨繁自证清白，"我根本没把微信号给她。"

"那可是这届大一级花！那么漂亮的你都看不上眼？"徐冬震惊道，"你看看咱队里，就你没谈过恋爱了，难不成你真打算当和尚啊？"

哪个小女生不爱飞驰在赛场上的篮球男孩？篮球队的男孩个子高、身材好，不论走到哪里都是视线焦点，吸引无数女孩子的注意。就拿他们队来说吧，一多半以上的球员换女友的速度比换衣服都快，剩下的人也至少谈过两三个对象。

唯有孟雨繁，从始至终都是单身。

徐冬唏嘘道："我真不明白了，篮球再好，能有女孩子身上的两只'篮球'好？"

孟雨繁恨不得捂住耳朵，拒绝这种淫秽思想传播。

他提出抗议："徐冬，谈恋爱是要找灵魂伴侣，不是找床上伴侣！"

"放屁。"徐冬大声嘲笑他，"这种话，也就是你这种没经验的小处男才说得出来了——等你真遇到那个人，你信不信，她光是对你笑一笑，你满脑子想的就只剩下动物世界那点事儿了！"

孟雨繁没听懂："动物世界？"

"就那句嘛——'春天到了，又到了动物们交配的季节了'……"

孟雨繁骂了他一句，懒得理他。

俩人换好衣服，拿起包向着宿舍楼走去。

新赛季即将到来，他俩都是前锋，一个大前锋一个小前锋，刚好可以打配合。他们同一年入学，也就是说，今年都是他们最后一次参加CUBA了，如果未能入选联赛阵营，那么他们将永远失去站在职业赛场上的机会。

俩人的关系有些微妙，既是竞争对手，又是亲密无间的伙伴。

## 第四章　您的男朋友，已就位

徐冬说："也不知道老武能不能把咱俩都选进去，队里除了咱俩，还有三个前锋呢，实在不行今年让我去打中锋也可以，我真的不想现在就离开赛场。"

老武就是他们的总教练，脾气挺倔的一个老头，以前带出过好几个职业队 MVP 球员，后来退休了，这才被华城大学特聘来带他们。

孟雨繁却和他不一样，异常坚定地说："我只想打前锋，若是让我打中锋，那我宁愿不上场。"

前锋和中锋在一场比赛里司职不同，没有谁优谁劣的区别，很多球员为了获取上场机会，都会在不同角色里切换。可是孟雨繁只想当前锋——勇往直前、没有退路，只能得分、得分、得分的前锋。

他说话时，脸上带着一种天真却又成熟的神色，让人不由自主地相信，即使前路崎岖，他依旧能够实现他的梦想。

徐冬神色复杂地看着他，沉默了一会儿，忽然生硬地转移了话题。

"对了，你刚才在和谁聊微信？"

"……没谁，是我老板。"孟雨繁心虚道，"我不是最近在打零工吗，上一个老板加了我微信，说以后有活儿还找我。"

他可没撒谎——杨笑确实算是他的半个老板吧？若是以后杨笑还要带他回家，那不就可以再有交集了吗？

听了他的解释，徐冬"切"了一声，劝道："小少爷，要我说，你死拧着不低头有什么用呢？赶快回去和爸妈道个歉，说几句好话，不照样有大把大把的钱花，还用得着苦兮兮的打零工？"

"不行！"孟雨繁立即摇头，"我不想让他们拿钱来侮辱我的篮球梦想！"

徐冬想，为什么他就没有一对儿会拿钱来侮辱他的爸妈？

学校对体特生有优待，给他们每个人都安排了单间宿舍，徐冬和孟雨繁恰好住对门。

宿舍空间很大，床、柜都是按照他们的身材特别订做的，若是换一个小个子进入他们的房间，一定会觉得像是闯入了巨人国度。

063

而孟雨繁的房间里,最引人注目的地方就是鞋柜——他的鞋柜足足有五层,除了平常的训练用鞋外,剩下几层装的全部是球鞋。

各种配色、各种限量、各种联名……这根本不是鞋柜,这明明是一座移动金矿!

没人知道,看着高大威猛的孟雨繁,其实有个特殊爱好,那就是擦鞋。

每当他要思考问题时,他就搬一把小凳子坐在鞋柜前,大手捏住小刷子,沾上鞋油,一点一点地擦他的球鞋。

他就像是划火柴的小女孩,他在擦鞋中获得心灵的宁静,得到灵魂的升华。

而今天,孟雨繁又坐在鞋柜前开始擦鞋了。

他今天擦鞋时思考的问题是——他又没钱了,怎么办?

孟雨繁踏入大学校门前,和父母约定好这四年是他最后的"放纵",等到大学一毕业,他就乖乖脱下篮球服,回去继承家业。

毕竟,打篮球收入有限,一个CBA职业球员的年薪都不够他爸买辆车。而且,篮球是一项很注重身体对抗的运动,运动员浑身上下都是职业病,若是不幸,遇到什么半月板撕裂啊、脚腕骨折啊,落下病根,那就是一辈子的遗憾。

可孟雨繁却固执得要命,他在大四时,背着家里人偷偷递交了保研申请,决定留在球场,向他的梦想继续前进。

于是开学之后,他的所有经济来源都被父母切断了。

孟雨繁不肯向父母低头,他闷在宿舍里擦了两天鞋,最终决定利用训练的空余时间寻找兼职。最好时间短,报酬丰厚,工资现结,还有什么工作比这个更适合他?

也是巧了,他找到的第一个兼职,就是在软件上接单帮人跑腿、代驾之类的。

可自从那次假扮过杨笑的男友后,他也不知道自己究竟中了什么魔咒,最近这段时间,他总是不停回忆起在杨家那短短的四个小时。

他记得她挽着他的手,玲珑的身体紧紧贴着他的手臂;他记得那顿热气腾腾的饺子,从她碗里挑出来的好像更好吃;他还记得他喝醉后,晕乎乎地从她的床上爬起来,身上还盖着她的薄被;他甚至记得,她踮起脚尖,轻轻摸他头发时的力度……

有时候他半夜睡不着,浑身燥得要命,没办法只能爬起来继续擦鞋。至于这背后的真正原因,他并未深想。

就在他擦鞋的时候,放在一旁的手机嗡鸣了一声弹出了一条新消息:

【亲爱的用户,'新用户 ASG23561'约你出门见面!】

这是谁啊?

孟雨繁赶忙放下擦了一半的球鞋,大手在裤腿上随便抹了抹,拿起手机进入了软件页面。他的后台里果然已经多出了一条私信留言——有人请他未来一个月上下班接送!

那位用户是刚刚注册的,头像是默认的灰白色,ID 也是系统随机生成的一片乱码。

这未免太奇怪了,以前他也收到过很多私信,问题各种各样,比如"照片上的人真是你吗?""你真有这么高?"这种问题比较好回答。

他还遇到过"叔叔,能帮忙写作业吗?能帮我开家长会吗?"这种奇怪问题。

最可怕的,没说两句话就发照片过来,娇滴滴问他:"小哥哥,约否?"

但是今天这个人和之前的人都不一样。

孟雨繁迟疑着,屏幕停留在私信页面上,半晌没有打一个字。

而对方看上去是个急性子。

新用户 ASG23561:在?

新用户 ASG23561:我每天九点半上班,如果不加班那就是六点半下班,如果加班的话我会提前通知你。

新用户 ASG23561:没问题的话,明天就上岗。

不！有问题！问题很大！

　　小孟（实名认证）：您好，不好意思，我现在不方便了。
　　小孟（实名认证）：麻烦您找别人吧。
　　新用户ASG23561：孟雨繁，你奖学金申请下来了？

孟雨繁震惊了。

为什么这个人知道他的真名，还知道他奖学金没申请下来很缺钱的事情？

等等，他从头至尾，只告诉过一个人这件事！

　　小孟（实名认证）：你是……
　　小孟（实名认证）：杨小姐？
　　新用户ASG23561：嗯，是我。
　　新用户ASG23561：你要是不方便，那我就找别人了。

孟雨繁根本来不及思考，立即拨通了储存在他手机里、一直没舍得删掉的电话号码。

嘟，嘟，嘟。

电话响了三秒，很快就被接了起来。

"喂，您好，请问哪位？"

女孩清脆利落的声音传来。

看样子，杨笑根本没有存下男孩的电话号码。

孟雨繁顾不上内心一闪而过的低落，争分夺秒地吼出声："我方便！"

他清咳一声，故意压低声音，用他此生最正经的语气说出了一句最不正经的话——"尊敬的杨笑小姐你好，您的专属司机孟雨繁已准备就绪，马上就位！"

## 第四章 您的男朋友，已就位

孟雨繁迅速洗了个战斗澡，从衣柜里掏出一身最干净的衣服，又踩上他刚刚擦干净的球鞋，昂首挺胸地踏出了宿舍房门。

他脚步匆匆，若不是宿舍楼里不准奔跑，他这时候早就起飞了。

他向着楼梯冲去，结果意外看到在楼道尽头的窗户那里，好几个球队队员正趴在窗口上，也不知道在看什么东西。

见孟雨繁风风火火跑过来，徐冬以为他也是来看热闹的，特意给他腾出来一个空隙，招呼他："繁子，快来，这儿看得清楚！"

孟雨繁莫名其妙地走过去，顺着他手指的方向向宿舍楼下看去。

只见在男生宿舍大门口，学校男足队队长被两个女生堵住，他满脸紧张，正在拼命地解释着什么。

离得远，声音传不过来，孟雨繁看了一阵默剧，实在看不懂，便问徐冬："他们这是在做什么？"

"这你都看不出来？"徐冬幸灾乐祸地说，"活生生的翻车现场，刺激不刺激？"

"翻车？"

"对啊！"徐冬指着左边那个长发飘飘的女生，"这个，中文系的系花，足球队队长的现女友。"他又指了指右边那个梳着丸子头的女生，"那个，法律系的小学妹，也是足球队队长的现女友。"

徐冬双手一拍，发出一声脆响："你说巧不巧，今年女生宿舍调整房间，两个女孩子成了舍友，俩人一看，嚯，她们的男朋友怎么是同款啊！这不就翻车了嘛！"

宿舍楼下，两个女生已经开始上演全武行，一个挠脸，一个踢裆，男足队长在两个女孩的攻势下被打得满地乱爬，只会嗷嗷叫。

所有围观的男生都看得津津有味，他们男篮队和男足队天生不对付，经常互相嘲笑彼此是弱鸡，在厕所里见到了都要比赛谁尿的时间长。

唯有孟雨繁，忽然觉得胯间一紧，下意识地夹紧双腿，后退了两步："我先走了！"他糊弄说，"我还有事，就、就不看了。"

不知怎么回事，他看到男足队长翻车的一幕，不仅没觉得畅快，反而觉得心里七上八下的……总感觉后脖子凉飕飕的。

算了，一定是他想太多，他连女朋友都没交过呢，怎么可能做出一脚踏两船的事情？

他匆匆转身离开，只给队友们留下一个仓皇的背影。

徐冬好奇地望着他的背影，嘀咕道："这小处男干吗去？居然还穿着那么贵的鞋……不会是背着我们，偷偷交了女朋友吧？"

七点过半，稍稍加了一小时班的杨笑伸了个懒腰，合上笔记本电脑，决定把未完成的工作拿回家里做。

她刚一站起来，坐在办公室另一头的刘悦月立即凑了过来。

"杨姐，你下班啦？我和你一起走！"

自从那晚的意外之后，刘悦月和杨笑的关系变亲近了不少，毕竟，她俩可是"一起进过派出所"的关系。

杨笑对这种说法格外无奈，明明她俩是受害者，怎么从刘悦月嘴里说出来，她俩像是犯罪分子蹲监狱一样……

不过小姑娘有热心肠是好事，杨笑并未拒绝她的示好，平时台里有什么福利，都惦记着给她捎上一份。

刘悦月在传媒大学读书，今年大四，课少，实习时间充裕，学校宿舍距离电视台有点远，杨笑一般都会顺路把她送到地铁站。

两人打了卡，一起乘电梯下楼。

电视台门口有保安巡逻，要杨笑说，整个电视台最厉害的就是大门口的保安，他们熟悉这楼里的每一个人，谁退休了，谁返聘了，谁被其他电视台挖走了，谁跳出去自己开公司单干了……他们简直就是行走的八卦散发机。

杨笑和他们打了声招呼，正要出门，忽然被保安叫住了。

"小杨。"保安大叔靠过来，面带笑容地说，"怎么现在才下班？你男朋友在外面等你好久了。"

杨笑一愣："男朋友？等我？"

"是啊，六点还没到就在外面等着了，特显眼，等六点半下班的人走一拨了，他还站那儿没动。我看着眼生，你也知道咱电视台总有粉丝围

## 第四章 您的男朋友，已就位

堵，我就过去问他是干吗的，结果他说是你的男朋友。"

杨笑早就和于淮波分手了，哪儿来的男朋友？

刘悦月比她还紧张，凑过来，小声道："杨姐，不会是那个劈腿渣男吧？"

杨笑前几天才揍完于淮波，甚至报废了一双娇贵的小羊皮高跟鞋，这才几天的工夫，那混蛋伤还没好就出来作妖啦？

杨笑眉头一皱，低头看脚——她今天穿了双平底鞋，杀伤力不够啊。

等等，如果是"她的男朋友"，除了于淮波那个渣男以外，还有个可能……

想到下班前接到的那个电话，一个猜测浮现在心头。

——不会真是那个傻瓜吧？

想到电话里男孩兴冲冲的语气，杨笑没发现自己走路的速度都比平时快了不少。

刘悦月见她埋头往外冲，还以为她要和前男友决一死战呢，生怕她做出什么不理智的事情。

"杨姐！等等我！"结果刘悦月刚迈出一步，脚下的高跟鞋就不听话地往旁边一崴，幸亏旁边的保安大叔眼疾手快扶住了她。

待她狼狈地站稳时，哪里还看得到杨笑的身影啊！

……

电视台外，孟雨繁踮脚站在花坛的石砖上，眼睛一眨不眨地望着电视台大门的方向。

他个子那么高，杵在那里简直像是一根电线杆，实在是显眼的不得了，每个经过他的人都不免侧头看他几眼，还好他从小就习惯被人围观了，所以即使有人偷偷拿出手机拍他，他也浑不在意。

他唯一在意的是——笑笑姐到底什么时候出来？他专门为她买的热奶茶都凉了！

他等啊等，盼啊盼，从六点等到六点半，又从六点半等到七点，却依旧没看到"女朋友"的影子。

要不是刚刚好心的保安大叔告诉他，杨笑还在加班没有离开，他都要怀疑自己是不是和她错过了。

手机上显示着的时间迈向了七点半，就在他犹豫着要不要给杨笑打电话时，那个让他心心念念的身影终于出现了。

她今天穿了一条连体裤，系带在脖子后面挽了一朵小蝴蝶结，这套连体长裤，既体现了成熟女性的柔美性感，又不缺乏职业女性的干练果断，连体裤外，她搭了一件驼色风衣，松松的，遮住了她的曲线。

孟雨繁眼看她越飞越近，他赶忙从花坛上跳下来，举着凉透的奶茶杯兴奋地冲她招手。

"这儿！"他说，"笑笑姐！"

其实不用他喊，杨笑早就看见他了。

这傻小子不知冷热吗？也不看看现在都深秋了，周围人都穿上风衣外套了，就他，只穿了一件长袖卫衣，光是看着就冷。

不等杨笑走向他，"不知冷热的傻小子"已经几步冲了过来，那样子就像是幼儿园门口等着家长接的小朋友，满脸都写着期待。

杨笑一想到孟雨繁站在秋风里呆呆等了自己一个多小时，心里不知怎么回事，居然有点愧疚。

——奇怪了，又不是她让他等的，她究竟为什么会如此愧疚呢？

杨笑抬头看着他，问："你怎么来了？"

天啊。

她想，她这个语气可真像是一个擅长在乙方的满分答卷里鸡蛋中挑骨头的甲方爸爸。

"……啊，那，那个……"孟雨繁被问懵了。

"不管怎么样，你也要提前和我打招呼吧？今天我加班短，一个小时就下班了，要是我今天通宵，你就在外面傻傻等一晚上？"杨笑语气虽然不好，可她的神色却和她的语气截然不同。

有那么点关切，还有那么点紧张。

"你冷不冷？"这位甲方撑不到一分钟就露出了中年老母亲看么儿的神态，"穿这么少就来接我，要是冻感冒了，是不是还要算你工伤？"

说着，她便要掏包里的暖宝宝给他贴上。

## 第四章　您的男朋友，已就位

孟雨繁赶快拉住她的手："笑笑姐，我不冷！不信你摸我的手！"

杨笑猝不及防被他拉住。

男孩掌心火热，把她的手牢牢裹在掌中。

从指尖到掌心，都是那样的滚烫。

杨笑怔住，他和她毕竟只见过一面，虽然名义上是男女朋友，但是……

孟雨繁完全没有注意到她的不自然，用一种邀功般的口吻说道："我真的不冷，我们运动员血热，一年四季身上都热乎乎的！"

说着，他甚至卷起袖子，露出自己鼓鼓囊囊的肱二头肌，硬拉着杨笑去摸："你摸摸这里，这里更热！"

杨笑实在推脱不开，明知道不合适，只能面色尴尬地伸手碰了碰男孩隆成小山状的肌肉。

赶忙收回手。

然后忍不住抬手又碰了碰。

果然又热又硬又有弹性。

身材这么好的男孩穿什么衣服啊，大冬天都应该裸奔才对。

就在杨笑心里天人交战之际，他们身后忽然响起了一阵嗒嗒嗒的跑步声。伴随着跑步声一起而来的，还有刘悦月同志咋呼呼的喊声。

"杨姐不要怕！我来帮你打渣男啦！"

杨笑和孟雨繁皆是一愣，同时转身看去。

只见刘悦月从电视台大门口气喘吁吁地奔了出来，她每跑一步，鼻梁上的眼镜就往下滑一厘米，她手里还举着一台厚厚的笔记本电脑，看样子这就是她能找到的最称手的"武器"了。

虽然——但是——可也不必——

待到刘悦月停在他们面前，小姑娘还在絮絮叨叨表忠心："杨姐，电视台大门口人来人往，咱们可不——"

刘悦月吃惊地看着孟雨繁，手里的笔记本电脑拿不住，差点掉到地上，还是孟雨繁眼疾手快，条件反射地接住了它。

她愣住了，孟雨繁也愣住了。

孟雨繁自然记得她——这不是之前找他帮忙讨薪的小刘吗！

可是……可是小刘怎么会和杨笑在一起？

电光火石之间，孟雨繁突然回忆起出门前，他看到的那场"女子双打"，那两位现女友联合在一起，把男足队长打得满地乱爬……

明明孟雨繁没做任何亏心事，可现在，他却希望自己能够原地消失才好。

三人面面相觑，最终还是杨笑先反应过来。

杨笑一声清咳，抢在两人说话之前先开口："你们不用我介绍了吧？这是小刘，我的同事，她说你勤劳踏实努力优秀，向我推荐了你。"

她一边说话，一边给孟雨繁使眼色，她自尊心高，实在不愿意让自己的下属知道，她曾经让孟雨繁假扮过自己的男朋友。

她宁可装作今天是和孟雨繁第一次见面。

好在孟雨繁很机灵，居然真的读懂了她的眼神，他也装模作样地伸出手，和杨笑握了握。

"笑……咳，杨小姐你好，初次见面，感谢惠顾。未来一个月，还请多多关照。"

他俩装模作样地演了一阵戏，刘悦月在旁都看直了眼。

"杨姐……"刘悦月恍然大悟，"我介绍你时，你百般拒绝，说对找人演戏不感兴趣，没想到转眼，你就联系他了！"

她啧啧道："你嘴上说不要，身体还是很诚实的嘛！"

她这位助理，是不是实习期结束后，不想留在台里工作了？

刘悦月这小姑娘好像天生一根弦，直来直去，完全读不懂气氛。

她咚咚敲了两下孟雨繁的胳膊，豪气地说："杨姐，我绝对不是托！这位大孟同学人真的特别靠谱！有他保护你，我相信那个鱿鱼精绝对不敢靠近你！"

孟雨繁敏锐地捕捉到一个名词："'鱿鱼精'？"

刘悦月心直口快："就是杨姐的前男友呗。长得人模人样，其实是个劈腿狂魔！被杨姐送到精神病院教训了一顿，出院之后，还有脸来骚扰

## 第四章　您的男朋友，已就位

杨姐……"

说着说着，刘悦月的声音越来越小——因为杨笑的气压，越来越低。

刘悦月浑身一抖，忽然意识到自己又犯了职场大忌：平日里和上司嘻嘻哈哈没个正形，不代表她可以在外人面前，说上司的隐私啊！

她有魔法，能让时光倒流吗？不能。

但是她有魔法，能让自己原地消失！

刘悦月尴尬地扬起一个笑容，缩了缩脖子，把自己整张脸都藏进围巾里。

"那……那个，我突然想起来我同学约我逛街来着。"刘悦月小声道，"杨姐，我就不蹭你车了，我、我先走了。"

说完，她连杨笑的脸色都不敢看，像是被汤姆猫追的杰瑞一样，嗖嗖嗖就跑走了。

眨眼间，这里又只剩下杨笑和孟雨繁两个人了。

尴尬，实在尴尬。

杨笑向来把公私界线画得很分明，即使她请孟雨繁当自己的假男朋友，也不愿把自己受到过的情伤展示给对方看。她希望，他们之间只是最普通最简单的关系——她不想在男孩眼中，看到一丝一毫的同情。

她有时候觉得自己真的挺可笑，明明都沦落到找假男朋友这一步了，却还死撑着面子，紧紧关闭心门，不肯暴露一点弱势。

两人面对面站着，一时间谁也没有说话。

忽然，孟雨繁弯下腰、垂下头，把自己的头顶递到了杨笑面前。

杨笑一愣，问他："你做什么？"

孟雨繁小声道："我听说，女孩子心情不好的时候，摸一摸毛茸茸的小动物心情会变好，可现在没有毛茸茸的小动物，要不然，你摸摸我吧。"

这什么沙雕发言，这什么人形忠犬？

——揉！狠狠揉他！

虽然心里叫嚣着要狂揉他脑袋，但实际上，杨笑只是抬手轻轻碰了碰男孩的头顶，他的头发很硬、很粗，还用发胶抓起来了，摸上去有些刺手，根本和小猫小狗的触感截然不同，但杨笑的心情……确实变好了不少。

她只放任自己柔软了一秒，很快便重新戴起了面具。

她说："谢谢你今天接我下班，你学校在哪儿？我送你回去。"

孟雨繁有点遗憾，他从学校到这儿，坐地铁花了四十分钟，又在晚风里等了一个多小时，可实际见面只有短短十分钟！连摸头都只摸了三下就结束了！

但一想到回程的路上他们可以多相处一会儿，孟雨繁又很快像是向日葵一样扬起了头。

"我在华城大学。"

杨笑还挺惊讶的："原来你还是个高才生啊。"

"没有啦。"孟雨繁谦虚地说，"'高才生'三个字，我也就占了一个'高'。"

杨笑被他逗乐了，觉得这位小男友还挺有幽默感的。

两人一起往停车场走去，杨笑沉默了一路，等到站到车前，她忽然开口："孟雨繁，未来一个月，你都要作为我的男朋友，接我上下班。"她微微合了合眼帘，语速很慢，但每个字都落得很重，"在这一个月里，咱们就是同一个战壕的伙伴。上次我带你回家，时间仓促，我有很多事情都没有告诉你，而这次，咱们有更多的时间相处，有更多的时间了解彼此，有些事情瞒着你也没什么意义——你有什么想问的，就说吧。"

杨笑已经下定决心，不管是孟雨繁问她前男友的事情，还是问她见家长的事情，只要他问，那她便如实诉说。

孟雨繁低头望着她，停了一会儿，像是在思索。

"笑笑姐，有一个问题，我确实很想知道……"

"嗯，你说吧。"

孟雨繁的大手抬起，轻轻落在她颈后，杨笑的脖子其实很敏感，若是有人向她颈后吹气，她立即就会有感觉，现在，男孩把手搭在那里，这让她有些说不出的麻痒。

她动了动脖子，她今天穿了一件连体长裤，细腰长腿，被这条连体

## 第四章 您的男朋友，已就位

裤如实地勾勒出来，而连体裤的系带刚好在颈后。

孟雨繁的手指轻轻勾住她脖颈上的丝绸系带，小声问："笑笑姐，我特别想知道——你们女孩子穿这种连体裤的时候，怎么上厕所啊？"

孟雨繁一脸无辜地看着她。

杨笑真不明白他的脑回路是怎么长的，不可思议地问："你想问的只有这种无聊事？"

孟雨繁不回答，只看着她笑，明明太阳已经下山，可在这一刻，杨笑在他脸上，见到了阳光的模样。

他心里最在意的当然不是连体裤。

孟雨繁在意的是杨笑的那位前男友，那个人长什么样、多大了、做什么工作，他们是怎么认识的，他明明有了杨笑这么优秀的女朋友为什么还要劈腿，他既然劈腿了怎么还有脸回来找她，他骚扰她的时候她有没有受伤……

可是——

"——笑笑姐，我知道你不想说，所以那些让你不开心的问题，我就不问啦。"

经过一段时间的接触，杨笑即使再怎么挑剔，也不得不承认——孟雨繁实在是一个太优秀的"男朋友"了！

明明他的课业很忙，训练也很紧张，可他却每天早晚都挤出时间接送她，而且他嘴巴甜，脑子活，说出口的每一句话、做出的每一件事，都是那么妥帖。

本来，杨笑不想告诉台里同事她和孟雨繁是男女朋友的关系，可是门口的保安大叔太过八卦，不出几日，整个台里都知道，《午夜心路》栏目组的编导杨笑，有个年下男朋友！

她的小男朋友又高又帅又年轻，最主要的是身材特别好，即使穿着厚外套，也能一眼看出他紧实的肌肉。

有个女同事和杨笑有过节，不知私下吃了多少柠檬，酸溜溜地问："杨笑，听说你男朋友还在读书，没毕业啊？这个年纪的男孩没定性，经不起诱惑，而且特别幼稚，和他谈恋爱，你是不是特累啊？"

"累？"杨笑淡定作答，"他黏人的要命，晚上……我是挺累的。"

孟雨繁同学每天晚上都会在电视台门口准时报到，他连着来了一周，第二周开始，他们台里的男同事，已经开始组团去健身房锻炼了……

就连杨笑的上司、栏目组的负责人吴哥，最近都开始吃素了，他拍着像弥勒佛一样的大肚子，信誓旦旦说要"甩膘"，也不知道能坚持几天。

最主要的是，他可贴心了，今天带奶茶，明天带一支玫瑰，后天又抱来一只从娃娃机里夹出来的大玩偶。每天杨笑下班时，都能第一时间收到他送过来的小礼物，不知让多少女同事羡慕。

他简直像是一个魔术师，不论什么东西都能从他的兜里变出来。

杨笑向自己舍友抱怨："糖糖，你们公司的接单员，未免也太会营业了吧？又是奶茶又是玫瑰又是玩偶，以为我是高中小女生吗，拿这些东西来讨好我？"

唐舒格头也不抬，只问她："那你收到奶茶、玫瑰和玩偶的时候，开心吗？"

杨笑沉默了。

唐舒格："开心吗？"

杨笑不得不承认："好吧，我挺开心的。"

真是奇怪，她明明交往过两个男友，也收到过他们送的礼物，可现在回忆起来，却没什么惊喜与开心可言。

她的第一任繁殖癌男友，送了她价值连城的钻石项链、礼服、手表，可因为过于贵重，她根本无法不带任何心理负担的接受；她的第二任鱿鱼精男友，在纪念日时邀她去酒吧小酌，然后他当众为她朗诵了一首由英、法、意三种语言写的情诗，可那首情诗，之前已经被二十五位女士听过。

对比起来，孟雨繁送的奶茶至少温暖了她的深秋。

唐舒格哼了声："你就偷着乐吧，你这位小男友居然主动给你买……哇！"她揶揄道，"看来我们笑笑魅力太大，对方入戏太深了哦。"

"行了，别瞎说。"杨笑根本没当真，直接把怀里的玩偶扔了过去，"什么'入戏太深'，哪里有'戏'？我们这是合法合理的合作关系，你每周雇家政上门打扫一次，难道你就会对家政阿姨以身相许了吗？"

再说，她根本对这种"小弟弟"不感兴趣。

别说她短时间内根本不想谈恋爱，就算想谈恋爱，也不会找这种小朋友的。

第五章
# 职工家属运动会

六点半一到,杨笑立即从工位上站起来,收拾东西准备离开办公室。

吴哥调侃道:"呦呵,咱们的工作狂杨笑同志已经连续三天准时下班了……今天你的小男朋友又来接你啊?"

"嗯。"杨笑说,"快入冬了,天黑得早,他不放心,总来接我。"

"也对,我听停车场那边的人说,前不久咱们台里出了一档子事儿,好像是哪位女同事的前男友来骚扰,半夜两点埋伏在停车场,最后连警察都惊动了!"吴哥关切地说,"我看你们几个女孩以后都早点下班吧,做不完的工作拿回家里做,别在这儿耗着了。"

旁边的刘悦月低下头,她是整个台里唯一知道真相的人,她可要把这个秘密烂在肚子里。

杨笑点点头,谢过了吴哥,提着包迅速下楼。

果不其然,她的"男朋友"又在电视台门口等他了。

太阳落山后,气温已经降到了个位数,周围人早就穿上了冬装,可孟雨繁呢,照样是一身运动装扮,脚下踩着双鸳鸯配色的 AJ,头上扣着顶棒球帽。

他从不刻意把自己往成熟的方向打扮,他一直是这样:年轻、朝气、带着一种蓬勃的阳光味道,眼角眉梢都无忧无虑的。

按理说,总是穿着一身职业装、气场强大的杨笑,站在这位运动男孩身旁,应该有一种不和谐的感觉才对,可是偏偏两个人搭调的很,举手投足,气氛都非常融洽。

见杨笑从公司大门走出来,孟雨繁赶快迎上去,主动接过杨笑手里的提包。

## 第五章　职工家属运动会

杨笑左右看看，问："咦，今天怎么没有小礼物了？"

孟雨繁怪不好意思的："今天没完成训练任务，被教练罚投篮两百个，所以出来晚了，没来得及买奶茶。"

投篮两百个，这可是很重的惩罚了，杨笑仔细看去，见孟雨繁指尖轻颤，明显是肌肉疲劳过度的表现。

"……下次这么辛苦，你就不用来接了。"杨笑轻轻掐了掐他的指尖，又拿出了老母亲看待么儿的语气说，"跟我在微信上说一声就好，别跑来跑去折腾了。"

"不行！"孟雨繁赶忙说，"少一天都不行的！"

杨笑想，孟雨繁可真是个小财迷，这么怕扣工资啊？

两人正说着话，杨笑的手机滴滴滴响了起来，打电话的人是杨妈妈。

杨笑心里一跳，杨爸杨妈平常很少给她打电话，除非是……

她赶忙接起电话，开门见山地问："妈，怎么了？"

杨妈却不知在犹豫什么，一直在绕弯子："笑笑啊，下班了吗？最近工作忙吗？"

可她越绕弯子，杨笑越觉得不对劲。

"妈，到底怎么了？"杨笑立即问，"是出了什么事吗？"

杨妈这才期期艾艾地说了实话："你要是下班了，那就来一趟医院吧，你爸住院了。"

杨笑眼前瞬间血红。

她爸去年才做了心脏搭桥手术，可别是……

她挂断电话就往停车场跑，一边跑一边嘱咐孟雨繁："你先回去吧，我赶着去医院，今天就不送你了。"

谁想孟雨繁一把拉住她的手，着急道："我陪你一起去医院！"

"可是……"

"笑笑姐，我现在是你男朋友！岳父住院了，我这个做男朋友的总要去探望吧？"

他说的那样恳切，一时间，杨笑居然找不出理由去反驳。

她转念一想，她爸爸住院，她和她妈两个女人照顾他肯定会有不方便的地方，有孟雨繁帮忙，肯定也容易些。

……

一路上，杨笑把红色的小别克开得风驰电掣。

两人下了车就往住院部冲。去年杨爸做手术，就是在六楼心血管科住的院，她熟门熟路往心血管科跑，哪想到到了护士台，却根本没查到她父亲的信息。

孟雨繁提醒她："叔叔会不会是因为别的病住院的啊？"

别的病？脑溢血？高血压？糖尿病？中风？还是这癌那癌？

杨笑脑内一瞬间闪过无数老年人疾病杀手。

她抖着手给母亲又打了个电话，电话很快就接通了。

"喂？妈，我到医院了。"杨笑问，"我爸在哪个科？"

"笑笑，你刚才电话怎么挂得这么快啊！"杨妈妈嗔怪的声音传来，"我们在四楼骨科呢。"

"……啊？"

杨笑和孟雨繁两个人一头雾水地到了骨科病房，还未走近，就听到病房内传来了她父亲谈笑风生的声音。

那中气十足的嗓音，谁能听出来他是个病人！

杨笑推门而入，四人间病房瞬间安静下来——病房内其他病人和家属，都用一种吃惊的眼神看着紧随其后的孟雨繁，杨笑清楚地看到他们的眼神里写着"这男孩个子好高"！

病房靠窗户的位置，杨爸正舒舒服服躺在病床上，一只脚打着石膏，被吊起在空中。

杨妈坐在一旁，手里拿着削好的水果正往他嘴边送。

见杨笑和孟雨繁相携而来，老两口又惊又喜。

"哎呀，小孟也来啦？"

孟雨繁赶忙问好："阿姨好！您打电话的时候，我正和笑笑在一起呢，我俩就一起来医院了。"

杨笑快步走到父亲的病床前，见爸爸脸色无恙，才稍微安心："爸，你这是怎么了？好端端的怎么突然伤了脚？我妈在电话里没说清，我还以为你是心脏不舒服了。"

"哎呀……你妈真是的,我都跟她说,别给你打电话、别给你打电话,你工作忙,我这就是小伤,养养就好。"杨爸把病床的上半部分摇起来,让自己可以半坐着和女儿说话,"你看看,就一点小毛病,把你俩都折腾过来了。"

杨笑见爸爸避而不谈受伤的原因,更觉得不对头了,"您这脚到底怎么弄的?"

杨爸咳嗽一声:"就,咳,一不小心,做运动的时候……"

杨妈在旁柔柔解释:"你爸单位发了个通知,要开一个'离退休职工和职工家属'运动会,你爸就想报名个乒乓球,结果还没上场呢,就把脚给崴了。"

老年人骨质脆弱,杨爸赶上寸劲儿,就把脚踝给弄骨裂了,伤筋动骨一百天,杨爸爸肯定要好好休养一阵了。

"运动会!"杨笑一下急了,"爸,你去年才做完心脏搭桥,医生说让你静养!静养你知道什么意思吗,你做哪门子运动?"

"做运动怎么了?医生也说了,适度运动有益健康!你老让我在家待着,待久了不待出病来了!"

父女俩都是犟脾气,眼看他们居然要为这种鸡毛蒜皮的事情吵起来,杨妈赶忙调停。

"小孟,你陪你叔叔待会儿,我带笑笑出去聊聊天。"

说着,杨妈妈生拉硬拽着,把女儿拖出了病房。

杨笑回想起这一路上自己的担忧紧张,真是又气又无奈。

杨妈挽住她的手,小声劝:"笑笑,你不能这么和你爸说话,你认识你爸二十五年了,你爸什么脾气,你还不知道?"

杨笑还在生气呢,故意撇过头不看妈妈。

杨妈干脆绕到另一边,非要同她对上视线:"你又不是不知道,你爸闲不住,他以前就是他们单位的活动骨干,有什么文艺汇演啊、运动比赛啊,都第一个响应。结果去年一场大病,他办了内退,他嘴上不说,其实心里特别不舒服,他总和我念叨,觉得自己老了,不中用了。这不,单位一说要开运动会，他就立刻报名——说白了，还是不服老。"

"你还记得吗，你小时候，你爸每天都要出去晨跑，打乒乓球也是拿过单位的奖的。他那时候身体多好啊，结果现在，还没上'战场'呢就光荣负伤，医生说要坐一个月的轮椅，即使恢复好了，以后雨天也会疼……你想想，他得多难过啊。"

杨笑默默听着，只觉得又是难过、又是心酸、又是着急、又是感慨。

她爸其实才五十出头，还没到退休年龄。退休之前，在单位里是个小干部，别人见了都要叫声"杨工"，可一场大病找上来，他接连动了两场手术，一下就苍老了十岁。

杨笑沉默了一会儿，忽然道："不就是'离退休职工和职工家属运动会'吗？那我替我爸报名行不行？"

古有花木兰代父从军，今有杨笑代父参加运动会。

杨妈没忍住笑了："行了，你就省省吧。你从小体育成绩就不好，乒乓球不会打，羽毛球接不到，唯一擅长的就是仰卧起坐，要不然妈给你搬块垫子过去，请咱们笑笑在体育馆表演一番？"

这可真是亲妈啊！

杨笑臊得脸通红，正要开口说什么，身后忽然传来一道清朗的男声——"那我替叔叔参加，行不行？"

母女俩一愣，同时转身看去，不知何时，孟雨繁从病房里走了出来，就站在她们身后，把母女俩的谈话都听进了耳朵里。

而在他的手里，还有一张单位运动会通知单。

"我看职工家属的比赛里有一项是篮球。"他自信满满地说，"我报名这个，给叔叔赢个奖杯回来！"

孟雨繁上下嘴皮子一碰，轻轻松松就决定代岳父出征。

这个决定一说出口，杨爸乐了，杨妈笑了，唯有杨笑炸了。

"不准去！"杨笑问，"这可是职工家属运动会，你代我爸去参加，别人问起你们的关系，你要怎么说？"

"照实说啊。"孟雨繁乖乖作答，"我就说我是他女儿的男朋——"

话还没说完，杨笑就踮着脚，一蹦一蹦的去捂他的嘴巴。

## 第五章 职工家属运动会

她又羞又急,心想他可真是添乱!

他爸在单位干了一辈子,那些叔叔阿姨都是看着她长大的,要是这次由孟雨繁替他爸报名篮球赛,那不是全单位的人都知道她交了新男朋友啦?

这样一来,她以后若要和他"分手",不仅要向父母交代,还得想办法躲开那些叔叔阿姨们的关心。

杨爸杨妈看到小两口打闹,还以为杨笑是害羞了。

"行了笑笑,以前怎么不见你脸皮这么薄?"杨爸喜滋滋说,"难得小孟这么主动,我看让他代我参加一场比赛,也没什么嘛!还是……你觉得我们单位女职工组成的啦啦队太热情,怕小孟太受她们关注啊?"

孟雨繁一听,居然也跟着起哄。他假模假样地伸出手来发誓:"笑笑,你放心。我保证比赛第一、友谊第二,绝对不看那些啦啦队一眼!"

杨笑心想,谁在意那群啦啦队了?杨爸他们单位的女职工,平均年龄三十五,啦啦队上场可没有大腿舞,只有齐唱《团结就是力量》。

就这样稀里糊涂的,孟雨繁报名参加杨爸单位运动会的事情定了下来,而且他拍胸脯保证,绝对给杨爸捧回一座奖杯,给家里的电视柜增加一个新收藏。

杨爸开心得不得了,就连脚上的伤都不觉得疼了:"小孟,等到比赛那天,我就算坐轮椅,也要去现场观战,给你加油。"

看着爸爸脸上久违的笑容,杨笑犹豫再三,只能把拒绝的话吞回了肚子。

事已至此,只要父母开心就好。

她真是不明白,明明她和孟雨繁是假的不能再假的金钱关系,为什么却一步步越陷越深呢。

这个周末,杨爸爸出院了,他是骨裂,打完石膏后留院观察了两日,医生就开了出院单,让他回家静养。孟雨繁一大早就跑去医院报到,搬上扶下,一百五十多斤的杨爸爸被他轻而易举地从病床上抱到了轮椅上。

出院手续还挺烦琐的,多亏有孟雨繁帮忙,杨笑可以腾出精力去跑那些手续。

同病房的其他病人都伸出大拇指夸赞:"老杨,你这准女婿也太懂事了!小两口打算啥时候结婚啊?"

杨爸爸嘴上说:"哎呀他们小年轻的事情自己做主,现在结婚晚,我们当父母的就不操心了。"

可他心里却把这件事提上了日程表。

以前,他一直不赞同年轻人闪恋、闪婚,也不赞同姐弟恋的搭配,但如果女婿是孟雨繁的话……嗯,他也是可以接受的嘛。

待杨笑办完出院手续回来后,就见坐在轮椅上的杨爸爸带着一脸神秘而悠远的微笑——奇怪了,他摔坏了脚,有这么开心吗?

一行四人从医院离开,刚走出住院部,孟雨繁就打了声响亮的喷嚏。

"小孟不会是着凉了吧?"杨妈妈立即紧张起来,"你看看你,别仗着年轻就穿这么少,现在早晚多凉呀,你个子高,更应该注重保暖了。"

说着,她转头又去教训杨笑:"笑笑,你怎么就不知道心疼心疼小孟呢?你看他也没个手套没个围巾,脖子都冻红了。"

杨笑莫名被妈妈嫌弃了一通,简直怀疑自己不是妈妈亲生的:"他这么大人了,他要是冷,自己会穿衣服。我说再多,他不听,有什么用?"

坐在轮椅上的杨爸爸忽然插嘴:"你是他女朋友,他不听你的话,还能听谁的话?"

杨笑想,行吧,行吧,她这哪里是找了个假男友啊,明明是找了个假儿子吧。

他们一家三口拌嘴时,孟雨繁就在旁边偷着乐。

杨笑抓到他的小尾巴,立即问他在乐什么。

"笑笑,你和叔叔阿姨关系真好。"孟雨繁有些遗憾地说,"我爸妈工作忙,从我高中开始就经常出差,家里总是冷冷清清的。"

这还是孟雨繁第一次提到自己的父母,杨笑这才惊觉,他对她家的一切都很熟悉,可她对他的背景一无所知。

杨妈听后,很是心疼,赶忙说:"那小孟,你要是什么时候不忙了,就多来家里坐坐,我和她爸都很欢迎你的。"

一家四口回到杨家,杨爸爸回屋换衣服,杨妈妈急匆匆去厨房做饭。

## 第五章　职工家属运动会

这是孟雨繁第二次踏进杨家大门了，还记得他第一次进门时，紧张到同手同脚，又是换灯泡又是陪喝酒的，完全就是一个新上门的毛脚女婿。

可这次呢，他完全没了第一次的仓皇无措，熟门熟路地扶杨爸进门，然后弯腰从鞋柜里拿出拖鞋——而这次，杨妈妈特意为他准备了一双加大码。

杨笑眼神复杂地看着孟雨繁脚下的拖鞋，心头五味繁杂，整理不出一个头绪，这才多久的工夫啊，她妈就连拖鞋都准备好了……

因为时间仓促，杨妈随便炒了几个家常菜，她知道孟雨繁饭量大，特地加大了菜量，端上桌五个满满当当的大盘子，香辣蟹更是炒了整整一锅。

杨笑酸溜溜想，果然是把他当女婿看了，这一锅蟹做起来不容易，工序复杂得很呢。

孟雨繁嘴甜极了："好丰盛啊，阿姨做菜真好吃。"

杨爸说："喜欢吃就多吃点，今年的蟹没了，明年再来吃！"

孟雨繁自然而然地接话："那好，明年我和笑笑一定回来吃阿姨做的香辣蟹。"他侧头看向杨笑，眼睛专注地盯着她，"对吧？"

"……对。"杨笑心里乱跳，勉强笑着点了点头。

明年？他和她哪有什么明年。

明年的中秋，她身旁应该会有另外一个人了吧。

吃完饭，杨笑让爸妈回屋休息，她去洗碗，结果刚打开水龙头，就被孟雨繁抢走了围裙和海绵布。

孟雨繁个子高，杨家的洗碗池又低，孟雨繁只能辛苦地弓着腰，还要小心不让脑袋撞到吊柜上。他洗得很认真，满手都是泡泡，中途他打了个喷嚏，他下意识地用手背蹭了蹭鼻子，结果鼻尖上也沾上了一小片泡沫。

围裙拥抱住他的身体，系带在腰上收拢，勾出他劲瘦结实的腰。

杨笑不知出于什么心理，掏出手机悄悄拍下了他做家务的身影。照片上，大男孩神色认真，细碎的头发搭在额前，明明是个一米九几的大个子，可在镜头里却呈现出一种不符合外表的乖巧。

杨笑把这张照片发给了唐舒格看，很虚荣很做作地说："你们公司的'产品'，我很满意。"

果然在半分钟内，获得了唐舒格发来的一百多个"啊"！

> 糖 sugar：你这男朋友太乖了吧！
> 糖 sugar：就是身上穿的东西有点不合适。
> LOL：家里围裙有点脏了，确实和他不太搭。
> 糖 sugar：不，你误会了！围裙很好，围裙应该保留！
> 糖 sugar：光穿围裙，其他不用穿了！
> LOL：糖糖，我要报警了。

唐舒格发来一连串老巫婆猥琐笑的 gif 表情。

但不得不承认，杨笑顺着她的话幻想了一下，发现确实……不，打住！

她可是一个正经人，怎么能对一个还在上学的男孩产生什么不切实际的幻想？

杨笑赶忙把那些乱七八糟的画面甩出脑海。

这天晚上，孟雨繁和杨爸杨妈告别后，杨笑并未把他送回学校，而是把车子开向了附近的商业中心。

直到红色小别克停到了地下车库里，孟雨繁才迷茫地问："笑笑姐，你是要我陪你逛街吗？"

"算是吧，我要买点东西。"

她今天可不是为了自己买衣服包包，而是为了给孟雨繁挑几件礼物——男孩主动请缨参加她爸爸的职工家属运动会，却又不额外收她一分钱。

杨笑向来不愿欠人情。

所以，她决定带孟雨繁来购物，当一个尽职尽责的好金主。虽然她算不上富婆，但她也可以拥有孟雨繁这么一条"经济适用型"小男友呀。

在二次元里养纸片人，他只能通过设定好的程序与你互动；在三次元里养偶像，他和你隔着屏幕，有时你连见面会门票都抢不到。

但养一个乖巧懂事又很帅的小男友，那种满足感，实在太强了！

他温柔懂事又听话，既有绅士风度还会讲笑话，而且又高又帅又年轻，对你用心负责。

尤其在杨笑和他说话时，他会用那双黑黝黝的眼睛望着她，很用心地倾听她的每一个字，让她觉得自己仿佛真是被他捧在心尖上的人。

这样乖巧的小男友，谁不想拥有呢！

围巾，买！衣服，买！出去吃饭，她来结账！

杨笑走路都像是在飘，明明卡里的钱越来越少，可当她看到孟雨繁浑身上下都打上了自己的标记，那种满足感实在太强烈了。

孟雨繁手里提满了购物袋，连连劝她："笑笑姐，你别给我买了！我平常在学校都要训练，你给我买了这么贵的衣服，我根本没机会穿。"

"对哦，你要训练。"杨笑又从钱包里掏出来一张卡，"我记得那边有一家球鞋买手店，你不是很喜欢吗，买它！"

杨笑注意过，每次孟雨繁和她见面时，脚下穿得都是不同配色的AJ，到现在为止从未有过重复。

购物中心三层刚好有一家球鞋买手店，从大众款到限量配色，满满几面墙全是各种各样的球鞋，杨笑从门口经过过好几次，这是头一次踏入其中。

周末的晚上，店里人很多，喜欢球鞋的大多是男生，也有一对对的小情侣。当杨笑带着孟雨繁走进店内时，男孩傲人的身高一下子吸引走了店内所有人的注意力。

他体格高壮，臂长可观，一双大手更是尺寸惊人，即使身着宽松的牛仔裤，也无法掩盖他双腿的肌肉线条。每一个看到他的人，都会立刻意识到：他绝对是一位专业的篮球运动员。

谁说男人不好面子？店里，有些个子不够高的男顾客转身就走，实在避不开的，就赶快找椅子坐下，生怕站在孟雨繁身旁被迫和他做比较。

和男顾客相比，女顾客们打量他的眼神，就隐晦得多。

先看脸——再看身材——最后看鞋，从上到下"视察"完毕，她们心里便已经出现了一个清晰的分数，而那个分数足以全方面吊打她们身旁的男朋友。

同为女人，杨笑自然敏锐地捕捉到了那些艳羡的视线。

可她们艳羡又有什么用呢？

在合约到期前，他是属于杨笑的。

杨笑领着孟雨繁走到货架前，一双一双慢慢挑选。这家买手店非常有名，布置成工业风，极有特色，墙壁刷成灰黑色，银色金属管作为隔断，每个小格子里都摆放着一款球鞋。

杨笑对球鞋完全不懂，有的鞋她觉得很好看，看看价签，价格亲民；有的鞋实在丑绝人寰，可价格却高得让她匪夷所思。

不过，她身旁刚好有一个"球鞋通"，有什么问题，都可以直接问他。

她问的问题都很浅显，纯属新人入门的小白问题，可孟雨繁却答得很认真。

孟雨繁好奇："笑笑姐，你以前从没穿过这种篮球鞋吗？"

"完全没有。"杨笑兴致缺缺地摇头，"我读书时只喜欢穿帆布鞋、运动鞋，等到工作了，几乎一年四季都要穿高跟鞋，更没机会接触了。"

她在陈列墙前看了几圈，有几双她觉得还不错的款，叫来店员一问，根本没有四十六码。

店员为难地说："小姐，男鞋黄金码是四十二到四十四，四十六码算是特大码，太少见了，能不能调到货都不一定。"

别看孟雨繁的篮球鞋很多，其实每一双抢购都不容易，因为尺码太少见，每一双他都需要找人从海外代购。

这家店里根本没有四十六码的鞋，可是杨笑现在就想给孟雨繁花钱，她兜里的钱花不出去，实在难受。

她本想带着孟雨繁去其他鞋店逛逛，说不定会遇到尺码合适的漂亮鞋子，可孟雨繁却摇头拒绝，然后神神秘秘的把店员叫去了角落。

杨笑离得远，只能隐约听到几个关键字，好像是她的男孩看上了一双鞋，让店员替他拿。

杨笑有些奇怪，不知道他为什么要刻意避开自己。

她穿着高跟鞋逛了这么久，实在有些腿乏，她干脆找了个沙发椅坐下。这家鞋店的椅子非常舒服，坐垫软软的，杨笑刚一坐下，就舒服地发出一声喟叹，懒散地放空了大脑。

不知过了多久，可能三分钟，也可能五分钟吧，那个去找货的店员回来了，手里拿着一个鞋盒，交到了孟雨繁的手里。

男孩眼眉弯弯，捧着那只鞋盒，走过来停在了杨笑面前。

那鞋盒并不大——根本装不下一双特大码的鞋。

"这是什么？"杨笑茫然地问，"你看上哪双鞋了？"

孟雨繁不回答，而是当着她的面，把那鞋盒盖慢慢打开。

盒子里躺着一双红白配色的球鞋，尺码看上去很小，不超过37号。

最主要的是，盒子里的这双篮球鞋，和孟雨繁今天穿在脚上的那一双，从配色到鞋型，都完全一样！

紧接着，最出人意料的一幕发生了——孟雨繁在众目睽睽之下忽然单膝跪地，一只手郑重地扶起杨笑瘦白的脚踝，轻轻帮她脱下了脚上的高跟鞋。

然后，孟雨繁动作温柔地为他的女孩换上那双红白配色的鞋子。

大小正好。

周围人都在看他们，尤其是那些小情侣们，女孩子们火辣的眼神如有实质，越看越觉得身边的男朋友要被扔进垃圾箱。

杨笑完全懵了，过了许久才反应过来发生了什么。

"你……"她愣怔地看向身旁的镜子——镜中，他与她穿着情侣款的篮球鞋，看上去是那样和谐。

"笑笑姐。"她的男朋友单膝跪在她面前，眼睛里装满了她，"我希望我上场比赛时，你能来为我加油，所以，你送我一个穿着篮球鞋的你，好不好啊？"

杨笑心中仿佛有一个小人在尖叫：好，当然好！

就这样，她脚下踩着崭新的球鞋，手里拎着一双高跟鞋，晕乎乎地离开了鞋店。

在她身旁,孟雨繁笑得见牙不见眼。

杨笑茫然地低头看鞋,又看看身旁神采飞扬的孟雨繁,心里只有一个想法——刚刚究竟发生了什么事,这傻子不会是这家鞋店的托儿吧?

杨爸单位的职工家属运动会定在周六,这天一早,孟雨繁就起来收拾整理,特地洗了澡、吹了头、换上了一身精神的运动装。

镜中男孩高大帅气,孟雨繁嘚瑟地把头发用发胶抓出造型,桌上的蓝牙音箱大声放送着动感的 rap。

眼看时间不早了,他赶忙拿起背包就往外跑,结果刚一开门,就遇到了篮球队的其他队员。

和从头到脚打扮的精神利落的孟雨繁不同,其他几个大男孩模样懒散,脚下踩着拖鞋,眼角还带着眼屎。

"繁子,走啊,去食堂吃早饭去?"队里的中锋问道。

"不了。"孟雨繁摆摆手,"约了人,我先走了!"

说完,他吹着口哨冲向楼梯,脚底带风,简直要原地起飞了。

中锋望着他消失的背影,嘀咕道:"大周六的又不训练,他去哪儿啊?起得这么早,穿得这么骚。"

"什么骚?"正巧,徐冬开门出来,听到了这句话的尾巴。

中锋:"徐冬,你要早出来一分钟就能看到了!繁子打扮得像是求偶的公孔雀,还喷了古龙水,呛死人了。"

另一个后卫说:"说起来,孟雨繁最近怎么回事?一下训就不见人影,跑得比谁都快,洗澡洗得比谁都勤。"

练体育的男孩子没那么注意个人卫生,每天下训后累得连路都走不动,回到宿舍就想蒙头大睡,谁还有工夫洗澡?更衣室里味道特别重,堪称生化武器集合体。

中锋一拍脑袋:"繁子不会谈恋爱了吧?"

徐冬作为孟雨繁最好的朋友,立刻辟谣:"怎么可能!我们前几天还聊过这事,他那一脸处男样,明显还没吃过肉呢。"

## 第五章　职工家属运动会

几人凑在一起嘀咕半天，也没猜到孟雨繁最近转变的原因，只能把原因归结到中邪。

后卫说："行了，不聊他了，再磨叽下去食堂都没早饭了。徐冬，你跟我们一起去食堂吗？"

徐冬摆手："不去了，我今天有事儿——我爷爷他们单位举办一个什么职工运动会，老爷子非要我给他争光，拿下个全场 MVP……真是的，和一群爷叔有什么好争的，不就是个奖杯嘛，能有多难？"

说完，徐冬把背包往肩上一甩，也急匆匆地走了。

今天的职工厂格外热闹。

单位外插上了两排彩色的小棋子，大门上挂了一个崭新的条幅，上书"第五届离退休职工及职工家属运动会"。很多在单位里干了一辈子的老员工拖家带口，脸上满是喜气洋洋的神色。

孟雨繁抵达时，杨笑和爸妈已经到了。

"对不起，让你们久等了。"孟雨繁赶忙说。

"没有没有！"坐在轮椅上的杨爸爸精神很好，"我们也刚到！"

孟雨繁的视线落在了站在旁边的杨笑身上。

今天的她——太不一样了。

平时她长发披散在肩上，配上成套的女士西装，散发着一股由内而外的精英风采。而今天她却梳了个俏皮的高马尾，走路时辫子左右甩动，让她看上去不再是一个成熟女精英，而像是一个还没走出大学校门的小学妹。

为了搭配脚下的红白配色的 AJ 篮球鞋，她今天走得是清爽运动风：宽松的连帽卫衣是现在最流行的男友风格，长长的下摆遮住臀部，露出女孩两条笔直纤瘦的长腿。

整个造型简单清爽，若要用两个字来形容，那就是：好看。

若要用一句话来形容，那就是——他女朋友世界第一好看！

孟雨繁哪里见过这样打扮的她，一双眼睛从上看到下，又从下看到上，最后只盯着她脚下的鞋，像只加大号呆头鹅一样，开始嘿嘿傻笑。

杨笑在他的目光注视下，只觉得浑身都烧得慌，她下意识地想把脚上的鞋藏起来，让他别再看了。

"好，那我不盯着你看了。"孟雨繁赶快移开眼睛，表示自己足够听话，但他嘴角的笑容，却根本压不住。

孟雨繁推着杨爸爸的轮椅走得飞快，把他一路护送进了体育馆。

轮椅停靠在第一排的座位旁，杨爸急切地说："你别管我了，赶快去热身，见见你的队友吧！"

孟雨繁应了下来。

篮球赛是只能职工家属报名参加的，勉勉强强凑齐了十个人，通过抽签分成了两组。

孟雨繁已经提前见过他的队友了——三十五岁的程序员、四十二岁的老烟枪、三十八岁的女儿奴、外加一个三十岁的二百斤胖汉。

四人并排站在孟雨繁对面，抬起头仰望着他，他们的视线从他隆起的上臂肌肉移到他结实的胸肌上，看他的眼神简直像是在看迈克尔·乔丹。

在四个人当中，头发稀少的程序员看上去最"专业"：专业运动服，专业球鞋，护腕护膝全部配齐，就连头上戴的止汗带也是昂贵的专业品牌，堪称"装备帝"，先甭管他技术怎么样，至少钱是到位了。

程序员拖着长音开口："小孟啊，咱队里五个人，谁负责哪块，你来分吧，不过事先说好，我从高中时候开始就打前锋，这场我还是要打前锋的。"

孟雨繁想，你打前锋，那我打什么？不如我当门柱，我手里举着篮框，站着不动，看你一场下来能扣进几个球？

女儿奴跳出来当和事佬："哎呀，小孟是专业人士，还是听他的意见，让他来分嘛。"

老烟枪也开口了，带着浓浓的官腔："我看嘛，能者多劳，我这老胳膊老腿的也不跟你们这些年轻人争。小孟，你自己发挥好，我给你加油哈。"

## 第五章　职工家属运动会

二百斤胖汉："小孟……不，孟哥！大孟哥！我练成你这样要多久啊，我能摸摸你的胸肌吗？"

孟雨繁从没打过这么累的球。

这真是他带过的最差的一届了。

当杨笑和杨妈妈慢悠悠走进体育馆时，一眼就看到孟雨繁被四个刚到他胸口的小鹌鹑们围住，四个鹌鹑里，秃头的程序员瘦成麻秆，其他三个人的体型都像是移动煤气罐。

杨笑想，看来看去，果然还是她的男人最像个男人。

见到杨笑来了，孟雨繁就像看到了救星，赶快借机甩开队友，一脸委屈地走向了自己的女朋友。

他把所有心事都挂在脸上，那模样，简直像是被柯基、泰迪、八哥犬、京巴狗联合欺负的大金毛，明明可以嗷呜一口解决所有问题，但因为不能以大欺小，所以只能把所有委屈咽回肚子里。

杨笑能怎么办呢？只能伸手摸摸自家傻男友了呗。

"乖哦乖哦。"她一边踮着脚尖摸着他的头，一边小声道，"今天辛苦你了，姐姐回去给你加工资。"

孟雨繁从她的摸摸里得到了无限能量，电量噌一下就注满了！

"笑笑姐你放心！我一定为杨叔叔拿下冠军，得到全场 MVP ！"他发誓。

两人正说着话，场馆里突然出现了一阵骚动，只见从大门那边又涌进来一拨人，其中一人身材高大，甚至隐隐比孟雨繁还高出不少，因为逆着光，他们看不清那人的样貌，但是从身体轮廓来看，那人很有可能也是专业的篮球运动员！

观众席里顿时议论纷纷，本来，每届职工运动会里，最不值得一看的就是篮球比赛，十个中年人懒洋洋地追着篮球，一场下来比分都超不过两位数。哪想到，今年比赛突然多了一个孟雨繁——看那身材，看那样貌，看那肌肉，都不用打篮球，他光是出现在这里，他就赢了！

可意外出现得太快，除了孟雨繁以外，居然又来了一个篮球运动员……

一旁的杨爸忽然一拍轮椅扶手,气闷地说:"老徐哥可真是不认输!"

杨笑一愣:"老徐哥?"

杨妈回答:"就是你徐伯伯,你爸以前的老同事、老上级,他比你爸爸大了十几岁,结婚早,孙子都二十了。这不,听说咱叫了小孟这个强力外援,他非要把自己孙子冬冬叫过来——据说也是打篮球的,说不定小孟还在赛场上见过呢。"

"……确实见过。"孟雨繁看着几米以外,那张再熟悉不过的脸,小声说,"阿姨,那是我队友。"

杨笑:"什么?"

不会吧,世界这么小……一听说孟雨繁和徐冬是队友,杨爸来了兴致,他即使坐在轮椅上也不安分,像只等待翻身的老乌龟一样伸长脖子问:"小孟,你和那个老徐的孙子是队友?那你们谁更厉害一些啊?"

孟雨繁实事求是地说:"叔叔,我和他都是前锋,不过我是小前锋,负责进攻、得分;他是大前锋,负责抢篮板、防守。我俩司职不同,擅长的方向也不一样,没有谁强谁弱的区别。"

徐冬同学身高足有两米,长手长脚,身材比孟雨繁还要更壮硕一些,他皮肤黝黑,颧骨有些高,走起路来简直像是座移动炮台。

这位移动炮台刚一进门,就注意到赛场边那个眼熟的大高个了。

那身材,那长相,那小动作——如果他没有神经错乱的话,那不就是他的队友孟雨繁吗!

徐冬万万没想到,他只不过是被爷爷揪过来参加一场职工运动会,居然能撞上住在他对门的好兄弟!而且最主要的是,那个站在孟雨繁对面、正在和他仰头说话的女孩子是谁?

因为离得远,徐冬看不清那女孩的样貌,孟雨繁仗着身材高大,完全把女孩护在了自己的阴影下,那副小心翼翼的样子徐冬可从来没见过。

他们两人脚下穿着同款红白配色的 AJ 球鞋,交谈时,时不时会有一些亲密的小动作,自然又和谐。如果不是徐冬提前知道孟雨繁是单身的话,肯定要误以为他们是情侣了。

——应该是亲戚家的姐姐妹妹吧?

不过繁子这位亲戚身材可真不错，苗条又高挑，一双藏在牛仔裤下的长腿笔直纤瘦，格外引人瞩目。

徐冬不自觉得想入非非起来，打算等比赛结束后，让繁子帮他牵线搭桥，介绍一下……

"冬冬，愣什么神呢？"身旁，徐爷爷重重拍了孙子的胳膊一下，声如洪钟道，"走，和我过去，跟长辈打声招呼，认认人。"

说完，徐爷爷已经大步流星地走向了杨家的方向。

徐冬正想认识那位小姐姐呢，他赶忙整理了一下衣服，扬起一道自认帅气的笑容，径直跟了过去。

走近了，徐冬才看清那位小姐姐的样貌。

她落落大方地站在那儿，眼神清亮，看不到一丝羞涩，她嘴角微微抬起，处在一个礼貌的范围内，笑容不深，却让人无端地沉醉其中。

她只是那么浅淡地一笑，徐冬就觉得自己已经飘起来了，他两百斤的躯壳仿佛不存在一样，随着他的灵魂一起越升越高、越升越高、越升越……

"来，冬冬，爷爷给你介绍一下。"身旁，传来了徐爷爷憨直的声音，"这位是你杨爷爷的女儿，杨笑，你叫她笑笑阿姨就好。"

杨笑尴尬道："'阿姨'就不用了吧？其实我比这位小同学大不了几岁。"

徐爷爷却坚持："辈分不能乱！笑笑，我和你爸是好兄弟，你叫我伯伯，那我孙子肯定要叫你阿姨啊。"

徐冬也无语了，他看着年轻漂亮的杨笑，一句阿姨堵在喉头，实在叫不出来。

可真正的冲击还在后面——

"还有这位。"徐爷爷忽然又指向站在一旁的孟雨繁，"这是你笑笑阿姨的男朋友，你叫他姨夫就好！"

徐冬飘上天的灵魂，啪叽一声就落地了。

他失声叫道："姨夫？"

什么姨夫，哪儿来的姨夫！繁子不是单身吗？不对，繁子是他哥们啊，怎么平白无故长了一辈！

唯有孟雨繁还处在状况外，丝毫没注意到面前几人的失态。

他挠了挠头，冲着徐冬呵呵笑起来："侄子好！不好意思，今天出来匆忙，没带红包。"

哨声响起。

篮球高高飞上天空，孟雨繁和徐冬同时跃起，抬高手臂去抢夺那枚棕橙色的圆球。

争夺往往就发生在瞬息之间，徐冬仗着臂长，一把捞过篮球，落地后迅速向着蓝队的篮框奔去，孟雨繁紧随其后，采取紧迫盯人的方式，几次试图从徐冬手下抢过篮球。

他们两人在同一个队里训练了五年，对彼此的能力了如指掌，可今天徐冬像是吞了大力神药一样，攻势猛地不得了，大开大合，好几次胳膊肘都要怼到孟雨繁脸上了。

若是换到正规比赛，徐冬肯定要吃裁判的黄牌了。

可这场职工家属比赛，裁判是行政部的老大姐客串的，吹完哨，她就去场边唠嗑打毛衣去了，哪里还管什么犯规不犯规。而场下的围观群众，也根本看不出来门道，他们的注意力都在两个年轻小男孩身上，不管谁控球，大家都一窝蜂地鼓掌呐喊。

因为蓝队和黄队各有一位专业运动员，所以从防守到进攻，几乎都由他们两人包办了，这种比赛根本不分什么前锋后卫，只见两人带着球满场跑，从前打到后，再从后打到前。

而场上的其他八个人，就像是被老头遛的狗一样，傻乎乎地跟在他们屁股后面跑来跑去，根本连球都摸不到。

场上的比分是38∶31——孟雨繁被徐冬甩下了七分。

杨爸爸在不停地倒吸冷气，念叨着："上啊，小孟，快上啊！扣他！扣他！扣他！"

杨笑被爸爸吵得脑袋疼，不过她现在的注意力都放在了场上，一双眼睛牢牢锁住孟雨繁的身影，跟着他一起在场上奔跑着。

## 第五章　职工家属运动会

正规篮球比赛规则繁复，分为上下半场，每场两小节，节与节之间有休息时间，场下还有替补球员随时等待上场，可这场职工家属赛采取了一场全新的规则，或者说是员工们自创的规则——哪组先拿到五十分就算哪组赢。

徐冬抱球又是一个扣杀。

可惜徐冬体力用尽，身上的汗水汇成小溪，不停的往下流，他腿抖，手也在抖。

在他扣篮的同一时间，孟雨繁跃起抢球——盖帽成功！

篮球打偏撞上篮板，又迅速弹出，男孩一把搂住篮球，迅速带球后撤，向着另一个篮框奔去。

其他黄队队员一看，立即冲上去围住他，即使孟雨繁个人能力再强，突然被四个人前后左右围住，他也无法再动弹。

瞬息之间，他便做了决定——只见他突然后撤一步，双腿借力往上一跃，直接在三分线外投出了这一球。

篮球在半空中划过一道令人惊叹的弧线，稳稳下落，不沾板、不沾框、不沾网，笔直地通过了篮框——三分！这已经是孟雨繁今天灌入的第四个三分球了。

这一球投完，比分差距缩小到四分。

然而孟雨繁的体力也基本耗尽了。

别看篮球比赛场地不大，一场比赛时间也不长，可这实在是一项极为耗费体能的运动，冲刺、突击、防守、进球，每一项都是体能与体能的碰撞。

正规比赛都有替补队员在场下等着，可职工赛凑齐十个人都不容易，哪有什么替补成员？孟雨繁和徐冬在场上打了这么久，俩人早就是强弩之末，一时间战况陷入了胶着。

就在此时，中场哨声响起，休息时间终于到了。

徐冬瞪了孟雨繁一眼，转身下场，孟雨繁气喘吁吁地拦住他，不解地问："徐冬，你今天火气怎么这么大啊？"

徐冬说："我火气能不大吗！"徐冬越说越气，"繁子，你究竟有没有把我当兄弟？前几天还扯谎和我说没对象呢，转眼，你就比我高了一辈，还想让我叫你姨夫！"

孟雨繁这才知道，敢情徐冬是为这事儿生气呢，可是，杨笑确实不是他的女朋友——他们的关系很难界定。

孟雨繁不想谈论这个，只能转移话题："徐冬，你要不想叫我姨夫，你叫我爸爸也行。"

"滚！"徐冬比了个中指，"球场上见真章，老子现在的分数可比你高。"

孟雨繁："你别吹了，你现在哪里打得了下半场？就你的体力，充电俩小时，上场三分钟。"

"总比你强。"徐冬哼了声，抬起下巴瞟了眼场边的杨笑，女孩长长的马尾在脑后荡啊荡，手里拿着毛巾水瓶，一双眼睛关切地望着孟雨繁的方向。徐冬酸了，巨酸，比身上的汗味还酸，"小处男，我猜你一直在充电，还没上过场吧？"

孟雨繁一颗纯纯的处男心被精准无比的伤害了。

他的脸瞬间涨得通红，结结巴巴道："我……我们是正经谈恋爱，哪有刚谈恋爱，就想着做坏事的啊。"

"坏事？你管那叫坏事？"徐冬得意地吹起口哨，拍了拍他肩膀，"你可真是个好宝宝！要是未来你们分手了，你俩连嘴巴都没亲过，是不是你女朋友还要给你发张三好学生奖状，以表彰你从来不做'坏事'啊？"

孟雨繁昏头昏脑地下了场，满脑子转的都是徐冬说的那几句话。

杨笑见他垂着头，闷闷的不说话，还以为他是太累了，她赶忙迎过去，牵着他的手，把他扶到场边坐下。

孟雨繁只觉得浑身烫得要命，他把一瓶矿泉水完全倒在毛巾上，直接盖在脑袋上，可这样也没能让自己降温。

杨笑站在他身边，见他胸口起伏不定，满脸赤红，就连裸露在外的胳膊、手掌都是滚烫的。

他的不自在，就连旁边的杨爸杨妈都注意到了。

杨爸以为他心理压力太大，连忙说："小孟，我之前说让你拿个奖杯

## 第五章 职工家属运动会

回来,就是开玩笑的!我看你这个队友也挺厉害的,你就随便打打,别伤了和气。"

杨妈也在旁附和着。

孟雨繁实在太高了,他即使坐下,也如一座小山一样,杨笑就站在他面前,距离他很近,只要微微低下头,就能看到男孩那双湿漉漉的双眼。

杨笑抬手轻轻放在他肩膀,她能够清楚地感受到,掌心下,过度运动的肌肉绷得紧紧的,时不时抽动一下。

她的心瞬间变得很软。

"你已经很努力了。"她靠过去,轻声安抚他,"拿不到奖杯、拿不到MVP都没关系的。"

"不,"孟雨繁仰头看着她,喉结滚动,许下诺言,"奖杯会有的,MVP也会有的,就是……我要是拿到了这些,你能给我一个奖励吗?"

杨笑根本没把这点小要求放在心上,答应得格外爽快:"什么奖励?奖金?运动服?还是想要再买一双篮球鞋?"

"都不是。"孟雨繁伸出双手环住她的腰,厚脸皮问,"我要是拿到了MVP,姐姐,你能给我一个吻吗?"

杨笑被这个突如其来的要求给砸懵了。

大男孩就坐在她面前,展开双臂揽着她的腰,微微仰起头,期盼地望着她。

他浑身上下汗津津的,像是一只刚从泥潭里疯玩回来的大金毛,根本不晓得自己有多脏多臭,拼命摇着尾巴乞求主人摸摸抱抱。

若他真是一只狗,那杨笑自然可以送他一枚响亮的吻。

可问题在于——

"我若是亲你,你会拒绝吗?"杨笑问。

"啊?"孟雨繁没反应过来,"不、不会吧。"

杨笑挑眉:"那可真不巧,就算你不拒绝,我也是不会这么做的。"

"小小年纪不学好。"杨笑伸手,重重弹了他脑门一下,艳红色的指甲敲击眉心,发出一道响亮清脆的声响,孟雨繁哎呀一声,额头立即红了一大块。杨笑根本没把这个玩笑放在心上,"知道我是'姐姐',你还敢开这种玩笑?油嘴滑舌。"

什么玩笑?

孟雨繁在说出那句话的时候,早就忘记了他们之间的关系是假的,他只是……他只是希望杨笑能像真正的女朋友一样,给男朋友一个"爱的鼓励"。

可杨笑的一席话,就像是把他加热过载的 CPU 完全浸在了冰水里,每个字都在提醒他:他们之间根本不是恋爱。

瞬间,孟雨繁心情一落千丈,两只爪子也从杨笑的腰上滑下,垂头丧气地坐在那里,浑身上下写满了抑郁。

"笑笑姐,对不起……"他嗫嚅道,"刚刚在场上,徐冬向我扔垃圾话,我一时冲动就……"

垃圾话,特指在体育赛场上,两队队员为了影响对方心态而互相嘲讽,有时候垃圾话扔得太难听,引发全场斗殴也不是什么稀罕事情。

比如刚刚,孟雨繁嘲笑徐冬"充电两小时上场三分钟"是垃圾话,而徐冬反过来嘲讽他从没上过场,也是垃圾话。

杨笑见她的男孩一副大受打击的样子,便问:"他嘲笑你什么了?"

孟雨繁低声说:"他嘲笑我是处男。"

杨笑差点笑出声,现在的小男孩都这么有趣吗,就因为还是处男,他的自尊心就被对手伤害到啦?

哨声响起,中场休息时间结束了,孟雨繁起身,把脖子上的毛巾随手扔到了椅子上,他还是那副打不起精神的样子,垂着头,脚步格外沉重。

而与他呈鲜明对比的,是篮球场另一头的徐冬,徐冬虽然体力消耗的厉害,但精神极好,他大声和徐爷爷说笑着,一副志得意满的模样,仿佛奖杯已经是他的囊中之物,根本不用费心。

球场左右两边的气氛截然不同,那边是阳光普照,而这边是阴雨连绵。

而最为可气的是,徐冬隔着远远的球场,居然向孟雨繁发来一个挑

## 第五章 职工家属运动会

衅的眼神，然后又做了一个特别下流的手势！

杨笑的火气噌一下就冒上来了。

孟雨繁可是她的人，只要表面上他还是她的男友，那他从上到下、从里到外、从肉体到精神，都是完完全全属于她的！她都舍不得欺负他，那个徐冬算个什么鸟人？

"孟雨繁，你站住。"杨笑突然开口。

正拖着步子上刑场的孟雨繁一怔，回头看她。

杨笑提步走过去，她脚下穿着和孟雨繁一模一样的篮球鞋，走在光滑的篮球地板上，脚底微微回弹，每一步都像是走在云端。

两双球鞋越靠越近，她在他面前站定，她知道，在这一刻，周围所有人都在看他们，包括孟雨繁的队友、包括她的父母，还包括场下许许多多的单位观众。

她知道她即将做的事情，绝对会在最短时间内传遍厂区的每一个角落，说不定还会有婆婆妈妈发到朋友圈，让更多的人围观。

不过没关系的——

杨笑抬头望着她的男朋友，用只有他们两个人才能听到的声音说道："记住你说过的话：你拿到 MVP 后，换我一个吻。"

下一秒，她双手扶住孟雨繁的胳膊，踮起脚尖靠了过去。

不是额头吻，不是脸颊吻，也不是嘴唇吻。

这枚热吻，落在了他的球衣上——就在他的左胸口，就在印有他名字的地方。

淡粉色的口红痕迹清晰地烙印在了那里，烙印在了孟雨繁的心上。

"孟雨繁。"她满意地看着男孩涨红的面孔，挑眉道，"这个吻，算赊账。"

杨笑的吻，好像真的有魔力一样，下半场开始后，孟雨繁简直就是打了鸡血，根本看不出一丝一毫的疲倦，步速如风，带着球不停地过人、突击、投篮。

别说那八个菜鸡球员追不上他了，就连上半场和他打得不分上下的徐冬，也被他甩在了身后！

徐冬在第二次盖帽失败后，大惊失色问："繁子，你吃兴奋剂了？"

孟雨繁没有说话，只炫耀性地点了点自己的胸口，并且附上一枚傻笑。

两队的比分本来差距就不大，孟雨繁如有神助，很快追平、反超、甩远……

等到比赛结束哨声响起时，徐冬愣是没再灌进一个球！他的分数被死死压在了三十八分上，而他本人也体力透支，直接累到瘫倒在地。

再看孟雨繁呢？生龙活虎，得意扬扬，刚刚一个多小时的对战就像是不存在一样。

比赛结束后，是一个简单的颁奖仪式。

单位领导作为颁奖人，先发表了一通冗长的感言，然后给十名参赛选手依次颁奖。

两队人中，获胜的那方拿奖杯、输了的那方拿奖状，绝对不厚此薄彼。徐冬看着自己手里的奖状，连连叹气，估计回家后要被爷爷骂了。

至于孟雨繁，他毫无悬念地摘得了全场 MVP，实现了他的诺言！

这并不是孟雨繁第一次获得球场上的 MVP，未来，他还会获得许许多多的 MVP，但唯有这次，会被他一直放在心上，永远记住。

作为 MVP，没有单独的奖章，但是有一捧花束，花束的主花是红色、橙色与淡黄色的太阳花，花茎束在一起，花朵又大又饱满，看上去鲜艳又喜庆。

孟雨繁抱着那束花，刚一走下台，队友们就围上来说要加他微信，他们说和他打球很有意思，以后有机会要和他再打一场。孟雨繁实在不知道哪里有意思了，毕竟从始至终只有他在打球，其他人全都在外场追着球跑。

"队长，你这花还要吗？"队里的程序员凑过来，"打个商量，把花给我呗？我一会儿要去约会，总不能空着手去。"

孟雨繁真是没见过比他更抠门的人了："你去约会，为什么不直接买束玫瑰？"

"我这叫低碳生活,循环利用,环保为先。"程序员振振有词地说,"古有'借花献佛',我这是借获奖的花束,献给我的小仙女,也让她沾沾喜气呗!"

说来说去,还是他有理。

孟雨繁被他的厚颜无耻所震惊,只能把那束花递给了他。不过在他把花束抱走之前,孟雨繁心思一动,忽然伸手从花束里抽走了一朵红色太阳花。

当场馆里所有观众都走光后,杨笑在更衣室里找到了她的 MVP。

男孩一手捧着奖杯,一手紧张地捏着一枝太阳花,好像一直在等她来。

他胸口的粉红色唇印还在,只不过被汗浸透,边缘有些模糊了。

杨笑心里隐约闪过一个念头——这支粉色口红不太持久,下次还是换一支大红色的吧。

孟雨繁自然不知她心里在想着什么,见她来了,他赶忙把手里那只孤零零的花递出,笨拙地说:"这朵花送给你。"

他也要他的女神,沾沾他的喜气呀。

第六章

# 野球比赛

当天晚上,杨家一家三口和孟雨繁开开心心吃了顿丰盛的晚餐,庆祝来之不易的胜利。饭后,杨笑开车把孟雨繁送回了学校。

不知出于什么原因,比赛后,孟雨繁并没有换下身上的球衣,只在外面套了件运动外套,拉链敞开,露出球衣上的名字,以及名字上的那个唇印。

杨笑有些不好意思看他,眼神一直在乱飘,她也不知道自己在球场上发什么疯,居然在他胸口吻了一下!

一定是被这小傻子传染了。

孟雨繁好似非常自豪于胸口的那枚"勋章",一路挺胸抬头,哼着歌回了学校。

哪想到刚进宿舍,就被徐冬堵住了。

徐冬因为输了球,被爷爷骂了个狗血淋头。

他埋怨孟雨繁:"繁子,你也太不把我当兄弟了!你交了这么一个漂亮女朋友,居然藏到现在!不行,我得赶快把你脱单的消息告诉其他队友,大家一起拷问你……"

一边说着,他一边掏出手机,点开了微信群。

哪想到一句话还没打完,孟雨繁就一把把手机抢过来,藏在了身后。

"你干吗呢!"徐冬说,"手机还我!"

"冬子,冬冬,徐冬,好兄弟……"孟雨繁挤出一个肉麻兮兮的笑容,厚着脸皮问他说,"咱们能打个商量吗?你能不能替我保守秘密,不要把我有女朋友的事情告诉其他队友?"

徐冬茫然:"为什么?"

## 第六章 野球比赛

为什么？

孟雨繁一怔，那句理由堵在嘴边，无法倾吐。

他和杨笑并非是男女朋友的关系，虽然在外人看来，他们已经见过家长、见过朋友，但本质上，两人只不过是一场交易里的买方与卖方。

"没什么原因。"孟雨繁说。明明篮球服上还挂着那枚鲜红的唇印，可是让他胸口灼热的感觉却突然消失了。

男孩讷讷道："总之你别告诉其他人，当我欠你一个人情，行吗？"

他的话都说到这份上，徐冬也不好再细问下去。

见徐冬点头，孟雨繁的脸上终于多云转晴。

"好兄弟！讲义气！明天我请你去校门口的烧烤店吃顿好的！"

"烧烤就算了，教练让我最近控制体重。"徐冬沉默了一会儿，不知想到了什么，忽然说，"这样吧，过几天还有场球赛，挺重要的，你和我一起去吧。"

另一边，杨笑到家时，就见唐舒格正抱腿坐在电脑前，双手在键盘上飞舞。

她带着一副防辐射的平光眼镜，电脑荧幕把她的两片镜片照得亮晶晶的，她的电脑旁堆着一摞外卖饭盒，她仿佛已经长在了电脑前了。

"笑笑，你约会回来了？"唐舒格停下工作，镜片下的眼睛闪着八卦的光芒。

"什么约会！"杨笑立刻反驳，"不都说了，我爸他们厂子搞职工家属运动会吗，叫孟雨繁过去帮忙打球。只是帮忙，只是帮忙而已！"

她的话说得太快，差点被自己的口水呛到，她赶忙转移话题，问："大作家，又在奋笔疾书创作呢？"

"没有。"唐舒格瞬间泄了气，瘫倒在电脑前，"加班呢。"唐舒格大吐苦水，"老板说最近要投放地铁广告，让我们想几个吸引眼球的广告语。"

一边说着，唐舒格翻开随身的小本本："笑笑，你帮我参谋一下？"

杨笑点点头："你说吧，我听着。"

唐舒格："一个人瞎忙，不如两个人帮忙，快来帮帮忙应用！"

杨笑摇头："你有没有听过三个和尚没水喝的故事？三个人帮忙，太不吉利。"

唐舒格："那这句呢？'搬家、跑腿、买菜、同城急送，帮帮忙应用帮你解决后顾之忧！'"

杨笑又摇头："毫无特点，同类的软件我至少能找到十八个。"

唐舒格："这句总可以了吧！'春节回家缺男友？快来帮帮忙应用！'"

杨笑翻了个白眼，毫不留情地说："你信不信你们的广告刚一打出去，就要被警察叔叔请去喝茶？"

她站在玄关门口和唐舒格侃了半天，直到这时才有时间换衣服，她把车钥匙放在门廊的小盒子里，又脱下脚上的球鞋——

"杨笑！你穿的是篮球鞋！"唐舒格眼尖，"你怎么会买篮球鞋？"

杨笑一愣，下一秒，火势瞬间在脸颊上烧了起来。

她怎么会买篮球鞋？

因为这双篮球鞋，是她的假男友哄她买的啊！

什么"我喜欢篮球鞋，所以你就送我一个穿着篮球鞋的你吧"，这种不要脸的话，也只有二十出头的年轻男孩才说得出口了。

杨笑硬着头皮说："我买鞋还需要理由？我就见它好看，随随便便买的。"

唐舒格又不是三岁小朋友，哪那么好骗？

她立刻扑了过来，围着杨笑嗡嗡嗡个不停："不对啊，你这个高跟鞋控，怎么突然转性买球鞋了？"

杨笑平常都穿职业装，衣柜里全是成套的西装套裙，她的标配永远是丝袜配高跟鞋，小腿线条被拉成一道优雅的弧线，矜持又漂亮。

可是今天她却一身运动装打扮，还踏着一双红白配色的球鞋！唐舒格这个资深言情小说作者，几乎是在电光火石间就猜到了真相。

"是你那个小男友？"她兴奋地双眼放光，"你以前谈恋爱时，最烦的就是情侣物件！你还吐槽幼稚，连男朋友送的同款手环都不愿意戴！

## 第六章　野球比赛

怎么，对象换成孟雨繁，你引以为豪的自制力就不存在了？"

"你们作家就是脑洞大。"杨笑脸上发烧，仓皇钻进自己卧室里，避而不谈，"我随随便便买双鞋，你都能思维发散这么多。我累了，不聊了。"

说罢，她大门一关，把八卦兮兮的闺密锁在了自己卧室外。

客厅里，吃了闭门羹的唐舒格并不沮丧，只见她眼珠一转，瞬间一句精妙绝伦的句子出现在了她的脑海里。

她立刻冲回自己的电脑前，双手噼里啪啦地在键盘上飞舞，屏幕上，全新的广告语逐渐成形——

帮帮忙 App，和你不止是买卖关系！

转眼又到了上班日。

一上班，刘悦月就递交了自己的请假申请，这还是她上班这么久以来，第一次请假。她今年大四，课程不多，能够保证一周四天以上的完整实习时间，偶尔周六日还能来加个班。

最近刘悦月要赶一个特别重要的学期大作业，需要同一学院不同专业的学生们自由组成小组，协同工作，她实在分身乏术，只能请假了。

杨笑见她请假是为了做正事，也没卡她，很快就批了。

刘悦月问："对了，杨姐，你也是传媒大学毕业的吗？"

"不是。"杨笑回答，"我是师范大学毕业的，在进电视台工作之前，我可是个小学英语老师。"

刘悦月果然吓掉了下巴："真的啊？"

"这有什么好说假话的？"杨笑耸耸肩，"当初考大学的时候，十来个亲戚聚在我家，谁都想在我的志愿上说几句话。我那时候年纪小，什么也不懂，明明喜欢传媒，却被他们按头填了师范类——等到大四实习的时候，学校把我分去对口小学当了三个月的英语老师，带一年级，从 ABCD 教起。"

正是那三个月鸡飞狗跳、鸡毛蒜皮的执教经历，让杨笑爆发了。

小学老师是一个很伟大的职业，但这并不是她的人生梦想。

这是她的人生，不是长辈的人生。

她已经妥协了四年，不想再妥协一辈子。她上学早，毕业才二十一岁，她不想去过家里人为她规划好的"一眼望得到尽头"的人生。

于是，她放下教鞭，画上淡妆，她一次次跑其他高校，去蹭校招会；她一次次递出简历，一次次刷新邮箱……她不知经历了多少轮面试，最终通过自己流利的英语水平和大方利落的表达能力，险之又险地进入了华城电视台，成了一名新闻栏目实习生。

亲戚们都说师范专业对女孩子好，毕业之后有铁饭碗，年龄到了再找个好人嫁了，就有一辈子的着落。可杨笑明白，这世上根本没有百分之百"对女孩子好"的东西，只有自己喜欢、自己争取、自己拥有的，才是对自己好的。

"我那时候可比你的起步低多了。"现在回忆起来，杨笑曾经吃过的苦都变成了一句笑谈，"我从来没学过传媒专业的课，电脑里搭载的剪辑软件连听都没听过，专业知识新闻原则传媒理论只有一知半解，所以我白天上班，晚上就回宿舍自学补进度。咱们电视台有近百档节目，所有收视率超过1的节目，我都存在手机里反复看。"

她买了专业书，从零开始恶补，还跟着网上的教程，学习怎样操纵后期软件。她在最短的时间里考下了一级甲等的普通话证，又拿到了新闻采编证，当她实习期结束后，已经成了同期学生里最出色的一个。

若不是中间出了意外，现在的她一定成了一个独当一面的资深新闻记者了。

不过，她从不后悔来综艺频道，能够亲手制作一档综艺也很有成就感，不是吗？

下午两点，抽完烟的吴哥挺着一个大肚子，迈着四方步，准时踏进了办公室。

他一来，杨笑就和他汇报了刘悦月要请假的事情。

吴哥很好说话，大笔一挥，就在申请报告上签了名："学期作业可是大事，好好完成，别着急。"

刘悦月赶忙道谢，小心翼翼地收起了那张休假申请表。

## 第六章　野球比赛

吴哥和善地问："对了，你们这个学期作业是什么内容啊？"

刘悦月答："我是新闻学院编导系的，这学期有一节新闻采编课，老师让我们和新闻系、播主系的同学合作，做一期深度报道。"

杨笑好奇："那你们打算报道什么？"

刘悦月乖乖作答："播主系的那个男生提议，做'野球'。"

她话音刚落，吴哥的脸色瞬间就不好了。

"野球？"他皱眉，"你们几个大学生真是不要命了，这种题材都敢碰？你去网上搜搜，看那些CBA记者有几个能做野球专题的？"

"可是……"

"没什么可是的。"吴哥向来脾气很好，可这次是动了真火，"连那些老油条都避过的灰色地带，你们胆子怎么这么大啊？"

刘悦月像个小鹌鹑一样，被骂的抬不起头来。

杨笑不明白他们在说什么——"野球？野球是什么！"

吴哥压住火气解释："野球，用比较通俗的语言来说，就是在非正规场馆举办的非正规赛事。篮球、足球都有野球，但是一般来讲，篮球多于足球，很多CBA退役选手，或者是没有入选CBA的篮球运动员，都会去参加这种比赛，去赚外快。"

杨笑："有钱拿？"

"当然有钱拿！出场一次，大球星好几千，小球员也能拿个八百、一千的。"吴哥没好气地说，"看着钱好赚，但首先场馆破烂，容易摔倒，现场没有队医，球员没有医保，受伤了球员自理。其次，上场的人什么妖魔鬼怪都有，肆无忌惮下黑手。每个人都想着赢球，因为只有这场赢了，下场才会有人继续请他打球。"

杨笑倒抽一口冷气，她之前当过记者，做过社会新闻，很快意识到隐藏在野球下的种种暗潮。

杨笑追问："那他们的盈利模式……"

刘悦月抓耳挠腮，急着抢答："很多野球比赛是不盈利的！尤其是东南沿海地区，很多有钱的乡镇或者是当地农民企业家，会以办堂会的形式来办篮球赛，就连新建的龙王庙落成，都要请人来打篮球。打球当天，周围所有村子、几千群众都来围观，经常是村东在搭台唱戏，村西在打篮球赛……"

这种深植于南方乡镇的野球比赛，对于成长在北方城市的杨笑来说，完全是闻所未闻、匪夷所思。

"放屁！"共事这么久，吴哥头一次骂了脏话，"刘悦月，你怎么不说还有那些盈利的啊？你当那些山西煤老板办球赛都是搞慈善啊？他们开盘口的时候，你还没出生呢！你们几个瓜娃子，搞什么不好非要搞野球，小心你们几个被搞了！"

刘悦月被吓坏了，眼圈瞬间就红了。

她从没被领导这么当面骂过，而且……而且不是因为工作，居然是因为她的学期作业！

杨笑见她哭成个小泪人，赶忙过去搂住她，把她的脑袋压在自己怀里，轻轻拍她的后背，给她顺气，又递了纸巾让她擦泪。

她替刘悦月说好话："吴哥，小刘年纪小，初生牛犊不怕虎，看这个题材报道的人少，所以就……"

吴哥也意识到自己脾气太燥了，他深深叹了口气，想摸烟，忽然想起办公室禁烟，只能悻悻的把手收回去："反正，野球绝对不能碰。对于记者来说，这东西纯属灰色地带，有东家坐庄，盘口开得很大，报道这种事情只会给自己惹上麻烦。对于球员来说，参加野球比赛，有了第一次就有第二次，到时候想退出都不能退出了。"

刘悦月眼窝浅，这一哭就哭到了下班时间。

这天晚上，孟雨繁照例来接杨笑，只见刘悦月跟在杨笑身后，眼睛红红的，像只可怜的小兔子。

孟雨繁好奇地问："你眼睛怎么了？"

刘悦月闷声说："没、没事……就是被领导骂了一通……"

孟雨繁下意识地把视线落在了杨笑身上。

杨笑无奈问："难道在你眼里，我是这么凶的人吗？会把自己手下的小姑娘骂哭？"

孟雨繁赶忙说："没有没有，你一点也不凶！"虽然俩人刚认识的时候,杨笑完全就是一团熊熊燃烧的火球,不过孟雨繁才不会承认自己被她烫到过呢。

杨笑本想送刘悦月回宿舍,可刘悦月摇摇头,说约了同学去逛街散心。

"那你去吧。"杨笑摸摸她的头顶,刘悦月只有一米五出头,个子矮,杨笑摸她的脑袋,就像是姐姐在摸妹妹一样,格外顺手。"吴哥也是为你好,别委屈了。回家睡一觉,明天还要上班呢,乖。"

孟雨繁一看,赶忙递出手里的奶茶和小蛋糕。那家甜品店是网红店,孟雨繁特地排了一个小时才买到,本来是为了讨杨笑开心,不过他看刘悦月这么难过,还是让她喝吧。

刘悦月一手捧着奶茶,一手拿着小蛋糕,眼泪又涌出来了:"呜呜呜……我不能吃,我太胖了,最近在戒糖。"

"你哪里胖了?"孟雨繁立刻很体贴地表示,"你体型合适,太瘦了不好!"

刘悦月一边哭一边说:"大孟,你真的好像我爸,就算我胖成球了,在他眼里,他女儿都是营养不良。"

她又抽泣着转向杨笑:"杨姐,你就像我妈,刀子嘴豆腐心,虽然嘴上嫌弃我,但是对我很好……"

杨笑:不是,等等,事情是不是发展的有些太快?他们前几天才荣升阿姨和姨丈,怎么今天又平白无故添了这么一大坨女儿?

刘悦月说完,便狠狠吸了一口奶茶——卡路里卡路里,就是她的救星!管它什么胖不胖,戒糖期拜拜!

杨笑无语地看着刘悦月远去的背影,觉得自己的心突然沧桑了不少。

再看身旁的孟雨繁,一脸懵地矗立在那儿,全身僵直,受到的震撼一点不比她小。

"走吧,"杨笑忍住笑意,拍了拍他的胳膊,"孩子她爸,我送你回学校。"

"……哦,哦。"孟雨繁茫然地跟在她身后向车旁走去,感觉自己每一步都轻飘飘的。

怎么回事，他和杨笑居然连"女儿"都有了——这算不算未婚先孕啊？

在杨笑开车送孟雨繁回校的路上，孟雨繁愧疚地表示，他周五晚上有事，要请假一天，不能来接她下班了。

两人"合作"这么久，不论风雨，男孩总能在她下班时准时出现在电视台门口，这还是他第一次请假。

一想到周五晚上见不到他，杨笑心里忽然有些空落落的。

不过这股空荡的情绪一闪而过，很快就消失不见了。

杨笑问："周五晚上有事？"

"嗯！"孟雨繁点头，"周五晚上，我兄弟徐冬——就那天你见过的那个——约我去打篮球。"

杨笑服了："你们真是精力旺盛，白天训练不够累吗，好不容易可以休息，居然还去打？"

杨笑以为他说的打篮球，就是在路边、公园里随便找个露天场子玩两局，虐虐路人菜鸡，哪想到孟雨繁却给出了一个截然不同的答案。

"这次好像是个什么什么公司组织的比赛，我没细问，徐冬说他朋友喊他过去帮忙，我欠了徐冬一个人情，徐冬就把我一起叫上了。"孟雨繁一问三不知，完全是个被人坑了还帮忙数钱的傻子模样。

"公司组织的比赛？"杨笑心里一动，忽然觉得不太对头，若是今天之前她听说这件事，肯定不会胡思乱想，可她刚被科普了"野球"的概念，孟雨繁和徐冬的这场比赛，就不免让她多想了。她追问："什么公司组织比赛，还要找你们这些专业外援啊？"

孟雨繁懵懂回答："可杨叔叔的单位组织比赛，不也找我这个外援了吗？"

杨笑："那能一样吗，我爸他们单位组织的是职工家属比赛！你是家属，你不是外援，你是名正言顺的——"

"内人？"孟雨繁迅速接话。

杨笑被他噎回来，想说孟雨繁不是内人，撑死了算是一个……算是一个……"贱内"吧。

## 第六章　野球比赛

刚巧遇上红灯，杨笑把车停在了白线后，侧头看向身旁的大个子。

她的车小，孟雨繁坐在副驾驶座里，即使把座椅调到最靠后的位置，可依旧伸不开腿，他的头完全顶住了车顶，每次转头时，都能听到头发和车厢上缘摩擦的声音。

他坐在那儿，就像是误闯了小人国的格列佛，更像是喝了茶水变成巨人的爱丽丝。

杨笑脑补了一下孟雨繁穿着爱丽丝的蓝裙子，和怪笑猫、白兔先生、疯帽匠一起梦游仙境……然后她就被自己的幻想逗笑了。

杨笑干咳一声，赶忙把话题转回来："雨繁，我现在发现，你这人虽然个子大，但是心眼太少了。我不是说心眼多是好事啊，但是你有时候……有时候太单纯了。"

真没想到，她居然也有用"单纯"这个词来形容男人的一天。

杨笑："你朋友叫你去打球，去哪儿打，给谁打，和谁打，你什么都没问清楚。要是徐冬坑你呢，要是他不是叫你去打球，而是把你拉到深山老林里，把你肾给割了卖呢？要是他把你拉去听传销课，逼着你买保健品呢？"

孟雨繁为自己的队友抱不平："徐冬是我的好兄弟啊！我们从大一入学起，每天都在做训练、打配合，他怎么会坑我啊。"

他皱着眉头，露出了孩子一样情绪化的表情，非常不理解杨笑为什么要这么说自己的好友。

一时间，刚刚还轻松愉快的氛围消失不见了，整个车内都被一种低气压所包围。

"笑笑姐……"沉默许久，孟雨繁迟疑着问，"……你是不是在PUA我啊？"

"P什么？"

现在的年轻人都哪来的这种奇奇怪怪的词？

"就是'PUA学'。"孟雨繁小声地说，"通过贬低伴侣身边的朋友，达到孤立伴侣的目的，让伴侣只能依靠自己……"

杨笑哭笑不得："你们学生脑洞怎么这么大啊，我还PUA你？你这么大一个人,我把你的朋友都轰走了,你要是赖上我了怎么办啊?"

不过她也反思,她和孟雨繁认识还不到两个月,她就这么贸然对孟雨繁的交友状况指指点点,只会引来他的反感,而且若是徐冬自身没有问题,她的怀疑就太过分了。

红灯熄灭,绿灯亮起,杨笑踩下离合,车子继续前行。

很快,车子行驶到了华城大学的侧门,这里离孟雨繁的宿舍近,而且不容易撞见人,所以每次杨笑都把车停在这里。

"笑笑姐再见。"孟雨繁闷声说完,头也不回地开门下车。

"你等等。"杨笑从车窗探出身子,叫住了他。

男孩疑惑回头。

杨笑:"你刚才说,你的比赛在周五晚上?"

孟雨繁:"对。"

"那好。"杨笑只思索了几秒,就做出决定,"周五我会争取早下班,那场比赛我跟你一起去。"

一瞬间,孟雨繁的眼睛立即亮了。

像是有人在他的瞳孔深处点了一把火,火光炙热,包围着杨笑的身影。

"真的!""傻狗"啪啪甩着尾巴,"笑笑姐,你要来看我打球?"

杨笑见他这么开心,在他的带动下,不自觉地也跟着笑起来。

"这有什么?我又不是没看过你打球。喏,我家门口的篮球场一次,我爸单位组织的一次,算上这次,都第三次啦。"

"不!这是第一次,第一次!"男孩扒在她的车窗上,语气里带着股迫切,"前面两次不作数的,那都是'我去你的地方打球',而这次,是'你来看我打球'!"

杨笑怔住了。

确实如此。

他们认识这么久,每一次,每一次,每一次,都是孟雨繁主动走进她的生活,他去她家、去她公司、去她爸爸的单位……唯有这一次,是她主动踏出一步,去了解孟雨繁的世界。

## 第六章　野球比赛

从这一刻起，这两个完全不同却同样熠熠生辉的宇宙，终于有了交集。

周五下午，杨笑特地请了两个小时的事假，提早下班。

今天刘悦月没来，工作量还挺大的，杨笑只能申请周六加班，把事情补上。

吴哥批假的时候还打趣她："女强人，周五居然早下班，做什么去？和小男朋友约会去？"

杨笑没否认："差不多吧。"

看他打篮球，为他加油，也算是约会的一种吧。

因为避开了晚高峰，这一路非常顺畅，杨笑把车开到了华城大学门口，没等一会儿，就看到了孟雨繁和徐冬的身影。

他们俩太高了，孟雨繁一米九六，徐冬比他更高，足有两米，两枚大铁柱立在校园门口，引来数不清的回头率。

杨笑按了按车喇叭：滴滴滴，滴滴滴，孟雨繁立即从校门口数不清的车流里，准确找到了杨笑的红色小别克。

当徐冬看清杨笑的脸时，他脸上闪过了一丝异色："笑笑……阿姨？您怎么来了？"

"好了好了，别叫我阿姨了，我比你大不了几岁，你叫我阿姨都把我叫老了，你叫我笑笑姐吧。"杨笑抬头看着他，笑眯眯说，"你怎么这么惊讶？我听雨繁说你们比赛的场地还挺远的，我送你们过去，这难道不是一个大大的惊喜？"

"是挺惊喜的。"徐冬说，"我以前只见过美女走在路上，有男司机按车喇叭，这还是第一次我走在路上，被女司机'滴滴'。"

杨笑在心里切了一声，心想，她才没有滴滴徐冬呢，她明明是在滴滴孟雨繁！

杨笑打开车门，招呼两个年轻人上车。

小红车一路上风驰电掣，很快就抵达了目的地。

这是一个在三环边上的露天篮球场，一条马路之隔的位置，就是附近最大的商业区，这地方位置极佳，与杨笑想象中的那种地下篮球场相去甚远。

快入冬了，天黑得早，虽然才六点出头，但天色已经暗了下来。篮球场四周各有一柱照明灯，从很高的地方照射下来，把整个篮球场照的灯火通明。

杨笑是下了班直接赶过来的，她身上还穿着上班时的职业套装，黑色的长款鱼尾裙包裹住她的双腿，脚下踩着一双秀气的高跟鞋，浅灰色的风衣搭在肩膀上，手臂还挽着一只名牌包包。

不论从哪个角度来看，她都与这场篮球赛格格不入。

她走入场内时，无数好奇的目光黏了上来，没有一丝遮掩，非常赤裸地打量着她。

有个同样穿着篮球运动服的男人晃过来，吊儿郎当地拦住了她。

他个子一米八出头，放在人群里也算是高的了，可是和孟雨繁一比，就成了小矬子。

"小姐姐，你知道我们这是在干什么吗？"他嘴里叼着一根烟，说话间，烟雾喷薄，扑在了杨笑的脸上，"篮球可是会乱滚的，别打到你这张漂亮的小脸。"

杨笑轻车熟路地挽上孟雨繁的胳膊："我是来看我男朋友打篮球的，你有意见？"

孟雨繁顺势拥住她，同时把她往自己身后带了带，用自己高大的身躯替她隔开了男人的骚扰。

孟雨繁皱眉道："这位大哥，您能把烟掐了吗？球场禁烟。"

"这球场可没那么多规矩。"男人调笑道，"呦呵，年下配有钱富婆，小朋友，她每个月多少钱包的你啊？这么好的工作，也给我介绍介绍呗？"

男人本意是想激怒他，可孟雨繁完全没有生气，而是非常平静地回答。

"好啊，我可以介绍给你。"男孩低头看向他，像是在看一只跳脚的青蛙，"可是就算你倒贴钱，也不会有人想要你。"

## 第六章　野球比赛

"——你！"

徐冬赶快赶上来，拉开了那只丑陋的青蛙，听他语气里的意思，好像那只青蛙是这场比赛的主办人之一。

徐冬没想到孟雨繁还没上场呢，就把主办人得罪了，连连道歉，说自己的兄弟脾气直，没有恶意。

杨笑差点笑出声，赶忙拉着孟雨繁到了旁边的休息区。

休息区的座位上，零散堆着一些衣服和包，孟雨繁把自己随身的训练包放下，换上了打室外篮球专用的鞋。

在他换装的时候，杨笑就在打量这片球场。

为了防止篮球飞出去，篮球场四周一般都会建有铁网，明明是再常见不过的防护装置，可杨笑看着，却莫名心惊，总觉得像是"困兽之斗"。篮球场的侧面有三排山型观众席，座位不多，稀稀落落有了一些观众。

铁网上挂着一条红色的横幅，上面写着"××企业杯篮球邀请赛"。杨笑用手机查了一下这家公司，发现是个小私企，注册地就在华城。

不知是不是疑邻盗斧，杨笑总觉得这场比赛很不对劲。

她试探性地问孟雨繁："你之前也打过类似的比赛吗？"

孟雨繁一边吭哧吭哧地热身，一边摇头："没有，我们篮球队有规定，不允许学生私自外出打球，严重的话会记处分的。"

"那你还来打？"

"这不一样啊。"孟雨繁耿直地说，"这场比赛就和杨叔叔单位的家属赛一样，这种比赛我们教练不管的。"

"哪里一样！"杨笑气道，"刚刚那只青蛙说的话你也听到了，阴阳怪气的，你就不生气吗？"

"不生气啊。"孟雨繁疑惑地说，"那不就是普通的垃圾话嘛，我也用垃圾话反驳回去了啊。"

行吧，杨笑想，她到底从哪里找了一个出淤泥而不染的傻白甜男朋友啊，别人的恶意臭到十条街以外都闻得见了，他居然还以为那是赛场上常见的垃圾话！

孟雨繁，你这么喜欢垃圾话，你怎么还不进垃圾箱啊。

鉴于孟雨繁和徐冬的关系，杨笑不想轻易地把这场比赛定性为野球，因为杨笑也不愿相信，徐冬会冒着被学校记过的风险，去坑自己的兄弟。而且这场比赛虽然处处透着诡异，但他缺少了野球赛的关键要素——观众。

杨笑查了很多资料，上面都说，野球比赛因为攻势很猛、下手很黑，所以很受圈里人追捧，只要一有野球比赛，就会吸引来无数篮球爱好者。

但是现在场内的观众，加起来不过二十几人而已。

就在杨笑犹豫不定之时，篮球赛正式开始了。

开始前，两方球员见面握手。

孟雨繁所属的篮球队是白队，他们队里只有他和徐冬两个专业篮球员，其他三个人看样子都是篮球爱好者，水平在普通人里算是优秀的，但是和专业篮球员一比，高下立见。

对面的红队情况相似，也是由两个外援篮球员，加三个划水队员组成。

比赛开始后，主要的进攻势头都聚集在四名专业人士身上，其他几个人偶尔能进球，但是进的不多。孟雨繁和徐冬是队友，两人配合默契，上半场刚开始十分钟，他们已经连续灌入五个球了。

每次进球后，孟雨繁都会看向杨笑的位置，有时候会对她飞一个吻，有时候会夸张地做个鬼脸，有时候又会手舞足蹈……生怕别人不知道他的女朋友就在现场。

杨笑坐在人群之中，一遍又一遍的接收着孟雨繁的飞吻，刚开始还有些尴尬，到后来被人看习惯了，她便自暴自弃地站起身，开始与场内的孟雨繁互动。

不就是飞吻、比心、喊加油嘛，她杨笑若是认真营业起来，谁的脸皮都不会有她厚！

杨笑看了一会儿比赛，原本紧绷的心弦渐渐放松下来。

可能真的是她想多了吧，这比赛虽然看上去很不正规，但其他球员水平一般，观众也很少，应该不是野球。

可是，杨笑的心还未落地，她忽然在球场边看到了一个眼熟的身影——几个满脸稚嫩的年轻人不知何时溜进了篮球场，走在最后的那个，正是刘悦月！

他们的行为实在太诡异了，虽然每个人都竭力显示自己很"正常"，但他们紧张的脸色和同手同脚的动作，已经暴露了他们心里有鬼。

他们顺着篮球场边缘，慢慢靠近了观众席，因为所有人的目光都落在赛场上，一时间居然没人发现场内多了几个陌生面孔。

观众席是呈山型节节升高的，头顶的照明灯落在观众席上，在它的背面形成了一块巨大的阴影，而那几个孩子就躲在阴影里，探头探脑的，不知在打着什么鬼主意。

杨笑敏锐极了，她意识到不对劲，立即离开观众席悄无声息地从背后接近了那几个孩子。

"——你们在做什么？"她沉声问。

几人吓了一跳，刘悦月更是吓到差点叫出声来，被她对面的女同学一把捂住了嘴巴。

所有人颤巍巍地转过身，看向了不知何时出现在他们背后的杨笑。

刘悦月惊慌地瞪大眼睛："杨……杨姐，你怎么在这儿？"

杨笑严肃地说："这个问题应该由我来问你。小刘，你不是今天请假回去写论文吗，为什么会出现在球场？"

忽然，她发现刘悦月随身的小包里，有个暗红色的小光点在一闪一闪。

这是……

杨笑做过记者，立刻认出了那是什么东西！

"刘悦月，你哪里来的针孔摄像机？你……你是来偷拍取材的？"电光火石间，她立刻明白了一切。

刘悦月身旁还有另外三名学生，一女两男，其中一个男孩相貌堂堂，普通话极好，带着一股播音腔。

那个男生开口："您应该就是月月提到过的电视台前辈吧？您好，我们都是月月的同学。"

杨笑想起来了，刘悦月曾经说过，他们组里有个播主系的男生，提议要做野球专题的深度报道!

　　想必,这几个孩子并未打消念头,不知从哪里弄来一台偷拍用的针孔摄像机,胆大包天的跑来球场取材!

　　但到了这一刻,杨笑已经顾不上别的了,她满脑子都是孟雨繁。

　　"你们既然来了这里……所以说明,这是一场野球比赛?"杨笑急切地问。

　　刘悦月怯怯地点头:"是、是啊。"

　　杨笑依旧觉得不可思议:"可是野球比赛,不都要请很厉害的球员、还会有很多观众吗?可这里观众加起来只有二十几个,除了四个外援以外,其他人都很水啊。"

　　几个孩子对视一眼,最终还是那个播主系男生开口:"这场比赛有些特殊,您觉得场上那几个'很水'的球员,其实他们都是这场比赛的主办人。他们都是富二代,在圈里非常有名,经常组织野球比赛,叫几个球员来陪他们玩玩。"

　　"至于观众……"刘悦月递上手机,屏幕上是某手机直播软件,"这场比赛是线上直播的,在线观众已经破三万了。"

　　而在直播软件的右下方,有两串数字在不停向上跳动。

　　【两队赔率——红:白——1:1.2】

　　【奖池已有××××元】

　　【现在押注】

　　原来,这不仅是一场由富二代组建的野球比赛,这还是一场,带赌注、有庄家的野球比赛!

　　在得知真相后,杨笑的第一反应就是报警。

　　打野球有弊无利,对一个正在上升期的篮球选手来说,若是受伤,那对他的职业生涯影响太大了!就算不受伤,他一个学生四处出来打野球,被队上知道了肯定要背处分,这绝对会成为他履历上的污点。

　　她不能袖手旁观,让孟雨繁陷入这么危险的境地!

"怎么报警?"那位播主系的男生却拦下她,耸了耸肩,"这个直播软件架设在东南亚,上去都要翻墙。而且这些押注的钱并不是人民币,而是软件里的虚拟货币,就算报警,警察也没有任何办法的。"

东南亚地区近年来一直是线上赌博游戏的老巢,从服务器到运营团队全部在海外,国内警方根本无从下手。为了规避风险,软件里也无法把虚拟货币转换成现金,用户若想兑换,只能走私人兑换渠道——但实际上,这些所谓的私人兑换渠道,背后也有公司在撑腰。

若贸然报警,只会打草惊蛇。

"行了,你给我安静。"杨笑打断他的话,她直直地盯着他的双眼,不允许他移开视线,"小朋友,你有新闻理想是好事,但是年轻人不要总想着一步登天,第一次就做出大新闻。你们几个孩子,脑袋一热,就敢带着针孔摄影机来这里,有没有想过万一被谁发现了,你们该怎么收场?"

刘悦月小声道:"这不没被其他人发现吗……"

"小刘,我没有问你话,你的事情咱们回去再谈。"杨笑注意到,刘悦月说话时眼睛一直盯着那位播主系的男生,甚至几次三番跳出来护着他。她这样子,明显是被那男孩迷昏了头脑,成了他的小应声虫,甚至把最危险的针孔摄像头带在了自己包里!

杨笑又继续逼问男生:"你也大四了吧?播主系的?现在在哪家电视台实习?"

"我……"男生在她的逼问下无所遁形,居然打了个磕巴,"……我现在没有在实习。"

"所以,你在完全没有前辈的指导下,一拍脑袋,就敢带着同学来野球场。"杨笑冷冷地道,"你真的只是为了一篇学期作业?让我猜猜——这篇新闻若是做出来,肯定能给你的简历加分不少吧?"

男孩哑口无言,他心思再多,不过是个没出象牙塔的学生,他那点上不得台面的小心思,在见惯了妖魔鬼怪的杨笑眼里,实在太赤裸裸了。

杨笑凌厉的视线从四只小鹌鹑身上划过,雷厉风行的下起了命令:"你们几个,现在立即把摄像头关了,怎么来的就给我怎么回去!今天的事情不要和任何人说起，拍到的素材全部删除！这条新闻，你们可以做，但至少要是三年后、五年后，你们有了一定社会阅历了才能做。听见没有？"

"……听见了。"

四个孩子被她吓到，讷讷答应了下来。他们仓皇地往篮球场外退去，刘悦月走在了最后一个，垂着头，眼睛里还含着一包泪。

她在经过杨笑时，小声问："那杨姐……你不走吗？"

"我不走。"杨笑淡定地掏出手机，手指在屏幕上划过，按下了几位数字，"小家伙，就让姐姐告诉你，遇到困难除了找警察叔叔以外，还能找谁吧。"

……

篮球场上，比赛正进入了白热化的阶段，两边比分咬得很死，孟雨繁这队的专业运动员有他和徐冬两个前锋，而对手队伍则是一名小前锋加一名控球后卫，那个后卫三分能力很强，孟雨繁以前在赛场上见过他。

徐冬身手敏捷，给孟雨繁铺垫出了一个绝佳的进球机会，孟雨繁抱球高高起跳，一记扣篮，再次拿下两分！

可他落地时，敌方后卫忽然欺身上前，挡住了他的落脚点，孟雨繁非常别扭地在空中换了个方向，险之又险地落地。若是他再迟疑一秒，很有可能就要崴伤脚了。

真是莫名其妙，一个后卫往篮下冲什么？

"兄弟，跑错方向了。"孟雨繁拍了拍那个人的肩膀，开玩笑般说道。

可他得到的，却是那人的挑衅目光。

孟雨繁莫名被瞪，满腹疑惑，徐冬跑过来，小声同他说："繁子你小心点儿，对面的手段太黑，注意保护自己。"

"打个友谊赛而已，又没钱拿，他们怎么玩这么脏？"孟雨繁嘀咕了一句。

然而他并未注意到，在他身旁，徐冬欲言又止的模样。

好在孟雨繁是个单细胞动物，进球后只顾着开心了，他又如同之前一样，向观众席飞了个吻——哎，奇怪，笑笑姐去哪儿了？

## 第六章　野球比赛

杨笑原本站在观众席最显眼的地方，孟雨繁一扭头就能看到她，可现在，她的位置上空空荡荡，连包包、外套都一并不见了。

孟雨繁瞬间就变成了找不到主人的可怜狗狗，这时候哪还顾得上玩球啊，满脑子想的都是自己的女朋友去哪儿了。

不会是笑笑姐觉得看他篮球太无聊，就偷偷溜走了吧……

孟雨繁越想越沮丧，心不在焉之下，他甚至错失了一个进球的良机。

"你干吗呢？"队里的中锋——也就是最开始抽烟的那只青蛙——立刻呱呱呱叫上了，"我叫你来是让你为我打球的，不是让你给我划水的！"

"为我打球""给我划水"，这两句话听在孟雨繁耳朵里，觉得格外刺耳。

他只不过帮朋友忙来打场公司友谊赛，输了赢了又有什么区别？而且他前面已经进了这么多球了，他就算是铁人，体力也撑不住啊。

孟雨繁也是有脾气的，只是他平常总是一副好好先生的样子，让人忽略了他的真实战斗力。毕竟，他可是个身高接近两米、浑身满是肌肉的体育生，他若是撸起袖子打架，面前这只青蛙，他一拳就能揍趴下。

他心头火起，踏前一步就要拽起那只青蛙的衣领，然而不等他动手，篮球场入口处却传来了一声刺耳的喇叭响——

"停了啊停了啊，别打了。"一位身穿制服的中年男人举着扩音器大步走近，"也不看看这都几点了，还打篮球，开大灯，扰不扰民啊？"

在中年男人身后，还跟着其他几个穿着制服的年轻人，他们围住了观众席，正大声喊着让观众离场。

这是怎么回事？

看到这群身穿制服的人，几乎所有人心里都是一跳，这场比赛虽然明面上挂了个"××公司篮球邀请赛"的名头，但背地里却是一场野球赛。

若是招来了警察……

"青蛙"作为篮球赛的主办人，心里直打鼓，然而等他看清那几个男人身上的制服后，又觉得不对劲。

不对，这些人不是警察啊，看样子倒像是……倒像是……

"城管执法！"拿着扩音器的男人说，"我们接到举报，你们篮球场私搭探照灯，严重超过了市内规定的流明数，没有提前进行申报，严重扰民！"

这个篮球场四周，确实有四座高高的探照灯，把球场照的灯火通明。

青蛙眉头紧皱，摸出一盒好烟，走过去给城管们派烟："您瞧瞧，这附近连座居民楼都没有，都是办公楼，哪儿来的'民'可扰啊？"

"办公楼里的员工就不是'民'了？"城管队长却没有接他的烟，"你们有一盏灯直照对面大楼，我们就是接到一位热心女士的举报……"他回头一看，"奇怪，那位热心女士跑哪儿去了？"

……

举报的热心女士跑哪里去了？

那位热心女士早就趁乱潜入人群，拉着她的情郎跑了！

孟雨繁甚至无法说清这一切是怎么发生的——突然之间，城管涌进来了，突然之间，比赛就暂停了，突然之间，杨笑跑到他身边，拉起他的手就往篮球场外冲！

她脚下踩着高跟鞋，跑得却很快，孟雨繁的大手被她紧紧牵住，他便也跌跌撞撞地随着她一起往外跑。

"笑……笑笑姐！"孟雨繁简直怀疑他们在拍一部惊悚谍战电影，"咱们为什么要跑？"

杨笑拉着他拐进停车场，躲在了树影之下："为什么要跑？再不跑，你就要被你的好兄弟剁碎了卖钱了！"

"……啊？"

杨笑语速飞快："你知不知道你打的是什么？——你在打野球！野球什么意思，不用我给你解释了吧？"

孟雨繁已经呆住了，作为一个篮球运动员，他当然知道什么是野球，他更知道，野球场就如泥潭，一旦沾上，只会一步步越陷越深。他的第一反应就是回去找徐冬，"不行，徐冬还在那儿，我得回去把他救走！"

"救他？他根本不用你救！他肯定知道这就是一场野球，他就是故意把你往坑里带！"

## 第六章　野球比赛

"可如果他不知道呢？"孟雨繁却连连摇头，固执地不肯相信，"说不定，说不定他也是被人骗了呢？我和徐冬认识这么多年了，我们是最好的兄弟，他为什么要骗我？"

杨笑只觉得满心无力，说来说去，孟雨繁还是太年轻、太没有社会经验了。和这种男孩谈恋爱，天天都像小说里一样甜蜜蜜，可一旦涉及正经事，年轻男孩就会暴露出幼稚的一面，傻乎乎的一条道走到黑，不撞南墙不回头。

要不然说姐弟恋很痛苦呢，这哪里是在谈恋爱，明明是在养儿子！

可没办法啊，这是她亲自选择的男朋友，虽然是假的，可她就算再怎么生气，她也不能退货……

不对，她是甲方，她是可以退货的啊！

杨笑越想越气，一时冲动便开了口。

"孟雨繁，那咱们打个赌。"她严肃道，"今晚我送你回宿舍，你老老实实休息一晚上，明天天一亮，你就去找徐冬。"

"……然后呢？"

"你不是说你们是好兄弟吗？那他肯定不会向你说谎的，对吧？你当面问他，他究竟是不是提前知道，这是一场野球比赛。如果他说他不知道，那好，我大摆宴席，自罚三杯，亲自给他赔礼道歉！"杨笑冷冷地道，"但若是他知道，我看……咱们之间就可以提前结束了。"

她杨笑，不需要不信任她的"男朋友"。

"一言为定！"孟雨繁立刻举起手，"我孟雨繁在此发誓，如果我真的错看了人，如果徐冬真的是故意骗我，那我和笑笑姐之前的约定无条件延长两个月！"

不是，等等，无条件延长两个月是怎么回事？

杨笑怀疑孟雨繁在套路她，可是她又没有证据。

真是奇怪，她明明打算和他"一刀两断"的，结果稀里糊涂地打了这么一个赌。这算什么，弯道急拐？

杨笑实在搞不清楚，孟雨繁到底是真傻还是假傻了。

两人上了车，杨笑送孟雨繁回宿舍。

在回去的路上，孟雨繁的微信一直滴滴滴响个不停，男孩掏出来看了一眼，打了几个字，又闷闷不乐地塞回了兜里。

杨笑问："谁的消息？"

其实她心里早就猜到了。

"是徐冬……"果不其然，孟雨繁说出了这个名字，"他说我怎么突然就不见了，连包都没拿，问我去哪儿了。"

杨笑："你怎么回的？"

"实话实说。"孟雨繁转过头来看她，有些羞涩地说，"我告诉他，我和你私奔了。"

杨笑脚一抖，油门一飘，差点追尾。

过了几秒，徐冬又发来了新的消息，不过这次是语音消息了，杨笑让孟雨繁调大音量再点开听。

徐冬粗犷的声音在狭小的车厢内响起："呼……算了，你跑了就跑了吧，也不用回来了。"听上去，徐冬好像是在一边走路一边发消息，声音有些喘，"城管来了，比赛强制暂停了，还带走了一个主办人去了解情况……我也走了，这球打得太没劲儿了，对面那几个手太黑了。"

他的语气听上去和从前一样，还是那副大大咧咧的样子，杨笑真想夸他一声影帝。

徐冬的声音继续从扩音器里传来："繁子，那咱晚上在宿舍见啊，我有事儿和你说。"

这听上去绝对不是什么好事。

杨笑立即告诉身旁人："你今晚别和他见面，有什么事明天再说。今天你好好休息，养足精神，用你那还没一条吉娃娃大的脑仁想清楚整件事，明天早上和他对峙的时候别被他牵着走。"

孟雨繁很听她话，她让他今天不要见，他就乖乖不见。他也按下了录音键，对着话筒说："徐冬，今天晚上不方便，明天我去宿舍找你吧。"

这次，徐冬那边足足停顿了好几分钟才发来一条消息，孟雨繁刚一点开，就被徐冬足以震碎车窗的吼声惊住了。

"繁子！速度太快了吧！今晚上居然不回宿舍住了？行行行，厉害，那我不打扰你了！不过你知道怎么做吗，要不要我发你点儿教学资料看看？"

男孩根本没听懂，茫然问："我只是说今天晚上不去见他，他为什么会觉得我不回宿舍住了？我不回宿舍，还能去哪儿？教学资料又是什么？"

杨笑答不出来，只能尴尬又敷衍地说："……好孩子不用知道这些。"

可她心里却决定：即使徐冬没问题，她也不允许自家孩子和这种满脑子污秽的朋友一起玩了！

第七章
# CUBA 首发名单

孟雨繁向来心大，平常沾枕即睡，一夜无梦到天亮，可这天晚上，他因为惦记着野球这件事，一晚上辗转反侧没有睡好，第二天六点多钟，他就爬起来了。

他是真的不愿意相信徐冬是有意欺骗自己，他们认识五年了啊，这五年来两人一起经历过多少？练球、跑步、打配合、闯祸后被总教练骂……当初他们递交保研申请时，还曾畅想过一同踏入 CBA、为同一支球队效力的美好未来。

所以，即使杨笑把证据摆在了他面前，他也不愿意相信自己看错了人。

七点半刚过，对面寝室传出了一些动静。

一直等在门后的孟雨繁第一时间拉开大门，正好和出门的徐冬撞个正着。

和打扮齐整的孟雨繁不同，徐冬随随便便穿着一套睡衣，脚下踩着拖鞋，手悬在半空，还保持着敲门的模样。

徐冬一愣，笑道："繁子，这么早就回来了？我本来还想敲敲门碰碰运气呢。"

他认定孟雨繁昨晚夜不归宿，所以看到孟雨繁一大早就穿戴得这么齐整，他就想当然的以为他是刚刚从外面回来。

孟雨繁没有和他寒暄，开门见山地说："徐冬，我有话和你说。"

徐冬随便点点头："行啊，刚好我也有话和你说。"

现在正是体育生们起床训练的时候，走廊上人来人往，擦肩而过时都会打个招呼。

徐冬左右看看，低声说："进你宿舍吧，别在走廊上说。"

孟雨繁便让开宿舍大门，放他进来。

孟雨繁的宿舍一进门便是他从网上购买的五层鞋柜，十几双限量版AJ球鞋摆了满满四层，每个进他屋的体育生，都会在鞋柜前驻足很久，发出无数酸溜溜的艳羡声。

不过今天，徐冬没有在鞋柜前逗留，他直接走到内间，确定门窗都已经关好了。

孟雨繁说："徐冬，昨天那场球……"

他话还没说完，就被徐冬打断了。

"繁子，我要说的也是这件事。"徐冬笑笑，"你昨天走得早，我没来得及把东西给你——来，这是你的那份，收好吧。"

只见徐冬从裤兜里掏出一个信封，里面鼓鼓囊囊，看上去是很有分量的一叠。

就在他拿出信封的那一刻，孟雨繁已经猜到了那信封里装的是什么东西。

可他依然固执地不肯相信。

一米九几的大男孩就立在那儿，眼睛落在他最信任的队友身上，慢慢地，一个字一个字地问："……信封里是什么？"

"你自己打开看看不就知道了？"徐冬却说。

可是孟雨繁并不伸手。

仿佛他只要不接那个信封，事情就可以到此为止，昨天的一切都像没有发生过，他们的友谊还是同以前一样，没有丝毫改变。

可是徐冬等不下去了。

他直接展开了信封，手伸进去——然后拿出来一叠纸币。

红彤彤的，粗略一数，有七八张的样子。

那是钱，真的是钱，是昨天孟雨繁去打"友谊赛"的报酬。

徐冬望着他的眼睛，用一种故作无所谓的语气说："虽然比赛提前结束了，但是老板还是挺豪爽的，钱照常给。喏，收下吧。"

孟雨繁被那叠粉红色的纸币刺痛了眼睛，到了这一刻，已经由不得他再逃避下去了。五年来的信任在徐冬掏出信封的那一刻轰然崩塌，孟雨繁拳头紧握，不可思议地看向了同窗好友。

"你不是说是友谊赛吗？"孟雨繁低声问，"这些钱是什么意思，你是觉得我很好骗吗？"

"我怎么会骗你呢？"徐冬皱眉道，"你家里不是断了你的生活费，所以你最近都在打工吗？我看你新交了女朋友，肯定花销会更多，所以一有赚钱的机会，就想到你了。"他停了停，又说，"我知道你这人什么脾气，我要是直接说拿钱打球，你肯定不乐意，所以只能先斩后奏了。"

"先斩后奏"——这就是徐冬对这件事的看法。

孟雨繁觉得这太荒唐了："徐冬，你知不知道咱们队里的规定！队里所有球员不允许私自出去打野球，如果发现有这种行为，警告、记过都是小事，甚至可能开除！"

他看着徐冬，像是在看一个陌生人。

"野球也分很多种啊，没必要这么上纲上线的。"徐冬皱眉看着他，好像不明白他为什么这么生气，"去公园打街头篮球，也算野球；像是之前参加职工家属运动会，也算野球……本质上来讲，咱们昨天就是陪几个富二代玩了会儿球，这犯法吗？"

孟雨繁气疯了："这当然犯法！咱们昨天不光是陪富二代打篮球，咱们昨天的比赛是在网上直播的，甚至有庄家坐庄，赌池里有数万块钱！这是赌博！是赌博！"

"……什么！"徐冬的眼睛瞪大，瞳孔紧缩，"昨天有人赌球？"他看样子也很震惊，背着手在宿舍里走来走去，脸上神色变换，不停地说着，"抱歉，繁子，我以为昨天就是一场很普通的野球赛，我是真的不知道有人在背后坐庄赌球。昨天那几个富二代我也是第一次接触，他们是我之前的老板介绍过来的，我不知道他们背后玩得这么脏……"

"之前的老板？"孟雨繁打断他，"这不是你第一次打野球？"

他的问题就如一道利刃，割开了两人之间最后一层遮掩。

房间里忽然静了下来，孟雨繁的视线紧紧追着徐冬的眼睛，而徐冬也如他一样，与他寸步不让的互望着。

"你想听到什么答案呢？"徐冬低声道，"对不起，让你失望了——这当然不是我第一次打野球，我打了大概有……"他笑起来，像是觉得这是一个什么有意思的笑话，"……十来次了吧，少的话，一次七八百，多的话，一次一千多。但是我一个人单打独斗没什么意思，野球场上即使是同队队友，也是各自为营的，所以我想把你拉进来，想着咱俩有默契，可以打配合，而你最近刚好也缺钱，不是吗！"

孟雨繁不知道他还能说些什么了，他动了动嘴唇："就为了这么一些钱，至于吗？若是被教练知道了，你会背处分的……而且，CUBA的预选赛就要开始了，咱们不是说好了要一起进首发的吗，要是背了处分，就只能做替补了……"

"被教练知道？"徐冬低头看他，淡淡地说，"难道你要向老武头告密？"

"当然不！可是……"

"你说进CUBA、当首发？"徐冬突然爆发出一阵大笑，是那种歇斯底里地，仿佛听见了一个世界上最有趣的故事的大笑，"你到底知不知道，咱们已经研一了，按照规定，今年是咱们最后一年有资格参加CUBA了！可是咱们队里一共十八个人，五个前锋，五个！你难道真的从来没想过，咱们别说首席了，可能连替补都当不上！"

他的语速越来越快，声音也越提越高，到后来几乎是自暴自弃地喊出了这番话。

孟雨繁不可思议地看着他，在这一刻，徐冬变成了一个他从未见过的样子。

他癫狂、可悲，他已经完全失去理智了。

"孟雨繁，我和你不一样！"究竟有多久，徐冬没有喊过他全名了，好像从入学第一天起，徐冬就自来熟地揽着他的脖子，叫他繁子，"你是真正的富二代，你人生里经过什么挫折吗？你没有！你最大的挫折只不过是父母断了你的生活费而已！而我呢，你知道我经历过什么吗？我父母就是普通人，他们为了供出我这个体育生有多不容易，你了解过吗！你说你八岁的时候，你爸妈就给你请外教带你打球，我呢，我初中时为了进体校,家里给教练塞了八万块钱,那是我爸一年的工资!"

徐冬的手指向门口的鞋柜:"有这么多名牌球鞋很了不起是吧?一双限量版几千甚至上万,你看咱们球队里除了你之外,有谁穿得起这么贵的鞋?你一出生就站在我们所有人的终点线了,你即使入选不了CUBA、即使没法去CBA,你大可以回家继承家业!可我们呢,我们只能一路向下,去那些乡镇企业、去那些福建广东的富裕村镇里打球!那不照样也是野球吗?

"CUBA全国有上百支队伍,有数千名篮球运动员,他们大部分人都还在读大学,都比咱们年轻!即使咱们进入CUBA,也不一定能拿到冠军,不一定能成为MVP,不一定能被那些球探看中!去年、前年,CUBA的明星球员都在CBA选秀时被刷下来了,最终不还是沦落到去当野球选手吗?我现在未雨绸缪,给自己找好退路,有什么不对!"徐冬质问他,"你告诉我,我有什么不对?"

而孟雨繁的回答,是退后一步,然后又退后一步,一直退到了与徐冬一米远的距离。

他不知该怎么形容此刻的心情,是因为看错人才导致的失望吗?其实并不是。曾经的徐冬不是这样的,他们并肩作战了五年,在最开始的时候,徐冬也和他一样,眼里除了篮球以外,没有一切杂质。

可是从什么时候开始,徐冬变了?

"你说得当然不对。"孟雨繁的声音不大,可是缓慢、坚定,掷地有声,他吐出的每个字都在狭小的宿舍内回荡着,"还没有开始冲锋,你就想好了退路,你就这么想当一个逃兵吗?"

孟雨繁和徐冬谁也说服不了谁。

孟雨繁觉得徐冬是个懦夫,明明是在用错误的方式逃避问题,却被他说得如此冠冕堂皇。

而徐冬却觉得孟雨繁是站着说话不腰疼,他家境富裕,根本无法理解为什么徐冬要早早替自己谋划未来。

两个好朋友大吵一架,几乎撕破了脸皮,最终不欢而散。

他俩的异样,很快就被队里的其他队友发现了。

原本形影不离的两个前锋,现在居然分开训练,日常练习也互别苗头,若是在更衣室遇见了,根本没有一点眼神交流,更别提说话了。

这天,他们队内打对抗赛,教练老武头照旧把他俩分在同一队,结果刚开场十分钟,老武头就吹响了哨子。

"停下、停下!会不会打球,你们以为这是什么,小丫头拍皮球吗?"老武头铁青着一张脸,叫住了这群大小伙子。

老武头今年五十多岁,身高刚过一米八五,在那个营养匮乏的年代,已经算是很高的个子了。不过和现在动辄两米的篮球少年相比,他的身高根本不够看,教训人时,还需要仰起脖子,但即使这样,队里没有一个人敢小看他,在他面前都老实得和鹌鹑一样。

"孟雨繁,徐冬,出列!"老武头准确地点出他们俩的名字。

两人只能讷讷出列,孟雨繁垂着头,而徐冬呢,则扬起脑袋,一副不忿的样子。

"你俩怎么回事?从上周开始就这副死样子,怎么着,跳皮筋跳输了?还是谁的娃娃被谁搞坏了?要不然就是毽子弄丢了?"老武头冷笑道,"学了五年传球,培养了五年默契,都吃到狗肚子里去了?"

他们俩是队内的大小前锋,按理说应该互相配合,可是徐冬给孟雨繁传球,孟雨繁不接,孟雨繁上篮扣球,徐冬不在旁边等着抢篮板。

两个人别别扭扭、磨磨叽叽,简直像两团冥顽不灵的刺猬,互相伤害。

"你们俩可真了不起啊,现在几月份了,告诉我!CUBA预选赛再过不久就开始了,首发名单我一直没往上报,因为我想着你俩都是老将,都是最后一年上赛场了,是都选,还是只选一个?"老武头把他们骂得狗血淋头,"行吧,你俩就这样下去吧!孟雨繁,徐冬,队里不是只有你们俩前锋,我随便提个中锋上来都比你们强!你俩以为自己很厉害啊,再牛下去,我看你俩都别进CUBA了!老老实实坐冷板凳,毕业之后直接滚蛋!"

老武头一直是这样的铁血政策,很凶,从来不见一点笑脸。

可教练确实有凶的资本，孟雨繁被骂得抬不起头来，只觉得满腹委屈，又不知道该怎么发泄。

"教练，我……"

"教练，我……"

他和徐冬同时开口，又同时停下，两人下意识对视一眼，又飞快地撇过了头。

"好歹都二十多岁的人了，你们俩到底出了什么矛盾我不去问。我是你们的教练，不是你们的保姆，你们有什么问题，私下解决，明白吗？"老武头厉声说。

"……明白了。"

"……明白了。"

可他们心里都清楚，这个矛盾他们根本无从解决。

这天的训练结束后，孟雨繁试探着叫住了徐冬。

徐冬脚步停了停，硬邦邦地问："怎么，大少爷还有什么要吩咐的？又想给我灌输你的梦想至上理念？"

孟雨繁反问："难道你没有梦想吗？你明明和我说过，你的梦想是进入CUBA首发名单、成为新秀球员、参加CBA选秀，最终站到CBA的球场上啊。"

"……是，没错，这当然是我的梦想。我从第一次练习投篮开始，就幻想着自己能站在那个最厉害的球场上，让所有观众为我欢呼。"徐冬回答了他的问题，可紧接着，这位大前锋又沉默了好一会儿，再次开口，只不过这一次，他的语气里有深深的无奈与烦躁，"……可是大少爷，在实现梦想之前，我要先吃饭啊。"

说到这里，两人之间的温度又降了下来。

他们永远也无法说服对方了。

孟雨繁还想再努力一次，可不等他张口，一道声音忽然在身后响起："孟雨繁，武教练找你。"说话的是助理教练，他手里还拿着篮球馆的钥匙，"哎？都下训了，你俩还在这儿干什么呢？准备再练会儿？"

孟雨繁忙说："不是，没有，我在和徐冬聊天……"

可这时，徐冬已经拿起背包，转身离开了。

孟雨繁望着他离开的背影，感觉心里被堵上了一块石头，可他却不知道有没有击碎这块石头的一天了。

老武头的办公室就在篮球馆旁边，很小，很乱，桌子上堆满了一堆堆的文书，身后的柜子里塞着乱七八糟的无数座奖杯。

老武头很少在这儿办公，这里更像是篮球队的仓库，办公室角落里还堆着一些备用的球衣、球鞋。

孟雨繁入校五年，这还是第三次踏进这里。

"来了啊？"老武头见他来了，也没起身，随手摸过烟盒，在手里把玩着。

"教练，您找我有什么事吗？"孟雨繁规矩地问。

办公室里只有他和教练两个人，助理教练都不在，空荡荡的，即使孟雨繁生得人高马大，站在办公室里，也觉得有些太空荡了。

"嗯，确实有件事。"老武头说完这句话，就不再开口，烟盒在他手指间翻动着，一下、一下，每一次，烟盒转动时，盒角撞上桌面，都会发出沉闷的响声，声音不大，却无端让人生出一阵烦躁。

就这么无言了很久很久，老武头终于打破了沉默。

只见他从烟盒里抽出一支烟，熟稔地用打火机点燃，往唇边一递，用两片厚厚的嘴唇包住了烟嘴。

他依旧坐在办公桌后，抬起头，在烟雾缭绕中，看向了孟雨繁。

"……我最近听到一个消息。"老武头声音嘶哑，"咱们队里有人私自在外面打野球，而且打了有一阵子了，你知道是谁吗？"

孟雨繁的心猛地往下一沉，他隔着那片烟，望着老武头那双仿佛看透了一切的眼睛，只觉得整个人都在他的注视下，被压缩成了可以轻易拿捏的一小团。

他知道吗？

他应该知道吗？

孟雨繁的后背早就湿透，掌心更是黏腻无比。

"我……"他喉结滚动，有一滴汗水顺着额前低落，掉进眼睛里，可他却不敢揉一揉,"……我不知道,我没听说过。"

"你说你不知道?"

电视台停车场里,杨笑震惊地看向来接她下班的大男孩。

孟雨繁点点头,闷声道:"是的……我不能出卖朋友。"

杨笑不可思议地说:"这是讲兄弟义气的时候吗?徐冬带你进坑的时候,怎么没想着你是他的朋友?"

"他就是钻了牛角尖了。"孟雨繁为他说话,"而且他也说了,他打野球,只是为了能多条退路、多个收入,他绝对不去打假球,也从不参与那些赌博。"

他还是那样的语气,一派认真,仿佛觉得这世上所有的反派角色,都只是一步踏错,他们都会像电影里演的那样,在主人公的感召下,终有一天会幡然悔悟,回到正轨。

杨笑看着他,觉得像是在看什么少年漫画里走出来的男主角。

说天真吧,是真的天真,可有时候,一个被社会搓磨到疲惫不堪的人,就是会不由自主的,被这种天真却固执善良的角色所吸引,也被他的理想所感动。

"徐冬确实不该骗我。"提起这件事,孟雨繁声音低落,"可我始终记得曾经我们并肩打球的日子,他不是个坏人。"

"对,在你眼里,谁都不是坏人。"杨笑有些恨铁不成钢,恨不得把他抓过来,狠狠 rua 他的脑袋,"是不是他捅了你一刀还不够,你还得让他再捅你几刀?"

哪想,孟雨繁却回答:"几刀太多了,按照我和他的关系,我可以接受他捅我五……不,我能接受他捅我三刀!三刀之内,我都会原谅他的。"

杨笑真不知该生气,还是该笑了:"捅你三刀你都能原谅,捅哪儿?捅这儿的话,一刀就死了吧。"她抬手,指尖点了点他的左胸口上方。

哪想孟雨繁居然借机攥住了她的手,大掌包裹住她有些冰凉的小手,悄声说:"这里捅不进来的。"

"为什么?"

"因为笑笑姐你吻过这里,有你在保护我呀。"

这小傻子是把蜂蜜当饭吃了吗?

杨笑心里一跳,脸上一阵火辣,也跟着回忆起了那天在球场上的吻,明明只是亲在了他球衣上,可随之带来的余震,却一直没有停下。

她尴尬地咳嗽一声,把手费力地从男孩手里抽了出来。

"好了,不说他了。"孟雨繁摇摇尾巴,一双眼睛闪亮亮地盯着他的女朋友,"该说说咱们的事情了。"

"咱们的事情?咱们有什么事好说?"杨笑一时没反应过来。

"我说的是咱们那个赌约啊!"到了这时候,孟雨繁忽然智商上线,变得格外较真了,"咱们两个不是说好了,如果徐冬是真的有意骗我,我就再给你当两个月男朋友吗?"

"怎么,笑笑姐你难道要赖账吗?"

五分钟之前杨笑还觉得他蠢得要死,可现在,杨笑却觉得蠢的人是她自己了。


"各位,你们听说没有?咱队里大一新晋的那个中锋,女朋友都换了三个了!"

更衣室里,后卫黄晓柯凑了过来,神神秘秘地和队友们分享八卦。

孟雨繁真搞不懂,他以前以为只有女生才会喜欢讲这些谁分手了、谁谈恋爱了、谁劈腿了、谁出轨的恋爱八卦,万万没想到他们队里会有一个男媒婆,比谁都要关注队里的感情动向。

一时间,整个更衣室都吵吵闹闹,就连外面都听得到。

"吵死了。"徐冬脸色铁青,"嘭"的一声撞上柜门,打断了酣热的气氛,转身走出了更衣室。

瞬间,刚刚还凑在一起嬉笑打闹的男孩们都停了下来,面色浮出了一丝尴尬。

"徐冬到底怎么了?一天天臭着张脸,和便秘一样。"黄晓柯嘀咕,"繁子,你俩吵架了?怎么最近都不说话?"

孟雨繁望着曾经的好兄弟远去的背影,不知该如何解释,只能摇摇头,岔开了话题。

更衣室里的气氛变得有些诡异,刚才的轻松氛围转眼就消失殆尽。

直到助理教练进来催促,他们才勉强打起精神,换好衣服,排队向着运动馆跑去。

华城大学篮球队,一直是 CUBA 的种子队伍,全队一共十八名队员,每一个拿出去都足以吊打那些所谓的街头篮球高手。

十八个小伙子精精神神地立正站好,排成两排,一眼望过去,就像是十八棵挺拔的白杨树,让人移不开目光。

"教——练——好!"他们齐声问好。

老武头穿着运动服,脖子上挂着红色的哨子,背着手,慢慢从场边踱步过来。

有眼尖的队员发现,今天老武头手里拿着一个文件夹!

那难道是……

细小的议论声在队伍里响起,所有人的脑中都出现了同一个猜测。

老武头并未制止他们,而是当着他们的面,慢条斯理地打开了那个写有名字的文件夹。

"这几张纸上写的是什么,我估计你们也猜到了。"老武头慢悠悠地说,"如果我现在不宣布结果,估计今天的训练你们也没有心思好好做。"

队伍里的议论声更大了,旁边的两位助理教练清咳两声,提醒大家注意秩序。

老武头:"所以咱们就快刀斩乱麻吧——没错,我手里这张纸上写着的,就是今年 CUBA 的队员名单,五名首发,七名替补。"他顿了顿,抖抖手里的白纸,纸页哗哗作响,"这里面有老人,也有新人,有表现不好被我刷下去的,也有之前被刷下去但是这次被提上来的。"

CUBA 一年举办一次,它是大专院校最重要的篮球联赛,也是向 CBA 输送新鲜血液的重要渠道。华城大学是篮球强校,每年的名次都不会跌出三甲,若是能够带领球队夺得冠军,绝对会引来球探的注意!甚至能够拿到 CBA 选秀的名额!

所有人都下意识地探出身子,希望能在这张宝贵的名单上,听到自己的名字。

老武头没有拖延,直接开口——

"首发名单如下:后卫两名,肖腾,刘方舟;中锋一名,孙跃;前锋两名,冯一骞,以及……"

老武头虽然在念名单,可他的视线其实并未落在纸上,而是落在了面前的十八名队员身上,一个个熟悉的名字从总教练的口中念出,很快就只剩下最后一个前锋的名额了。

孟雨繁紧张到头皮发麻,大脑只剩下一个念头在盘旋,他眼睛眨也不眨地盯着老武头的方向,时间仿佛被拖慢了数倍,就连老武头说话的声音也被时间的魔法放慢了。

"以及——孟雨繁。"

"Yes!"当听到自己的名字在场内响起时,男孩向着空气猛挥拳头,口中爆发出一声兴奋的大叫。

他入选了!他真的入选了!他在最后一年入选CUBA的首发队伍了!

左右两侧的队友涌上来与他拥抱,祝贺他入选首发名单。

"繁哥,恭喜啊。""繁子,好好打!""雨繁,真有你的!"

一声声道喜声蜂拥而至,孟雨繁开心得不行,他下意识地向队伍另一边的徐冬张开双臂,可徐冬却刻意扭过头,躲开了他的视线。

徐冬的行为就像是把一盆凉水浇到了孟雨繁头上,孟雨繁想要庆祝的心思立刻就淡了下来。

他和徐冬都是前锋,他入选首发,可徐冬却落选了……不过没关系,以徐冬的能力,进替补是绝对没问题的,到时候他们兄弟俩照样能在赛场上并肩作战!

"好了,名单还没念完,你们要庆祝的话,等会儿再庆祝。"老武头翻过一页纸,继续说,"接下来,我要念的是七名替补的名额,两名前锋,两名中锋,三名后卫,分别是……"

他每念一个名字,被念到名字的男孩就会抑制不住地大叫一声,以表达心中的喜悦。

可当七个名字依次被念完后,孟雨繁赫然发现,这些名字里并没有徐冬!

他们队里一共只有五名前锋,两名进了首发,两名进了替补,也就是说,唯有徐冬一人落选了。

徐冬和孟雨繁一样,他们都是大一那年第一次踏上CUBA的赛场,到今年正好是第五年,按照大会规定,这是他最后一年踏上职业赛场的机会……可这个机会却如一阵泡沫,在他措手不及的时候,突然破灭。

这个结果,是所有人都没预料到的,徐冬的能力不算拔尖,但非常稳定,在队内的五名前锋里,至少能排到第三名,可总教练居然会把他从最终名单里踢走。

徐冬被这个突如其来的噩耗搞垮了,他目眦欲裂,额角的青筋一跳一跳的,全身上下的肌肉都绷得紧紧的,整个人宛如随时都要爆炸。

孟雨繁关切地望着徐冬的方向,想开口安慰,却又不知如何说好。

徐冬嘴唇颤抖,问:"教练,为……"

然而不等他的话说完,武教练手里的文件又翻过了一页。

"说完好消息,接下来,也要听听坏消息了,我要宣布一项队内处分——"武教练语气平静至极,可任谁都能看得出这平静背后,风雨欲来。

武教练捧着那轻飘飘的白纸黑字,一句一句念道:"前锋徐冬,违反校规校纪,无视队内铁律,在未经报告的情况下,私自在社会上打比赛,并收取报酬。

"这种'打野球'的行为,是队内三令五申禁止的。故而,学校给予他严重警告处分一次,队内禁赛三个月。"

众人皆惊!

无数道目光宛如银针,全部扎到了徐冬的身上。

他们终于明白,为什么武教练不选徐冬进入联赛名单——因为他犯了大过,被禁赛了!

孟雨繁的心跳瞬间跌入谷底,他虽然早就告诉过徐冬不要玩火自焚,可当他看到自己的好兄弟真的被这把烈火烧到时,他比任何人都替他难过。

而徐冬呢？他顶着所有队友的目光，听着那些窃窃私语，看着三位教练夹杂的失望与谴责的眼神，他觉得自己的自尊已经被完全撕碎，被所有人踩在了脚下！

他不发一言，脱下球衣狠狠摔到一旁，瞬间冲出了球场。

教练来不及阻拦，只能眼睁睁地望着这个冲动的男孩跑出了他们的视线。

"徐冬——"孟雨繁担心他做什么傻事，紧随其后，追了出去。

然而，当他们两人一前一后跑出篮球馆时，徐冬突然一个转身，扬起胳膊，握拳打向了孟雨繁的脸颊！

幸亏孟雨繁及时刹住脚步，躲了过去，可即使他反应速度很快，这一拳还是擦到了他的颧骨。

"嘶……"孟雨繁倒吸一口冷气，只觉得脸上火辣辣的痛，可以想象，他的颧骨很快就会肿起来，"徐冬，你有毛病吗！"

"孟雨繁，你就别在这儿给老子装好人了。"徐冬歇斯底里地大笑起来，肩膀一抖一抖，"我去打野球的事情，这世上只有天知地知你知我知，你就承认吧，是你向总教练告的密，对不对！"

## 第八章
## 醉酒之后

晚上十一点，杨笑舒舒服服地洗了个澡，裹上柔软芳香的浴袍，懒散地陷进了沙发里。

今天晚上唐舒格不在家，他们公司团建，所有人都被拉去市郊了。微信里堆满了唐舒格发来的牢骚，据她说，团建的地方又冷又破，就连做饭都要团队协作钻木取火，晚上她只能裹着自己的被子瑟瑟发抖，后悔没有把羽绒服带走。

杨笑幸灾乐祸地发过去一串大笑的表情。

LOL：亲爱的糖糖，我真同情你的遭遇。

LOL：顺带一提，我刚泡完一个美容澡，我现在正舒舒服服地坐在沙发上看电视。

LOL：【分享照片】

糖sugar：你还有没有一点姐妹情了？

LOL：哪种姐妹情？选秀节目里两个完全不熟却被迫分到同一间寝室还要争番位但是在镜头前却猛夸对方是人形芭比的那种姐妹情吗？

杨笑把手机往旁边一扔，撕开价值三位数的面膜，小心地展开、抚平，细细贴在了脸上。包装袋里的精华液她根本舍不得扔，全部倒在了脖子上……精致白领丽人的脸蛋，全都是靠人民币堆出来的呀。

她一边听着电视机，一边用刮痧板按摩腿部。别人总夸她的腿又白又细，却不知道她每天都坚持刮腿一百下，舒活经络。

## 第八章 醉酒之后

女人啊女人,想活得漂亮可真不容易。

就在她吭哧吭哧地刮腿时,放在一旁的手机响了起来,而拨打她电话的人,居然是孟雨繁。

现在已经是晚上十一点了,他大半夜打电话来做什么?

杨笑疑惑地点开了手机,下一秒,嘈杂又动感的音乐声蜂拥而至,差点震碎她的耳膜。

杨笑:"……孟雨繁?"

"喂?喂?听得到吗?"电话那头是个中年男人,在音乐声中嘶吼,"请问你是'心·心·笑脸·笑脸·太阳·太阳'小姐吗?"

杨笑:"……哈?"

中年男人:"我是酒吧保安!你朋友喝醉了!非要上台跳脱衣舞!"

杨笑:"……哈?"

中年男人:"我们这里是正规酒吧,不兴那些乱七八糟的东西!你快点把你朋友带走吧,他个子太大了,我们为了按住他,都牺牲了三个酒保了!"

杨笑沉默。

杨笑沉默……

杨笑沉默不下去了。

"我想您误会了什么。"杨笑眼神放空,看着自己脚上刚涂完的糖果色指甲油,"我和这位……爱跳脱衣舞的男士完全不熟,你可以打电话给他的其他朋友。"

"什么!"中年男人还在喊,"我以为你是他的女朋友!他一直在叫什么笑笑、笑笑的,你的电话号码在他的手机里是置顶,而且还有一串笑脸符号,我以为你是他的女朋友笑笑!"

杨笑说:"不,你误会了,我和他没有任何关系。"

说完,她不等中年男人再说什么,立刻挂断了电话。

孟雨繁不在宿舍老老实实睡觉,跑去酒吧买醉?他难道不知道他的酒量有多差?还跳脱衣舞?真是反了他!

杨笑不知道他遇到了什么烦恼,杨笑也完全不关心他遇到了什么烦恼。

毕竟她不是他的女朋友。她刚洗完一个香喷喷的澡,涂了指甲,敷了面膜,是绝对不可能出门的!

……

十分钟之后,杨笑坐在她那辆红色的小轿车里,拨通了孟雨繁的电话。

她出来得太匆忙了,只在睡衣外匆匆裹了一件呢子大衣,腰带扎得很紧,为了方便搬运"重物",她从鞋柜里拿出了那双球鞋穿上……

她看着后视镜里的自己,发现她这一身打扮,不伦不类,怪异至极。

电话响了三声,很快接通了。

接电话的还是最开始的那个中年男人:"喂?是'心·心·笑脸·笑脸·太阳·太阳'小姐?"

"是。"杨笑没想到孟雨繁会给她备注为一串表情符号,实在是羞耻至极,"请您把酒吧定位发给我,我现在去接他。"

中年男人疑惑道:"你来接他?你不是说,你不是他女朋友吗?"

"我确实不是他女朋友。"杨笑叹了口气,"我上辈子欠了他八百万,这辈子投胎做他的老母亲。"

杨笑在读大学的时候,曾经和同寝的女朋友们去过酒吧。那时候她们可年轻了,通宵一晚上蹦迪,第二天洗把脸,照样能活蹦乱跳的出现在八点的早课上。

可自从她工作后,曾经的夜生活全部远离了她,每天光是在电视台里对着电脑就够搓磨她精力的了,晚上下班回到家,她就想舒舒服服地把妆一卸、脚一泡,窝在床里看美剧。

然而今天……杨笑打破了她"金盆洗手"的誓言,再次出现在了酒吧街上。

只不过,这次她不是来蹦迪的,而是来抓人的。

她照着定位很快找到了那家酒吧——就在街头最醒目的位置,名字还挺文艺,叫"Find love"。

杨笑一身睡裙配呢大衣,风风火火地闯进了酒吧内,不知引来多少

## 第八章　醉酒之后

人的侧目。

她也顾不得在意别人的视线了，她很快在人群中寻找到了那个醒目的身影——

那一个身材高壮的男孩正站在吧台前，步履蹒跚，满脸酒气，一手抓着保安，一手压着酒保，正在絮絮叨叨着什么。他太醉了，说出的话都不成句子，酒杯翻倒在他面前，也看不出来是喝干了，还是倒空了。

杨笑立刻奔了过去，抚着他的胳膊，问道："孟雨繁？你还能认出我是谁吗？"

听到熟悉的声音，孟雨繁挣扎着从醉劲中抬起了头。

"你是……"他歪了歪头，模样颇像是一只正在侧头倾听主人指令的金毛犬，"……笑笑姐？"

他手一松，原本被他死死拽住的保安和酒保终于逃离了他的魔爪，屁滚尿流地躲到吧台后了。

下一秒，孟雨繁突然双腿一软，后背蹭着吧台桌子，晕晕乎乎地坐到了身后的椅子上。他伸出双臂紧紧缠住了杨笑的身子，然后一迭声哼道："笑笑……笑笑姐……呜呜呜我是在做梦吗……"

杨笑早在上次回家时，就见识了他的酒量和酒品了，不过那次他只是小醉，而这次完全是醉到失去理智，变成了一个超大号的撒娇机器，在杨笑身上蹭来蹭去。

周围人的视线全部集中在了他俩身上：向来只听说女孩子向男孩子撒娇的，可是现在却反了过来，这种西洋景可不多见！

杨笑身处所有人的瞩目之下，第一万零一次后悔自己为何要心软来接他，是美剧不好看还是被窝不够软，她为什么要千里迢迢横跨半个城市来抓人？就应该让孟雨繁躺尸路边，在夜风里冻上一夜才对。

忽然，杨笑注意到，孟雨繁左脸颊处有一块青紫的痕迹，擦在他的颧骨上，距离眼睛仅有不到一厘米的距离。

那团青紫颜色很深，周围逐渐扩散成红色，唯一庆幸的是没有破皮。

杨笑抬手轻轻碰了碰，孟雨繁生理性地瑟缩了一下，轻轻倒吸了一口气。

## 男友请就位

旁边的保安赶快撇清关系:"这伤可不是我们打的啊!他来的时候就这样了。"

孟雨繁微微偏头躲开了杨笑的触碰,像是一个偷偷和小朋友打架被请了家长的小孩子一样。

杨笑一边安抚这位醉鬼,一边向保安和酒保道谢。

"真是麻烦您几位了,他这是喝了多少啊?"

"没多少。"酒保说,"就一杯。"

"一杯什么?"

"长岛冰茶。"

长岛冰茶,听上去甜甜蜜蜜,很多初次踏入酒吧的人,会误以为它和冰红茶差不多,实际上,它使用伏特加、朗姆酒、金酒、龙舌兰酒四种酒作为基酒,酒精度很高,很多不善喝酒的人,一杯就会醉倒。

杨笑心疼自家崽,没忍住说:"他还是个学生,你怎么能给他做这么高度的酒?"

"他是学生?"酒保十分震惊,"我可从来没见过比我还高一个头的学生,而且你看他那样,胳膊比我大腿还粗,进门的时候一脸凝重,我怕我不给他做,他一拳就让我回老家。"

孟雨繁完全不知道他们在数落他,他把头枕在杨笑的肩膀上,傻乎乎地笑。

喷薄而出的酒气洒在女孩的耳垂、颈侧,热腾腾的。杨笑嫌弃地把他的脑袋推开,可没过一会儿,他又撒娇地粘了过来,甚至比刚刚还抱得更紧了。

"笑笑……笑笑姐……"他像是找到了什么好玩的东西,对着杨笑的耳朵吹了口气,很满意地看到女孩的耳廓渐渐红了。

他揽住她的腰,在一片混沌中,借着酒劲,他说出了连他自己都未察觉的心里话:"我在第一次和你见面的时候就在想,这么好的女孩子,怎么可能没有男朋友呢……后来我知道你前男友的事情,我真的好生气……为什么他要辜负你呢,为什么他不爱你呢……但我,我又想,如果他不这么坏的话,嘿嘿,那就没有我什么事了呀……"

## 第八章 醉酒之后

他打了个酒嗝,把怀中的珍宝抱得更紧了:"笑笑姐,我能当你的男朋友,你不知道,你不知道我有多开心……你又来找我了,我就更,更开心了……"

从没谈过恋爱的男孩说不清这究竟是怎样一种感情,他在见到她的第一面,就想把自己生命中所有美好的东西献给她,结果却发现,她的出现就是他拥有的最美好的东西了。

"知道了知道了。"可杨笑的反应却很敷衍,根本没把他的话听到心里去,他说出口的每一个字,她只当是小朋友撒娇。

在酒吧被一个醉汉告白?她又不是住在童话故事里的小公主,怎么可能当真。

她想,若现在刘悦月站在他面前,说不定同样的话孟雨繁还要说给刘悦月听呢。

可惜,听者无心,说者有意。

孟雨繁坐在那儿,笑得一脸阳光灿烂,又乖又听话,眼睛眯成两条弯弯的弧线,身子晃啊晃的。杨笑让他抬手他就抬手,让他起身他就起身……任谁都看不出来,他刚刚居然会大闹酒吧,甚至还嚷嚷着要把衣服脱了上台跳舞。

"还是你厉害。"保安心有余悸地说,"你没来之前,我们好几个人都制不住他,他又闹又叫的,我差点报警。"

杨笑关切地问:"他平常从不喝酒的,他有没有说他为什么跑来喝闷酒啊。"

"没说,就要了一杯酒,咕咚咕咚就灌下去了。"酒保耸了耸肩,"不过男人喝闷酒不外乎三个原因:第一嘛,和感情有关;第二嘛,和事业有关;第三,就是和兄弟有关了。"

杨笑首先就把第一个排除了,她好好的站在这儿,孟雨繁能有什么"感情问题"?

至于事业和兄弟……杨笑联想起那场篮球赛,想起徐冬和孟雨繁的矛盾,她瞬间就断定,孟雨繁会跑来买醉,绝对和这件事脱不开干系!说不定,他脸上的伤就是那混蛋整出来的!

不过这一切都是她的推测,具体原因现在肯定是问不出来了。现在放在她面前的首要问题是,她要怎么把这个醉醺醺的狗子送回去。

杨笑抬手挠了挠他的下巴,问:"孟雨繁,你现在清醒一点了吗?能站起来吗?"

"能……能!"孟雨繁点点头,摇摇晃晃地站起来,同手同脚地迈出步子。

行吧,一岁的宝宝大概也就这个水平了。

好歹他能自己走路,虽然走不了直线,一分钟就撞墙一次,但所幸没有醉到失去行动能力,要不然杨笑可真搬不动这么一个比自己高将近三十公分的大家伙。

她在吧台结账的时候,孟雨繁面壁站在吧台旁的墙角,往左是墙,往右是墙,他明明只需要后退一步就能离开墙角,可他却固执地不肯转身,而是在原地跳啊跳,每跳一次,脑袋就撞一次墙。

杨笑问:"你在做什么?"

孟雨繁回答:"没……没关系!我跳一下就能出来了!"

敢情他以为自己在玩网游呢。

杨笑无奈,只能过去把小手放在他的大掌中,牢牢地握住他的手指,温声道:"走吧,我带你离开这里。"

"好。"他乖顺地点点头。

于是,他们就手牵着手,远离了那个困住孟雨繁前进脚步的墙角。

夜风凉凉,孟雨繁乖乖跟在杨笑身后,离开了光怪陆离的酒吧一条街。

晚风吹过杨笑的发梢,刚刚洗过的头发还带着一股好闻的玫瑰香气,如缠绵的情诗,萦绕在男孩的鼻尖。

他好像更醉了,也好像更清醒了。

他忽然停了下来,就在距离她的车子仅有几米的地方,他不肯再往前走了。

"怎么了?"杨笑回头看他。绚烂的霓虹灯光落在她的脸上,她今晚出来的匆忙,未施丁点粉黛,可在那彩虹色的灯光环抱下,她却比任何

## 第八章 醉酒之后

时候都更加美。

风衣外套的腰带不知何时已经散开了,粉红色的蕾丝睡裙露出了一个边角,女孩的锁骨平直,光是颈边的那一抹皮肤,就足以胜过春光。

男孩动了动嘴唇,从喉底滚出一句话:"我……不想回宿舍了。"

杨笑一愣,但旋即想到孟雨繁应该是不想回宿舍见徐冬。

以他们俩的关系,估计见面就要打起来吧。

这已经不知是杨笑第几次心软,也不知是她第几次妥协了,她叹口气,问面前醉醺醺的男孩:"不回宿舍的话,那你想去哪儿?你应该也没带身份证吧,没法住酒店。你家是本市的吗,要是离得不远的话,我可以送你回家。"

"笑笑姐……"孟雨繁语速很慢,可能是酒精影响了他的舌头,让他每个字都说得很温柔缱绻,"……今晚我想去你家,可以吗?"

现在是午夜十二点。

一个在童话故事里,王子和公主注定要发生些什么的时间。

可能是灰姑娘的魔法即将消失,可能是青蛙王子即将变回人类……也有可能是,一个身材纤瘦的女孩,费力地拖着一只体重将近自己两倍的醉醺醺的男人,跌跌撞撞走进了她的公寓。

两双一模一样的篮球鞋脱在了玄关处,四只鞋乱飞。杨笑的公寓里根本没有准备待客用的拖鞋,她只能让孟雨繁赤着脚踩在地板上……算了,反正也不是第一次了。

她转身把风衣脱下,就那么三秒钟的工夫,孟雨繁又闹出了新笑话——

只见他弓着腰、弯着背,一脸好奇地盯着玄关小桌上的招财猫,像是看到了世界第八大奇迹似的。

那只招财猫是唐舒格去日本旅游时千里迢迢搬回来的,她明明是个无神论者,但却每天祈求不劳而获,非要花上千人民币买一只招财猫回来镇宅。这只陶瓷招财猫由电池驱动,一只爪子搂着一块闪亮亮的金币,而另一只爪子则前后摇摆,是为"招财"。

而现在,孟雨繁把自己的大手捏成拳头,小心翼翼地把拳头贴在了招财猫的爪子上。

贴上去、拿下来,贴上去、拿下来。

杨笑:"……你在做什么?"

孟雨繁惊喜地说:"你看,这猫在和我碰拳呢!"

杨笑心想,她不应该对一个醉汉的智商抱有任何的信任,而她更不应该一时糊涂,把他带回家来!唯一庆幸的是,唐舒格和公司同事出去团建了,要是让这位好闺密知道她居然带假男友回家,指不定会怎么想呢。

杨笑扶着孟雨繁来到客厅坐下,她和唐舒格租的房子不大,不到六十平方米但也足够两个女孩居住了。客厅很狭窄,放了一组布艺沙发,上面堆满了唐舒格从夹娃娃机里获取来的战利品,杨笑费力地从玩具堆里刨出了一个坑,把孟雨繁安顿在里面,男孩晕乎乎地坐在玩具的包围之中,带着一股荒诞的违和感。

茶几上,尚未收拾的指甲油和时尚杂志堆在一起,旁边还有一盒没来得及吃就融化的冰激凌。

孟雨繁对其中一瓶亮片指甲油产生了极大的兴趣,他两根手指捏起一瓶对着灯光看,傻傻地说:"啊……这瓶子里面有星星!"

杨笑敷衍地说:"对对对,有星星。"

她一边说话一边去翻应急药箱,可找来找去并没有找到解酒药,她实在没办法,只能去洗手间用冰水浸湿毛巾,然后一股脑拍在了孟雨繁的脸上。

这个天气,水管里流出来的水冷到刺骨,浸透了冰水的毛巾堪称最佳的醒神武器,冰毛巾刚一糊到男孩脸上,刚刚还絮絮叨叨不停的男孩瞬间就被冻住了。

他还保持着捧着那瓶亮片指甲油的姿势,脸上的毛巾慢慢滑了下来。

孟雨繁很慢很慢地眨了眨眼睛,视线里终于有了焦距。

他转头看向一旁叉腰站着的杨笑,又左右看看这间装饰得分外少女心的客厅,迟钝的大脑终于重新运转起来。

## 第八章　醉酒之后

"笑笑姐？……我这是，在你家吗？"他茫然地问。

"真不容易，欢迎回到现实世界。"杨笑为他鼓掌，"小朋友，你还记得发生了什么吗？"

"记得……"孟雨繁费力地回忆着，"我和……我和徐冬闹了矛盾，他以为我向教练告密了，他就对我动手了……我很生气，也很难过，一个人跑到酒吧去喝酒……然后……"

事实正如杨笑所料，孟雨繁借酒浇愁的原因和徐冬有关。

孟雨繁说到一半就说不下去了，他尴尬地看向杨笑，脸上一片通红，不知是羞的，还是醉的。

杨笑替他把话说完："然后你喝醉了，大闹酒吧，酒保给我打电话让我把你接走。你不愿意回宿舍，又没带身份证住酒店，我只能把你带回家了。"

说到这里，她又欲盖弥彰地补充一句："不过，你可不要胡思乱想，我就算在路边见到一只无家可归的野狗，也会把它带回来的。"

"哦。"无家可归的"野狗"眨眨眼睛，露出了一个讨好主人的乖巧笑容。

明明是堪称"纯真"的表情，杨笑却被他笑得心浮气躁。

她移开视线，指着脚下的地毯说："我们这里没有客房，你晚上……你晚上就睡这儿吧。"

把沙发推开，把茶几搬开，在地毯上铺开一套被褥，勉勉强强也能收容一位客人。

她又问："你想先做什么？先洗澡，还是先吃点东西垫垫肚子？"

"我想……"孟雨繁歪了歪头，重新举起了手里亮晶晶的指甲油，"我想先给你画小星星！"

原来他根本没清醒，还醉着呢！

他不知碰到了什么地方，沙发上堆积如山的娃娃忽然如山崩一样倒了下来，他被埋在了毛绒玩具堆下面，抱着其中最大的一个抱枕，一副手足无措的模样。

他本就年轻，现在看上去更显幼稚了。

臭小鬼，麻烦精，光长球商不长智商的傻直男，喝醉了酒就会撒娇的嘤嘤怪。

杨笑在心里给他起了一连串的外号。

孟雨繁一身酒臭，杨笑早就嫌弃死他了，她也不管他醒没醒酒了，立刻把他推进浴室，让他洗个干净。

男孩洗澡很快，随便呼噜了一下头发，又随便呼噜了一下身上，然后就那样湿漉漉地踏出了浴房。

"咦……"他拿起一件搭在洗衣机上的睡衣，尝试性地往身上套，可他穿了好几次，使尽所有办法，也没能把那块窄小的丝绸挂在身上。

守在浴室外的杨笑只听到门内传来"刺啦"一声巨响，她顿觉不好，立刻推门而入，然而为时已晚——她一个小时之前刚刚换下的蕾丝睡裙已经寿终正寝，在男孩手里碎成了两片破布！

那是她最喜欢的一条睡裙啊！

偏偏始作俑者还茫然地垂着头，望着手里的粉色睡裙，纯情又无辜地说："你给我准备的这件睡衣，我穿不了呀。"

说话时，他浑身还在滴水，湿漉漉的头发搭在额头，水滴顺着他的发梢落下，滑过他的侧脸，又踏着麦色的肌肉一路向下……

每天超过八个小时的训练时间，让孟雨繁拥有着只有专业运动员才会有的完美身材，那样厚实的胸肌和强壮的臂膀，杨笑之前只在屏幕里见过。

这个男孩……不，杨笑更正了自己的想法——孟雨繁不是"男孩"，是个"男人"。

她的眼神流连在他规整漂亮的腹肌之上，她想，这世上至少要有一多半的男人需要切腹自杀。

杨笑竭力控制自己的视线不要再往下看了，有些事情，需要"到此为止"。可这个晚上，不受控制的事情实在太多了。

浴室太小，而他们站得是那样近，近到杨笑可以清楚地闻到男孩身上清爽的沐浴露香气，近到杨笑怀疑自己被他唇齿里的酒气传染了。

杨笑牺牲了一条最贵的睡裙，可她居然不生气。

## 第八章 醉酒之后

因为……她的男朋友现在只裹着一层水汽,正在冲她笑。

她的所有理智在那一秒,全部灰飞烟灭了。

她脑海里只剩下最后一个想法——

这是她的男朋友,她在合理范围之外稍微享用一下,也没关系吧?

金色的阳光从窗帘缝隙中透了过来,落在了卧室中央的大床上。

杨笑的床只有一米二宽,睡一个人绰绰有余,但当这张床上多了另外一个健壮的身体时,空间瞬间变得狭小了。

床上原本并排放着的两个枕头只剩下一个,女孩的头枕在身旁人的胳膊上,纤腰被他的另一只手紧紧锁住。

衣服落了满地。

虽然今天是休息日,但生物钟还是在早上准时唤醒了杨笑,她迷迷糊糊打算翻个身继续睡觉,结果刚一动,身体深处就涌上来一股浓浓的疲惫感……

杨笑瞬间清醒。她立刻睁开眼睛,映入眼帘的是男孩熟睡中的侧颜。

她,杨笑,昨天晚上,居然和眼前这个男孩,做了不可描述的事!

杨笑现在还能清楚地回忆起,这个超大号撒娇怪昨晚是怎么紧紧搂着她不肯撒手的。

今天怎么收场?

如果可以的话,杨笑真想穿越回几个小时之前,让她不要把孟雨繁带回家!

不,要穿越不如穿越到一个月之前,从最开始就不要认识才对!

就在杨笑茫然无措之时,搂着她的男孩渐渐有了动静。

"嗯……"他动了动身子,缓缓睁开眼睛。

在如此近距离之下看到那双深邃的眼眸,杨笑真有一种被直击灵魂的震撼感。

她正躺在他的臂弯里,同时也躺在他的眼眸中。

"早……"她想,她应该拿出一个成熟女性的坦荡,昨晚不过是一夜春宵,也没什么可逃避的嘛!她主动说,"昨天发生了什么,你还记得吧？"

孟雨繁眼睛里亮晶晶的，混杂着赤诚、羞涩和还想再来一发的跃跃欲试，开心又大声地回答："当然记得！"

在那样的注目下，杨笑居然可耻地产生了逃避的念头。

"你……"

"我……"

两人同时开口，又同时停了下来。

孟雨繁把说话的机会让给了杨笑，可杨笑却不知道自己应该说什么。难道这就是坦诚相见之后最难堪的事情了吗？

不，这当然不是——

客厅里传来一声巨响，杨笑下意识循声望去，只见卧室门外，唐舒格目瞪口呆地站在那里，望着相拥在一起的他们。

她风尘仆仆，身上外衣还没来得及脱下，脚下躺着一只可怜的行李箱，而刚刚的巨响就是行李箱发出的。

"杨笑，"唐舒格嘴唇微颤，如梦吟一般说，"你知不知道，你这种行为，属于趁机耍流氓！"

如果不是团建的营地实在太冷，唐舒格是万万不会连夜收拾行李逃回家里的，只是她没想到，她刚一路踏进公寓大门，就看到了四只随处乱飞的篮球鞋，其中两只鞋的尺寸，根本不可能是女孩子的脚！

那一刻，唐舒格严重怀疑自己没有睡醒。

她梦游似的从玄关飘了进来，然后在敞开的浴室里见到了一片狼藉，翻倒的洗漱用品，凌乱的洗手台，还有飞在洗衣机上的已经撕碎的吊带睡裙。

顺着客厅再走两步，便到了杨笑的卧室——然后，唐舒格就把自己的闺密"捉奸在床"了！

不，"捉奸在床"这个词用得不对，但谁在乎呢？她现在内心就是一只没有感情的尖叫鸡。

杨笑几乎是转瞬间就裹着薄被从床上跳起来了，至于同样光着身子的孟雨繁，则慌乱地抓过了床头的兔兔玩偶，直接怼住了自己的关键部

## 第八章 醉酒之后

位,勉强给自己保住了最后一分体面。

唐舒格的视线不由自主地落在了孟雨繁裸露在外的胸肌上,就那么幽幽地注视了几秒,忽然吹了声悠长的流氓哨。

"抱歉。"唐舒格说,"我一直想试试看向男生吹口哨是什么感觉,现在知道了,真爽。"

"糖糖,咱们需要谈谈,不过不是现在。"杨笑尴尬地说,"你能暂时离开五分钟吗,至少让我穿一下衣服。"

唐舒格点点头,又像游魂一样拉着自己的行李箱离开了。

之后的事情只能用兵荒马乱来形容——孟雨繁昨天的衣服已经完全不能穿了,全是酒臭味,杨笑翻箱倒柜找了半天,才从衣柜最底层翻出了她去海边度假时被小摊贩强买强卖的沙滩裤,上面还印着艳俗的黄昏椰子树。

她穿着非常宽松的沙滩裤,到了孟雨繁身上却相当紧绷,裤腿紧紧箍住他大腿上的肌肉,小小的布料勾勒出他臀肌的轮廓。

孟雨繁浑身别扭,没忍住在短裤上方抓了好几下。

杨笑觉得他的行为实在是有碍观瞻:"你在干什么?"

孟雨繁无辜道:"有些不舒服。"

在孟雨繁穿衣服的时候,杨笑也从衣柜里翻出来长袖长裤款的睡衣换上。她皮肤本来就白,经过昨晚的荒唐,身上都是大片大片的青紫。

杨笑欲盖弥彰地用睡衣遮住了那些痕迹,甚至把扣子一直系到了最高。

孟雨繁呆呆地坐在那儿,看到由他亲手铸就的美景一点点隐藏起来,顿觉喉咙干渴,赶忙移开了视线。

"那个……"大男孩乖乖地坐在床边,怀里抱着兔兔玩偶,小声问,"笑笑姐,我发挥得怎么样?"

杨笑正忙着往脖子上涂遮瑕、扑粉底,一时间没听懂,问:"什么怎么样?"

"就是昨天晚上,我发挥得怎么样呀?"孟雨繁的相貌明明是硬朗英俊的那一挂,可笑起来,却带着股大男孩的腼腆,"我昨天喝多了,我觉得有很多地方发挥得还不够好，我觉得……"

"……我觉得你可以闭嘴了。"杨笑"砰"一声合上化妆台的柜子，通过镜子里的倒影看向身后的男孩。她如一位无情剑客那样不屑地吹了吹指甲，冷酷地说，"别给自己找其他借口了。"

孟雨繁想，笑笑姐好冷酷，不过他喜欢！

待收拾停当，杨笑把孟雨繁留在自己的卧室里，就这样独自一人，走向了闺密的房间。

这间两室一厅的小套房不分主次卧，面积都差不多大，不过唐舒格那间额外有个外飘窗，被她堆满了自家偶像相关的东西。

现在，唐舒格就一脸呆滞地坐在飘窗上，倚靠在她最爱的一只抱枕上，那上面1∶1印着她偶像的照片，而且那个抱枕额外做出来两条"胳膊"，只要让两条"胳膊"打个结，她就可以让偶像拥抱住她。

见杨笑来了，唐舒格把偶像的胳膊打了个死结。

杨笑慢慢走近，脸上表情只剩下尴尬。

她们两人是初中同桌，又一起升入高中，虽然最后去了不同的大学，但两人的革命情谊加起来十几年，向来是有什么话都直说的。

可是如今，杨笑顶着闺密灼灼的目光，不知道该如何解释了。

"杨笑同志！"唐舒格质问她，"你知道自己的错误没有！"

杨笑："……我不该把男人带回女生公寓？"

"错！"唐舒格说，"重点是这个吗，重点是孟雨繁呀！"她痛心疾首地说，"你现在这个行为，和那些给共享单车安上私锁，还偷偷搬回家的人有什么两样！"

这个类比好像有什么不对劲的地方……

杨笑赶忙给自己开脱："当然不一样！那些给共享单车上私锁的人，不会问共享单车愿不愿意。可孟雨繁是愿意的啊！"

"他真的愿意？"

杨笑两手一摊："不信我把他叫过来给你亲自问问？"

唐舒格眼睛一瞪，怒目而视："你还说你不是蓄谋已久？不想给共享单车上私锁的人，家里会常备车锁吗？"

## 第八章　醉酒之后

之前杨笑交往过的两任男友，即使感情再好，杨笑也没有把他们往家中领过。

杨笑哭笑不得地发誓："几个月前居委会计生办上门普查，我那时候还有男朋友，计生办就给我发了一盒免费的。"

免费的东西质量实在是马马虎虎，不过昨天若没有那盒小雨伞，可能她也不会意乱情迷到这一步。

杨笑终于解释完一切，整个卧室里再次安静下来。

她看着她。

她也看着她。

就那么安静了足有几分钟。

唐舒格忽然压低声音，鬼鬼祟祟地开口。

"笑笑……"

杨笑眉毛一扬："嗯？"

"啧啧啧。"唐舒格又吞柠檬了，"你知道吗，你现在整个人都在发光。"

唐舒格在飘窗上腾出了一块地方，招呼杨笑坐下，两人肩并肩抵在一起，说些女生间的悄悄话。

唐舒格问她："你接下来怎么办？"她好奇道，"打算什么时候给他转正啊？"

杨笑诧异："转什么正？"

"你别装傻。"唐舒格说，"说说你的想法呗？之前是假的，我看不如直接从假男友变成真男友，这要是我写的小说，直接完美大结局了！"

"你啊，就是小说写太多，把一切都想得太简单了。"杨笑却摇头，淡淡地说，"我不会和他更进一步了，我俩是不可能的。"

唐舒格震惊了，没忍住提高音量问："为什么？"

"我之前不就和你说过，我现在完全不想谈恋爱，我已经在男人身上栽了两次了，没精力再来一次了。"

唐舒格迟疑道："……我看孟雨繁挺不错的一个男孩，你就算和他谈恋爱，也不一定会栽吧？"

可杨笑还是摇头:"他是很好,但是他不合适我。"

若问杨笑喜欢不喜欢孟雨繁?她肯定会说喜欢,但这种喜欢,是基于朋友之间的喜欢,是一个姐姐对弟弟的喜欢。

"我和他认识一个多月了,在合约之外的交集也很多,但越是熟悉,我越发现我们之间有巨大的鸿沟。我看不懂篮球,没有办法和他讨论什么科比、詹姆斯,而我工作上的烦恼,也根本没有办法和他倾诉,他是个学生,他的世界太单纯了。"

把一棵单纯的小树苗浇灌成参天大树,为他修剪枝丫,为他施肥松土,这需要她付出不可估量的时间、精力与爱情。

这太难了。

"他很好,他当然很好,他是个体贴、懂事的男孩,我相信没有一个女孩不喜欢他。我也承认,他对我是有很强的性吸引力——但这又能说明什么呢?"杨笑停顿了一小会儿,那真的是非常短暂的几秒钟,然后她便仓促地把昨晚的意乱情迷隐藏起来,"……那不过是成年人的各取所需,仅此而已。"

唐舒格欲言又止地看着她。

她很想提醒杨笑,虽然杨笑嘴上说是各取所需,可是她的表情、她的眼神都不是这样说的。

而她们不知道的是,就在虚掩的房门外面,孟雨繁站在那里,静静听完了她们的所有谈话。

闺密两个又在卧室里聊了很久,直到两个人肚子都咕噜噜响了起来,才结束了这场谈话。

昨天唐舒格几乎整宿没睡,今天一早就收拾行李逃回来,现在正是又困又乏又饿,而杨笑呢,昨夜的运动耗费了她太多精力,急需食物补充。

两人一同出门觅食,结果刚一踏出卧室,就被整个客厅里飘荡的食物香气勾走了魂魄。透过透明的厨房推拉门望去,只见灶台前,孟雨繁正如一只勤劳的家养小精灵,忙碌地为她们准备早饭。

他的身材高大,厨房的吊顶又很低,他一不注意,脑袋就会和房顶

## 第八章 醉酒之后

的吊灯亲密接触。通用尺寸的料理台对于他来说实在太矮了,他不得不辛苦地弯着腰,在台面上忙碌。

唐舒格自喉咙里发出一声短促的喘气,她一把抓住杨笑的胳膊,下意识地捏紧。

"嘶……"杨笑被她掐疼了,不知所以。

唐舒格激动地说:"天啊!居然有个只穿着内裤和围裙的裸男,在我的厨房里为我做早餐!上帝是偷偷潜进了我的移动硬盘,偷窥了我的'学习资料——英语考级——新建文件夹'吗?"

杨笑想,虽然她不知道唐舒格的新建文件夹里究竟装了什么东西,但肯定不会是英语考级资料吧。

"提醒一下,"杨笑说,"他穿的不是内裤,是我的沙滩裤;他也不是故意不穿上衣,他的衣服太脏了,正在洗衣机里等待烘干。"

她们两人的说话声并不大,但还是被孟雨繁捕捉到了。

男孩转过身,一脸阳光灿烂:"你们把桌子腾一下吧,早饭快做好了!"

这房子小,没有专门的餐厅,她们平常就直接在客厅的茶几上吃饭,煮包泡面、下几个速冻饺子,美滋滋地在电视前一坐,无数个闺密之夜就是这样度过的。

不过当狭小的客厅里多了一位客人时,小茶几就实在有些不够用了。

孟雨繁在杨笑旁边席地而坐,两人的膝盖时不时就会摩擦到一起,而这,又会让杨笑想起昨晚的意乱情迷。

她仓皇地移开视线,没话找话地问:"……你会做饭?"

"只会一些简单的。"孟雨繁说,"我爸妈不是工作忙吗,小时候都是保姆照顾我,可是她做饭不合我胃口,我就会自己做些简单的东西吃。"

他说得随意,但杨笑脑海里不由自主地勾勒出一个可怜巴巴的形象——男孩的童年时期,父母疏于照顾,保姆又虐待他,小小的他只能独自站在灶台旁,为自己做饭……

杨笑的同情心噌噌噌往上涨。

## 男友请就位

孟雨繁用冰箱里的材料做了几个三明治，面包外浸满了鸡蛋液，用油微微煎过，一口咬开，融化的奶酪覆盖在菜叶和火腿片上……非常简单的早餐，却能带来满满的幸福感。

唐舒格吃得头也不抬，风卷残云。在她对面，杨笑也吃得心满意足，空虚的胃完全被热腾腾的食物抚慰到了。

不过，她们吃东西时，孟雨繁却没有吃，而是一直侧头看着杨笑。

杨笑被他看得尴尬，问："你怎么不吃？"

孟雨繁摇了摇头，诚实地说："我吃不下。"

"啊？为什么吃不下？"

"因为，"男孩语气平静地叙述，"我听见了你们刚刚在卧室里的谈话。"

"——噗！"唐舒格正喝到一半的牛奶立刻喷了出来。

杨笑也震惊了："你听见了我们的谈话？"

他忙说："不过我不是故意偷听的！你们聊天时没关门，我出来想做饭，结果就听到了。"

杨笑追问："你听见了多少？"

"都听见了。"孟雨繁小声说，"我听到你们说我就是路边的共享单车。"

他忽然伸出一只手，拉住了杨笑，目光灼灼："笑笑姐，就算我是一辆共享单车，我也只想让你一个人拥有我。"

唐舒格"噗——"的一声，又被呛到了。

这次，唐舒格伏在桌上，又是咳嗽又是拍胸口的，天啊！这是什么狗血小说经典桥段的神展开方式啊？

她情不自禁伸出大拇指，佩服地说："小弟弟，你开车的技术可真是出神入化。"

"开车？"孟雨繁一脸茫然，"咱们不是在说共享单车的事情吗！"

唐舒格终于忍不了了，她怕她再待下去，直接笑场，她赶忙起身，把客厅让给杨笑："那什么，笑笑，孟孟，你俩聊。你俩慢慢聊啊！我实在太困了，我回屋补觉。"

说完，她立刻脚底抹油奔回了自己的屋子，又把卧室房门重重撞上。

三秒后，唐舒格又从卧室里探出头来，补充一句："我睡觉的时候会戴耳塞，就算隔壁床塌了，我也什么都听不到呦。"

孟雨繁："啊？"

杨笑的脸瞬间通红，抄起沙发上的玩具就扔向了闺密，可惜她还是慢了一步，唐舒格房门紧闭，玩具砸在了门板上，发出"啪叽"一声响，又缓缓落了下来。

孟雨繁看着那摔扁的玩具，疑惑地问："笑笑姐，她刚才的话是什么意思啊，我怎么没听懂。"

"没听懂就对了。"杨笑没好气地说，"她新建文件夹里的英语资料看太多，学习学到脑子傻掉了。"

## 第九章
# 再次相见

那一晚的事情就这样稀里糊涂地过去了,杨笑几次想和孟雨繁谈谈他们的关系,但话到嘴边,却不知该如何开口。

她要说什么?她需要解释吗?她应该道歉吗?

……算了吧,还是别开口了。

孟雨繁好像也把那晚的事情抛在了脑后,再也没有提起过,杨笑也乐得当一只缩头乌龟,佯装一切正常。

孟雨繁最近大部分精力,都放在了CUBA的训练上。

至于徐冬……他因为被禁赛又背了处分,孟雨繁已经很久没有看到过他了。

孟雨繁曾想过给徐冬发消息,他编写了很长的一段文字,告诉他,自己从始至终一直把徐冬当好兄弟。他们并肩作战五年,孟雨繁看他误入歧途很是伤心,但他从来没有怪过他,更没有向总教练告密。

但这段文字,孟雨繁最终没有发出去。

长篇大论删删改改,只剩下了一句话——"我没有告密"。

然而这句话虽然发出去了,可孟雨繁一直没有接到回信。

徐冬的事情暂时被他放在了脑后,孟雨繁现在全部的精力都被接下来的比赛占据了。

他可是参加过五届CUBA的老将,已经很习惯赛场的节奏了。

在首发名单确定下来之后,他们很快就迎来了第一场小组赛,因为这次队内有大一的新生加入,故而整体配合得不算很好,一场比赛打得磕磕绊绊,险胜两球。孟雨繁和新的大前锋缺乏默契,武教练经常给他们留下来加训。

## 第九章 再次相见

这样一来，孟雨繁就不能在每天晚上六点半，准时出现在电视台楼下了。

"没关系，训练要紧。"杨笑在电话里安慰他，"你要是忙的话就不用赶过来了，我下班可以和同事一起走。"

孟雨繁立即警觉起来，紧张地问："什么同事？笑笑姐，你找到新的共享单车了？"

"……这个梗就过不去了吗？"杨笑无奈地说，"我说的是刘悦月！我下班和她一起回去。"

孟雨繁这才放心。

他虽然没有表现出来，但在这段关系里，他实在是太缺乏安全感了，对于他而言，杨笑一直是"高高在上"的——这并不是指她的性格，她还是蛮平易近人的——从这段关系一开始，杨笑就是他的上级，她给他买礼物，为他付生活费，甚至于那晚，也是她以引领者的身份让他体会到了这世间最美好的一件事。

杨笑就像是落在他头顶的一只蝴蝶，她太美好了，而他就像是一颗笨拙的树，尽力抖动着枝丫，希望吸引她的注意，得到她的垂青。可是当她真的降落到他身上时，他又开始胡思乱想，担心杨笑面前出现了更好的风景，然后她就会扇动翅膀，就那样飞离他的梦境！

"我已经好久没看到你了。"他忧心忡忡地说，"我今天会早点完成训练任务，晚上一定去接你！"

杨笑很想说不用了，但最终话出口时，却变成了一声温柔的"好吧"。

下班时间结束后，刘悦月为了错开晚高峰，特地磨蹭了一会儿，她收拾好双肩包，准备离开，结果发现杨笑居然还在电脑前工作。

其实，如果她绕到杨笑身后的话，就会发现杨笑的电脑桌面并非办公软件，而是某著名球鞋买手网站！整个页面上，全是各种各样的昂贵篮球鞋。

杨笑一边把那些篮球鞋加进购物车里，一边在心底唾弃自己：杨笑啊杨笑，你这种买礼物补偿的行为，实在应该严肃批评！

她脑中的暴风雨刘悦月当然不会知道。

刘悦月殷勤地问:"杨姐,都七点了,你怎么还不走呀?"

杨笑欲盖弥彰地关上正在浏览的网页,随便扯了一个理由:"我这儿还有点收尾工作,我再在台里待会儿。"

"啊,什么收尾工作?"刘悦月一听,忙说,"我帮你一起处理吧?"

"不用了不用了,小刘,你忙你的去。"杨笑赶忙拦住她,生硬地换了个话题,"对了,你学期论文写的怎么样了?你们不会又去野球场了吧?"

"没有。"提起这个,刘悦月的眉毛都耷拉了下来,她也顾不上赶车了,她闷闷不乐地把书包放桌上一放,拉开杨笑身旁的椅子坐下,凑到她身边说,"我和指导老师汇报了选题,老师果然也不支持我们做野球。她给我们指派了一个新的选题,又把我们组给拆散了。"

"拆散了?"杨笑问,"那你那位'男神'……"

"什么男神?快别提他了!"刘悦月顿时炸毛,怒气冲冲地说,"他就是个垃圾、是个无赖、是个大猪蹄子!他居然说我多管闲事,不该把这件事上报老师!他还骂我,骂我是……算了,不提了!我以前真是瞎了眼,居然觉得他帅。"

"他帅吗?"杨笑回忆起那天见过的男孩,"还好吧。"

不就是两个眼睛一个鼻子一张嘴,做了个韩式发型,修了个眉毛,这种长相的出镜记者,他们台里一抓一大把。像这种还未走出校门的男孩,她更看不上了。

"杨姐,你的眼光太高啦!"刘悦月嘟起嘴,"你每天对着大孟那样的运动型男,一般的男孩你肯定看不上呀。"

刘悦月没注意到她脸色不太对劲,两只手撑住下巴,再次陷入了幻想之中:"唉……大孟虽然年纪不大,但真是长得帅、阳光乐天又特别有安全感!你看他那胳膊的肌肉,不去给丈母娘家扛煤气罐,都可惜了!要他真的是我的男朋友,那该有多好啊!"

杨笑的表情越发尴尬,右手无意识地点触鼠标,一遍又一遍的刷新桌面。

她不知该如何接话,因为在刘悦月眼里,她们只是在谈论同一个男

## 第九章 再次相见

生,就像谈论中午吃过的同一道菜。

"对了!"刘悦月眼睛一亮,忽然问,"杨姐,你和大孟的最近有约吗?"

"怎、怎么了?"

刘悦月声音都要飞起来了,"我想这个周末请他假装一下我男朋友!我要把大孟带回学校,去那个大猪蹄子面前晃悠两圈,让他知道,我刘悦月配得上更好的男人!"

杨笑手一滑,刚刚的篮球鞋购物网站被她失手关了。

孟雨繁急匆匆地结束了加训,随便套了一身衣服,就奔出校门,跳上了开往电视台的地铁。

恰逢晚高峰,地铁人多得要命,孟雨繁硬是等了三趟车,才勉强挤了上去。而就在这三趟车的间隙里,他共计被人搭讪四次、要电话两次,他皆义正词严地告诉她们:"我有女朋友了!"

待他挤下地铁时,衣服乱了,扣子开了,牛仔裤的后兜里还多了一张香气四溢的名片,孟雨繁看都没看,直接扔进了垃圾箱里。

他现在可是上了私锁的共享单车,这点职业操守还是有的!

他比计划的晚了一些抵达电视台,他赶忙给杨笑发消息,让她下楼。

杨笑走出电梯时,就见孟雨繁和保安师傅聊得火热,男孩手舞足蹈的,也不知讲到了什么开心事。

她还未扬声叫他,孟雨繁就像是有心灵感应一样,向着她的方向转过了头——下一秒,云开雾散、雨过天晴、万里无云、阳光灿烂。

说真的,当看到他的笑脸时,杨笑上一天班的疲惫都消失了。

她没发现自己的脚步都快了许多,高跟鞋底踏过锃亮的大理石地面,发出了一连串清脆的撞击声。

现在已入冬了,杨笑已经换上了薄款冬装,经典款格子围巾在颈上绕了两圈,衬得她大方又端庄。

和怕冷的她相比,孟雨繁好像才刚刚踏入秋天,他仗着体质好,永远是一件飞行员夹克配运动裤,别看他穿得少,可是手掌总是热乎乎的,不论杨笑何时摸，都是滚烫的。

"笑笑姐。"见女朋友来了，孟雨繁赶快迎了上去，"对不起呀，我迟到了。"

"没关系，"杨笑脸不红心不跳地说，"我刚好加班，你不算迟到。"

她哪里是在加班？明明是在办公室里摸鱼上网，给男朋友选购新出的球鞋。

两人视线黏在一起，气氛正好。

偏偏在此时，杨笑身后窜出来一个人影，神气活现地摆了摆手，说："哈喽啊大孟同学！好久不见！"

孟雨繁这才注意到，原来刘悦月同学也在！

"……啊，你、你好。"孟雨繁尴尬地打了声招呼，面对这位老熟人，他实在不知道该拿出什么样的态度去对待她。

刘悦月丝毫没发现自己当了电灯泡，她跟在杨笑身后，三人一起往停车场走去。

刚一出门，冷气就迎面而来，杨笑搓了搓手，向掌心呼出一口热气。

孟雨繁见她冷，自然而然地握住了她的右手，与她十指交扣，把掌心里的热意传递给了她。他还嫌不够，干脆把她的右手直接揣进了自己的衣兜里，两人的手心贴在一起，在衣兜里交融。

刘悦月没注意到他们的小动作，她打了个喷嚏，热气在空中化成了一片白雾："好冷啊……感觉前几天还是夏天，怎么突然就入冬了。"

杨笑打趣她："你这时间过得也太混乱了，你来实习都一个多月了，刚进台那天，树叶子都是黄的，现在树叶都掉没了。"

"哇，这么快就一个多月了？"刘悦月忽然转头看向他们，"那这么说，你们的关系不是应该早就结束了吗？"

她的视线落在了孟雨繁的衣兜上——杨笑的手还揣在那里面呢！

杨笑顿时有种早恋被教导主任抓到的慌乱感，手心的热意好像一直顺着胳膊向上，烧到了她的脸颊上。

杨笑咳嗽一声："我前男友一直没出现，我心神不宁，就想让他再继续保护我两个月。"

## 第九章　再次相见

合情合理，任谁都挑不出错。

刘悦月果然被忽悠过去。

她又问："对了大孟，你周末有时间？"

"有啊。"孟雨繁答。

"那就好！"刘悦月开心地说，"那你这周末哪天有空？我约你一天，你陪我回趟学校吧！"

杨笑：原来她刚刚不是在说笑，是要玩真的啊！

孟雨繁顿时慌了，他下意识看向身旁的杨笑，又赶忙扭回头来："这个，我周末要陪笑笑姐，不太方便。"

刘悦月眨眨眼睛："啊？可杨姐不是只让你接送上下班吗，你们周末也有计划？"

杨笑和孟雨繁对视一眼，女孩欲盖弥彰地把手从他兜里抽了出来，孟雨繁想要握紧她，可最终她的体温还是离开了。"他……呃，雨繁记错了，我们这个周末没有计划。他，他就是——对了，他这周末有场比赛！"

孟雨繁立即接上："对对对对，瞧我这个记性。我周末有场比赛，特别重要，是 CUBA 小组晋级赛！你可能没听过这个比赛，但是它……"

"谁说我没听过了？"刘悦月不高兴地打断他，"Chinese University Basketball Association，中国大学生篮球联赛，对不对？我们华城传媒大学可是种子队伍，学委发了通知，号召大家都去看呢！就这周末，我们主场对阵华城大学篮球队——"她眼神发亮，立即问，"等等，华城大学篮球队，不就是你们吗？"

孟雨繁怎么会料到事情这么巧，刘悦月居然是传媒大学的学生？

可话已出口，他只能硬着头皮承认："哈哈，好巧。"

"这不是正合适嘛！"刘悦月开心极了，"反正你也要来我们学校打篮球，我也要去看那场比赛，比赛之后，你只需要腾出三个小时……不，两个小时！"

车上的气氛有些沉闷。

杨笑如往常一样，把车子停在了华城大学的侧门口，孟雨繁闷声说了再见,转身准备下车。

"雨繁,你等等。"杨笑叫住他。

可男孩并没有如之前的每一次一样,在她叫他的第一秒便用那双深邃的眼睛转向他。

他兀自扭着头,窝在副驾驶座上,望着窗外的车水马龙。

"……你是不是心情不好?"杨笑试探地问,"一路上都没怎么说话。"

他们和刘悦月分开后,从电视台到学校的一路上,孟雨繁说过的字不超过十个,而且都是"嗯""哦""是吗"这样的附和性质的词汇,这是从前从来没有过的事情。

在杨笑眼里,男孩永远是朝气蓬勃的,像是一株向阳而生的向日葵;可今天,葵花却被雨水打蔫了。

奇怪……今天刚见面的时候,他不是这样的啊。

听到杨笑的询问,孟雨繁沉默了一会儿,回答:"没有,我在想周末的事情。"

"想比赛吗?"杨笑想,周末的小组赛一定很激烈,孟雨繁换了新搭档,肯定要适应一阵。

"……不是。"这次,孟雨繁终于转过来看她了,他的一双剑眉微微隆起,眼神里带着一种杨笑看不懂的东西,"比赛有什么好想的?上场了,拿到球了,投进篮框就行了。"

"那你在想什么?"

"我在想比赛之后的事情。"孟雨繁笑了下,"刘悦月说要带我去见她的同学,我在想穿什么,说什么,怎么表现。我已经很久没有和其他人相处过了,都忘了怎么相处了。"

"笑笑姐,"他看着她,目光灼灼地问,"你说我要让她挽着我的胳膊吗,还是牵着手、搂着肩?她个子小小的,我若是把她抱在怀里——"

"——够了!"杨笑突然打断他,她不想承认,在孟雨繁叙述那个场景时,一种她从未体会过的嫉妒点燃了她的心。

可她为什么要嫉妒呢?

刘悦月和孟雨繁只不过是假装一下情侣,他们的所有接触,都是

## 第九章 再次相见

假的。

这样的事情……杨笑也曾做的。

"孟雨繁，你的意思我听明白了。"杨笑不傻，她几乎是转瞬间就看清了男孩的想法，"你要是不想去，那你刚才为什么要答应她呢？"

是他点了头，是他同意的！

"我为什么答应？"孟雨繁垂下眼帘，没去看她的眼睛，"……因为我在等你帮我拒绝啊。"

"我说我周末要陪你，是你先否认的。"他复又抬起眼眸，深深地望着她，"你完全可以顺着我的话说，说咱们周末有约会计划，你是刘悦月的上级，你要拒绝她，远比我容易得多。"

杨笑失语。

"我……"她不知该说什么，在那样一双眼睛的注视下，她的所有辩白都是苍白无力的。

她咬了咬唇，忽然道："我给你准备了礼物！"

她几乎是仓皇地转过了身，从驾驶座后面提起了一个纸袋，纸袋上还系着粉红色的礼花彩带，上面用最简单的黑色线条，勾勒出了一双篮球鞋的图案。

杨笑说："这是这个月新出的款，你应该还没有吧？我上周就订了，到货还挺快的……"

孟雨繁望着放在自己腿上的鞋盒，脸上已经看不到任何笑容了。

杨笑本来希望能够通过这个礼物赔礼道歉，让孟雨繁开心开心，他是她出钱购买的小鲜肉，她这个金主理应送他礼物，让他快乐。

但看起来……她好像弄巧成拙了。

杨笑问："……你不喜欢？"

"不，我很喜欢。"孟雨繁的大手落在鞋盒上，慢慢地摩挲着，"我特别喜欢。"

她送他的每个礼物，不管是一条围巾，一双鞋，一个印在心口的吻，还是一场酒后的黄粱梦，他都喜欢。

他侧过头看她，轻声道："笑笑姐，其实我也有个礼物要送给你。"

"啊，什么礼物？"杨笑忙说，"你还是学生，你不是现在连生活费都不多吗，就不要给我买东西了。"

"不是买的。"男孩摇摇头。

他从兜里掏出一张门票，并未交到杨笑手里，而是郑重地放到了驾驶台上。

"笑笑姐，你知道吗，我今天之所以来找你，其实是想请你去看周末那场篮球赛的……传媒大学确实是很厉害的种子队伍，他们队里有个拿过 MVP 的前锋。我想请你去看我的比赛，看你的男朋友怎么打败他。"

自从那天在车上结束了一段不甚愉快的谈话，杨笑就再也没有见过孟雨繁了。

孟雨繁请假的理由是要"专心备赛"，可杨笑却总觉得他有什么其他原因。

杨笑实在忍不住，拜托唐舒格帮忙找人查一下孟雨繁最近的情况。

"笑笑，我是能查没错，但你觉得这样真的好吗？"唐舒格很有底线地拒绝了她，"你要是实在想知道，为什么不直接问他？反正你俩的关系——"她拖长声音，"——不是挺好的吗？"

"哪里好了？"杨笑无奈道，"那天他还跟我闹脾气呢。真是的，小屁孩一个，别的没学会，就学会和我冷战了。"

唐舒格立即坐直了身子，张罗起花生瓜子来："你要聊这个我可不困了啊！快说快说，你俩怎么吵架的，又是怎么冷战的？"

杨笑闹不过她，只能别别扭扭地把那天发生的事情都复述了一遍。

唐舒格听完，下巴都要掉到地上去了。

杨笑越说越气，让闺密评理："你说现在的小男孩都在想什么？他又不是没嘴巴，偏要等我拒绝小刘；我送他礼物的时候，他浑身都写着不开心，还违心地说喜欢；喏，还有这个门票，他给我做什么，邀请我过去看他和小刘秀恩爱啊？"

唐舒格艰难地把下巴安回去，试探道："笑笑，你为什么不喜欢看孟雨繁和你同事秀恩爱啊？"

## 第九章　再次相见

杨笑顿时语塞。

"你看，你和他的关系是假的，你同事和他的关系也是假的，如果你只把他当作临时救急的假男友，不想给他真正的名分，那你为什么不允许别人靠近他呢？"

"我……"杨笑强词夺理，"虽然我没给他真正的名分，但是他和我在一起的时候，我比任何人都爱惜他啊！你见过有哪个人明知道是假的，还这么用心维护彼此关系的？"

唐舒格见她如此冥顽不灵，干脆放弃了。

她这个闺密啊，在迷雾里兜兜转转了这么久，明明正确答案就放在她眼皮下面，可她却总能绕过正确答案——但是，谁说得清，她是装作没看到呢，还是不想看到呢？

转眼就到了周六。

一大早，华城大学篮球队的队员们热身完毕，带着装备，踏上了前往华城传媒大学的大巴车。

华城传媒大学是 CUBA 里一支非常抢眼的种子队伍，以往他们都要在小组赛的最后几场才会碰上，没想到今年抽签运不佳，居然第二场就和他们兵戎相见了。

今天的比赛全队上下都很重视，五名首发、七名替补全部到位，就连其他没有被选上的队员都要一起乘车去现场观摩。

徐冬因为被禁赛了，最近都独来独往，他孤身一人坐在最后排，周围一个同学也没有。

孟雨繁有些担忧地回头看了他一眼，两人恰好对上目光，可徐冬却先一步偏开了头。

"繁子，看什么呢？"坐在窗边的黄晓柯用胳膊肘顶了顶他。

"没看什么。"孟雨繁转回头，随口回答，"我在想一会儿比赛的事情。"

"嗨……我也在想。"黄晓柯忧心忡忡道，"咱们这也太倒霉了，第二场就碰上传媒，而且还是客场！"

主客场差距太大了，不论哪支球队都希望能在自家场馆比赛，毕竟在自己的地盘上，环境熟悉、粉丝多，整个场馆四分之三的观众席都飘着自家队旗，在这种环境下打球，发挥也会更好。

若是去了客场，这点优势全部转成了劣势，整个场馆里都是传媒大学的学生，他们则沦落为孤苦无依的小白菜。

黄晓柯说："咱学校在北四环，传媒在东五环，不知道咱学校会有多少学生千里迢迢跑到传媒去看咱们比赛。"他叹口气，"我把票给我爸妈了，至少能保证观众席里有两名我方粉丝。"

前排的中锋转过头来："我也是，票全给我亲戚了！"

还有人说："我把票送我们小区里的高中生了，我说有篮球赛请他们来看，结果他们问我有没有詹姆斯……靠，要是我有詹姆斯的票，我干吗不自己去看？"

说来说去，大家都在担心观众问题。

"对了，繁子，你把票给谁了？"黄晓柯随口问道。

"给了我的……"孟雨繁迟疑了，他不知道该怎么形容他和杨笑的关系，朋友？恋人？还是——

"……一个姐姐。"

最终，他只能回答了一个模棱两可的答案。

众人只当是他亲戚家的姐姐，都嚷嚷着要一睹姐姐真容。

孟雨繁却摇了摇头："姐姐工作很忙的，不一定能来。"

那天他送票时，杨笑并没有答应一定会来，而且他们两人已经好几天没有联系了。昨天孟雨繁想发消息提醒她别忘了来看比赛，但迟疑许久，都没有按下发送键。

希望，姐姐能来吧。

姐姐来了吗？

姐姐当然来了！

杨笑刚一踏进传媒大学的校门，就被放眼望去的人海震惊到了。

"今天不是周末吗？你们不放假？"她讶异地问身旁的刘悦月，"我当年上学的时候，一到周末，恨不得立刻冲出学校去外面浪。"

"今天不一般嘛！"刘悦月握紧小拳头，"今天可是我们传媒的大日子！一直以来，华大都是我们学校的劲敌，每年的地区预选赛，我们两所学校都在三甲之列，每年为了争第一，都抢得头破血流。"

正如她所说，华城传媒大学对这场比赛格外重视，从校门到体育馆的一路上，几乎每个灯柱上都绑着小旗子，横幅、海报更是随处可见。

刘悦月穿着印有校名的文化衫，头上扎着蓝绿双色的彩带，脸上还画着校徽。

校园里，和她打扮相似的学生非常多，不论男女，每个人脸上都带着满满的狂热，学校的广播里放起了校歌，大家齐声高唱着，仿佛这场比赛的冠军已经是他们的囊中之物了。

严格来讲，这是杨笑第一次观赏正规比赛，她的同事里有足球迷，她曾听他们叙述过足球场上的狂热，她一直不理解几万人聚在一起，为了一只球疯狂尖叫。而现在，她看着校园里朝气蓬勃的学生，看着他们脸上的昂扬斗志，忽然有些懂了。

华传的室内篮球场是新建成的，足够坐下两千名观众，入场门票上没有写座位号，采取先到先得的方式，谁来得早谁就能坐在前排。

杨笑没想到这场比赛居然这么受关注，她到得有些晚了，座位席已经满了五分之四，只剩下山顶的位置。

她正要随便找个空位子坐下，身旁的刘悦月已经热情地拉住了她。

"杨姐，你跟我坐一起吧！"刘悦月说，"我同学今天早上六点就来排队啦，我让他们给我占了位置！就在第三排，正中间，位置特别好！"

杨笑惊喜极了，赶忙跟着她到了座位处。

结果等她坐下了，才发现这个位置……好像有点不太妙。

向左看，是蓝绿色，向右看，是蓝绿色，向前后看，还是蓝绿色！

她怎么忘了，刘悦月可是传媒的学生，她的位置当然会在传媒大学篮球队的支持者之间啊！

"杨姐，给你一份应援！"刘悦月递过来一个纸袋，里面有着同样蓝绿色的头巾，还有两个充气棒，充气棒上印有"传媒传媒，篮球最强"

的标语，敲起来乒乒作响。

而在看台的正对面，则是一片零星的、人数少到几乎可以忽略不计的红白色区域，人数大概有一百人左右，仅有蓝绿色海洋的二十分之一。

不用说，那里就是华城大学的观众席了。

有人在座位前挂上了红白色的校旗，穿着清凉的啦啦队姑娘们正在蹦蹦跳跳的热身，高挺的马尾立在脑后，随着她们的弯腰抬腿，马尾也左右甩动起来。

"华城大学的啦啦队可是很有名的。"刘悦月消息灵通，又开始传播起八卦了，"历届啦啦队队长都是校花，而且都会和篮球队里最帅的那个男孩在一起。"

杨笑却不信："这又不是连续剧，谁说啦啦队队长注定要和篮球少年谈恋爱了？"

"反正大家都是这么说的。"刘悦月哼了声，"等到华大篮球队上场的时候你看着吧，长得最帅的那个，绝对就是她的男朋友啦。"

客场休息室内，武教练正在做着最后的部署。

"该说的我都说完了，该练的你们也练完了，说一千道一万，篮球的本质是什么？就是拿到球，扔进篮框里！在比赛之中，时机很重要，配合很重要，个人能力很重要，但最重要的永远是投中篮框！"武教练眼神凌厉，视线从这些比他高了半个头的大男孩脸上划过，"客场作战，对咱们非常不利，你们做好心理准备，很可能你们一登场，就会迎来嘘声！借用你们年轻人的一句时髦话——稳住，不要慌，咱们能赢！"

"噗……"大家都被逗笑了，紧张的气氛一扫而空。

十二个人排成纵列，队长刘方舟压阵排在队尾，他是一名中锋，是整个团队的核心，他就像是船长，牢牢把控着船的前进方向。而站在队伍最前方的人则是孟雨繁，他是小前锋，也是队内的得分主力，五分钟之后，他就要走上赛场，和传媒大学的MVP正面对战了！

"加油！"

"加油！"

## 第九章　再次相见

"加油!"

"华大必胜!"

"华大必胜!"

"华大必胜!"

十二声加油、十二声必胜叠加在一起,十二名男孩视线里燃起了熊熊烈火,这场比赛他们绝对会取得最终的胜利!

更衣室大门轰然开启,明亮刺目的灯光迎面照来。

孟雨繁深吸一口气,整理好他的期待、自信、沉着,然后迈开步子,走向了场内。

第十章
## CUBA 比赛

  观众席上,刘悦月兴奋地挥舞起手里的充气棒,和身旁的同学们组成起伏的人海,给自家篮球队加油。

  在他们的声浪之下,对面华城大学亲友团的那点呐喊声,完全被盖了过去。

  杨笑身处蓝绿色的人海之中,手里还拿着两个被硬塞来的充气棒,真是留下也不是离开也不是。

  场内,战况胶着。

  华城传媒大学实在是一支劲旅,在满场BUFF(指增力技能)的加持下,更是火力全开,第一节刚开始不久,便一举灌入五球。

  他们的小前锋不愧是去年的MVP,能力极为强劲,杨笑即使完全不懂篮球,也能看出来那个人的攻势凌厉,脚下就像踩着加速器,一个转身、一个错步,便顺利带球过人,直冲篮下。

  他出手果断,立刻起跳投篮——若这次灌进了,传媒大学就要足足领先华城大学六分了!

  杨笑的心高悬在空中,手指无意识地抓紧衣摆。

  而就在这千钧一发之际,忽然有个红白色的身影从篮下钻出,以一个极为刁钻的角度起跳拦截——

  盖帽成功!

  敌方扣篮失败,篮球撞上防守者的手掌,立刻弹了回来!

  传媒大学的进攻节奏直接被打断,篮球重回华城大学的掌心,所有人又迅速跑向了另一个篮框。

  而成功阻拦了那记灌篮的功臣不是别人,正是孟雨繁!

# 第十章 CUBA 比赛

"孟雨繁,你太棒了!"

杨笑欣喜若狂,立刻高举双臂,兴奋欢呼。

可她忘了,她现在手里还拿着蓝绿色的充气棒呢。周围所有传媒学生都在为进球失败而惋惜,在他们之间,杨笑的欢呼声显得是那么突兀。

所有人都向她怒目而视,完全不明白己方阵营里怎么混入了这么一个叛徒!

刘悦月小声提醒她:"杨姐,你就算给大孟加油,也低调点呀。"

杨笑讪讪地收回手,不好意思地闭上了嘴。

场内,孟雨繁脚步一顿:……奇怪,他怎么好像听见了笑笑姐的声音?

他的视线迅速投向了红白色的亲友团区域,可是正如之前每一次一样,他的寻找再次无功而返。

他心心念念的女孩,并没有出现在座位席上。

杨笑没有来看他的比赛——这个事实让他无比难过。

他可以顶住全场的嘘声,他可以扛过对手的进攻,但他却无法面对杨笑的失约。

他想,笑笑姐是不是临时要加班?是不是因为他最近怠慢了她,她不高兴了?还是他那天说话的态度惹恼了她?抑或是他根本不该接受刘悦月的邀约?

第一小节结束后,武教练调整部署,换下了孟雨繁和另外一名后卫。孟雨繁打起精神,把那些乱七八糟的念头扔出脑海,不管笑笑姐究竟是因为什么原因没到场,他现在决不能分心!他热爱篮球,篮球就是他此生选择的事业,若他连个小组赛的冠军都拿不到,还拿什么脸去见笑笑姐!

在短暂的休息后,第二小节开始了。

场上比分咬得非常紧,两方队伍你追我赶,往往是一方刚占据微小优势,另一方就迅速赶上。

在距离上半场结束不到两分钟的时候,对方教练又叫停了——而这次换上的大前锋,身高超过两米一,浑身肌肉硬硬实实,目测至少一百二十公斤！

"这哪是大前锋，这是重装坦克吧？"华城大学队长刘方舟低声咒骂，引起大家一片附和。

"雨繁，咱们这边换你上。"见状，武教练立刻吩咐道，"你上场的时候注意点，别和他硬拼篮板，小心被他伤到。"

"好的。"孟雨繁早就按捺不住了，他把水瓶一扔，立刻向着场上跑去。

那个重装坦克见他上场，轻蔑地抬了抬嘴角，侧过头不知和小前锋说了些什么，两个人突然爆发出一阵大笑，看向孟雨繁的眼神充满了讽刺。

孟雨繁根本懒得理他们，反正都是那些翻来覆去的垃圾话，若现在理会了，只会扰乱他的心境。

可是他不在意，不代表别人不在意。

观众席上，杨笑狠狠瞪着那个大坦克，若她的眼睛能发射飞刀的话，他早就不知道要死多少次了。

"那人在说什么？"杨笑腹诽，"还好意思嘲笑孟雨繁？也不看看自己长什么熊样。"

比赛很快再次开始，裁判哨声响起，两方人马追逐着那颗滚动的棕橙色圆球，呼吸间全是满满的火药味。

传媒大学球进了——传媒大学又进一球——华城大学紧紧追上——华城大学三分投中——传媒大学小前锋灌篮——华城大学中锋控球——

距离上半场结束仅剩五秒，突然一声惊呼，比赛戛然而止！

传媒大学的"大坦克"技术犯规，华城大学的队长刘方舟被误伤！

人群之中，刘方舟捂着膝盖跪倒在地，喉咙里传来闷声喘息。

"队长……""队长？""队长你没事吧？"

所有队员全部围了上来，队医、教练、裁判也立刻拥近，队医经过简单的触诊，判断刘方舟并没有伤筋动骨，但是肌肉拉伤，需要立刻下场休息。

孟雨繁眉头紧拧："队长，你好好休息，接下来交给我们了。"

## 第十章 CUBA 比赛

因为是敌方技术犯规,所以按照规则,华城大学拥有一次罚球机会,若这球投进,就可以追平比分!

可刘方舟现在受伤到站也站不稳,怎么能够罚球?

"繁子。"刘方舟眼神严肃,把那只篮球郑重地递到了孟雨繁手里,"这次,你来替我罚球。"

孟雨繁一愣:"我?"

"没错,是你。"刘方舟坚定道,"相信自己,这一球,你绝对能进。"

在队医的搀扶下,刘方舟一瘸一拐地下场了。

孟雨繁望着他离开的背影,握紧怀中的篮球,慢慢地走到了罚球线外。

他在八岁时,就决定把篮球当作毕生的追求,他早已数不清这十几年来,他灌入过多少球了,不论是罚球、三分还是扣篮,他都经历了上万次的练习。

但唯有这一次,他作为主罚手站在这条线外。

在这短短的十几秒里,所有人的目光都汇聚在了他身上。

队友的期待,对手的虎视眈眈,啦啦队的担忧,还有……

还有——满场的嘘声。

这就是客场作战的最大弊端。

罚球时,最需要投篮者心态稳健,但是每次客场作战时,总能听到观众席上传来排山倒海的喝倒彩声。

体育运动是最真实也是最残酷的,根本没有什么所谓的友谊第一比赛第二,这就是一场赤裸裸的战役,胜负有别,没有人会去关注输家。

两千人的观众席里,华城大学的亲友团仅有一百来人,他们的呐喊声是那样的微不足道,全部被盖了过去。

孟雨繁站定在罚球线后,篮球在他掌下弹跳,一下、两下、三下……

耳畔的嘘声也越来越大,孟雨繁告诉自己不要去听那些嘘声,可他微微加速的心跳,却泄露了他的紧张。

然而就在这一刻,就在满室"传媒必胜!"的呐喊声中,一道声音突然响起——

"孟雨繁！"

那声音是那样的熟悉，是他心心念念难以忘怀的声音。

"孟雨繁！"

他听过她的笑声，听过她的嗔怪，听过她的喘息。

"孟雨繁！加油！"

那道声音其实很小，小到根本无法和剩下的一千九百道声音抗衡，可是孟雨繁确确实实的听到了。

时间仿佛拉得很长很慢，他起跳、投球、落地。

篮球稳稳出手，在空中划过一道惊艳的抛物线。

然后，准确无误地投射进篮框里。

——球，进了！

可孟雨繁却无暇看球，他迅速转头看向了那道声音传来的方向。

只见在一片蓝绿色的海洋中，他的女孩冲到了第一排栏杆前，手里挥舞着一条红色的围巾和白色的手帕。

这是她翻遍浑身上下，唯二能凑成应援色的东西了。

杨笑就站在那高高的观众席上，低头对他笑着。

因为她个子矮，每次和孟雨繁说话时，都要仰头看他，唯有这一次，她低下了头，垂着脖颈望着他。

"恭喜。"杨笑用口型说，"球进了。"

教练曾说过，在赛场上，最重要的事情莫过于拿到球、射中篮框。

可比起射中篮框，孟雨繁更想射中杨笑的心啊。


中场哨声响起，孟雨繁只来得及和杨笑挥挥手，便被教练叫回了休息室。

十二个浑身臭汗的大男孩热腾腾地挤在休息室里，那味道别说多难闻了。

教练推出来一块移动黑板，在上面写写画画，讲解战术，黑板很快就被各种动线填满。

而在座位的最后一排，孟雨繁正在被两位球员两面夹击，非要让他

# 第十章 CUBA 比赛

交出杨笑的联系方式不可。

"繁子，繁繁，繁大哥……"黄晓柯亲亲热热地凑过来，一把揽住孟雨繁的脖子，"刚才那个在看台上的漂亮果儿，就是你说的那个小姐姐吧？"

他嘿嘿笑着："你姐姐长得可真好看，她多大了？在读书还是在上学？有没有男朋友？"

周围的其他队友赶忙支起了耳朵，一双双眼睛全部盯着孟雨繁，简直像是一群饿狼。

孟雨繁心里又懊又悔，刚才罚球成功的喜悦瞬间消失。他怎么忘了，笑笑姐又美又飒，一出场保证吸引所有人视线。

杨笑只能是他一个人的，给这群饿狼牵线搭桥？想都别想！

孟雨繁不高兴地说："你们都在想些什么？笑笑姐有男朋友了！"

"笑笑？哎呀，连名字都这么好听！"黄晓柯脸皮很厚，春心荡漾地说，"她有男朋友又怎么了？又不是结婚了，我等着他们分手不就好了嘛！"

分手！

孟雨繁心想，笑笑姐怎么这么招人？他还没和她在一起呢，居然已经有人等着他们分手了！

他正要怼回去，突然间，一枚短短的粉笔头破空而来，砰一下准确无误地击中了孟雨繁的额头中心。

孟雨繁痛呼一声，皮肤肉眼可见的红了一大块。

"聊什么聊，笑什么笑？"黑板前，武教练怒目而视，"中场休息是让你们调整状态迎接下半场比赛的，不是让你们闲聊天的！孟雨繁，上半场状态不错，但是阶段性的胜利不是真正的胜利，绝对不能松懈！"

"哦……"

他委屈地揉了揉额头，心想，革命尚未成功，他一定会继续努力的！

看台上，杨笑探出大半个身子，一直盯着队员们离开的方向。

直到休息室大门关上、孟雨繁的背影消失在她的视线中，她才缓了口气,转身准备回到自己的座位。

吓!

身后,无数双眼睛虎视眈眈地盯着她,没有一个人出声,但每个人的脸上都写着同样的一句话:这哪里来的奸细?又出去杀了!

刘悦月那个没良心的,拿充气棒挡着自己的脸,左顾右盼,就差脑袋上插一个小旗子,上书:我不认识她。

没办法,谁让杨笑这么高调,居然在敌营之中主动暴露了身份,当然要经受这些目光的洗礼了!

不过,杨笑可没把这群还在读书的小屁孩放在眼里。

她拍拍手上不存在的灰尘,淡定道:"看什么看?没看过这么漂亮的女间谍吗?"

然后她便优雅地转过身,把那些奇奇怪怪的目光全部甩下,踩着高跟鞋,咔哒咔哒地离开了传媒大学的观众席,走向了那片红白色的——小池塘。

没办法,人家传媒大学粉丝团人多势众,人家组成的才叫"海洋",华城大学只来了那么一丢丢人,只能勉强算是"池塘"了。

见她来了,池塘里那一百来双眼睛全部落在了她身上。

真奇怪,她被传媒的学生盯着时,气定神闲,不慌不忙,可到了华城的地界儿,她居然感到了些许的紧张,浑身上下都绷得紧紧的,那感觉就像是新嫁娘第一次见公婆似的。

"来来来,在这儿坐!"有人热情地腾出了中间最好的空位,还给她递来了应援的小旗子。

杨笑讷讷接过,尴尬地挥了两下。

坐她后面一排的是位五十上下的妇人,看样子应该是下面哪位球员的妈妈。

那位妈妈问:"小姑娘,你也是球员家属吗?"

呃……球员家属?

"算、算是吧。"她硬着头皮回答。

"我听你喊的是孟雨繁,就是刚才罚球的那个吧?"那位妈妈热情地说,"我是刘方舟的妈妈,刘方舟,你知道吧?"

刘方舟?刘方舟是谁来着?

杨笑绞尽脑汁地回忆了一下,哦,对,刚才那个被扶下去的队长好像就叫这个,他胸口印着名字,要不是杨笑记性好,可真想不起来他。

"您儿子的腿怎么样了?"

"唉……"刘妈妈叹口气,"医生说没什么大事,但是需要静养一周。打篮球嘛,虽然他自己说磕磕碰碰难免的,但是我这个当妈的还是蛮心疼的。"

杨笑顺着刘妈妈的话寒暄了几句,声音稍稍有些大,坐在看台第一排的人闻声望了过来,和杨笑对上了视线。

杨笑一愣,这才发现第一排的那几个高个子男孩都是华城大学篮球队未上场的队员,而回头看她的人,正是徐冬!

他看她做什么?这家伙不仅自己打野球,还要拖孟雨繁下水,甚至还误解孟雨繁,打了他一拳!这种人,禁赛都是轻的,就应该直接逐出篮球队才对。

可徐冬像是天生长了厚脸皮一样,居然还冲她打招呼:"笑笑阿姨?没想到你也来了。"

杨笑淡定道:"嗯,今天刚好没什么事,就过来看你姨夫打篮球。"

徐冬脸色一暗,又转回了头去。

杨笑身旁的刘妈妈一脸好奇,看样子非常想知道"阿姨""姨夫"这个称呼究竟是怎么回事。

所幸,就在此时,全场灯光突然暗了下来,场内音响里传出了动感撩人的旋律——只见两排青春靓丽的小姑娘挥舞着手里的彩色毛球,踩着节拍,冲向了篮球场中央。

华城大学啦啦队表演开始了!

啦啦队的小女生们平均年龄只有二十岁,鲜嫩无比,她们扎着高马尾,穿着红白双色的超短裙,蹦蹦跳跳的样子格外可爱。

她们一出场,瞬间就夺去了所有人的视线,毕竟,这世上谁不喜欢看美女啊?

## 男友请就位

别说在场的男生喜欢看了，就连杨笑身旁的老阿姨也看得津津有味，还非要拉着杨笑一起看。

所有女孩都穿着同样的衣服、画着同样的妆容、梳着同样的高马尾，但是在这样的"复制粘贴"之下，其中一个居 C 位的女孩，吸引了所有人的注意。她是所有啦啦队队员之中长得最漂亮的那个，跳舞的动作也最到位，和她相比，其他人仿佛都成了她的伴舞。

"那是她们啦啦队的队长。"刘妈妈用熟稔的语气介绍。

音乐节奏越来越快，鼓点越来越密集，整场表演也达到了高潮——

只见其他几位女孩子组成金字塔状的人墙，那位漂亮队长动作矫捷地攀到金字塔顶峰，然后纵身一跃，居然飞到了空中！

全场惊呼！杨笑更是情不自禁地握紧了前面的前面的椅背，眼睛都不敢眨了。

女孩的身体在半空中惊艳旋转，然后又在地心引力的召唤下飞速下落。

还好，早有三人在下面接应，女孩准确无误地落在了垫上，落地后紧接着一个绞柱翻身，漂漂亮亮地完成了这个动作！

掌声雷动。

杨笑鼓掌鼓得手都疼了，她必须承认，和上半场看几个男人追着一个球相比，还是看漂亮妹妹们跳高空大腿舞更有趣一些。

有工作人员为啦啦队队长送上了一捧象征纯洁的白玫瑰，她笑着接过，带领队员们向观众行礼。

很快，场馆内的大灯亮起，原来不知不觉间，中场休息的时间已经过了，下半场比赛即将开始。

两侧休息室大门同时打开，主队、客队球员们分列两行，鱼贯而出，而华城大学带队走在最前方的，正是孟雨繁！

这一次，他一出场，眼神便落在了自家看台上，准确无误地自人群中捕捉到了杨笑的身影。

刘妈妈轻声道："哎呀，他在看你呢。"

杨笑脸上火辣，赶忙起身，挥舞起红白色的校旗。

台上台下，他们的眼神纠缠在一起，没有一个人舍得离开彼此的视线。

可偏偏在此时，一道突兀的身影出现在了孟雨繁身边。

只见啦啦队队长怀抱玫瑰，在场中所有观众的瞩目下，羞涩地停在了孟雨繁身前。

她高举双手，把那捧玫瑰递上，她未说一字，但绵绵的眼神已经泄露了她内心的所有想法。

孟雨繁愣住了。

他看看玫瑰、看看啦啦队队长，又看看身旁起哄的队友。

然后……他僵硬的、一点点的、如卡顿的游戏人物一样，慢慢抬起头，看向了观众席的杨笑。

杨笑面无表情地坐回了原位，双手一绞，只听"刺啦"一声，她手里的校旗便碎成了两片破布。

他浑身一抖，赶忙看向还等着他回应的啦啦队队长。

"谢谢你的花。"他在女孩欣喜的目光下接过了那捧玫瑰，憨憨地说，"这玫瑰我女朋友肯定会喜欢的。"

看台距离篮球场不算很近，两千双眼睛只看到孟雨繁接过了啦啦队队长的玫瑰，却听不到他们说了些什么。

就在大家以为故事获得了"大圆满结局"之时，啦啦队队长突然眼眶一红，捂住脸哭着跑开了。

所有人都诡异了。

他究竟对她说了什么，是拒绝了，还是答应了？要是拒绝了，为什么孟雨繁要收下花？要是答应了，啦啦队队长为什么又哭着跑走？

就在大家议论纷纷之际，孟雨繁做出了一个出人意料的举动——

只见他抱着那捧花，快步走到了己方看台前，接着他高举双手，把花束穿过护栏，递给了坐在第一排的未上场队友。

然后，他指了指花，又指了指坐在后排的杨笑。

队友露出了一个心领神会的微笑。

就这样，花束从第一排传到了第二排，从第二排传到了第三排……

## 男友请就位

在一双双手的不懈接力下，这捧玫瑰就这样传到了杨笑面前。

杨笑望着那捧花，想接，却又不敢接。一时间，仿佛整个篮球馆都变得静谧无声，只剩下她自己的心跳声。

扑通，扑通，扑通。

"你赶快拿着呀！"刘妈妈比她这个当事人还兴奋，甚至替她从前排拿过那束花，还大咧咧地塞进了她的怀里。

满满一捧玫瑰落入怀中，包装纸沙沙作响——刚刚静音的世界，突然又回来了！

她被无数道声音包裹住，可她却无暇理睬。

她望着怀里的这捧玫瑰，两只手僵硬地端平，又小心翼翼地收拢，直到指尖被玫瑰花身上的刺扎到，她才迟钝地轻叫了一声。

这不是杨笑第一次收到孟雨繁送的花，可这是第一次在这么多人的注视下收到他的这份心意。

她抬头看向篮球场里的孟雨繁。

男孩两条胳膊挥舞着，夸张地向她摆了摆，冲她露出了一个说不清是傻气还是帅气的微笑，不等她回应，他便在教练的哨声中，跑到场边集合了。

杨笑想，他这是什么意思？居然把他的追求者送的花，转送给她？这种借花献佛的把戏，以为她会开心吗？

女孩一边腹诽着，一边低头轻嗅，白玫瑰香气扑鼻，沁入心脾。

——嗯，真香。

杨笑偷偷把嘴角的笑容，藏进了花束里。

至于其他人的目光，她就装作没看见吧。

上半场结束时，孟雨繁通过一粒罚球，艰难地把两队比分扳平，他这个举动，让传媒大学篮球队顿觉脸上无光。

这可是传媒的主场！主场！台下这么多学生粉丝在看着，如果在自己主场还拿不到优胜，那他们篮球队在学校里绝对抬不起头来了。

于是下半场刚一开场，他们队的教练就派出了MVP小前锋＋坦克大前锋的双重保险，攻势凶猛，势必要找回自己的主场优势。

按理说，华城大学队在已经损失一名得分后卫，而且这名后卫还是球队队长的情况下，应该不敌传媒大学才对，但不知怎的，传媒大学的进攻屡屡受挫，等到第三节结束时，居然只灌进了任球，和华城大学的差距微弱。

而这一切的原因，就是那个在篮框下格外活跃的孟雨繁！

"不错啊繁子。"场旁的休息位上，黄晓柯看向身旁汗津津的孟雨繁，揶揄道，"啧啧啧，看来还是要靠爱情的滋润嘛！你今天完全超常发挥，光是三分就灌了好几个。"

孟雨繁哪想到他会这么说，矢口否认："我不是，我没有，你别瞎说。"

"就别装了。"黄晓柯撞了撞他肩膀，挤眉弄眼地指了指杨笑的方向，"花都送出去了，还'姐姐'呢？我看这不是'姐姐'，是'经常请吃饭的漂亮姐姐'吧。"

孟雨繁没听懂，茫然反问："你怎么知道她经常请我吃饭？"

"嗨，我说的是那个韩剧，《经常请吃饭的漂亮姐姐》，没看过？讲姐弟恋的！"黄晓柯说，"上半场的时候我就看出来你们不对头了，啧啧啧，繁子，你够可以的啊，闷不吭声就交往了一个大美女，又成熟又火辣！咱学校的啦啦队队长虽然漂亮，但和她一比，那完全就是个小丫头，不在一个水平线上……"

黄晓柯还想继续往下侃，可就在这时，他们两人身后响起了武教练幽幽的声音：

"黄晓柯，孟雨繁，我看你俩是休息够了？都有心思讨论韩剧了？"武教练冷笑一声，抬脚，给他们俩的屁股上一人按了一个脚印："休息够了就给我滚上场！还剩十分钟比赛结束，都给我打起精神来！"

别看一场篮球比赛只有短短四十分钟，但是加上中间的换人、休息、罚球、裁判上场等等环节，就会把整个流程抻长到两个小时左右，而整场比赛的最后十分钟，也是过得最漫长的十分钟。

体力、精力即将耗尽，每一次带球过人，每一次跃起扣篮，每一次抢篮板，都是对意志力的极大考验。

为了消磨敌方体力，双方选手都会用尽各种办法拖延时间。正规比赛上不会有人出脏手，但他们会故意引导对方球员犯规，这样就能为己方争取罚球机会。

"sui——"哨声响起，这次犯规的人，居然是孟雨繁！

刚刚两方抢篮，孟雨繁跃起时，手肘挥舞过大，擦着对方球员的头发而过！

但杨笑却觉得，明明是那名个子矮的球员防守时靠太近，起跳又太晚，才会差点撞上孟雨繁手肘的……

而就是这么一个动作，眼尖的裁判立刻吹响哨子，给了孟雨繁一个犯规。

只见裁判双手举过头顶，右手攥拳，左手握住右手手腕，做出了一个有些怪异的姿势。

在见到这个姿势后，武教练和孟雨繁立刻追向了裁判，俩人眉头紧皱，据理力争，不知道在说些什么。可裁判的哨子已经吹响，绝对不可能再收回，孟雨繁的申诉自然被无视了。

杨笑对篮球规则一知半解，但她见到孟雨繁和教练这么紧张，也能看出形势不妙。

"这是怎么了？"杨笑问身旁的刘妈妈，"我看之前场上也有几个队员吃了几个犯规，教练都没这么紧张啊。"

"因为这个犯规不一样。"刘妈妈担忧极了，"前面那些都是'技术犯规'，严重程度相当于足球里的黄牌，这个是'违体犯规'，相当于红牌，你说武教练能不着急吗？"

"违体犯规？"

"简单来讲，技术犯规指的是没有身体接触的犯规，违体犯规则是有身体接触的犯规！"刘妈妈自小看儿子打篮球，这些规则熟记于心，"你看，刚才繁子明明没有接触到那个人的身体，只接触到头发，按照规定应该是技术犯规的……可是那个裁判却裁定他是违体犯规！这就是明显的'主场哨'啊！"

所谓主场哨，再赤裸一点来讲，就是拉偏架了。

"违体犯规"事态严重,可一不可再,连吃两次就要罚下场了!

杨笑这才明白事态的严重性。

等到再次开场后,孟雨繁显然"安分"了不少。小前锋是全队的得分主力,他们已经损失了一个得分后卫,不能再损失他了。

故而,几次带球进攻时,当孟雨繁看到传媒的队员包抄上来后,他都明显动作停滞,不是转身传球给队友、就是仓促出手,整个进攻节奏都被打乱。

武教练又急又气,赶忙把孟雨繁替换了下来。

"教练,我……"

"你怎么回事?"武教练劈头盖脸一顿骂,"一个犯规而已,就把你吓破胆了!节奏呢,状态呢,这么畏首畏尾像什么样子!……你给我老实在椅子上待着,好好想想应该怎么打球,想不出来就别上场了!"

孟雨繁被骂的抬不起头来,垂头丧气地坐在场边。

说实话,若是在其他比赛上,他即使吃了两个犯规也不会往心里去,可是这场比赛,笑笑姐在看着他啊……要他真的再拿了一个犯规,被罚下场了,她会不会特别失望,特别看不起他?

这么想着,他偷偷回头看了眼观众席——呀!笑笑姐什么时候又冲到第一排来了?

第一排早就被篮球队的其他球员占满了,杨笑没有地方坐,干脆站到了旁边的台阶上。她大大方方地立在那儿,若大家想看,那就随便他们看吧。

只见女孩一手抱着玫瑰,一手举着一个iPad,荧光色的字幕在屏幕上滚动,组成了一句话。

——"除了玫瑰,我还想要冠军!"

她望着他,嘴唇微动,反复地念诵着这句话。

不就是一次犯规吗?杨笑不希望这次犯规成为孟雨繁前进脚步上的障碍,若是因为担心犯规就束手束脚,连进攻都被削弱的话,那又有什么意义?

大屏幕上,时间只剩下了最后一分半了,本来体育运动就很容易引发矛盾，两方队员发生过好几次激烈碰撞，裁判吹哨都吹累了，送出的犯规不知道有多少。

武教练终于行使了最后一次换人权利，把孟雨繁换到了场上。

"咱们现在落后三分。"武教练嘱咐他，"守住外线，其他队员会给你创造进球机会，争取追平！"

最后九十秒，人困马乏，又是客场作战，反败为胜的机会太渺茫，不如押注追平，等待加时赛再决一胜负。

"……可是教练，我不想追平。"孟雨繁扔下毛巾，迈步走上球场，"我想赢。"

最后九十秒，注定是充满奇迹的九十秒。

孟雨繁一上场，这位出众的前锋就把进攻节奏牢牢地抓在了自己手心，速度快得像是一道闪电，迅速就逼到了篮下。

之前让他吃了大亏的那位敌方球员紧紧追在他身边，想要故技重施，再让他吃一个犯规才好，可孟雨繁却在起跳的同时，大手一勾，把球传向了队友！

这么一个精彩绝伦的假动作，果然骗过了所有人，篮球穿过人缝，飞向了早就等候在旁的队友。

队友紧随其后，立刻起跳，果断出手——球进了！

这一球，立刻追上了两分的差距，现在传媒大学只领先他们一分了！

看台上，传媒大学的学生们发出了一阵遗憾又惋惜的叹息声，甚至有几个男球迷，骂出了难听的国骂。

而坐在他们正对面的华城大学亲友团，每个人脸上都喜气洋洋的，手里不停地挥舞校旗，开始大声给自己支持的队员鼓劲打气。

急速强攻让孟雨繁的头发再次被汗水打湿，他撩起篮球运动衣的下摆，胡乱抹了一把脸，紧实的八块腹肌一晃而过，麦色皮肤只在灯光下出现了一秒，就又消失在众人的视线当中了。

孟雨繁能够赢球，杨笑比任何人都要开心，自家男朋友在球场上大放异彩，她这个做主人的当然与有荣焉了！

可当她把视线转向场边时，却见场边的武教练眉头紧皱，明明他们距离得胜只有一步之遥，可他的神情并不轻松。

"这是怎么了？"杨笑小声问身旁观战的篮球男孩。

被她搭话的队员早就偷偷瞄了她好几眼了，见她主动和自己说话，他的脸一下红了，诚惶诚恐道："你看，虽然只剩下一分差距了，但是时间也快用完了啊……"

可不是嘛，墙上挂着的时间版清清楚楚地显示，整场比赛就剩下最后三十秒了！

一天有多少个三十秒？放在平时，恐怕连个懒腰都伸不完，但是在赛场上，这三十秒就像三十年一样漫长。

杨笑虽然不懂篮球，但是就连她这个外行人都能看出来，赛场上的气氛突然变了。传媒大学转换了策略，他们不再进攻，而是把所有人都收到内线，把整个篮下护得固若金汤。

对于他们来说，他们已经提前占领了高地，只要能稳住优势局面，能赢一分也算是赢！

华城大学几次突破，都被拦了回来，有一次中锋甚至都冲到了篮板下，可是却无论如何都找不到进球机会，只能仓促出手，结果自然是被对方的前锋挡了回来。

篮球弹回，经过一系列的抢攻，最后一次回到孟雨繁手中。

而这时，时间仅剩下三秒了——大坦克采取紧迫盯人态势，与孟雨繁的距离不超过三十厘米，这么狭小的距离，即使孟雨繁想要投三分，估计还没抬起手就要被拦下了！

他们离得是这样近，孟雨繁可以清楚看到对手脸上的每一个细微表情，只见大坦克脸上露出了一个轻蔑的笑容，仿佛已经胜券在握了！

电光火石间，孟雨繁身子突然向前一俯，做出了向前强冲的姿势，然而篮球却并未飞向前方，而是自他胯下穿过，这是一记强有力的运球！

紧接着，他完全摆脱了惯性，身子往后一跳，居然生生与大坦克拉开了一米远的距离！原来，刚刚那一切都不过是佯攻而已，他从始至终都未打算突破两米多高的敌手，只是为了虚晃一招罢了。

在拉开距离的同时，孟雨繁后撤步跳投出手——三分入篮！

同一时间，倒计时牌和记分牌上的分数都有了更新——101：99！

这是不折不扣的压哨三分，如果孟雨繁多犹豫一秒，如果他手抖了一下，如果……但是，没有如果，孟雨繁在哨声响起前，成功地投入了这枚后撤步三分球！

惊心动魄的九十秒，场上的形式就这样发生了逆转。

原本主场作战占据优势的传媒大学队，居然在他们近两千名支持者的眼皮子底下，就这样失去了宝贵的积分！为了声援他们，观众们嗓子都喊哑了，他们亲眼见到自己喜欢的队伍痛尝败果，这滋味着实难受。

一时间，整个看台上都弥漫着一股沮丧的气氛，有些女球迷甚至没忍住掉了泪。

不过体育比赛就是这样残酷，在一方落败的同时，也会诞生一方赢家。

赛场上，华城大学篮球队的年轻人们都开心疯了，原本坐在休息区的替补队员们都一窝蜂地涌向了场内，他们围住孟雨繁，这个薅头发、那个捶胳膊，简直像是过年了一样高兴。就连之前受伤的刘方舟，都在教练的搀扶下一瘸一拐地凑了过去，十二个大男孩吵吵嚷嚷，他们才不管什么低调不低调的呢，声音大到都要把体育馆的顶棚给掀翻了。

孟雨繁可是这场比赛的大功臣，他被所有队友簇拥在中间，大家笑，他也跟着笑，就这么笑着笑着，他忽然扭过头，明目张胆地透过人群的缝隙，看向了观众席上的女孩。

——太巧了，杨笑居然也在望着他。

两人视线一碰即燃，孟雨繁赶快收回了目光，耳朵却悄悄红了。

他在心里默默地想：他赢了这场比赛，他有让笑笑姐感到骄傲吗？

比赛结束后，华城传媒大学篮球队的更衣室里都充满了欢笑，武教练很大方的表示，他会向院里申请一笔经费，过几天带大家去烤肉店大吃一顿！只要是篮球队的队员，不管有没有出赛，都可以一起去吃！

他这个决定，自然引起了一片叫好声。

就在大家高唱校歌之时，偷偷开小差的孟雨繁拿出手机，悄悄给杨笑发消息：

> 雨过天晴：笑笑姐，谢谢你来看我比赛。
> 雨过天晴：不负众望[拳头][拳头]，我们拿到本场的优胜啦！

他敲敲打打，可那句"下场比赛你还会来吗"无论如何也不敢发出去。

就在他踟蹰之际，杨笑的回复来了——

> LOL：你换完衣服了吗？
> 雨过天晴：嗯，换完了，教练让我们在门口集合，一会儿有大巴车送我们回学校。
> LOL：你不要去集合了。

孟雨繁盯着这短短的五个字，发出了疑惑的一声："啊？"

不去集合，那他去哪里啊？

像是在解答他内心的疑问，一道声音自他背后响起：

"——孟雨繁，跟我私奔吧。"

孟雨繁惊讶转身，只见在路旁的大树后面，杨笑一只手挽着花束，笑得明艳张扬。

她不知一个人在这里等了多久，才能在孟雨繁刚一走出场馆的时候，就出现在他面前。

她快步走了过来，枫叶红色的呢子大衣拥住了她的身体，孟雨繁忽然有些后悔把那束白玫瑰借花献佛了——明明更衬姐姐的，应该是红色的花瓣啊。

杨笑腾出一只手直接去捉男孩的手掌，男孩却下意识躲开了。

只见他在自己衣服上使劲搓了搓手，然后才格外讨好地把手重新递了出去。

他道："刚打完球，手脏，都是汗。"

其实哪里会脏?

他掌心里都是陈年老茧,尤其是刚刚打完一场比赛,有些死皮都翻出来了。杨笑的指尖轻轻在他的掌心划过,复又与他十指交扣。

杨笑忽然手上用力,拽着他便往停车场的方向走。

孟雨繁跌跌撞撞跟在她身后,茫然问:"去哪儿啊?"

杨笑头也不回地答:"不都说了,带你私奔去嘛。"

"啊?"孟雨繁有限的脑细胞实在不能理解她的话,迟疑道,"可是咱们走了,刘悦月那边怎……"

话没说完,杨笑的脚步停下了。

她回头,眼神平静、冷清、肃然地看着他。

在那样的目光之下,孟雨繁居然不自觉地抖了抖。

她嘴角一抬:"哦……对了,小刘还约了你,这事我差点忘了。"

她嘴上说忘了,可那神色根本不像是忘了的样子。

在这一瞬间,向来迟钝的孟雨繁突然间智商感人,立即表忠心:"没、没事,她那边我可以推了!"

杨笑:"那多不好意思啊!"

孟雨繁立刻站直:"没没没没没事!我是说,没有笑笑姐重要!"

杨笑却不理睬他,自顾自从兜里掏出手机,打开微信,找到了刘悦月的账号。

她按下录音键,红唇轻启,凑近麦克风。

"小刘,刚才接到台里通知,咱们下周要播的那期节目压制出了问题,有几处音画不同步。你现在有时间吗?需要你回台里重新压一遍。"

杨笑可不是无中生有公报私仇,这期节目确实出了点小问题,需要刘悦月加班重新压制一遍。只不过……她把明天的加班需求挪到了今天而已。

半分钟后,杨笑的手机里蹦出一个表情包,刘悦月发了个兔子敬礼的标志,底下写着一行小字:"保证圆满完成任务!"

可怜的小刘,刚刚经受了自己支持的球队主场失败的悲痛,下一秒就要回到公司加班……不错,不错,这么吃苦耐劳的实习生,看来以后可以多招几个。

"搞定"了小刘，杨笑看向孟雨繁，施施然问："大忙人，现在可以和我私奔了吗？"

孟雨繁赶快猛点头，重新把自己的爪子交到了杨笑手里。

杨笑仿佛脚下安了马达，拽着孟雨繁飞速走向了停车场。

红色的小别克停在地下车库之中一个最不起眼的角落，车顶上方的监控探头因为年久失修，早就结上蜘蛛网了。

孟雨繁担忧地说："笑笑姐，你下次停车别找这么偏僻的地方了，你看这摄像头都没有，要是遇到打劫的坏人……"

杨笑拉开车门，干脆利落地把他推进了副驾驶座。

"担心我被劫？你不如先担心你自己。"杨笑按下中控锁，只听滴滴两声，副驾驶位突然后退到最里侧，紧接着整个座椅突然放平，孟雨繁猝不及防之下，直接在地心引力的作用下躺倒在车里。

## 第十一章
## 公司倒闭了！

"什么！"唐舒格一声大叫，声音大到引起了玩具山的雪崩，"你又和你的小男友滚床单了！"

"错。"杨笑施施然躺在懒人沙发上，手里正拿着一本新鲜出炉的汽车杂志，她最近想买辆新车，原来的小别克空间太小，准备卖了，再加点钱买个 SUV，至于原因……那就不必说了，"我们可没有滚床单，我们只是滚了副驾驶座。"

"……别说了，你再说我就要有画面感了。"唐舒格扶着头，嘀咕道，"我下次再也不要坐你的车了。"

杨笑道："你不要总用那种我占了他便宜的眼光看我行不行？他一个二十二岁的大男人，要是不愿意的话，早就把我推开了，我又不能用强。"

唐舒格哼了声："现在成'大男人'了？之前还说人家是'小朋友'呢。"

她心有戚戚，从地毯上爬起来，握住杨笑的手，语重心长地说："笑笑，你……作为你的闺密，我肯定是无条件支持你的，但对于这件事，我必须提醒你，你最好适可而止，不要玩火自焚。"

没错，这种事是成年人的自由……但前提是，必须是上床之前就讲明白这是一场你情我愿的交易啊！孟雨繁连一次恋爱都没谈过，结果第一次就撞上了受过情伤的杨笑……他们两个人，真的能分得清，这是因肉体而起的迷恋还是发自真心的爱意吗？

唐舒格都替闺密犯愁。

杨笑不知道有没有听进去她的话，握住杂志的手停滞了几秒，又故作正常地继续翻书："你放心，我心里有数。"

## 第十一章 公司倒闭了!

唐舒格:……我看你心里没数!

不过她能怎么办啊,皇帝不急,太监急也没用啊。

杨笑有意逃避,不想再和闺密聊这件事。

也是巧了,她爸妈打来电话,刚好打断了她们的对话。

原来,有个亲戚给杨家爸妈送来一只散养鸡,又肥又大,杨妈妈立刻想到了女儿,让她带着孟雨繁回家吃饭。杨笑应了下来,和男孩商量好时间,一起回家。

杨妈妈一见孟雨繁,就心疼不已地说:"小孟,你怎么瘦这么多啊?"

杨笑闻言,端详了孟雨繁一会儿,发现男孩确实比初见时脸庞消瘦了不少。他一瘦下来,更显得棱角分明、面容端正,不笑时甚至隐隐透着一股凌厉劲儿,正是这股凌厉劲,支撑他在赛场上奔跑拼搏。

不过,他只要一笑起来,立刻就春暖花开了。

"是瘦了些。"孟雨繁挠挠头,"最近是赛季,运动量大,每周都有比赛,自然就瘦了。"

"哎呀,那可得好好补补。"杨妈妈赶快推着女婿进了餐厅。

杨笑无奈地想,究竟谁才是她亲生的呀。

她放下包包,换上鞋,走进了客厅,客厅阳台上,杨爸爸正望着远处,脸上表情有些凝重。

杨笑问他:"爸,你看什么呢?"

杨爸爸摇摇头,只说在看风景。

杨笑顺着她爸爸的视线往外张望,现在华城已经入了冬,到处都光秃秃的哪有什么风景可言,树杈子顶端堆着一个鸟巢,有小鸟在叽叽喳喳的叫。

挺萧条的。

杨笑见爸爸愁眉不展,还以为是家里出了什么事,但左右看看,没发觉有什么不同。

"爸,妈叫咱去吃饭了,快过去吧。"杨笑只能打断了父亲的沉思。

餐厅里,四口人围在餐桌旁,桌子正中间是用砂锅炖好的老母鸡汤,鸡汤清澈见底，光是闻一下，孟雨繁的肚子就咕噜噜叫起来了。

杨妈妈知道他胃口大，特地给他准备了一个加大号的饭碗，满满当当的米饭压得实实的，孟雨繁一边吃一边嗯嗯嗯的称赞。

和他形成鲜明对比的，是忧心忡忡的杨爸爸，大中午的，杨爸爸居然开了一瓶白酒，自斟自饮，辛辣的酒水在舌尖上化开，他越喝越不是滋味，面前的菜都没动几口。

"好好的……怎么会得这个病呢。"杨爸爸低声道。

杨笑耳尖，捕捉到这句话，她联想起刚才父亲的异状，忙问："爸，妈，到底你们谁生病了！"

孟雨繁也顾不上吃饭了，一双眼睛瞪得大大的，像是受惊的大狗。

"你真是的，当着孩子的面儿，说这事儿干吗？"杨妈妈轻轻拍了爱人一下，转过头来，又给杨笑夹了一筷子，"你别急，你爸说得不是我们，是你爸以前的老上级，徐伯伯。"

"……徐伯伯？"杨笑一愣。

她爸高中毕业后，被分到了现在这个厂子，带他的领导就是徐伯伯，对他亦师亦友，关系很亲，小时候徐伯伯还抱过杨笑呢！那次篮球赛，徐伯伯也去了，而他的孙子正是徐冬。

"徐伯伯得什么病了？"

"癌症。"杨妈妈低声道，"一直瞒着厂里，我们都不知道。几个月前他住院化疗，跟我们说是儿子儿媳妇接他去享福……我们哪里看得出来啊，之前家属运动会，他不也去了吗，当时看得多精神的一个人，哪想到都病得这么重了。"

杨爸爸说："我也是早上才知道这件事的，我和你妈商量了一下，癌症是大病，需要用钱的地方很多，他以前对我有恩，我想拿三万块钱去探望。"说着说着，他又难过道，"早知道他病得那么严重，我就不和他赌气争什么篮球赛冠军了……"

夫妻俩难过，杨笑听得也难受。

年纪大了，就会经历生老病死，虽然每个人都知道，这是人生必须经历的事情，但真正发生在身边了，才会明白命运无常。

## 第十一章 公司倒闭了！

孟雨繁抿着唇，低头看着碗里已经凉了的鸡汤，心里的滋味五味繁杂。徐冬曾经是他最好的朋友，虽然孟雨繁只见过他爷爷一面，但印象里，那是个很热情、中气十足的老头，没想到这种病居然降临在了他身上。

杨笑说："爸、妈，我还记得小时候，去厂里找你们，徐伯伯会给我拿糖吃……这样吧，我这边再添两万块钱，你们去看他的时候，也把我的心意带过去吧。"

谈及这么严肃的事情，饭桌上的人都没了胃口，匆匆扒了几口饭就下了桌。杨妈看着砂锅里剩下的老母鸡，连叫可惜，看来只能下顿热热再吃了。

吃完午饭，杨笑送孟雨繁回校。

她见孟雨繁没精打采的样子，就猜出了原因。

"你在替徐冬担心？"

"嗯。"孟雨繁承认，"我在想，会不会他去打野球赚钱，和他爷爷的病有关。"

徐冬家境普通，若是急着赚钱，一时失足走上捷径，也是很有可能的。

孟雨繁想了想，下定决心道："笑笑姐，我想帮他。"

"怎么帮？"杨笑反问，"你现在连自己的生活费都需要打工赚，你能有钱借给他？而且，你和他已经决裂了，你觉得他能接受你的钱？"

"不是啦，我家里有关系，认识很不错的医生，我可以介绍给他。"孟雨繁赶忙说，"他家里现在肯定在找癌症专家。"

"你可真是……"杨笑想了想，最终找到一个词，"心善。"

是的，心善，即使被曾经的至交好友背叛，但是当对方有难时，他还是会伸出手，拉他一把。

孟雨繁问："笑笑姐，在你心里，我是不是特别幼稚啊？总是不撞南墙不回头。"

杨笑却反问："那在你心里，你会觉得我老气横秋吗？总是不让你做这、不让你做那。"

"当然不会！"男孩大声说，"你明明是成熟又稳重，特别有魅力！"

她可以是百炼钢，也可以是绕指柔，孟雨繁短暂的二十二年人生里，从未在一个人身上体会过这么多不同的滋味。

而未来，孟雨繁也想在她身上，品尝更多的味道。

"其实……我爸妈总说，我从小就是四肢发达头脑简单，除了懂篮球，其他什么也不懂。"孟雨繁小声说，"他们都说，如果以后结婚了，一定要找个比我成熟的老婆管着我。所以，你现在愿意管我，我觉得挺好的。"

"噗……"杨笑没忍住笑起来，孟雨繁才多大啊，刚过法定结婚年龄，就想着结婚了？

"行吧。"她伸手，轻轻在他刺乎乎的头发上呼噜了一圈，怜爱地看着他的眼睛，温柔道，"雨繁，在你找到未来老婆之前，我就先替她管着你吧。"

孟雨繁回到宿舍时，刚好遇到了正要出门的徐冬。

两人皆是一愣，气压瞬间凝固。

自从武教练当众宣读了徐冬的处分之后，徐冬便变成了独行侠。前几届的师兄里也有偷偷打野球被发现的队员，但这是武教练头一次给予这么严厉的处分，大家都不知道应该如何和他相处。

徐冬和孟雨繁曾是最好的朋友，但现在他们两人，一个成为了CUBA赛场上的得分主力，一个却连正规赛场都无法踏入……这落差就如沟渠，一直横在那里，有人能够一步迈过，有人却会栽倒在那里。

徐冬见到孟雨繁，没有说话，低头锁门，转身便打算离开。

孟雨繁忽然叫住他："冬子！"

徐冬脚步没停，但是肩膀却很明显的僵硬了。

孟雨繁快步追上去，压低声音说："你爷爷的事情……我听说了。"

这次，徐冬停下了脚步，转过身来皱眉看着他。

"你从哪儿知道的？"

"我今天去了趟笑笑家。"孟雨繁怕刺激到他的伤心事，很谨慎地说，"吃饭时，我听笑笑的爸妈说的。他们单位里的人好像都知道了。"

## 第十一章 公司倒闭了！

徐冬嗯了一声，用一种很夸张的语气说："哦对了，我怎么忘了，你现在可是我'姨夫'了，我家的事儿确实瞒不过你。"

"徐冬！"孟雨繁见他这副阴阳怪气的样子，没压住火，"你能不能正常点儿！我是关心你，又不是嘲笑你！咱们就算是最普通的同学，我知道你爷爷病了，关心你一下不行吗？而且我从头至尾没有对不起过你，你到底要我说多少遍，我没有向武教练告密，我是绝对不可能出卖朋友的！"

徐冬没说话，脸上表情复杂，那天他在冲动之下打了孟雨繁一拳，因为那时的他认定，这件事他只和孟雨繁说过，武教练能知道，绝对和孟雨繁脱不了干系。

但是现在冷静下来，他逐渐意识到，可能这件事真的与孟雨繁无关。

而他和孟雨繁的关键矛盾，说来说去，只不过是"嫉妒"二字罢了。

是的……就是这么可笑，他嫉妒他五年里最好的朋友，嫉妒他的家世，嫉妒他优渥的生活，也嫉妒身为少爷的他，根本不理解他的选择。

孟雨繁问："冬子……你是因为要给你爷爷筹钱才去打野球的吗？"

徐冬很轻、很轻地点了点头。

治疗癌症并不是一笔小钱，而且他爷爷已经是中晚期了，他年纪大，那些在医保范围的国产药他用了之后有很明显的排异反应，只能买上万块钱一支的进口药。他们全家都是最普通的工薪阶层，徐冬和爷爷关系很近，当然希望能尽自己一份力。

而打野球，不仅能快速赚到钱，还能为自己多找一份退路，所以他才义无反顾地踏进了这个坑。

背了处分、没有入选 CUBA，没人能够理解他的痛苦，可是去打野球，他……并不后悔，这是当下的他，能做出的最好选择了。

他唯一后悔的是，当初不该把孟雨繁拉进来。

当时的他究竟陷入了什么样的思想泥潭？难道他要把自己的好朋友也变得同自己一样市侩又肮脏吗？

徐冬一直没有说话，孟雨繁并不知道他心里在想什么。

孟雨繁低声说："冬子，我家里认识很不错的医生，是有名的癌症专家,我一会儿把他的联系方式发到你手机上。"

徐冬心里无数话语翻涌,可最终那句对不起也没能说出口,他只能简短而郑重地说:"……谢谢!"

转眼就到了唐舒格的生日,非常不巧赶上了星期一,唐舒格不愿委屈自己,即使是周一,她也要请假!杨笑刚巧之前有加班的调休还没用,干脆陪她一起放假。

唐舒格举双手双脚欢迎:"笑笑最好了!咱们可以去吃顿大餐,再去看场电影,下午就逛逛街,拍拍照,喝喝奶茶……"

她的收藏夹里躺着一连串的餐厅,她左挑右选,终于下定狠心,要去吃一家人均五百的自助餐!

那家餐厅最著名的就是在入口处有一座用龙虾堆成的墙,无数网红在那座龙虾墙前凹造型拍照,唐舒格羡慕得要命,早就计划着去那里大快朵颐了。

杨笑揶揄道:"头一次见你这么大方。"

"嘿嘿……"唐舒格不好意思地说,"其实那家餐厅,寿星生日当天,三人同行、寿星免单。"

说来说去,还是抠。

杨笑问:"咱们只有两个人,哪来的第三个人?"

"叫上你的小男朋友啊!"唐舒格理直气壮地说,"他一看就很能吃的样子,吃自助餐,有这种实力派选手在,钱花的也值嘛!"

杨笑十分无语,可实在架不住闺密的撒娇,只能打电话给孟雨繁问他周一中午有没有空。

刚巧,孟雨繁周末刚结束了一场小组赛,成绩不错,周一可以休假,一听说杨笑约他见面,他立刻摇着尾巴答应了。

于是这天中午,孟雨繁背起运动包,精神十足地等在了杨笑和唐舒格的公寓楼下。

而且,他在得知今天是唐舒格生日后,还非常贴心地为唐舒格准备了礼物——一张她偶像的签名海报!

## 第十一章 公司倒闭了！

唐舒格捂脸尖叫："你怎么会有我的亲亲老公、我的完美哥哥、我的宝贝乖儿子的签名海报！"

孟雨繁说："他不是很喜欢篮球嘛，今年他去看 CBA 决赛的时候，我同学刚好是现场志愿者，就拿到了一张他的签名海报。"

幸亏那位同学不追星，孟雨繁请他吃了顿饭，就把这张海报要到手了。

唐舒格抱着海报又跳又蹦，她决定这张海报就是她的传家宝了！等她死了，这张纸也要和她一起火化！

杨笑见她这副模样，笑话她："开心了？"

"当然开心！"唐舒格踮起脚，伸直胳膊，啪啪拍着孟雨繁的肩膀，"行啊大兄弟，就这营业水平，我看了都心动！姐姐也不能白拿你这个礼物，这样吧，你要是以后来我们公司兼职，我会向上面打申请，给你提高分成比例！"

"什么？"杨笑插嘴，"原来你们公司还要抽成啊？"她还以为这是一个类似打车软件那样的租赁平台。

"以前是不抽的。"唐舒格神神秘秘地说，"可公司初始天使轮的钱已经烧完了，A 轮投资一直没到位，龙姐——就是我们老板——从两个星期前就决定抽成了。"

具体金钱方面的东西她也不懂，但是公司财务总监最近一直愁眉苦脸的。不过公司有没有钱，和唐舒格这种普通员工也没关系啦，只要能按时发工资，她就阿弥陀佛啦。

杨笑问："龙姐？原来你们公司老板是女的啊！"

"当然是女的呀！你觉得搞互联网的男老板，有哪个明白女性用户到底需要什么？要不是我们龙姐英明神武，你根本没机会和孟雨繁相遇呀！"她一摆手，"好啦，别提工作啦！我今天请假就是为了疯玩疯吃，再提工作，我会没胃口的！"

杨笑敲了她脑袋一下："你还没胃口？为了这顿，你从昨天晚上就没吃东西了！"

"吃自助餐前当然要饿啊！"唐舒格振振有词，"哪像你这个叛徒，今天早上居然还吃早餐？拜托，咱们今天可是要去吃人均五百的自助哎，是鳌虾不够大，还是海胆不够鲜，你有肚子为什么不留到那里吃？"

杨笑本来还想反驳，却见孟雨繁也用一脸震惊、受伤、被背叛的样子望着她，仿佛看到了什么不可理解的事情一样。

杨笑说："雨繁，你不会为了这顿自助餐，也从昨天晚上就没再吃过饭吧？"

"不。"孟雨繁掷地有声地说，"我从昨天中午就没再吃过了！"

唐舒格找到了盟友，格外兴奋，振臂高呼道："我们的目标是——"

孟雨繁也高举拳头，接话："——吃垮餐厅！"

唐舒格："我们的策略是——"

孟雨繁："——先吃贵的！"

唐舒格："我们的口号是——"

孟雨繁："——不吃白不吃！"

杨笑："我觉得你俩挺有默契也挺有共同语言的，要不然我退出，你俩结婚过日子去吧？"

三人说笑了一阵，就去停车场取车了。

他们三人里，唐舒格没有驾照，孟雨繁有驾照但几乎没有上过路，唯有杨笑是个老司机，车技一流，所以她也成了他们的专职司机，每次外出都要她来开车。

孟雨繁很有眼力见儿，主动把前排让给闺密俩，方便他俩聊天。

哪想唐舒格说什么也不坐副驾驶座，像是看到了什么洪水猛兽一样，连连摇头。

"不不不，我还是坐后面吧。"唐舒格拉开后排座位，刺溜一下就钻了上去。

杨笑奇怪极了："你不是晕车吗，每次都说要坐前排。"

唐舒格看看孟雨繁，特地趴到了驾驶座的座椅上，双手拢成小喇叭，聚在杨笑的耳边说："我现在一看到副驾驶座，就想到你俩……"

"——停！"杨笑也是要面子的呀，她通红着脸，一把捂住闺密的嘴，"坐后面就老实坐后面，别说话了，留点力气去吃东西！"

## 第十一章 公司倒闭了!

孟雨繁不知道她俩在嘀咕什么,傻乎乎地上了副驾驶座,两条长腿规规矩矩地并在一起,还像小学生一样拍了拍大腿。

可他明明已经这么乖了,还是被杨笑迁怒的瞪了一眼。

繁繁委屈,但繁繁不说。

很快,车子拐出小区,向着自助餐厅奔去。

那家自助餐厅在市中心最好的位置,周一中午正是最堵的时候,他们走走停停,一个小时了还没挪出去几公里。

唐舒格饿了一晚上,耐性随着堵车消失殆尽,她捂着咕咕作响的肚子,奄奄一息地倒在后排,嘴里直说胡话。

"我要吃蒸羊羔蒸鹿尾烧鸡腊鸭……"

杨笑认识她这么多年,还是头一次知道她居然有说相声贯口的天赋,看来饥饿和贫穷真是第一生产力。

她饿,孟雨繁更饿,男孩饿了整整二十四小时,全靠超强的身体素质才没有倒下,但也精神恹恹的,模样可怜的紧。

杨笑又心疼又好笑,幸好她车里还有提前准备的糖果,她趁着红灯,亲手剥了一块,塞到了孟雨繁嘴边。

"吃点甜的垫垫肚子,不要一会儿低血糖了。"

男孩听话的张嘴,舌尖一勾便把杨笑指尖的那颗糖果勾走了,他的动作很轻,真的像是一只温柔又懂事的大金毛,从主人手里叼走肉干时,只敢小心翼翼地用牙齿尖,生怕伤到她。

男孩也不知是有意还是无意,叼走糖果后,还轻轻用唇抿了抿杨笑的指尖。

温热的唇瓣含住女孩的手指,他喃喃道:"好甜……"

也不知说的究竟是糖霜,还是沾了糖霜的指尖。

杨笑像是被烫到一样,猛地抽回了手,她又赶忙看了后视镜一眼——还好,唐舒格正躺在后排装死,根本没注意到他们的小动作。

绿灯亮了,杨笑顾不上狂跳的心脏,赶忙驱动车子继续往前进。

好在,堵车只是一小段路程,等到熬过这个路口,前面的路畅通无阻。

胜利在望，唐舒格立刻精神起来，她从后座爬起来，扒在窗边，看着窗外飞驰而过的景色。

不远了……不远了……那家人均五百的自助餐厅就在前方！

等到了那里，她要先和龙虾墙合影，再拿两只龙虾，一只芝士焗，一只蒜蓉烤……

偏偏在这时，一阵急促的铃声，打断了她的翩翩幻想。

她不耐烦的拿起手机一看，发现手机屏幕上显示着同事的名字。

"靠！"唐舒格简直要烦死了，对着手机碎碎念，"不都说了我今天休假嘛？为什么就不能让我痛痛快快过个生日呢？"

可是抱怨归抱怨，作为社畜，工作电话是绝对不敢不接的。

她只能深深叹一口气，做好无数心理建设，用上坟一样的心情按下了接通键。

"喂？"

电话刚一接通，电波那边女同事的叫声就飙到了 high C。"唐舒格！出大事了！"

唐舒格根本没开免提，但这恐怖的音量依旧足够前排的孟雨繁和杨笑听清。

三人面面相觑，唐舒格忙问："出什么事了？是我休假之前做的那个 PPT 有问题吗？"

"都什么时候了你还惦记着工作？"女同事语带哭腔，"你、你现在赶快来公司一趟！我们所有人都在这儿呢！"

"到底什么事啊！"唐舒格看着窗外飞驰退后的景色，"我正要去吃饭。"

"——咱们公司倒闭了！老板带着男友卷款逃走了！"

唐舒格的手机没握住，啪一声摔腿上了。

唐舒格傻了，愣了，呆滞了，她现在满脑子都在反复播送着一句话——江南皮革厂倒闭了！王八蛋老板，欠下三点五个亿，带着她的小男友跑了！跑了！跑了！

杨笑立刻掉转车头，往唐舒格的公司开。

## 第十一章　公司倒闭了!

出了这么大的事情,唐舒格慌得六神无主,现在谁还顾得上吃海鲜大餐啊,他们随便买了点饼干垫垫肚子,立刻一头扎向公司。

公司位于创业园区,密密麻麻不知挤下了多少互联网公司,几乎每天都有新公司剪彩开业,或者是支撑不下去黯然摘牌。

每隔一阵子,都会有人举着条幅来讨薪,这种场面大家都见怪不怪——毕竟,互联网公司听起来洋气,本质上他们只不过是另一种形式的民工罢了。

公司租下了四分之一层的办公楼,员工有四十多名,分成客服部、市场商务部、研发部等几个执行部门,唐舒格就是市场商务部的,每天不是在跪资源,就是在跪资源的路上。

结果呢,跪来跪去,公司都给跪没了!

她留在公司的办公电脑里,还有她刚刚确定下来的资源排期,可是再也用不上了。

公司里乱成一片,满地都是垃圾,不少人正在往外搬东西,而且他们搬的都不是自己的私人用品,而是公司的电脑、打印机、桌子椅子等等办公用品,甚至还有人找了个推车,把公司的发财树都扛走了。

"舒格,你怎么现在才来呀!"一位女同事停在他们面前,听声音就是刚刚给她打电话的人,"警察录完笔录,都走了!"

"你们这是在干什么啊?"唐舒格茫然问。

"还能干什么,搬点东西回家,减少个人损失呗!"女同事气恼道,"咱公司一直是压一个月工资发的,加上这个月,整整两个月工资!老板现在卷款潜逃了,没办法,大家只能把公司里的东西分了!"

他们这样子,实在像是电视剧里,权贵人家失势后,仆人们搬东西疯跑的样子。

她好奇地看着唐舒格身旁的杨笑和孟雨繁,问:"这是你朋友?"

唐舒格点点头,先介绍杨笑:"这是我闺密,现在和我合住。"她又指向孟雨繁,"这是我闺蜜的男朋友,在咱们公司兼职过。"

"不会是劳务费没给,跑来讨薪吧?"女同事当即变了脸色,像是生怕被他们缠上一样,"老板跑了,劳务费的事情和我们无关。"

说完,她赶快脚底抹油,推着发财树溜走了。

不过在离开前,她好心叮嘱唐舒格:"屋里都快被大家搬空了,你也别愣着了,赶快挑点值钱的东西走吧!"

三个人面面相觑。

可是他们公司哪还有什么值钱东西啊?

桌子、椅子全被搬空了,就连柜子里的劳保用品都没了,除了地上的两个垃圾箱,就剩下窗台上两盆已经蔫了的吊兰了。

唐舒格呆呆地望着空荡荡的办公室,就在上周,她还在这里和同事们聊天谈笑,还在和合作商讨论下个季度的工作事宜,还在向老板汇报工作进展……

而现在,这里只剩下满地狼藉了。

她宛如幽魂一样向着公司深处走去。

为什么偏偏是她呢,为什么偏偏是今天呢?

她毕业之后换过这么多工作,每个公司都干不长,可这是头一次,她在生日当天失业呀!

杨笑和孟雨繁怕她出事,一脸紧张地跟着她,她走得快,他们就走得快,她走得慢,他们就走得慢。

就这样一步步的,他们走到了老板办公室门口,门外的墙上,还贴着"月度之星"的表彰黑板,唐舒格的照片贴在了"鼓励奖"那一栏。她告诉杨笑,这个月度之星的表彰人人有份,她的照片都在上面挂了好几个月了。

"糖糖……"杨笑担心极了,唐舒格虽然是个乐天派,但不代表她永远大大咧咧不知愁啊。

唐舒格如梦游一般推开了老板办公室的大门,而门内与外面一样,所有东西都被搬空了,地毯上的压痕证明,就在不久之前,这里还放着一张老板桌和老板椅。

墙上挂着一副狂放的毛笔字,杨笑辨认许久,才发现上面写的是——"出任CEO!迎娶'小狼狗'!"

必须承认,这位卷款潜逃的老板,还真做到了。

## 第十一章　公司倒闭了!

三人静默地站在老板办公室内,一时间谁也没有说话。

就在这时,屋内突然传来了一阵极为诡异的声音——像是有谁在用指甲,抓挠木板!

一瞬间,杨笑身上的鸡皮疙瘩唰一下就起来了。

唐舒格嗷一嗓子就叫出来了:"什、什么声音!"

像是在回应她一样,那阵指甲挠门的声音,越来越响、越来越响、越来越……

关键时刻,孟雨繁挺身而出,他立刻挡在两位女孩面前,把她们护在了自己身后。

"别害怕。"男孩沉声道,"我来保护你们。"

唐舒格瑟瑟发抖,几乎要把整个脑袋都扎在杨笑怀里,杨笑一手搂着她,一手抓着孟雨繁的衣角,三人紧紧靠在一起。

屋里空荡荡,孟雨繁连个趁手的武器都找不到,只能赤手空拳护在胸前。

他的眼睛在屋里每个角落逐一看过,最终落在了一扇柜子上。

那是非常常见的陈列柜,上面三层是百宝格,下面是一对双开门的柜子,空间不算大,从外面看去,里面应该不足以藏人。

指甲挠门的声音更大了……

孟雨繁眉头微皱,小心向着那个方向迈出了一步,然后伸出手,准备打开柜门。

杨笑也被吓到了,她紧紧抓住孟雨繁的衣角,不住说:"别去、你别过去,咱们还是走吧。"

唐舒格哇哇大叫:"孟雨繁!你知不知道像你这样好奇心重的肌肉型男,在恐怖片里都会是第一个死的!"

可孟雨繁却没有听她们的劝告,大掌缓缓贴上柜子把手,然后猛地一拉——

只见一只金色的毛茸茸的大家伙从柜子里蹿了出来,摇头摆尾直接冲进了孟雨繁的怀抱!

没错,柜子里藏着的居然是一只漂亮的大金毛!而刚刚指甲挠门的声音,也是它搞出来的乌龙。

狗狗一身长毛飘荡,颜色浓郁的简直像是揉起来的一团太阳光。因为贪玩钻进了柜子里,它身上蹭了不少灰,可即使这样,也不能掩盖它的帅气潇洒。

杨笑头一次知道,原来一只狗也能用"英俊"这个词来形容。

可是老板办公室的柜子里,怎么会有一只金毛?

"大圣,是你吗?"孟雨繁惊喜地挠挠它的下巴,换来了金毛犬热情奔放的扭尾舞。

唐舒格也不害怕了,立刻凑过去,左看右看,说:"确实是大圣哎!我以为老板会把它带走呢!"

杨笑晕乎乎的:"大圣?你们都认识这只狗?"

唐舒格忙道:"笑笑,你忘了?我和你说过的,我们公司开展了各种场景叠加套餐,可以送奶茶、送玫瑰,还能带着狗去接你下班——喏,这就是我说过的那个指名率No.1的金毛犬。"

杨笑隐约想起来,确实听唐舒格提过这件事。

当初,刘悦月找孟雨繁帮忙讨薪时,就是带大圣一起去的,要不然孟雨繁也不会认识它。

杨笑看着这只热情又聪明的英俊狗狗,由衷道:"这狗长得可真帅!"

它脖子上还有一只项圈,上面连着一个小领结,非常绅士。

"那当然!"唐舒格说,"大圣可是有血统证书的!老板总说,你别看只是一条狗,它至少值两万块钱呢!啊!"

唐舒格的眼睛突然亮了。

她看看狗、看看杨笑,再看看狗、再看看杨笑。

她眼睛眨啊眨,拿出了今天对待餐厅经理的楚楚可怜的眼神,疯狂暗示起来:"笑笑,你看这只狗,像不像我被拖欠的工资?"

杨笑瞬间明白了她的意图,立刻拒绝:"不像,当然不像!你的工资难道能吃能喝能掉毛吗!"

"笑——笑——"

"不行,家里有你这么一个掉发狂魔就够了,不能再来一个了。"杨笑冷酷拒绝，"再说，养大型犬不是一拍脑袋就能决定的事情，它和小狗不一样，它需要特别多的运动量。你觉得咱们两个人，谁有时间每周带它去草坪疯玩一下午？"

她并不是独断专行的法西斯，若这是一只体型袖珍的小型犬，或者是一只猫，杨笑都会同意闺密养。但金毛可是大型犬！杨笑实在不喜欢运动，她是绝对不可能为了一只狗在阳光下暴晒几个小时的。

唐舒格被她说服了，只能遗憾地看着这只乖巧伶俐的狗狗。

对不起，虽然她很喜欢它，但是她更喜欢在家躺着……

就在这时，孟雨繁忽然蹲下身，一把抱住了金毛犬。

狗狗热情的摇摇尾巴，伸出舌头欢快地给他洗脸。

"笑笑姐，"孟雨繁搂住怀里失散多年的同为哺乳类动物的亲兄弟，紧紧的不肯撒手，"你就养它吧，以后我负责每周带它出去玩，好不好？"

一直以来，杨笑都认为自己是一个铁骨铮铮的女汉子，不管面对多么可爱的女孩子对她撒娇，她也可以守住底线，冷酷地拒绝她们的请求！

可是，当对她撒娇的人变成了孟雨繁之后……她的理智总是会迅速的消失，晕乎乎地答应他的所有请求。

比如现在……

孟雨繁牵着金毛犬大圣走在小区的石子路上，唐舒格手里拎着一堆狗零食、狗玩具，不停地逗弄着狗狗。

杨笑默默跟在他们两人一狗的身后，实在不明白她是为什么会城门失守，允许让一条掉毛的动物住进她家的！

她一定是被孟雨繁下了蛊，否则，她怎么会一次又一次地在他面前丢掉自己的底线呢。

唐舒格今天的经历堪称跌宕起伏，她过了生日，又丢了工作……现在又有了一条狗！即使没吃到龙虾大餐也没有关系了！

她兴奋地说："现在它是我的狗了，我要给它改个新名字——你们觉得，是叫'工资'比较好，还是叫'两万'比较好？"

孟雨繁不同意："为什么要改名？大圣都两岁了，它知道自己叫大圣，根本不需要改名的。"

唐舒格:"大圣是我老板给它取的,一叫它这个名字,我就想起自己失业的事情……"她可怜巴巴地看向杨笑,要拉闺密站队,"笑笑,你说它叫什么名字好?"

杨笑淡淡说:"我觉得继续叫大圣就挺好的,正好你就像唐僧一样,总爱絮絮叨叨。"

唐舒格气道:"我早就知道,你这个家伙有异性没人性,你肯定是站在你男朋友那边啦。他是大孟,它是大圣,我看他们俩上辈子一定是亲兄弟呢。"

莫名被点名的孟雨繁,无辜地歪了歪头。

说起来,孟雨繁和大圣还真有那么一点神似:他们都有着同样湿漉漉、黑黝黝的眼睛,会特别专注地看着主人,任何人在那样的目光下,都会动心的。

他们从唐舒格公司回来的路上,顺便去了趟宠物医院,给大圣做了个全身检查,又洗了个澡。

唐舒格完全不顾自己即将见底的存款,买了一堆零食玩具,至于狗窝和大件的狗粮她也在网上下单了。

杨笑和她约法三章,鉴于这条狗是唐舒格执意要养的,所以遛狗、喂食、洗澡的任务都交给了她,不过在唐舒格实在抽不开身的时候,杨笑也会帮她分担遛狗的重任。

唐舒格提出抗议:"笑笑,你别以为我没看见:刚才你趁我不注意,把脸埋在它肚子上,吸了好几口狗了!你叫它乖狗狗,还挠它下巴来着!明明你也很喜欢它嘛,这时候把养狗的责任推开,你这样和那些只负责逗孩子、不负责养孩子的中年已婚男人有什么区别?"

"谁说我只负责逗,不负责养了?"杨笑施施然地挽住孟雨繁的胳膊,"雨繁每周末都会过来带大圣去狗狗公园玩一下午,保证它的运动量,这还不够负责?"

唐舒格:"大孟是大孟,你是你,哪里能够等同?"

"怎么不能等同了?"杨笑理直气壮地说,"他即是我,我即是他。"

孟雨繁自然向着她,他一手牵着狗,一手搂着杨笑,那姿势别提多

## 第十一章 公司倒闭了!

像人生赢家了。

唐舒格气得哇哇大叫,她早该知道,她根本就不用养狗,明明她自己就是一条天天吃"狗粮"的"单身狗"了!

三人一狗回到了杨笑和唐舒格的女生公寓,这并不是孟雨繁第一次踏足这里,但上次来是,他……

回忆起那晚的意乱情迷,男孩没忍住耳朵发烧,匆匆低头换了鞋,不敢再左右乱看了。

见他尴尬,杨笑也想起了那个晚上发生的种种事情,她轻咳一声,故作镇定地领着他来到了客厅里。

"你坐吧。"她为他倒了一杯水,眼神乱飘,"我打电话问问同城快递,看狗窝什么时候运到。"

孟雨繁伸手接过水杯,不知道有意还是无意,他的手指轻轻从她的手背擦过,杨笑手一抖,水杯没端住,洒了一点出来,刚好落在了孟雨繁的大腿上。

孟雨繁像是突然开窍了一样,轻声问:"水洒了,笑笑姐不负责擦吗?"

杨笑:这孩子究竟和谁学坏了!

她拿起桌上的纸巾盒扔在他手里:"——自己擦!"

孟雨繁委屈:"笑笑姐好凶哦。"

杨笑哼了声:"我的胸好不好,你不是早就知道?"

好吧,在真正的老司机面前,孟雨繁这点小招数根本撑不了三回合啊。

他们俩说话声音小,唐舒格神经粗大,一点没发现两人之间的暗潮涌动,她还沉浸在"终于有狗"的兴奋里,领着金毛犬在几个房间里溜达。

她们的房子,一会儿就转完了。

金毛很聪明,一会儿就记住了厨房、厕所、阳台的位置,唐舒格拉着它走到杨笑的卧室门口,很严肃地告诉它:"这里不可以进哦!这个姐姐很恐怖的,你要是敢在她屋里掉一根毛,她就会把你全身剃光光的!"

金毛仿佛真的能听懂她说话一样，当即吓成了飞机耳，尾巴也紧紧夹在了两条后腿之间。

杨笑抗议："你不要给大圣灌输这种偏见好不好？我也很喜欢它的。"

只不过，若它是一只不掉毛的狗，那她就更喜欢它了。

没过一会儿，快递打来电话，他们订购的狗窝狗粮已经由同城快递送到楼下了。因为东西太沉，快递不负责运送上楼，还好他们有孟雨繁这个壮劳力，男孩唰唰唰冲下楼，肩上扛着四十斤重的大袋狗粮，手里提着大狗窝，脚步如飞，看上去特别轻松。

有他在，两个女孩子都不用动手，很快孟雨繁就在阳台搭好了狗笼子，软绵绵的狗窝放在了笼子里，水盆、狗食也都装好了。大圣非常聪明，见笼子装好了，都不需要他们催，自己就甩着尾巴走了进去，甚至还会自己关上笼门！

养这么一条聪明的狗，实在是太省事了。

一下午就这样忙忙碌碌地过去了，转眼就到了晚上。中午的自助餐，杨笑和孟雨繁都没怎么吃饱，倒是唐舒格吃得肚子滚圆，现在还没消化呢。

唐舒格为了感谢他们，亲自下厨给他们做了一顿饭。

别看她平常像个小孩儿似的不靠谱，但她有个大优点，那就是特别擅长做饭。

杨笑和她同住了这么久，嘴巴都被养刁了，而且每周她都会煲靓汤，养颜清火、润肺明目，杨笑的皮肤能这么好，全是她的功劳。

孟雨繁被她这一手厨艺震住了，一碗连着一碗喝汤。

"唐姐的手艺真的太好了！"孟雨繁由衷称赞。

杨笑与有荣焉："这你就不知道了吧，糖糖会的可多了。她发在网上的菜谱点赞量可高了，而且她还会写文、P图、做视频剪辑，粉丝都称她是'太太'呢。"

"太太？"孟雨繁没搞懂，"唐姐结婚了？"

"噗……怎么可能。"唐舒格赶忙摆摆手，"三次元的臭男人哪有我偶像的一根头发丝好？我就算结婚，也要和我偶像结婚的！"

## 第十一章　公司倒闭了！

杨笑解释："'太太'就是她们圈里，粉丝对他们喜欢的博主的称呼，糖糖的微博粉丝有十几万人呢。"

唐舒格羞得连连摇头："你可别给我脸上贴金了，网上那点名气算什么啊，我要真这么了不起，也不至于像现在这样，毕业三年，一年至少换两个工作了……"

孟雨繁放下碗筷，忽然道："唐姐，我听笑笑说，你经常写文发到网上是吗？其实我看现在很多网络作家收入也不少，你有没有想过当全职作家啊？"

"全职？我？"唐舒格一愣，下意识地否认，"我不行的啊！我写文就是纯粹赚零花钱，要是当成工作去做，我肯定做不好的。"

杨笑这次又站到了孟雨繁的队伍里，她看向闺密，语重心长地说："糖糖，你不要还没尝试，就觉得自己做不到啊！现在是年底，这个时间不适合找工作，公司都是春节后再招人的——我看你不如这段时间就待在家里码字，先尝试一下全职写文，如果赚得到钱，以后就安心当全职作家，如果赚不到钱，明年开春再去找工作，怎么样？"

这是唐舒格从来没想过的一条路。

她写文纯粹是为了兴趣，以前码字都是三天打鱼两天晒网，赚到一点零花钱就很开心了。她去上班，并不是有多喜欢工作，而是觉得"既然大家都上班，那我也应该上班"才对。

可她的工作运实在太糟了，每次她投简历，看到自己工作经历上那一长串公司的名字，自己都觉得脸红。

但是……全职码字，成为一个职业作者？她真的能做到吗？

这个想法就如一道闪电，从天而降，突然就照亮了她的世界。

晚上，待收拾好厨房后，她浑浑噩噩地回到了自己的卧室，房门敞开，大圣溜达进来，卧在了她的电脑桌下。

她把脚塞进了它温暖的肚子下面，看着电脑屏幕上那一个个文档，无数思绪翻涌不定。

但是她要写什么？古言宅斗宫斗？穿越时空金手指？现代小甜饼？还是……

## 男友请就位

她打开了 word 文档,望着空荡荡的白色页面,手指像是有了自己的意识,自己动了起来:

《男友请就位》
作者:sugar 糖
第一章:惨遭劈腿夜半落泪,假男友贴身安慰

唐舒格信心满满地想,开篇就是热辣床戏,日更六千,这篇文绝对会红的!

写文嘛,闭关造车是要不得的,身为作者,总要从身边人身边事上汲取养分。

以前,唐舒格没少把杨笑说过的话、做过的事写进小说里,但这次可不一样——她这次,直接以杨笑和孟雨繁为原型创作了一篇爱情小说!

这篇文发到网上后,立刻引起了很好的反响。

唐舒格写了这么多年,读者群有了一定积累,读者们看到她从古言跨界去写现言,刚开始还有些遗憾,可当她们随随便便点开文案、随随便便试阅了几章后,立刻以倒栽葱形式掉坑,再也爬不出来了!

其中一条评论被无数读者顶到了最上层,追评好几百条——

"太太,我还没有蛀牙,继续发糖不要停!"

唐舒格乐得不行,每天都文思泉涌,码字码的停不下来。以前她都是熬夜写文,每次头发掉一地,现在呢,她五点就精神奕奕地爬起床,对着电脑啪啪啪打出几千字更新,不走神、不玩手机,别提多专注了。

就连编辑都表扬她,说她这篇文终于开窍了!

然而,唐舒格每次看到读者的表扬,都有点受之有愧。毕竟,杨笑还不知道这件事呢⋯⋯

虽然小说只有 10% 的内容和现实重叠,但终归是要告知她的。

然而唐舒格每次面对杨笑,都不知道该怎么开口,她实在不敢告诉

## 第十一章　公司倒闭了！

闺密，在她的小说里，女主角肚子里都有个叫大圣的宝宝了……

但伸头一刀，缩头还是一刀，唐舒格下定决心，一定要找个时间"坦承错误"。

只不过，找个什么时间好呢？

"笑笑，这周末大孟同学会来陪大圣出去玩吧？"唐舒格殷勤地凑过去，给杨笑捶背捏肩，"我的书成绩不错，要入V上架了。这篇文这么成功，离不开你俩的'帮助'，我请你们去馆子里撮一顿吧！"

杨笑没多想，随口道："帮助？我俩只是劝你全职写文，这算什么帮助啊？你成绩这么好，纯粹靠的是自己。请客吃饭就不用了。"

"用的用的！"

"真不用了。"杨笑回答，"而且刚刚雨繁给我打了个电话，他这周末来不了了，他们学校突然要给他们补课。"

"补课？他不都是研究生了吗，还要补课？"

"是啊，补英语。"杨笑恨铁不成钢地说，"我刚知道，他们队里一大半人，连英语四级都没过！现在英语考级证是和毕业证书挂钩的，华城大学管得严，雨繁读本科时就没拿到四级，当时他们教练向教务处打了好几个申请，才让他勉强保研成功的。现在华城大学在猛抓英语教育，要求他们必须在CUBA全国赛之前，把四级拿下。"

本来CUBA地区预选赛的赛程就很紧，孟雨繁每周要训练、要打比赛，现在还要挤出时间背英语单词……他只能先委屈大圣一段时间了。不过十二月份很快就要到了，等到预选赛结束，四级考完了，他绝对天天来杨笑家报到，带狗狗去公园疯玩！

第十二章

# 阴魂不散前男友

华城大学教学楼的某间小教室里，十几个人高马大的男孩别扭地挤在课桌后面，一双双大长腿根本无从安放。

大家或是趴在课桌上，或是在玩手机，面前的《大学英语》摊在桌面上，一个个都是心不在焉的模样。

就凭他们现在的状态，别说是考英语四级了，就算拿来一张高中的英语试卷，他们也考不及格。

没办法，体特生的大部分时间都耗在了篮球场上，不像普通考生那样有充足的精力去学习文化课知识。

在几科文化课中，孟雨繁最怕的就是英语课了，他连中文古诗词都背不明白呢，还学英语？桌兜里装着的四级单词红宝书，背来背去只背到 abandon，而且一合上书，他就忘了怎么拼。

孟雨繁垂头丧气地坐在那儿，宁可被教练再罚三百个投篮，也不愿多背一个单词。

现在老师还没来，教室里乱哄哄一片。

"烦死了，比赛这么紧，还要补英语，补个毛啊！"黄晓柯满口抱怨，《大学英语》盖在脑袋上，每一页都是崭新的，"学校就不能网开一面吗？让我背英语，还不如让我和传媒大学的大坦克再打一场比赛！"

刘方舟坐在第一排，他上半身几乎完全趴在了课桌上，两条长臂垂下来，无聊地揪自己鞋带玩。他的身体已经康复的差不多了，最近正在进行适应性训练，护膝套在膝盖上，大大的对勾标志印在上面。

刘方舟说："要是英语考试也能题题拿对勾就好了。"他叹了口气，问，"谁知道这次的老师是什么来头？"

## 第十二章　阴魂不散前男友

之前，学校也委派过英语老师给他们补课，但是来一个老师就被他们气走一个，老师嫌弃他们学习态度不端正，一个个都是榆木脑袋……不，他们都是漏勺脑袋！老师教的东西，他们一个都记不住，就像脑袋里有个漏勺一样，哗啦啦全流走了！

久而久之，再也没有英语老师愿意接这个苦差事，来给他们这群体特生上课。

一个男生支起身子，神神秘秘地说："我有内部消息——这次来的老师，是从外国语大学调过来的副教授！"

从另一所大学调过来的副教授？

这事可真少见。

"我也听说了！"黄晓柯接话，"听说这个男教授，脚踏好几只船，既有同校的老师，还有自己的学生！他把那些女人迷得团团转，后来这事儿不知道怎么回事，被他们学校知道了，准备给他一个处分，结果他家里有点背景，就找了个交换学习的名义，把他塞到咱们学校来了！估计让他避避风头吧。"

"这么厉害？"一个中锋艳羡地说，"这男的挺厉害啊！能同时让那么多个女人为他神魂颠倒，艳福不浅。"

他们都正处于荷尔蒙最活跃的年纪，黄晓柯的这番话，足够让他们浮想联翩了，谁都希望自己像那位教授一样，魅力非凡，左拥右抱。

可孟雨繁听了，却觉得特别刺耳。

"话不能这么说吧。"孟雨繁打断他们的黄色笑话，"这人明明是道德败坏，他同时玩弄好几个女孩子的感情，这叫什么厉害？照你们的意思，一个女人同时和好几个男人交往，你们也会觉得她了不起吗？"

"……大家开个玩笑而已，繁子，不用这么上纲上线的吧！"队长刘方舟赶快打圆场，"再说了，男人嘛，有谁没幻想过这种事儿啊？就像皇帝一样，三宫六院七十二嫔，女朋友自然是越多越好。"

刘方舟是队里的老大哥，很有威信，而且他一边说，一边给孟雨繁猛打眼色，让他不要和大家吵起来。

其实孟雨繁心里也知道，大家只是口花花，开几句玩笑罢了，他们并没有深想过,一个男人脚踏好几条船,究竟会给那些爱他的女孩子们带去多么大的痛苦。

杨笑的前男友不就是这样的一个劈腿精吗?孟雨繁一想到,这世上居然有个人渣伤害过杨笑,他就气到想把那个混蛋搓圆揉扁了!

而且,谁说这世上所有男人都想效仿皇帝三宫六院了?至少他就没想过。爱一个人,当然要把一切都给她,两个人互相扶持,踏踏实实过一辈子,这还不够吗!

不过孟雨繁不想在这件事上和队友们争吵,他低下头继续看书,手里的英语课本又翻过了一页。

而其他人的话题,早就跳到了下一个了。

"真不明白,我们这一群打篮球的,学什么英语啊!"有人愤愤抱怨,"打篮球考验的是技术,又不是英语水平!只要球打得好,谁管你英语过没过四级?"

他话音未落,门外忽然响起一道低沉醇厚的男中音:"——不,谁说篮球运动员,学习英语就没用了?"

屋内的队员们皆是一惊,全部扭头向着教室外看去。

只见教室门口处,一位西装革履、风度翩翩的中年男人立在那儿,一手拿着教案,书卷气十足。不用说,他自然就是他们这堂英文课的老师了!

他外貌实属上乘,要不然也不会把女孩子们迷得神魂颠倒,可孟雨繁听过他的风流事迹后,对他全无好感,只觉得他油嘴滑舌、面目可憎,完全就是一副文艺中年的油腻做派。

这位老师自然不知道孟雨繁心里在想着什么,他整了整衣衫,顶着十几道视线,施施然走进了教室中。

"英语对你们当然有用。"他把教案放在讲台上,朗声道,"你们的目标肯定不会局限于一场小小的 CUBA 对吗?你们肯定想像你们的前辈一样,踏进 CBA,根据 CBA 的现行规则,几乎每队都有外籍外援,你们如果一句英语都不会,怎么和那些外援打配合?"

他一口气列出了七八位活跃在国内 CBA 赛场上的外援名字,他们都

## 第十二章 阴魂不散前男友

是在国际球坛上赫赫有名的人,被 CBA 俱乐部们高薪挖来。

那位老师又说:"当然,我相信你们的目标不只是 CBA 吧?你们一定想过,再进一步,去国外、去 NBA 的赛场……到了那时,你们身边连一个会说中文的人都没有,教练、队友、经纪人、球探,所有人说得都是英语,而你们的英语水平只停留在 hello 和 goodbye 上!你们难道还会觉得,现在学英语没用吗?"

他的话直戳要害,完全正中这些年轻人的隐秘幻想。

是啊,若是现在不学好了英语,以后遇到了外国球员,连打句招呼都磕磕绊绊半天讲不出来……

大家的眼神瞬间就变了,仿佛已经看到了自己在外国球场上驰骋夺冠的模样了!

讲台上,那位老师见到台下学生们的眼神,心底发笑:——这群四肢发达头脑简单的家伙,果然好忽悠,反正自己只是来华城大学躲风头,随随便便照本宣科念几句课文吧。等到课程结束时,有个环节需要让学生给老师评分,他们一定会给自己打高分的!等到下学期调回外国语大学,就是名正言顺的事情了。

他的轻蔑神色全部收在了眼底深处,脸上还是一副笑眯眯的模样。

唯有孟雨繁,凭借自己动物般的直觉,越看他越觉得他虚假至极。

"老师,你还没说你叫什么名字呢?"孟雨繁突然开口问道。

"忘了自我介绍。"那位老师慢悠悠卷起衬衫袖子,捏起一支粉笔,转过身唰唰唰在黑板上留下了三个大字,"我叫于淮波,从今天起,我就是你们的英语老师了。"

如果孟雨繁和杨笑深入交流过的话,就会得知,杨笑上一任脚踏三十多条船的男朋友,正是眼前这个人!

虽然于淮波是个人渣,但有一说一,他讲课水平确实不错,他讲解知识点时由浅入深、语言风趣,还时不时穿插几个小笑话,给大家逗闷解乏。

台下那群篮球男孩,平时见到文化课老师,都像是见到抓魂的黑白无常似的,恨不得躲着走,可于淮波却完全打破了他们对老师的偏见,他们听得津津有味,就连队伍里英语常年吊车尾的队员,都拿笔抄录了几个知识点。

转眼,两个小时的补课时间一晃而过,直到下课铃响起,大家还有些意犹未尽。

"好了,今天的课就上到这里。"于淮波推了推鼻梁上的金丝边眼镜,含笑说,"各位同学,下次上课是三天后,回去之后记得把我今天说的知识点都复习好。"

他顿了顿,又说:"对了,咱们建个微信群吧,以后有什么事情都可以在群里说。"

他的提议受到了大家的一致赞同,刘方舟身为队长,负责起了拉群的重任。

这次来补课的一共有十二名队员,加上于淮波,刚好十三个人。

真是个不吉利的数字。

孟雨繁加群后直接选择屏蔽了群消息,上课要见到那张道貌岸然的脸就够他恶心的了,下课之后,他才不想让他出现在自己的朋友圈里呢。

他背起书包就要离开,可刚起身,就被于淮波叫住了。

"这位同学怎么走得这么急?"于淮波笑道,"我记得你是叫……孟雨繁是吧?赶着去见女朋友?"

"不是。"孟雨繁冷淡地说,"我是去打工。"

"那也得老师把话说完了啊。"于淮波一副好脾气的样子,"还有件重要事情没有宣布呢。"

无奈,孟雨繁只能停下脚步,听听这位老师究竟还有什么"重要事"值得阻拦他的脚步。

哪想,于淮波所谓的重要事,居然是要设立一个"课代表"!

他们又不是小学生,为什么需要课代表?

不过于淮波的理由一套又一套,什么他初来乍到,对学校环境不熟悉,若是有一个课代表,就可以帮他处理一些和课程有关的杂事。

"你们可不要小看这个职位。"于淮波说,"我在国外待了很多年,在国外的大学,都有'助教'这个职位。其实我的课代表也和助教差不多,

## 第十二章　阴魂不散前男友

可以给你们很好的锻炼,有没有哪位同学自告奋勇想当啊?"

他的视线从教室里的十几个男孩身上逐一划过,可他的目光放在谁身上,谁就迅速移开视线:有人盯着屋顶的风扇,有人低头玩手机,还有人干脆眼神放空,总之谁也不愿意被摊派上这种吃力不讨好的差事。

拜托,他们能来上英语课已经很不容易了,还让他们当课代表?——想都别想!

最终,于淮波的视线落在了孟雨繁的身上。

他微微一笑:"我看,不如就这位孟雨繁同学担任我的课代表吧。"

孟雨繁立刻拒绝:"老师,我英语成绩很差,没办法当您的课代表。"

"没关系,再差能连二十六个字母都不会背吗?"于淮波不容他拒绝。

在这一刻,孟雨繁的演技飙到了他人生中的巅峰:"什么?"只听他大惊失色道,"难道英语字母不是二十二个吗?"

全班哄堂大笑,坐在前排的黄晓柯更是笑到整个人都瘫在了桌面上,后背一拱一拱的,看着格外滑稽。

孟雨繁脸不红心不跳,一脸坦然地看向于淮波,就差双手举一个横幅,上书:人渣离我远一点。

可惜,他还是低估了老油条的不要脸程度。

"这位同学你可真幽默。"于淮波反将了他一军,"既然你连二十六个字母都认不全,那更要当我的课代表了,我这里有几套适合你的卷子,记得拿回去全部做完。"

说完,他不等孟雨繁再次拒绝自己,立刻拿起教案转身走出了教室。

望着他快步离去的身影,队里的几个看热闹不嫌事大的男生立刻围了上来。

"厉害啊繁子,几句话就把新老师气成这样了。"黄晓柯搭住他的肩膀,"说起来,你干吗这么看不惯他啊?不会真因为他以前玩弄过几个女人吧?你的正义感也太足了吧!"

孟雨繁不想和队友在这种事情上多费口舌,没好气地把他的胳膊从自己肩膀上拿了下去:"我倒想知道,他为什么这么看得惯我!这课代表谁爱当,谁当去。"

如果不是孟雨繁十分确定他以前从未见过于淮波,他都要以为,于淮波认识他了。

进入十二月后,华城又迎来了一股寒潮,温度骤降十几度,就连向来体格优秀的体特生们,都撑不住穿上了厚实的外套。

然而在清晨的操场上,却有一个人脱掉了羽绒服,只穿着单薄的运动衫,在一圈圈跑步,热气从他的口中喷薄而出,在空气中形成了一片水雾。

两圈……四圈……五圈……虽然现在他不能上场比赛,但他并没有放松对自己的训练,四百米一圈的跑道,他足足跑了八圈才停下来,汗湿的头发搭在额头,很快又在冷空气里冻成了一缕一缕的。

晨跑结束后,他拿起放在旁边树枝上的羽绒服正要离开,就在这时,他的身后忽然响起了一阵脚步声。

"这位同学,看你个子这么高,应该也是篮球队的吧?"

徐冬被莫名叫住,转头一看,只见身后不知什么时候多出来一个陌生人。

那是个三十多岁的中年男人,头发规整地梳成三七分,戴着一副金丝边眼镜,从头到脚都透着一股"文化人"的气息。

"……你谁啊,我认识你吗?"徐冬莫名其妙地望着他。

"忘了自我介绍,我是于淮波,最近两个月在给篮球队的同学们补习英语。"于淮波语气亲切地说,"你应该也是篮球队的吧,怎么之前没在课上见过你?"

徐冬觉得这位老师脑袋有些不清醒:"这位老师,你猜我为什么不去上课?"

"因为你对英语有抵触情绪是吗?"于淮波赶忙说,"你千万不要放弃自己,英语不难的,你可以来听听我的课,保证能让你的成绩有提升的。"

"于老师,"徐冬打断他,"我没去补习的原因很简单,因为我本科时就考过六级了。"

## 第十二章　阴魂不散前男友

徐冬一边套上羽绒服，一边问："你还有什么事情吗，没事情我就走了。"

于淮波见他真的要走，赶忙叫住他："这位同学，你和孟雨繁很熟吧？"

徐冬穿衣服的动作停了下来。

"熟？"徐冬挑眉，"那要看你怎么定义'熟'这个词了，我和孟雨繁是一个队的，当了五年队友，确实挺熟。"

"可我听说，"于淮波终于露出了他不怀好意的一面，"你受处分那天，你俩当众打了一架？"

徐冬终于察觉出不对劲了，这老男人到底要干什么？刚刚还装作一副不认识他的样子和他搭话，可实际上却把他和孟雨繁的矛盾打听得这么清楚。徐冬心里一凛，警惕地望着他："你问这个干什么？"

"不干什么。"于淮波慢慢靠近，行走时，皮鞋踩碎了脚下的一段枯枝，发出咔嚓一声闷响，"只是有件事情想要问问你。"

说着，这位道貌岸然的于老师掏出了手机，点开了一张照片，拿到了徐冬的眼前。

"我听说，孟雨繁同学交往了一个年纪比他大一些的女朋友，请问是照片里的这个女人吗？"

徐冬闻言低头看去，不出意料，照片里的人正是杨笑！

徐冬心思如闪电，脸上却不动声色："这人是谁？我没见过。"

"……不认识？"于淮波蹙眉，低声道，"奇怪，可是我打听到的消息是……"

徐冬立刻装作一副莽撞的模样，气哄哄问："你瞎打听什么？这女的是谁？"

于淮波舔舔干涩的嘴唇，声音压抑而扭曲："这个女人是我的女朋友！"他的指尖在屏幕上流连，像是在爱抚杨笑的侧脸，"我怀疑她出轨孟雨繁了，这个理由还不够吗？"

"阿嚏！"

刚一走出电视台，杨笑就被迎面而来的冷空气激出了一个大喷嚏。

旁边的刘悦月打趣她："杨姐，这是有人在念叨你呢！"

"什么啊，明明是天气太冷了。"杨笑围紧脖子上的围巾，把自己瑟缩地藏进了温暖的羊绒里。

刘悦月左右张望："说起来，最近好久没有看到大孟同学了，你和他还有联系吗？"

杨笑莫名其妙："当然有联系，他最近没来接我是因为他学校比较忙，你为什么会这么问？"

"当然是因为那个大新闻啦！"刘悦月夸张地用双手在空中比画了一个大大大大的圆形，"《互联网公司老板携款潜逃，数百用户含泪报警，涉及金额近百万》，这条新闻最近网上炒得很热呢！"

杨笑可是这场"战役"的亲历者，原以为这是小范围内一件微不足道的小事，没想到现在已经炒到人尽皆知的地步了。

刘悦月心有余悸地说："就在这件事爆出来之前，那个平台还在做充值返利的活动呢，最低一档充五百返两百。我看到宣传海报都心动了，结果那天比赛完，节目突然出了问题，我赶回来加班，就没充成……幸亏那次没充钱，要不然我的小钱钱肯定也要打水漂了！"

提起那天，杨笑有些心虚地移开了视线。

那天的加班电话是她亲自打给刘悦月的，而在送走这个电灯泡之后，她就和孟雨繁在空无一人的停车场里——

打住，打住，不能继续再回忆了。

就连她自己都不知道，她究竟是吃了什么迷药，和孟雨繁有一次亲密接触还不够，居然还主动发生了第二次？

果然是男色误国，把她这个理智冷静的女皇帝，都迷成昏君了！

"说起来，杨姐你和大孟怎么样了啊？"刘悦月心直口快地问，"我看那个劈腿狂魔一直没出现，他一定是被警察吓破胆，不敢再来了！"

杨笑脚步一顿，神色愣怔。

是啊，她和孟雨繁早就应该宣告结束了。

但正相反的是，他们之间的关系不仅没有结束，反而越陷越深，甚

## 第十二章 阴魂不散前男友

至跨过了那条红线,走向了一个未知的方向。

杨笑的眼眸深处闪过一丝迷茫,但很快她就把那些杂念甩了出去。

她早就告诫过自己,她已经在男人身上栽过两个跟头,绝对不能第三次动心了。

杨笑带着刘悦月走向了停车场,今天这位小实习生下班后要去找同学逛街,杨笑刚好顺路,准备送她过去。刘悦月在停车场里左看右看,却没见到那辆熟悉的红色小别克。

"别找了,我换车了。"杨笑按下中控锁,几米外,一辆大气的SUV车灯闪烁,滴滴两声解除了车锁。

"哇,杨姐你什么时候换的车?以前那辆我记得也挺新的啊!"

"这车刚换没多久,之前那辆车……"杨笑咳嗽一声,"……空间有点小。"

"也对。"刘悦月个子刚刚过一米五,拉开车门后,她有些费劲地攀进了副驾驶座里,"还是这种大车好,两个成年人在车里睡觉都睡得下!"

杨笑:"……什么睡觉?"

"现在很多网红开这种SUV出去野营,到了地方,直接把后座放倒,在后车厢铺上充气床垫,完全就是一间移动卧室了!"刘悦月充满向往地说,"想想看,在旷野之中,和爱人在车里相拥,让满天星子见证你们的爱情,第二天早上,在他的胸口迎接黎明……杨姐,你不觉得这个画面特别美好吗?"

杨笑愣了愣:现在的小女生,想象力都这么丰富吗?

不过——她回头看了眼后座,开始琢磨起来:后排座椅放倒后,要买个多大尺寸的充气床垫才合适呢?

杨笑把刘悦月送到目的地后,立刻把车头一转,迅速向着华城大学驶去。

最近孟雨繁因为学业和篮球训练的双重压力,已经连着好几天没能和杨笑见面了。男孩朋友圈的状态停留在每天的单词打卡上,可看样子,男孩实在不是学习的那块料子,进展甚微。

路上,杨笑给孟雨繁打了个电话,嘟嘟声刚响了一秒,马上就被接通了。

"喂，笑笑姐！"男孩惊喜的声音传来，"怎么忽然给我打电话？"

"你在学校吗？"杨笑用随意的口吻说，"我刚好来这边办点事情，看时间也不早了，你吃饭了吗？"

孟雨繁立刻回答："没有！"他一只手拢在话筒旁，压低声音道，"我在图书馆背单词呢。"

他今天把训练以外的所有时间都耗费在图书馆了，结果连一套真题试卷都没有做完。他的词汇基础实在太差了，一道阅读题几乎有半的单词不认识，可当他把句子里的生词都查完了，却发现句子还是读不懂……这一切，都让这个向来自信的男孩大受打击。

他完全没心思吃东西，如果不是杨笑的电话打过来，他估计都要直接在图书馆里耗到闭馆呢。

"学习归学习，吃饭归吃饭。"杨笑说，"这样吧，你直接带着你的英语书出来吃饭。"

"……啊？"

"我有没有和你说过，我大学时读的是师范大学英语专业？"她调侃道，"今天算你运气好，我免费送你一次英语辅导机会，你可不要错过。"

孟雨繁又惊又喜，隔着电波，都能听出来他有多开心："笑笑姐你真好！又请我吃饭，又帮我辅导英语，我……我都不知道该怎么报答你了！"

杨笑看了后视镜一眼——后排车座空空荡荡，虽然没有充气床，但也足够做点什么了。

"报答不急于这一时。"她眼睛微微弯起来，舌尖轻撞牙关，"你先欠着吧。"

华城大学占地面积很大，图书馆距离校门要足足走上十几分钟，杨笑把车停在了路旁，耐心等待着她的男朋友出现。

忽然一道敲窗声在她耳畔响起。

高大的身影站在车外，杨笑一瞬间以为来人是孟雨繁。

可当她看清楚那人的脸时，她的脸色瞬间沉了下来。

## 第十二章 阴魂不散前男友

"——大侄子,有什么事吗?"杨笑降下车窗,一脸冷淡地看向车外的男孩。

没错,站在车外的人并不是她心心念念的男朋友,而是在她心里被打了无数差评的徐冬。

徐冬低头看她,尴尬地笑了下:"'阿姨',我又没有杀人放火,不用对我这么警惕吧?"

杨笑挑眉:"你是没有杀人放火,但在你把孟雨繁带进野球场,又污蔑他举报你时,你这个人就在我心里和危险分子画上等号了。"

徐冬停了停,脸上的表情十分复杂,有尴尬,有难堪,也有一种自尊被践踏后的恼羞成怒,他冷声道:"我今天不是来跟你吵架的,我爸前不久给我打了电话,告诉我你们家给我爷爷捐了五万块钱,所以看到你的车停在这里,我来和你说句话。"

"说什么?"杨笑打断他,"要是说谢谢的话,那就不用了,你爷爷是我爸的好朋友、好领导,我们一家都很喜欢他。但是他的事归他的事,你的事归你的事,我不需要你这一声谢谢。"

"阿姨,有没有人说过,你真的很傲慢?"徐冬轻哼一声,"繁子那傻小子落在你手里,完全就是个妻管严。"

"我要说的是别的事。"他俯下身,低声在她耳边吐出一个人名,"你认不认识于淮波?"

杨笑瞬间愣住了。

那个已经被她扔在记忆深处的名字,留下来的是一段格外惨烈的回忆,她也不知道自己当初是中了什么蛊,居然会被那人文质彬彬的表象所吸引,忽视了他心底的疯狂与扭曲。

"你怎么认识他?"杨笑立刻追问。

"不光我认识他,繁子也认识他。"徐冬说,"他是我们篮球队的英语补习老师,而且他还特地点名让繁子当他的课代表。前几天,他找到我,给我看了一张照片……"

徐冬几句话把发生的事情复述出来,当杨笑听到于淮波居然造谣自己出轨时,杨笑简直要气疯了。

"他说我是他女朋友,还说我出轨?"她气到失笑,"我怎么没发现他还有妄想症?"

明明那个混蛋才是脚踏几十条船还在深夜埋伏在停车场的垃圾!

徐冬轻蔑道:"我根本没信他的话,那个于淮波虽然长得人模人样的,但走路时底盘不稳,说话气息发飘,一看就是个肾亏男。你除非瞎了眼,否则怎么会不要繁子,跑去选他?"

杨笑:对不起哦,我以前真的瞎眼选了那个肾亏男。

"总之,我的话带到了。"徐冬后退两步,"这件事我还没告诉繁子,你们的感情问题我就不插手了。"

说完,他摆摆手就准备离开,杨笑迟疑了几秒,叫住了他。

"——徐冬,等等。"

徐冬回身看她:"嗯?还有什么事?"

"这次于淮波的事情……"杨笑有些艰难地吐出一句话,"……谢谢你了。"

"可别说那个字。"徐冬耸了耸肩,"你不需要我的谢谢,我也不需要你的谢谢——咱俩扯平了。"

他甩起书包,鼓鼓囊囊的背包不知装了什么东西,沉甸甸地砸在了他的后背上。

杨笑不知该如何形容自己的心情,像是补偿一般地说:"你去哪儿?我送你吧。"

"我可不能让你知道我去哪儿,我怕你再打一个举报电话,把我们场子给端了。"徐冬吊儿郎当说,"危险分子现在要去打野球了,留步,您就别送了。"

当孟雨繁背着沉甸甸的英语课本冲出校门时,就见到杨笑倚在一辆崭新的 SUV 旁,一脸心事重重的模样。

真是奇怪,明明刚刚和他通电话时,笑笑姐的声音还挺轻快的,这短短几分钟里,她怎么心情一下就不好了?

男孩下意识地放轻脚步,怕惊扰到她。

## 第十二章 阴魂不散前男友

不过他那么大的块头,根本不适合躲猫猫,他刚一靠近,杨笑就注意到了他的身影。

"你来了?"杨笑脸上的阴霾瞬间消失不见,好像刚刚的阴郁都是他的错觉。

"嗯。"他第一时间握住了她的手,发现她的指尖冰凉,"你是不是等很久了?怎么不在车里等,外面很冷的。"

杨笑抬头,认真道:"因为我想早点见到我的男朋友呀。"

她舒展双臂,把自己挂在了他的身上。她身上的衣服不算厚,孟雨繁生怕冻到她,连忙拉开羽绒服拉链,让她埋进了自己的外套里。

宽大的羽绒服紧紧包裹住两个人,杨笑的呼吸间满满都是孟雨繁的味道,该怎么形容那股味道呢?是太阳初升的第一缕光,是雪落后青草的香,是淡淡的荷尔蒙,抑或是他衣襟上洗衣粉的清爽。

她的头轻轻贴在他的胸口,灌入耳中的,是男孩清晰的心跳。

咚、咚、咚,好像每一次见面时,他的心跳声都会变得格外的大。

他们在学校门口人流量最大的人行道上相拥,每个从他们身旁路过的人都会投来好奇的目光。

孟雨繁就像是护着宝藏的巨龙,紧紧抱着怀中的女孩,用衣襟帮她挡住那些视线。

他的女朋友,只留给他一个人看就好了。

他不知道杨笑今天为什么心情会变很差,但是没关系,男朋友的最大作用,就是在她难过时,给她一个温暖的、充满爱意的拥抱。

过了许久,杨笑在他的怀里抬头,从他的衣襟里露出一张小脸。

孟雨繁在她额头轻轻烙下一吻,哄劝着问:"笑笑姐,能告诉我你为什么这么不开心吗?"

他已经做好了准备:如果杨笑说是工作原因,他就帮她骂同事;如果她是和闺密吵架,他就帮她们做调解。

哪想,杨笑的回答完全不在他的答案库里。

杨笑启唇:"——我在为你的英语成绩担心。"

孟雨繁:"……哈?"

"你以后别去上英语补习课了。"杨笑说,"当我的课代表,我每天给你一对一课后辅导。"

杨笑一心想要把孟雨繁和于淮波隔开,毕竟一个正常人是无法和一个疯子对抗的,于淮波就像是一个随时会引爆的土炸弹,不知道什么时候就会爆炸,波及周围的人。

杨笑并不怕他,但杨笑怕他伤害到孟雨繁——现在可是小朋友最关键的赛期,要是为这种人渣分心,那怎么行!

杨笑说到做到,从那天起,她每天下班后都特地腾出三个小时的时间,赶到华城大学,给孟雨繁做英语辅导。

刚开始,他们两人想找附近的咖啡厅,但华城大学不愧是学霸聚集的大学,就连周围的咖啡厅都人满为患,每张桌子上都摆上了电脑和课本,根本找不到空位,至于快餐店,杨笑也不好意思买两杯咖啡就在那里坐一晚上。

最后两人在学校周边转了半天,终于找到了一家有包间的网吧。

"麻烦您,开一间包间。"

两张身份证和一张信用卡同时被放到了前台的桌子上,杨笑挺胸抬头站在前台,脸上带着笑容,可实际上她尴尬到腿肚子都在抽筋。谁能相信,她杨笑居然有朝一日会带着男朋友来网吧做英语真题!

在她身旁,神经大条的孟雨繁一脸兴奋地左看右看,简直像是第一次来网吧的毛头小子一样。

这对情侣颜值远高于基准线:年轻男孩身高接近两米,打扮的青涩简单,背着双肩包,敞开的羽绒服里是一身运动装,而他身旁的女朋友则是一副女白领打扮,手里挽着一只价格昂贵的小羊皮手袋,成熟优雅——大姐姐和年下小男友的组合,远比他们自己想象中的还要吸睛。

前台网管不动声色地打量了他们几眼,双手接过信用卡和身份证,在电脑上划过。

"请问需要几个小时呢?"微笑着问,"我们这里是三个小时起步的,给您安排三个小时可以吗?"

大男孩想了想,侧头问女朋友的意见:"笑笑姐,我觉得三个小时有点短，因为我很多东西都不会，需要你慢慢教呢。"

孟雨繁又说："而且我不可能一进屋就进入学习状态呀，学习之后还要再巩固一下你今天教会我的内容，所以我觉得咱们还是开四个小时吧。"

明明他讲的是再正经不过的事情，语气也是虚心求学的样子，可这话听在耳朵里，怎么觉得……怎么觉得……

杨笑满脸赤红，刚刚的淡定已经坚持不住了，她用手狠狠掐了孟雨繁的胳膊一下，引来男孩委屈的低呼。

杨笑语带警告："我觉得三个小时就够了。"

孟雨繁："啊？可是……"

杨笑眼睛里射出了无数飞刀："三、个、小、时。"

孟雨繁的尾巴都耷拉下来了："……那好吧。"

网管脸上的笑容纹丝未动，格外得体，她把房卡递回到杨笑手上，恭敬地说："您的证件和房卡请收好，我先给您开了三个小时，如果需要延时，可以直接拨打内线电话联系前台。"

杨笑飞快地接过那张薄薄的卡片，像是烫手一样扔到了孟雨繁怀里，然后立刻拉着懵懂的男孩走向了电梯间。

天可怜见，她真的是带他来学英语的啊，为什么如今搞得像地下偷情一样？

包间并不大，陈设简单，除了靠墙的一套桌椅以及必备的电脑装备以外，只剩下一张大双人床。

杨笑目不斜视地从那张床前走过，把外套、包包往床上一扔，尽力营造出"这不是床，这只是一个置物架"的状态。

孟雨繁也有样学样，把沉重的书包甩到床上，拉开拉链，倒出了一本四级词汇红宝书、两本真题还有一本语法详解。

杨笑虽然是师范大学英语专业毕业，但自从进入电视台工作后，她已经很久没给人辅导过英语了。好在底子还在，她翻了一会儿语法详解，掌握了大概难度，又拿起了旁边的真题。

——"啪"一声，孟雨繁慌乱地冲过来，把真题合上了。

杨笑看看书，又看看孟雨繁，眯起眼睛："把手松开。"

孟雨繁不肯："笑笑姐，我水平太差了，做十道题要错一半以上，我怕你看了生气。"

杨笑："我不会生气的，我连一年级的小朋友都教过，他们连字母都背不利落，你再差能比他们差？"她语重心长地说，"错题和错题是有区别的，我要看看你是因为词汇问题造成的错题，还是语法造成的，这样才能有针对性的为你复习。"

可她费尽了口舌，孟雨繁说什么都不愿意松开手。

杨笑不知道他到底在遮掩什么，她耐心用尽，眼睛里唰唰唰射着小刀子："再说一遍，松开。"

"狗口夺食"这种事，她在家里做过很多遍了，大圣特别爱咬东西，唐舒格堆在沙发上的玩具被它折腾了一个遍，每次杨笑从它嘴里抢玩具时，都要这样一寸寸地从它牙齿里拉出来。在抢夺过程中，狗狗会用无辜的眼神卖萌，希望她能把玩具留给它，同时又不敢挑战主人的权威，只能一点点放弃对玩具的所有权……

而孟雨繁护着这本书的样子，像极了调皮捣蛋又心虚的金毛犬。

孟雨繁两只手压在书上，却不敢使劲，只能在杨笑的盯视下，一寸寸地任由她把这本书抽了过去。

杨笑在拿到真题集后，第一时间翻开——嚯！写十道题错五道题真的不是夸张，甚至有的阅读题从头到尾都选C，结果一分都没得。

四级是425分及格，杨笑翻了几页，发现他做了这么多套题，最高一次拿到380分……男孩已经臊到抬不起头来了，如果可以的话，他真不愿在心爱的女孩面前展现出自己的无能啊！

好在杨笑早有心理准备，她叹口气，又翻过了一页。

然后，她愣住了。

那是一页听力题，通过上面的笔记，可以看出在做前几道题时，男孩还在认真勾画答案，可是随着题目难度逐渐加深，男孩明显跟不上了，开始走神，在题干旁边乱写乱画。

这种事情，杨笑在开会时也曾做过，领导在上面讲话，她就随手

## 第十二章 阴魂不散前男友

在笔记本的边缘写一些没有意义的文字，比如"真无聊""什么时候结束""下班吃什么"，这些完全在大脑放空情况下写出的文字，才是她心底最真实的想法。

而孟雨繁在那些题目空隙里，只写了两个字——"杨笑"。

是她的名字。

无数个"杨笑"堆积在一起，把题干的所有空隙都填满了，每一笔，每一划，每一个撇与捺，都是男孩的心意。

而这，才是孟雨繁刚刚想要遮掩的东西。

杨笑捧着那一页轻飘飘的题纸，慢慢抬起头，眼神复杂地望向男孩。

在她的目光下，高大的男孩无从躲避，只能由着自己的脸颊一层层升温，最终变成两团赤红。

明明是个身高一米九六的成年人，可他脸红的时候怎么能这么可爱呢。

杨笑把书页缓缓合上，清了清嗓子，说："做题的时候不要走神，听力只放一遍，错过就没分了。"

"……哦。"男孩闷闷地回答。

"还有，"杨笑把手搭在了他的小臂上，轻声道，"下次想我的时候，直接给我打电话，你写在这里我可是看不见的。"

三个小时的学习时间一晃而过，这可真是孟雨繁人生中度过的最简短的三小时课程了！

如果他从小到大所有的英语老师都是杨笑，他就不会是个学渣了！

同样的知识点，从别的老师嘴里讲出来格外乏味，就和听天书一样，可杨笑讲出来，孟雨繁觉得自己全都听得懂！

"我怎么忽然觉得，英语变简单了？"孟雨繁惊喜地说。

杨笑说："四级英语本来就不算难，多背背单词，至少阅读就不成问题了；至于完形填空，也是词汇量和语法的结合，只要搞定这本四级词汇，你这次肯定能过。"

"说来说去，还是要背单词啊！"孟雨繁望着那本足有一厘米厚的红宝书，恨不得现在就举手投降了，"其实我每天都有背单词，但是今天背了明天就会忘，光是 A 这几页，我就背了一周了……"

如果英语考试像投篮一样简单该有多好啊。

他可以一口气投进三百次篮框，可是让他一口气记住三百个单词，还不如直接杀了他。

"那这样吧。"杨笑拿起那本词汇书，翻到了目录页，她指着从 A 到 E 的五个序列，说，"如果你这周，能把这些词汇都背完，我就给你一个小奖励。"

听到奖励两个字，孟雨繁的眼神一下亮了："什么奖励？"

杨笑抬起一只手，食指冲他勾了勾，笑眯眯道："你过来。"

孟雨繁茫然地从书桌前站起来，走到了杨笑面前，弯下腰，一脸疑惑地看向女孩。

下一秒，杨笑忽然伸出双臂揽住他的肩膀，同时身子向后一倒。

——在短暂的天旋地转后，孟雨繁同她一起倒在了那张双人大床上。

因为突然失去平衡，男孩双手下意识地撑住床面，刚好俯在杨笑身上，没有压到她。

两人的距离，瞬间只剩下短短几公分。

彼此的气息萦绕交融，他又惊又喜地望着身下的女孩，眼底皆是她的笑。

## 第十三章
## 狠整前男友!

自从孟雨繁有了杨笑这位金牌辅导老师,他再也没去过学校给他们篮球队特地开设的英语课了。

别人学英语,都是垂头丧气,越学越厌学,可孟雨繁学英语,那是"双管齐下",不仅英语成绩突飞猛进,另一种"成绩"也稳步提升。

他不仅可以把所学的知识"融会贯通",甚至能够"举一反三""触类旁通",还经常"挑灯夜战""辛苦耕读"。杨笑身为他的老师,都惊讶于他的"天赋异禀",称赞他"青出于蓝",让她都"受益匪浅"。

因为晚上学习学得很透彻,白天的孟雨繁活力满满,运球如飞,明明是个前锋,结果连后卫的工作都包揽了,满场狂奔,仿佛有用不尽的精力。

同队的队友因为熬夜学习,都熬得眼圈发黑了,就连在操场上跑步也在絮絮叨叨念着单词;在宛如行尸走肉的队友的对比下,孟雨繁从头到脚都透着一股诡异。

"繁子最近怎么回事?嗑兴奋剂了?"

"我看像是嗑春药了!"

"他现在真的好奇怪,英语课就去了一次,还天天美滋滋的。"

"他不会是自暴自弃,放弃英语、甘当咸鱼了吧?"

孟雨繁的特殊表现,甚至把武教练都惊动了。

某天下训后,老武头特地把孟雨繁叫到办公室里谈话。

"孟雨繁,我听说最近你一节英语课都没上,这是怎么回事?"武教练一脸不赞同的样子,"你不能这样消极对待学习!这可是学校教务部下达的硬性规定,你们几个这次必须拿下四级考试,这个考试可是和咱们的比赛一样重要，你能赢球，难道赢不了一次考试吗？"

孟雨繁这才发现教练误会了，他赶快解释："教练，不是的！我也知道我英语水平不好，所以我请了一个一对一家教，现在每天都要补课三个小时呢。"

"真的？"

"真的！"

见他说得信誓旦旦，武教练想起这段时间，每天下训后，孟雨繁都背着书包急着往外跑。大家都猜测他交了女朋友，要赶去约会……难道是大家误会了？

"算了，既然你说你有在学习，那我就相信你一次吧。"武教练拿起大茶缸喝了一口，又呸呸地吐了口茶叶末，"对了，教你们英语的那个老师，姓于是吧？今天中午我们在教职工食堂碰见了，他向我打听你怎么不去上课，还说你是他的课代表，他让你有空就去他那儿拿卷子。你可不能辜负于教授的信任啊！"

孟雨繁皱了皱眉头，于淮波关心他？一个外调来的英语老师，为什么会对他这么上心？

男孩的直觉向来神准，他总觉得这之中有什么问题，可想来想去，他却根本想不出于淮波为什么会针对他。

为此，他还特地去向同上英语课的黄晓柯打听了一番。

"晓柯，于教授经常在英语课上提起我吗？"

"啊？"黄晓柯用一种看自恋狂的眼神看着他，"你都不去上课，他提你干吗？"

难道是他想太多了？

黄晓柯耸了耸肩，随口说道："不过于教授倒是经常说他前女友的事情。"

孟雨繁呵呵："他劈腿那么多女孩子，她说的是哪个前女友？"

黄晓柯："用他的话来说，是他用情最深的那个。"

孟雨繁好奇道："他怎么说的？"

黄晓柯回答："他说，他和那个女朋友感情特别好，已经准备见家长

## 第十三章　狠整前男友！

了，可是他一不小心犯了'所有男人都会犯'的错误，他的女朋友却不听他解释，不仅和他分手，还诬陷他、搞臭了他的名声，但是因为他爱她，所以他选择原谅她。"

孟雨繁实在是不知道要如何评价这位自我感觉良好的大情圣了。

什么叫"所有男人都会犯的错误"？什么又叫"她不听我的解释"？

虽然孟雨繁并不认识于淮波的那位前女友，可孟雨繁现在真想为那位素未谋面的小姐姐鼓鼓掌。

对于这种劈腿的人渣败类，当然要有多远就躲多远！幸亏他们在见家长之前分手了，否则还要留着谈婚论嫁吗？

孟雨繁越发庆幸自己没有去上于淮波的课，否则听他多说两句话，自己都要倒胃口地吐出来了。

这天训练结束，队员们背起书包，踏着上坡一样的沉重步伐，走向了图书馆。下周末就是四级考试的时间了，每个人都如临大敌，简直比上场比赛还要紧张。

毕竟，打比赛不可能场场都输球，但是考四级却可能次次不过线啊！

就拿孟雨繁来说吧，他从大一开始报名考四级，到现在研一了，连续考了八次，没有一次通过……

幸亏他心理素质好，若是换成别人，肯定要被四级考试吓出心理阴影来。

"繁子，下周就要考试了，你真的不去图书馆吗？"队长刘方舟关切地说，"今天于老师也会去，为大家答疑。"

"不去。"孟雨繁果断拒绝。

他才不要浪费时间听于淮波讲课呢，有这个时间，还不如让笑笑姐多教他几个姿势——不对，知识呢！

大家一边聊着天，一边走出了室内篮球馆，其他人组团往图书馆去了，只有孟雨繁脱离了队伍，向着校外走去。

华城大学占地面的很大，学校大门和图书馆在两个截然不同的方向，如果没有自行车，光凭两条腿走路，至少要走二十分钟才行。

篮球馆位于这两点之间，一想到笑笑姐就在大门外等他，男孩走路的速度越来越快，他真恨不得自己可以飞起来，能够一下就出现在杨笑的面前。

眼看再过一个路口就要到学校大门了，一道突兀的男声忽然在他身后响起："孟雨繁同学！你走慢些！"

孟雨繁脚步一顿，转身看去，而当他看清叫住自己的人究竟是谁后，他真恨不得装作没听见，直接离开才好。

"孟雨繁，我刚刚叫了你好几遍，你走得也太快了。"于淮波气喘吁吁地赶了上来，这才几步路的工夫，他的额头就渗出来一层薄汗，外套乱糟糟地飞着，金边眼镜顺着鼻梁往下滑，他赶忙托住。

男孩低头俯视他，强压住心底的不耐烦，问："于老师，您有什么事吗？"

"也没什么大事。"于淮波装模作样地说，"刚好在校门口遇到你了，就想和你聊聊英语考级的事情。"

刚好……

校门口和图书馆相隔十万八千里，孟雨繁真不明白他为什么能在这里偶遇自己。

男孩懒得同他虚与委蛇，语速飞快地扔下一串话："谢谢您的关心，我有在准备四级考试，这次肯定能考过。麻烦您让一让，我朋友还在学校门口等我，我先走了。"

"等……"于淮波被他的不按常理出牌惊到了。

孟雨繁怎么可能等他，立刻迈开两条长腿，快步走出了于淮波的视线。

正如往常的每一天一样，杨笑的车子就停在路边等他。

见男孩跳上车，杨笑放下手机，同他打招呼："今天还挺准时嘛。"

"笑笑姐，先别说话了，赶快开车！"

孟雨繁迅速拉上保险带，一脸紧张地望着反光镜，简直像是在执行秘密任务的特工一样。

杨笑一头雾水："怎么了？这么着急？"说话的同时，她启动车子，拐出了停车位。

## 第十三章 狠整前男友！

"我在躲人。"孟雨繁闷声道，"出校门的时候，遇到了一个特别讨厌的老师。"

"噗……"杨笑没想到是这个理由，"你都多大的人了，怎么还跟个孩子似的，居然厌学？"

"我厌不厌学，和老师有关！"孟雨繁认真地说，"要是你教我，我学一辈子都可以，但是让那种人教我，我听他说一个字都恶心。"

"'那种人'？"

"别让我复述他的'丰功伟绩'了。"孟雨繁厌恶至极，"那种贱人，会有天收的！"

车厢里的两人并不知道，当他们驾车离开后，华城大学的校门口，出现了一个行色匆匆的身影。

于淮波皱眉看着那辆驶去的SUV，低声道："看来徐冬没有骗我，孟雨繁确实和杨笑没关系。"

自从于淮波去电视台找杨笑却被杨笑送进派出所之后，他这段日子过的十分不顺。他对杨笑的感情非常复杂，爱恨纠缠，难以置信杨笑居然敢伤害他！他心里扭曲得很，又想把她抢回身边，又恨她绝情可怖，他不敢靠近她，干脆雇了个人跟踪她。

只可惜他雇的那个人只是个半吊子水平，查来查去，只查到杨笑最近好像交往了一个男朋友，可能是华城大学的前锋孟雨繁，若需要再详细的资料，就要再加钱。

于淮波手头紧，只能自己出面，他先拿着杨笑的照片去给徐冬看，徐冬却说不认识，可于淮波生性多疑，并没有相信徐冬的话。他经过调查，发现孟雨繁每天晚上都会走出校门和人私会，于是他今天偷偷尾随他到了校门口，亲眼见到他上了一辆陌生的SUV……他知道，杨笑的车是一辆刚买了一年的红色小别克，而且杨笑曾经说过，她很讨厌SUV这种又大又笨的车。

综上所述，开车的人一定不是杨笑！

于淮波在心里为自己卓越的推理能力点个赞，他终于放下心来，整整衣服，施施然地离开了。

车内，孟雨繁和杨笑同时打了声喷嚏。

杨笑揉揉鼻子，把车厢暖气又调高了几度。

她问："你今天有没有乖乖做题？下星期就要考试了。"

"当然有，我把题都带着了，笑笑姐你要看吗？"孟雨繁立刻邀功。

"不用了，你最近一直学得很踏实，我相信你下周的考试肯定没问题。"杨笑一边开车一边说，"今天叫你出来，是看你这半个月绷得太紧，让你放松放松。"

"放松？"孟雨繁猛摇尾巴，"怎么放松？是昨天那样放松吗？"

开过荤的男孩正是最馋肉的时候，随便一句话就能引发他的无限遐想。

"你给我闭嘴！"杨笑先是提高声音，面红耳赤地叫停了他的旖旎幻想，又轻声埋怨了一句，"……谁教你的这些乱七八糟的东西。"

——这话说的，也太贼喊捉贼了。

杨笑赶快把话题拽回来："今天晚上糖糖请客，你给我管住嘴，不要给她提供任何可以写进小说里的素材，听到没有？"

"咦？唐姐真的开始当全职作家了？"

"是啊，她现在这篇文写的特别顺手，听说数据很好，收益不错。"杨笑回答，"她开心得不得了，所以才说要请咱们吃火锅。"

"那她写的小说叫什么名字？"孟雨繁问，"你妈妈上周还和我说，退休之后好无聊，每天只能刷微信看小说，我可以把唐姐的小说推荐给阿姨看啊。"

"我也不知道她的小说叫什么……"杨笑突然反应过来，"……等等，你什么时候和我妈关系这么好了？我都不知道我妈会看网络小说！"

孟雨繁没回答，在心里默默想：我这是曲线救国，走群众路线——当然要先搞定丈母娘，才能搞定笑笑姐啊。

唐舒格请客的地方是一家粤菜馆，当杨笑顺着导航开过去后，才发现这家粤菜馆门口挂着米其林标志！再一看网上的食客点评，得知这家店居然要提前半个月预定，位置非常紧俏。

杨笑本以为他们今天只是来吃顿便饭，哪想到这顿便饭居然价值不菲，甚至比唐舒格生日那天想吃的龙虾自助餐还要昂贵！杨笑不是没吃过这么贵的餐厅，但她实在不想让闺密破费，她翻了翻菜单，立刻咂舌的合上了。

"糖糖，你就算请客，也没必要这么费钱啊！"杨笑小声道，"咱们趁服务员不注意，偷偷溜走吧，怎么样？我看隔壁就是一家火锅店，等位的人也不多，人均只要八十。"

唐舒格赶忙按住她："不走不走，龙虾餐都吃得起，米其林有什么吃不起的！"

孟雨繁也站在杨笑那一队："上次是你过生日，偶尔破费一次不算什么，而且那是自助，完全可以吃回本。可这家米其林价格又贵菜量又少，咱们三个人没有两千块钱，肯定出不去的！"

"没关系！既然我说请客，你们就不用怕吃垮我啦。"唐舒格豪气地一甩手，"我这篇文这么成功，离不开你们的帮助——待我走上人生巅峰，军功章上肯定会有你们的名字的！"

"糖糖，我觉得这件事有点不对头。"杨笑和她做了十几年的闺密，自认为这世上除了唐爸唐妈外，最了解她的人就是自己了，她狐疑地看着她，试探着问，"你是不是有什么事在瞒着我们？"

唐舒格心里有鬼，被她一诈，立刻磕巴起来："我，我哪有什么事情瞒着你们啊！我只是单纯想表达一下感谢，如果不是你们当初劝我当全职作家，我就不会……"

杨笑一字一顿道："唐舒格，你要再说一句谎话，你偶像明天就和绯闻对象官宣，奉子成婚，空降热搜！"

唐舒格浑身一抖，惊慌失措地看向孟雨繁，小声问："大孟，你犯错的时候，她也这么可怕吗？"

孟雨繁动作微小的点了点头，给了她一个"坦白从宽抗拒从严"的眼神。

唐舒格又是一抖，讪讪道："那个……我突然想起来，我好像还没告诉过你们我这篇小说是什么题材。"

于是，唐舒格老老实实、规规矩矩、低声下气的，把她新文的剧情复述了一遍。

唐舒格眨巴眨巴眼睛，小声问："你们喜欢这个故事吗？"

唐舒格这篇小说 90% 都是独立原创的故事，却脱胎于杨笑的真实经历，而且文中的男女主人公最终成了一对眷侣，走入了婚姻的殿堂。但是反观她和孟雨繁的关系，直到现在还没有一个定论。

现在的他们，完全是靠一种奇怪的"默契"在维系着。

他们也会像小说主人公那样，最终走到一起吗？

这个问题，杨笑拒绝思考。

她下意识地看向了身旁的孟雨繁，结果发现孟雨繁目光灼灼，也在盯着她。

男孩眼神里有什么东西在涌动，仿佛那里面蕴含着的情感，下一秒就要喷涌而出了。

那样纯粹炙热的目光，杨笑根本无法招架。

"……我失陪一下。"话音未落，杨笑已经放下餐具，逃避似地离开了餐桌，看方向，她并没有去洗手间，而是去庭院里透气。

男孩望着她仓皇离开的背影，一阵落寞混杂着失望，攀上了他的眉间。

唐舒格尴尬地坐在桌旁，觉得她就不该突发奇想请客吃饭！

她都替闺密感到着急，看看孟雨繁这表情，简直像是被主人遗弃了一样。

可她毕竟是外人，感情这种事，旁观者再清，也不能贸然插手，否则肯定会造成反效果。

"那个，大孟啊，笑笑她……"迟疑良久，唐舒格还是没忍住替闺密说话，"……她以前真的不是这样的，我和她认识这么多年，她一直是个敢爱敢恨的女孩子，喜欢，就直接说喜欢；讨厌，就直接说讨厌，可是她毕业之后接连经历了两段失败的感情。就这么打个比方吧——"

唐舒格把水杯挪到面前，右手两根手指像是小人一样交替走路："这是一片湖，看着很光鲜，其实底下都是烂泥，她没做好准备，就跳进了湖里。这可怕吗？对于其他人来说，当然可怕，但她是杨笑，她用尽了

## 第十三章 狠整前男友！

力气，很坚强的从这片烂泥里爬出来了。"

唐舒格又挪过来第二个水杯："她想，我陷进过一次，一定不能再犯错了，所以之后的路，她走得小心翼翼，避开了所有陷阱。她又遇到了第二个人，她考察了他的方方面面，终于决定再给自己一次机会，再跳进这片湖里——结果这片湖下，是更深的烂泥。"

比溺水更可怕的，是当你认为自己不会再溺水时，在最猝不及防的时刻溺水第二次。

唐舒格看了孟雨繁一眼，意有所指道："现在，她遇到第三片湖了，这片湖更美，更宽广，更温柔，远比她之前见过的湖更好——可是她现在不敢游泳了。"

杨笑可以在湖边戏水，但是她不敢再放任自己潜进湖底。

因为她怕这一次，她再也浮不上来了。

孟雨繁嘴唇动了动，眼神里的失落逐渐褪去，只剩下了满满的疼惜。

如果可以的话，他愿意敞开怀抱，让他的女孩在他的臂弯里游一辈子。

他声音沙哑："唐姐，你能给我详细讲讲，她上一个男朋友的事情吗？"

"咦？你没有问过她吗？"

"我看她不想说，我就没有问。"

唐舒格为难地摇摇头："那是她的私事，我没办法告诉你太详细的经过——总之，你只要知道，她前男友于淮波，四处发情！那傻子到现在没得性病算他走运！"

孟雨繁呆住了："你说她前男友叫什么？"

"于淮波——等等，你认识他？"

孟雨繁当然认识他！

他再次确认："于淮波，淮水的淮，波涛的波？华城外国语大学的老师？"

唐舒格不住点头："是他，就是他！"

孟雨繁的大脑立刻飞速转动起来，他把最近这段时间于淮波的奇怪行为全部串联在了一起。

难不成,于淮波是知道了他和杨笑的事,才故意接近他的?

男孩骨节分明的手指不住敲击桌面,他眼神逐渐冷了下来——唐舒格打了个寒战,她从未想过,会在这个阳光男孩身上,见到这样阴冷的表情。

唐舒格小心翼翼问:"你……你怎么不说话?"

"我在思考,"孟雨繁沉声道,"我们学校哪个地方没有监控摄像头。"

"……啊?"

他忽然咧开唇角一笑,重新恢复了阳光少年的模样。

唐舒格紧张地说:"你可别冲动啊!"

但是孟雨繁怎么可能不冲动呢?

原来,于淮波就是那个让杨笑受伤颇深的男人!他脚踏三十几条船,把杨笑再一次推进泥沼里,孟雨繁有多心疼杨笑,就有多恨于淮波。

可是,他并不能凭借一时冲动,就真的把于淮波约出来打一顿,那样手段太简单粗暴,也太低级了。毕竟,他是学生,于淮波是老师,不论什么原因,一个学生打老师,绝对会背处分的!华城大学管得严,若他因为打老师记了大过,以后肯定不能上赛场了!

他不想为这么一个人渣,把自己的未来折损进去,而且笑笑姐肯定会心疼他的。

所以这个麻袋怎么套、何时套,还需要从长计议。

时间像是摁下了加速键,在所有学生的期盼或者抗拒下,英语四级考试的日子终于到了。

走出考场时,篮球队的男孩们一个个热泪盈眶,简直比高考结束那天还要开心。先不去想这次考试结果如何,反正他们已经把所有能答的都填上了,如果这次依旧过不了,教务部非要处罚他们的话,那就随他们处罚吧!

孟雨繁走出考场后,第一时间拨打了杨笑的电话,要和她分享考试结束的好消息,然而电话响了很久都没人接听。

## 第十三章 狠整前男友！

奇怪……今天明明是周末，难不成她在加班？

孟雨繁等了几分钟，再次拨打了杨笑的电话，这次电话终于接通了。

"喂……"一道沙哑的女声在电话里响起，听上去昏昏沉沉的，"我刚刚在睡觉，没有听见铃声。"

孟雨繁被杨笑有气无力的声音吓了一跳，赶忙问："笑笑姐，你生病了？"

"嗯……"杨笑重重地吸了吸鼻子，"前天熬大夜做片子，结果受风着凉了。"

杨笑平常很少生病，但只要病了就会是一场大病。病来如山倒，她这两天请了假在家里休息，晚上咳得睡不着，只能白天补觉。

孟雨繁心疼不已，恨不得现在就飞去杨笑家照顾她。

"你别来了。"杨笑婉拒道，"你还有比赛，我要是把你传染了怎么办？而且我有糖糖照顾，大圣也在我床底下陪着我，我在家休息就好了。"

"可是……"

"没什么可是的。"杨笑闷声说，"你好不容易考完试，你好好放松放松。不用担心我，我没问题的。"

杨笑的声音听上去非常糟糕，几乎说一句就要咳嗽几声，孟雨繁不忍心再打扰她，絮絮叨叨叮嘱了她半天，让她按时吃药睡觉，别躺在床上玩手机了。

杨笑无奈道："好啦，你怎么这么麻烦，管天管地居然还要管我玩手机！"

孟雨繁立刻说："乖，听话。"

平常两人在一起，都是杨笑让孟雨繁"听话"，这次两人角色颠倒，孟雨繁命令杨笑"听话"，这感觉……还真有些奇怪。

杨笑忽然觉得被窝好热，脸上更热，咦，难道她又烧起来了？

两人又絮絮叨叨说了一阵子，孟雨繁才依依不舍地挂断电话。

四级考试上午结束，大批学生们从考场出来后，立刻奔赴食堂，要大吃特吃的庆祝一番。

孟雨繁追上了自己的队友，和他们一起向着食堂走去。

走在队伍最前方的刘方舟忽然停下脚步,叫住了大家。

"大家等一等!"刘方舟举起手机,"刚刚于老师给我发了个消息,说今晚他请客吃饭!地点随便咱们挑,尽量选学校周边。"

"啊?""什么?""请客吃饭?"

大家满脸惊讶,都不知于淮波为什么突发奇想要请大家吃饭!

刘方舟说:"于老师说,请咱们吃饭有两个原因,第一个原因嘛,就是大家考完四级,他很为大家骄傲,想和大家聚聚,庆祝一下。"

听到这里,孟雨繁眼底盛满了嘲讽。

自从他得知于淮波是杨笑的前男友后,孟雨繁对他的评价瞬间跌破了负一万分。人面兽心、人模狗样、衣冠禽兽……这世上所有可以用来形容人渣的词语,全被孟雨繁堆到了于淮波身上。

这家伙特别会做表面功夫,也很擅长收买人心,这不,他只需要敞开钱包,篮球队这群没见过人心险恶的毛头小子们立刻掉入了他的陷阱。篮球队的小男生们以为自己遇到了好老师,却不知道他们在他心里,不过是一个个行走的"评分器",如果不是为了期末考核时的分数,他才不会和这群傻小子们多费口舌。

有人问:"那第二个原因是什么?"

刘方舟回答:"于老师说他下学期就要调回外国语大学了,以后怕是见不到了,所以要和咱们道别。"

这是他故意打出的感情牌,可惜这帮傻小子根本看不出来。

大家三言两语地商量起聚餐的事情,他们十来个人,想找个合适的餐厅可不容易。

一直没出声的孟雨繁忽然开口道:"去小东门新开的烤串店怎么样?之前开在那儿的那家自助餐被咱们吃垮了,我昨天从小东门路过时,发现那里改成烤串店了。"

黄晓柯大惊小怪地叫道:"繁子,你也去?"

孟雨繁反问:"我不能去?"

"能去、当然能去!"黄晓柯说,"只不过你不是很讨厌于老师吗!他的课都没去上过,我以为聚餐你也不去了。"

## 第十三章 狠整前男友!

孟雨繁笑了笑,回答:"他不是说,他下学期就要调回去了吗?所以这顿饭我当然要去。"

——去见那个人渣最后一面。

学校小东门,密密麻麻开了不少饭馆,号称华城大学的"美食一条街",不过这个地方也是华城大学有名的三不管地带,几乎每个月都会发生几起打架斗殴事件,让学校领导大为头疼,无奈这条街不属于华城大学管辖,校领导再急也没有办法。

而那里,就是最适合教训于淮波的地方了。

去烧烤店吃饭的事情全票通过,大家回宿舍休息了一会儿,晚上六点,他们准时踏出了宿舍大门。

冬天天黑的早,刚过六点,天色已经完全暗了下来。最近天气不好,雾霾严重,即使路两旁点起了路灯,路面上的人影依旧模模糊糊的。

大家都在抱怨雾霾,孟雨繁心中窃喜:这完全是老天爷助他一臂之力啊!

他们出门时,刚好遇上了从外面回来的徐冬。

自从徐冬背了处分后,他就成了队伍里的隐形人,经常独自训练,一下训就不知道跑到哪里去了——不过孟雨繁知道,他为了赚钱,很有可能去打野球了。

大家见到他,脸上都有些尴尬,不知该不该和他打招呼。

倒是徐冬一脸坦然,主动和他们寒暄起来:"今天队里有活动?"

"啊不是。"刘方舟忙说,"今天不是考完四级了吗,教我们英语课的于老师说要请大家吃饭。"

徐冬随口问:"去哪儿吃啊?"

黄晓柯答:"小东门!繁子说那里新开了一家烤串店,就趁这个机会去尝尝。"

徐冬眼神里闪过一丝疑惑,眼神转了一圈,落在了孟雨繁身上,然而孟雨繁并没有看他,一直低着头,面色凝重,像是在想事情。

待大部队走后,徐冬越想越觉得不对劲:于淮波请客吃饭,孟雨繁居然会去？这……不太正常啊！

如果他没搞错的话，于淮波是杨笑的前男友，而孟雨繁是杨笑的现男友。

情敌相见，怎么可能安安静静坐下来吃饭？

明明应该斗个鱼死网破啊！

烤串店里，热气腾腾。

小东门美食街上的餐厅太多了，烤串店刚刚开业，没什么人气，店老板原本还在犯愁，没想到刚过六点，突然哗啦啦进来一大帮男学生！

他们一个个人高马大，身高全部在两米上下，双腿分开坐在塑料凳上，摇摇晃晃，店老板都怕他们把凳子压塌。

店老板听到他们聊天，知道这群年轻人都是华城大学篮球队的——篮球运动员好啊！看这身高！看这体重！一个人至少要吃三斤肉吧？

店老板心底的算盘打得啪啪响，他赶忙拿着几本菜单递了过去，殷勤地问他们点什么。

只见几个大男孩推推让让，最终把菜单推给了坐在主位的男人——店老板这才发现，原来这还有个人呢！

其实于淮波一米八的身高不算矮，可和这群高海拔的男孩站在一起，他完全被他们淹没了，根本没人会注意到他的存在。

于淮波接过油腻的菜单，有些嫌弃地用两根手指捏住左右翻看了一下，赶快随便点了些凉菜、肉串什么的。

他问这群学生："我记得大家都成年了吧？光吃串儿多无聊，来箱啤酒啊？"

刘方舟赶快阻拦："不用了，我们明天下午还有比赛，喝酒会误事的。"

于淮波一脸遗憾，觉得这大款还没有装够，他想了想，又叫来老板，用一种男人才懂的下流语气说："老板，这群学生可都是运动员，明天要上赛场的！有没有……啊，你懂得，补身体的，给大家来点！"

老板也跟着露出了一个心知肚明的笑容："有的，有的，新进的鞭、

## 第十三章　狠整前男友！

宝都有，都是新鲜的，没冻过的，来几个？"

有刚入学的新生一脸茫然，傻傻问："什么是'鞭''宝'啊？"

懂行的师兄赶忙拉住他，小声给他解释。

于淮波看着这群小男孩生涩的模样，以一种过来人的语气问："你们说，咱这么多人，来几份比较好？"

一桌子都是男的，这时候如果说不吃，会让其他人瞧不起，所以桌上的男孩们都举手说要来一份。

唯有孟雨繁，直接拒绝："不用点我那份，我不吃。"

于淮波以为他是不敢吃："孟同学，你是不是没吃过，不敢吃啊？我跟你讲，你不要觉得不好意思，鞭宝虽然有些膻味，但对咱们男人可是大补！吃了……"他露出了一个自认风流的笑容，"……壮阳。"

"那我更不用吃了。"孟雨繁淡定回答，"我不用壮，就很阳了。"他看向于淮波，恭谦礼让地说，"于老师既然这么喜欢吃，那我的那份让给你吧。"

于淮波劈腿太多，最直接的后果就是肾亏，平常没少吃这种东西。他被孟雨繁直戳痛处，脸色当即就不好了。

可他偏偏要端着架子，不能变脸——否则他的学生考评怎么办？

"孟雨繁你真爱开玩笑。"他尴尬得呵呵笑，"吃菜、吃菜。"

他们十三个人坐在长桌旁吃晚餐，于淮波怎么想怎么不吉利，心里忽然打起了鼓，总觉得这是一种坏预兆。

但他也找不到这预兆是从何而来。

恰在此时，老板上了一壶酒，是为了感谢他们这单大生意，特别赠送的。

这酒是老板自己酿的，入口甘甜，后劲儿却大。于淮波找不到人和他一起喝，只能自斟自饮，他一口肉、一口酒，没过一会儿就喝得满脸通红。

酒过三巡，菜过五味，于淮波跌跌撞撞地站起来，说要去上厕所。

老板赶快说："不好意思啊，我们新店开张，厕所还没装修好，得麻烦您去外面的公共厕所上。"

"公共厕所？"

"就从后门出去左拐，五十米就到。"

于淮波点点头，一个人走出了餐厅，其他学生继续吃喝，没人注意到，就在于淮波走后，孟雨繁也跟在他身后，悄悄走了出去。

后门的小路上，没有一个人影，仅有墙壁上悬挂的一支电灯泡，照亮了小巷。

离着公共厕所很远，那股难闻的味道就飘荡了出来，于淮波厌恶地皱起眉头，摇摇晃晃地走向了公共厕所。

他喝了不少，虽然还不到酩酊大醉的程度，但脑子已经转得很慢了，他深一脚浅一脚地向着公厕走去，完全不知道身后还有一个人在尾随。

孟雨繁守在拐角处，蹲下身子，尽量把自己缩成一团。

不过他实在是太大只了，即使他蹲下来，也是非常明显的一大团阴影，他手里紧紧攥着一只麻袋，这是他提前藏在这里的。他提议来这家烧烤店吃饭，就是因为这家店新开张，厕所在室外，方便他下手！他早就已经计划好了，等到于淮波上完厕所一出来，他就把麻袋套到他脑袋上！然后立刻饱以老拳，把他打得满地乱爬！

只要再过一会儿，他就可以替笑笑姐报仇了！

他会让这个劈腿成性的人渣，得到永生难忘的教训！

他越想越开心，赶快捂住嘴，把笑声藏在了手心里。

然而就在这时，忽然自他身后伸出一只小手，重重推在了他的肩膀上！

孟雨繁大惊，他立刻一跃而起，转身向后，他双手握拳护在胸口，满脸警惕地看向那个突然出现在他身后的人……

"——笑笑姐，你怎么在这里？"孟雨繁没想到，站在他身后的人，居然是杨笑！

女孩从头到脚包着一件黑色羽绒服，头发没梳，妆也没化，一看就是临时从家里赶出来的，而她的额头还贴着一张退热贴，嘴唇干涸，脸色赤红，明显还未退烧。

借着头顶昏暗的灯光，她的视线准确无误地落到了孟雨繁手中的麻

## 第十三章 狠整前男友！

袋上，眉头紧紧锁住。

男孩下意识地背过手，把麻袋藏在了自己身后。

"孟雨繁，你疯了？"杨笑瞪圆了眼睛，气到想飙脏话，她声音沙哑，质问道，"你躲在这儿想干吗？难道你打算给于淮波套上麻袋，打他一顿吗？"

"我……"孟雨繁被噎住了，就像是犯错的小朋友一样下意识否认错误，"我只是，我只是……等等，你知道于淮波在我们学校？"

杨笑眼神里闪过一丝不自然，最终还是决定说实话："我那天去你们学校接你时，遇到了徐冬，徐冬告诉我，于淮波对咱们俩的关系有所怀疑，他是有意接触你的。"

而这次，也是有徐冬通风报信，杨笑才能及时赶过来的。

孟雨繁不傻，他立刻明白过来："所以，你才会亲自教我英语？就是为了不让我再和他接触？"

"没错。"因为生病，杨笑的声音干涩沙哑；因为生病，杨笑比任何时候都要冲动，她干脆把自己的心思摊开，赤裸裸地摆在他面前，"你不了解他，他就是个深陷自己世界的直男癌精神病！我不想让他影响我现在的生活，更不想让他影响你！所以我决定把你和他隔开，我是想保护你。"

一个身材娇小窈窕的女孩，说要"保护"一个高高壮壮的男人，这听上去有些可笑，但在杨笑心里，她确实是这么想的。

是她找到了孟雨繁，是她把孟雨繁拉进了自己的世界，是她让于淮波这个精神病垃圾缠上了他们的生活……所以她有责任、有义务，去"保护"孟雨繁。

她愿意挡在他面前，用自己的方法去隔开危险。

她抬头望着他，苍白且干裂的嘴唇翕动着，重复说着那一句："我想保护你。"

"……杨笑，可我也想保护你啊！"

这是孟雨繁第一次叫杨笑的全名。

他眼神急切，路灯下，他的身影拖得极长，他就像是这世间最强壮的巨人，足以为杨笑遮风避雨，撑起天地。

## 男友请就位

"杨笑,请你别再把我当成'男孩'了,我是个男人,我想用男人的方式解决问题——我要揍他,揍到他真心实意地对你道歉,揍到他不敢再接近你一步。"

路灯下,身影交叠。

杨笑望着孟雨繁赤诚的双眼,无数话翻涌在心头,想说什么,却又发现没有任何词语能够形容现在的心情。

这是头一次,有人如此郑重地告诉她,"我想要保护你"。

她从小要强,仿佛从刚学会走路那天起,就学会一切靠自己,但是现在,一个年纪比她还小的男孩,却说要"保护"她。

麻袋被孟雨繁攥在手里,也不知他从哪里找来的破烂货,还散发着一股臭气。

杨笑觉得现在的自己非常矛盾,一边觉得他幼稚又冲动,一边又无法抑制地被他的这份心意所打动。

她只能撇过头,做着无谓的劝说:"暴力不是解决问题的办法。"

孟雨繁握紧了拳头,认真地说:"是男人,当然要堂堂正正打一架!"

"套麻袋可不算堂堂正正打架。"

男孩噎住了,脸上的尴尬定格住,嗫嚅道:"他是老师,我是学生,如果我让他看到我的脸,我怕影响我之后的比赛。"

"算你还有点智商,分得清轻重缓急,你要是真傻乎乎地冲上去揍他,我可不负责去局子里捞你。"话没说完,杨笑又捂着胸口低声咳嗽起来,孟雨繁赶忙走近一步,用身体为她挡风。

她一边咳嗽着,脑袋一边飞速转动起来,她虽然还在发烧,但并没有烧糊涂,相反,太阳穴的胀痛反而让她的思维更加清醒。

杨笑说:"你之前问过我关于前男友的事情,我那时候不想说,因为不知道怎么开口。"杨笑知道,自己的性格说好听点是"要强",说直白了,就是"过分骄傲",要让她承认自己被于淮波那种人骗得团团转,实在是太丢人了。她狠狠道,"我把他送进精神病院,结果他待了三天就出来了;我把他送进派出所,警方又说感情纠纷不予立案。说真的,我比任何人都想痛揍他一顿,但光是揍他不够解气!"

## 第十三章　狠整前男友！

孟雨繁听出了她的话外音，赶忙追问："那要怎么才解气？笑笑姐，你来指挥，我保证百分百执行！"

杨笑看着他手里的麻袋，又看看阴暗的小巷。

这条小巷直通那家烧烤店的后门，因为店里还没有收拾好，所以有很多乱七八糟的东西堆在巷内：店主自己酿的白酒、未来得及收拾的厨余垃圾，还有一个脏兮兮的二手电冰箱，冰箱轰隆隆作响，插线板接在墙上，和头顶的电灯泡连在一起。

杨笑立刻走到冰箱前，拉开门翻找起来。

这只冰箱装得都是没来得及穿成肉串的半成品，有大块的羊腿肉，还有什么鸡爪鸡胗鸡心鸡脖鸡翅等等，被不同的塑料袋装起来，全部堆在了冰箱里。

杨笑翻找了一阵，很快注意到了一个小小的黑色塑料袋。她像是预感到了什么，立刻拉开塑料袋，借着灯光看去。

待她看清塑料袋里的东西后，她满意地点点头："我就知道，于淮波会来的烧烤店，绝对少不了这个东西的。"

公厕里臭气熏天，于淮波拉上拉链，摇摇晃晃地正要往外走，结果一阵突如其来的恶心犯上了喉咙，他赶忙回身冲向了隔间，"哇"的一声吐了个翻江倒海。

店主酿的酒实在上头，后劲太大，于淮波喝了大半瓶，现在都快把胃液吐出来了。

他一边吐，一边庆幸没有让学生陪着他上厕所——怎么能让学生看到英明神武的自己，酒后失态的样子？

不知蹲在那里吐了多久，于淮波终于扶着墙站了起来，他对着镜子整理好仪容，嗯，镜中的三个自己还是这样的英俊潇洒。

他走出公厕，向着小饭馆走去。

巷子幽深，头顶有个黄色的老旧电灯泡，它闪了闪，偏偏在这个时候突然灭掉了。

四周陷入了黑暗。

于淮波咒骂一声，摸出手机，眯眼看着屏幕，正要调出手电筒模式——突然，一道阴影从背后袭来，重重地把他推倒在地！

　　下一秒，一个充满腐臭味的破烂麻袋从天而降，把他整个上半身都套了进去！麻袋在他的腰上收紧，他双手拼命挣动，却无论如何无法挣脱开！

　　"你……你是谁！松开我！松开我！"于淮波的酒意瞬间就吓清醒了，"你们这是在犯罪，我警告你们，放开我！否则我会报警的！"

　　可他一句话还没喊完，一道掌风袭来，重重的巴掌落在他脸上，发出了一声脆响。

　　这一掌，瞬间把他打得眼冒金星，半张脸都肿了起来，完全失去了叫嚣的力气。

　　"于淮波，闭嘴。"一道沙哑慵懒的女声响起，"要说犯罪，你玩弄了那么多无辜的女孩子，你难道就不觉得亏心？"

　　那一道嗓音百转千回，即使于淮波看不到她的脸，也能通过她的嗓音，脑补出女人的性感与妖娆。

　　"你是谁？"于淮波一听绑架他的人是女人，原本提心吊胆的心情就落了下来，"我认识你吗？"

　　"你可真是好狠的心，连我的声音都听不出来了？"女声幽怨，好似隐含了无数哀愁。

　　可问题是，于淮波真的听不出来啊！

　　他的女朋友实在太多了，预备女友更是多如天上繁星，他思来想去，实在回忆不起来有哪个女朋友，声音沙哑如斯。

　　"你是……静静？不，是田田？额，还是芸芸？"他先试着猜了几个有抽烟习惯的女朋友，可不管他报出来哪个人名，对方都没有回答，四周越来越静，静到只剩下远处野猫的叫声。

　　"好呀，没想到你的女朋友居然这么多。"女声埋怨道，"幸亏我看清了你的面目，不再爱你了！"

　　"宝贝，宝贝，快把我松开！让老公看着你的眼睛，好好和你道歉！"于淮波忙道，"我和那些女人都是逢场作戏，只有你才是真的！"

## 第十三章 狠整前男友！

"可你连我的名字都想不起来，你还说对我是真心的？"女声越来越幽怨，到后来忽然哭了起来，"果然，还是大勇说得对，这世上最爱我的人，只有他一个。"

"……大勇？"于淮波茫然了，大勇又是从哪个石头缝里蹦出来的人？

像是在回答他的疑问，一只大脚突然踹在他胸口，把于淮波踹倒在地！一道故意压低的男声恶狠狠道："我就是大勇！"

于淮波这才反应过来，原来绑架他的人不是一个，而是两个！也对，一个弱女子，怎么可能把他按倒又给他套上麻袋呢？

"你们想做什么？"于淮波心惊胆战地说，"我再警告你们一次，你们现在是在犯罪，我，我，我会报警的！"

可他迎来的，却是那个"大勇"更猛烈的一顿暴揍，大勇打人时，是隔着他身上的外套打的，拳头落在他的脸上、身上，掌握在一个恰到好处的力度上，让他疼痛，却不会伤筋动骨、骨折血崩。

于淮波毕竟是个瘦弱书生，哪里经得起"大勇"的铁拳殴打，几下猛锤，他就痛到像只虾米一样蜷着喘气了。

"于淮波，"那道沙哑的女生再次开口，"我在你身上耗费了青春，你准备怎么偿还？"

于淮波重重吸了口冷气，心想：我都挨了你男朋友一顿暴揍了，还不够偿还！

他奄奄一息道："我……我给你道歉，还不行吗？"

"当然不行。"女声冷笑，一句轻飘飘的道歉，和他做过的龌龊事相比，远远不够，"如果道歉有用的话，那要医生干吗？"

等等，那句话不是"如果道歉有用的话那要警察干吗"吗？

"介绍一下，"女声轻笑，"我男朋友大勇，兽医，专长……动物绝育手术。"

"大勇"再次抬脚踹到他胸口上。

于淮波大惊，终于明白这对男女打得什么主意！他上半身不停地在麻袋里挣动，可大勇力气巨大，把他压得死死的。

女声嘲讽地从他头顶落下:"许久未见,于淮波,你还是这么小啊!"

于淮波颜面大失:"你……"

"我什么我?"

女声幽幽地笑:"于大教授,你一定不知道,农村都是怎么给动物绝育的吧?"

随着她的解说,"大勇"真的像处理动物一样,把于淮波的两只脚绑在一起。紧接着,有个什么瓶塞开启的声音在于淮波耳畔响起,下一秒,冰凉的酒液就落在了他的双腿之间,酒气漫延,浓浓的酒精味充斥在了小巷中。

于淮波已经叫都叫不出来了,惊恐的嗓音抵在喉间,他像只蛆虫一样在地上蠕动起来。

"不……不要……"他涕泪横流,被他喝进胃袋里的酒精再次翻涌了上来,他怀疑自己是不是在做梦,否则怎么会有这么可怕的事情发生?"滚!你们放开我!我要杀了你们!"

可是,放狠话根本没用。

他又改变策略,大哭着求饶,说以后绝对不会再祸害女孩子,绝对不敢了!

他一会儿骂脏话,一会儿又趴在地上求饶,丑态做尽,实在滑稽。

可女声不曾有一丝迟疑,还在继续往下讲着。

"大勇"不知道从哪里搞来了一些冰块,全部扔在了他的两腿间。冰块实在太凉了,于淮波冻得浑身上下直打哆嗦。

忽然间,于淮波感受到有一个什么锋利的东西在他的双腿之间狠狠划过——"啊!"

他一声尖叫,被活生生吓晕了过去。

"教授!于教授!"刘方舟和其他几个队员急切地聚在小巷里,围在于淮波身边。

二十分钟之前,于淮波说出来上厕所,可半天不见人回来,刘方舟叫上几个队员,一起出来找他,哪想到刚一走出巷子,就见到于淮波晕

## 第十三章　狠整前男友！

倒在地上！

他身上的衣服好端端穿着，身上弥漫着一股酒气，只是鼻青脸肿，像是被谁揍了一顿似的。

刘方舟生怕于淮波出事，赶忙蹲下身拍了拍他。

好在于淮波只是晕倒，并没有出事，在几个男孩的喊声中，他渐渐苏醒过来。

而当他看到自己被十来个人高马大的男孩围着时，当即吓得惊叫出声！

"别打我！别打我！我道歉！我道歉！我以后再也不敢玩弄女人了！"他护住头，身子弓起来，脸上满是惊恐。

刘方舟被他的一惊一乍弄晕了，赶忙说："教授，是我啊，我是刘方舟，我们都是篮球队的！"

于淮波这次从双臂的遮掩中，小心翼翼地抬头看他们。

一张张熟悉的脸庞萦绕在他周围，确实……确实都是他的学生！

但很快的，他意识到有什么不对劲——他双腿之间湿漉漉的，冷到他牙齿打战！

他惊慌地喘着粗气。

却见，他的裤子完全被血水浸透了！

周围响起一阵惊呼。

于淮波整个人抖如筛糠，恍然间，只见两团血淋淋的东西掉了下来，落在了地上！

"——啊！"于淮波眼前发黑，双腿一软，多亏刘方舟从身后扶住他，才没让他瘫倒在地。

他……不再是男人了吗！

于淮波又恐惧又害怕，他从来没像现在这样后悔过玩弄了那么多女人的感情。如果不是他花心滥交，他怎么会在深夜小巷里被人堵住，这种事情怎么会发生在他的身上！

一阵天旋地转的感觉袭上了他的大脑，他从嘴边挤出了最后一句话："叫……救护车……"

然后，他就闭上眼睛，再次晕了过去！

所有人乱成一片，这群男孩哪里见过什么世面啊，他们虽然早就知道这位教授乱搞男女关系，但是他们没想到会亲眼见到他被这么整啊！

刘方舟大叫："快、快叫救护车，送去医院！"

"……等等。"黄晓柯制住了大家匆忙的脚步，他拿起一根树枝，扒拉了一下落在地上的两团肉块，又看看于淮波……"兄弟们，于教授没事。"

"啊？可这、可地上的是什么啊！"

黄晓柯挠挠头，迟疑地说："我觉得……这好像是咱们刚刚吃过的鞭和宝。"

所有人面面相觑……

巷子的另一端出口，杨笑裹紧身上的羽绒服，镇定地离开了。

她变动了孟雨繁的计划，给于淮波上了终生难忘的一课。还好她今天因为生病，声音沙哑到听不出来原声，才能让计划顺利实施，在报复完成后，她离开了小巷，孟雨繁也趁着大家不注意回到了饭桌旁。

那些冰块、高浓度酒、新鲜的鞭宝肉块，都是从小饭馆后门的冰柜里拿来的。

其实，如果于淮波没有喝这么多酒，就不会被他们轻易骗到，但在天时地利人和之下，于淮波居然真的被他们坑进了陷阱里。

至于那个用来"阉割"他的东西……呵呵，只不过是从地上捡的硬树枝而已。

真正"阉割"他的，是他的大脑，是他的做贼心虚，是他做过的那些恶心事，是他曾经欺骗过的三十多个女孩子。

想必他以后再也不敢，也没有"能力"玩弄无辜女孩的感情了。

而这，可比单纯揍他一顿，要解气多了。

这一天，势必是要载入"华城大学奇葩事迹 TOP100"的一天。

小东门的美食一条街是学生们最喜欢去的地方，四六级考试结束后，

## 第十三章 狠整前男友！

这里更是聚满了来庆祝的学生。这天晚上，救护车和警车呜呜地开来，学生们还以为有人打架斗殴，都顾不上吃饭了，兴致勃勃地跑去围观。

结果，却见到于淮波拉着急救护士的手，大声嘶吼："医生！救救我！我不是男人！"

护士急红了脸，赶忙扶住他："您起来……您先起来，我们刚刚给您做过检查了，您身上什么零件都不缺！"

"可它没了！"

"它在！"

"它真的没了！"

"它真的在！"

在于淮波旁边，是十几个人高马大的男孩子，有人认出来他们是校篮球队的队员，他们脸色尴尬，有人捂脸、有人撇头，实在不想和于淮波扯上关系。无奈，他们实在是太高也太显眼了，有认识他们的人过去搭话，询问事情的经过。

就这样，事情一传十、十传百，所有人都知道了这场闹剧的缘由，然后，在无数张嘴的添油加醋下，于淮波那晚的经历很快就传遍了校园。

有人说，他被以前玩弄过的女人堵在巷子里阉了；有人说，于淮波报案了，可是那条巷子里没有监控，学校里也根本没有一个叫作大勇的兽医学生；还有人说，曾经在某医院的泌尿科见过他，他拍桌子对医生嚷嚷，吵得脸红脖子粗，结果被保安架出了医院……

那天之后，于淮波的身影就这样消失在了校园里，甚至连最后的课程考评都没有出现。

不管外界风波有多少，这些事情，都和孟雨繁无关了。

毕竟，他和于淮波毫无交集，连他的英语课，也只上过一节呀。

第十四章
## 小皮筋儿

"大圣,接住!"

狗狗公园的草坪上,孟雨繁向远处扔出一只飞盘,金毛犬犹如离弦之箭,迅速向着飞盘落下的地方奔去。

草坪旁的长椅上,杨笑哆哆嗦嗦地把自己藏进羽绒服里,她的病还没好利索,唐舒格非说要她出门多多运动,硬是把她推出了家门,和孟雨繁一起出来遛狗。

杨笑心里知道,唐舒格的主要目的是为了撮合她和孟雨繁,给他们创造机会多多相处、加深了解。

不过杨笑觉得,他们之间的了解已经很深了——虽然是床上的那种"了解"。

至于心灵上的了解……算了,不提也罢。

杨笑干脆把自己的大脑放空,只关注草坪上的傻狗和傻人。

大圣很聪明,很快就追到了那只飞盘,叼在嘴里跑了回来。

孟雨繁摸摸它的头,奖励了它一块肉干,又从背包里拿出了一只会吱吱叫的玩具球,和大圣玩起了接球游戏。

明明是数九寒天,男孩却玩得满头大汗,连外套都穿不住了。

"雨繁,你让大圣和其他狗狗玩会儿吧。"杨笑拍了拍自己身旁的椅子,"你休息会儿,看你热的。"

孟雨繁立刻跑回到杨笑身边,和她肩并肩坐在了长椅上。

男孩身上带着一股热腾腾的阳光味道,杨笑递了一张纸巾过去,让他擦汗。

"笑笑姐,谢谢。"孟雨繁乖乖接过。

## 第十四章　小皮筋儿

"现在又改口叫'笑笑姐'了？"杨笑挑眉，"那天，你叫'杨笑'不是叫得很顺口吗？"

孟雨繁的脸瞬间涨红。

那晚在巷子里，孟雨繁为了证明自己是个"男人"而不只是"男孩"，刻意变更了对杨笑的称呼。

现在回想起来……实在是中二感爆棚。

杨笑知道他脸皮薄，揶揄了他几句就转移了话题："于淮波没找你麻烦吧？"

"没有，那个巷子里连监控都没有，他根本不知道是谁下的手。"孟雨繁得意极了，"他已经很久没出现过了，我托人打听了一下，他没回外国语大学，听说是办了长期病假，去看'那方面'的病去了。"

杨笑闻言，点点头，平静地吐出四个字："咎由自取。"

她刚一说完，就见男孩用一双晶晶亮的眼睛望着她，简直和祈求零食的大圣一模一样。

杨笑自然知道他在好奇什么，问："你是不是很想知道，我和他之间的故事？"

"故事？不不不！"孟雨繁立刻摇头，一脸认真地说，"你和人渣之间没有故事，只有事故！"

"噗……"杨笑没忍住被他逗笑了，也不知他从哪里学来的油嘴滑舌。

之前，杨笑从未和孟雨繁讲过她的过去，因为她希望在他眼里，自己永远是强大的、优秀的，而不是一个被渣男骗得团团转的弱者，可是现在……她不这么想了。

一方面，她已经真正走出了于淮波的阴影，可以笑谈过去；另一方面，她也想要推开那扇门，让孟雨繁看看真实的自己。

"其实我和他之间没那么多曲折。"沉默了一会儿，杨笑终于开口，"这是一个很无聊的故事，如果不是我发现了他的真面目，恐怕这个时候的我，这里……"她指了指自己的左手无名指，"会多一个小东西吧。"

正如她所说，这确实是一个很无聊的故事，杨笑只用了短短几分钟，就叙述完了那段经历——她在一周年纪念日当天，发现了对方脚踏三十四条船。

原来,从始至终,她不过是"三十四分之一"。

"所以,我决定送他一个一辈子的心理阴影。"一边说着,杨笑并指成掌,做了个手势,"他不是爱交配,爱乱搞吗?那我就让他一辈子不能再欺负人。"

要问杨笑现在有什么感觉,那就一个字——爽!

太——爽——了!

把这些压在心头的污糟事一口气抖搂出来,杨笑觉得身上仿佛轻了十几斤。

她看向身旁的男孩,问:"你会不会觉得我很可怕?"

"当然不。"孟雨繁摇摇头,认真地说,"我只后悔那天没有多揍他几下。"

于淮波真是瞎了眼,他拥有了这世界上最优秀的女孩,他却狠心让她做"三十四分之一",孟雨繁只想让她做"百分之百",他愿意为她送上一颗完整的心。

孟雨繁问:"所以咱们初见那天,你带我回家,也是因为发现于淮波劈腿?"

"对。"杨笑无奈道,"那天是中秋节,我本来和爸妈说好,要带男朋友回去见家长,结果男朋友没了,我只能找了一个假男友。"

这么看来,于淮波也算是他们之间的"月老"了。

"正因为这件事,我明白了一个道理——"杨笑的手指拨弄起自己的长发,发尾缠绕在她的指尖上,她看向男孩的双眼,轻声细语,"金钱永远比爱情可靠,当我的钱可以买到爱情的时候,我就不需要爱情了。"

她说话时,尾音高高勾起,像是在诱惑他,但冷淡的眼神,又像是在拒绝他的靠近。

可惜,她遇上了一个永远不按常理出牌的"男朋友"。

孟雨繁脱口而出:"那我把我的都给你吧!"

"……什么?"

"我把我的一切全部给你,"他也直视她的双眼,用小学生回答

## 第十四章 小皮筋儿

1+1=2那样笃定的语气说，"这样你就会知道，我比钱还可靠了！"

杨笑再次语塞。

她失笑，反问他："全都给我，那你生活费怎么办？"

"没关系，我还有比赛奖金！"孟雨繁居然真的掰着手指头计算起来，"我们学校是包体特生的食宿学杂费的，优秀学生还可以申请奖学金，今年我没申请上，但是明年肯定没问题！而且CUBA的地区预选赛快要结束了，我们现在是积分第一，地区前两名都能出线，出线后学校会给奖励……"

杨笑一把攥住他的手，把那几根倔强挺立的手指掰了回去："好了好了，知道你不缺钱了。"

"所以笑笑姐，你放心吧。"孟雨繁反握住她的手，笃定地说，"我跟你在一起，不是为了你的钱。"

杨笑有些头疼地想，她怎么觉得他俩拿错剧本了！

两人正在聊天时，忽然一只棕色的小狗像是箭矢一样飞快地向着大圣冲来，而在那只棕色的小狗身后，则跟着它的主人——一个看上去大概十六七岁像高中生的男孩子，他神色张皇，手里还拿着狗链，一看就是那只小狗挣脱了狗链的束缚。

棕色小狗兴奋地围着大圣团团转，甚至站起身子，想要"骑"大圣。可它实在太小了，也就四五斤的样子，站起来还没有大圣的大腿高，它双脚牢牢攀着大圣的后腿，简直像个可笑的挂件一样。

不用说，这只棕色小狗，就是声名在外的泰迪了。

古有"蚂蚁绊大象"，今有"泰迪压金毛"，杨笑这个无良主人，当即笑到直咳嗽。

泰迪的主人急得脸上的青春痘都变成红色了，他年纪小，哪见过这阵仗，羞得满脸通红。

杨笑踹了孟雨繁一脚，催促他："还愣着干吗，赶快去救咱儿子。"

孟雨繁这才反应过来，赶快冲上前，拎着那只小泰迪犬的后颈，把它从金毛的后腿上剥了下来，放到了一旁的地上。

大圣见到主人来了，委屈地呜呜叫着，狗眼含泪，赶快扑进了孟雨繁的怀里。

六十多斤的大家伙一头撞向孟雨繁的胸口，幸亏他力气大，能把它完全抱起来，让它当个小狗崽。

"乖哦乖哦，没事的。"孟雨繁搂住它，拍拍它的后背。

那个高中男孩抱着小泰迪不停地鞠躬道歉，说自己没有看住小狗，给大家添了麻烦。

杨笑没必要和一个孩子生气，她无所谓地笑笑："没关系，你下次注意就好。不过，不是所有大狗都像金毛一样性格温顺，如果它遇到其他狗也这么冲上去，很有可能被大狗咬伤的。"

"谢谢，我一定注意。"

杨笑说话时，那个小男孩一直盯着杨笑的眼睛，脸居然渐渐红了起来。

"那个……"他突然掏出手机，结巴地问，"姐姐，您的狗没受伤吧，咱们加个好友吧，若是您的狗需要看病，我出钱！"

杨笑心里一动，猜出了什么，立刻回答："它皮实得很，不需要看病。"

男孩目光灼灼地看着她，勇敢地把手机再次递近："就当单纯扩列，也不行吗？"

扩列是什么意思？

杨笑没听懂，但是不影响她读懂男孩的意思。

男孩第一次要她的联系方式时，她以为是自己多想了，但现在看来，男孩确实是想"泡"她。

拜托——他才多大？

难道她真的驻颜有术、青春不老，把一个初次见面的高中男孩迷得神魂颠倒？啧啧啧，等到回家她就要立刻和唐舒格吹嘘，她今天收割了一个纯情高中生的青春恋曲！

杨笑根本没把小男孩的求爱放到心里去，十七八岁的小男孩，正是见一个爱一个的时候，今天对她一见钟情，明天就能对别的女孩一见钟情。

她忍住笑，问他："小同学，你这么想要姐姐的手机号？你知道姐姐多大了吗？"

"没关系，我不介意的！"那男孩急切的样子，实在太像他怀里的那只小泰迪了，"我不介意姐弟恋的！"

"——稍等。"

孟雨繁脸色铁青地打断了他们的对话，在他脚边，向来温顺的金毛犬与他心意相通，居然龇出一排犬牙，凶神恶煞地冲着泰迪犬低吠着。

孟雨繁迈步上前，搂住杨笑细软的腰肢，死亡眼神锁定了那个不知天高地厚的高中男生。

只听他冷冷道："你不介意？可我介意。"

孟雨繁一米九六的身高，在那个刚过一米七的男孩面前，具有极为可怕的压迫力，他搂着心爱的女孩，眼神冷冷，低头看向那个不知天高地厚的高中生。

高中生原本涨红的脸瞬间变得煞白，嘴唇都在不停地颤抖，他怀里的小泰迪倒是比它的主人更有骨气，汪汪大叫着，但在体型比它大十倍不止的金毛犬眼里，不过是虚张声势罢了。

金毛犬尾巴竖起，不再是左右摇摆，而像是狼一样直直指向天空，上半身微微前倾，像是随时都会冲出去咬住目标，它犬牙横露，自喉咙里发出警示的低吠声。

有经验的犬主人都知道，这是狗狗即将进入攻击状态的表现。

大圣是只非常温顺的天使金毛犬，甚至连护食的毛病都没有——不过现在看来，它不是不护食，只是要看有没有遇到真正的"敌人"。

杨笑低头看看自己腰间的大掌，无奈地拍了拍孟雨繁的手指："行了，他还是个孩子呢，你吓唬他干吗？"

孟雨繁闷声道："那我也是个孩子呢。"

行吧，前几天还自称自己是"男人"不是"男孩"呢，现在又开始装模作样当小弟弟了。

孟雨繁的手紧紧环住她的身体，心里实在不是滋味：虽然他早就知道笑笑姐魅力大，但怎么这么招小男孩喜欢啊？居然让第一次见面的小男孩就说出"想和你姐弟恋"这种话，当他是摆设啊？

"对对对对对不起！"高中生紧紧抱住怀中的小泰迪，不停地道歉，"我，我以为你俩是姐弟……所以我就想……"

孟雨繁挑眉："你就想什么？"

"我什么都没想！"高中生赶快改口，"我、我，我是做微商的！我想卖茶叶！"

杨笑："噗……"

现在的高中生脑子都这么灵活吗，这极限拐弯的速度，稍微慢一点都跟不上了！

高中生沮丧地垂下头，抱着泰迪犬灰溜溜地离开了，临走前，嘴里轻声嘀咕："既然谈恋爱了，怎么不戴个小皮筋儿呀，害我误会……"

杨笑耳尖地捕捉到了这句话，叫住他，好奇地问："小皮筋儿？什么小皮筋儿？"

高中生瞥了孟雨繁一眼，战战兢兢地回答："就是女生梳头发用的头绳啊。"

高中生指了指自己的手腕："如果男生女生谈恋爱了，女生要把自己的一根头绳给男生戴上，以证明'名草有主'。"

有人说，女生给男生戴头绳的传统，是因为学校不准戴情侣首饰；有人说，这就像男人给女人拎包一样，男生手腕戴上几个备用的头绳，方便女生随时取用。

也不知怎么一传十十传百，这个戴头绳的行为成了年轻人中的时尚，若是去高中校门口待一会儿，保准能看到不少男生的手腕上，戴着小兔子小星星小黄鸭的可爱小皮筋儿。

听完解释的杨笑感叹道："你们小朋友也太会玩了吧！"

她扭头转向孟雨繁，问他："你听过这个说法吗？"

孟雨繁点头："听过的，我们队里很多人都戴呢。"

只不过，他们今天戴"蝴蝶结"，明天带"电话线"，换头绳的速度和换女朋友的速度一样快。

说完，孟雨繁忽然伸出手掌，在杨笑面前摊开。

杨笑莫名其妙："你干吗？"

## 第十四章　小皮筋儿

孟雨繁理直气壮地回答:"你什么时候给我一个小皮筋儿?"

这孩子,真是会顺杆爬!

杨笑重重打了他手掌一下,发出一声脆响:"是你在读高中?还是我在读高中?小朋友谈恋爱过家家的玩意,你也好意思管我要?"

孟雨繁却固执地伸着手,说:"我不要小蝴蝶小鸭子小星星,就普通的黑皮筋,也不可以吗?"

"没有没有没有。"杨笑又好气又好笑,"孟雨繁,你是二十二,不是十二,你幼稚不幼稚啊?"

她今天根本没有束发,就算想摘下皮筋给他都没有办法。风一吹,长发散在空中。孟雨繁一缕一缕把她头发收拢好,又为她戴好羽绒服上的帽子,实在忍不住,双手拉着她的帽檐,低下头亲了亲她的唇。

离得近了,她头发上的香气清晰可闻。今天,她的嘴唇是樱桃味的。

杨笑被他的突然袭击吓了一跳,下意识拍了他胸口一下,但那一掌轻飘飘的,实在没有什么力气。

小皮筋儿的事,就这样稀里糊涂地过去了。

狗狗公园距离杨笑家不远,俩人手牵着手慢慢轧马路,到了杨笑家楼下,她又请他上楼喝了杯热茶。

"吱嘎"一声,唐舒格的卧室门开了,只见唐舒格顶着两团大大的黑眼圈,从卧室里飘出来,去厨房沏了杯咖啡,全程灵魂和肉体分离,一副不修边幅的模样。

唐舒格向孟雨繁挥了挥手,有气无力地说:"来了啊老弟?就当是自己家,随便坐。"说完,她又端着咖啡,游魂一样回到了自己的房间。

孟雨繁吓了一跳,问杨笑这是怎么了。

杨笑说:"大作家最近在修稿——她们网站管得特别严,所有脖子以下的描写都不能有,糖糖一个星期之内被锁了几十章,她又要修旧文、又要写新文,简直要精分了。"

孟雨繁没听懂:"什么叫脖子以下的描写?"

杨笑便靠过去,附在他耳边,吐气如兰,轻声说了几个字。

孟雨繁的脸"腾"就红了。

杨笑乐不可支。

她又乘胜追击,继续逗了他一会儿,是那种放在文学网站上绝对会被编辑赶尽杀绝的逗法,直把小男孩逗得面红耳赤,连手里的水杯都端不住了。

孟雨繁手一滑,水杯从大掌里摔落,直接落在了裤子上。

而且好巧不巧,刚好落在两腿之间,瞬间洇湿了一大块。

幸亏那杯茶已经凉了,否则他非被烫伤不可。

杨笑第一反应,就是拿过旁边的纸抽,唰唰唰抽了几张纸帮他擦。

可薄薄的纸巾哪里擦得掉那么多的水迹,刚擦了几下,就全被水浸烂了,只剩下杨笑滚烫的指尖落在他的双腿之间。

两人同时瞥了一眼唐舒格紧闭的房门。

如果……要是……假如,不太合适吧?

他们像是触电一样迅速分开,孟雨繁从沙发上一跃而起,杨笑也迅速弹到了旁边的地毯上。

原本趴在地毯上的大圣被杨笑挤开,茫然地歪了歪头,不懂主人们到底在玩什么成人游戏。

杨笑慌乱地指向洗手间:"浴室里有我的吹风机,可以把衣服吹干。"

孟雨繁点点头,闷不吭声地冲向了洗手间,并且"嘭"一声把门关上,从里面反锁上了。

结果过了几分钟,从洗手间内传来了一阵敲门板的声音。

"咚咚咚。"男孩闷声问,"你在外面吗?"

"在的!"倚着门的杨笑赶忙站直身体,"怎么了?"

"……那个,我没找到你的吹风机……"

"啊?就在墙上挂着啊,深灰色的。"

"这是吹风机?"男孩惊奇地望着墙上的机器——和普通吹风机的长相完全不一样,它的风筒是一个中空的圆柱体,又圆又长,怪模怪样的,"我以为这是……"

话说到一半,男孩没声了。

## 第十四章 小皮筋儿

一门之隔的走廊上，杨笑贴在门板上，好奇地问："你觉得这是什么？"

"没什么。"孟雨繁摇摇头，把那些不合时宜的想法从头脑里甩出去，"这个吹风机你是怎么用的啊？"

"就是穿过去用啊。"

孟雨繁再次被大脑里联想出的画面震惊了，他没忍住提高了音量，"穿过去用？"

杨笑莫名回答："对啊，把头发分成一缕一缕的，穿过去吹啊。"她忽然反应过来，又气又笑地问，"等等，小朋友，你脑袋里都在想些什么啊？"

孟雨繁这才明白自己想岔了。

他赶快打开开关，热风迅速从风筒吹拂出来，把他裤子上的湿气全都吹散了。

杨笑偏偏故意添乱，敲门问他："你会不会用呀？要不要姐姐进去帮你吹一吹呀？"

孟雨繁心塞地顶住门，心想若放她进来吹，他孟三藏今天就真的走不出女儿国"国王"的寝宫了！

几千块钱的吹风机确实不一般，很快就把孟雨繁双腿之间的水全部吹干了。

他赶快把这台价值连城的宝贝放回去，双手托着它，虔诚的对它说了句"谢谢"。

他正要开门离开，忽然视线定格在洗手台前的小托盘上，移不开了——只见那只圆形的托盘上，横七竖八地放着好几根黑色头绳！

那是最基础款的普通皮筋，因为拆下来时动作过大，上面还连着几根乌黑的长发。

孟雨繁盯着那几根看似普通的皮筋，心跳瞬间飙升上天。

孔乙己说过，窃书不算偷……

那……他拿几根自己女朋友的头绳，也不算偷吧？

虽然这间公寓里住了两个女生，但她们俩的发型完全不同，杨笑一头披肩长发，又黑又亮，发尾烫成性感的波浪，风韵十足。而唐舒格呢，一头乖巧的波波头，原本染成了栗色，但自从她开始宅家写作，就再也没有认真捣鼓过头发，现在发顶长出了一圈黑，变成了丑丑的蘑菇头。

所以，孟雨繁通过自己卓越的推理能力，认定洗手台上的这几根黑皮筋儿，绝对属于杨笑！因为只有杨笑才有这样黑黑长长的头发，闻起来……还香香的。

孟雨繁偷偷拿走了一根头绳，藏在了裤兜的最深处，剩下的几根头绳他又特意打乱了顺序，防止杨笑察觉出来有什么不对劲的地方——他小时候背着妈妈偷吃饼干就是这样做的，吃完一块，把其他的重新排列一遍，保证妈妈看不出来！

待一切恢复原样，孟雨繁定了定神，开门走出了洗手间。

哪想到刚一出门，就撞上了守在门外的杨笑。

俩人眼神一碰，孟雨繁立刻做贼心虚地移开视线，小声说："我吹干了。"

其实他根本不用这么紧张的，毕竟女孩子永远记不清自己有多少头绳，丢一个，还是丢一打，她都不会往心里去的！

杨笑见他表情怪怪的，深刻地反省了一下自己——小男孩不经逗，瞧瞧，刚开了几句玩笑，就吓得他不敢看自己了。

两人又回到了客厅，只是这次，他们规规矩矩地坐在茶几两端，中间还隔着一只大圣。

他们你眼望我眼，一时间都不知应该说什么好了。

想想好像确实是这样，他们虽然认识了这么久，又有了最亲密的身体关系，却很少讨论合约以外的事情。刚刚遛狗时，杨笑头一次向孟雨繁倾诉了自己曾经受过的情伤，对于他们双方来讲，堪称"重大突破"。

可干坐着也不是办法啊，杨笑很快扯过了一个万金油话题。

"对了，你的比赛什么时候出结果？"

孟雨繁赶快说："地区预赛就剩最后两场了，不过预赛是积分制，我们现在积分遥遥领先，就算接下来的两场全输了，我们也能以第二名的成绩压线晋升全国赛。不过……"他轻笑了下，"……后面两支队伍都蛮

## 第十四章 小皮筋儿

水的,我们就算只剩四个人上场,想输都不容易。"

杨笑放心下来:"那就好,之前还说要去看你比赛,结果我这阵工作太忙了。对了,你最后一场比赛在什么时候?我看我能不能赶上。"

孟雨繁答:"在圣诞节那天。"他看着她,有些期待地问,"笑笑姐,你那天没做其他安排吧?"

杨笑翻了翻手机日历,那天是周末,如果不加班的话是没有安排的。

"那天我应该有空,你想让我去看你的最后一场比赛吗?"

男孩点点头。

"那咱们约好了,圣诞节咱们不见不散。"孟雨繁郑重地望着她的眼睛,"比赛结束之后,我有话对你说。"

那是什么样的眼神啊。

像是有什么东西融入了杨笑的骨头,化成了血肉,又顺着血管一直传输到了她的心脏。

她心里隐隐有一个猜测,但她直到现在依旧搞不清楚,自己究竟希不希望这个猜测是真的,因为这会破坏他们两人之间微妙的平衡。

杨笑指尖压住衣摆,她可以听到自己心脏怦怦跳动的声音,她轻声道:"那天我会去的。"

周一早晨,一声尖叫从洗手间里响起。

"笑笑,你拿走了我的头绳?"唐舒格仓皇地问道。

"没有啊。"杨笑立刻撇清关系,"那天洗澡的时候我借了一根,已经还回去了,就放在洗手池上了啊。"

"可是五根头绳只剩下四根了啊!"唐舒格哇的一声嚎出来,"这可是我偶像在后台化妆时用过的头绳!我花了大价钱才从黄牛手里拍到的!"

唐舒格身为追星狂热分子,赚到的一大半工资都贡献给了追星事业,偶像的同款首饰衣服,她必须有;偶像的代言,她必须双份购入;偶像去过的餐厅,她必须品尝;就连偶像喝过的一次性水杯、在后台用过的头绳发卡,她也想尽办法搞到。

杨笑曾经劝过她:"你买别的也就算了,一次性水杯和头绳发卡,你怎么肯定是他用过的?说不定是黄牛忽悠你呢。"

唐舒格却固执地说:"就算是智商税我也认了,就当是赌博吧,是或者不是,总归有50%的几率,是我偶像真的用过的。"

杨笑顿时无语,她私心怀疑,真正的几率不超过1%。

唐舒格在买到那五根"被偶像用过"的黑皮筋后,每天都要清点一遍数量,可是今天它们突然不见了!

五分之一的偶像气息,就这样消失了!

唐舒格捂着胸口,觉得自己的心脏也被人挖去了五分之一。

杨笑陪她一起找,可找来找去,却依旧找不到消失的那第五根皮筋。

"我那天用完之后,真的取下来放到洗手池上了,家里只有咱们两个人,好端端的,怎么会不见呢?"杨笑思来想去,也想不出那根头绳会去哪里。

唐舒格闷闷不乐地说:"周末的时候大孟同学不是来了吗,他也用过洗手间,会不会是他?"

杨笑无奈:"拜托,他是个大男人,拿女孩子的小皮筋做什么……"

话未说完,她忽然怔住了。

等等,等等。

她想起那天孟雨繁从洗手间出来后,不自然的脸色,再想想"小皮筋"的含义……难道那跟头绳,真的是他拿的?

办公室里,杨笑对着电脑,幽幽地叹了口气。

坐在她对面的刘悦月浑身一紧,立刻站起来,紧张兮兮问:"姐,是我做的片子哪里不对吗?你别生气,我都能改的!"

杨笑本来正在审核刘悦月做的节目,结果看着看着就走了神,想起了孟雨繁和小皮筋儿的事情。

这种事情实在不方便开口问,毕竟,一根普普通通的黑皮筋,平常掉在地上也不会有人多看一眼,她若是直接问孟雨繁"你是不是拿走了

## 第十四章 小皮筋儿

一根皮筋",倒显得自己斤斤计较、疑神疑鬼,可那毕竟是唐舒格的东西,对她有着特殊的意义……

就因为在思考这件事,杨笑头一次在工作里走了神。

刘悦月还以为是自己的工作没做好,胆战心惊的。

杨笑赶快说:"没事,你别多想。你这期片子剪得挺好的,我叹气和你无关,我是在想别的事。"

"别的事……"刘悦月一听,眼神瞬间变了,她左右看看,见办公室里的其他同事都戴着耳机在忙自己的工作,她赶忙凑过来,把整个上半身越过了办公桌之间的围挡,凑到杨笑面前,小声说,"姐,你也听说那件事了?这到底是不是真的啊?"

"什么?"杨笑一愣,不知道她在说什么。

"就那件事啊!"刘悦月着急道,"我有个同学在人事部实习,她跟我说的——台里新调来的大领导觉得咱节目组收视率太差,打算把咱们整个组都'咔嚓'了呢!"

所谓的"咔嚓",就是撤销栏目。

从前期到后期,从策划到导演,整个栏目组都要解散,有编制的老员工会被调去其他栏目组,若是没编制的员工,面前只剩下一条路,那就是——失业。

现在电视台编制非常难拿,杨笑入台工作三年多,才在领导的力荐下提交了编制申请,现在还在审核阶段。

若是《午夜心路》真的被"咔嚓"掉的话,那她还能保有这份工作吗?

……

要说整个电视台里谁的消息最灵通保洁大妈当属第一,保安大哥位列第二,而第三名,就是分散在各个科室、彼此之间又有千丝万缕关系的实习生。

年纪轻轻的实习生们,还没学会"什么话可以听、什么话可以说",领导稍微有点风吹草动,他们当天就能把消息传到人尽皆知。

刘悦月信誓旦旦地说,自己听到了栏目组即将解散的消息,这件事让杨笑的鸡皮疙瘩一下飘了起来。

他们组里一共五个人,除了制片人吴哥有编制,剩下四个人里两个台聘、两个栏目聘,再加上一个实习生刘悦月……这要放在电脑游戏里,完全是杂鱼军团。

早在十年前,全国各家电视台开始逐级改制,像华城电视台这样影响力巨大的电视台,是改制的第一批,虽然还是事业单位的管理模式,但聘用形式变成了企业合同制,编制成了可遇不可求的"身份"。

如果要把电视台的员工分成三六九等,有编制的老员工绝对是第一等人,除非违法乱纪,否则电视台绝对不能开除他,这就是传说中的"铁饭碗"。

第二等,就是杨笑这样手里拿着台聘资格的员工,光是有能力、能吃苦还不够,必须看有没有领导愿意重用你。杨笑入职三年多就能拿到台聘,不知道被人在身后说了多少难听的话了。

第三等嘛,就是频道聘,往下还有第四等栏目聘……若是节目被咔嚓,这两类员工绝对也要随着节目一起被咔嚓。

杨笑虽然拿的是台聘,但失业的威胁依旧笼罩在头顶。

现在组与组之间想调动,不是那么容易的。这次台里新领导空降,新官上任三把火,据说要砍的节目有好几个,杨笑恐慌,其他组的人比她还恐慌,耳目灵通的人早就开始四处活动,想去别的节目刨个坑了。

刘悦月是实习生,那就是杂鱼中的杂鱼,她最近工作都提不起劲来,做事颠三倒四的。

剪一期四十五分钟的节目,刘悦月足足剪了两天,最终的成果依旧不如人意。

杨笑批评她:"做事要专心些,你看看这期节目有多少漏洞?这就是你工作的态度?"

"工作态度?"刘悦月委屈地说,"工作都要没有了,态度自然也没有了啊!"

杨笑语塞。

刘悦月小声问:"杨姐,你问过吴哥没有,咱节目真的会黄吗?"

## 第十四章 小皮筋儿

"你不要胡思乱想了。"杨笑安慰她,"吴哥这几天都不见人影,我看到他一直在往频道总监的办公室跑,应该就是在和总监谈这件事。咱节目虽然收视率不算高,但已经开播四年了,两百期节目积攒下来了不少观众认可度,台里领导肯定会慎重考虑的。"

"隔壁组做了四百期了,说砍还是砍了啊!"刘悦月嘀咕道,"最近几年的收视报告我都看了,最高一期只有1%,大部分都是0.7、0.8……这种不起眼的小破节目,做了有什么意义啊!"

"刘悦月,把你这句话收回去。"杨笑忽然板起脸,严肃地看向她,"我知道和你同期入组的同学,有的进了大热综艺,有的进了法制栏目,这都是咱们台的头部栏目,收视率破2、破3。只有你,进了咱们这个'小破节目',可你要知道,即使一档节目,只有0.1%的收视率,它也有它存在的意义——咱们台覆盖五千万观众群体,五千万的0.8%,也有四十万观众在看这个'小破节目'。四年,两百期,你算算有多少人守在深夜的电视前,等待着咱们节目的播出?"

她甚少叫刘悦月的全名,而且这次还用了如此严厉的语气。

杨笑积威深重,她是组里的二把手,当吴哥不在的时候,她就是最高领导,她说出口的话,带着天然的威慑力。

她刻意没有控制音量,办公室的其他同事都不约而同地停下了手里的工作,向着她的方向望来。

杨笑知道,这段时间节目组里人心惶惶,每个人都在等待着"最终的宣判",没有一个人的心思在手里的节目上,只盼着最后那只靴子尽早落地。

可越是这样,杨笑越要沉住气,她不能表现出一丝一毫的焦虑,否则这艘承载着几十万观众的小船,就要在激流中迷失方向、沉入海底。

她的话,是说给刘悦月听,更是说给节目组里上上下下的所有组员听。

"我知道,每个电视从业者,都想做出'爆款节目''长青节目',这就像每个作家都想写出一部传世佳作一样,这不光是为了赚钱,更是为了满足内心的成就感。"杨笑的声音很稳,每个字都说得极为坚定,"但现实是,头部作品永远是万中取一,这世界99%都是由这些不起眼的东西组成的,再小的节目、印量再低的作品,都有它存在的意义。并不是说,这个节目收视率差,就代表这个节目是彻头彻尾的失败品,我们这么多人,为了这个节目奋斗了整整四年,每一周都在重复着报选题、拍摄、通宵剪片子的工作节奏,难道这些都是没意义的吗?

"可能明天,我们这个节目组空降大腕,一夜成名;可能明天,我们这个节目组就不复存在……但咱们一起奋斗过的日日夜夜,都写在了节目最后的职员表上,这都是咱们辛勤工作的证明。"她莞尔一笑,原本坚若寒冰的面庞忽然如春花般绽开,"再说了,咱台里规定,一档节目的底档必须留存五十年以供追溯,指不定咱几个死了,咱们的名字还活在硬盘里呢。"

鸦雀无声,整个办公室里的人,都被她的发言震慑住了。在人心最动荡的时候,杨笑挺身站了出来,稳住军心。

她怕失业吗?她当然怕。

她还有车贷,她还要付房租,父母的医疗保险,各种人情往来……她赚得多,花得也多。自从得知节目组有可能解散后,她这几天清点了自己的所有存款,甚至连夜更新了简历……

——但是,在她的下属面前,她绝对不能慌。

在风雨飘摇时,她必须做好一只挺立的桅杆,只要桅杆不断,船就不会被波浪掀翻。

"啪啪啪……"

忽然,从办公室门口传来了一阵掌声,打破了满室的寂静。

大家都是一惊,赶快顺着声响望去——只见节目负责人吴哥正站在门外,也不知道什么时候来的、又听了多少。

"行啊杨笑。"吴哥有个大肚腩,又总是一副笑模样,没什么架子,很有人望,"等你吴哥我入土了,你就给我随葬块移动硬盘,然后墓志铭就写——'他虽然死了,但是他的节目永在',多有创意啊!"

杨笑脸上发热,赶快站了起来。

其他人也匆匆忙忙起身问好,一双双眼睛全都盯着吴哥,每个人脸

## 第十四章　小皮筋儿

上都写满了紧张。杨笑刚刚的那番话还是有些作用的，大家已经没有最初的焦虑了。

"估计最近的传闻大家都听到了。"吴哥盘着手心里的核桃，慢悠悠踱步进来，"我要说的是——这传闻确实是真的，因为咱们收视率没什么起色，所以新领导考虑把咱们节目砍了。"

众人不约而同地倒吸了一口冷气，看看杨笑，又迅速把视线转了回来。

"不过呢——你们吴哥我，力挽狂澜，摆事实，讲道理，赔酒赔笑就差赔睡了，终于说服了领导！"吴哥拍拍大肚子，得意地宣布，"咱节目不会黄了！《午夜心路》栏目，还要再做一百期、两百期、五百期，一直做到吴哥入土！"

空气先是一滞，下一秒，无数道声浪就快把房顶掀翻了！

大家簇拥而上，紧紧地围着吴哥，尤其是刘悦月，更是激动到喜极而泣，眼泪都喷出来了，大家见刘悦月哭到眼线都花了，又纷纷转去嘲笑她，直把小姑娘逗得眼泪流得更多了。

杨笑站在人群后，觉得这段时间以来一直悬起来的心，终于、终于落了下去。

太好了……她不用担心失业了。

只要节目不黄，她就能继续养车、养爸妈、养她的崽（划掉）男朋友了。

就在这时，吴哥绕过人群，走到了她面前。

"杨笑，你现在不忙吧？"吴哥抬起下巴示意，"和我去趟小会议室，有事和你说。"

杨笑以为吴哥要和她谈之后几期的工作，赶忙拿起笔记本跟了上去。

哪想到进了小会议室，吴哥却没有谈起节目，而是拉开椅子，一屁股坐了下去。只见他忽然垮下肩膀，然后深深地叹了口气，现在的他，再也不是之前那个神气活现的节目负责人，而是一个满脸愁苦的中年人。

他从裤兜里拿出烟盒，抽出一支烟，想点燃，但是想起会议室禁烟，又悻悻放下。

"杨笑,你坐。"他把那支烟拿在鼻间嗅了嗅,又指指对面的椅子。

杨笑见他神色怅然,心里发紧,忙问:"吴哥,是坏消息吗?"

"不是,是好消息。"

吴哥牵起嘴角笑了笑,抬眼看她:"杨笑,恭喜你,你编制下来了。"

"什么?"杨笑完全不明白吴哥怎么在这种时候提起了这种风马牛不相及的事情,而且,她的编制申请才提上去几个月,很多前辈在她面前排着,就算轮也轮不到她啊。她诧异问,"这么快就下来了?是有人走了吗?"

从十几年前开始,华城电视台就不再增发编制了,现在有编制的人,都是四十岁以上的老员工,纯属"一个萝卜一个坑",除非有老员工离职,否则不会有编制空额。

但是,电视台编制是不折不扣的铁饭碗,即使天天迟到早退消极怠工电视台也不能开除,老员工光是拿年底分红就是一个极为可观的数字,会有谁想不开离职啊?

"对,有人离职了。"吴哥手中的两枚核桃又盘了几圈,"我。"

"什么!"

杨笑大为震惊。

吴哥摸了摸光溜溜的头顶,叹了口气说:"这事儿我也挺不好意思开口的,说多了吧,怕人家以为我是在炫耀——我在这圈子里二十来年,做过的节目也不少,现在有个民办高校请我过去当老师,财大气粗,年薪,开了这个数——"

他伸出三根手指,前后翻了翻,意思是"翻三倍"。

好吧,杨笑理解了。

电视台的老员工如果做得好,成了节目制作人,那几乎时时刻刻都有人盯着你,拼命想挖墙脚。

从高校到视频网站,甚至还有其他卫视向你抛来橄榄枝。

有人图安稳,选择留在原地养老,有人就像吴哥一样,还想趁着年轻再多赚些钱,于是辞掉了体制内的编制工作,跳出电视台,去追求财富了。

## 第十四章　小皮筋儿

没什么对错之分，全是个人选择。

杨笑从入组以来，受到了吴哥的很多照顾，他既是她的上司，也是她的师父，吴哥对她也很器重，悉心培养她，把她从一个什么都不懂的小策划，一路培养成了可以前期后期两手抓的全能编导。

当然，这也离不开杨笑肯吃苦、肯钻研的付出。

吴哥有了更好的发展，杨笑自然为他开心。

"可是您走了，咱节目怎么办？"她想到《午夜心路》，忧心忡忡。

吴哥的脸色尴尬了一瞬："那个……这就是第二个消息了，因为我要走了，所以台里要调过来一个新的栏目负责人，这个人你也认识，是新闻纪实频道的老黄。"

"他老婆苗苗也来。"

"苗……"

杨笑没忍住骂了脏话。

说起这位新栏目负责人老黄，和他那位年龄差了二十岁的小娇妻苗苗，杨笑有满肚子的脏话要说。

当初，杨笑刚入台时，是一名跑前线的新闻记者，苗苗和她同期入组实习，都在那位"黄老邪"手底下。

老黄为人刻薄，对杨笑这个非科班出身的记者冷嘲热讽，台里要求记者采编一体，杨笑一个从来没有系统学过新闻采编的女孩子，独自一个人扛着摄像机跑线跑点，晚上熬夜回来剪片子、配音，结果做出来的片子却被老黄批得一文不值。

苗苗和她同期入组，自然关系走得近，杨笑那时候没少和苗苗抱怨老黄。她涉世未深，万万不会想到，苗苗看似甜美体贴，其实是个两面三刀的女人。她把杨笑在微信上抱怨老黄的聊天记录，全部发给了老黄！

谁没在私底下骂过领导啊？苗苗特地精选了杨笑骂的最难听的那些话，截图下来，整理成文件，放到了老黄眼前，理由找得冠冕堂皇——"黄老师，虽然我是杨笑的朋友，但我觉得您不是她说的那种人！"

于是，黄老邪加倍给杨笑穿小鞋，迟迟不批杨笑的转正申请，甚至转正后只给了她最低档的栏目聘用合约。

那时候,杨笑要一边应付霸道总裁式的初恋男友,一边要和女领导与心机混蛋周旋,精神状态一度糟糕到要靠安眠药才能入睡。

后来,她在一次很偶然的机会下,得知了苗苗的真面目,她和她大撕一场,闹得天崩地裂。

也就是在那么关键的时刻,吴哥向杨笑递出了橄榄枝,把她从台前拽向了幕后。

杨笑以为,他们现在去了不同的频道、不同的栏目,甚至工作都在不同的楼层,这辈子都不可能再相见了,没想到兜兜转转,她居然又要和他们在同一间办公室里工作了!

不过现在的杨笑,可不是三年前的她了。

在这场战役里,杨笑注定会笑到最后。

## 第十五章
## 新领导空降

吴哥还未办完离职证明,新闻频道的黄老邪就带着他的娇妻苗苗高调空降了《午夜心路》。

新闻频道是4台,他们综艺频道是7台,平日里井水不犯河水,两边相安无事,几乎没有任何交集的地方。

可这两位大神一来,整个综艺频道都被搅得乌烟瘴气起来。

刘悦月消息灵通,和杨笑咬耳朵:"杨姐,我听人说,新领导黄老邪本来是要调去卫视的,但是卫视那边没有坑给苗苗,于是黄老邪就带人来了咱们频道!他想把咱们组当跳板,给苗苗安个一官半职,镀镀金,好往卫视走呢。"

一个电视台下属可以有多个频道,像他们华城电视台,就有整整十个频道,但是每个省台有且仅能有一个频道上星,被全国观众观看,而这个频道就被称为"卫视"。比如芒果卫视、番茄卫视,都是全国闻名的大牌频道。

打个比方,卫视和普通频道就像是一座高中里的"火箭班"和"普通班",虽然同一栋楼里学习,名义上都是同学,但"火箭班"的地位就是压普通班一头。

不知有多少其他频道的人削尖了脑袋想进卫视,结果黄老邪居然为了给小娇妻抬轿,甘愿调来普通频道。

他们《午夜心路》小组人数不多,一把手是节目制作人,二把手自然就是栏目编导了。

编导是个全能工种,又要懂策划,又要会沟通,还要负责现场统筹,最后还要剪辑片子……这工作可不是谁都能做的。很多知名节目导演、节目制作人，都是从编导一步步爬上来的。

黄老邪被他的小娇妻迷了眼蒙了心，上任第一天，就召开了全组会议，当众宣布——"以后苗梦初就是咱们节目的执行编导了。杨笑，你和苗苗多多配合，苗苗刚转编导，你多照顾着她点儿。"

所有人的目光唰唰唰移到了杨笑身上。

杨笑淡定地笑了笑，合上手里的本子，又慢条斯理地把签字笔夹在上面："照顾？您放心，我一定好好照顾她。"

她和苗梦初那点腌臜事儿，其实很多人都知道，不过在台里，这种事不算少见，人家的爱恨情仇只会比她俩多，不会比她俩少。

苗梦初的工位就在杨笑旁边，杨笑打开电脑，给苗梦初写了一份长长的工作交接文件，事无巨细，精确到每天每个小时要完成什么工作，简直比她保姆还要认真，最后云淡风轻地附上一句：为了跟上节目组的工作节奏，建议在一周内看完今年的所有节目，掌握本栏目风格，梳理脉络，并且尽快提交一份策划案。

办公室守则第一条——分配任务更要事无巨细，一二三四标注清楚，省得有些人睁眼瞎，甩锅到别人身上。

邮件写完，她抄送全员，CC了所有人，黄老邪的名字在抄送名单的第一位。

办公室守则第二条——所有往来全部走电子邮件留档，而且必须要正大光明，抄送领导。口头沟通？微信协商？那都是不存在的。

邮件发出后，所有人的电脑都传来叮当一声脆响。

苗梦初原本正摆弄她搬过来的咖啡机，听到邮件来了，她立刻正襟危坐，点开了邮件。

然后，她就被海量的工作任务吓傻了。

她眨巴眨巴刚种的貂毛睫毛，转过头看向杨笑。

"笑笑呀……"她一声娇呼拐出四道弯，"我刚从出镜记者转过来，你一下给我分配这么多任务，我完成不了呀。"

杨笑侧了侧头，好脾气地问："具体哪项完成不了？"

苗梦初说："一周之内看完一年的节目？我就算双倍速快进也看不

完呀。"

杨笑没接话，扭过头看向对面的刘悦月："小刘，你入职的时候，花了多长时间看完了今年的节目？"

刘悦月推了推鼻梁上的圆圆眼镜，高声道："三天！"

杨笑牵起嘴角，和苗梦初说："一个实习生三天就能看完，苗苗，我相信你肯定没问题。"

苗梦初脸色一僵，移开眼睛，又指着屏幕上的小字道："可我不光要看，我还要想策划案啊？而且这个策划案的完成时间你都没有说，"她终于抓到了杨笑的一个把柄，立刻道，"你总不会告诉我，'越快越好'吧？"

工作中，不提出项目具体截止时间，而是说"这个东西你尽快给我""越快越好"的领导，可是要被人打的！

杨笑立刻换上一副温柔的口吻，亲昵地说："亲爱的，这确实是我的疏忽，你稍等，我补充一下邮件。"

办公室守则第三条——不管私下关系多差，当面一定要互相称呼亲爱的。

然后杨笑对着电脑啪啪啪按着键盘，飞快打下一行字，再次转发通知全员。

"PS：亲爱的，提案不急，你下周一上班前给我就好。"

顺带一提，今天周五，距离下班还有一个小时不到。

这邮件立刻传送到了办公室的每个组员的电脑中，刘悦月功力还不够深厚，对着电脑扑哧一声就笑了出来，被杨笑在桌子底下踢了一脚。

苗梦初气到脸色涨红，偏偏又挑不出杨笑的任何一个错误，只能狠狠地合上电脑，端起咖啡杯去了黄老邪办公室，找老公诉苦去了。

又是一周过去。

孟雨繁下了地铁，一路小跑来到了停车场。

现在已是寒冬，天冷得要命，杨笑怕孟雨繁接她下班时冻到，所以把车钥匙给了孟雨繁一份，让他可以去车子里坐坐，顺带把车上的暖气打开，为她暖车。

## 男友请就位

孟雨繁虽然有车本，但几乎没有开车上路的经验，他短途靠跑步，中途靠共享单车，长途靠地铁——除了他脚上价格不菲的限量球鞋以外，他的生活甚至比普通大学生还要节俭。

他这段时间为了准备最后两场比赛，一直没有时间见他的女朋友，今天他实在耐不住心底狂涨的思念，在比赛结束后偷偷跑到电视台，想给杨笑一个惊喜。

结果惊喜还没送出，他先遇到了一个女人。

因为比赛实在太累了，于是他把副驾驶座完全放倒，躺在车里闭目养神，就在她半梦半醒之际，车外传来了一个女人娇嗔的声音。

"老公，你总让我忍忍忍，可我为什么要忍啊！我入组这才几天啊，你看看她，天天给我找麻烦，连问个工作进度都要发邮件抄送全员。怎么，就显得她工作能力强，我什么都不会呗？"那女人声音聒噪，"你才是她的领导！她给我穿小鞋，你就给她穿小鞋呀！"

"苗苗，你忘了我之前和你说过什么了？咱们来《午夜心路》，是为了什么？是为了让你更上一层台阶，是为了给你搞个节目编导的身份，咱们好一起进卫视。"男人哄劝道，"我又要负责这个节目，又要管着另外一摊节目的事，实在分身乏术。我把你交给她，也是为了让你好好从她那里学东西，她的能力还是很不错的，你在她手底下忍个半年一年的，等卫视那边谈拢，老公一定把你带过去！"

"《午夜心路》？"

孟雨繁瞬间清醒过来，《午夜心路》不正是笑笑姐负责的栏目吗？

那节目他也看过，其实质量很不错，可惜被分在了工作日的深夜档，看的人很少，不过倒是很受四五十岁中年观众的喜爱。

"老公，你怎么老为她说话啊？"女人似嗔似怨，"你不会也被她迷住了吧？"

"小笨蛋，你乱吃什么飞醋啊？"男人佯怒道，"你觉得我会看上一个在背后管我叫'小头爸爸'的人？"

车里的孟雨繁赶快捂住嘴，生怕自己一不注意笑出声来。

他偷偷扒着车窗往外瞟去，只见就在车前不远处，正有一男一女在

## 第十五章 新领导空降

那里腻腻歪歪、嘀嘀咕咕。

那个女的看上去和笑笑姐差不多大，但论气质长相，可就差远了，明明是款式差不多的衬衣西装裙搭配呢子大衣，杨笑穿在身上，明艳大方，利落干练，而她呢，却像是售楼小姐——还是三个月不开单只能拿六百块保底工资的那种。

孟雨繁又把视线挪到了对面的男人身上。

唔……又细又长，又高又瘦，马脸窄头，戴一副方框眼镜，别说，还真有点像小头爸爸。

可问题在于，小头爸爸不秃头，而这位男士，发际线已经退到后脑勺了。

两人的年龄目测至少相差二十岁，他们以为停车场没人，抱在一起，又亲又嘬。

孟雨繁非礼勿看，赶快又躺回了副驾驶座。

那两人气喘吁吁地亲了一会儿，女人娇哼道："要我说，她可真是有点手腕，把老吴哄得五迷三道的！你看看，她和我同期入的电视台，我还没排到编制呢！她倒好，老吴走了，直接把编制给了她，他们之间没一腿，我可不信！"

车里的孟雨繁不屑地摇摇头，心想，这女人一脸尖酸刻薄，人家能力强拿到了编制，她就在背后编排那个人，怀疑对方和领导有一腿……这种人啊，迟早会为了她的嫉妒心付出代价。

男人轻啄女人的额头，低声哄她："宝贝乖，老公也会努力为你拿到编制的！一会儿看到她，你别再给她甩脸子了，把请柬递给她。"

"凭什么呀？"女人嘀咕道，"我结婚，不想请她。"

"又不是让你请她当伴娘。"男人说，"我是她领导，她来吃宴席，肯定要送个大红包，到时候老公给你换个新包包，怎么样？"

"呸！"女人脸色好了些，嘴硬说，"杨笑的臭钱，我才不稀得要。"

——什么？

孟雨繁这才发现，原来小头爸爸和售楼小姐嘀嘀咕咕这么半天，骂的人居然是笑笑姐！

回忆起他们刚刚的恶意中伤，孟雨繁心头火起，恨不得现在就拉开车门冲下去，给他们一些颜色瞧瞧。

他的手已经碰到了车门把手，但在拉动前的一秒，他又突然冷静下来——小头爸爸是杨笑的领导，可不是那个死皮赖脸的前男友，他能把她的前男友蒙上麻袋痛揍一顿，却不能动这个领导分毫……

这是一场和他无关的战役，这是杨笑的战场。

他绝对不能因为一时冲动，毁掉她的工作。

……

不知什么时候，小头爸爸离开了，只剩下那位聒噪又刻薄的售楼小姐等在停车场里。

没过一会儿，熟悉的高跟鞋声响起，杨笑裹着一身寒风，匆匆向着自己的 SUV 走来。她今天在办公室斗智斗勇了一天，只想赶快回到温暖的家里，把高跟鞋一踢，舒舒服服泡个脚才好。

哪想到，她却在自己车前，看到了一个阴魂不散的身影。

"笑笑呀，我等你好久啦！"苗梦初亲亲热热地迎上来，像是好姐妹一样伸出手来，想要挽住杨笑的胳膊。

杨笑不着痕迹地避开，看向了她："我看你不在工位上，还以为你提前下班了，怎么在这儿啊？"

"我当然是在等你呀。"

抛去孟雨繁的偏见，其实苗梦初是很受男人欢迎的那类女孩子，娇软可爱，擅长发嗲，尤其是像黄老邪这个年纪的老男人，看到她就会激起保护欲。

但可惜，苗梦初的嗲功不是对谁都有效的。

在杨笑眼里，只觉得她矫揉造作，一把年纪还在装孩子气。

上班的十个小时里，她已经受够了和这张漂亮脸蛋的主人亲亲抱抱，下班时间，她自然没什么好脸色给她。

"等我做什么？"

"喏，这是请柬。"苗梦初从随身的小包包里掏出一枚红色卡片，递到了杨笑面前，"下个月我和黄老师就要举办婚礼了，我们都觉得，一定

## 第十五章 新领导空降

要请你来参加。"

杨笑盯着那硬硬的红色卡片，突然明白，为什么很多人会把结婚请柬称为"红色炸弹"了。

确实——让她很想爆炸。

她们两人都未注意到，就在她们身后的SUV内，孟雨繁把自己团成一大团，鬼鬼祟祟地扒着车窗，正密切地偷窥着她们的一举一动。

男孩嘴里碎碎念着："笑笑姐，千万别接，千万别接，千万别……"

可惜，他的祈祷落空了。

只见杨笑伸出手，两根芊芊细指悠然地捻住那张猩红色的卡片，然后轻轻一抽，便把它拿到了自己的掌心中。

"黄老师的婚礼？我肯定会去的——"女孩眉目含笑，声音如凤鸟轻啼，划破了萧瑟的冷空气，"——毕竟，他第一次婚礼时，我还没入台；下一次婚礼时，估计他已经去卫视了；那他这一次的婚礼，我肯定不会错过了。"

偷听的孟雨繁："真不愧是笑笑姐啊！"

办公室守则第四条——关系不好的同事，千万别请她去婚礼，否则，婚礼变葬礼。

苗梦初的脸色青青白白，若不是送出去的请柬不能再收回，她真想把杨笑手里的请柬再抢回来！

她恨不得昭告天下："没有下一次婚礼！"但她上位的这条路名不正言不顺，这话出口实在没有底气。

杨笑当着她的面，淡定地把请柬塞进了包包里，根本不怕她去和黄老邪告状。

反正双方现在距离图穷匕见只差一步，表面功夫做得再好也没用。

苗梦初受了个大委屈，气得一张小脸都扭曲了，就连转身离开时，背影都显得格外狼狈。

杨笑目送她越走越远，记忆里依稀还能想起两人刚入台时，互相扶持、互相鼓励的画面……但这更加证明了，曾经的她究竟有多么幼稚。

因为心事重重，她并没有注意到车上已经有了一位乘客，她拉开车门正要上车,副驾驶座突然出现了一个高壮的人影……

杨笑一声尖叫,差点以为车上有贼。

"笑笑姐,别害怕,是我,是我!"孟雨繁赶快高举双手投降,"我想给你一个惊喜……"

"这明明是惊吓!"杨笑没好气地拍拍胸口,把手里的包包扔到了孟雨繁身上。

她上车、落锁,问:"你听到多少?"

孟雨繁老实地说:"我都听到了……我来得早,刚才那个特别讨人厌的女的和小头爸爸在这里又亲又抱,说了好多你的坏话!"

他简直像个放学回家后对父母告状的幼儿园小朋友,一脸愤愤不平的样子,拳头还捏的啪啪响。

"小头爸爸?"杨笑反应了几秒,这才想起许多年前她给黄老邪起的外号,"臭鱼配烂虾,乌龟配王八。我真是倒了血霉,只认识小头爸爸,没发现我身边有个会通风报信的围裙妈妈。"

"厉害啊笑笑姐,双押!"孟雨繁啪啪啪鼓起掌来,"你会 rap 啦!"

"去去去。"杨笑没忍住捶了他肩膀一下,不过那一拳轻飘飘的,她笑道,"就会打岔。"

杨笑心情不好,不想回家,她开车载孟雨繁去吃饭,路上,她向男孩讲述了她和苗梦初之间的龃龉。

自从她向孟雨繁敞开心扉说了于淮波的事情后,他们之间原有的隔阂就消失了,杨笑开始学会倾诉,把生活、工作中的不如意讲给他听,不再如之前那样,把所有事情都憋在心里。

有时候,孟雨繁会开导她,为她提建议,但大多数时间,他只是静静倾听而已。

"懂得倾听"——光是这一点,就足以把其他男人甩下去了。

"我懂了……"孟雨繁听完她的话,恍然大悟,"你之前那么讨厌徐冬,是不是也是因为这个原因?你被好朋友背叛过,所以担心我也被朋友背叛。"

"差不多吧。"杨笑一边开车一边回答,"但我现在没那么讨厌徐冬

## 第十五章 新领导空降

了,毕竟他两次给我通风报信,我能看出来,他不是故意针对你、伤害你,但苗梦初不同,她的目的很明确,就是为了让自己上位,拿我当垫脚石。"

如果单看结局,苗梦初确实成功了。

今年年初,黄老邪和发妻离婚,对外宣称是和平分手,但明眼人都看得出来是为什么。这不,刚离婚做完财产分割,苗梦初就成功上位,在朋友圈高调贴出两人的结婚照,现在又张罗起婚礼的事情。

"难道拿那种人,一点办法都没有吗?"孟雨繁还未踏入社会,不明白这种沽名钓誉、道德败坏的人,怎么还能身居高位。

"要是三年前的我,确实没什么办法。"杨笑神色平静,"但我现在可是'钮祜禄笑'了。"

"……啊?"

之前她被人欺负了,只会傻乎乎地离开,现在的她,早就学会了迎头痛击,把自己想要的东西抓在手里。

杨笑最近因为工作积攒了不少坏情绪,和孟雨繁吃完饭后,她并没有送他回学校。

两人到了地方,门一关,直奔主题。

杨笑后背抵着房门,昏暗的灯光下,美艳不可方物。

她踮起脚尖,这一刻,已经分不清是她在攀着他,还是他在拥着她了。

……

卧室一片凌乱,杨笑趴在床上,心里郁结的那股气已经疏散了很多。

孟雨繁任劳任怨,乖乖收拾房间。

从背影看去,男孩宽肩窄臀,肌肉线条流畅,宛如雕刻大师所做的石像。

孟雨繁将杨笑的衣服挂好,又拿起地上的丝袜,尴尬地挠挠头,不好意思地说:"笑笑姐……这怎么办啊……"

"没事,直接扔了吧。"杨笑裹着毛毯起身,"家里有新的,回去再换。"

"回去?"孟雨繁惊讶道,"你要回去了?"

"嗯。"杨笑走向浴室,随口道,"明天还要上班,我不能两天都穿着一样的衣服,这样所有同事都知道我今天晚上夜不归宿了。"

浴室门合上,发出咔嗒一声脆响。

孟雨繁坐在沙发上,眼神望着紧闭的浴室门,刚刚的快乐和幸福在一刹那全部褪去了。

让别人知道,她昨天晚上和自己在一起,有那么不堪吗?

等到杨笑洗完澡,热气腾腾地从浴室里走出来时,孟雨繁已经收拾好了一切,房间恢复了原样。

杨笑长发只吹了半干,披散在背上。

孟雨繁见她头发还湿着,忙问:"怎么不吹干了?"

"懒得吹。"杨笑耸耸肩,"而且这里的吹风机质量不好,太伤头发,我戴了帽子,先压压,回家再吹。"

孟雨繁想起她家里那个价值数千元的吹风机,不再说什么了。

"对了,我刚才就想问——这是什么?"她在他身边坐下,强硬地拉过他的右手,手指勾起他腕间黑色的弹力绳,"没看错的话,这是一根'小皮筋儿'吧?"

孟雨繁这才发现自己露馅了,都怪他太嘚瑟,从杨笑家"偷"了皮筋后,第一时间戴到了手腕上,就连打球都不曾摘下。自从他戴上小皮筋后,去其他学校打球,再也没有女观众会来羞答答的勾搭了,但他给忘了,他偷皮筋的行为名不正言不顺,是万万不能被失主看到的!

他惊慌失措之下,说了个荒诞的谎话:"我,我想把头发留长!"

"……你,留长?"

"嗯,我之前看过这样的发型。"他双手在头发上比画了一下,"两边剔光,中间长发编成脏辫。"

"你要真梳成这种发型,以后就不用再上我的床了。"杨笑打断他,向他摊开手掌,手指勾了勾,不容拒绝地说,"交出来吧。"

男孩像是被一盆凉水兜头浇下,又像是被架在烈火上煅烤,他心里五味杂陈,声音压得极低,问:"就一根皮筋,也不行吗?"

他几乎是在哀求了。

## 第十五章　新领导空降

可杨笑却不容分说地拒绝了他："当然不行。"她严肃地说，"这根皮筋的意义不一样。"

这是唐舒格花了大价钱从黄牛手里抢拍来的她家偶像的用品，用唐舒格的话来讲，"上面还带着哥哥的体香"，当然意义非凡。

但孟雨繁却误会了杨笑的意思，他想，是啊，这根皮筋的意义当然不一样——这根看似普通的黑色头绳，代表了一段稳定且幸福的感情关系，这应该是女孩主动送给男孩的，而不是像他这样，用卑鄙的手段偷来的一段时光。

"好吧。"他垂头，骨节分明的手掌拉下了那圈黑色的皮筋，把它轻轻地、同时又格外郑重地，放回了杨笑的掌心。"我把它还给你，笑笑姐。"

他把这根皮筋还给了她。

可是她能把他的心，还给他吗？


第二天一早，杨笑精神焕发，雄赳赳气昂昂地出现在了办公室里。

都说西装是男人的铠甲，那高跟鞋就是女人的武器。

自从苗梦初空降《午夜心路》节目组后，杨笑脚下的鞋跟越来越高，款式也越来越张扬。

她最爱的一款高跟鞋，黑色鞋面，红色鞋底，红黑相撞，行走间给这世界留下一抹惊艳的红。其次是一双经典款，缎面鞋身配钻石方扣，即使全身不戴一件饰品，脚下闪耀的切割水晶也足够吸睛。

刘悦月不止一次艳羡地说："杨姐，你是来上班的，还是来参加时装周啊。"

苗梦初看到杨笑的打扮之后，不甘示弱，每天打扮得花枝招展，就连指甲都做得光芒四射，誓要在外形上把杨笑比下去。

可杨笑连一个眼神都懒得给她——苗梦初有时间琢磨外貌，不如先琢磨琢磨自己的工作。

杨笑之前给苗梦初留"作业"，让她尽快提交一份对节目选题的策划案，苗梦初拖拖拉拉很久，才勉强交上来一份。结果呢？她那份策划案写的是驴唇不对马嘴，里面提交的选题计划，完全是异想天开。

## 男友请就位

他们《午夜心路》是谈话类节目,邀请的嘉宾一般都是圈内有名的"老前辈""实力派",很多演员可能观众叫不出他们的名字,但是见到他们的脸,就能一眼认出他们来,有时也会请一些文化界人士,比如作家、编剧等等。

而苗梦初的建议是,"为了提高收视率,建议邀请娱乐圈知名的流量艺人……"

杨笑简直怀疑苗梦初是想公费追星,她列表里所列的那些顶流艺人,轮番出现在她的手机屏幕和电脑壁纸上,一会儿叫这个老公、一会儿叫那个老公,不知道的还以为她给黄老邪戴绿帽子了呢。

杨笑直接回了个全员邮件——

"亲爱的,我建议你在写策划案之前,先看一下咱们节目的预算表,咱们一个季度的通告费,都请不来你列表里的一位流量艺人。"

他们虽然隶属综艺频道,但和娱乐类节目还是有很大区别,观众层年龄更大,风格更沉淀。

苗梦初颜面无光,她憋着一口气,又连夜赶制了另一版策划案。

她对新的策划案格外自信,这次换她主动抄送了全员,不过文档内容比上次还要荒诞可笑,她居然建议节目直接改制,改成当下最流行最有话题度的"真人秀预录+演播室点评"的模式!

她说得天花乱坠,但明眼人都看得出来,她这是准备照抄韩国综艺。

"苗苗,"杨笑连给她回邮件的力气都没有了,直接转过头看向旁边工位的她,"咱们是一周一期的常驻节目,不是季播节目。想要改制,不是你一份策划案就能敲定的,这需要一层层报告到频道上,频道再报给台里,台里讨论、修改、再讨论、再修改,整个节目至少要停播两个月!"

"为了节目以后更好的发展,停播也是不可避免的啊!"苗梦初振振有词。

"那你告诉我,停播这两个月,台里要拿什么节目来顶替咱们?"杨笑冷冷地道,"若新节目顺利上位了,就算咱们改制成功,你觉得它们会把这个时间段还给咱们吗?"

苗梦初被怼到哑口无言。

## 第十五章 新领导空降

她没话可说,偏偏又嘴硬,不肯认错,犟嘴道:"杨笑,你别仗着自己是组里老人就指手画脚的。是,没错,我确实没你有经验,那我倒想看看,这么有经验的你,又能有什么奇思妙想,把这节目的收视率提升上去?"

"真是巧了。"杨笑挑眉一笑,"我这儿正好有一份奇思妙想。"

说罢,杨笑直接从电脑里拖出来一份文档,拉到了小组成员的共享文件夹里——"《午夜心路》节目收视率一直不算高,和频道内比,只能排在中游,如果和其他频道相比,这个收视率就要排倒数了。前不久,台里接连结束了几个收视率不高的节目,虽然咱们节目在吴哥的背书下平安度过,但我们也不能心存侥幸。我在进行了市场调研后做了一份全新的策划案,大家看看,提提意见吧。"

苗梦初看着那份足有二十页、内容详尽、数据翔实的PPT,这才反应过来,原来她被杨笑算计了!

杨笑了解苗梦初,了解她的虚荣、她的急功近利、她的好大喜功,所以,杨笑特意给苗梦初布置了这么一个"任务",就是为了用她的狼狈当作垫脚石,引出自己手里的这份策划案。

杨笑野心昭昭——她想做节目,她想做一档好节目!

她才二十五岁,她不愿意在一档收视率只有0.8的深夜节目里养老,她要做出成绩,让卫视的人注意到她!

相比于空口说大话的苗梦初,组里的人自然更信任杨笑,大家赶快点开杨笑的策划案,认真看了起来——

"杨姐,我觉得这个很可行啊!"刘悦月这个啦啦队队长第一时间为她摇旗呐喊,"我们之前怎么没想到呢,文体不分家,体育明星流量这么高,完全可以做一波冠军特辑啊!"

没错,杨笑提出的办法其实很简单:《午夜心路》之前二百多期请的都是文化界、艺术界、演艺界的名人,知名度虽然有,但观众群体年龄层偏大,没有足够的宣传作用,那不如扩大邀请嘉宾的领域,向体育界发展看看呢?

最近两年,乒乓球明星、游泳明星等体育界明星收获了不少关注度,

**男友请就位**

甚至有退役明星离开赛场后，投身娱乐界，他们的通告费不算高，若是能请来，肯定会对节目有很好的宣传作用。

"你想得也太简单了吧！"苗梦初跳出来唱反调，"你说的那些体育明星我知道，人家合作的都是知名品牌、卫视大节目，他们凭什么上咱们这一个地面台的工作日小节目？你觉得你有那么大本事，能敲下他们的档期？"

杨笑的表情纹丝不动："我有没有那么大的本事，你可以等着瞧。"

苗梦初被她一句话噎回来，气到差点心肌梗塞，办公室里的其他人见她吃瘪，都乐得看笑话。

杨笑从来不是无的放矢之人，她早就想好了接下来的路怎么走。

她有个在体育频道工作的朋友，为她推荐了一个自带流量的体育明星——CBA 华城队的队长，冯相。

他相貌英俊，曾经代领华城队拿到过几次 CBA 冠军，性格豪放不羁，话题度非常高。更重要的是，他是华城大学出身的男篮球员！而圣诞节那天的 CUBA 预选赛的最后一场，他身为杰出校友绝对会到场。

刚巧，杨笑手里有孟雨繁送给她的门票。

她决定借此"偶遇"冯相。

**KUWEI**
**酷威文化**

图书 影视

# 男友请就位

莫里 著
MoLi WORKS

下册

江苏凤凰文艺出版社

# 目录
## contents

| 第十六章 | 流量篮球运动员 | 297 |
| 第十七章 | 不准离开我 | 314 |
| 第十八章 | 节目录制事故 | 328 |
| 第十九章 | 电视台问责 | 351 |
| 第二十章 | 绝地翻盘 | 369 |
| 第二十一章 | 孟家爸妈回国 | 390 |
| 第二十二章 | 柏树枝 | 411 |
| 第二十三章 | 新的节目，新的挑战 | 428 |
| 第二十四章 | 《篮板之王》 | 450 |
| 第二十五章 | 神秘赞助商 | 473 |
| 第二十六章 | 节目录制 | 496 |
| 第二十七章 | 球场重伤 | 529 |
| 第二十八章 | 扣碎篮板！ | 546 |
| | 尾声 | 581 |
| 番外一 | 一场惊喜 | 587 |
| 番外二 | 公开秀恩爱 | 595 |
| 番外三 | 关于爱情的三个瞬间 | 606 |
| 番外四 | 关于婚礼 | 612 |

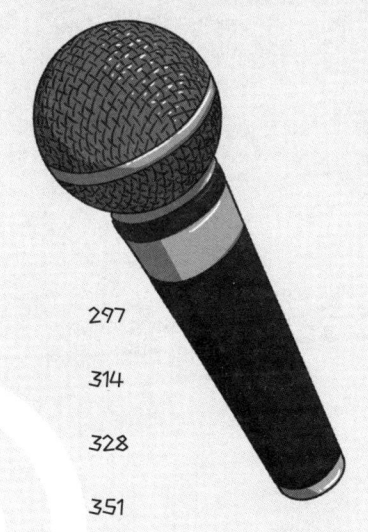

# 第十六章
# 流量篮球运动员

十二月二十五日，是个特殊的日子。

对于万千商家来说，这是年末大促、双旦来临，可以大赚一笔的日子；对于世界上数不清的小情侣来说，这是一掷千金吃大餐，再找个地方窝在一起温存的日子；而对于华城大学篮球队的队员们来说，这天，可是CUBA预选赛最后一场的关键日子！

CUBA分为省预赛、分区赛和全国赛三个主要部分，每年最后三个月举行预选赛，预选赛的前两名自动晋升来年的分区赛，四个分赛区的四强又晋升全国赛……车轮赛最是考验选手的耐力。

华大篮球馆里，武教练吹响口哨，把场上的十几名队员都叫来了面前。十七个身高两米上下的小伙子，昂首挺胸站成两排，武教练眼神骄傲地看着自己带出来的"兵"，欣慰地说："不错，明天是预选赛的最后一场了，即使咱们已经占据了比赛优势，但绝对不能懈怠！——给你们透个消息，明天，有个大人物要来。"

"大人物？""什么大人物？"

十几双眼睛互相看看，每个人的脸上都写着好奇。

"难道是……"有人惊喜地叫出声，"难道是球探！"

球探，顾名思义，就是发掘赛场上优秀苗子的猎手。他们的工作和星探差不多，不过星探活跃于大街小巷，而球探呢，则出现在赛场旁。

"异想天开。"武教练哼了声，"一个小小的地区预选赛，你们觉得球探会来？"

好吧，老武头说得对，球探很少出现在CUBA赛场，一般都是在全国大赛的最后几场才能看到他们的身影。

"教练,那还有谁能称得上'大人物'啊?"队长刘方舟问出了大家心里的问题。

"这人不仅是个大人物,还是个和你们息息相关的大人物。"武教练难得见了两分笑模样,胸前的银色口哨闪闪发亮,他不再卖关子,直接说出了答案,"——是冯相。"

"什么!冯相要来?"

"是冯队长!"

"冯师兄!"

冯相可是从他们华城大学走出的明星球员,每年在星探推荐下参加CBA选秀的年轻球员本来就不多,能真正进入大俱乐部、参加一级联赛的球员就更少了,一年都数不到三个。冯相简直像是"起点小说"里的开挂男主,本科还没毕业就被球探看上,以选秀状元的身份高调进入华城男篮队,效力五年,拿下了两年 MVP!

毫不夸张地说,冯相是华城大学篮球队所有队员的偶像,这帮男人追起星来,比女孩子还要夸张。

冯相左边的眉毛是"断眉",一道显眼的白色伤疤把整条眉毛一分为二,更衬得他张狂不羁。

黄晓柯已经计划好了,为了迎接偶像的到来,他明天要把眉毛中间剃秃了!

他的计划一说出口,立刻招来了刘方舟毫不留情的嘲笑:"你这个脑残粉,追星追到这份上,你以为剃掉眉毛就能离偶像近一点了吗?"

黄晓柯被臊得面红耳赤,大声道:"我剃我的,我乐意!"

队员们哄堂大笑,整个篮球队里都洋溢着一种躁动的热情,每个人都打起一万分的精神,准备迎接偶像的到来。

可是,当大家在热闹地议论这件事的时候,却有一个人心事重重,连脸上的笑容都浮在表面,木然地跟着大家一起点头、鼓掌,明显心思飘到了别处。

而这个人,就是孟雨繁。

"你怎么了?"身为球队边缘人物的徐冬注意到了他的心不在焉,徐

## 第十六章 流量篮球运动员

冬犹豫了一下,还是压低声音问了一句,"心情不好?"

"啊?哦,没有,我在想别的事。"孟雨繁敷衍地摇摇头,抱着篮球走到了一旁的篮框下。

徐冬跟了上去,问:"你最近分心分得很严重,你以为武教练和其他几位教练注意不到吗?"

"究竟怎么了?"徐冬问,"你上场比赛就进了那几个球,下半场教练直接把你换下去坐冷板凳,你要再这样浑浑噩噩下去,你之后的比赛怎么办?"

孟雨繁却固执地不肯说话。

徐冬见他油盐不进,也懒得同他再兜圈子。他抬起右手,用手指在左腕上比画了一个圈,问孟雨繁:"是因为'这件事'吧?"

孟雨繁一惊,脱口而出:"你怎么知道?"

"队里人都知道了。"徐冬无奈道,"你前不久戴上了小皮筋,就连训练完洗澡的时候都不摘,成天嘚瑟,结果突然有一天,你手腕上的皮筋不见了。大家都怀疑你是分手了,但是怕刺激到你,没敢直接问你。"他压低声音问,"你和杨笑……"

"我们没分手。"孟雨繁立刻打断他,"我们之间……确实有些问题,但是我们绝对不可能分手的。"

他把"绝对不可能"几个字咬得很重,可越是这样笃定,徐冬越是怀疑两人已经站在了悬崖边上。

姐弟恋本就艰难,尤其他们俩一个已经工作,一个还在象牙塔,各种观念的冲突只会更多,如果有一方"累了",那么这段感情随时都会破灭。

他如此嘴硬,徐冬也不好再多说什么,他只能拍拍他的肩膀,在心里默默祝福孟雨繁感情顺利了。

在徐冬走后,孟雨繁拖来整整一筐篮球,机械地站在三分线外,一个一个又一个地投篮,他心存杂念,胡思乱想,投出的球自然大失准头。

一筐五十个篮球全部投完,真正入篮的不过十之一二罢了——而他正常的三分线投篮命中率,至少在百分之六十以上。

他真是太差了。

男孩望着篮球场内满地乱滚的橙红色篮球，一股深深的沮丧感涌了上来。

他现在连篮框都射不中了，还怎么射中笑笑姐的心啊！

月落日升，转眼就到了比赛当天。

这场比赛定在下午，队员们和武教练约好，散场后不去聚餐、不去唱K，也不跟大巴车回校休息——他们早就定好了圣诞夜的安排，要和女朋友一起度过！

武教练哭笑不得，他看着面前的十几个男孩，感觉像是在看十几头刚下山的小猛虎。

武教练问："行吧，你们既然有自己的安排，那我就不强求了。"他忽然皱起眉头，疑惑地问，"……你们谁给我解释一下，你们的眉毛都是怎么回事？"

也不知这群小男孩在搞什么行为主义，居然有一多半人都把左边眉毛剃豁了！原本笔直糙杂的眉毛从中间断开，变成了怪模怪样的"断眉"。

黄晓柯下意识地捂住眉毛，看向了同样捂住眉毛的刘方舟。

黄晓柯挤眉弄眼："队长，这么巧？"

刘方舟咳嗽一声："啊……那什么……真巧。"

黄晓柯啧啧："'真巧'没看出来，这明明是'真香'吧？"

武教练看着手底下这群追星小脑残，觉得自己的脸面都要丢尽了，他看来看去，唯有孟雨繁让他省心：孟雨繁的眉毛好端端地长在眉骨上，没断、没豁，也没少。

"很沉稳嘛，孟雨繁。"武教练大力拍了拍他的肩膀，表扬他，"知道冯相要来观战，还能这么沉得住气，不错！"

孟雨繁一直神游天外，直到这时才"苏醒"过来，茫然地"啊"了一声："……什么，冯师兄要来？"

武教练无法预料地目瞪口呆。

行吧，他还以为孟雨繁是最省心的一个，现在看来，他明明是最不

## 第十六章　流量篮球运动员

省心的一个！

这场比赛，华城大学占据主场优势，冯相亲自到场除了来给他们加油以外，另一个目的就是回母校看看、探望曾经的老师和教练。

冯相是 CBA 业界有名的新星选手，上个赛季代领华城队捧起了 CBA 冠军，他的球风个性鲜明，他为人豪爽不羁，狂吸了一波粉丝。有消息灵通的球迷提前得知他要回母校看球赛，早早守在了篮球场外，手里拿着从黄牛那里买来的高价票，迫不及待地想见偶像一面。

杨笑拿着一枚淡黄色的门票，挤在人群之中，耳边听到的全是关于冯相的议论，杨笑不仅知道了冯相的身高、体重、球衣数字、投篮命中率，还知道了他以前有多少任女友现在正处于空窗期……

分享这些八卦的，是排在杨笑身后的两个年纪不大的女孩子，她们俩从头到脚全副武装，戴着口罩，背着巨大的相机包，这副打扮一看就是"站姐"。

不愧是圈内有名的"流量运动员"，这阵势，和娱乐圈的年轻小生相比也不遑多让了。

其中一个站姐注意到了杨笑手里淡黄色的门票，眼前一亮，立刻过来攀谈："姐姐，你手里的是内场票吧？"

"……啊？"杨笑蒙了，只听说演唱会有内场票，怎么看个篮球比赛也有内场票？

原来，这场比赛因为观众很多，特别设定了一个"内部人员观看席"，队员们一人可以领三张，送给亲人、朋友、爱人。据说，冯相到时候就会坐在这片区域。

内场票叫价很高，但一直是有价无市的状态，谁会舍得把队员亲手送的票，转卖给外人呢？

站姐羡慕地问："姐姐，你这票是谁给你的啊？"

杨笑微笑作答："我男朋友。"

这四个字坦然地在她舌尖上转了一圈，落地时清脆响亮，带着她本人都没察觉出来的自豪和骄傲。

不等她自己消化掉这份情绪，人群之后忽然传来了一阵躁动——

远远的,一个身高傲人的男人快步走来,他穿着宽松的长款羽绒服,拉链大开,露出包裹在运动服下的健壮身体。他没有戴鸭舌帽,也没有戴口罩、墨镜等任何可以遮掩住脸部的饰品,就那样坦然地把自己暴露在了所有观众的视线当中。

他很高,远超于常人的高,他一步步走近,人群就像是被分开的海水一样,自动向两侧让行。

——是冯相。

"又见面了,各位。"他语气熟稔,不像是在和粉丝说话,倒像是在招呼认识多年的朋友,他头一歪,下巴扬向了场馆的方向,"我先进去了,咱们里头见啊。"

说罢,他在保安的护送下,提步顺着 VIP 通道离开了。

因为人群很挤,他与杨笑的距离一度很近,即使只是擦肩而过,他身上那股带有侵略性的古龙水味还是迅速蔓延了过来。

也是在那个瞬间,冯相的眼神恰好从杨笑身上划过,四目相对仅有短短一秒,男人冲她抬了抬眉毛,露出了一个略有些俏皮的笑容。

杨笑终于明白为什么冯相会成为"流量运动员"了。

因为,他真的很有魅力。

"兄弟们,冯师兄已经到了!"消息最灵通的黄晓柯冲进了更衣室,他嘴巴里像是装了一个扩音器,嚷嚷到门窗都嗡嗡作响。

"真的!"

"还能是假的?"黄晓柯夸张地说,"他的粉丝把三分之二的看台都给包了!听说现在篮球馆外面,有不少人拿着现金从学生手里收票呢!价格都开到这个数字了!"他比了个数字,配合他瞠目结舌的表情,效果非常滑稽。

"天啊!"有人惊奇道,"这价格是坐在冯师兄腿上看吗?"

还有人说:"不知道我这辈子能不能像冯师兄一样,拥有这么多的粉丝……不,我只要有他一半粉丝就心满意足了!"

有个中锋艳羡地说:"咱连校门都没出,CUBA 能不能拿到全国四强

## 第十六章 流量篮球运动员

都不确定，人家冯师兄，可是两届 CBA 的 MVP，还是全国冠军！你们信不信，咱和冯师兄站在一起，没有一个女生会把眼神落在咱们身上。"

大家纷纷附和，唯有孟雨繁心不在焉，独自一个人坐在更衣室的角落里，心思早就飘走了。

他前几天一直在封闭训练，连手机都没摸到，自然也没能和杨笑联系。

他虽然把这场比赛的票送给了杨笑，但杨笑却一直没能确定来不来。今天是圣诞节，他原本打算，在比赛之后，把这段时间一直积在他胸口的话说出来的。

可若是她没来……

他的一腔情意，又要对谁说呢？

华城大学篮球馆有些老旧，仅能容纳一千名观众，CUBA 预选赛的关注度不高，很多时候就算送票也坐不满一半观众席。但是今天，整个观众席座无虚席，甚至有人拿着"站票"，把山顶的走廊位置都给挤满了！

看台上，位置最好、最靠前的一片区域被单独圈了起来，拿着黄色内场票的球员亲友，在保安的引领下坐进了这里。

杨笑的位置在内场最后一排，左右都是球员家属，而她的目标人物冯相，则坐在了第一排。

他的官方身高有两米零一，体重九十五公斤，和孟雨繁一样，也打前锋位置。他身旁都是篮球队没有上场的其他球员，他还未落座，那群年轻球员们就热情地围过去，找他合影、签名。

她仰着脖子看着第一排的那几个大高个，考虑要如何淡定又坦然地走过去，在关键时刻插话说出自己的目的。

她以前做过记者，很懂话术，若想打开局面，一定要找到冯相感兴趣的话题。

来看比赛前，杨笑特地从网上搜罗了冯相的资料，全部记在了手机里。

对面的看台上,粉丝们居然打出了条幅,上面写着热情洋溢的告白:"冯相,我'想'把你放在我'心'上。"

不知道的人,还以为这是冯相的专场见面会呢。

见到粉丝们的条幅,冯相起身冲她们挥了挥手,站姐们纷纷举起手里的"长枪短炮",一时间,整个场馆里都充满了快门按下的清脆声音。

看到这一幕,杨笑对冯相的人气有了更充分的认识,若是真能请他上节目,收视率绝对能有显著的提升!

比赛就快开始了,杨笑不敢再耽误时间,她要立刻、马上、现在就拿下冯相!

她从随身的包包里掏出补妆镜,镜中的女孩妆容精致,明艳大方——眼线,OK;口红,OK;发型,OK;衣着,OK!

她对着镜子自信一笑,收好随身的东西,从最后一排起身,逐级而下,慢慢走到了看台的最前方。

冯相身旁有个随行的工作人员,三十出头,看不出来是他的助理还是他的经纪人,那位工作人员见一位打扮精致的知性美女娉婷走来,顿时神色紧张,第一时间拦住了她。

"请问您有什么事吗?"

杨笑知道,若她直接说自己是电视台编导,肯定会被拦下,她不慌不忙,拿出手里的黄色门票在那人眼前晃了晃,浅浅一笑:"我是来找朋友的。"

说完,她明眸一扫,准确地从第一排里抓出了她的目标。

"冬冬!"她亲热地喊,"阿姨来看你了!"

徐冬莫名其妙被抓包。

工作人员看看又高又壮的徐冬,再看看眼前这位明眸皓齿的年轻"阿姨",震惊到说不出话来。

杨笑长发一甩,在工作人员的注目礼下,款款走到了徐冬面前。

她今天喷了一款小众沙龙香水,Frederic Malle 家的 Une Rose,主调选用了很少见的玫瑰与红酒搭配,后调的木质香支撑了中调花香,让她闻上去宛如醇酒般诱人,但又隐隐透着一股神秘与坚定。而她走过的

## 第十六章　流量篮球运动员

地方，香气随之蔓延。

"大外甥，让一让。"她低头看向坐在冯相身旁的徐冬，"我要坐在这里。"

徐冬的身体先脑子一步，往旁边错开一个座位，给杨笑留出了一个空位。

杨笑转身，坐下。

同排的篮球队员们认出了她，压低声音议论纷纷。

"等等，她不是繁子的'小皮筋儿'吗？我记得之前和传媒大学打的时候，她就来看过！"

"对啊，繁子还把校花送的花，转送给她了呢。"

"怎么回事，她什么时候成了徐冬的阿姨？"

"你问我，我问谁啊？"

"不过她和繁子是不是分手了啊，我记得繁子的小皮筋儿好像没了……"

"嘘！"

如果他们在赛场奔跑的速度，能赶上他们八卦时思维奔跑的速度，那他们就不用在场下坐冷板凳了。

几人的窃窃私语并没有传到杨笑耳边，她现在一心想着工作，为了收视率，为了用成绩给渣男贱女一个耳光，为了晋升卫视……她必须拿到冯相的专访！

她闭上眼，在心中默数三、二、一，调整呼吸。

然后她睁眼，转身，看向坐在自己右侧的冯相。

"冯队长，久仰大名。"她大方一笑，伸出右手，"我是杨笑，我是一名——"

"杨小姐，幸会。"冯相打断了她未出口的自我介绍，他执起她的手，掌心的老茧粗糙。两只重叠的手上下轻晃，男人深邃的眼神落在了她的脸上，左眉上的伤疤并未削减他的英俊，反而让他显得更有魅力。"知道你的芳名就够了，其他的，都不重要。"

音乐震天响。

在啦啦队的劲歌热舞中,赛场两边的休息室大门敞开,两队球员鱼贯跑出,向球场两侧的观众们挥手致意。

刚一跑出休息室,华城大学的队员们就吓了一跳。

黄晓柯脚下发软,紧张道:"这……这人也太多了!"

刘方舟点点头,看着已经坐满、站满看台的粉丝,不无羡慕地说:"不知道什么时候,咱们也能像冯师兄那样,有这么多的粉丝呢?"

"会有的。"十二人当中,孟雨繁是唯一一个没有露出羡慕神色的人,他语气笃定,就像是在叙述一件注定成真的事情,"我的粉丝,未来会比他还要多。"

他们是主场作战,本就占尽优势,和他们对抗的华城艺术大学是个"水队",看到这满坑满谷的观众,已经完全丧失斗志了。

两方队员握手,面上看着其乐融融,不过谁都知道,这场比赛的差距就像是老虎与猫咪,胜负早成定局了。

握手结束,七名替补走向了赛场旁的休息区。孟雨繁是本场比赛的首发,身为前锋,他要争夺第一节的跳球权。

华城艺术大学的篮球队实在太"水",学校里拼拼凑凑居然找不出几个能打篮球的高个子,充当前锋的男孩仅有一米八五,比孟雨繁足足矮了十一厘米,两人站在一起,不论是肌肉量还是身高都差距鲜明。

这一球,孟雨繁拿定了。

裁判手捧篮球站在了中圈,右手捧球,左手拿起银色口哨放至嘴边——哨响,篮球高高上抛,飞向天空。

同一时间,孟雨繁和对手前锋同时起跳,举高手臂,伸开五指,追向那枚起飞的篮球……

当孟雨繁跳至最高点时,地心引力仿佛消失了,他几近滞空。

跳球是争夺第一节发球权的最重要一环,谁能跳起抢到这个球,就能掌握第一节的节奏。

可偏偏在如此关键的时刻,孟雨繁走神了。

他看到了什么?看台上,杨笑坐在冯相身边,两人都没有关注球场上的比赛,而是言笑晏晏,不知在聊着什么话题。

## 第十六章 流量篮球运动员

男孩怔住。

电光火石之间,无数杂念涌进他的脑海。

孟雨繁虽然大脑放空,但身体还记着自己应该做的动作。

男孩手掌一挥——篮球擦着他的指尖划过,在所有人都震惊的视线里,落入了艺术大学前锋的怀中。

开局就失利,场边的武教练气到心肌梗塞。

而在场的所有观众,也没料到看起来就很"专业"的华大前锋,居然连跳球都抢不到。

那个拿到球的敌方前锋也愣住了,但这白来的机会怎么能错过,他立刻带球奔向华城大学的篮框,好在刘方舟反应迅速,立即在中场截断,重新把球夺回了自己手中。

场上局势瞬息万变,开场不到三十秒,就经历了如此跌宕起伏的剧情,所有观众的注意力立刻都被抓走了。

杨笑也是一样。

她哪里还顾得上什么冯相,她下意识地探出身去,双手紧握栏杆,屏气凝神,紧张地望着球场上奔跑的少年。

直到孟雨繁重新把球抢回,带球猛攻至对方篮下,率先抢进一球……杨笑才放下高悬的心,把郁结在胸口的浊气吐出。

"看来杨小姐很喜欢篮球啊?"身旁的冯相饶有兴趣地问。

直到他的声音响起,杨笑才想起来,她居然把自己打算请的嘉宾晾在了一边!

她赶忙坐回原位:"抱歉,我看得太入神了……不好意思,您刚才说什么?"

"没关系。我刚刚说,看来杨小姐很喜欢篮球啊!"冯相笑容爽朗,可说出口的话听上去却没那么悦耳,"其实CUBA没什么意思,都是一堆小屁孩在场里玩过家家,上不了台面。你要真喜欢篮球,我们CBA决赛的时候,我请你来看啊。"

杨笑一怔,直言不讳道:"您也是CUBA出身,现在说CUBA就是小孩子过家家,未免太伤这群年轻运动员的感情了。"

"我这是实话实说。"冯相耸了耸肩,"我从小练球,勤勉刻苦,进华大,当队长,就连选秀都是状元。人人都说我是天才前锋,可结果呢,我在华城队坐了一年冷板凳,第二年平均每次上场不到十分钟,均分个位数……为什么?因为当我进了俱乐部后,我才明白我和真正的职业篮球运动员之间的差距有多大。"他指了指在篮球场里挥汗如雨的年轻人,"他们都把我视为榜样,一心想要追寻我走过的路,但要我说,他们这里面没有一个人可以成功。"

杨笑心里像是滚进了一团刺,她护短,容不得听别人说孟雨繁一句不好:"您这样说未免太武断了吧!他们确实和职业选手之间有差距,但有差距,才有进步的余地。我相信他们只要继续努力下去,终有一天能站在最高处的。"

"小姐,你以为职业篮球赛是什么东西?"冯相两腿岔开坐着,语气轻佻,"篮球是一项群体对抗性的运动,残酷而热血,我们需要在头狼的带领下猎杀对手——而现在的他们,充其量是几只被驯化的狗。"

冯相轻笑一声:"你有在这群小朋友的眼神里,看到过狼性吗?"

不是温顺的、乖巧的、会摇着尾巴讨好主人的狗,而是把野心隐藏在灵魂深处、随时会噬主的狼。

向来伶牙俐齿的杨笑,在咄咄逼人的冯相面前,居然找不出话去反驳。

原来,冯相并不是粉丝们心目中的"好好先生",可能在他年轻的时候,他也天真过,单纯过,但在职业篮球的赛场上,他的天真与单纯早就被洗刷殆尽了。

杨笑重新把目光放回场中,视线追逐着她的男孩。

孟雨繁——能蜕变成狼吗?

……

时间从来没过得这么快过,上半场的两小节很快结束,所有运动员离开赛场,走向了更衣室。

华城大学势如破竹,上半场狂斩七十分,把对手压制得死死的,华艺大在他们的猛攻下没有任何抵抗能力,一次又一次地被他们攻入篮框。

## 第十六章　流量篮球运动员

华艺大的球员被虐得似在风中凌乱，半场勉强拿到二十分。

要说上半场最抢眼的人，当数孟雨繁。

他攻势迅猛，球路大开大合，也毫不避讳合理范围内的身体冲撞。华艺大的业余队员哪里拦得住他，他们简直像是一群被玷污的小白菜，只要孟雨繁一出现在他们篮下，他们就唰一下散开，完全放弃了抵挡。

上半场的七十多分，有一大半都是孟雨繁独自摘取的。

这么半场比赛打下来，孟雨繁体力消耗巨大，全身上下简直像是从水里捞出来的一样。

运动员退场时，杨笑趴在栏杆前，手里挥舞着华大的应援手幅，叫着孟雨繁的名字。

男孩听到了她的呼喊，停下脚步，抬头看向她的方向。

他冲她笑了笑——是那种没有到达眼底深处的，流于表面的笑容——然后拿起毛巾盖住头脸，跟在队友身后走向了更衣室。

杨笑喃喃："他是怎么了？"

之前每次见面时，男孩的笑容都是热情的、充满阳光的，可今天他却没精打采，笑得勉勉强强。

身旁的徐冬接话："应该是累了吧，他上半场打得太猛了。"

可杨笑却觉得，这根本不是问题的答案。

这是一场"注定胜利"的普通比赛，困难度基本等于满级大佬去新手村虐菜，这种比赛随便打打就好了，孟雨繁为什么要这么拼命？

冯相饶有兴致地问："你认识那个前锋？"

杨笑点点头："我的票就是他给的。"

"哦？内场票都能送给你，你和那个小前锋是什么关系？"

杨笑正要回答，旁边的徐冬突然插话，意有所指地回答："他是我姨夫。"

徐冬生怕冯相没听懂，指了指杨笑，特别认真地说："冯师兄，这是我阿姨。"他又指了指场内的孟雨繁，"那是我姨夫。他俩就是这样的关系。"

杨笑没想到徐冬会这样解释他们的关系，她脸色微红，却没有反驳。

冯相拖长声音"唔……"了一声,左边的断眉挑了挑,看表情,像是想到了什么好玩的事情。

他打了个响指,身子往后一靠,跷起二郎腿,饶有兴趣地问:"对了,杨小姐,你刚才说你是哪个电视台的来着?正巧我经纪人出去抽烟了,你把你们节目给我介绍一下吧。"

休息室里,队员们说说笑笑,计划起比赛结束后要去哪里度过浪漫的圣诞节。虽然还有下半场没有打,但比赛结果毫无悬念,肯定是华大的囊中之物了。

就在大家谈天之时,一脸严肃的武教练走了过来,把孟雨繁叫走了。

男孩闷闷地点了点头,摘下湿透的毛巾扔在椅子上,拿起水瓶,没精打采地跟在武教练身后。

供给运动员们中场休息的区域很大,分为里外两间,外间是直通球场的休息室,而内间则是更衣室和淋浴区。

武教练虽然身高比孟雨繁矮了十几厘米,可他的气场却有两米八,他薅住孟雨繁的后脖领子,直接把他拽到了更衣室的角落。

"孟雨繁,你下场不用上了。"他脸色铁青,开门见山地说。

"什么……"男孩瞳孔猛缩,难以置信地看着自己的教练。

"你看看你上半场打的是什么玩意?这是打篮球,不是打群架!对手几乎是素人,你呢,仗着自己体力好、水平高,把人欺负成什么样了?你和他们有多大仇啊,他们是挖了你家祖坟了吗?"武教练声音嗡嗡的,带着浓浓的责备,"孟雨繁,我一直对你寄予厚望,刘方舟明年就要毕业了,他私下和我说过很多次,想推荐你当队长,所以,我一直给你机会,这几次比赛,几乎每场你都是首发,可是你这段时间的表现,让我和其他助教都很失望。前几天,你魂不舍守,今天,又像吃了兴奋剂!你是运动员,你的目标是赛场,可你现在的心理状态,我真的非常怀疑你能不能站在赛场上。"

这些话,是武教练之前从来没说过的。

孟雨繁又是讶异又是羞愧,他从来没想过,原来队长和教练都对他寄予厚望,想要把球队的指挥棒交到他的手中。而他呢,却因为感情的

## 第十六章　流量篮球运动员

事情，频频失去冷静，让教练的良苦用心通通白费。

篮球场上，每一秒形势都在变化，他一秒钟的分心，可能就导致满盘皆输。就拿今天第一节的跳球来说，幸亏对手是个"水队"，孟雨繁补救及时，否则整场的进攻节奏都会被对方牵着鼻子走。

武教练见他虚心认错，也舍不得再骂他了。

毕竟孟雨繁是他非常看好的学生，平常他骂得再凶，也是为了他好。

"总之，下半场你先不要上了。"武教练叹口气道，"你就坐在场边，看其他同学打球，然后好好想想——你到底是为什么想站在赛场上。"

……

下半场开始后，杨笑发现，孟雨繁并没有回到场上，而是坐在了场边的休息凳上。

休息凳的位置在内场对面，他只要一抬头就能看到杨笑。

可奇怪的是，明明距离这么近，两人却没有一次眼神交流——不，准确地说，每次杨笑用余光察觉到孟雨繁在偷看她时，她只要一扭过头，都会发现孟雨繁飞快地转回视线，聚精会神地盯着场上的队友，装作无事发生的样子。

杨笑莫名其妙，真不知这位小朋友在闹什么脾气。

她反思了自己最近的行为，没发现任何不妥当的地方，他的英语，是她辅导的；他的球鞋，是她送的；今晚的约会，她特地空出时间，打扮得漂漂亮亮地来见他……

想着想着，杨笑心底莫名升起了一股无名火：不管有什么矛盾，难道就不能摊开说吗？好好的男人，是没长嘴吗，非要搞这种冷暴力？让她猜来猜去，有什么意义？她最近两个星期为了工作上的事忙得焦头烂额，实在没有余力再哄一个忽冷忽热的男朋友了……

"杨小姐？杨小姐？"

身旁响起了冯相的呼唤声，男人拍了拍她的手臂，唤回了她的神志。

"啊抱歉。"杨笑立刻回神，"咱们刚才说到哪儿了？"

"刚才说到访谈提纲了。"冯相指着她手里的笔记本，"所有的访谈必须预先给到提纲，而且不能有任何所谓的'惊喜'，什么采访我的小学同学啊,采访我以前的教练啊,这种通通不准有。"

杨笑点点头,赶快把这些都记下来了。

冯相确实是个很爽快的人,在问清《午夜心路》的简单情况后,没怎么思考就答应出镜接受访谈,他提出的要求不算苛刻,和杨笑曾经伺候过的那些脾气怪异的艺术家相比,冯相的要求都在合理范围内。

场上的比赛并不激烈,而且孟雨繁一直没有出场,杨笑便把大部分的精力都放在了手头的工作上。

杨笑说:"冯队长,我要加一下你经纪人的微信,方便以后联络。"

"有我难道还不够吗?"冯相掏出手机,扫了杨笑的二维码,"有事直接找我,比找我的经纪人管用。"

因为场子很嘈杂,两人说话时靠得有些近。

而这一幕,都被坐在赛场旁的孟雨繁看在了眼中。

他心口一滞,明知道自己不该随便怀疑笑笑姐,可妒意却如野草般疯长起来。

同样和他坐在休息区的黄晓柯注意到了他的视线,好奇地问:"繁子,你看什么呢?"

"我……在看冯相。"孟雨繁低声喃喃,"大黄,你说,咱们和冯师兄的差距,真的有这么大吗?"

"当然大啊!"黄晓柯用一种破罐子破摔的语气说,"他比咱大五岁,是 CBA 的 MVP,经验丰富,阅历、球商比咱们不知强到了哪里去。"他见孟雨繁一脸低落,贴心地问,"你是不是看到他,有危机感了?"

孟雨繁没说话。

他当然有危机感,但这种危机感,并不仅仅是因为事业上的差距,更因为杨笑的存在。

教练说,让他好好想想,他究竟为什么选择篮球、究竟为什么站在赛场上,其实这个问题,拿去给不同年龄的孟雨繁解答,都会收获不同的答案。

如果是小学时的他,会天真无邪地说:"因为我个子高,我爸妈给我报了篮球班和模特班,但是模特班太无聊了。"

## 第十六章 流量篮球运动员

如果是中学时的他，会略带苦恼地说："文化课成绩不好，老师说走体育特长生是一条好出路。"

大学时的他，会意气风发地说："打球很有趣啊！要是能拿冠军的话，那就太有面子了！"

而现在的他……

现在的他，会用最简短也是最有力的句子去回答："因为，这是我选择的路。"

这是他的事业，他想要像一个男人那样去证明，自己可以用汗水铺出一条通往辉煌的路。

他为之付出，为之辛苦，他希望自己的努力能被所有人看到——最主要的是，能被他爱的人看到。

在自然界里，雄性动物会通过打败其他雄性动物，来证明自己的能力，从而吸引异性，而这片四百二十平方米的篮球赛场，其实就是一个赤裸裸的大型"斗兽场"，赢得胜利的人，才可以笑到最后。CUBA 绝对不是他的终点，甚至 CBA 也不是，他的终点在很远的地方……而当他抵达终点时，杨笑一定会在他的身旁。

"教练，"他举起手示意，"我想上场。"

"哦？"武教练皱眉，"你想清楚为什么要站在赛场上了？"

男孩坚定道："我想清楚了。"

在下半场比赛还剩五分钟的时候，武教练行使了最后一次换人权，把孟雨繁换到了场上。

杨笑立刻把工作抛到一边，收起笔和本，正襟危坐，手里举着华大的应援手幅，眼睛都舍不得眨地关注着场里的比赛。

在她身旁，冯相兴味盎然地盯着压轴出场的孟雨繁，喃喃低语：

"是我看走眼了……原来这是只狼崽子啊！"

第十七章
# 不准离开我

这场比赛的结果毫无悬念，华大以一百分的领先优势，拿下了这场预选赛的最后一局。

当最终比分定格在电子记分器上时，孟雨繁高高扬起手臂，对着天空挥舞了一拳。他目视着杨笑的方向，身上的汗水如小溪般不停淌下，打湿了头发，也打湿了他的队服。

明明如此狼狈，但他身上的光芒，却让杨笑完全移不开视线。

华艺大被打得落花流水，赛后握手后，没再多说一句话，灰溜溜地拎着东西快速退场了。

华大的队员们也准备离开，大家归心似箭，这群毛头小子都迫不及待地和恋人团聚，可武教练突然叫住他们，让大家不要走，院校领导要来同他们合影。

"我看他们不是想和我们合影吧。"黄晓柯嘀咕，"之前打过那么多场，院领导连影子都没见到，这场冯师兄来了，领导一个个都跑得这么快。"

"就你话多！"武教练猛K了他脑袋一下，"行了，把身上的汗都擦擦，别熏着领导。"

没过一会儿，几位领导笑盈盈地来了。冯相是华大的杰出校友，还在念书时就为学校拿下了不少荣誉，毕业后更是成绩斐然。

"冯相啊，华大为你而自豪啊！"腰围快要赶上身高的领导殷勤地握住了冯相的手，仰脖看着他。

"您客气了，是华大培养了我，是武教练培养了我。"冯相对这种官方场面非常习惯，他和几位领导客套了几句，几人一起站在了队伍的正中央。

## 第十七章 不准离开我

篮球队的十八名少年乖乖站成两排，几位教练就站在领导身旁。

举着单反相机的校报记者正要拍照，冯相忽然开口。

"对了，你们队的那个小前锋呢？他打得很不错，这场进了不少球。"他语气随意，听上去就像一位惜才的前辈，想要提拔后生。

"哪个小前锋？哦，你说是孟雨繁吧？"武教练左右张望，一眼就看到了躲在了后排角落的孟雨繁。"孟雨繁，你站那么远干什么？"

孟雨繁是故意站在这儿的，如果可以的话，他根本不想和冯相出现在同一个镜头里。"教练，我身上汗味太臭了，怕熏到大家。"

"刚打完球，有汗味儿是正常的。"冯相笑容得体，"你站过来吧。"说着，他特意往旁边挪了挪，在自己身旁留出了一个空位。

他们两人都是打前锋的，冯相这个大前辈主动相邀，孟雨繁根本没有借口拒绝。

没办法，孟雨繁只能从最后一排走到了他的身边。

他们两人肩并肩站着，一个是CBA华城队的最强MVP，一个是CUBA华大队冉冉升起的新星前锋，校报记者举起相机，拍下了这张珍贵的照片。这时候的他们并不知道，就在不久的将来，这两位从华大篮球队走出的学子，会在赛场上兵戎相见。

拍完照，孟雨繁的脸也要笑僵了。

领导们完成了今天的任务，又说了几句场面话，就借口工作繁忙，提前离开了。

武教练正要下令解散，冯相又开口了。

"稍等一下。"男人彬彬有礼地说，"这次比赛，请了不少队员亲属来观战，机会难得，我看不如把大家都叫下来合张影吧。"

现在观众席的观众们都已经走光了，唯有拿着黄色门票坐在内场区的亲友团还未离开。冯相的提议得到了队员的全票赞成，黄晓柯像是猴子一样蹿到了观众席前，双手握住栏杆，翻身卷腹，居然就这样跃入了内场区！

要知道，观众席距离地面足有两米高，一般观众伸手都够不到观众席的边缘，但这点距离根本挡不住猴精转世的黄晓柯。

杨笑被突然蹿出来的男孩吓了一跳，眼睛瞪得圆圆的，难得露出一副"大吃一惊"的表情。

黄晓柯挠挠头，先小声说了句对不起，然后抬头扬声说："大家快下来，冯师兄说一起拍张大合影！"

说完，他又像来时一样，双手攀着栏杆，翻跟头跳回了场馆里。

杨笑走到栏杆旁，颤颤巍巍往下看。

这离地面也太高了，黄晓柯可以轻松来去，她若是傻乎乎跳下去，肯定要摔断腿的。

关键时刻，孟雨繁从队伍中走出来，伸开双臂，对她说："跳下来，我接着你。"

杨笑心想，你这个小混蛋，刚刚还对我爱搭不理，你说让我跳我就跳啊。

但她的身体却比她的脑袋诚实，她爬过栏杆，小声说："那你接住啊。"

然后闭眼，跳。

在短暂的失重后，她就像是一只蝴蝶一样轻飘飘地坠入了孟雨繁的网中。

他抱着她，她攀着他，两人四目相对，周围一片寂静。

黄晓柯目瞪口呆，扭过头问刘方舟："队长，楼梯就在那边，大家都走楼梯，为什么她不走楼梯啊？"

刘方舟："呃……可能是小情侣的情趣？"

不，她发誓这不是情趣！要怪就必须怪黄晓柯，谁让他爬栏杆上、爬栏杆下，搞得她一时大脑短路，居然稀里糊涂地以为自己也要翻栏杆进出！

她的一世英名全都毁于一旦了。

出了这样的乌龙，孟雨繁表现得比杨笑镇定得多，他仿佛没有听见队友的议论声，他小心把她放在地上，见她的上衣滑落肩头，他还体贴

## 第十七章 不准离开我

地帮她拉了拉衣领。

"别拉了。"杨笑阻止了他,"这毛衣本来就是一字领。"

孟雨繁:那更要拉起来了好不好!

今天是圣诞节,为了晚上的约会,杨笑并没有穿职业装,而是穿上了一套休闲装。牛仔裤勾勒出她纤长笔直的双腿,身上毛茸茸的米白色毛衣更添了一份娇俏动人,而她脚上的篮球鞋和孟雨繁脚上的一模一样,他们站在一起,任谁都看得出来他们穿的是情侣款。

两人之间没有多余的言语,但是他们的气氛却是任何人都难以插入的。

其他家属顺着楼梯走了下来,武教练招呼大家一起合影。

家属们人数众多,如果站在两侧,照相机根本拍不下。

"那就都站到中间来吧。"冯相开口,"我们个子高,我们站后面,家属就站在队员的前面。"

冯相的话不多,但他的每句话都带着奇怪的魔力,只要他一声令下,所有人都下意识地跟着他的命令行动着。

杨笑想,这是不是冯相说过的"狼"的领导力呢?

不知不觉地,她被人群挤到了第一排最中间的位置,她的身后,便是孟雨繁和冯相。

孟雨繁的手一直搭在她的肩膀上,她有些不好意思,但见其他队员也是这样亲密地扶着自己的家人,她便收回了那份羞涩。

她左右张望时,恰好撞入了冯相的视线里。

冯相没有说话,只用一种玩味的神色盯着那只搭在肩膀上的手,然后,冲她别有深意地笑了笑。

孟雨繁注意到他的目光,喉结滚动,放在杨笑肩膀上的手,忽然加大了三分力气,把她往自己的方向拽来。

"痛……"杨笑低呼一声,忙转回头提醒身后的男孩。

然而,她并没有等来男孩的道歉,他目视前方,没有与她有一丝一毫的视线交流,从她的视角看去,只能看到男孩紧绷的下颌。

摄影师喊:"大家看我这里,一、二、三……"

杨笑急急忙忙站好，对着相机露出了一个"千锤百炼"的得体笑容。

白光闪过，这张大合影被镜头捕捉下来，画面正中央的位置，女孩站在她的小狼崽身前，像是被他霸道地拥入了怀中。

合影拍完，大家原地解散，为了躲避粉丝，冯相先走一步，坐上了经纪人的车，临行前，他还风度翩翩地和杨笑说了声再见。

本来每次比赛结束后，武教练都会立刻组织战术复盘，来探讨这场比赛的优劣得失，今天日子特殊，武教练大发慈悲，没有耽误他们的时间。

队员们一窝蜂跑回了休息室，换下训练服，穿回便服，他们就像是一群等待开餐的"哈士奇"，你追我赶地往校外跑。

杨笑今天特地空出了一天时间，晚上准备和孟雨繁一起度过，可她在篮球馆外苦等许久，都不见男孩出来。

奇怪……总不可能是错过了吧。

她忙给他打电话，但忙音响了几声，一直没有人接听。

眼看连打扫球场的保洁阿姨都拎起拖把准备离开了，杨笑赶忙拦住她问："请问所有队员都走了吗？"

保洁阿姨问："你是谁啊？"

杨笑拿出自己的黄色门票："我是队员的亲友，我们说好在门口见的，但一直没见他出来。"

保洁阿姨想了想："刚才我打扫休息室外间的时候，好像听到内间有声音，你要是着急的话，可以直接去休息室找他。"

杨笑谢过保洁阿姨，赶忙跑向了休息室。

因为馆内已经无人了，整个场馆全部熄灯，只剩下顶部窗户照进来的一点自然光线，杨笑摸黑走向了休息室，推开大门——可那里空无一人。

真不愧是男生大本营，尽管有保洁阿姨辛勤打扫，这里依旧乱糟糟的，座椅上胡乱堆放着水瓶、蛋白粉、脏兮兮的毛巾，可以推拉的移动黑板上画着战术图，可以想象在比赛间隙，休息室里会有多么热闹。

## 第十七章　不准离开我

可现在，这里空荡荡的，见不到一丝人气。

难道那小混蛋真的一声不吭，自己走了？

杨笑又气又急，正要给孟雨繁再打一个电话，忽然发现休息室的另一头还有一扇门，房门虚掩，有隐约的声音从那里传来。

她突然想起来，刚才保洁阿姨说过，休息室是分里外两间的。

杨笑走向那扇门，轻轻推开，液压杆的房门悄无声息，慢慢滑开。

只见内间是一排排整齐排列的铁皮衣柜，这些衣柜都是特殊定制的，每个都两米高、半米宽，密密麻麻挤满了这间小房间，看来，这里就是男篮的更衣室了。

每个铁皮衣柜上都贴有姓名标签，大部分的衣柜都牢牢锁住，唯有一个衣柜大门敞开。

杨笑慢慢走过去，毫不意外地在那个衣柜上，看到了孟雨繁的名字。

他被汗水浸湿的球衣就挂在衣柜里，几双篮球鞋横七竖八地堆在衣柜下层。杨笑在这里发现了孟雨繁不为人知的另一面——衣柜的门上贴了一面等身镜，镜上的小篮子里堆满了发胶、发油、发蜡，还有什么止汗剂啊，香水啊。

"……真爱臭美。"

她嘴上嫌弃，但动作麻利地帮他把小筐收拾利落，横七竖八的鞋子也一双双摆好。

待她做完这一切，还是没等来男孩的身影。

"奇怪，鞋在这儿，衣服在这儿，包也在这儿……他去哪儿了，总不能裸奔吧？"

她在更衣室里转了两圈，忽然发现绕过最后一排柜子，那里还有另外一扇门。

杨笑："……这是什么解密游戏吗？"

她想都未想，直接推开了最后一扇大门——

——滚烫的水汽迎面而来，哗哗的水声充斥在耳边。

蓝色的瓷砖铺满了天地，杨笑望着光可鉴人的地面，脸瞬间红了。

她这才意识到，更衣室内的这扇小门，居然连着冲澡的浴室！

朦胧的水雾模糊了她的视线，而透过影影绰绰的水雾，一道高挑健壮的身影，一步步向她走来。

"我……"她语塞，转身欲逃。

不知为什么，她心中忽然升起了一种危机感，就像是小型食肉动物在见到更强大的食肉动物时，那种自灵魂深处发出的警告。

她的手明明已经触到了门把手，可下一秒，一道大手突然伸过来，把门重新撞上。

然后，落锁。

紧接着，那道赤裸的身影自背后拥住她，把她推向了墙壁。

面前，是冰冷的墙面，身后，是滚烫的身体。

"笑笑姐……"

她听到熟悉的声音在她耳畔轻喃。

只是这一次，男孩不再是撒娇了。

"我不准你离开我。"

她像是被蛊惑了一样，不由自主地回答："……我不会离开你的。"

"笑笑姐又在骗人了。"他打断了她的话，"一直以来，你都是这样对我若即若离，对我招之即来、挥之即去。你在我身边短暂地停留，等到天亮了，你就飞走了。"

"我……"

"杨笑，我一直很想问你，在你心里，我究竟是什么身份？"这是他第二次叫她的全名。他一边问，一边把细碎的吻落满了她的肩头，明明是温情脉脉的互动，可他的话就像是一把又一把的刀子，插满了杨笑的心口，"是你找来的演员？是一个恰好能够满足你喜好的假货？是一个让你展现魅力的傻瓜？还是……你养的一个备胎呢？"

"——你在说什么胡话！"杨笑被他话里的利刃伤到，她突然警醒，挣动起来，她使尽了全身的力气，动作激烈，"孟雨繁，你当我是什么人？"

她发誓，如果她们两人现在是面对面的话，她绝对要狠狠甩他一个巴掌。

"你觉得我是在玩弄你吗?"她怒极反笑,"我脑子有病,我会让一个就负责演戏的假货几次三番进我的家门?我脑子有病,我会把自己的朋友同事都介绍给你认识?我脑子有病,我每天下班后横跨半个城市去给你补英语,推掉加班挤出时间看你比赛?"

她为他付出了无数的时间、精力,可最后却换来了他的误解。

他们两人好像陷入了一个迷宫之中,明明对方就在围墙那边,可他们在迷宫里横冲直撞,找不到通往彼此的那条路。

杨笑既愤怒又委屈,孟雨繁既委屈又愤怒。

"如果我需要一个体贴的男伴,那很明显——"她冷酷地说,"你不合格。"

"那谁合格?"果不其然,这句话激怒了孟雨繁,让他仅存的理智消失殆尽。他把她翻转了过来,强迫她抬头看向自己,两人四目相对,在视线中交战了无数回合。

他一只手抓住她的两手手腕,交叉按在她头顶,另一只带有厚茧的手掌在她的腰肢上肆虐,他像是一只被抛弃的狼犬,自喉咙里发出低吼:"是冯相吗?他合格?"

"冯相?关他什么事?"杨笑被他的质问搞蒙了,"咱们现在说的是你我之间的事,你把他扯进来……等等!"

她忽然明白了什么。

"孟雨繁,你……在吃醋?"

一个看似最不可能的理由。

杨笑仰头望着面前的男孩,他脸上总是挂着的阳光笑容不见了,现在的他,脸上每一块肌肉都绷得紧紧的,但庆幸的是……他的瞳孔深处还盛着她的身影。

见孟雨繁并未否认,杨笑回忆起今天发生的点点滴滴,立刻把这些串成了一条线。

"你真的因为冯相在吃醋?"她不知该觉得好笑,还是该觉得荒唐,"为什么?因为我和他说了几句话?"

"不是'几句话',"孟雨繁立刻说,"是二百二十一句。"

每一句他都在心里数着。

"……你到底有没有在认真打球啊!"杨笑的身体一下软了下来,她无奈道,"我找他是在谈工作。我想冲收视率,冯相是个话题人物,我要请他上节目,仅此而已。"

"谈工作需要靠得那么近?"

"我们是正常的社交礼仪距离好不好!"杨笑提高音量,"再说了,你凭什么管我和其他男人靠得近不近?"

"因为我喜欢你!"孟雨繁突然爆发,"这个理由够不够管你!"

"你……"

她睁大了眼,他们明明已经认识了很久很久,可仿佛直到此时,她才看清了孟雨繁的样子。

棱角鲜明,剑眉似刀,鼻挺唇薄,眉目深远。

在她心中,他是最英俊的少年郎。

"笑笑,我喜欢你。"孟雨繁松开了手,低下头,额头抵着她的额头,在如此近的距离下,男孩眼神里的一切爱、欲、痴、缠,皆毫无保留地呈现在了她的面前。鼻息相融,唇齿相碰,只要再靠近一点点,他们之间的距离就会消失。"我喜欢你,是想继续做你男朋友的那种喜欢。"

今天,是原本约定假扮情侣期限的最后一天。

本来,这番话是孟雨繁打算留在晚餐时说的。为了这一天,他提前准备了无数惊喜,他订了餐厅,买了鲜花,准备了小蛋糕,还在蛋糕里埋了一个漂亮的首饰盒。

可他等不到那时候了。

他的感情郁结在胸口,如爆发的火山一样喷涌而出。

他喜欢她,他爱她,他心悦于她,他本打算用世界上所有美好的语言来描绘心中的感情,然后乞求她的垂怜。

可是现在——他不想当她的乖狗狗了。

他再次踏前一步,把两人之间的最后一点距离缩减到无,唇齿交叠时,女孩的口中发出了一声细微的呻吟。

## 第十七章 不准离开我

"笑笑,很遗憾我没能成为你人生里的第一个男人,那就让我成为你人生里最后一个男人吧。"

不知过了多久,浑身酸软的杨笑被孟雨繁以公主抱的姿势抱出了浴室。

她身上的衣服已经完全湿透,没法再穿了,孟雨繁把她轻轻放在衣柜旁边的休息凳上,翻箱倒柜,找出了一身干净的篮球服,替她换上。

浴室里本来就氧气稀少,她现在脑供血严重不足,浑身软绵绵的,只能像个布娃娃一样由着他摆弄。

孟雨繁"发疯"结束,獠牙缩回,重新变得乖巧懂事起来,但杨笑知道,他不可能真的变得乖巧。

他任劳任怨地伺候她,甚至单膝跪地,让她的脚踩在自己的膝盖上,为她穿好鞋、系好鞋带。

杨笑靠在椅子上,懒洋洋地眯起眼睛看他。

"不乱发疯了?"她冷笑着问。

"不乱吃醋了?"

"现在能听得懂人话了?"

"笑笑姐……"

杨笑二话不说,一脚踩在他胸口上,在他光裸的胸肌上留下一个黑漆漆的鞋印。

杨笑看着自己留下的杰作,火气稍微消下去一点,但看看自己坐也坐不得、站又站不稳的惨状,心里的怒意又燃起来了。

"孟雨繁,你多大人了,至于吃一个八竿子打不着的人的醋吗?"杨笑愤愤道,"我和冯相今天是第一次见面,我和他只有最单纯的工作关系。你究竟在胡思乱想什么?再说了,你就在我面前,我就算见异思迁,也没必要和一个低配版的你吧?"

"'低配版的我'?"孟雨繁没听懂。

"就是冯相啊。"杨笑说,"你没发现你们很像吗?都是华大出身,都是前锋,球路也相似,性格也有点像……但他太老太油了,长得也没你帅,根本就是低配版的你啊。"

孟雨繁不知该说什么好,在队里所有人看来,冯相是大家追求的目标,是大家学习的榜样,尤其是孟雨繁,没少被人和冯相比较,就连教练都时常勉励他:"繁子,你以后要成为像你师兄那样的人啊。"

但是在杨笑口中,他们的地位却调了过来:冯相成了"低配版"的孟雨繁。

杨笑没纠缠在这个话题上,立刻追问:"还有,你给我好好解释一下,你什么时候喜欢上我的?"

她身旁居然潜伏着一只大灰狼,而她却傻傻地把狼崽子当作乖巧听话的小奶狗。

"真要说的话……"孟雨繁小心看着她的脸色,默默伸出了一根手指。

杨笑猜测:"第一次过夜?"

"不是。"

"第一次看你的比赛?"

"不是。"

杨笑接连猜了几次,都没有猜对。

孟雨繁鼓起勇气揭露了谜底:"是第一次见面。"

一见钟情的女孩子,让他怎么甘愿做假男友?

杨笑自己的衣服完全没法再穿了,孟雨繁贡献出来一身干净的球衣,伺候"女王陛下"穿上。

只是他个子太高了,篮球上衣套在杨笑身上,直接遮到大腿,而篮球短裤也变成了七分裤。

杨笑完全是一副小孩偷穿大人衣服的模样,幸亏篮球上衣是无袖的,若是长袖,不就成唱戏了嘛!

杨笑说:"你这里脏衣服堆成山,从哪里翻出来的干净球衣?"

孟雨繁赶忙说:"这是球队这学期新发下来的队服,我一直收着,没舍得穿。"

杨笑回忆起来,刚才比赛时,孟雨繁身上的球衣确实颜色比队友们

## 第十七章　不准离开我

黯淡一些，就连身上的球号都掉色了。

杨笑好奇道："有新衣服为什么不穿？"

"……因为我想留给你穿啊。"

篮球队里有个流传已久的传统，如果一个男孩找到了他心爱的伴侣，就要把写有自己名字和球号的队服送给她。等到了夏天，篮球场边上就会出现很多把队服当作裙子穿的女孩，很多小情侣直接把队服当作情侣衫，手拉着手轧马路，在校园里招摇过市。

队友们换女友比换队服的速度还要快，学校每学期发一身队服都不够他们送的，唯有孟雨繁，老老实实、规规矩矩，把新队服收在柜子的最深处，等待着他那位命中注定的女孩。

后来，杨笑出现了，再后来，孟雨繁终于有机会，让她穿上这身衣服了。

杨笑低头看看身上宽大的白色队服，胸口用红色的丝线绣着孟雨繁的名字，那三个字规整而端正，就像他的人一样。

刚刚她还觉得这身衣服邋遢又笨拙，但现在她却觉得世上再没有一件衣服，能比它更贴身更贴心了，她捂住胸口上的名字，让它贴得更近一些。

杨笑有些不好意思，可她嘴硬惯了，明明被男孩的付出所打动，现在还要顾左右而言他："都说三岁一个代沟，我现在发现咱俩可不止一个代沟，你一会儿队服一会儿小皮筋的，我真是跟不上你的节奏。"

孟雨繁又不说话了。

杨笑看他脸色忽青忽白，像是在做什么天人交战一般。

半晌，孟雨繁终于开口。"说到小皮筋儿……"他轻声道，"能不能把那根小皮筋还给我？"

那根曾经套在他左手手腕上的黑色头绳，紧紧贴在他的脉搏上，他的心脏每一次跳动，都会传递过去，让头绳的主人听到。

杨笑一愣。

她早就把这件事抛在脑后了，她足足回忆了半分钟，才想起来之前确实有这么一档子事。对于每天疲于奔命的社畜来说，"小皮筋"本来就是一个微不足道的消耗品,若不是唐舒格把那根皮筋视为命根子,每天在她耳边叨叨,她根本无暇注意孟雨繁的手腕上有没有多出一根黑色头绳。

"你说的是,那天晚上我从你这里拿走的那根黑头绳?"

"对。"孟雨繁闷声道,"我知道不该随便拿你东西,可是……"

"可那不是我的东西啊!"

"……啊?"

她失笑:"要是我自己的皮筋,多一根少一根,我根本注意不到。别说你拿走一根了,你就算把自己的胳膊穿成套圈,我都不会多想。"

她赶快向孟雨繁解释起了那根皮筋的来龙去脉,当孟雨繁听到被他视若珍宝的小皮筋,居然是从另一个男人头上薅下来的,他的表情可想而知。

"是不是很不可思议?"杨笑无奈地说,"我劝过她好几次,千万不要被黄牛骗了,结果她嘴上答应得好好的,转眼就花了半个月工资买了五根头绳!那天我把头绳还回去后,她开心得不得了,晚饭都多吃了三碗……咦,你表情怎么这么奇怪?"

孟雨繁咳嗽一声:"没、没什么。"

所以他这段时间究竟在纠结什么啊!

他自己演了一出苦情独角戏,结果他的观众根本就没有入场啊!

"真搞不明白你们现在的小男生,一根小皮筋有什么值得惦记这么久的?"杨笑见面前的大狼狗还一副垂头丧气的样子,没忍住心里一软,"算了,你把手伸出来,姐姐给你一个比小皮筋更好的东西。"

孟雨繁眼前一亮:"什么东西?"

他的身体已经先理智一步,把手伸了过去,因为经常做户外运动,他的皮肤呈现一种很健康的小麦色,他骨骼粗大,从指节到手掌,从手腕到小臂,都比一般人粗壮得多。

杨笑对他的双手太熟悉了,她知道他拥紧自己时的力度,也感受过他轻抚她身体时的柔和。

她以指为梳,轻轻梳了梳头发,又掏出随身的小指甲刀,割下了一小绺头发。

头发乌黑纤长，细细一绺，还带着她身上的温度。

杨笑把那绺头发在孟雨繁的手腕轻轻绕了一圈，打了个结。

她尽量表现得很镇定，其实她连指尖都在颤抖。她抬眸看他，见男孩完全愣住，傻傻站在那里，简直像是一个蠢头蠢脑的木偶人。

黑发绕腕，永结同心。

杨笑勾起嘴角，轻声道："小弟弟，你被姐姐套牢了，可就不准跑啦。"

"……不跑。"孟雨繁喉结滚动，"这辈子都不跑。"

## 第十八章
## 节目录制事故

孟雨繁感觉这个圣诞节过得就像做梦一样,他今天不仅拿到了比赛优胜,最主要的是,笑笑姐还同意和他正式交往了!

孟雨繁回到宿舍后,像是傻子一样嘿嘿嘿笑着欣赏了半小时自己右手腕上的黑发。

他忍不住摸了又摸,眼前再次出现了女孩为他系头发时,那一闪而过的羞涩神态。

小皮筋满大街都是,但是这绺头发,是独属于他们两个人的定情信物!

一米九六的大男孩就像个幼儿园没毕业的小朋友一样,忍不住在宿舍里上蹿下跳,手舞足蹈,幸亏今天宿舍楼里空荡荡,大部分人都去过节了,才没有人敲门骂他扰民。

不行,这么快乐的事情,他必须找人分享!

他想到就做,立刻掏出手机,在通讯录里找了一圈,现在已经过半夜零点了,若贸然给同学朋友打电话肯定不妥,那就只能是——

"妈!"孟雨繁这个乖宝宝,选择把报喜电话打给了远在大洋彼岸的父母,"你现在忙吗?我有件重要的事情和你说。"

"繁繁?你终于舍得给我们打电话了?"在电话那头说孟雨繁的母亲。

远隔重洋,正在和下属开会的孟母给下属打了个暂停的手势,"我先接个电话。"她捂住手机麦克风,"会议暂停五分钟。"

"好的樊总。"秘书点头应下。

孟母拿起手机走出了会议室,找了个僻静角落停下。因为一直忙于工作，年过三十才生下孟雨繁，今年已经五十多岁的她光看外貌，根本无法看出实际年龄。她保养得非常好，妆容精致，黑发在脑后绾成一个紧紧的发髻，她是一位非常优雅的职业女性。

孟父孟母是做木材生意的，在东南亚、非洲等地都办有工厂，经常在几个大洲之间来回飞。在别人看来，孟雨繁是个不折不扣的富二代，父母名下的工厂有近万名工人，他即使不去打球，也能度过奢侈富足的一生……但孟雨繁从小被父母教导，知道他们的工作有多么辛苦，每一分钱都赚得不容易，所以，他身上有着很多富家子弟没有的勤俭品德。

只不过，因为他执意打球，不愿继承家业，和父母大吵一架，他们一家三口已经很久没有心平气和地坐下来说说话了。

几个月没联系，其实孟妈妈想儿子想得要命，现在能接到孟雨繁的电话，她高兴得不得了。

母子俩说了不少体己话，孟雨繁问候了爸妈的身体，让他们不要总是拼命工作，他们年纪已经很大了，不能再像年轻人那么拼了。

"不拼那怎么行？"孟妈妈说，"你又不肯继承家业，我们还不得趁干得动的时候，多攒点钱，至少要把你儿子、你儿子的儿子、你儿子的儿子的儿子的奶粉钱攒出来吧？"

"妈……"他无奈，"我有手有脚，我自己赚不行吗？"

"靠你打球赚吗？"孟妈妈叹气道，"你只长球商、不长财商，真是要急死人了。"

一家三口，两个精明商人，怎么就生了个傻乎乎的儿子呢？

"好了，你打电话来要说什么事？"孟妈妈看了看表，"我还有个几千万的生意要谈，给你五分钟长话短说。"

孟雨繁赶忙把事情一口气抖出来："妈，您给我准备好的那棵柏树，可以用上了。"

"……什么？"

"就是我出生那年你和我爸种下的柏树啊！"

孟妈妈愣住了。

她是南方人，在她的家乡有个习俗：只要家里添丁，若是女孩就种下一棵香樟,若是男孩就种下一棵柏树。

待孩子大了、要成家了,香樟树砍掉做成木箱、木床,给女儿做陪嫁,带到丈夫家;柏树则摘下最顶端的一根树枝,由公婆亲手送给上门的新媳妇,以祝愿小夫妻"百年好合"。

孟妈妈听懂了孟雨繁的暗示,惊讶地问:"你是说……你找到女朋友了?"

"不是女朋友,"电话里传来男孩郑重地宣告,"是老婆。"

孟妈妈抑制不住雀跃的心情,立刻追问:"那我儿媳妇是哪里人?做什么职业的?你们怎么认识的?认识多久了?打算什么时候结婚?"

孟雨繁被妈妈狂轰滥炸的问题砸到头大,无奈地说:"你不是说五分钟后你还有个几千万的生意要谈吗?"

"几千万的小生意,没了也就没了。"孟妈妈立刻推翻了之前的话,"还是这件事比较重要!"

孟妈妈对自家小猪……不对,对自己儿子的神秘女友非常感兴趣,肚子里有一箩筐的问题要问,简直比查户口还要严谨。

可她问了很多,孟雨繁回答得却很少。

"等你们回国了,我一定把她带去给你们看,现在还是让她保持一些神秘感吧。"孟雨繁故意吊着母亲的胃口,"总之,她非常好,特别好,和你一样是个事业型女强人,你们肯定会有很多共同语言的。"

"事业型女强人?"孟妈妈一听这个形容,脑海里自动勾勒出来一个果敢自信的年轻女孩形象,"我还以为你是在学校里找的女朋友,这么说来,她已经工作了?"

"对,笑笑姐在电视台工作。"

"笑笑姐?她比你大?"孟妈妈惊讶极了。

"妈,现在姐弟恋很常见的。"孟雨繁赶忙说,"而且笑笑姐对我很好,经常给我买衣服、买鞋,请我吃饭。"

"……儿子,我怎么听着有点不对头呢?"孟妈妈纳闷地说,"你听上去好像是她养的小白脸啊!"

不愧是做妈妈的,这第六感实在是太敏锐了。

## 第十八章 节目录制事故

孟雨繁赶快转移了话题，生怕妈妈问起他们两人是怎么认识的。

母子俩一直聊到手机发烫才挂掉电话，孟雨繁一直在说杨笑对他有多体贴多温柔，他用的那些天花乱坠的形容词，如果让杨笑本人听见了，肯定要尴尬到爆炸的。

孟妈妈挂了电话，立刻把儿子找到女朋友的事情，告诉了孟爸爸。

孟爸爸虽然嘴上嚷嚷着要和他断绝父子关系，但一听儿子有了女朋友，心头的那点气立刻消散了。

"那女孩是他同学吗？叫什么名字？哪里人？"

"不是她同学，已经工作了，年纪比他大，在电视台工作，名字叫笑笑。"孟妈妈说，"繁繁故意搞神秘，什么详细信息都不和我讲，说要等咱们回国后，亲眼看看……哦对了，他提到过，那个笑笑在做一档深夜节目，叫《午夜心路》。"

孟爸爸一拍桌子，迫不及待地说："那还等什么，咱俩现在就看节目啊！"

他们所在的国家收不到国内的电视信号，不过现在网络发达，他们可以在网上看。

很快，夫妻俩就在华城电视台的官网上找到了《午夜心路》这档节目的重播。

他们随便选了一期，点击播放。

"——欢迎来到《午夜心路》，我是你们的老朋友，主持人云啸。今天，我们请来了著名相声表演艺术家，请他来讲讲他的'午夜心路'。"

屏幕上，一位年纪四十出头、气质温婉的女主持人对着镜头露出微笑。直播间装饰得很简单，四周是环形观众席，中间是一座圆形矮台，两个舒适的皮质沙发摆放在矮台中央。主持人和嘉宾的距离保持在一个既不亲密又不生疏的位置上，时不时会有眼神接触。

《午夜心路》因为放在了深夜档，整体节目氛围都偏向柔和，女主持人的提问并不犀利，更像是两个老朋友在谈话，她引导嘉宾敞开心扉，逐渐进入谈话氛围。

一期节目只有短短四十五分钟，孟家爸妈很快就看完了。

可是直到节目放完,他们也没看到台上出现第三个身影。

"……这就没了?"孟妈妈还有些意犹未尽,"节目倒是很好看,我本来以为这种谈话节目会很无聊,没想到还挺有趣的。可是笑笑呢?我儿媳妇在哪里呢?"

"等等,儿子嘴里的'笑笑',是哪两个字?"孟爸爸像是想到了什么,一脸紧张地问。

"他没说。"孟妈妈说,"我是听他这么叫的,不过是女孩子嘛,我就默认是微笑的'笑'了。怎么了?"

"孩子他妈……"孟爸爸一脸沉重地指了指屏幕上的女主持人,"你说,会不会是这个'啸'啊?"

孟妈妈无语了。

孟爸爸:"你看,儿子说,女朋友年纪比他大,他的日常花销都是女朋友出的,女朋友有车有房,还送他限量球鞋,而且一直支支吾吾不肯告诉你她的真实情况——"他一拍桌子,语气沉重地说,"都怪我啊!扣了他的生活费,他就跑去给人家当小白脸了!"

"阿嚏!"

演播室里,主持人云啸打了声喷嚏,裹紧了身上的外套。

杨笑见了,立刻双手奉上姜茶,嘴里关切地说:"云老师,辛苦您了,您喝点姜茶暖暖身子吧。"

云啸虽然名字听上去像个男人,但见过她本人的人,都会被她身上温婉动人的气质打动,不自觉放低声音。

"演播室的空调一直这么差,不用这么紧张。"云啸接过姜茶,小啜一口,然后搓了搓冻僵的手指,拿起了面前的台本,"我再熟悉一下采访提纲,嘉宾来了吗?"

今天是一月一日,本来她应该在家里舒舒服服地过新年假期,但节目组临时通知要加录一期节目,她立刻扔下了老公和孩子,赶来台里录像。

她是一个非常敬业的主持人,年轻时是卫视频道的当家花旦,因为

## 第十八章　节目录制事故

工作太忙，身子骨一直不好，婚后好不容易有了孩子，于是她急流勇退，主动来到了综艺频道，成为这档深夜节目主持人。

"冯队长已经到了。"杨笑汇报，"他正在化妆，他的经纪人说要再审核一遍流程提纲，所以录制时间要稍微延后一点。"

"那行，如果提纲有变动，一定要立刻通知我。"云啸一目十行地看完提纲上的问题，又拿起笔，在纸上写写画画一番。这种访谈类节目最考验主持人的功力，控场能力稍微不足，就会聊着聊着跑偏，所以每次开播前，主持人都要对着大纲捋清思路，想好嘉宾可能回答的方向。有些容易产生歧义的话题，她一定要做足功课，"小杨，这个词是什么意思？是他们篮球圈的专有名词吗？"

"稍等，我看一下。"杨笑接过台本，找到了那个问题，"哦，这句话的意思是……"

她立刻解释起来。

只要一进入演播室，杨笑的精神就会高度紧绷起来，她就像是隐藏在花丛中最锋利的那片叶子，看似娇美，其实每时每刻都处于战斗状态。

没办法，谁让她是节目编导呢！

身为节目的核心人物，每次节目开播前，就数她最忙。

他们节目两点半正式开录，而节目编导十二点就要进场。她又要负责和技术部门协调灯光视频等环节，又要负责和群头对接，调动场内气氛，但是她最主要的工作，就是和主持人与嘉宾对稿子，等到摄像机一开机，若再发生问题，可就没办法调整了。

"我这边没问题了，现在就等嘉宾那边的反馈了。"云啸把手里的台本合上，问她，"对了，我听说华城队那边有规定，几乎不允许球员接访谈，你是怎么说动冯相的？"

杨笑清了清嗓子，把骄傲和羞涩全部藏起来："我男朋友是华大篮球队的，我去看他比赛，冯相也在，我套了这层关系，才请动他的。"

"哦——"云啸笑了，"我想起来了，之前他还来接你下班，对不对？"

"老师您记性真好。"

"你看，咱们今天采访的是冯相，说不定再过几年，坐在我对面的人，就变成了你男朋友了呢。"

杨笑赶忙说:"您太高抬他了,他现在还在打CUBA,难度等级和CBA差太多了。"

"差什么?"云啸开了个双关的玩笑,"CUBA和CBA之间,不就差了一个'U'吗?虽然我没见过那个小伙子,但是我相信你看人的眼光,有你在他身边,那个'U'迟早能拿掉。"

"……那就借您吉言了。"杨笑有些脸红,赶快转移话题,"您这边要是没事了,我要去嘉宾那里看看情况了。"

"行,你去吧。"云啸看了眼手表,"咱们预定的是两点半开机,拍完了还有下一场,要是不能准时结束,下场编导又要向台里投诉你了。"

杨笑顿觉头疼。

别看电视台很大,但演播室一直紧缺,同一间演播室,从早到晚一般会排三到四场节目。他们这群编导抢演播室,简直就和菜市场大妈抢特价土豆一样,谁都想早入场,这样才能有足够的时间布线、走位、换软装。

他们《午夜心路》一期四十五分钟,台里规定必须采集够一个半小时的谈话素材,但实际执行时,往往会拍摄两个小时左右,这两个小时是纯粹的从开机到关机的时间,不包括前面的准备工作和收尾工作。如果他们拖得时间太长,就会影响下一个节目的录制。若遇到较真的节目组,编导写一封邮件直接捅到台里,举报他们故意拖延时间。

以前杨笑不是没收到过这种举报信,但那时候,天塌了有制作人吴哥顶着,现在吴哥走了,黄老邪巴不得看她好戏,怎么可能会向着她?

不过说起黄老邪……

杨笑左右看看,奇怪,黄老邪的小娇妻苗苗跑哪里去了?

她拦住一个路过的摄像师,问他:"你看到我们组新来的编导了吗?"

"新来的编导?"那摄像师挠挠头,回忆道,"是不是齐头帘、丸子头,说话嗲声嗲气的那个?"

杨笑:"对对对!"

摄像师一指后台:"我刚才看到她了,她去了嘉宾化妆间,好像在向

## 第十八章　节目录制事故

冯相要签名呢。"

这可真是太尴尬了。

在电视台工作，切忌"眼皮子薄"，甭管你有多喜欢一个明星，多粉一个偶像，在工作场合遇见时，绝对不能表露出任何追星的迹象。因为这会显得这个工作人员特别没有职业素养，也会让嘉宾觉得尴尬。

杨笑没有想到，这么简单的道理，工作了四年的苗梦初居然不知道！就算她刚从台前转到幕后，不熟悉综艺节目的规矩，可是她做事情之前，不能问问有经验的前辈吗？

苗梦初可不是在丢她一个人的脸，而是在给《午夜心路》整个节目组丢脸！

想到这里，杨笑火气大起，立刻踩着高跟鞋杀向了嘉宾化妆间。

果不其然，她刚一踏进后台，便看到苗梦初站在冯相面前，一副扭扭捏捏的模样。

只听苗梦初说："冯队长，我特别喜欢看篮球比赛，也特别崇拜你，你能和我合张影吗？"

她说话时，那双卡姿兰大眼睛一直眨啊眨的，她身高只有一米五出头，站在两米零一的冯相面前，刚刚到他的腰，这个身材比例，简直像是小朋友在和大人讲话。

最可怕的是，她还故意用嗲嗲的声音……

天啊——

杨笑打了个寒战——都说女人是水做的，可苗梦初这个人，一定是戏精变的吧。

"苗……"不等她喊出苗梦初的名字，冯相忽然开口了。

身高超过两米的男人低下头，看着面前只到自己腰际的"迷你人"，露出了一个堪称英俊的笑容。

"你是我的球迷？"冯相和善地问，"那我的球赛，你都看过吗？"

"看过的！"苗梦初眼都不眨，"我是你的忠实球迷，当然都看过了！"

她立刻不要脸地点点头，心里窃喜。苗梦初当然不是他的球迷，她

335

## 男友请就位

根本对篮球一无所知,她如此讨好冯相,不过是为了套近乎而已,反正她是挂名的执行编导,和嘉宾接触理所应当,等节目拍完,写工作报告时,她就可以轻轻松松地把"和嘉宾对接"写在自己的邮件里——抢功这种事,她在前一个节目组做多了,仗着黄老邪的宠爱,没人敢说什么。

至于杨笑的看法……切!苗梦初恨恨地想:杨笑那女人倒有几分姿色,她能把冯相请来节目,想来也使用了一些"非常手段"。

都是一个染缸里的人,谁比谁干净啊。

想到这里,苗梦初脸上的笑容更热切了,她最擅长拍马屁,句句都在捧着冯相,把自己包装成他的忠实球迷。

两人越聊越投机,冯相忽然问道:"对了,小苗,签名的球衣球鞋在哪里?我现在刚好没事,在开播前可以都签完。"

"啊?"什么球衣球鞋?苗梦初虽然"水",但开播前她也把台本仔仔细细过了两遍,没看到有什么签名的环节。

"这是昨天杨笑在微信上和我沟通的。"冯相说,"因为这期是'冠军特辑',所以你们节目组从俱乐部买了几件我的同款,包括三件八号球衣和一双四十六码战靴,让我签名,说节目播出后要拿去抽奖。"

"哦……哦。"苗梦初愤愤想,节目有这么大的变动,杨笑居然不告诉她!果然是背着她留了一手,"八号球衣和四十六码战靴是吧?您等等,应该放在后台了,我找个后勤问一下……"

说完,苗梦初就招手要拦下一个路过的后勤人员。

"不用了。"冯相打断她,脸上还是那副笑容朗朗的模样,"我突然想起来……"

苗梦初:"想起什么?"

冯相垂眸看着她:"想起我的球号是三号,鞋码是四十七码。"

苗梦初愣了。

冯相勾唇一笑:"我的'忠实球迷',你连我的球号和鞋码都记不住,看来你也不怎么'忠实'嘛。"

站在角落围观了一切的杨笑几近笑喷,不,她是受过专业训练的,绝对不能在这个时候笑!

## 第十八章 节目录制事故

但是……她实在是忍不住了。

杨笑退回到拐角外,先捂着嘴狂偷笑了一阵,待整理好情绪,她重重跺了两下高跟鞋,然后装作一副匆匆赶来的样子,打断了这场让人尴尬到头皮发麻的荒诞喜剧。

"苗苗,冯队长,你们在这儿呢。"她装模作样,一脸认真地说,"节目还有半小时开录,冯队长,请问台本您看完了吗?还有什么问题吗?苗苗,你要没什么事的话,也跟着听一下,记一下工作要点。"

苗梦初像是被火烧屁股一样嗖地跳了起来:"我、我还有事。"她刚刚在冯相面前丢了大脸,谎言被彻底戳穿,根本不敢再待下去了,"我……刚才摄影那边好像在叫人,我去和他们对一下机位。"

说完,她不等另外两个人的回答,立刻头也不回地蹿出去了。

不知道的,还以为这里有两只老虎呢。

杨笑看着她仓皇跑走的背影,颇为无奈地摇了摇头。苗梦初的小聪明,怎么就不用在正道上呢?

"杨小姐,刚才其实你都看见了吧?"身后的冯相悠悠问道。

杨笑不知该装傻,还是该如实相告。

"你那位同事可真有意思。"冯相耸了耸肩,"我看起来像是那种精虫上脑的人吗?居然对我使用美人计。"

杨笑更尴尬了,明明不是她犯的错,为什么她要在这里遭受这样的尴尬折磨?天啊!她真希望她手里有一只遥控器,可以把这段剧情全部跳过去。

冯相听不到她复杂的心理活动,他慢悠悠说:"只可惜,那位苗小姐的算盘打错了,她错估了我的口味,我可对她那样子的类型不感兴趣。"

气氛一阵沉默,杨笑看着手里的台本,在心里默默祈祷这个话题就此结束。

冯相见她不发一语,却不愿就这样放过她:"杨笑,你怎么不问问,我喜欢哪种类型啊?"

杨笑没办法,只能顺着他的话说:"那冯队长喜欢哪种类型的女孩子?"

## 男友请就位

"——我喜欢你这种类型的女孩子。"冯相忽然伸过手,手指富有暗示性地擦过她的脸颊。

之前一直有传闻,说冯相和不少女球迷牵扯不清,但她和他只是工作关系,她对球员的私生活如何并不在意。

可是没想到……她也有收到"暗示"的一天。

杨笑在心里深深地叹了口气。

然后抬头,微笑。

"您喜欢我这样的女孩子?"她的表情沉稳淡定,语气温软,却藏着一丝锋芒,"真是巧了,我男朋友也喜欢我这样的女孩子。"

冯相并未受挫,刻意用一种亲昵的口吻呢喃道:"笑笑,你不会真不知道,我为什么要答应上这个听都没听过的小破节目吧?"

杨笑反问:"难道不是因为,我是您学弟的女朋友,您看在孟雨繁的面子上吗?"

冯相的表情瞬间僵住了。

"哈哈哈哈……"

突然间,男人爆发出一阵大笑,他的笑声引来了走廊那端工作人员的瞩目,他的经纪人原本正在打电话,见状立刻挂断电话,快步走了过来。

经纪人停在他们身前,面色狐疑道:"有什么事吗?"

"没什么事。"杨笑后退一步,"我是来告诉冯队长,再过十五分钟,录制就要开始了。"

"小姑娘,你是工作人员吧?麻烦你来一下。"演播室的观众席后台,一个四十多岁的中年男人向刘悦月招了招手。

刘悦月低头看看自己脖子上的工牌,确定那个中年男人叫的是自己。

"您好,您是……"刘悦月跑过去,疑惑地问。

"我是群头。"中年男人操着一口地方口音,"我之前都和杨老师对接的。"

他口里的杨老师指的就是杨笑,在电视台这个地方,见到谁都要叫

## 第十八章　节目录制事故

老师，不管职位高低。

《午夜心路》是环形观众席，每次录制时，需要一百名现场观众，而凑观众的方法有很多，比如去高校发门票、在微信公众号上开放报名或者嘉宾自带粉丝团，若再凑不够，就需要群头拉人来了。

他们这个节目录制是在下午，不包水和饭，不能玩手机，一个观众一百块，群头抽二十，算是个轻松的肥差，群头和他们合作很久，关系挺不错的。

本期录制现场，观众中有五十名冯相的粉丝，另外五十名则是群头招来的。像这种近距离谈话类节目，不能全部放进明星粉丝，必须得有一些"拿钱办事"的观众穿插其中，因为纯粉丝聚集在一起的力量是非常可怕的，一不留神就会出娄子。

刘悦月主要负责后期剪辑，本来不用在录制时盯场，但杨笑希望她多学点东西，所以把她叫过来在这里当个移动NPC，多看、多学，还能顺手帮帮忙。刘悦月问那位群头："你现在是要找杨姐吗？她好像去后台了，你要着急的话，我去找她。"

"不不不，找你也行。"群头脸上的皱纹一层层堆砌起来，露出了一个讨好的笑容，"是这样的，你们这次要观众要得急，而且今天还是过节，观众不好找，所以这次的观众质量……"

现场观众不是随便找的，不能太丑，不能太好看，不能太抢戏、不能像木头一样无动于衷，不能穿着华丽，也不能浑身脏兮兮……总之，观众就是布景，越不出挑越好。

刘悦月明白了群头的言下之意："所以这次观众里，有特别差的人是吗？"

"不不不，你误会了。"群头摆摆手，"不是特别差，是特别好。"

"哈？"

"我这儿有个观众，长得又帅，个子又特别高，就算坐在最后一排，也比其他人显眼得多。"

刘悦月好奇极了："哦，他在哪儿啊？要真是特别高的话，我给他搬个小凳子。"

"在那儿——"群头指向了侧面的观众席。

刘悦月顺着他手指的方向看去,结果对上了一双像是狗狗般清澈又明亮的眼睛。

"嗨!"坐在观众席上的孟雨繁冲她挥了挥手,开心地说,"笑笑姐在哪儿?我要给她一个惊喜!"

如果问孟雨繁为什么要报名成为《午夜心路》的背景观众,那他肯定要回答:"我想看看笑笑姐工作时的模样。"

都说专心工作的男人很帅,那专心工作的女人一定也很美。

抱着这样的想法,孟雨繁偷偷报名成为观众,而八十块钱的群演费则纯属意外之喜。

当然,冠冕堂皇的话谁都会说,而隐藏在他心中的另一个理由,就不那么光明正大了。

虽然他理智上知道,杨笑和冯相只有工作上的关系,但是一想到冯相要以嘉宾身份参加节目,肯定要和杨笑有各种接触……孟雨繁就觉得心里酸溜溜的,好似吃了两斤柠檬。

所以,他现在坐在演播室里,要用他在球场中的紧迫盯人战术,盯着冯相!

后台里,冯相莫名其妙地打了个冷战:"这演播室的空调坏了吗?怎么这么冷?"

站在他旁边的主持人云啸温柔地解释:"空调一直不太好,不过凉一些也没关系,聚光灯下温度很高,待会儿咱们到了舞台上,就会觉得热了。"

开录前,主持人和嘉宾一般都会聊几句天,缓和气氛。

杨笑见他们两人聊得还不错,没有插话,悄悄溜走了。

耳返里传出导播的声音,这都临近开场了,摄像居然又出了幺蛾子!杨笑急匆匆赶向导播室,只见满墙的监控屏幕画面都在晃动,摄像师们正在进行突击调试。

他们节目一共配备了三台摄像机、三个机位,等到正式开始录制后,摄像师们会从不同方向捕捉嘉宾、主持人以及观众的镜头。

## 第十八章　节目录制事故

"怎么回事？"杨笑皱眉，催促着负责同事，"这就要开场了，为什么灯光和摄像机还没调整好？"

同事指着其中一个监控器道："嘉宾太高，即使坐下来，也比云啸老师高一个脑袋，切近镜头的时候，他的头顶很有可能会出框，影响画面效果。"

"那就赶快调啊。"

"调是调了，但几个摄像师谁都没拍过这么高的嘉宾。现在只能预估效果，最好还是找个'光替'。"

看吧，做编导简直比当皇帝身边的太监还要操心。

光替和武替、文替不一样，指的是在拍摄前期，帮助灯光组和摄像组充当人形模板的替身。光替一般常见于影视剧的拍摄，像他们这种小小的节目组，所谓的光替其实就是"拉壮丁"，随便拉个身高体貌差不多的工作人员上台。

杨笑看着监控画面，两台摄像机的镜头都聚焦在舞台中央那两张空荡荡的沙发椅上，她无奈地拿起对讲机，按下了对讲按钮。

"我是杨笑，我是杨笑，演播室里有人闲着吗？"

对讲机里很快传来稀稀疏疏的应答声，节目组人少，大家都有自己的事情要忙。

好在，终于有人回复了。

"杨姐，我是刘悦月，我是刘悦月，我在演播室里呢，有什么事情要我帮忙吗？"

"太好了！"杨笑立刻说，"你找个高一点的男的，让他坐在嘉宾的位置上，我们现在要调光。"

"好的！"刘悦月乖乖地问，"多高啊，技术组有个一米八几的，行吗？"

"不行，太矮了。"杨笑说，"工作人员里没有，就从观众里头找，要是观众里也没有……"

"等等！"刘悦月轻快地说，"观众里刚好有个高个子！"

说完，她挂断了对讲机。

一分钟之后,两台正对舞台的监控屏幕上,同时出现了一个高挑健硕的身影——

"雨繁?"杨笑怔住了,她抬手想揉揉眼,忽然想起今天画了睫毛膏和眼线,只能又把手放下。

在特写镜头下,男孩面容俊朗,潇洒帅气,从头到脚无可挑剔。

这是他第一次出现在镜头下。男孩表现得略有些拘谨,黑黝黝的镜头追着他跑,他无所适从,干脆盯着镜头看。看着看着,他忽然对着摄像机后面的人,露出了一个笑容,那笑容从他的嘴角升起,攀升至颧骨,潜入眼眸,最终蔓延到了他整个面部。

那是一个开朗的、阳光的,让所有人看到都会情不自禁跟着笑起来的笑容。

导播室里,盯着监控屏幕的所有人,好像都被那个笑容蛊惑了。

孟雨繁的头顶光影变换,那是灯光组在调整灯光,特写一点点切近,中途出现了短暂的失焦——不,杨笑忽然不确定那究竟是镜头失焦,还是她的理智停跳了一瞬。

"这是观众吧?"导播室里响起了窃窃私语,"现在随便抓来一个男观众都这么高、这么帅吗?"

"哎,这男孩看着挺面熟啊……啊!"有人认出了他来,"这是小杨的男朋友吧?我记得之前他来台里接你下班。"

"对。"杨笑的嘴角噙着一抹笑,得意地宣布,"他是我男朋友没错。"

导播揶揄她:"呦呵,这么黏糊啊,你录节目他还跟着来?不过今天要是没有他,这调光可就费劲了。"

杨笑没接话,大家只当她是默认了。

但实际上,她心里也有点奇怪——孟雨繁为什么一声不吭,跑来当现场观众啊?

舞台上,刘悦月手里的对讲机传出了杨笑的声音。

"小刘,你让雨繁起来吧,光和镜头都调好了。"

"好的!"刘悦月应下来,示意孟雨繁可以起身离开了。

孟雨繁有些好奇地盯着她手里的对讲机,那副跃跃欲试的模样,恨

## 第十八章 节目录制事故

不得自己拿过来和杨笑说说话。

演播室里不让带手机，怕电磁信号干扰摄影器材，另一个原因就是为了保密。进入演播室前，孟雨繁的手机就交上去了，他想和杨笑说几句话都不可以。

刘悦月一路小跑，领着孟雨繁走到了观众席的最后一排，嘴里轻快地说："大孟同学，今天多亏了你呀！"

"没事，举手之劳。"他摇头。

"不过……你现在这么缺钱吗？"刘悦月推了推眼镜，"开始当群演赚人头费了吗？"

孟雨繁语塞："不是，我是特地来看笑笑姐的。"

"看杨姐？"

见刘悦月一脸茫然无知的样子，孟雨繁头一次产生了智商碾压的感觉，这位朋友……好像脑子不太好使，居然到现在都没察觉，他和杨笑真的在一起了！

他怕她再误会下去，赶忙说："是这样的，我和笑笑姐……"

然而他的话还没说完，忽然一只大手从他身后伸过来，一把搂住他的脖颈，另一手则拍了拍他的后背，状似哥俩好的模样："——孟师弟，咱们又见面了！"

在那一瞬间，孟雨繁身上所有的尖刺都竖了起来。

他立刻回身看过去，只见冯相不知道什么时候走到了他身后，脸上带着爽朗的笑意。

刘悦月看看这个，再看看那个，惊奇道："你们认识？"

"我们当然认识！"冯相亲热地说，"孟雨繁是我大学的学弟，可惜他入校的时候，我已经毕业去 CBA 了……"他拍拍孟雨繁的肩膀，笑道，"学弟啊，刚才多谢你了。"

孟雨繁不动声色地问："谢我什么？"

"谢你当我的替身啊。"冯相指了指舞台，意思是刚才发生的事情他都看到了。

孟雨繁觉得不是自己的错觉——他总觉得冯相的语气很奇怪。

他摇头:"不用谢。我是为了帮笑笑的忙,即使做嘉宾的人不是你,是首钢队的队长,我也会上去的。"

首钢队和华城队是死敌,而首钢队的队长和冯相向来不对付,两人每年为了争 MVP,都斗得头破血流。

"……小朋友可真爱开玩笑。"冯相松开手,脸色变得臭臭的。

三分钟后,主持人进场。云啸一马当先,身后跟着服装助理和妆发助理,她一身米色套裙,头发温柔地披散下来,呈现出一种如水般的蓬松感。

杨笑紧跟其后,她一只手夹着台本,另一只手拿着电脑,行色匆匆。她每走一步,胸前的工牌都随着她的步伐微微晃动,工牌的照片中,尚显生涩的她对着镜头浅然微笑着。

她很忙,忙到没有时间和孟雨繁打招呼——但是在入场的第一时间,她就从人群里找到了他。

孟雨繁实在太显眼了,不是因为他的身高相貌,而是因为他的气场,他坐在人群的最后一排,就像是一团太阳停在了那里。

隔着重重的人群,他们的视线同时捕捉到了对方。

杨笑冲他微微点了点头,在工作状态下,她不能为任何事分心,孟雨繁把手高举过头顶,双手比了个"苹果"。

"苹果?"

直到杨笑坐在了监控器后,才恍然理解过来——那是个"桃心"。

孟雨繁冲她比了一颗心。

可惜那颗心,长得怪寒碜的。

杨笑竖起台本,悄悄藏住了自己的笑。

演播室和导播室各有一组监控器,在正式录制开始后,编导坐守演播室,如果出了任何状况,可以第一时间解决。监控器内的画面是由六台摄像机连接过来的,如果摄像师出了问题,杨笑再通知导播室进行修改。

苗梦初手里拿着小本子,正一脸认真地守在监控器后面。

见她来了,苗梦初一动不动,厚着脸皮说:"杨笑,我和你取取经啊。"

## 第十八章 节目录制事故

杨笑漠然地点点头。

她不怕她"取经",反正取经路上可有九九八十一难呢。

杨笑拉过椅子坐下,双腿交叠,后背挺直,视线落在了舞台上。

"云老师,冯队长,你们准备好了吗?"她扬声问。

"好了。"云啸点点头,示意妆发助理和服装助理离场。

"我也好了。"冯相最后喝了口水润喉。

演播室里,观众席的灯光自后向前一层层关闭,最后只余下舞台正上方的几束光。

在光外,是观众,是技术组,是摄影师,是编导。

而这,就是综艺节目的录制现场。

杨笑按下对讲机,嘴唇轻启,发出号令:"各部门准备——"

"三!"

"二!"

"一!"

节目,开始了。

"欢迎来到《午夜心路》,我是主持人云啸。今天我们请来了著名篮球运动员、连续两年 CBA 的 MVP 获得者、现任华城队男篮队长冯相,让他来和我们讲讲,他的午夜心路。"

随着主持人声音温柔地念出引导词,整个节目录制正式拉开了帷幕。

正对着舞台的镜头逐渐拉远,把舞台另一侧的嘉宾也同时摄入了镜头里。

杨笑聚精会神地盯着面前的监控器,直到镜头再次切换成嘉宾的特写,她憋在胸口的一口气终于舒了出来。

镜头取景的位置刚刚好,冯相的上半身位于画面的正中央,头部距离画面顶端还有一段距离——既不会太靠上,切掉头顶,也不会太靠边缘,台标糊脸。

这两米高的嘉宾,可真不好取景。

耳机里,传来导播得意的声音:"杨笑,怎么样,我这切得有水平吧?"

"棒极了。"她小声回复,"对了,让辅切多切点粉丝的反应镜头,到时候后期好贴。"

"这可不用你吩咐,您就等着瞧好吧!"

身旁的苗梦初听到她的话,投来了疑惑的眼神,苗梦初厚着脸皮,问:"辅切?辅切是什么?"

杨笑本来不乐意搭理她,但想着她刚刚给自己贡献了一场不错的情景喜剧,便大发慈悲,给她解释了一番。

"导播室你去过吧?里面通常会有两到三个人,其中一个是主导播,也就是主切。咱节目要录两个小时,这两个小时里他要不停地切镜头,嘉宾说话就切嘉宾,主持人说话就切主持人,观众提问就切观众。远景、近景、特写,也全靠他调度……咱片子播出的四十五分钟,就是从他切出来的两个小时里剪出来的。"她点了点监控屏幕旁一块更小的屏幕,"这个屏幕连的是辅切,顾名思义,就是主切的辅助,负责盘挂机带子。你是不是还想问什么是挂机带子?"

"呃……"

杨笑在心里叹气,苗梦初大脑空空,到底为什么偏要往后期钻?"挂机带子装的全是备用镜头,比如嘉宾说话时,主持人什么反应,观众什么反应,这样节目播出时才有对比,可以让画面不单调。"

苗梦初听了,似懂非懂地点点头,在笔记本上唰唰记了两笔。

杨笑瞥了一眼,只见她记的是:主切负责切镜头,辅切负责切别的镜头。

杨笑暗忖:算了,就这样吧。

为了不打扰录制,她们坐在录影棚的最后沿,甚至比观众席还要靠后,以防止被镜头误拍进去。

环形观众席从四面包住正中央的舞台,孟雨繁正好坐在她的对面,能把她工作时的状态全部收入眼底。

原来,笑笑姐工作起来,这么迷人啊!

这是孟雨繁第一次看到杨笑的工作状态,她敏锐极了,也锋利极了,一脸专注地望着舞台的方向,笔记本电脑放在手边,随时都可以为她提

## 第十八章　节目录制事故

供灵感与思路。为了方便活动，杨笑今天没有穿套裙，而是一身黑底白条纹的女式西装，被阔腿裤拥住的长腿交叠在一起。

实在是太飒了！

舞台中央，访谈的进展很不错，在主持人的引领下，冯相渐渐打开了话匣子，回忆起小时候是怎么踏上篮球这条路的。

"访谈"和"采访"不一样，重点在"谈"，嘉宾容易动情，观众也容易共情。

一般人可能会觉得体育运动员不善言辞，但冯相却完全相反，他非常善于表达自己的观点，在镜头下侃侃而谈，讲他小时候是如何踏上这条路的——他父母都是普通人的身高，但偏偏他从小就"高人一头"，十岁的时候身高就突破一米七，被省队老师看上。当时，他本来有机会进入俱乐部青年队试训，但因为他父母身高平平，教练担心他无法继续长高，故而他错失了这大好的机会。

"我一路走来，不敢说我练得比别人更辛苦，但我敢说，我每一天都比昨天的自己更辛苦。"他的声音都掷地有声，"我进入CBA，就是想让当初拒绝我的那个教练看看，我冯相，是一名篮球运动员，我冯相，是冠军！"

这一长串话讲完，观众们纷纷为之动容，蹲在后排的刘悦月立刻鼓起了掌，带动其他观众也鼓起掌来。

就在这群情感慨的时刻，出乎意料的事情发生了——

一位坐在中间一排的女粉丝突然站起身，激动不已地哭出声来，"冯相！"她喊道，"我爱你！"

所有人都讶然失色。

话音未落，那女粉丝居然从观众席上跑了出来，直直向着舞台奔去，她一边跑着，一边拉开了手里的单肩包，她的一只手探进包里，不知道在摸着什么东西。

杨笑瞬间汗毛倒竖，一把扯下耳机，紧张地大叫："快拦住她！"

谁知道那女粉丝的背包里装的是什么东西！娱乐新闻里不是经常有这样的报道：私生粉想方设法接近偶像，抱着得不到就毁掉的想法，投掷

### 男友请就位

镪水、臭鸡蛋……

然而在场没有一个人反应得过来。

他们《午夜心路》从来没请过流量嘉宾，谁能料到，居然会在录制中途发生这么大的意外！

主持人云啸被吓到了，她一动不动地坐在沙发里，双目圆瞪，两只手紧紧地扶着扶手，冯相立刻扑过去，用身体挡住了她。

可是冯相护着主持人，谁来护着冯相呢？

眼看那女粉丝即将扑到台前，所有人的呼吸都停滞住了。

然而就在那一瞬间，一双手从女粉丝的身后伸了过来——

孟雨繁人高腿长，一个箭步就从观众席的最后一排飞蹿了过来，双手一搂，直接揽住了那位女粉丝的身体！

"别动！"孟雨繁厉声呵斥。

按理说，以孟雨繁的体格，架住那位瘦弱的女粉丝是绰绰有余的，然而她却像是激发出了体内的无限潜能一样，在他的手臂中拼命挣扎了起来！

她手上戴有金属首饰，一个抬手，首饰边缘划过孟雨繁的眼角——瞬间，血光闪过！

杨笑的心脏停了数秒，她的呼吸像是被夺走了一般，只觉得在那瞬间，心急、心痛、心慌，各种感觉蜂拥而来。

而随着女粉丝的挣扎，她的背包也掉落在地——而从中滚出的，并非是什么镪水、臭鸡蛋，而是——一沓沓的人民币。

女粉丝哭号着："冯相，你别打篮球了！我有钱，我养你！"

她的哭声像是一道开关，把原本寂静的演播室瞬间点燃了，议论声四起，可以想象，等到今天录制结束后，这些观众回到有网络的世界，绝对会大肆宣扬这场意外。

工作人员们赶快冲到了孟雨繁身边，几个人一同制住了那个有钱的私生粉。

节目紧急叫停，演播室里没有急救箱，立刻有人通知了台里的医务室，医务室让他们先暂时用纸巾捂住，赶快把孟雨繁送去医务室处理

## 第十八章 节目录制事故

伤口。

杨笑哪还有心思工作,她恨不得立刻抛下节目,追着孟雨繁离开。

然而就在这时,孟雨繁却回头冲她摆了摆手。

男孩一身狼狈,一只手用纸巾捂着自己眼旁的伤口,血浸透了,就换另一张纸。同时,他还在安慰杨笑——他们隔着人群,他只能用口型对她说:"安心工作。"

是的,杨笑无数次确认,孟雨繁说的是"安心工作"。

他没让她陪,他说自己是个大男人了,可以一个人处理好这种小伤。

他说:"你安心工作。"

他说:"我没事的。"

他说:"加油。"

"别担心,杨姐。"刘悦月见杨笑表情焦急,立刻举手,"我去陪大孟!你先工作,等录制完了咱们再会合!"

"那你带着手机,时刻和我保持联系。"杨笑紧张叮嘱,"如果需要缝针,就送他去旁边的××医院,他出来估计没带医保卡,他的医保号是……。"

刘悦月点头应下,心里却在想:为什么笑笑姐连大孟的医保号都知道?

接下来的录制,收尾显得格外匆忙。

主持人受惊不小,冯相也不再有刚开始的雅兴,最主要的是整个观众席都乱糟糟的,虽然工作人员多次出来组织纪律,但观众席里依然嗡嗡个不停,每个人都在讨论刚刚的事情。

待好不容易熬到节目结束,杨笑立刻一跃而起,把收尾工作抛给苗梦初,立刻就要往医务室跑。

"杨笑,等等。"冯相叫住她。

杨笑心中焦急,但不得不应酬他:"怎么了冯队长?"

"孟师弟的伤因我而起。"冯相一脸愧疚,"我能不能去看看他?"

"不用了。"杨笑拒绝,"这事与您无关,私生粉谁都不想看到,是我们在筛选观众时没有把好关。"

"至少让我请你们吃顿饭……"

"说起吃饭，"杨笑顿了顿，叫来一旁的工作人员，"今天录制延时，给冯队长订个盒饭，走节目组的工作餐账。"

不等冯相再说什么，杨笑快步转身离开了。

## 第十九章
## 电视台问责

当杨笑急匆匆闯进医院诊室的时候,护士正在给孟雨繁清创。

旁边的垃圾箱里扔了两团沾血的纱布,孟雨繁坐在诊椅上,闭着眼睛、侧着头,任由护士那一团浸满了酒精的棉花擦拭他的伤口。

想必一定是很疼,可孟雨繁不发一语,甚至连眉头都没有皱一下。倒是旁边的刘悦月一惊一乍,两只小手捂住眼睛,偏偏还张开指缝,从指缝之间窥看。

护士拿着酒精棉往孟雨繁头上压一下,刘悦月就"啊"地叫一声。

压一下,叫一声。

再压一下,再叫一声。

护士停下手里的动作,转过头来问她:"这位女士,我们是在给病人清创,病人还没叫疼呢,您叫什么疼啊!"

刘悦月不好意思地说:"条件反射……"

"您要实在看不得这个,您可以去外面避一避。"

"可是……"刘悦月刚想说什么,杨笑赶快几步走了过来,拍了拍她的肩膀。

"小刘,你先出去吧,这里有我。"杨笑说。

刘悦月见她到了,惊喜地问:"杨姐?录制结束了?"

"嗯,收尾工作我交给别人做去了。"杨笑一颗心都扑在孟雨繁身上,答得很敷衍,"怎么现在才开始清创?"

"急诊人太多啦。"刘悦月解释,"前面有两个打架断了胳膊的,一个吃了毒蘑菇在跳舞的,还有一个切西瓜的时候把刀子插手上了……"她小声嘀咕:"要是排队再久一点儿,我看大孟头上的伤自己都能愈合了呢。"

杨笑从口袋里拿出银行卡,让刘悦月帮忙跑腿结账,换自己在这儿陪着孟雨繁。

早在听到她声音时,男孩的眼睛就睁开了,结果他眼皮刚一动,嘴里就"嘶——"地倒抽了一口气,只能又乖乖闭上了。

杨笑立刻走过去,站在他身旁,握住了他的手。

走近了,她终于可以清晰地看到那道伤口了。

它盘踞在他的眼角处,斜擦过太阳穴,留下一道猩红的伤。伤口不深,但是非常长,那位女粉丝手上戴着一枚雪花爪的大钻戒,不仅足够闪亮,也足够锋利。

只差一点点,再差一点点,就要伤到他的眼睛了……

杨笑一瞬间怒不可遏,但是在愤怒褪去后,又变成了深深的、深深的后怕。

"你……怎么样?"她声音放得极轻,与他十指相扣,"疼不疼?"

"不疼。"男孩浑不在意地转移了话题,"对了,笑笑姐你的节目录得怎么样?我走了之后,你们进行得还顺利吗?"

"都什么时候了,你还惦记节目?"

"这都是小伤。你放心,我皮实得很!打球的时候,磕了碰了很正常,有时候一球闷过来,没接住,撞在脸上,流个鼻血都是小事儿……对了,你知道吗?我们队里有三个人鼻梁都断过,都是打球的时候被球闷在脸上了!"

他特意用一种轻快的语气讲着那些八卦,可他越是不把眼角的伤当回事,杨笑就越难过。

男孩的手指上沾了一些血,干了之后就黏在指腹上,变成了刺眼的暗红色。

杨笑和他十指交扣,那些血也一并染到了她的指尖。

她望着那点点猩红,突然之间,情绪一下冲破了顶峰。

"还说是小伤!"杨笑又急又气,"你知不知道再偏一点,你很可能就会瞎了?"她越急,语气就越重,"你一个学生,逞什么英雄?我们这一

## 第十九章　电视台问责

屋子的工作人员呢，就算有人要冲在前面，那也该我们冲在前面。你想没想过她包里装的是什么东西？要是刀子呢，要是别的呢？"

她已经不知道自己在说些什么了，脑子里一团乱麻。

她就像是一座躺在白雪与冰川下的火山，平日里看着高冷，却拥有着毁天灭地般的爆发力。

"……我没想那么多。"孟雨繁被她突然爆发出来的情绪吓到了，讷讷回答，"我就想着，这节目是你心血的结晶，你辛辛苦苦请来冯相，绝对不能让他出事，绝对要让这期节目顺利拍完。你这段时间为了这个节目的努力，我都看在眼里，我不想让你的努力白费。"

"再说了……我不是在逗英雄，我是想当你的英雄。"他抬起另一只手，遥遥点了点眼角，得意地说，"这就是我的英雄勋章。"

杨笑不知该怎么形容现在的心情——孟雨繁说想做她的英雄，而他确实做到了。

她嘴唇微颤，正要说话，突然一道戏谑的女声打断了他们之间温情脉脉的氛围。

"这位患者，估计您要失望了。"那位当了半天透明人的护士开口，语气凉凉的，"就您这伤，别惦记留勋章了。不出意外，三天保证愈合。"

护士手脚麻利地在孟雨繁眼旁的伤口上贴了几截免缝胶带，手法利落，快如闪电："行了，消炎药一天两次，伤口愈合前不要洗脸，不要洗头，实在忍不住就拿湿纸巾擦擦眼屎——您二位出门左拐药房划价拿药，下一位患者请进！"

俩人稀里糊涂地被护士推出了诊室，孟雨繁整个太阳穴都被碘酒染成了深褐色，几道磨砂半透明的米白色免缝胶布横跨在伤口上，看着有些简陋。

杨笑本以为这个伤肯定要缝针，说不定还会用纱布裹住半个脑袋呢！哪想到只贴了几张小胶条，居然就结束了！

杨笑抬头望着孟雨繁眼旁的伤疤，喃喃道："……这个小胶条，我好像在哪里见过。"

孟雨繁问："在哪里见过？"

"……我想起来了。"杨笑说,"好像糖糖的双眼皮贴就长这样。"

今天过年,本来杨笑和父母约好要把孟雨繁带回家吃晚饭。

可孟雨繁脸上受了伤,若让杨爸杨妈看到了,肯定会大惊小怪,胡思乱想。

没办法,杨笑只能给爸妈打了个电话,扯谎说他们两人要过二人世界,今天就不回家了。

杨妈妈特别遗憾,叨念着:"哎呀,我还给小孟炖了骨头汤呢。你也是的,有事怎么不提前说?妈妈这汤一早上就煲起来了,要早知道你们不回来,我就不做这么多了……"

杨笑也觉得愧疚,最后答应爸妈,这个假期一定回家喝妈妈做的汤,喝不完的打包带走,给孟雨繁送到学校。

挂断电话后,杨笑和孟雨繁相视一眼,同时笑了出来。

孟雨繁说:"这么骗叔叔阿姨,不好吧?"

杨笑耸耸肩,无奈地说:"反正已经不是第一次骗他们了。"

他们说过最大的谎言,就是隐瞒了他们之间的金钱关系。和那个谎言相比,回家不吃饭这种小事根本没什么。

孟雨繁:"还好我转正了!要不然我下次去你家吃饭,肯定要紧张到露馅了。"

"你才不会露馅。"杨笑抬手摸了摸他的脸颊,又顺着他的颈侧下滑,拉住了他的衣领。她的手略一使力,孟雨繁便顺势低下头来,杨笑微微踮起脚尖,在他的唇上轻轻一碰,"你可是我名正言顺的男朋友——如假包换,童叟无欺。"

孟雨繁搂住她的腰,正要加深这个吻,忽然身边传来一声脆响。

两人动作同时顿住,侧头看去。

只见在医院走廊的另一头,刘悦月目瞪口呆地望着他们,她左边臂弯里挂着装满药片的塑料袋,右手空举,而在她的脚下,是一个屏幕碎裂的手机。

"杨姐……"她状似游魂,说话颠三倒四,完全是一副大脑过载的模

## 第十九章　电视台问责

样,"黄老邪来了电话……台里说……领导说……我想找你……你……你们……杨姐,你俩……啊对不起,我打扰了!"

说完,她转身就要跑,可她看看脚下摔碎的手机,又硬生生刹住了脚步。

"那个……"孟雨繁有些尴尬。

"正如你看到的那样。"杨笑见已经被她撞破,干脆大大方方承认,"我和孟雨繁在一起了。之前不知道怎么跟你开口,一方面是因为你是我的下属,另一方面是因为你们认识,我怕我和他的关系影响到你。"

刘悦月咕咚一声吞了口口水:"不不不,不影响。"

刘悦月其实内心慌得一塌糊涂——她这究竟算不算知道领导的小秘密了啊?以后会不会被杨姐灭口啊?

杨笑用最简单的语言宣告了孟雨繁的所有权,根本不在意刘悦月能不能在这么短的时间内接受这么大的信息量。

孟雨繁低头看着矮小如暖壶的刘悦月,想来她今晚肯定要睡不着觉了。

"好了,你刚才说谁给我打电话?找我有什么事?"杨笑转移话题,问起了工作上的事。

刘悦月像是被打通了什么穴位,瞬间跳了起来,从地上捡起那部被摔得屏幕龟裂的手机,急吼吼道:"是黄制片人找你!他说你的电话打不通,让我联系你!"

"怎么了?"

"有人在网上爆料,冯相上咱节目的时候,有私生粉大闹场子,现场还见血了!"

孟雨繁震惊极了:"这么快就有人爆料了?"

算算时间,这就等于刚录完节目,那些观众一走出录影棚,就上网爆料了!

现在是自媒体时代,没有什么东西,能比一场滑稽的丑闻传播得更快了。

杨笑倒是比他俩都冷静不少,早在那位私生粉冲上台的时候,杨笑就知道，这么重大的录像事故，绝对不可能悄无声息地过去。

她问："然后呢？"

刘悦月声音里带了哭腔："现在台里领导已经知道了这件事，据说领导震怒，认为这次事件给节目、给频道、给台里都带来了非常不好的影响！黄老邪说，这次访谈从头到尾都是你的主意，让你全权负责、给上面一个交代！"

这世上最不缺的就是黄老邪这样的垃圾领导。

每天上班当甩手掌柜，所有的任务推给下属，美其名曰"锻炼锻炼你们"。如果下属的工作得到了上面的肯定，那他跑得比谁都快，领功永远站在第一位，如果工作出了纰漏，那他立刻甩锅，绝对不担一点责任。

而杨笑就是被他推出来的下属，俗称"背锅侠"。

孟雨繁和刘悦月想要替杨笑抱不平，杨笑摇摇头："这事确实因我而起，策划案是我做的，选题是我找的，嘉宾是我请的，邀请五十名粉丝入场也是我决定的。从始至终，黄老邪都没有过问。说真的……"杨笑自嘲地笑笑，"我早有预料，他会把我推出去顶锅。"

"咱电视台到底是个什么破制度啊！"刘悦月急得直跺脚，"所有脏活累活都推给编导做，论功行赏没有你，出了纰漏全给你……"

"小刘，这种话你可以当着我的面说，但千万不要再对其他人说了，就算你那些实习生小姐妹，你也绝对不能说。"杨笑压住她的话头，"这就是现实，这就是职场，从来没有绝对的公平。"

孟雨繁担心不已，他想帮忙，却发现杨笑和刘悦月讨论的事情他根本插不上话。

他觉得自己简直像个摆设——还说要当她的英雄呢，结果杨笑被欺负了，他却只能在旁边干着急。

杨笑看出了他的落寞，示意他低头，然后抬手摸了摸他毛茸茸的头发。

他眼旁的伤口被透明的小胶条粘在一起，明明五分钟之前他们还在开它的玩笑，可现在两个人都没有了谈笑的心情。

## 第十九章  电视台问责

"乖,你别露出这样的表情。"杨笑说,"你在赛场上被吹黑哨的时候,我不是也帮不上忙吗?"

"可这不一样!"

"有什么不一样?"杨笑眼波流转,淡然一笑,"在赛场上,我相信你能用自己的实力化险为夷,现在,也请你相信我一次吧。"

杨笑开车把刘悦月和孟雨繁送回了住处,然后她立刻掉转车头,驶向了电视台。

在此期间,她的手机都快被黄老邪打爆了。

电话刚一接通,黄老邪就开始兴师问罪:"杨笑!我想着你是节目组的老人,一直给你充分的信任。你报的选题,我从来不卡你,结果你就是这么对待工作的吗?居然当着嘉宾的面,闹出了流血事故?"

杨笑哑然。

黄老邪今天并没有来棚里盯录像,用他的话说:"你做了这么多期的节目,难道我不在现场,你就不会录了吗?"先不说他身为制片,这个行为多么荒唐又不可思议,单说今天录制时,苗梦初可是在杨笑身边的!

苗梦初从头至尾旁观了那场冲突,也不知她怎么加油添醋的,居然让黄老邪把这个小插曲定性为"流血事故"。

又不是几十个粉丝聚众斗殴,哪里称得上流血事故?

杨笑强压住怒火,解释:"黄老师,今天确实有一个粉丝失去理智想要冲台,但是被见义勇为的观众拉住了。受伤的是那位观众,我刚刚去医院看过他,他的伤……"

"你别给我说那个观众的事情,我不关心!我现在只关心,你什么时候能给台里一个交代!"

杨笑冷冷问:"您指的是什么交代?咱们节目是录播,不是直播,今天发生的情况以前不是没有先例,频道里有相应的应对措施。该怎么负责,我当然会负责。"

"你——好、好、好!"黄老邪气急败坏地说,"既然你这么有本事担责任,那你就担吧!台里那边我也不管你了,你自己去和频道总监交代吧。"

说完,黄老邪根本不理睬杨笑的回复,直接挂断了电话。

听着车载音响里传来阵阵忙音,女孩冷笑一声,踩下油门,在夜色中驶向了电视台高塔。

黄老邪不想担责,把锅全部甩给了杨笑,但对于杨笑来讲,只要能应对好这次危机,这何尝不是一次机遇呢?

新年是法定假期,电视台里外都空荡荡的,今天播出的节目都是提前录制好的,除了要留值班人员以外,整个电视台都没什么人气。

《午夜心路》节目组的办公室黑漆漆一片,杨笑打开灯,光明瞬间落满了这间不大的房间。节目组有六个人,六张办公桌挤在一起,中间有挡板隔开,而这种小桌子,有一个很形象的称呼——"格子间"。

杨笑就是住在格子里的人。

而现在,她要打破这个格子。

她打开电脑,先迅速浏览了一遍网上的讨论帖,贴吧、豆瓣已经被这件事的讨论帖填满了,微博热搜也在慢慢往上爬。

冯相毕竟是CBA圈里有名的流量运动员,粉多,黑也多,很多人借机发挥,浑水摸鱼,借着攻击节目组的名义,去攻击冯相。

因为摄影棚里不能带手机,所以网上的爆料都是文字形式,那些文字爆料很快就偏离了轨道,在传播过程中进行了各种各样的想象发挥。都说三人成虎、众口铄金,那些虚假的爆料"互相印证",结果就成了"实锤"。

比如:"那个女粉丝是个富婆,和冯相在一起过,给冯相买了一辆保时捷卡宴,又被他抛弃了,所以她才会大闹节目。"

拜托,冯相身高两米多,他开卡宴?怎么开?开车的时候把脑袋伸出天窗看路吗?

比如:"那个男观众也是个篮球运动员,他是冯相的马仔,忠心耿耿,冯相故意让他出来挡枪。"

挡枪?马仔?他们是篮球运动员,不是古惑仔黑社会!

还有人说:"现场血流成河,女粉丝手里亮了刀子,刺瞎了男观众的

## 第十九章 电视台问责

眼睛,血溅当场!救护车都来了三辆!"

杨笑瞠目结舌。

她心累极了,这些人这么会添油加醋,上辈子一定是个厨子吧?

在热搜讨论串里,有个账号名叫@小刘小刘绝不秃头,跳出来说:"这些都是误会!我就是节目组的工作人员,这些都是以讹传讹的!现场没有血流成河,也没有救护车!"

这个账号一看就是刘悦月的,她一片热心,想替节目组说说话,结果刚一发帖,就被无数喷子淹没了。

有冯相的粉丝说:"冯队去你们节目组,遇到这么大的危险,你们官博居然到现在连屁都不放一个!你知不知道他拿过多少荣誉,他要是受了一点伤,CBA就损失了一个巨星!"

有冯相的黑子说:"什么垃圾节目,请这种垃圾人上!呵呵,听都没听过。这就叫引火烧身!"

还有的完全是键盘侠、理中客,振振有词道:"现场有一百个观众,有一百双眼睛!大家都这么说,那一定是真的!你们节目组就是掩盖事实真相!"

没过一会儿,刘悦月就把那条微博给删了。

可以想象,那眼窝浅的小姑娘,肯定委委屈屈地大哭了一场。

这件事说白了只是一件小事,之所以会扩大到这种程度,其实和冯相的黑红体质有关。

他们《午夜心路》在频道里一直是小透明节目,台里更没几个人知道他们,所以这次热搜一上,台里领导格外重视,要求他们尽快解决网络上的争端,并且以书面形式详细汇报这件事的前前后后。

解决网络上的争端并不难——杨笑只需要把事情发生时的监控摄像发出去,就能让那些看热闹不嫌事大的围观群众闭嘴。

但光有监控摄像还不够,作为节目组,她必须出具一份声明,向大家解释这件事情的起因、经过、结果。

杨笑先去了保安部,从那里拷走了今天录影棚的监控摄像。

回到办公室后,她把那段录像仔仔细细看了好几遍:在节目录制到一半的时候,女粉丝突然"发疯"冲台,关键时刻,孟雨繁猛冲过来制住了她,保安们也一拥而上,把她扭送离开。

监控摄像头安装在摄影棚顶部,杨笑就像拥有了"上帝视角",俯瞰着这场闹剧。

监控里,孟雨繁灵敏极了,几乎是瞬间就从观众席的最后一排蹿了上来,而在他受伤之后,杨笑呆呆地立在原地,一直望着他的方向。

屏幕外,杨笑伸手摸摸画面中还没有十厘米高的自己和孟雨繁,原本紧绷的神经微微松弛了一点。

从视频中来看,那位女粉丝的精神状态很不正常,神色癫狂。

绝大部分私生粉,都是这种脑子不清醒的人。

但冥冥之中,杨笑总觉得有什么事情不对。

她想了想,把监控视频调到了一开始的地方——从观众入场的地方开始看起。

这批一百名观众,是分成两部分入场的:一组是通过官微活动抽取的五十名幸运粉丝,而另外五十名则是跟着群头一起入场的。

杨笑想当然地认为,那位私生粉出自官微活动,可监控里,那位私生粉却是跟着群头一起入场的!

杨笑立刻给群头打电话,询问这件事。

群头大惊,忙说:"杨老师,这事可不能乱说——那个私生粉绝对不是我带进去的!我这边按人头结钱,多一个人、少一个人,我都算得清清楚楚,怎么可能多一个人,我却不知道呢?"

"可监控里,她就是跟着你一起进场的。"

"那我就不知道了。"群头推诿道,"不过进场之前,我带着他们去楼梯口的厕所方便来着,说不定是在那时候混进队伍里的呢。"

真是太奇怪了,电视台管得极严,都有门禁,私生粉到底是通过什么渠道进来的呢?

杨笑越想越不对,可却一直没有突破,就在这时,她的电话响了。

联系她的,是他们节目组的另一个工作人员,出事之后,那个工作人员跟着那位私生粉,一起去派出所录口供了。

## 第十九章　电视台问责

杨笑立刻接起电话，问："情况如何？"

"不如何。"同事苦笑起来，"派出所录了笔录，但是那个粉丝主观上没有恶意，包里没有任何违禁品，只有人民币，而且她一个小姑娘，进了派出所就开始哭……民警说她的行为连行政拘留都没够到边儿，就把她放了。"

"……我能骂脏话吗？"

同事说："不过有个好消息，那个粉丝赔了你男友三百块钱。"

杨笑现在更想骂脏话了。

同事："不过民警问她，为什么随身带这么多现金，她说，她没抽到入场券，就想在台门口试试运气，看能不能从黄牛手里收一张。"

杨笑心里一动，心想，难道那女粉丝是从黄牛手里拿到了入场券？在他们台里，那些特别火的综艺节目，总会给员工发放一些入场门票。虽然名义上这些门票是免费赠送的，但其实都在暗中被高价倒卖，钱都进了黄牛的兜里。

很多老员工都这样偷偷倒卖，台里睁一只眼闭一只眼，并不管他们。

同事说："私生粉说，她在台门口游荡的时候，遇到了一个女工作人员，那个工作人员说……"同事压低声音，轻轻说，"只要她把钱私下给她，就能把她带进去，而且只要现金，不能转账。"

杨笑心里一动，他们节目组一共只有三个女员工！分别是杨笑、刘悦月，还有一个是——

杨笑立刻追问："那个工作人员长什么样子？"

同事沉默了一会儿："私生粉说，工作人员戴着口罩，一直低着头，看不到脸。但是……她知道那个人的名字。"

杨笑："叫什么？"

同事支吾着，本不想回答，但杨笑坚持让他说。

同事说："——那人说，自己叫'杨笑'，是《午夜心路》的责任编导。"

瞬间，一股冷意顺着杨笑的脊椎骨蹿了上去。

那位通风报信的男同事也不傻，自然知道杨笑不可能干这种事。

而冒名顶替杨笑的，只可能是……

"杨笑,我知道你冤枉,但苗梦初背后有黄老邪撑腰,你胳膊拧不过大腿,根本没资本斗啊。"电话里,同事苦口婆心地劝,"这件事就不要再往下追究了,你就随便写个报告,说那个私生粉是混进来的,然后再以节目组的名义发一个对冯相的道歉声明,大事化小,小事化了,不就行了吗?再者说,因为这件事,咱们节目的关注度也高了,黑红也是红嘛,我相信到时候节目播出时,肯定收视率会爆!"

可是杨笑却不想这么算了。

她做梦都想让节目的收视率提高,但是绝对不希望是这样可笑的方式。

如果那个私生粉是通过正规渠道进来的,那确实是杨笑的错,她身为策划者,没有尽到筛选观众的职责,影响了节目的录制。可那个私生粉的出现,根本就是苗梦初故意使坏!她为了蝇头小利,带一个外人混入电视台内部,影响了节目的正常录制。她从最开始就打好了算盘,直接冒用了杨笑的名字,在事情发生后,更是第一时间撇清了关系……杨笑又不是圣母转世,怎么咽得下这口气!

这件事,她一定要闹大,把苗梦初的所作所为捅到上面去,给那对贱人一个教训!

放下电话后,杨笑立刻打开邮箱,开始起草邮件。

她把键盘按得梆梆作响,不知道的人,还以为她要把电脑给拆了呢。

杨笑虽然愤怒,但绝对不是那种会轻易被愤怒冲昏脑袋的人,或者应该说,她越是愤怒,头脑就越是清醒。

电视台的内部管理极为严格,尤其是摄影棚内,更容不得一点闪失,毕竟一台看似平平无奇的摄影机,价格就顶得上普通人十年的工资。以前其他频道也出过类似的事故,某档综艺中,有观众因为私怨突然大闹摄影棚,产生了很不好的影响。最终,责任编导背了处分,停薪留职三个月;当班的同组其他工作人员也负有连带责任,绩效全部清零;至于节目组制片人,因为"监管不力",也被降了一级,工资减半。

正是因为电视台有这样的组内连坐制度,所以黄老邪才拼命想把黑锅都甩到杨笑头上,让她承担最大的处罚。

## 第十九章　电视台问责

杨笑绝不会任他折磨,她要把这口锅,甩回那对人渣的身上!

只是……

她打字的手慢慢停下,屏幕上,邮件已经写完了一半——她把事情从头至尾复述了一遍,但她却缺乏关键的证据。

她不可能凭借一面之词,就让台里的领导们相信自己是被人陷害的啊!

可是证据……证据……证据要从哪里得到呢?

想到这里,她把整篇邮件又一个字一个字地删除了。

光标向左跳动,吞噬了她打下的一串串字符。

最终,只留下了一句话——

"各位领导,很抱歉今天棚内发生的事情影响了频道及台里的声誉,也让主持人老师、嘉宾老师受到了惊吓。因此事牵扯较大,能否给我一个当面承认错误的机会?"

这封邮件她直接越级发送给了频道总监,也就是整个频道内官职最大的人。现在已经很晚了,杨笑本以为发出去之后,不会那么快收到回复,哪想到短短几分钟之后,总监的邮件就来了。

邮件内容很简单,只有两个字:同意。

而在这封邮件之后,则是总监秘书发来的会议邀请邮件——时间就定在一天之后,与会者除了各位大佬,还有节目组的所有人。

看着写满名字的邮件,杨笑掌心里一片湿热。

只有不到二十四小时了……她必须尽快把苗梦初作恶的证据拿到手!

当晚,杨笑直接在值班室里凑合了一宿,第二天一早,立刻奔出电视台,敲响了派出所的大门。

早上八点,又是过节,派出所里空空荡荡,除了哈欠连天的值班民警,连一只虫子都没瞧见。

杨笑刚一进门,那位民警就认出她来了。

"哎,你不是……你不是……"民警放下吃了一半的早餐,"你之前是不是来报过警?你前男友在停车场里骚扰你?"

杨笑没想到民警同志的记忆力这么好,她都把这件事抛在脑后了,民警还替她记得!

有了这件事作为引子,两人的关系立刻拉近了。

"辛苦您还记得。"杨笑点点头,笑盈盈地说,"不过今天我不是来报警的。"

"哦,那有什么事啊?"

"是这样的,我是华城电视台的工作人员,昨天我同事不是带着一个女粉丝过来报警了吗?说她扰乱了拍摄现场,引起了很不好的影响。"

"对,这事儿是我接的警。"民警摇摇头,"不过我昨天就和你同事说过了,那小女孩主观没有恶意,我就让她家里人把她领回去了。你们可不能和一个小朋友计较啊!"

不是民警不作为,而是在这一块上确实不好管,雇用黄牛追车的私生粉比比皆是,甚至曾有过追车导致明星出车祸的事情。和那种恶劣的行为相比,那个在录影棚里甩出人民币的私生粉,只能算是"小打小闹"了。

即使心里有诸多槽要吐,但杨笑脸上还是保持了甜美的笑容。

"是这样的,她昨天在摄影棚里不是甩了很多钱吗?她走之后,我们把这些钱都捡起来了。"杨笑说,"我们清点了一下,有两万多元呢,我们必须还给她,但是没有她的联系方式……"

两万多元是假,要到私生粉的联系方式才是杨笑的最终目的。

若杨笑说想要笔录卷宗,那民警肯定不会给她,可她拿出了一个正经理由,索要那女孩的联系方式。民警就没有多想,从后台里查到了女孩的电话,报给了杨笑。

杨笑道谢后,立刻把那个手机号输入到了微信里。

幸运的是,那女孩的手机号正是她的微信!而她的微信头像,则是冯相的照片。

简介写着:有钱难买哥哥的笑。

杨笑讶然,真是太痴情了。

杨笑动动手指,立刻发送了一个好友申请过去,结果被那女孩拒

## 第十九章　电视台问责

绝了。

你是谁？

杨笑想了想，回复——

LOL：我是杨笑。
Q：你这个骗子！你说能让我见到哥哥的！结果却把我送到了警察局里！
LOL：对不起啊小妹妹，你通过一下我的好友申请。
LOL：我把你买门票的钱，全部退给你。

这次，对方考虑的时间更长了一点。
但是陷入追星狂热中的私生粉，是没有什么理智可言的。
很快，杨笑的好友申请被通过了。
——她绝地翻盘的机会，终于到了。
冯相的私生粉……鉴于她初次登场就在录影棚里狂撒人民币，杨笑在心里给她偷偷起了个外号，叫作钱撒币小姐。
钱小姐是一个二十岁上下的富家女孩，从小被家里人宠溺惯了，以为这世上的一切都是可以用金钱买到的。
她这次大闹录影棚，丢了大脸，被爸妈拎回家里，禁了她整整三个月的零花钱。
没有钱，她还怎么追星？还怎么买篮球场上第一排的VIP票呢？
正因为如此，当杨笑提出要退还黄牛票钱时，她稍微犹豫了一阵，就通过了对方的好友申请。
钱小姐还是有三分常识的，她没有一上来就兴师问罪，而是让杨笑发来自己的工作证，证明身份。
杨笑手拿名片在办公室里拍了一张照片，把名片上的名字拍得清清楚楚，背景也能看出是电视台。

钱小姐见她确实是"杨笑",立刻发来一串语音消息兴师问罪。

"你什么时候退钱?"钱小姐怒气冲冲。

杨笑没有发语音,因为她实在学不来苗梦初那股嗲声嗲气的劲儿,如果直接发语音肯定会穿帮。

> LOL:退钱的话肯定会退的。
> LOL:只不过,我只能退你一半。

杨笑故意这么说,她做过记者,知道这种人的心理,必须激怒她,才能套出想知道的消息。

果然,钱小姐上钩了:"骗子!你必须把八千块钱都退给我!"

八千!

杨笑震惊了,苗梦初实在是狮子大开口,要知道卫视最热门的那档综艺,门票一般在两三千左右,如果有知名艺人出镜,黄牛叫价也不过是四五千而已!他们这小小的工作日深夜档节目,哪里配得上八千块钱的入场费?

究竟是这位钱小姐太傻,还是苗梦初太贪了呢?

> LOL:我没有骗你啊?
> LOL:我答应带你进场,我确实做到了。
> LOL:你自己在场子里大喊大叫,害得节目暂停。
> LOL:我看你可怜,才答应退你一半。

钱小姐的语音又来了:"如果我只想进场的话,我干吗不找别的黄牛?是你说,你是节目组的工作人员,不仅能带我进场,还能保证让我和哥哥合影互动,我才给了你这么多钱的!"

杨笑无语。

她实在太佩服苗梦初的胆子了!她居然敢许诺这种事情?确实,嘉宾在节目录制结束后,都会和节目组的工作人员握手合影。若遇上比较

## 第十九章　电视台问责

有名气的明星，工作人员也会悄悄带亲戚、朋友过来，蹭一张合影。

对于蹭合影的事，虽然台规不允许，但大家都睁一只眼闭一只眼，毕竟追星族年纪一般都很小，都是"谁谁谁的表妹""谁谁谁的侄女"，明星也不会因为一张合影就甩脸色。

没想到，苗梦初钻了这个空子，为了八千块钱，连脸面都不要了！

虽然杨笑掌握了这个消息，但是光凭对方的一面之词，她并没有把握一举扳倒苗梦初，她必须拿到更有力的"实锤"不可。

想了想，杨笑敲敲打打，抛下了一个直钩。

LOL：我答应你了？我什么时候答应过你了？
LOL：呵呵，你有证据能证明我说过这话吗？

三分钟之后，杨笑收到了一段视频。

她万万没想到，事情的进展居然如此顺利！

钱小姐发过来的视频，是她在电视台外录下来的。

镜头晃动，钱小姐的一张大脸出现在屏幕前，看她的动作，原来她把手机前置摄像头当作镜子，正在描眉画眼，仔细补妆。

在镜头照不到的角落，响起了一个不耐烦的女声。

"你好了没有呀？"那声音尽管故意压低，但依然难掩那股嗲兮兮的气质，"一会儿过闸机的时候你和我贴得近些，中午保安换班，没人守着。"

"我还没画口红呢。"钱小姐嘟囔道，"我要见老公了！不知他喜欢豆沙色呢，还是梅子色呢？"

"别磨蹭了啦。"那道镜头外的女声催促道，"进去之后你就去洗手间待着，你想画多久都可以呀。等到那帮群演来了，你跟在他们身后进录影棚就行。"

"那什么时候合影啊？"钱小姐皱起眉头。

"你放心，姐姐绝对不是骗子。录制后，我一定安排你和他合影！"说完这句话，镜头外的女人伸过了一只手，拍了拍钱小姐的肩膀——而

367

**男友请就位**

那只手的无名指上,有一枚格外显眼的水滴形粉钻戒指!

杨笑立刻跳到苗梦初的微信朋友圈里,果不其然,在她的朋友圈背景图上,看到了一枚一模一样的钻戒!

——终于抓到了!

第二十章

## 绝地翻盘

"冯相，鉴于外面风波太大，队里决定，你未来两个月就不要接任何商业活动了，安心备赛吧。"CBA华城队的宿舍里，教练望着队里的前锋支柱，下达了这条命令。

冯相默然无语，他对上面的决策早有心理准备，所以也没什么"接受"抑或是"不接受"的区别。

从他进入华城队起，就一直是队里的话题人物，这次冯相因为私生粉大闹摄影棚的事情，被挂上了热搜，而且愈演愈烈，根本没有停息的势头。

在这件事上，冯相是"受害人"，是最无辜的，可谁让他风流多情，女粉丝对他趋之若鹜，惹得不少人看他犹如眼中刺。

队里领导一方面想在风波停息前保住这棵摇钱树，另一方面想借此杀杀他的痞气，所以才决定，禁止冯相再参加商业活动。

教练问他："你有什么异议吗？"

"没有。"他断掉的那半截眉毛高高挑起，"我尊重俱乐部领导的意见。"

这件事就此画上句号了。

他说没意见，教练就当他没意见，两个成年人装聋作哑，在这里维持着最后一分体面。

"对了，"教练说，"刚才大门保安说，有个人报了你的名字，要找你。"

"找我？"冯相无所谓道，"粉丝吧，拦掉就好了。"

"不是，是个年轻男孩，保安说，那体格一看就是打篮球的。"

冯相心里一动。

教练继续说:"他叫什么名字我没记住,但他说是你华大篮球队的学弟。"

冯相脱口而出:"是不是叫孟雨繁?"

"对对,好像是这个名。你真认识?"

"我认识。"冯相一边套上外套,一边往外走,"我大概猜出来他找我什么事了。"

孟雨繁等在宿舍区外,双手插在了羽绒服的兜里。

华城男篮俱乐部在距离主场两公里的地方买下了一整栋宿舍楼,每天早上,男篮队员们喊着口号排队跑向主场训练场,成了当地非常有名的一道风景线。有些粉丝甚至会故意等在这条上下班路上,给偶像们送上礼物或者只是单纯的聊聊天,加油鼓劲。

孟雨繁到时,门口还聚集了三五个粉丝,有男有女,手里提着年货,正在和保安大叔说话,希望他能通融一下,把这些过节的礼物递交到球员手里。

因为孟雨繁的身高体格一看就是篮球运动员,所以那几名粉丝多看了他几眼。

"兄弟,你是青年队的吗?"有个男粉丝好奇地问。

孟雨繁摇头解释:"不是,我是华大篮球队的。"

"哦,CUBA。"男粉丝笑了笑,说出那四个字母时,带着一股不以为意的轻蔑语气。

对于 CBA 的观众来说,CUBA 简直就是小朋友过家家,根本不值得他们高看一眼。

即使那个人态度如此轻浮,孟雨繁也没有动怒。

他今天到这里是有正经事要做的,没必要和这群外行人起冲突,毕竟,真正的尊重不是靠打嘴炮来的,而是需要靠实力赢取的。

孟雨繁知道,CUBA 选手和真正的 CBA 选手相比有很远的一段距离,在 CBA 的现役队员里,出身 CUBA 的不到百分之一,剩下的百分之九十九都是俱乐部从体校挖人后自行培养的青年队预备役。但孟雨繁并不觉得自己天生就矮那些人一头。

## 第二十章  绝地翻盘

就在孟雨繁沉默之际，宿舍楼外的大门突然从里推开了。

一个身高超过两米的影子出现在了那里，等候在此的粉丝立刻瞪大眼睛，想看看出来的是不是自己支持的球员——"是冯相！""是冯队！"

冯相只草草对他们点点头，然后抬手向孟雨繁的方向挥了挥。

"孟雨繁，你过来吧。"天气很冷，冯相说话时，热气在空中形成了小小的水雾，"我带你进宿舍区逛逛。"

瞬间，无数道艳羡的目光投注在了孟雨繁的身上，男孩挺直脊背，把那些眼神全部甩在了地上。

两人在保安室登记后，冯相带着孟雨繁去了宿舍楼后面的空地。

他们宿舍楼下有一个操场，不大，仅够塞下一个标准篮球场。

天寒地冻，篮球场上一个人影都见不到，倒成了最佳的谈话地点。

冯相开门见山地问："孟师弟，怎么突然想起来找我了？"

孟雨繁也开门见山地回答："网上的风波，你打算怎么回应？"

冯相笑了，是那种很无所谓的却又带着一丝厌倦的笑容："这种事我不管，有我经纪人处理。"

他想了想，又说："他之前和我通了电话，说今天晚上七点会在我的微博上发一篇声明公告，严肃警告那些私生粉不要再骚扰我，必要时刻会诉诸法律……呵，说实话，要是'严肃警告'有用的话，那些贩卖私人行程的黄牛就不会存在了。"

冯相的回答，却并没有让男孩满意。

孟雨繁问："声明里只有这些吗？"

冯相："那你还想有哪些？"

"被网友谩骂、攻击，被牵连的节目组和所有的工作人员呢？"孟雨繁拧眉望着对面的男人，额角的青筋跳动，"你就没有一句话想对他们说吗？"

冯相终于听懂了孟雨繁的暗示。

"小师弟，原来这就是你找我的理由——"冯相好笑地搔了搔下巴上的胡楂，"让我猜猜，是不是因为私生粉大闹摄影棚，影响了拍摄任务，结果导致你的女朋友受到了台里的处分？你希望我能在公告里给杨笑美言几句,对吗?"

他比孟雨繁多吃了好几年饭,心思缜密,一下就刺中了核心。

男孩望着这位大前辈,目光炯炯。

"是的,我来这里的目的,就是希望——不,我请求你,能够站出来,为杨笑说几句公道话。"男孩的每一字每一句都说得很稳,想必,他在出口前,已经打了无数遍的腹稿,"她是节目编导,整个策划案是她一人构思的,也是她在这么短的时间里协调多方,才能让项目快速推进。现在,节目录制时出了纰漏,台里要向她问责,冯师兄,我恳求你,能看在她如此辛勤努力的工作上,为她说几句公道话。"

虽然孟雨繁口中说着请求的话,但他并没有刻意把自己的地位放进尘埃里,他身姿笔挺,眼神明亮,这不像是一次"请求",倒像是一场"谈判"。

他垂落在身体侧面的左手腕上,戴着一根由三根彩绳编成的小手链,那手链很细,在男孩的腕间并不明显,但却意外地吸引走了冯相的目光。

冯相撇开视线,终于开口:"师弟,你这样可真不像是求人的态度。"

孟雨繁问:"那怎样才算是求人的态度呢?"

"不需要你求我。"冯相忽然抬手,指向了身旁的篮框,"和我打场球吧,就咱们两个人,就在这里。我给你半个小时,我只防不攻,只要你能进五球,我就答应你的要求。"

晚上六点,华城电视台八楼会议室。

这是一间足以容纳三十个人的中型会议室,在会议室的长桌旁,《午夜心路》节目组的工作人员和摄影组、导播组、技术组、后勤组等员工,全部聚集在此。

其他组别的员工不归属《午夜心路》节目组管辖,和他们只是最普通不过的合作关系,他们一天要服务两三个节目,哪想到这么倒霉,居然偏偏在新年的第一天发生了事故!

主导播和身旁的摄影师小声议论;技术组组长看似冷静,其实格外机械地在刷新电脑桌面;后勤组忧心忡忡,他们工资不高,很担心被连坐。

## 第二十章　绝地翻盘

随着会议时间一点点推近,整个会议室里逐渐安静下来,所有人的目光全部投在了长桌旁,那个高挑纤瘦的背影上。

杨笑还穿着昨天那件女式西装,一双藏在阔腿裤里的长腿交叠在一起,她低着头看不清表情,两只手在笔记本的键盘上飞速跃动着。

刘悦月凑过去,小声问:"杨姐,你衣服都没换……不会在台里通宵了吧?"

"嗯。"杨笑看了看表,"我已经将近四十个小时没睡觉了,事情太多了,没时间回家。"

"那有什么需要我帮忙的吗?"刘悦月难耐地问。

"还真有一件事需要你帮忙。"杨笑沉稳地合上电脑,转头看她,"答应我,待会儿会议结束的时候,你可不要忘了鼓掌。"

"啊?"

不等刘悦月问清楚这句话的意思,会议室的大门再一次打开了。

频道里的三位领导和一位秘书沉着脸走了进来,而跟在他们身后的,则是点头哈腰的黄老邪和端着茶水盘的苗梦初。

刘悦月见他俩那副献媚样子,嘀咕道:"真像两条哈巴狗。"

"不准这么说。"杨笑轻声喝止住了刘悦月的话,"他们哪能和狗比?狗可是人类的好朋友。"

刘悦月赶快捂住嘴,生怕自己笑出声来。

三位领导入座会议桌的首席位置,黄老邪坐在他们下面一位。按照节目组的人员排序,在黄老邪之后就应该是杨笑了,可厚脸皮的苗梦初却偏要搬一把椅子,插到了黄老邪身旁。

杨笑随她去了。

会议正式开始。

这次事故在新年期间发生,赶上了网络流量最高的时候,一度峰值到了顶,网络讨论量居高不下,频道的大领导们也无心过节了,他们赶快内部自查,然后才能继续向台里上报。

频道总监面色铁青,先让秘书念了一下这两天的舆情记录,从网络反馈到电台投诉,秘书越念,频道总监的脸色就越难看。

如果说刚开始他的脸色像是便秘三天的，等他听完舆情汇报后，已经变成七天了。

"好了，别念了。"频道总监抬手打断了秘书的汇报，视线扔向了杨笑，"你就是杨笑？《午夜心路》的责任编导？"

杨笑立刻起身："是的，我是这期节目的编导，也是实际执行人。"

总监已经五十多岁了，他几乎用了大半辈子的时间，一步步爬到了频道总监的位置上："我问你，你在咱们频道，在这个节目组干了几年了？"

"三年了，我之前是新闻频道的，后来转来了《午夜心路》栏目组，是吴哥把我挖来的。"

"三年！"总监冷哼道，"华城电视台在国内电视广播媒体里是什么地位，不用我说了吧？现在节目组在录制时闹出了这么难看的事件，所有的社交平台几乎都被网民攻陷了，你告诉我，你准备怎么负责？"

"总监，这正是我今天申请当面汇报的缘由。"顶着总监视线的重压，杨笑长身玉立，不愧不怍，只听她脆生生地答道，"经过我的调查，这场录制事故确实有人要为其负责——但不是我，而是枉顾台规，私吞八千块钱，把私生粉带进台里的苗梦初以及包庇她的黄制片人！"

既然脸面已经扯破，那她就要开撕了。

杨笑没做任何铺垫，一开场，便直接剑指人渣。

她的话一出，原本安静的会议室里瞬间乱了，就连坐在上首的三位领导都露出了惊疑的神色。嘀嘀咕咕的议论声不知从何响起，即使频道总监的秘书努力维持秩序，但仍然没有遏制住暗流涌动的气氛。

苗梦初和黄老邪什么关系，这台里就没有人不知道的，频道领导也晓得，黄老邪是台里老人，他带小娇妻空降入组，就是为了给苗梦初镀金抬轿。

黄老邪护短，自然容不得苗苗受一点委屈。

"杨笑，你胡说八道什么？"黄老邪眉头一皱，并未动怒，反而笑起来，"你这小丫头片子，这就是你一晚上想出来的解决办法？自己承担不了责任，就干脆给同事、给上级泼脏水？"

## 第二十章 绝地翻盘

他看向坐在上首的领导,微微欠了欠身,语带歉疚:"真是抱歉,我驭下不严,让各位领导看笑话了。杨笑她刚进台里的时候,和苗苗……我是说苗梦初,两个人都是我的下属,那时候我们有些小摩擦。这不,兜兜转转几年,我又成了杨笑的领导,和苗梦初一起来频道里,平时会闹些小矛盾。"

他的语气轻描淡写,妄图把杨笑的控告颠倒阴阳,说成是她因为私怨恶意中伤。

可惜,他这点小伎俩可不能打倒杨笑。

她冷笑着反问:"小矛盾?小摩擦?您就是这么定义的吗?因为我和苗梦初有摩擦,所以她每天只在台里晃荡两三个小时,迟到早退玩手机,完全不打卡;因为我和您有矛盾,所以您在入组之后,身为制作人,却没有制作过一期节目,没有盯过一次录制现场,所有工作推到我身上,策划是我,执行是我,就连每周五向频道里汇报的资料,都由我来写!"

"你!"

"反正您把所有活儿都推给我,我看您就别让我当节目策划了,直接让我做制片人,领您那份工资吧。"

杨笑步步紧逼,直接惹恼了黄老邪。

他脸面大失,直接拍案而起,就差指着杨笑的鼻子骂她了。

可惜,不等他说出一个字,频道副总监就语气阴沉地开口:"老黄,这事是真的吗?你身为制片人,却连分内的工作都不做,全部扔给下属?"

综艺频道有两位副总监,一位抓内容,一位管纪律。按照规定,每期节目在录制后,都要由制片人写邮件汇报情况,并且在播出前发过去审核。但自从黄老邪来了节目之后,他以工作繁忙为由,把这些事情全部推给了杨笑,而这是违反频道纪律的——想想看,如果一个小兵代替团长,越级向将军汇报,这还有什么纪律可言?

黄老邪瞬间支吾起来:"那个,副总监,是这样的……我这不是刚来咱们频道吗?综艺频道和新闻频道的工作范畴不同,而且新闻那边我还有些小尾巴没有交接完,综艺这边的事我就暂时交给杨笑,这是出于对她的信任！我本打算等到年后，就逐步把事情接过来。"

但是不管他再怎么解释，副总监看他的眼色都无法再缓和了。

几位总监们交换了一个眼神，想到今天开会前，黄老邪说整个节目的策划都是杨笑做的，所有责任都应该由她承担……这位制片人的人品，可见一斑。

"行了，都别吵了，今天开会的重点是这个吗？"另一位副总监开口，"杨笑，不要转移话题。你刚刚说，应该为录制事故负责的人不是你，而是苗梦初，这是怎么回事？还有八千块钱又是什么意思？"

杨笑脆生生回答："是这样的，昨天那位私生粉……"

她立刻把从同事嘴里听来的事情复述了一遍，她逻辑清晰，思维冷静，从钱小姐在电视台门口寻找黄牛讲起，讲她是如何遇到了一个戴着口罩的工作人员，又怎么用八千块钱买到了进场的资格。

听了她的叙述，大家都被这个跌宕起伏的故事困住了。

"你说……有个女工作人员冒用你的名字，收了对方八千块钱？你怀疑那个人是苗梦初？"总监问。

"总监，她胡说！"苗梦初急得眼泪汪汪，我见犹怜，"我没有做过的！"

她说话时，眼泪就含在眼眶里转圈圈，一脸憔悴，她本就长得娇小玲珑，哭起来梨花带雨，不知引起了多少男人的同情心。

黄老邪搂着娇妻，怒吼道："杨笑，真没想到你是这种人！就因为和我们夫妻俩有矛盾，就诬陷苗苗吗？你到底有多恨她，她只是一个什么都不懂的小女孩啊！"

"我看她不是什么都不懂的小女孩，她是个什么都不懂的巨婴！"杨笑唇上勾出一抹讽刺，"这件事，是那个私生粉在派出所做笔录的时候亲口说的。我知道，苗梦初肯定要说'有本事你把笔录从派出所拿出来啊'，是，我没那个本事，但是我有人证——小许，你陪私生粉做笔录的时候，是不是都听见了？"

小许是他们节目组的一位男策划，但他是后期策划，和杨笑的负责方向不同，名义上和杨笑平级，但实际职权要小得多。昨天，就是他带

第二十章　绝地翻盘

着钱小姐去派出所做笔录的，也是他在笔录结束后，向杨笑通风报信的。

杨笑有人证在旁，自然不怕。

可是——

"那，那个……"小许的身子小幅度颤抖着，两只手别扭地纠缠在一起，十根手指像是打结一样玩着一团纸。他的视线在杨笑、黄老邪和几位总监身上游荡着，半晌道，"我……我不记得了。我昨天晚上回家后，喝了点酒，我不记得那个私生粉的笔录里都有什么了。"

他说完，立刻低下了头，仿佛自己的鞋带是世界上最后一个未解之谜，而他今天必须要在会议室里解开它。

男同事突然反水，完全出乎了杨笑的意料。

杨笑几乎是下意识地看向了黄老邪夫妇，只见苗梦初正捂着脸，在黄老邪怀里哭呢，然而她的嘴角却是上翘的。

杨笑瞬间反应过来，看来苗梦初和黄老邪使用了什么手段，让男同事不能为她做证。

现在，杨笑站在会议室当中，顶着三十多个人的视线，仿佛成了一个故意颠倒是非、编纂故事的跳梁小丑一样。

可是苗梦初他们不会想到，人证没了，她手里还攥有物证！

身旁的刘悦月一脸担忧地望着她，轻声说："杨姐……"她是整个会议室里，唯一相信杨笑的人了。

杨笑转过头，看向她："月月，你帮我一个忙，帮我把投影屏幕打开接好。"

之前，杨笑都叫她"小刘"，今天第一次叫她"月月"。

刘悦月的眼睛一下亮了，她立刻冲上了台，捣鼓了一分钟，就把杨笑的手机和投影链接上了。

"杨笑，你还要乱七八糟弄什么东西？"黄老邪皱眉。

杨笑却一个眼神都没有给他，直接点开了她和钱小姐的聊天记录。

"给各位解释一下。"杨笑一边操控手机，一边说，"因为这位私生粉说，带她进楼的人叫'杨笑'，于是我直接以'杨笑'的身份加了她的微信，和她套话。"

说着,她播放了第一条语音——"骗子!你必须把八千块钱都退给我!"

然后是第二条语音——"你说,你是节目组的工作人员,不仅能带我进场,还能保证让我和哥哥合影互动,我才给了你这么多钱的!"

苗梦初根本没想到杨笑居然联系上了那个私生粉!要知道,她收钱时,特地只收了现金,就怕留下证据。

不过等到所有语音播放完,苗梦初倒是放下心来。

苗梦初委委屈屈地说:"杨笑,可这根本什么都说明不了啊……是,从聊天记录看来,确实有个人冒名顶替了你的名字,但是咱组里可有三个女的,你就没想过是小刘吗?"

刘悦月立刻龇牙咧嘴瞪着她。

苗梦初:"好,那好吧,也有可能是组外的人呢?只要能领进台,不是任何人都可以吗?"

杨笑看向她,语气淡淡:"那这个浮夸又可笑的粉钻戒指,也是任何人都可以戴的吗?"

说着,她把聊天记录拖到了最后,点开了作为关键证据的那段视频……

视频里,年轻的小粉丝描眉画眼,满脸都是即将见到偶像的快乐,而在画外音出现的那个人,却故意压低声音,遮遮掩掩,藏头不露尾。紧接着,一只手搭在了私生粉的肩上——而在那只手的无名指上,正有一枚闪亮亮的粉色订婚钻戒!

杨笑特意把那枚戒指放大,组里的人立刻认了出来!毕竟,苗梦初在上位成功后,十分高调,逢人就要炫耀手上的大钻戒,生怕别人注意不到。

而现在,那枚钻戒反而成了她暴露身份的证据。

苗梦初立刻跳了起来,下意识地用右手遮住了左手手指,但她这样欲盖弥彰的动作,却更显得心虚。

苗梦初支吾道:"这……这……"

接下来,杨笑又展示了另一段视频,这是一段黑白单色的监控视频,

## 第二十章 绝地翻盘

而位置就位于电视台门口的闸机旁。

午间休息时,电视台不少员工都要外出就餐或者买盒饭回来,所以每到中午,闸机前总会堆满了员工,大家都急着填饱自己饥肠辘辘的胃,根本无暇顾及其他人,而这个时候,是最好浑水摸鱼进入电视台大楼的时候。

杨笑指着屏幕角落里一个小小的人影,只见一个戴着口罩的矮小女人和那个私生粉几乎是"叠"在了一起,共用一张门禁卡,钻进了闸机里。

当这个证据出来后,就可以"锤"死苗梦初了!

她汗如雨下,结结巴巴道:"我……我不知道,我进台的时候,感觉确实有个人贴着我,我以为是哪个没带工卡的同事……"

但她的话,已经没人信了——因为这段视频很长,播放完第一段视频后,立刻跳向了第二段!

第二段,同样是中午,同样是人流量最大的地方,同样是距离监控最远的一个闸机口,同样是一个戴着口罩的女人,身后叠着另一个人!

紧接着是第三段,第四段,第五段……每一段的内容都大同小异,都是苗梦初各种乔装改扮,带着不同的人混进电视台。

会议室里的同事议论纷纷,虽然也听说过,有电视台的工作人员自己当黄牛,贩卖进台的凭证票券,但从未见过这样大胆的,居然一而再、再而三地犯事!而且看时间,她这么做已经持续了很长的一段日子了。

她贩卖的不仅是《午夜心路》节目组的票,其他节目组也难逃她的贪心。

杨笑能发现这种事,多亏了唐舒格的提醒,唐舒格自己也是粉丝,她说,像这种内部黄牛,就没有干一次就收手的,也不会有人第一次当黄牛就敢狮子大开口叫价八千块。苗梦初的贪心,肯定是一点点累积的,她肯定做过不止一次!

在闺密的提点下,杨笑从保安部复制了最近几个月的监控,跳到每天中午查看,经过一天的反复看片,她从人群里揪出了苗梦初的身影,全部剪到了一起……

其实,杨笑并不是一开始就想把苗梦初锤死的,她想,若苗梦初在

## 男友请就位

一开始就认了,那她就不放后面的视频。若她这样的错误只犯了一次,需要面对的就是降职、调离频道核心部门,但是她同样的错误犯了无数次,那等待她的只有被开除这一项!被华城电视台这个重量级的电视台开除,那可是要整个业内通报,以后就算她改换城市,也不可能再进其他电视台工作了!

偏偏,苗梦初嘴硬,在第一重证据面前还不肯认罚,作死惹怒了杨笑,所以杨笑干脆把整份证据当着所有人的面放出来。

她知道,若她只把证据给一两位领导看,那领导看在黄老邪是老人的分上,说不定会网开一面,把事情压下来。但整个会议室里有这么多双眼睛看到了,这件事绝对会扩散出去,很快,整个台里人都会知道,黄老邪和小娇妻搞的这些中饱私囊的把戏!

在绝对的证据面前,苗梦初根本没有任何辩驳的能力,她全身瘫软地伏在桌面上,哭到涕泪满面,甚至连鼻涕泡都冒出来了,根本没有了几分钟之前的娇俏可爱。她不停地说着道歉的话,不停地发誓今后再也不会犯了,但没人会同情她。

"总监,我真的……我只是一时鬼迷心窍!"苗梦初流着眼泪,"请您相信我!我、我也不是故意冒用杨笑的名字的,我只是……"

"只是"什么,她却说不出来了。

她把求助的目光投向了身旁的黄老邪,本以为丈夫会帮她美言几句,但她等来的,却是黄老邪震怒的表情。

"苗苗,不,苗梦初,你怎么能干这种事!"黄老邪一副恨其不争的语气,指着她的鼻子,哪还有什么之前千依百顺的模样,"你太让我失望了!"

苗梦初张大嘴巴,眼睛瞪得圆圆的,就连黑眼珠都脱离了上下眼眶:"你在说什么,你……我……"

她不明白她的丈夫为什么变了一个人,明明最开始,是他向她诉苦,说他的上一段婚姻结束后,前妻分割了不少财产,根本没有余钱再给她举办一次盛大的婚礼了;也是他,告诉她台里有人在偷偷当黄牛,向粉丝售卖入场资格,听说赚得盆满钵满;同样是他,在她第一次胆战心惊地

## 第二十章 绝地翻盘

领人进台，赚到了两千块钱后，亲吻她拥抱她，称赞她是聪明的宝宝……

怎么到了这时，全都变了？那个爱着她的丈夫呢？那个为了她离婚的男人呢？那个发誓会让她风风光光地进入卫视频道的男子汉呢？

黄老邪迫不及待地想要和苗梦初撇清关系，他立刻看向坐在会议桌最前面的三位领导，谄媚地说："总监，这件事我确实毫不知情，没想到苗梦初会徇私舞弊，做出这样的蠢事坏事！我身为她的领导，同时也是她的丈夫，对此事非常痛心，我会支持台里对她的一切决定！"

果然是应了那句老话：夫妻本是同林鸟，大难当头各自飞！

但台里领导又不是吃素的，黄老邪的坏是从毛孔里透出来的，他这么急着撇清关系，不仅没让几位总监觉得他无辜，反而觉得他可笑得要命。

"好了，关于苗梦初同志触犯台规、诬陷同事、败坏节目风气的情况，我们已经全部了解了。至于你，黄制片人，你身上的问题我们会'好好研究'……"总监的语气冷飕飕的，看样子，黄老邪绝对是在劫难逃了。

眼看那对夫妻瘫坐在位子上，再不复刚刚的张牙舞爪，杨笑深深吐出一口浊气，这两天一夜里，盘旋在她心上的阴影终于散去。

但是，这并不是事情的终点，对内，他们可以清扫毒瘤，但是对于外界的声浪，她要怎么解决呢？

而这同样是总监们希望得到的答案。

"杨笑，谢谢你向我们提供了有力的证据，让真相大白。"一位副总监不紧不慢地开口，"但是，对于绝大部分网友来说，他们想知道的从来不是事情的真相。他们不在意这个私生粉是谁放进来的，也不在意台里最后开除了哪位工作人员，他们只想知道，咱们华城电视台综艺频道，会怎么对待这档出了事的节目？"

作为传媒行业从业者，没有人比他们更了解观众们想看到什么，他们想要得到一场"狂欢"，建设可以"狂欢"，摧毁也可以"狂欢"，有人借机痛骂冯相，有人肆意攻击节目组，有人嘲讽偶像和粉丝的关系……但是有谁关心在演播室里见义勇为的人呢？孟雨繁成了八卦帖里无足轻重的一个小角色。

总监问:"这次出了事故的,确实是你们组,没有尽到现场监督义务的,也是你们组,让观众大闹演播室、致使另一位观众受伤的,还是你们组。所以杨笑,你觉得频道会做什么,是整改,还是……停播?"

停播两个字一出,整个节目组一片哗然,刘悦月惊吓地直接喊出来:"不要啊!"虽然她才来这个节目组不到半年,但已经有了很深的感情,他们前不久才挺过节目组解散的风波,可禁不起再一次的大浪了!

面对总监的诘问,杨笑抿了抿唇角,红唇轻启,吐出了第三个答案:"改版。"

"什么?"

"这次私生粉大闹摄影棚的事件,确实暴露了我们节目组的很多问题,事情的根源,就在于让外人进入棚内参与拍摄。如果想从根源上解决这个问题,那就只能让节目改版,减少观众的参与程度,或者干脆不让观众参与。谈话类节目的形式有很多种,现在这种'台上一对一访谈、台下观众互动'的形式,已经不受年轻人欢迎了。"

"哦?"总监饶有兴趣地看着她,"听你的意思,难道你已经想好了节目要怎么改版了吗?"

杨笑镇定地点了点头,居然直接从电脑里找出了一份文档,当面传给了几位领导!

这份改版文档,当然不是她脑袋一拍,临时想出来的,其实在吴哥走前,她就注意到节目的收视率每况愈下,一直在思考解决办法。可惜吴哥离开台里后,黄老邪空降,杨笑这份《节目改版可行性计划》只能一直压在了文件夹的最底层,而今天,这份耗尽她心血的文档,终于可以重见天日了!

领导们接收了这份文档,表示散会后,会认真看一看。

"至于你……"频道总监蹙眉看向她。

他正要说话,身旁的秘书忽然发出了一声小小的惊呼,打断了他的发言。

总监不快地问:"怎么了?你在大惊小怪什么?"

秘书赶忙汇报:"五分钟前,冯相发表了一封公开信!空降热搜了!"

## 第二十章 绝地翻盘

秘书赶快把那封公开信投映在大屏幕上，公开信的口吻很正式，第一部分，先简单叙述了摄影棚里发生的事情；第二部分，严厉谴责所有私生粉骚扰球员的行径，希望大家多多支持他的篮球赛，不要关注球场外的事情；第三部分，则是声明冯相为了安心准备球赛，未来两个月不再接任何商业活动。至于第四部分——

"在此，我由衷地向《午夜心路》节目组致歉。非常抱歉，因为我个人的原因，影响了整个节目的录制，让节目组承担了无端的骂名，并且带给在场观众很糟糕的体验。

"我要感谢那位见义勇为的年轻观众，他是我的师弟，一位优秀的篮球运动员，请记住他的名字：华大篮球队的前锋孟雨繁！

"同时，我还要感谢节目组给了我这个剖析自己内心世界的机会，这是一个很有深度的电视节目，负责和我对接的杨笑编导非常专业、业务能力极强，给予了我很大的帮助。我为自己能上这个节目，感到荣幸。"

在这份致谢里，孟雨繁的名字和杨笑的名字并列出现了，他们离得是这样近，相距不到一行。

杨笑没想到，冯相居然会对她有这么高的评价，她原以为，她拒绝了他后，以冯相的骄傲绝不会再多看她一眼。真是稀奇，冯相难道是吃错了药吗？居然会为她美言！

不过，幸亏有了冯相的赞扬，领导们的表情逐渐缓和下来，看待杨笑的目光也温柔了许多。

"昨天你在棚里的表现很出色，临危不惧，完成了节目拍摄任务。杨笑，你辛苦了。"总监的口吻不似命令，"这份改版报告我们收下了，至于其他的，台里还要再研究一下……好了，散会！"

下一秒，刘悦月一跃而起，啪啪地鼓起掌来，在她的带动下，整个会议室里也响起了稀稀拉拉的掌声。

在掌声中，领导们背着手离开了，而瘫坐在会议桌旁边的黄老邪和苗梦初夫妻俩却失去了站起来的力气……

散会后，那位临时反水的男同事快步赶上了杨笑。

"杨笑！"他叫住她。

"怎么了？"杨笑回眸望着他。

"那个……"男同事踟蹰着说，"对不起！我刚才在会上……我，我也没有办法！"他的语速越来越快，可越快越是词不达意，"你知道的，我和你不一样，你有编制在身，就算、就算出什么事，台里也不会开除你的！但是我是节目聘，要是节目不要了，我真的没有地方去了……对不起，但是我……我真的……"

"没关系。"杨笑淡淡一笑，眸中波光潋滟，"我明白的。"

她明白的，感谢这件事情，让她看清了身旁的同事，有的人可以上一秒对你推心置腹，下一秒就向领导通风报信。可是两面派做久了，不累吗？

一场会议终于散场，杨笑回到办公室，慢慢地收拾起了自己的东西。

整整两天一夜，她都待在这里，在与时间赛跑，与敌人赛跑，也在与自己赛跑。

好在，这场比赛，她跑赢了。

刘悦月凑过来问："杨姐，你晚上有安排了吗？"

杨笑美眸流转："今天还是休息日，你不和朋友们去庆祝吗？"

"庆祝什么啊，她们一个个都名花有主，只有我是一条单身狗。"刘悦月沮丧地说。

"那真是抱歉了。"杨笑晃晃手机，得意大笑，"我也名花有主啦！"

手机上，是她的小狼狗发来的一条信息——

> 雨过天晴：笑笑姐，你的会议结束了吗？我刚刚打赢了一场特别艰难的比赛，我想和你一起庆祝！

在冯相的那条公告之后，杨笑以《午夜心路》的节目名义，公布了事情发生时的监控录像，并且声明那位私生粉通过贿赂工作人员，潜入了节目当中。

同时，节目组表示鉴于此次事故，决定节目暂停录制，进行改版。

## 第二十章　绝地翻盘

在消耗完现有的储稿资源后,最后一期节目,也就是冯相那期,将在春节时播出,播出后便迎来一个月的大改,再次播出时,会以全新的面貌送上更好的深度访谈。

这些公告是对外的,而对内的公告,则严厉得多。

苗梦初因为多次触犯台里规定,利用职务之便,多次私自带领外人进入台内,并且引发了严重的录制事故,根据台规给予开除处理。

在苗梦初被开除前,疯狂攀咬黄老邪,声称自己的所作所为都是黄老邪指使的。可惜她提不出切实有力的证据,并不能扳倒他。不过,黄老邪也没落到好果子吃——他不仅没能如愿升入卫视,而且身上的所有职权都被撸掉了!鉴于他有编制在身,不能直接开除,台里领导直接把他调去了后勤部,以他的年纪,再也翻不出什么风浪了。

两人匆匆空降又匆匆被踢走,简直像是一出喜剧。

"杨姐,你听说没有!"这天一上班,刘悦月就兴高采烈地通报好消息,"黄老邪和苗梦初离婚啦!"

"离婚?不是婚礼还没办吗?"

之前苗梦初还给杨笑送去结婚邀请函,邀请她一月份参加他们的婚礼。结果黄老邪的第二场婚礼还未开始就宣告结束,看他那股尿样,希望不会再有第三个女孩子上当受骗了。

不过这些事情,都和杨笑没有关系了。春节即将到来,节目组暂停录制进行改版,组里剩下的几个虾兵蟹将全部陷入了一股倦怠而浮躁的气氛当中,刘悦月早早订好了回家的车票,每天都在朋友圈里倒数打卡,计算着回家的日期。

杨笑:"你可真是归心似箭。"

"那当然呀!"刘悦月道,"我去年暑假就留在华城实习没有回家,我想死我爸妈了!杨姐,还是你这种本地人好,想爸妈了,随时都可以见到。"

"不过见得太频繁了也不好。"杨笑叹气,"容易催婚。"

杨笑并不恨嫁,反而有些"恐嫁",她过完年才二十六岁,她觉得她还年轻,孟雨繁比她更年轻,根本没到谈婚论嫁的那一步。但是在杨爸杨妈看来，女儿和准女婿已经交往了一年多，是该商量商量婚事了。

杨笑总不能告诉爸妈，她其实和孟雨繁正式在一起还不到一个月吧！

为了躲开爸妈的催婚计划，杨笑选择声东击西——她给爸妈报名了春节期间的欧洲六国游，把他们直接送去参加夕阳红旅行团，前后耗时整整两周！

杨爸杨妈嘴上埋怨她瞎花钱，但收拾行李的速度比谁都快，一人一个超大号行李箱，光是羽绒服就带了四件！逢人便说："我女儿孝顺，送我们去北欧住冰屋、追极光、看圣诞老人呢！"

临行那天，杨笑一个人实在搬不动这么沉重的行李，孟雨繁自告奋勇跑来送机。

只见他一手提一只三十寸的行李箱，健步如飞，杨笑穿着运动鞋一路小跑追在他身后。他本就身高惊人，再加之他面容俊朗帅气，刚一出场，就震撼了整个旅行团。

杨爸杨妈笑盈盈地揣着手，跟团里的其他老人寒暄。

"哦他啊？不是儿子，是女婿……不过也和儿子差不多啦……哦结婚啊，现在年轻人不着急结婚的……订婚，订婚看孩子自己的意思吧……蜜月的话，我看欧洲就不错，我们老两口先探探路……生几个啊，当然是双胞胎最好啦……"

幸亏这些话没让杨笑听见，否则她肯定后悔把爸妈送出去"探路"了。

杨笑和孟雨繁一直把杨爸杨妈送到了导游手里，导游挥舞着一个红色的小旗，给团员们发了一顶小黄帽。

这还是杨笑头一次送父母出国游，就连护照都是为了这次旅行加紧办的。之前，老两口经常在国内自驾，但这是他们第一次走出国门，一想到爸妈要去几个语言不通的国家待整整两周，杨笑就止不住地担心，她把他们一直送到了安检入口，千叮咛万嘱咐一定要跟紧导游。

"你们的手机我都办了漫游了，每天必须给我打一个电话，如果我没接到，就再打。导游的电话我已经替你们存在手机里了，置顶星标的那

## 第二十章　绝地翻盘

个就是，中国大使馆电话放在第二个。万一，我是说万一，你们和导游走散了，或者遇到什么不可控的情况，就给大使馆打电话。微信定位、小视频一定要经常发，我看到了一定会给回复……"

这还是杨笑头一次知道，自己居然有这么多话可以说，她说话时，杨家爸妈一直含笑望着她。

"……你们笑什么？"杨笑莫名问。

"就是笑你长大了啊！"杨爸温柔道，"你知道吗？你刚才说个不停的样子，特别像二十几年前，爸妈第一次送你去幼儿园的那天。"

杨妈也说："是啊，一转眼，我们笑笑已经是大姑娘了，再也不是那个哭得两眼泪花，被老师牵着手带进幼儿园，一步三回头的小女孩了。"

时光怎么过得这么快呢！好像昨天，女儿还是那个睡觉时要躺在他们两人之间的小豆芽，可是今天，她已经成了亭亭玉立的大姑娘了。

她有了自己的事业，自己的追求，也有了——一个倾心相待的爱人。

杨爸杨妈抬头望着高高帅帅的女婿，眼神愈发和缓。

其实他们出国旅行，最担心的就是女儿一个人留在国内，春节会不会太寂寞。但孟雨繁说，他会陪在笑笑身边，绝对不让她孤单。有他的保证，他们夫妻俩才安心下来。

儿孙自有儿孙福，女儿已经大啦，终于找到自己的幸福了。

夕阳团的所有成员都通过了安检，很快，连最后一顶小黄帽都看不到了。

杨笑一直挥舞着手臂，直到爸妈的身影走进安检口内，再也看不到了，她才慢慢地放下来。

杨笑喃喃自语："怎么走得这么快啊！"

她双手扶着栏杆，有些后悔把爸妈送走了。

孟雨繁见她一脸不舍，旋即问道："笑笑姐，这是你第一次不和爸妈过春节吗？"

"嗯。"杨笑回答，"以往每年，我妈都会做上一大桌吃的，摆满整个餐桌,大年三十吃不完的,就留到后面几天吃。有一年我妈做得太多了,我们一直吃到了大年初七,最后实在吃不了,只能倒了,我爸呢,则负责贴春联、买年货,家里最高的玻璃全被我妈分配给了他,不过他这几年身体不好,我妈也不敢再让他爬梯子了……"

她一边说,一边回忆着,孟雨繁并不插话,一直静静听她讲述这些故事。

杨笑问他:"那你呢?你今年过节不回家吗?"

"不回。"男孩摇头,语气一派轻松,"其实我从小到大,我爸妈很少陪我过节的。他们工作忙,全世界到处飞,春节经常赶不回来,国外过什么圣诞节、感恩节,他们想把我接过去团圆,可我还要上学,根本请不下来假……"

他自小习惯离别,再加上队里经常要拉练,所以很多个春节他都是留在学校,和教练、队友一起度过的。

他理解爸妈的辛劳,但有时候,他也会羡慕杨笑和父母之间的亲密关系。

听完了他的叙述,杨笑心里软成一片,她张开手臂,体贴地问:"要不要抱抱?"

孟雨繁弯下腰,紧紧搂住了她,用行动代替了回答。

人来人往的机场大厅里,他与她用怀抱温暖着彼此,他是那样的高大,可以把心爱的女孩嵌入自己怀里。这美好的一幕,就像是电视剧里最后的一道场景,路过他们的人都有意识地放轻了脚步,怕打扰到这对小情侣。

就在距离他们不远处的到达区,一对年纪大约五十多岁的中年夫妻,推着行李车走出了机场。

两人皆是风尘仆仆,最引人注意的是,这对夫妻都"高人一头",丈夫身高一米八五以上,背挺得笔直;妻子稍矮,目测在一米七五左右。夫妻俩打扮入时,全身上下显露出一股内敛的贵气。

"好冷。"妻子裹紧身上的风衣,轻轻跺了跺脚,"老孟,咱俩多少年没在春节回来过了?我都忘了华城的冬天有多冷了。"

## 第二十章 绝地翻盘

"让你多穿点,你偏穿这么少……"男人听闻,赶快摘下脖子上的羊绒围巾,给妻子裹紧系好,"就算你要美丽动人,也不至于这么'美丽冻人'吧?"

"好啦,别唠叨了,越唠叨越老。"妻子轻轻拍了拍他的手臂,埋怨道,"咱这次回国,没有跟儿子说,搞什么突然袭击,他不会怪咱们吧?"

"别忘了,咱们这次回来是做什么的!"男人冷声道,"孟雨繁那个浑小子,居然敢去当小白脸,这门亲事我是不会同意的!"

## 第二十一章
## 孟家爸妈回国

孟家爸妈这次回国,就只有一个目的——竭尽所能地拆散儿子和他的"金主",搅黄这段恋情!

当他们得知自己的傻儿子居然和一个年纪比他大了十多岁的女主持人在一起,夫妻俩焦虑地整宿整宿睡不着觉。最主要的是,他们从网上查到,这位名叫云啸的女主持人已婚多年,夫妻恩爱,还有个孩子……难道他们的儿子去当小三了?

夫妻俩辗转反侧,最终决定抛下所有工作,立刻飞回国内,和儿子好好谈谈!

他们并不知道,他们讨论的对象,其实就在距离他们不到五十米的地方,若是夫妻俩稍稍偏过头,就能看到他们的儿子和一个漂亮的女孩相拥在一起,两人是如此般配,实在是再甜蜜不过的一对小情侣了。

"阿嚏!"孟雨繁偏过头,捂住口鼻,连打了好几个响亮的喷嚏。

杨笑自他的怀里抬起头,担忧地问:"怎么了?感冒了?"

要知道孟雨繁的体质特别好,从来不生病,今天突然莫名其妙打了这么多串喷嚏,实在太奇怪了。

"没有,就是感觉鼻子有些痒痒的。"男孩搓搓鼻尖,"可能是大过年的,我爸妈想我了吧。"

为了搞突然袭击,孟爸孟妈没有回华城的房子,怕被偶尔回家拿东西的儿子发现,他们在电视台附近租了间豪华套间,算好时差,晚上工作开会,白天则用来做"007"。

想要拆散儿子这段恋情,就要从两边同时下手。

孟爸打算去华大,向武教练打听打听儿子的交友状况,而孟妈决定

## 第二十一章 孟家爸妈回国

在电视台附近溜达一下，看有没有可能"邂逅"那位知性女主播。

但是"邂逅"之后要做什么？……孟妈妈也不知道，她现在只是以一个母亲的身份出发，迫切地想要知道，自己的儿子究竟爱上了一个什么样的女人呢？

临近春节，电视台下发了放假通知。

除了留守值班的后勤人员以外，其他频道的工作人员都有七到十天的假期，那些广告收益高的节目，员工们除了假期之外还会收到绩效奖金，足够大家过个肥年了。

频道里的"春节特辑"都是提前录制好的，除了卫视频道有直播任务外，其他频道都提前进入了过节气氛。大家纷纷摸鱼，玩游戏的，看小说的，刷微博抖音的……整个办公室里，根本没有人有心思工作。

距离午休时间还有半个小时，办公室里的人就跑没影了，杨笑拿起外套走出办公室，打算去两个街区以外的"零零熙甜品店"买一杯咖啡配招牌甜点。

也是巧了，她下楼时，在电梯间偶遇了他们节目的主持人云啸。

"小杨，春节好。"云啸老师温温柔柔地和她打招呼，云啸今天穿了一件深蓝色的羽绒服，围了一条浅棕色系的格子围巾，显得知性又大方。

"云老师，您今天怎么来台里了？是有拍摄任务吗？"杨笑略有些好奇。

电视台里的主持人分为两种：一种是外聘的名嘴，这种名主持人在节目录制以外的时间，可以有其他的工作、上其他电视台的节目；一种就像是云啸这样的签约主持，只能为台里工作，不过他们不需要坐班，只在有录制任务的时候才需要到台里。

他们《午夜心路》因为上次的风波，已经没再录像了，难道云啸老师接了其他频道的节目吗？

短短几秒钟，杨笑的心里就闪过了几个不同的念头。

不过，云啸接下来的话打破了她的胡思乱想。

"总监今天叫我过去，和我聊《午夜心路》改版的事情。"云啸笑盈盈地看着她,"小杨,新的企划书我已经看到了,听说是你一个人独立完成的?总监把企划书交给我的时候,我还以为是咱们频道从外国买的综艺版权翻拍呢。"

杨笑脸上一红,赶忙说:"其实我也没想到,那份企划书居然能这么快就通过。说实话,如果换个主持人的话,我根本没信心去做这样一份企划,您的主持风格一直很受观众的喜爱,正是因为有您作为节目的支柱,我才能有底气做出这样的企划……"

从这个节目创立之初,云啸就一直是这档节目的主持人,后来杨笑加入了节目组,和她多有沟通。云啸一直很欣赏这个做事利落、思路敏捷的女孩,吴哥临走前,还拜托云啸多多照顾她,没想到杨笑根本不需要别人的照顾,自己就能打破重重阻碍,走到今天这步。

两个人互相吹捧了半天,电梯缓缓停在了一楼。

云啸问:"杨笑,你去哪里?要是近的话,我可以顺路送你一趟。"

杨笑:"我要去那条街的'零零熙甜品店'。"

"那真是太巧了。"云啸笑起来,"咱俩刚好要去同一个地方。我儿子期末考试考了一百分,吵着要吃那家的蛋糕,我提前订好了,正要去取。"

虽然是主持人,但云啸的生活作风却很低调,她开一辆米黄色的小甲壳虫,只有双人座,非常适合女生代步使用。

杨笑从来没坐过这么"可爱"的小车,她和孟雨繁在一起后,为了照顾男朋友的身高,她特地换了一辆空间足够大的SUV,那一辆车,足有甲壳虫的两倍大。

杨笑坐进了副驾驶座中,拉好安全带,云啸慢悠悠地踩下油门,起步,向着目的地开去。

"零零熙甜品店"距离电视台有大概三条街的距离,电视台这边路况蛮复杂的,云啸开车又慢吞吞的,左拐右拐,半天都没到目的地。

杨笑忽然"咦"了一声,有些疑惑地回头向车后看去。

云啸问:"怎么了?"

杨笑指着距离甲壳虫后面大概十米左右的距离,小声道:"云老师,后面那辆车,好像从咱们离开电视台后,就一直跟着咱们。"

## 第二十一章　孟家爸妈回国

前不久，他们节目刚出了一起私生粉事故，杨笑神经紧绷，草木皆兵。

可云啸透过后视镜看了一眼，却笃定地说："不可能。"

"怎么不可能？"杨笑说，"咱们左拐右拐拐了好几次了，那辆车一直在咱们身后。"

云啸回答："杨笑，你知道那辆车是什么牌子吗？"

杨笑，懵然。

云啸宽慰她："私生粉只会雇五菱宏光追车，没人会开一辆五百万的豪车跟踪人的。"

杨笑一想也是，跟在他们身后的那辆车实在太扎眼了，那么高调，谁会做这种蠢事呢？

在寒风里行驶了一段时间后，小甲壳虫终于停靠在了"零零熙甜品店"前。

悬挂在店门口的铃铛叮当作响，杨笑用肩膀顶开甜品店的玻璃大门，踏着寒风走进了店里。

店里萦绕着一股美妙的卡路里香气，临近春节，"零零熙甜品店"推出了多款春节主题的新甜品，透明的柜台里陈列着一块块造型可爱的小蛋糕，杨笑禁不住诱惑，流连在柜台前，犹豫着要不要也给自己买上一块。

云啸熟门熟路地来到柜台前，拿出会员卡递给了服务生。

"我订的蛋糕做好了吗？"

"抱歉，云老师，还得再等一段时间。"服务生致歉，"今天单子有点多，师傅还在后面抓紧时间制作。"

这家甜品店因为距离电视台很近，有不少名人光顾，甚至连他们的大老板之一就是圈里的影帝。久而久之，店里的工作人员都练出了一副波澜不惊的架势，见到再厉害的主持人、再大的明星，也只把他们当作普通客人看待。

"没关系。"云啸好脾气地说，"那我就在店里等一会儿吧。"

"好的，那请您先去沙发区暂时休息一下，打包好后，我们会把蛋糕给您送过去的。"

云啸和杨笑打了声招呼,便走向了窗边的沙发区,那里预备了不少报纸、期刊,她可以一边等蛋糕一边看看书。

杨笑也不急着走,她一直流连在柜台前,视线舍不得从蛋糕上移开。

她最近惰于健身,昨天洗澡时,孟雨繁圈着她的腰,说她软绵绵的,摸起来很舒服。软绵绵!杨笑上秤一看,发现自己居然比恋爱前胖了整整三斤!

之前就听说恋爱使人发福,杨笑昨天刚决定忌口减肥,结果今天就拜倒在这群小蛋糕的奶油裙摆下了!

算了,她偷偷吃一块,只要没被人看见,那就不会发胖……

就在她挑选蛋糕之时,大门上的小铃铛又响了起来,寒风吹入,一个身材纤瘦高挑的身影踏入了店内。

那是一位矜贵高雅的女士,茧型大衣拥住她的身体,一条黑色皮带扎在大衣外,勾勒住腰部的曲线。她很高,目测至少在一米七五以上,脚下踏着一双高跟鞋,更显得她的身高突破天际。

她走进甜品店后,视线在店内扫了一圈,然后便高跟鞋一转,向着窗边的沙发区走去。

"女士,不好意思。"男服务生拦住她,彬彬有礼道,"那边是消费区,需要先点餐再落座。"

"哦,好的。"女士赶忙拿出钱包,说,"给我来一杯热饮就好,什么都可以。"

当她打开钱包后,里面全是花花绿绿的纸币,然而那些纸币上全印着美国总统的头像,没有一张是熟悉的颜色。

"啊……"女士显然刚从国外回来,并没有兑换国内的现金,她又是尴尬又是无奈,苦笑着问,"你们这里能用美元吗?"

答案自然是不可以。

服务生说:"您可以用手机支付。"

眼看那位女士面露窘迫,杨笑心里一动,主动走了过去。真是奇怪,她明明不是一个爱管闲事的人,但那位女士却让她莫名生出了一种熟悉

## 第二十一章 孟家爸妈回国

感,让她无法袖手旁观。

杨笑掏出会员卡递到了服务生面前,道:"请给我一杯美式咖啡。"

服务生接过那枚小卡片,在机器上一刷,屏幕上立刻显示出了会员卡里的信息。

"杨小姐,您的会员卡里还有三张会员券,其中两张免费升杯券,还有一张好友分享券,请问您今天要使用会员券吗?"

杨笑说:"使用好友分享券。"

三分钟之后,两杯新鲜出炉的热咖啡,便送到了杨笑面前。

富有春节气息的红色纸杯套上了隔热圈,杨笑一手端起一杯,转身递给了那位站在柜台旁的高挑女士。

女士讶异地看着那杯送到自己面前的醇香咖啡,再看看笑容甜美的杨笑,有些不解地说:"这?"

"不要误会。"杨笑冲她调皮地眨了眨眼,说,"这不是我送你的,是店里送的。"

——好友分享券,还有另一种更直白的称呼,叫买一送一券。

"这位女士,请和我一起分享这杯咖啡吧。"

两位初次见面却都觉得彼此很有眼缘的女性,一同走向了窗前的休息区。

她们在沙发上坐下,一起品尝手中的咖啡。

这家甜品店的咖啡豆品质很好,咖啡师的水平也不错,咖啡入喉后微微泛酸,又很快回甘。

那位女士像个小女孩一样,居然掏出手机给那杯咖啡拍了张照片,她见杨笑一直在看她,有些不好意思:"这是我第一次接受陌生人的咖啡,想拍张照片发给我爱人看。"

"这是好友分享咖啡,咱们现在不是陌生人了,咱们算是好友了。"杨笑体贴地说,"做个自我介绍吧,我姓杨,您叫我小杨就好。"

"我姓樊。"那位陌生女士笑道,"你叫我樊阿姨就好。"

杨笑:"您和您爱人感情真好,喝咖啡也要同他说。"

"是啊。"樊阿姨眼神温柔,看着手中的咖啡,笑容也暖了几分,"我们是少年夫妻,后来又一起创业,年纪很大才要的孩子。当时给孩子取名时,家里人比较迷信,还拿着生辰八字去合算,结果我丈夫根本没理睬那些'好兆头'的名字,直接把我的姓和他的姓放在一起,当作孩子的名字……哎呀,瞧我都和你说了些什么,我这一大把年纪了,还动不动'秀恩爱',真是让你见笑了。"

"怎么会呢?"杨笑赶忙说,"都说父母是孩子最好的老师,您和您爱人这么恩爱,有你们做榜样,那么他也会成为一个懂得爱、感恩爱、擅长表达爱的人,他未来的伴侣一定会幸福的。"

"……希望吧。"

奇怪的是,杨笑的称赞并没有让那位女士展露笑颜,反而变得忧心忡忡起来。

家家都有本难念的经,两人萍水相逢,杨笑不好细问,只能低头继续喝咖啡。樊女士的视线落在杨笑身上,越看越是欢喜,这么好的女孩,漂亮,有气质,而且情商又高,若家里的傻儿子能遇到这样的女孩,那该有多好啊。

可惜……

樊女士又把目光转向窗边另一组沙发上,她此行的目标——云啸正在低头摆弄自己的手机。

云啸把手机凑到嘴旁,对着麦克风低声说:"小皮猴儿,妈妈一会儿就回去啦,今天有没有乖乖听奶奶的话?"

很快,手机里传出一道响亮清脆的回复:"妈妈,我什么时候能吃到大蛋糕呀?"

孩子的声音稚嫩可爱,可樊女士越听越心塞。

樊女士点开微信,找到儿子的头像,点进他的朋友圈——上一条朋友圈是一个月之前发的,配图是麦当劳的玻璃大门。

> 雨过天晴:今天带大圣去公园玩,路过麦当劳的时候,大圣说什么也不肯走了,只能给大圣买了两个冰激凌,我俩蹲在麦当劳门口吃完了。[狗头][狗头][狗头]

## 第二十一章 孟家爸妈回国

看看！看看啊！

"大圣"？"小皮猴儿"？这明显指的是同一个人啊！

她儿子才二十二岁，就跑去给人家当后爸啦！

樊女士眉头紧皱，脸上表情变幻，杨笑见她一直盯着云啸老师瞧，便问："您在看云老师？"

"啊，啊，是的。"樊女士赶忙收回目光，故作平静地说，"她不是《午夜心路》的主持人嘛，我经常看这个节目，没想到能在这里遇见她，所以忍不住多瞧了几眼。"

"那真是太巧了。"杨笑莞尔一笑，举起手里的咖啡杯，"看来这两杯咖啡，是上天注定让咱们一起分享了。"

"什么？"

"因为我就是这档节目的编导，您看的这些节目，全是我做的。"

樊女士万万没想到，坐在她面前的人，居然是节目组的工作人员！

她之前倒是接触过电视台的人，但都是广告招商部门的，一身眼高于顶的市侩气，想要花钱投个十几秒的广告，都要求着他们。

像杨笑这样的幕后人员，樊女士还真是头一次见到。

她好奇之心大起，本来，她想问问杨笑关于云啸的事情，她们两人在一个节目组工作，肯定会知道些内情，但这种事情总不能直接开口，樊女士便拐弯抹角，先问了些节目制作的问题，把自己包装成一个很有好奇心的节目粉丝。

有些问题，连她自己都觉得有些幼稚，可杨笑回答时都很耐心，语言通俗简洁，让樊女士越听越精神。渐渐地，她连她此行的目的都完全抛到脑后了。

"没想到制作一个节目居然会这么辛苦。"樊女士由衷地感叹。

"忙虽然忙，毕竟这是我喜欢做的工作，每次节目录制完成后，都会很有成就感。"杨笑微微一顿，挑起眉毛，眼角闪过狡黠又得意的光芒，"再说，每到年底，看看账户上多出来的奖金，再忙也甘愿啊。"

"这点我赞同你。"樊女士觉得这位小姑娘实在太合她心意了，"我年轻时和爱人一起创业那阵子，我家人都说，女人不要这么拼事业，让你老公去拼就好了,你就在家当个贤内助,做好他的'坚强后盾'。这话我特别不喜欢听,我就告诉他们,我当不了他的后盾,我要当也只当他的矛。我们是并肩作战的战友,夫妻之间,赚到的钱可以共享,但学到的经验、付出过的努力,永远是我自己的,谁也拿不走。"

樊女士说话时,整个人都在发着光,那是一种自内而外的自信。

那一瞬间,杨笑忽然明白,为什么她会觉得樊女士很"眼熟"了——因为,她看到了未来的自己。

优雅到老,自信到老,强大到老。

两个人越聊越投机,明明只是想在甜品店里小坐一会儿,结果不知不觉间,两人聊了很久。

杨笑起身,赶忙招呼店员做一杯热巧克力奶外带走,刘悦月最喜欢他们家的巧克力奶,她帮她买一杯。

樊女士遗憾地说:"你要走了?"

"是啊,我是翘班出来的。"杨笑大方伸出手,要同她握手,"很高兴遇见您,和您聊天很愉快。"

"这话应该我说才对。"樊女士晃了晃手里的咖啡杯,"谢谢你请我喝咖啡。"

很快,服务生送来了打包好的巧克力奶,而这时,店里只剩下她们两个了。

原来,她们聊得太投机,连云啸什么时候走的都不知道!

杨笑:云老师走了,自己搭谁的车回电视台?

樊女士:云啸走了,自己还怎么刺探敌情啊?

窗外寒风阵阵,若是夏天,这点距离杨笑可以溜达回电视台,不过现在这么冷,她还是再叫车吧。

见状,樊女士很体贴地表示要送她回公司,杨笑推辞不过,便答应下来。

两人走出甜品店,樊女士指着街角说:"这里车位太紧俏了,我转了两圈都没找到车位,就把车停在那边了,咱们先过马路。"

杨笑欲言又止。

## 第二十一章　孟家爸妈回国

"怎么了？"

"樊阿姨，那边是禁停区。"

"会贴条罚款？"

"不，会直接拖走。"

两人面面相觑，下一秒，她们同时加快步速，一路小跑奔向了街角。

然而她们还是晚来一步——只见一辆拖车甩着长长的"钓竿"，钓住一辆百万豪车的屁股，一路哼着小曲、冒着尾烟，得意扬扬地拐走了豪车！

路旁，樊女士被寒风吹得摇摇欲坠，眼看自己的爱车越开越远，她一米七五的身高瞬间颓废到只剩下一半。

杨笑：奇怪，那辆豪车怎么这么眼熟，很像是刚刚尾随云啸老师的那辆……不，一定是她看错了！

电话铃声响起。

正在划船机上冲刺的孟雨繁并未停下动作，而是加快速度，向着目标全速前进。

等到计数器上的时间跳完了最后一个字，孟雨繁哐当一声松开握把，甩了甩酸软的手臂，摸起了放在地上的手机。

屏幕上，孟妈妈的名字在焦急地跳动着。

"咦？"孟雨繁奇怪极了，算算时差，现在爸妈应该正在睡觉，怎么会突然给他打电话？难不成是出了什么事？

想到这里，孟雨繁立刻接通了电话。

"妈？"他刚说出一个字，就被孟妈妈打断了。

"繁繁，妈妈这里有两个消息，你想先听哪一个？"

孟雨繁一头雾水，只能顺着她的话说："什么两个消息？一个好消息和一个坏消息？"

"不，严格来说，是一个意外的消息和另外一个意外的消息。"

孟雨繁想，他能选择不听这两个消息吗？

可惜，孟妈妈没有时间留给他做选择，直接宣布了答案。

"第一个消息是,你爸和我回国了。"

孟雨繁立刻从划船机上站起来,拾起一旁的毛巾就往外走。"你们回来陪我过春节吗?咱们好久没有一起过春节了!你们在哪儿,在机场吗?我现在就去接你们!不过……"

"等等,我第二个消息还没有说完。"孟妈妈深吸一口气,尴尬至极地向儿子发出了求救,"你现在赶快带着现金来电视台旁边的交警大队一趟吧……妈妈的车被拖了,这只能现金,不能刷卡。"

孟雨繁惊了又惊。

"哦对了,还有,来的路上你买点水果什么的。妈妈好久没回国,车子被拖了都不知道去哪儿取车,幸亏遇到了一个好心人,她跑前跑后帮了妈妈不少忙,一会儿你别急着走,咱母子俩请人家吃顿饭。"

临近春节,交警集中查处了不少违反交通规则的车辆,拖车场里,密密麻麻停满了各类汽车,排队缴纳罚款的人流极长,孟妈妈哪里见过这种阵仗,若不是杨笑热心帮忙,她一个人真是处理不来。

等到两人好不容易排到了柜台前,准备缴纳罚款时,工作人员告知她们只能交现金,刷卡、移动支付全部不能使用。两人无奈,孟妈妈只能临时打电话搬救兵。

她本想叫老公收拾残局,但突然灵光一现,想到了一个绝佳好计——她可以把她的傻儿子叫过来啊!

不是她自夸,她儿子又高又帅又年轻,从小就特别招女孩子喜欢,可惜一时失足,他居然陷入了一段不伦的婚外恋,孟妈妈打算借此机会,给杨笑和孟雨繁牵线搭桥,让两个年轻人认识认识。在她看来,小杨姑娘漂亮又聪明,繁繁见到这么优秀的女孩子,还不立刻就把那些歪心思丢在脑后了?

所以,她立刻给儿子打了电话,千叮咛万嘱咐,让他立刻、马上、必须来!

可怜的孟雨繁,还未来得及消化爸妈突然回国的消息,就要面对新一轮的考验——他妈妈不仅想要拆散他和他的女朋友,还想把他的女朋友介绍给他当女朋友!

## 第二十一章 孟家爸妈回国

交警大队的业务大厅里，杨笑正在用手机回复工作邮件。

孟妈妈看到了，有些愧疚地说："小杨，不好意思啊，耽误你下午工作了。"

"没关系的。"女孩收起手机，笑笑，"再过几天就放假了，其实大家都没把心思放在工作上，我只要下班前回去打个卡就好。"

"你要是不忙，那就太好了！"孟妈妈立刻顺杆而上，"刚才我儿子在电话里说，能遇到像你这样人美心善的姑娘，我们一定要好好谢谢你，他说想请你吃顿饭，表达感谢。"

三言两语间，她就颠倒了事情真相，把这顿饭局说成是她儿子执意要请的。

杨笑立刻推辞起来，说这不过是举手之劳，但孟妈妈特别热情，杨笑招架不住，只能勉强答应下来。

"但是我晚上还约了人，吃饭确实没有时间，不过可以坐下来喝杯咖啡。"

孟妈妈："哦？谁啊？"

女孩微微一笑，眼里闪过温柔："是我男朋友。"

孟妈妈愣住。

她真是年纪越大越糊涂，一门心思想给儿子牵线搭桥，结果却忘了问人家是不是名花有主！

孟妈妈实在太羡慕那位幸运男士了："这么好的女孩子，一定要是风度翩翩的成功人士才配得上吧？"

"他不是什么成功人士。"杨笑听了孟妈妈的询问，摇了摇头，"他还在读书，比我小几岁。不过他年纪虽然小，但很上进、很有主见，关键的是特别可靠……"她用了一系列赞美之词形容她的另一半，这一夸就刹不住闸了。"之前，我们录节目时出了一档严重的事故，有个嘉宾的粉丝大闹现场，我男友当时也在，他为了保护我，还被那个粉丝弄伤了。"

孟妈妈越听，心里越是泛酸，自家傻儿子还是个幼稚鬼呢，人家小杨的男朋友都能独当一面了。

"你们怎么认识的？快给阿姨讲讲，我最喜欢听这些了。"

## 男友请就位

　　杨笑自然不能说实话,她想了想,把她和孟雨繁的相遇重新包装了一番:"他读研究生后,不想和家里伸手要钱,就努力打工养活自己……我们就是在他打工的地方认识的。"

　　孟妈妈听得惊叹连连,两人越聊越是火热,她们根本没有意识到,杨笑口中的"可靠男友"和孟妈妈心里的"幼稚儿子",根本就是同一个人!

　　杨笑和孟妈妈聊了一会儿,看时间差不多了,她便掏出手机给孟雨繁发消息。

　　　　LOL:你锻炼完了吗?
　　　　LOL:今天可以晚点儿再来接我,有个新认识的朋友要同我喝咖啡。

　　孟雨繁很快发来回复。

　　　　雨过天晴:嗯嗯嗯!
　　　　雨过天晴:笑笑姐,我正要和你说,我爸妈回国了,有个饭局要我参加,所以晚上不能去接你了。
　　　　LOL:叔叔阿姨回国了?
　　　　LOL:回来陪你过节吗?
　　　　雨过天晴:应该是回来见儿媳妇吧!
　　　　雨过天晴:圣诞节那晚,我就告诉他们,我脱单啦!

　　男孩发来了一连串得意的小表情,觉得自己实在是个 24k 好男友!都说女孩子最需要安全感,像他这样刚一确定关系,就主动把女友介绍给家人的好男人,实在值得一个大大的奖牌!

　　可他的邀功,并未换来杨笑的表扬,只换来了一串欲言又止的感叹号。

## 第二十一章　孟家爸妈回国

　　雨过天晴：怎么了？

他敏锐地察觉出了什么。

　　雨过天晴：你不高兴？不想见到我爸妈？
　　LOL：我不是这个意思。
　　LOL：但是，你不觉得这个进展有点太快了吗？
　　LOL：咱们才刚开始恋爱。
　　LOL：严格来讲，咱们才正式交往一个月。

这次，换男孩打出了一排省略号。

　　雨过天晴：我不觉得见家长这事哪里快了。
　　雨过天晴：我在第一天认识你的时候，就以你男朋友的身份见过你爸妈了啊。
　　雨过天晴：现在只不过立场对调。
　　雨过天晴：笑笑姐，我等不及了。
　　雨过天晴：我想告诉所有人你是我的女朋友。
　　LOL：可你已经告诉所有人了。
　　LOL：你的同学，你的朋友，不都知道吗？
　　雨过天晴：但是父母的意义是不一样的！
　　LOL：对，确实不一样。

杨笑的指尖微微颤抖。
"见父母"的含义，她比任何人都要清楚。
正因为清楚，所以她才认为这件事需要从长计议。
他们才交往一个月，不是一年两年。他们用最快的速度向彼此敞开了朋友圈，融入对方的生活——可是见家长？杨笑在心底，为这三个字打上了一个问号。

LOL：雨繁，我很感谢你肯在交往的第一天，就郑重其事地把我介绍给叔叔阿姨。
LOL：但是我也有我的顾虑。
LOL：咱们之间真的进展太快了。
LOL：你没发现，咱们的交往顺序和正常情侣完全不一样吗？
LOL：先成为情侣，然后上床，最后才开始培养感情……
LOL：我很抱歉，但我没有做好准备，这么快就和你父母见面。

杨笑发完这段话，一直在盯着手机屏幕，等待着孟雨繁的回答。
若他生气，那她就安抚他。
若他不懂，那她就向他解释。
若他……可是没有，孟雨繁什么都没回答。
杨笑轻轻咬住下唇，心里说不出的复杂。
她试探着给男孩发过去一个表情包——还好，没有红色小叹号。在刚刚孟雨繁没有回答的那几分钟里，她满脑子胡思乱想，还以为男孩把她拉黑了。
可惜的是，她发过去的卖萌表情包依旧没有收到回音。
于是每过一会儿，杨笑都给他发一条微信，有时候是表情包，有时候是标点符号，就是想看看孟雨繁有没有拉黑她。
很快，一整个屏幕上只剩下绿色的聊天框了。
从始至终，她的男孩都没有回复。
这是杨笑最最最最最厌恶的一点，遇到问题，那就解决问题，一声不吭突然消失，这是在搞无声抗议吗？
明明几分钟之前，杨笑还在和孟妈妈夸赞，自己的男朋友虽然年轻，但是又可靠又成熟。几分钟之后的现在，她只想收回那些炫耀——和小朋友谈恋爱，动不动就拒绝沟通，真的好心累啊。

交警大队的办事处大门外，孟雨繁把手机揣回兜里，强迫自己不要

## 第二十一章 孟家爸妈回国

和杨笑吵架。

隔着屏幕,谁也看不到对方的表情、语气,光凭几个冷冰冰的字,只会让这场矛盾进一步升级。

但实话实说,他现在真的很生气,而且是哄不好的那种!

笑笑姐说他们之间太快了,哪里快了?

这是他第一次谈恋爱,杨笑是他的初恋,他没有和其他女孩子交往的经验,只凭借着一腔热情,想到什么就去做了。在他心里,把自己心爱的女孩郑重地介绍给父母,是对她爱意的表达。可杨笑却拒绝接受这份爱,这让他的心情瞬间落到了低谷。

"小伙子,你还进去吗?"排在他后面的司机问道,打断了他的沉思。

"进。"孟雨繁点点头,暂时把吵架这件事收起来,他眼前还有更要紧的事情要做。

孟雨繁一手拎着果篮,一手拿着钱包,沉着脸,用膝盖顶开办事处的大门,从门缝里钻了进去。寒风瞬间涌入大厅,等候在此的车主们被冻得打着寒战,同时抬头向着大门看去——嚯,这小伙子也太高了吧?

整个大厅挤满了人,而这位高高的小伙子仗着身高傲人,侧头一看,很快就从人群中找到了自己母亲的身影。

将近半年没见,她看上去气色不错,头发绾成一个优雅的发髻,染成了很洋气的红棕色。孟妈妈穿了一双高跟短靴,这样一来,她的身高就超过了一米八,比在场的不少男车主都高出了半个头,男人嘛总是好面子的,虽然嘴上不说,但身体永远诚实——孟妈妈周围一米几乎呈现真空地带,唯有她身前剩下一个娇小窈窕的身影,正背对着大门的方向,仰头和孟妈妈说话。

奇怪,那个身影怎么看上去那么熟悉……

孟雨繁立刻加开脚步,向着母亲的方向走去。

孟妈妈远远便看到了高得像电线杆一样的儿子,她扬手挥了挥,亲昵地喊:"繁繁!"

杨笑站在她对面,可以清楚地看到孟妈妈的脸上表情一寸寸被点亮了——下一秒,一道熟悉的低沉男声自她头顶上方落下。

"妈,你怎么和笑笑在一起?"

那一瞬间,杨笑觉得像是有阵电流爬上了她的后颈,脊骨一寸寸绷紧。

她回头、仰首,出现在她身后的男孩,果然是孟雨繁!

这世界怎么会这么小?为什么她随随便便在甜品店遇到的陌生女士,居然是孟雨繁的母亲?

几分钟之前,她还在和孟雨繁争吵究竟要不要见父母,结果呢——她居然和孟妈妈聊了整整一下午,就差把小时候拿到过多少个三好学生讲给她听了!

孟妈妈也被这突如其来的意外惊到了。

她看看杨笑,再看看一脸茫然的儿子,真不知该开心还是该诧异了。

她先问孟雨繁:"你说要介绍给我们的女朋友笑笑,就是小杨?"

孟雨繁呆呆地点头:"……对啊,她叫杨笑,我们在一起很久了。"

她又转过头去问杨笑:"你说你的男朋友,又可靠又成熟又体贴,指的是我儿子?"

她立刻否认:"不,他二十分钟没回我微信,他已经是我前男友了。"

明明杨笑极力避免和孟雨繁的家人见面,可冥冥之中像是有一双大手,操控着她的命运,把两家人的红线紧紧缠在了一起。

杨笑和樊阿姨一见如故,聊了一下午简直有聊不完的话题,可当她发现"樊阿姨=孟妈妈"这个等式成立后,她忽然被夺走了说话的能力,整个大脑一片空白,喉咙里像是有什么东西噎着,连一声客套的问好都说不出来了。

与她相反,孟妈妈简直开心到想要出门放鞭炮!

她现在就要给交警大队送锦旗,上联"月老再世",下联"红娘转生",等到儿子结婚那天,她还要给拖车的交警送喜帖,请他来吃酒席!

她一手挽住儿子,一手挽住杨笑,三个人并排站在一起,身高呈等差排列,简直像是移动的 Wi-Fi 信号。

她左看看、右看看,越看越觉得两人是天造地设的一对儿。

在交警大队办完赎车业务后,孟妈妈立刻给爱人打电话,向他通报

## 第二十一章 孟家爸妈回国

这个好消息。电话里,孟爸爸喜极而泣:"咱儿子没被包养?没给三十多岁的有夫之妇当小白脸?"

孟雨繁:什么有夫之妇?什么小白脸?

"没有!"孟妈妈扬眉吐气道,"儿媳妇我见到了,这门亲事我同意了!"

杨笑:等等,这门亲事她本人还没同意啊!

三人走出交警大队的办事大厅,孟妈妈欢天喜地地去停车场提车,杨笑和孟雨繁就在停车场外等她。

待孟妈妈一走,杨笑的笑脸瞬间垮了下来,双手抱在胸口,脖子一拧,根本不看孟雨繁。

刚才当着长辈的面,她不好和孟雨繁吵架,现在长辈走了,她可要好好地清算这笔账!

见她摆出一脸凶样,孟雨繁心里一突,颇不是滋味。

"你生气了?"他小心问。

"当然生气。"女孩冷笑道,"二十分钟不回我消息,看我一个人刷屏,很有趣是吧?"

"……我只是不知道该怎么回复你。"孟雨繁两撇剑眉耷拉下来,可怜兮兮的,"笑笑姐,我真的搞不懂,你为什么不愿意见我爸妈啊?我爸妈又不是豺狼虎豹,而且你和我妈刚刚不是聊得很好吗!"

"你还好意思说!"提起这事,杨笑就一肚子怨气,"第一次见面,你就和我说,家里不给你生活费,你只能出来打工,又总说你爸妈忙,连春节都不回来陪你过,害得我脑补了一大堆有的没的……哪想到樊阿姨就是你妈妈,我现在简直要羞耻到钻地缝了!"

如果现在有一条被子的话,杨笑绝对要滚进被子里,捂住头,狠狠大叫一番发泄尴尬。

"在脑补能力上,你和我爸妈倒更像是一家人。"孟雨繁哭丧着脸说,"他们居然以为我被有钱富婆包养了!"

"难道不是吗?"杨笑挑眉,视线从他脚下的鞋看到他身上的大衣,"这个,我买的。这个,也是我买的。这个,还是我买的……有钱富婆现在就站在你面前，你要是不想被包养的话，就把身上的东西都脱下来，裸奔回家。"

幸亏这位邪魅狂狷女金主说的话没有被孟妈妈听到，要不然她的真实面目就要暴露了。

离开停车场后，孟爸立刻赶来和他们会合。

孟雨繁简直是和孟爸爸一个模子刻出来的，在见到孟爸爸的那一瞬间，杨笑恍惚间还以为自己见到了二十年后的孟雨繁。只不过，父子两人的气质截然不同，孟爸爸是商人，严肃中带着一丝不让人反感的精明，而孟雨繁身上则充斥着一股学生气。

他们一家三口身高无敌，走在一起，简直像是一座移动森林。

而杨笑，就是误入森林的小蘑菇。

当天晚上，孟家爸妈带着这对小情侣去本市最豪华的私房餐厅，吃了一顿人均五千块钱的"家宴"。

杨笑吓了一跳，她虽然收入水平不错，但人均这么贵的餐厅她可没进来过！她从来没想过，这几个月里，她居然包养了一个富二代……在意识到这点后，杨笑再看孟雨繁身上的衣服，心里忽然产生了一种别扭的感觉。

本来，孟家父母想请杨笑爸妈一起吃饭的，幸亏杨爸爸杨妈妈现在正在外国旅游，才没有把这顿饭变成两方家长见面。

这顿饭吃得很是热闹，孟妈妈对杨笑格外满意，赞不绝口，还问了不少她家里的情况。

面对这么热情的长辈，杨笑不能不答，可实际上，她心里却迫不及待地想要逃离这里。

孟雨繁很好，孟爸孟妈都很好……但这一切发生得太快了。

杨笑说，她不想这么早见他们，绝不是一时害羞，而是真的、真的、真的觉得太快了。

对于每一对热恋中的情人来说，见家长绝对算是一道巨坎儿，双方家庭是否门当户对、对方家长好不好相处，都会在这一阶段暴露出来。若是顺利渡过这一道关卡，小情人们就要进入谈婚论嫁的阶段了。

## 第二十一章 孟家爸妈回国

她曾经经历过两段失败的感情,而那两段感情都是在漫长的爱情长跑后,死在了"见家长"之前。

有那样的前车之鉴在,杨笑从来没有想过,她和孟雨繁只交往了一个多月,居然就这样稀里糊涂地见家长了!

这顿饭,杨笑吃得食不知味,她脸上在笑着,嘴里在迎合着,手中的筷子时不时给孟雨繁夹菜,可是她的灵魂却飘开了。

杨笑成了这场合家欢喜剧的主演,可又在同一时间扮演着一个旁观者。

这顿饭结束后,孟妈妈忽然从随身的包包里掏出了一个大红包!

那红包的厚度格外惊人,孟妈妈拉过杨笑的手,直接把那红包塞到了她手里。

"今天这顿饭吃得太仓促了,我和繁繁他爸实在来不及给你准备见面礼。这个红包是我们的心意,你可千万不要客气,平时都是你照顾繁繁,这次就让叔叔阿姨照顾一下你。"

孟妈妈的话说得妥帖又诚恳,杨笑手里攥着那沉甸甸的红包,心里更不是滋味了。

她喜欢孟妈妈这位长辈——可她根本不想收下这个红包。

这不是一个普通的见面礼,这也不是一顿普通的家常便饭,这是一个婆婆在相看未来儿媳。

红包非常厚,杨笑偷偷在洗手间里打开了。

令她意外的是,红包里除了有一沓百元纸币以外,居然还有一张崭新的一块钱。

她掏出手机查:第一次见家长,男方妈妈给了一万零一元红包,是什么意思?

高分答案是——恭喜啊,这说明未来婆婆对你特别满意!觉得你是万里挑一的好儿媳!

杨笑滞住。

这钱,拿得更烫手了。

不行,她必须要找个机会,把这钱还回去。

当天晚上，富婆女金主杨笑没有回家，而是去见了她的小狼狗。

第二天早晨，孟雨繁起床，侧头一看，只见杨笑已经坐在镜子前化妆了。而在他身旁的床头柜上，则放着厚厚一个信封。

孟雨繁茫然："这是什么意思？"

杨笑对着镜子慢悠悠地涂好口红，抿了抿唇，把口红盖咔嗒一声扣好。她起身，走到床边，弯腰在孟雨繁的额头印下一吻，"别多想。"她回答，"只是给你个奖励。"

第二十二章
## 柏树枝

之后的几天，热情的孟妈妈时不时就要邀请杨笑一起逛街吃饭，她说她很久没和女孩子一起逛街了，老公和儿子都是审美绝缘体，她穿成红绿灯他们都觉得好看。

杨笑回忆了一下孟雨繁冬天的穿着——永远的抓绒运动裤配长款绣国旗的羽绒服——她认为孟妈妈说得很对。

每次见面，孟妈妈都会顺便送她一些"小礼物"。

有时候是"一件普通衣服"，有时候是"一件普通首饰""一双普通高跟鞋"，但是无一例外，这些所谓的"普通"都价值不菲，甚至抵得上普通工薪阶层一年的收入。

杨笑无法拒绝，每次接到礼物后，她都会把孟雨繁约出来，先一起约个会，然后再送他"一件普通衣服""一件普通首饰""一双普通球鞋"。

孟雨繁又不傻，很快就察觉到了不对劲。

他不解地问："笑笑姐，为什么我妈送你什么，你就送我什么？"

杨笑敷衍地说："送你礼物不好吗？"

"可我真的觉得你现在很奇怪……好像自从我爸妈回来后，你整个人都变了。"

他想起了那天在微信上的冷战，杨笑当时反复告诉他，她不想见家长、她觉得一切推进得太快了。但是阴错阳差，杨笑和孟妈妈提前见面了，不仅见面了，她们两人还相处得特别好，孟雨繁就想当然地认为，杨笑之前不想见家长，是因为害羞，而现在她已经"克服"了害羞——但现在看来，事情的真相根本不是这样的。

他又困惑又迷茫，他追问："笑笑，你到底在害怕什么？我爱你，我爸妈喜欢你,这对你来说难道是个负担吗?"

"……当然不是负担。"她这么回答。

但她在回答前的那一阵迟疑,说明了一切。

杨笑和孟雨繁吵架了。

不对。

杨笑和孟雨繁冷战了。

也不对。

杨笑和孟雨繁……他俩……他俩……

"所以你们俩到底怎么回事?"唐舒格停下敲得啪啪响的键盘,大发慈悲地把脑袋从屏幕前移开,看向了自己的闺密,"笑笑,你前几天夜夜笙歌每天都出去,结果这几天一下班就回家,你们俩到底怎么了?"

"没怎么啊。"杨笑抱着一桶冰激凌,盘腿坐在床上,无视窗外飘落的雪花,"我好几天没回来住,想你了。等到春节的时候你就要回家了,咱俩又要十天半个月见不到面了,我现在陪陪你不好吗?"

"在我面前就别装模作样了,你看看你,眉头都要垂到地上了!"唐舒格冷酷地戳穿她,"不是孟雨繁的爸妈回国了吗?我看你这几天都要陪你的未来婆婆,怎么了,是不是她特别难相处,给你穿小鞋啊?"

说到这里,唐舒格立刻翻出纸笔,一双眼睛炯炯有神地盯着她:"快!快给我一些灵感!我还没在三次元里真实见到过恶婆婆呢,她有没有什么极品言论,快给我分享!她嘲笑你了?她讽刺你了?她挖苦你了?"

杨笑无奈道:"你脑子里都在胡思乱想什么,她人很好,是个事业有成的女强人,对我也很关心。"

"那你还愁什么?"唐舒格更加摸不着头脑了,"你不要身在福中不知福咯,要不要我给你找几个极品婆媳帖,让你看看那些难缠的婆婆是什么样的?"

"可是……"杨笑苦笑一声,"我这么说,你可能会觉得我脑子有毛病——但是他们一家都太好了,好到让我站在他们面前,只想远远逃开。"

## 第二十二章 柏树枝

"你知道吗？孟雨繁那个傻小子家里，其实特别有钱。是不是很惊讶？"杨笑铲了一大勺冰激凌，送到自己嘴里，她被冰得后脑勺发麻，却还在一勺一勺地机械性地往嘴里送，"我虽然知道他家是做生意的，但我只当是开个小公司、做个夫妻店的那种小生意。毕竟，哪个富二代会为了那么一点生活费，跑去各种打工兼职呢？"

杨笑继续说："而且，他身上一点富二代习气都没有，除了鞋贵一些，吃的用的，都很简单。他甚至出门都不打车，全靠学生卡搭地铁，一到冬天，他只穿学校发的运动裤配羽绒服，你见过那件吗？胸口烫个国旗，背后绣上China，全国所有体育生人手一件，淘宝上批发价不到五百的羽绒服。"

面对这样的孟雨繁，杨笑一直抱着疼宠的心态，他本来就比她年纪小，即使他再高大强壮，她还是会情不自禁地就把他当作一个需要照顾的弟弟。

她给他买衣服，给他买鞋，一点点雕琢他，把他打扮成整条街上回头率最高的型男。

孟雨繁是个容易被满足的人，只要是她送的，不管是一条价格四位数的名牌围巾，还是她随手剪下的一绺头发，他都视若珍宝。

"糖糖，我后来偷偷搜了一下他爸妈的那家公司，他们专做进出口生意，国外好几个地方有厂，预估资产有这个数。"杨笑用手指比画了一个数字，唐舒格震惊到瞳孔放大。

"这么多？"

"对。"杨笑点点头，"所以他妈妈随手就能塞给我一万块钱红包，随便就能给我买六位数的外套，还要说准备不周，让我见谅——我又有什么好见谅的呢？"

她以为她捡到了一只属于她的小狗，陪他慢慢蜕变成狼，结果现在却有人告诉她，孟雨繁不仅天生是狼，他还拥有一整个狼群。

她为他付出的那些金钱，不过是他上亿身家的九牛一毛罢了。

唐舒格见闺密露出难过的表情，赶忙凑到她身边，拉住了她的手："所以，你因为他家太有钱了，感到惶恐？"

谁想,杨笑却摇了摇头。

"不是的。"杨笑说,"其实他家有没有钱,和我们的感情无关——让我感到惶恐的,是我自己。"

"啊?"

"孟雨繁很好,孟雨繁的父母都很好,可我有时候却会想,这真的是我能够拥有的完美感情吗?"杨笑说话时,语气很平静,就像是一阵柔柔的风吹过湖面,涟漪荡开,不留痕迹,"这不是自卑,我从来不自卑,准确来说……这应该就是一种困惑吧。"

若她也是第一次谈恋爱,那她一定会像孟雨繁一样,全身心地投入到这场足以烧毁天空的爱情当中。

可她不是。

她已经经历了两段看似美好但其实千疮百孔的感情,每一次,每一次,她的离开都看似潇洒退场,但实际上,皆在她心底留下了阴影。

在别人眼里,杨笑永远耀眼,永远占据上风,永远自信美好。

但实际上,当一个人接连失败后,即使嘴上不承认,心里还是会怀疑自己的。

就像你对某门功课很认真地复习,可是连续挂科两次,第三次你别说去参加考试了,你甚至连走进考场的信心都会动摇。

就像你向上级申请加薪,把自己四个季度的所有成果整理成文档,想着这次绝对稳了!结果被上司连续两年驳回,那第三年,你还敢申请吗?

孟雨繁很好,孟雨繁许诺的爱情很好。

只是偶尔地,杨笑心底会升起那么一些自我怀疑,这不是自卑,而是一种困惑。

三是个很奇妙的数字,"事不过三""一鼓作气,再而衰,三而竭",对于大多数人来说,三都是一道难以迈过去的坎儿。

而孟雨繁,就是杨笑的数字"三"。

她比之前的任何一次都珍视这段感情,也比任何一次都游离在这段感情之外。

## 第二十二章　柏树枝

杨笑深深地叹出一口气："我知道这样对孟雨繁不公平，但我就是这样自私的女人啊！"

转眼就到了春节。

杨笑和孟雨繁还保持着别别扭扭的状态，有个词用来形容貌合神离的夫妻——"面上和气"。

孟雨繁也钻了牛角尖，杨笑的心不在焉他都看在眼里，于是讨好起来更加卖力。

幸亏他们队最近没有训练，要不然被他那些唯恐天下不乱的队友知道了，又要起哄了。

杨笑还有几番分寸，可孟雨繁却没她那么多顾虑。

不管关上门后，小两口在闹什么别扭，当着长辈的面，他们两个还是很会做戏的。

杨笑的爸妈不知道从什么渠道得知了孟雨繁父母回国的事情，老两口还在国外旅游，这下连旅游都旅不好了，连夜打了电话过来，对女儿细细叮嘱，让她要记得待客之道，好好招待远道而来的孟爸孟妈。

"早知道我们就不出去旅游了。"杨妈妈懊恼地说，"亲家上门了，我们俩居然不在！"

"哪门子亲家？"杨笑打断她，"八字没一撇的事情，他们俩回国是看儿子，不是看我。你别把这件事想得太复杂。"

"哪里八字没一撇了？"杨妈妈焦心极了，"我看孟雨繁不错，你也差不多是时候定下来了。本来我和你爸都不赞成你找个年纪小的，可是见着繁子之后，觉得男人靠不靠谱和年龄无关，只和人品有关。你看你之前两个男朋友，看着都人模人样的，结果呢，不还是……"

"——两个男朋友？"杨笑一愣。

杨妈妈一时语塞。

杨笑问她："你从哪里知道的？"

从始至终，她只和家人说过第一个男朋友的事情。第二个男朋友于淮波，她刚准备把他领回家，就发现他劈腿劈成了章鱼精，为了让爸妈安心，她特地找了孟雨繁当她的假男朋友。

杨妈妈支吾着，把手机推给了一旁的爱人，让他解释。

老两口把这个烫手山芋来回推了半天，最后杨爸爸败下阵来，只能硬着头皮和女儿解释起来龙去脉。

"那个……笑笑啊，其实我们早就知道繁子不是你第二个男朋友了。"杨爸爸干咳一声，"有一次家里来了亲戚，说要一起吃饭，我和你妈就打算直接去电视台接你下班，结果就看到一个戴着眼镜的男人拿着一捧花在等你，看上去挺儒雅的样子。那男的三十多岁，文质彬彬，似乎和你还挺般配，我们就猜，那是你当时的男朋友，所以中秋节的时候，才催你带他回家。"

结果意外的事情发生了，中秋节那天，女儿并没有带回那个文质彬彬的男人，而是带回了一条小狼狗。

杨爸杨妈蒙了，第一反应是不是女儿脚踏两条船，但这么多年的信任让他们坚信女儿不是那样的人。后来夫妻俩想办法打听了一下，知道于淮波做的那些坏事后，就大概猜出了事情真相：估计是笑笑不想让他们担心，通过什么渠道找了个年轻男孩，假扮她的男朋友。

那一天，杨笑为了让父母安心，带着假男友演了一天的戏。

而她的父母为了让她安心，也装作不知道，同样演了一天的戏。

杨笑没想到在她尽力撕扯遮羞布想要掩盖真相时，父母早就看透了一切，并且温柔地包容了她的所有小心机。在那一瞬间，羞愧、自责、尴尬、感动、委屈……这些复杂的感情涌在胸口，杨笑抱着手机，不知还能说些什么。

她吸了吸鼻子，用略带沙哑的嗓音，生硬地转移了话题："……你们好好玩，不用担心我。"

然后她就像是在逃避什么一样把电话挂断了。

远隔重洋的另一片大陆上，杨爸杨妈听着电话里传来的忙音，对视一眼，无奈地摇了摇头。

算了，儿孙自有儿孙福，笑笑向来是个有主意的孩子，她的人生她自己做主吧。

## 第二十二章 柏树枝

孟家父母本来打算在国内过完春节再回去，哪想海外工厂突然出了些问题，他们必须尽快赶回去处理。

而时间最近的机票，就在大年初一的凌晨。

孟爸孟妈看着已经高高壮壮的儿子，心里特别愧疚，本来说要回来陪儿子过节的，结果计划赶不上变化。

孟雨繁倒是看得开，反而宽慰父母："没事的，至少咱们年夜饭可以一起吃，等吃完了我再送你们去机场。"

于是如此这般，这次跨年，杨笑要和孟雨繁一家三口共同庆祝了。

孟妈妈不会做饭，让她下厨不异于炸碉堡，于是他们提前订了一家私房菜馆的跨年团圆宴。

正常来讲，这种团圆宴至少要提前一两个月订，他们是临时加定，还是这么有名的私房菜馆，杨笑刻意强迫自己不去想孟家人究竟花了多少钱。

这顿年夜饭确实丰盛，包厢小却精致，既有平时不多见的山珍海味，也有家常小菜，在厨师的巧手加工和精妙食材的加持下，每一道菜都足以拍上九宫格发在朋友圈里炫耀。

正餐吃完，服务员撤下残羹，一人上了一盅甜品。

孟妈妈是南方人，在她的家乡，过年不吃饺子，而是要吃元宵，团团圆圆、甜甜蜜蜜，他们每个人面前摆了一小盅红豆酒酿小汤圆，味道很不错，杨笑却吃得食不下咽。

孟雨繁见她吃得慢悠悠的，问她："不喜欢吃？要不我让后厨给你下份饺子吧。"

"不用了。"杨笑摇摇头，"不是不喜欢吃，是吃太饱了，实在吃不下了。"

"吃不了就给我吧。"孟雨繁直接拿过她面前的甜品盅，三两口就把她碗里剩下的东西吃干净，一点都不嫌弃这是女朋友的剩饭。

杨笑来不及阻拦，就见他全部吞进了肚子。

"你吃慢点，这种又甜又黏的不好消化。"杨笑低声说，"吃这么快，小心胃里不舒服。"

虽然两人现在关系尴尬,但并不代表他们不爱对方了,或者应该说,正因为他们爱着彼此,所以关系才会这么尴尬。至少在饭桌上,两人互相关注着彼此,稍微抬一抬眉毛,就知道对方喜欢吃什么、不喜欢吃什么。

见两人这么相亲相爱,孟家父母越看越是欢喜。

他们儿子从小到大就没开窍过,女孩子向他告白,他却觉得谈恋爱不如打篮球有趣,哪想到他一开窍,瞬间像是变了一个人,成熟了许多,也懂得关心人、心疼人了。他这么大的变化,和杨笑脱不开关系。

若换个刁蛮任性的女孩子,作天作地,把孟雨繁死死拿捏在手里,那他们老两口肯定不同意,但现在看来,杨笑懂事、情商高、事业心强,是他们最欣赏的那类年轻人,他们还有什么意见可提呢?

孟爸爸看向身旁的妻子,对她微微点了点头。

孟妈妈接收到他的目光,清咳一声,从随身的金棕色包包里掏出了一只小盒子。

那盒子是狭长的长方形,大概三指宽、四十厘米长,上面打了金色的缎带,看上去喜气洋洋。

"杨小姐……我是说,笑笑。"孟妈妈嘴角含笑,看向桌子对面的女孩,"这几天辛苦你照顾我们老两口了,又是陪我们吃饭,又是陪我们逛街买东西。这次回国,我们就是想见见儿子的女朋友,结果比我们想象中的还要优秀,还要完美,我们家繁繁能找到你这样的女朋友,是他的福气。有你在,我们就可以放心回去了……离开前,我们想送你一点礼物,代表我们老两口的小小心意。"

"您太客气了。"杨笑看着那红金色的小盒子,赶忙推辞,"您这几天送了我不少东西,而且一次比一次贵重,我拿着都不好意思了。照顾您两位是应该的,礼物什么的,就真的不用了。"

杨笑猜测,按照孟妈妈一贯的阔绰,那长盒子里装的,有可能是一条金光闪闪的项链,抑或是一支沉甸甸的宝石发簪。

"这礼物不一样。"孟爸爸一脸严肃地开口,"这是我们那边的传统,

## 第二十二章 柏树枝

必须送的。"

就在杨笑推辞之时，孟雨繁忽然从旁边伸出手，压住了那只小盒子。

"爸，妈，笑笑姐脸皮薄，你们就别推了，这个礼物我先替她拿着。"

杨笑茫然。

真是奇怪，之前每次孟妈妈送她礼物时，孟雨繁都在旁像根电线杆一样站着，不管是她收抑或不收，他都不发表任何意见，完全尊重她的选择，怎么今天却一反常态，替她做主？

不过幸亏有他打岔，孟爸爸孟妈妈终于放过了她。

因为这个礼物是由孟雨繁代为收下的，孟妈妈脸上闪过一丝遗憾，但很快就把那份遗憾压了下去。

时钟跨过零点，杨笑和孟雨繁一起把孟爸孟妈送到了机场。

大年初一的凌晨，机场里的人寥寥无几，就连值班的工作人员都比平常要少。

赶在这个特殊时间点出行的人并不多，安检只开了一个口，每个旅客都和送行的人在安检口依依惜别。

杨笑安静地站在一旁，并没有打扰孟雨繁和他家人的道别。

孟妈妈翻来覆去就是那些话，孟雨繁听了这么多年，早就会背了。

每次开场白，都是"好好学习"。

果不其然，孟妈妈说："你好好学习！别以为你是体育特长生，文化课就不重要了。你毕业证拿不到，以后在篮球队里抬不起头来的！"

叮嘱完功课，他妈妈又要进入第二阶段，"好好打球"。

再次被他押中了，孟妈妈说："打球的时候用点心，不要横冲直撞，不要受伤！当然，该拿的分一定要拿到，妈妈等你拿到MVP，一定回国为你庆祝！"

这些老生常谈的话，全被孟雨繁"嗯嗯"地应了下来。

很快进行到谈话的最后一个环节，孟雨繁知道，他妈妈要让他"听老师的话，听教练的话"了。

只不过这一次，孟妈妈的叮嘱多了一句话。

"还有，多听笑笑的话。"

"啊?"

自始至终沉默的孟爸爸,终于在这个时候开了口:"儿子,爸爸用经验告诉你——听老婆话的男人,都会成功的!"

杨笑没忍住,赶快捂住嘴转向了一边。

孟爸爸是个非常严肃的中年人,看上去气势十足,非常威严,但就是这么一个严肃沉默话不多的中年男人,却每每语出惊人,金句频出。

也不知道他的内心怎么能和外表反差这么大。

眼看时间不多了,再不安检就来不及了,孟妈妈匆匆拥抱了儿子,又转向杨笑,张开双臂迎向了她。

孟妈妈在国外工作多年,作风洋派——她给了杨笑一个亲昵又温暖的面颊吻。轻轻的吻落在女孩的颊边,她贴在她耳畔,小声说:"下次回国时,希望咱们能成为一家人。"

杨笑没有应声,她不知该做何反应。

孟爸孟妈的身影在安检区后,杨笑和孟雨繁并肩站在送机大厅里,沉默了许久。

"笑笑姐,你知道吗?"身旁的男孩突然开口,"我小的时候,每次送他们都会哭,可是后来我发现,即使我哭,我也留不下他们。"

杨笑想象着那个场景——在人来人往的机场里,一脸稚嫩的男孩守在红线外,望着父母离开的身影,放声大哭。他虽然长得高大,但内心不过是个孩童,他在最需要父母陪伴的年纪,独自一个人被留在这里。

那时的他,身旁有谁呢?是保姆?是亲戚?还是教练?

孟雨繁低声说:"等我长大了,家里的保姆也被辞退了。我搬到学校宿舍长期住,所谓的家更像是一个放东西的仓库,我的童年放在里面,我的记忆放在里面,可是我的家人却不在……那时候,我每次送走他们,都不愿意回家,不管多晚我都要回学校宿舍,如果宿舍门禁了,我就去宾馆。"

杨笑握住了他的手:"没关系,现在有我在了。"

"……嗯。"

他和曾经的自己不一样了,他再一次送走了他的家人,但这次,他

## 第二十二章 柏树枝

身边又有了新的家人。

孟雨繁紧紧握住杨笑的手,两个人十指交扣,掌心的热度融为一体,没有人能够分清,这股热意是由谁传递给谁的。

孟雨繁看着杨笑。

杨笑也在看着孟雨繁。

杨笑从未像现在这样确定,她是爱着孟雨繁的。

爱他的自信与勇敢,也爱他的孤独与脆弱。

他是全世界最可爱的矛盾体,他有着最健壮的身躯和最幼稚的灵魂。

如果可以的话,她想回到过去,抱抱曾经那个孤单的男孩。

但是另一方面,她害怕着这样陷入爱情的自己——

杨笑曾经在书上看过一句话,大意是,当你爱上一个美丽的女孩时,会发现在她不美丽时,你最爱她。

同样的,当她爱上一个勇敢的男孩时,她却发现,当他露出自己的脆弱与痛苦时,她便无可救药地陷进了他的世界里。

杨笑想,这样是不可以的,这样是不行的,她不能把自己毫无保留地投入到一段感情里,她必须成为这段感情的掌控者。

她失败过两次,而第三次,她不允许自己再失败了。

所以,她拼命给孟雨繁花钱,几乎所有的一切都是她在主导。

可是现在……她望着面前这个英俊年轻的男孩,却不知道自己究竟在抵抗着什么。

"笑笑姐。"在空无一人的机场大厅里,他低下头,吻她的鼻尖,"你想不想知道,我爸妈送你的盒子里,装着什么?"

"是什么?"

这也是杨笑好奇了一晚上的事情。

那究竟是什么样的礼物,会让孟雨繁打破他的坚持,擅自做主拿走?

孟雨繁伸手,从背包里,拿出了那个盒子。

红色的狭长盒子,金色的缎带,两种颜色融合在一起,在她瞳孔里留下深深的倒影。

杨笑像是预感到了什么,伸手接过。

出乎意料的是，那个盒子极轻，轻到杨笑手一飘，简直怀疑拿到了一捧空气。

她下意识地晃了晃那个小盒子，听到了里面传来的沙沙声。

孟雨繁望着她，说："笑笑姐，你打开看看吧。"

于是，杨笑拉开了缎带，轻轻掀开了盒盖——出乎意料的东西出现在她眼前。

那是一段树枝，新鲜的、翠绿的，像是刚从枝丫上折下来的一段树枝。

棕灰色的树枝在中断分叉，在末端继续分叉，每个杈上连着一小片绿色的针形树叶。针叶散开，从一到多，变成一小捧耀目的绿色。

杨笑万万没想到，孟家人送她的，居然是一段树枝。

"……这是松树？"

"不是。"孟雨繁道，"这是柏树。"

杨笑回想起马路两旁的翠柏，还是不明白为什么要送她这种东西。

"在我们那里有个习俗，只要家里生了孩子，都要种下一棵树。"孟雨繁声调和缓，娓娓道来，"若是女孩，就种下一棵香樟，女儿出嫁那天，砍掉香樟做成陪嫁的木箱；若是男孩，就种下一棵柏树，儿子提亲那天，父母就折下一段树枝随彩礼送上。"

杨笑头一次知道，原来小小的一根柏树枝，背后也能蕴含这样深切的含义。

她捧着那段树枝，明明刚刚还觉得它轻飘飘，可现在它却觉得它重达千斤。

这段树枝远比之前的任何礼物都要贵重，它根本无法用金钱去估量价值。

孟雨繁继续说："你最近一直很矛盾，我不知道你在矛盾什么，但我想，应该和这段感情有关，对吗？"

男孩细心极了："我想，若在饭桌上，我妈把这份礼物直接交到你手上，你肯定会很难，不知道该收还是不该收。所以我自作主张拿了过来，留到现在——现在，只剩下咱们两个人了。"

## 第二十二章 柏树枝

是啊，只剩下他们两个人了。

没有父母的殷殷期望，没有朋友的关心紧张，只有他和她。

男孩用大掌捧住她的小手，而她的掌心里，则是那一枝翠绿的柏。

"笑笑，这棵柏树永远在这里。"他说，"不管你收不收下，它一直在，我也会一直在的。"

在这一瞬间，杨笑的眼泪垂落。

她曾一直以为，在这段感情里，她是一直占据上风的。

她曾一直以为，掌握方向盘的人是她，掌握开关的人也是她。

可是直到现在她才发现，原来，真正掌握感情开关的人，其实是孟雨繁。但是他选择，把开关交付在她手里。

她泣不成声，她颤抖着合拢掌心。

那枝翠绿的柏被她紧紧地握在掌心之中。

柏树的刺看似尖利，其实柔韧而有弹性。

她握住了它，他也在同一时间握住了她。

杨笑的眼泪不停在流，但是她的嘴角却是上扬的。

"雨繁，"她唤着他的名字，郑重，坚定，像是许下一个此生最重要的誓言，"这段柏树枝，我收下了。"

当最后也是最大的一个心结解开之后，杨笑整个人的状态都有了很大的变化。

她开始学着把孟雨繁当成一个男人，而不是一个男孩，去看待，她学着在他面前摘掉无所不能的女强人面具，学着示弱，学着依赖，学着撒娇——虽然杨笑第一次撒娇时，孟雨繁惊到下巴都要掉了，怀疑她是不是被鬼上身，但总体来说，效果很不错。

那段柏树枝被杨笑珍藏了起来。她后来上网特地查了一下，发现柏树寓意着百年好合，在孟妈妈的家乡，这是长辈对新婚夫妻最好的祝福。

那只锦盒被她摆放在了床头，柏树枝的味道很清淡，也很纯粹，每当她入睡时，淡淡的松木香气都会萦绕在她的鼻间。

她把那天发生的事全部告诉了唐舒格。

男友请就位

唐舒格回家陪爸妈过年,两人只能靠电话联系。唐舒格靠写作为生,本来情绪就比一般人敏感,听完她的叙述,唐舒格哭到直打鸣,抽纸用了半盒,还说一定要把这段故事写进小说里,让她的上万读者都为这绝美爱情落泪。

唐舒格抽泣着说:"笑笑,我……嗝,我算是看出来了!这世界上唯有两段真挚的爱情永不变质,就算天塌地陷天崩地裂,它们也永远存在!永远璀璨!"

杨笑好奇,问她:"哪两段爱情?"

唐舒格回答:"一段是你和孟雨繁;一段是我和我家爱豆!"

杨笑无奈道:"谢谢你如此高看。"

春节七天假期里,杨笑和孟雨繁甩开父母,无所顾忌地玩了整整一周。

之前的每个春节,孟雨繁都是窝在家里或者队里度过,既不走亲戚,也不出去玩,一个人无所事事,除了打球就是打球。但现在有了杨笑,一切都不一样了,寂寞单调的春节,突然之间变得那么热闹。

他们去了庙会,去了游乐园,他们还去了邻市,那里有全亚洲唯一一座矗立在桥上的摩天轮,它横跨海河,透明的轿厢在圆盘上缓缓转动。那个夜晚天气很好,当升到最高点时,可以仰望天上的繁星点点,也可低头看到海河上荡漾的渔船星火。

他们在距离天空最近的地方接吻,远处有烟花升起,砰的一声炸开,如瀑布一样倒挂在夜空,化成新的银河。

从摩天轮上下来后,他们又溜去了旁边的一座寺庙。

即使是夜晚,寺庙依旧烛火通明,据说这座庙很灵,很多当地人前来祭拜。

华城的寺庙是不允许香客敬献供品的,但这里不同,几乎每个香客都带着一大兜子的瓜果,他们把瓜果交给掌管香火的小师父,小师父用供盘把瓜果摞成一个高高的水果塔,摇摇晃晃地搬去殿前。

那些泥塑金砂的神佛们端坐在大殿上,敛目看着那些青翠的果子。

## 第二十二章 柏树枝

新的一盘果子端上去，旧的一盘果子就撤下来。师父们把沾染了香火的供品放在殿前，旁边立一个随喜箱，任何人都可以上去拿一个苹果、拿一个柿子。

孟雨繁头一次进庙拜佛，他看得格外认真，学着其他老香客的样子，先跪在垫子上拜了拜，又从钱夹里掏出十块钱，塞进随喜箱后，摸了两只苹果。

这里没地方清洗，他也不挑剔，直接在身上蹭了蹭，然后把那个最大的给了杨笑。

"喏，借花献佛。"

杨笑接过，贝齿轻咬，在大大的苹果身上留下了一个浅浅的牙印。

这是杨笑此生吃过的最多汁、最清脆，也是最甜美的苹果了。

杨笑没有问孟雨繁他许了什么愿望，不过杨笑许的愿望是——希望孟雨繁许的愿望都能成真。

后来，他们还去了篮球馆。

不是华大的篮球馆，不是街头随处可见的社区篮球馆，而是CBA华城队的主场篮球馆。

春节期间因为没有比赛，所以这里并不对外开放，孟雨繁就扒着玻璃门，一脸憧憬地往里面望。

"笑笑姐，我有个好消息想和你分享。"

"什么消息？"

"教练说……如果不出意外的话，这一届CBA选秀资格，会给我。"

"太好了！"

CBA选秀，是年轻的CUBA球员们晋升CBA球场的唯一方式。每年五月开始报名，七月公布初筛名单，但真正的资格角逐，往往是提前半年就开始了。

每个大学队伍可以上报的名额极其有限，像华城大学队，每年仅有一两个名额，他们学校算是CUBA强队，队里优秀的球员非常多。孟雨繁默默等待，积极争取，他的努力与付出被教练看在了眼里。

在去年下半年结束的CUBA地区预选赛里，孟雨繁表现亮眼，成长迅速，队长刘方舟已经决定在自己毕业后，把队长的接力棒交给他。刘方舟已经连续两年报名 CBA 选秀，但两年都铩羽而归，这一次，他不想再把这个宝贵名额浪费在自己身上，决定全力推举孟雨繁。

孟雨繁靠在篮球馆的大门上，看向他的勇气源泉："笑笑姐，当我拿下 MVP，晋升 CBA 的那天，你一定要在现场。"

"我会的。"杨笑许下诺言，"你以后的每场比赛，我都不会错过的。"

假期的最后一天，杨笑带着孟雨繁去了一家手作艺术品小店。

春节期间开业的店铺本来就不多，杨笑从网上查了一连串名单，逐一打电话询问，终于找到了一家大年初七就开业的店铺。

那家店很小，在一个狭窄的胡同里，店门口摆放着很多歪歪扭扭的陶器，都是顾客亲手做的。除此之外，还有什么扎染围巾、手编捕梦网、DIY 口红、蜡烛什么的，只要是 DIY 制品，都在他们的营业范围以内。

孟雨繁不知道杨笑为什么带他来这里——他笨手笨脚的，可做不出什么精巧的工艺品。

"不行，这个东西必须咱们两个一起做。"

杨笑把他按在了工具桌前，示意老板把 DIY 的工具拿上来。

老板端上来一些奇怪的东西，有橡胶制的柔软模具，还有一些透明的发出刺鼻气味的"胶水"。

"这是滴胶。"杨笑没让老板介绍，拿起那只调配好的滴胶瓶，轻轻晃了晃，黏稠的透明液体在里面慢慢流动，"倒在模具里，可以做成钥匙链、摆设等等，定型后就可以脱膜。如果放上旁边这些闪粉，就可以让作品亮晶晶的。"

孟雨繁看了看周围架子上展示的工艺品，一下升起了兴趣："那咱们做什么？我看那个小熊摆件很可爱，那个小兔子的钥匙链也不错……"

"不，咱们不搞那些花哨的。"杨笑从包里拿出一只小盒子，慢慢展开——里面是一丛柏树枝。她说，"折下来的树枝总有枯萎的一天，我想把它封存起来，你愿意帮我吗？"

孟雨繁这才明白杨笑的真正用意。

## 第二十二章　柏树枝

　　孟家爸妈送的柏树枝她看得极为重要，不忍心见它们日渐枯萎，所以想到了永久保存的办法。

　　她希望它能永远陪着她，就像孟雨繁一样。

　　她取了枝丫顶端最完整的两小丛针叶，把它们小心地放在了模具内，然后由孟雨繁亲手注入滴胶。

　　她选了一个圆形、一个方形的吊坠模具，每一个仅比指甲大一些。翠绿色的柏树针叶静静悬浮在透明的滴胶内，它的生命被永远地保存在了这两枚吊坠中。

　　因为作品体积很小，很快就干燥脱膜了，杨笑把那枚方形的吊坠穿在了自己的项链上，落在了她的心脏上方。而另一只圆形的吊坠，她拴在了孟雨繁手腕的彩绳上——她把之前那绺头发编入了彩绳，现在又多了一枚吊坠。

　　柏叶吊坠紧紧贴在男孩的腕间，倾听着他脉搏的跳动。

　　当她为孟雨繁系上手绳时，睫毛微微颤抖着，眼神专注。

　　孟雨繁没忍住，低头吻了过去。

第二十三章
## 新的节目，新的挑战

短暂的春节假期一晃而过，社畜们还没享受够来之不易的休假时光，就要被迫重新走回格子间里了。

杨笑从来没像现在这样羡慕孟雨繁——她都要上班了！为什么男朋友还在上学还有寒暑假呀！

不过，孟雨繁也悠闲不了多久了，他的假期仅比杨笑多了几天而已，大年初十，他就要回队训练了。

教练说，今年队里决定把CBA选秀名额给孟雨繁，力推他上位，但这场选秀，里面的门道远不止表面上看到的那样简单。

在认识孟雨繁之前，杨笑完全不知道篮球比赛居然也有选秀，选什么？组成男篮101，全民投票决出TOP12，最终出道组成男篮天团，全国巡回打比赛吗？

是不是还要有粉丝后援会，细分唯粉和团粉，粉丝们互相攀比谁家的哥哥助攻传球更厉害？

"哈哈哈哈哈哈……"听了杨笑的猜测，孟雨繁笑到不行，"笑笑姐你真是和糖糖姐混太久了，不过你说得那些倒也没错啦。"

在体育竞技比赛里，是非常注重队员个人魅力的，球迷本质上和娱乐圈粉丝没什么区别，也会为了自己支持的球员着急上火。球员发挥好了，他们脸上有光；球员发挥失误或者坐冷板凳，他们一边要承受其他球迷的鄙夷，一边要在心里暗骂教练和猪队友……很多直男总是嘲笑追星少女没有理智，但他们何尝不是这样呢？

"不过篮球选秀和娱乐圈选秀还是有一点区别的。"孟雨繁想了想，解释道，"我们要先报名，报名分为三类，一类是CUBA的优秀大学生球员,一类是 CBA 俱乐部内部培养的青年球员,这两类都是举荐的;从去年开始还多了第三类,那就是在民间有名气的草根球员,他们没有经过正规篮球队的培养,但出于对自己能力的自信,也可以报名。"

杨笑吐槽:"……经纪公司举荐和个人报名。"

"然后我们要进入全封闭式的选秀训练营,每天进行高强度的篮球训练。"

杨笑继续吐槽:"……男团选秀也要在训练营里练习舞蹈和唱歌。"

"最后进行一轮轮的比赛,决出前几名,这场比赛会在网上做直播。"

杨笑:"……我不想吐槽了,你们这个 CBA 选秀,明明就和娱乐圈选秀的套路一模一样啊!"

"不,有一点最重要的不同。"孟雨繁严肃地否认了。

"哪一点?"

"娱乐圈选秀的前几名,百分之百可以签约出道。"他说,"但是 CBA 选秀不同,每年选秀前几名,并不能保证会被俱乐部看上。"

"什么?"

孟雨繁落寞一笑:"篮球圈子里竞争太激烈了,CBA 选秀举办了好几届,但是每年能被签约走的球员太少了,而且大部分球队只选择自己青年队里出来的球员。比如去年选走的十四个人里,只有三个人是 CUBA 出身,剩下的都是俱乐部的青年组预备役。"

CBA 毕竟是商业性质的比赛,想要被签走,除了要有远超常人的能力以外,是否有知名度、有商业价值,也是俱乐部的重要考虑方向。

很多球员善于表现自己,具备领袖气质,即使还在读书,就已经拥有了一票拥趸,比如当年的冯相就是这样,一路轰轰烈烈打 CUBA、拿MVP、参加选秀、升入 CBA,出尽风头。

和冯相相比,孟雨繁虽然能力也很强悍,但他少了那一份"表现欲",不爱出风头,不爱表现自己,这就导致他在知名度上差了一大截,很多俱乐部可能就会忽视他,在选秀时就会吃亏。

杨笑一听,替他着急起来:"那怎么办?"

她比任何人都知道孟雨繁有多重视篮球,若是落选了,绝对会对他产生极大的打击。

孟雨繁倒是心态轻松:"除非真有一个综艺节目,像笑笑姐你说的那样,搞个篮球101,让我能获取更多的关注度——不过这是不可能的啦。篮球比赛,最终还是要靠实力说话,所以我才要提前回队加训,好好练球,争取拿到本赛季的MVP,让俱乐部注意到我!"

"杨姐杨姐!"办公室里,刘悦月把上半身支在格子间上,像是一株攀缘的爬山虎一样探过头,好奇地问,"咱节目新版就要开录了,可是到现在还没听说有哪位大佬要派来带咱们,你有没有听到什么消息啊?"

经过一个多月的调整改版,他们《午夜心路》终于要重新和观众见面了!

新的节目,新的形式,新改版的《午夜心路》摒弃了"台上嘉宾访谈、台下观众互动"的形式,大胆求新,以互联网作为依托,开始尝试和年轻观众做线上互动。

杨笑之前写好的策划案便是她压箱底的宝剑,刚一递交上去,很快就被频道总监审核通过了。一层层上报,一层层批复,杨笑本来已经做好了最坏的心理准备,猜想可能要来来去去反复修改个四五遍,哪想到新上任的台长非常速度,居然立刻就批复了修改意见!

所以,春节过后不到一个月,他们的新节目就要和大家见面了!

可非常奇怪的是,即使新节目要上了,频道里一直没有派新的制片人来接管他们。制片人是整个节目的核心领导,他不在,怎么开工?

他们节目组人少,这段时间没少私下议论这件事,刘悦月胆子比所有人都大,她坚信杨笑肯定有什么内部消息,按捺不住,跑过来打听。

"我能有什么内部消息?"杨笑无奈地说,"我和你们一样,也在等新领导来,新领导是男是女、是圆是扁都不知道,只希望不要再遇到第二个黄老邪了。"

"杨姐,咱俩这么熟了,你就别在我面前打马虎眼啦!"刘悦月鬼鬼祟祟地压低声音说,"我那天和我在人事部的实习生朋友吃饭时,听到人家议论,说频道总监不想给咱们派制作人了,打算把你——"

## 第二十三章 新的节目，新的挑战

她打了个怪异的手势，食指冲天，向上顶了顶。

杨笑刚开始没看明白，刘悦月又着急地重复了几遍手势，杨笑豁然理解了。

"你在胡说什么？"杨笑连连摇头，"我过完年才二十六岁，你看哪个节目制作人是三十岁以下的？而且我才工作几年，台里前辈那么多，怎么着也轮不到我的。"

"制作人没有，副制作人可以有啊！"刘悦月眨眨眼，"咱又不是什么大节目，加起来一共就五个人。要是那种几十个人的大节目，那制作人肯定要选个年纪大、有经验的，咱这种小节目，就不劳烦总监从别的台调了，咱内部选举、内部消化——"

"停。"杨笑拆开一只棒棒糖，怼进她嘴里，"你就别给我灌迷魂汤了。总监的想法不是咱们能猜测的，咱们还是安心等着新制作人来吧。"

杨笑教训完刘悦月，继续忙眼前的工作了。

节目就要开拍，她要邀请嘉宾、确定台本、协调摄制组和摄影棚的时间……她忙得要死，实在没时间去做白日梦。

临近下班，她还在处理最后一个文档，忽然，桌上的内线电话响了。

她也没看来电的是谁，直接拿了起来，用肩膀和耳朵夹着，手中还在键盘上敲打。

"喂您好，这里是《午夜心路》的杨笑。"

"杨笑，这里是频道总监秘书室。"电话里，传来了一道甜美的女声，"总监请你过来一下。"

杨笑的手一停："请问总监找我有什么事吗？"

"具体的不清楚，好像是关于你们节目制作人的事情。"

杨笑心里一跳，视线不由自主地落到了对面的刘悦月身上——这小丫头不会预言家上身吧？

她立刻收拾东西直奔总监室。

他们综艺频道一共有三位总监，一位正的、两位副的，而这次找杨笑的正是正总监。

总监今年五十多岁，在上次的事件之前，杨笑除了每年年底的频道

## 男友请就位

大会上见过他上台致辞以外,再没和他打过交道,没想到短短一个月,他们居然又再见面了。

总监室里,总监坐在老板椅里,眉头微皱,手里拿着一份文件正在低头翻阅。

杨笑身姿笔挺地站在办公桌对面,庆幸自己今天穿了最舒服的一双高跟鞋。

"杨笑是吧?"总监终于从文件里抬起头来,"《午夜心路》的改版策划就是你写的?"

"是的。"杨笑赶忙说。

"小姑娘挺有想法的。"总监面带赞赏,"你们节目就要录第一期了,有没有遇到什么困难?"

"困难倒是没有。"杨笑摇摇头,"就是因为新制作人迟迟没上任,组里的同事有些心里没底。"

节目制作人是领导者,是抓节目"大方向"的,他们节目是周播节目,已经播了两百多期,早就上了轨道,只要轨道没问题,他们就不会迷失方向。他们组可以在制作人缺失的情况下继续工作,但是有制作人就有了主心骨,大家还是希望能有个领航员,带着大家继续往前走。

"说起制作人——"总监笑了笑,把手里的那份文件放到桌上,推到了杨笑面前。

杨笑低头去看,即使已经提前做好了心理准备,但是当她看清文件上的字时,她的心脏还是不由自主地停跳了一拍。那是一份委任书!上面清清楚楚地写明了,要把杨笑提升为《午夜心路》的副制作人。

二十六岁的制作人!即使带个"副"字,即使她下面只管着四个人,这在他们频道里也是独一份的荣耀!

可以想象,这份委任书公布出去,将要迎来怎样的轩然大波。

总监悠悠开口:"你想必知道,去年年底,新台长上任,大刀阔斧砍了不少节目,同时立项了很多新节目。现在优秀制作人紧缺,频道里、台里暂时都抽调不出来有空闲的制作人。"

所以,频道里决定提拔杨笑,给她这个上位的机会。

## 第二十三章　新的节目，新的挑战

杨笑不知该说是喜还是惊，在今天之前，她真的完全没有想过，会有这么一个馅饼落在她面前。

她茫茫然伸出手去，想要接过那份委任书——

而就在此时，另一份文件，出现在了她面前，两份文件并排放在一起，同样是简简单单一页纸，同样是签着台里领导的名字、盖着频道的章，不同的是，第一份文件是升职，而第二份文件是调令——

华城电视台卫视频道注意到了杨笑的优秀表现，现在卫视有一档新节目急缺编导，准备跨频道把她调去卫视！

而这档新节目，是卫视今年第二季度的重头戏，最强有力的资源，最优秀的团队，最好的时间段……几乎三分之一的频道力量全部集中在了这个节目上。

综艺频道总监目光深沉，落在杨笑身上，而杨笑垂眸敛目，望着面前的两份文件。

是留在原来的频道，成为一档五人小节目的制作人？还是进入卫视，成为一档百人节目的编导？在二十六岁的年纪，升为制作人，格外不易；在同样的年纪，能参与卫视金牌项目的制作，也很难得。

前者，是真金白银上涨的工资，是名片上金光闪闪的头衔，是成为团队领导受人尊敬；后者，则是劳累辛苦加班加点，但是能在更大的平台学到更多的技能，提升自己的能力……

一时间，杨笑陷入了两难的境地。

最主要的是，《午夜心路》的新版可是她亲手修出来的啊，她比任何人都想看它走上正轨，若是现在离开，投入一个未知的新栏目，她确实舍不得。

但是进入卫视的机会太难得了……

她摇摆不定，是小节目的领导者？还是大节目的螺丝钉？

总监也不催她，因为他也知道，这样的机会对于任何一个员工来说都是非常难抉择的。

"总监，"杨笑轻声问，"我能知道，卫视打算做一个什么节目吗？是婚恋向的？是户外游戏向的？真人秀？还是……"

"都不是。"总监摇摇头,"这个新节目保密级别很高,我也只打听到一点消息——好像是个篮球选秀综艺,说实话,这个节目之前没有前人做过,具体能做成什么样,我们都不清楚,你要是实在没法定夺,两份都拿回去,只要在下周之……"

"我选好了。"

"这就选好了?"

"我选好了。"女孩素手纤纤,拾起那张卫视的调令,复又抬眸看向桌后的总监,她声音清脆,不带一丝犹豫,"我去卫视,我选篮球综艺。"

不就是冲冠一怒为蓝颜吗?她可以的!

杨笑要从综艺频道调到卫视的消息,根本没能瞒住,在两天之内就传遍了全台。

卫视给杨笑的职位是"编导",和现在一样,看似是平调,但对于懂行的人来说,立刻就能看出区别来。

毕竟上星频道是什么级别,地面频道又是什么级别?八个地面频道加起来也没有人家上星频道一个收视率高,所以卫视的人向来眼高于顶,宁可从别的台挖人,也极少从内部频道调人。杨笑被卫视的领导钦点调走,放在古代,那可就是去大内当差了!

杨笑其实自己心里也在打鼓,她在小频道小节目待惯了,现在让她跳去一个百人大节目,她很担心自己学过的东西到了那边就成了废纸,让其他人看笑话。但这种担心只存在了短短一瞬,很快就被她赶走了。

毕竟,她可是迎难而上、战无不胜的杨笑,要是现在她就认输了,就连她自己都要笑话她自己的。

杨笑工作调动的事情,第一时间告诉了爸妈,杨爸杨妈又开心又犯愁,开心于女儿有出息了,犯愁于她未来的工作会更忙了。

"别太拼了,工作重要,但是身体更重要。你看你徐伯伯,就是年轻时候操劳太多,年纪一大,什么病都找来了……"杨爸爸忧心忡忡。

徐伯伯的名字杨笑已经很久没听过了,倒是偶尔会从孟雨繁口中听到关于徐冬的消息。自从他被禁赛后,除了训练以外,孟雨繁就很难见

## 第二十三章　新的节目，新的挑战

到徐冬的身影了，也不知道他现在还有没有再打野球，应该还在打吧，毕竟抗癌药物价格不菲……

这个念头一闪而过，杨笑毕竟和他家不熟，之前她托父亲转交了几万块钱，聊表心意。

"好了，您就放心吧。"杨笑把那些杂念压下，"我会注意身体，不会因为忙工作就昼夜颠倒的。"

"一个你，一个小孟，你俩都是忙起来就顾不上身体的。小孟还说请我们去看他打球呢，也不知道什么时候能看到。"杨妈妈没忍住唠叨。

"放心吧。"杨笑说，"过一阵子，绝对让你们亲临现场。"

杨笑特地选在午休时间搬工位，不想让整个频道的人围观。他们综艺频道在八楼，卫视在十八到二十楼，光从海拔上也能嗅出一丝不普通来。

大家都去吃午饭了，唯有刘悦月留在办公室里，像是一只被遗弃的小狗一样，围着她团团转。

"杨姐……你就这么走了啊！"刘悦月耷拉着眉毛，一副没精打采的样子，作为同事，她是真的替杨笑开心，作为下属，她却依依不舍。她从入职时，就一直在杨笑手底下打工，刚开始两人配合得磕磕绊绊，是杨笑一点点打磨她、调教她，让她从一个初出茅庐的小新人，逐渐驶上轨道，成为一个职业人。

这虽然不是刘悦月的第一份工作，杨笑也不是她跟过的第一个领导，但是杨笑绝对是一个最不藏私也对她影响最深的领导，无数个夜晚，她们一起加班；无数个白天，她们一起赶方案。本来，刘悦月以为杨笑会接受升职，而她也可以一直留在《午夜心路》栏目组，在杨笑的羽翼下继续成长，哪想到，杨笑居然先一步展翅高飞了！

"你可真是小朋友，这才说几句话啊，居然哭了。"杨笑没想到，一个普普通通的工作调动，居然让刘悦月掉了眼泪！她赶忙拿了纸巾为她擦眼泪，"好啦，我又不是辞职，只是换了一个频道而已，想见的话，咱们中午在食堂也可以见啊。如果下班在一个时间段的话，我还能像以前那样顺路送你回学校……"

刘悦月接过纸巾,先擦眼泪,后擤鼻涕,一张纸巾被她蹂躏得皱皱巴巴的:"可是……这,这不一样啊!以后我的领导就不是你了,台里会派一个什么样的领导来,我也不知道。要是又是一个黄老邪,又是一个苗梦初,他们要欺负我,以后再也没人护着我了!"

"月月,你现在不需要别人护着你了,低头看看你的工牌——"杨笑抬手拿起垂落在刘悦月胸口上的工牌,点了点照片下面的那行字,"你现在可是执行编导了,不是助理了。你在这个节目里也有了地位,有了说话的底气,你不可能永远让别人护着,也是时候学会为自己发声了。"

杨笑走后,编导的职位空了下来,杨笑力推自己的助理,也就是刘悦月上位,让她从一个任何人都可以欺负的"实习助理",变成了"实习执行编导"。虽然依旧有实习两个字,但是身份意义截然不同。

而且,她还在临走前,向频道里递交了刘悦月的实习评价,给予她非常高的工作肯定。有她作保,刘悦月拿到毕业证后就有很大可能留下来直接入职做正式员工,比别人少走了很大一圈弯路。

杨笑不是头也不回地离开的,相反,她把她走后的每一件事都想得清清楚楚。工作文件全部交接完毕,徒弟也出师了,她走得潇洒,不留遗憾。

刘悦月嗫嚅着问:"杨姐,我能偷偷问你一个问题吗?"

"什么问题?"

"你去卫视频道做篮球综艺,是为了大孟吗?"

杨笑没想到会是这个问题,她莞尔一笑:"是,也不是吧。"

刘悦月没听懂,但是杨笑不再解释了。

她选择去卫视,从来不是"为爱牺牲",她只是选了一个对他们两个人都有利的路。这条路崎岖不平,但她会用她的双脚,开拓出一条康庄大道的。

杨笑没让刘悦月送,独自抱着装有自己所有家当的纸箱,走向了十八楼。

电梯缓缓上升,杨笑独自站在空无一人的轿厢中,看着镜子里的自

## 第二十三章　新的节目，新的挑战

己，说不紧张那是骗人的。

虽然同属一个台，但是卫视和其他频道是完全不同的，是一种高高在上，是一种格格不入，是一种……

叮的一声，轿厢轻晃，停在了十八楼。

电梯门缓缓打开。

杨笑深吸一口气，抱着纸箱走向了新的起点。

"这种废话不要让我再听第二遍！要是你们只能拿出这种拾人牙慧的东西，我看我不如直接去和总监告罪，这节目，咱们不用做了！"会议室里，脾气火爆的制作人周绘冷笑连连，双手抱胸端坐在主位上。

在会议桌的另一边，PPT的灯光打在节目编导于令龙脸上，让他的表情隐晦难辨。

周绘今年四十有三，是一位性格强硬、做事雷厉风行的优秀制作人。整个台里的女性制作人寥寥无几，而且大多是做情感类节目，但周绘却打破了这个传统，她一手打造出多部优秀室外综艺，甚至两次拿下收视年冠，在华城卫视稳坐第一把交椅。

她的上一部成功作品，是和军区合作的军旅生活真人秀综艺，她并没有止步于此，在节目第一季收官、第二季稳步推进时，她把目光放到了篮球上，打算打造出国内第一档篮球综艺《篮板之王》。

这个综艺从筹备到立项，都进行得非常顺利，甚至连投资都找得差不多了，原定第二季度就开机，哪想到负责这个项目的整个团队，居然被猕猴桃视频平台高薪挖走了！

从策划到编导，从文案到统筹，一个不留，整个核心班子全部被挖走！一同挖走的，自然还有已经打磨成型的创意。

因为多年的信任，周绘并没有和下属签署竞业协议，故而那群人跳槽跳得毫无顾忌，同一时间递交辞呈，同一时间旷工，同一时间入职……听说，那家视频网站已经拿着成型的项目四处去敲投资了！

周绘被信赖的团队狠狠捅了一刀，可她又舍不得放弃这么好的创意，只能重新拉团队，想要在这片废墟上另起炉灶。

但她临时搜罗来的人却无法跟上她的节奏,比如现有的编导于令龙,虽然也是她一手带出来的人,但是灵性不足,实在无法胜任工作,他已经试着交了好几版创意,但每一版,都和被偷走的那套很相似。

对于观众来说,若两档形式相似的节目在同一时间段上线,肯定会分散走关注度,而且肯定会陷入车轮一样的"谁抄了谁"的观众掐架中。

周绘不想要那些无谓的掐架,她只想要"独一无二"。

周绘发火时,整个会议室鸦雀无声,所有人都低着头瑟瑟发抖,至于他们心里是怎么想、怎么骂她的,周绘并不在意。

周绘侧头问身旁的助理:"今天要入职的那个编导呢?这都几点了,还不来?"

助理忙说:"来了、来了,就在外面呢。"

"让她进来。"

两分钟后,一个身穿职业装、梳着利落马尾的年轻女孩,出现在了会议室里。

高跟鞋踩在地毯上,声音全被吸去。杨笑双腿并拢,亭亭玉立在会议桌旁,眼神飞快地在狼藉的会议室里扫过。

被扔在地上的文件、被打断的PPT、眼观鼻鼻观心的项目组,还有——坐在主位上,面色冷肃望着她的制作人周绘。

"周老师好。"杨笑收拢笑意,不卑不亢地说,"我是杨笑,来自综艺频道,之前是《午夜心路》……"

"你就是云啸介绍来的编导?"周绘毫不客气地打断了她,"我这儿缺人,她和你一个栏目组,说你挺有能力的,就把你介绍过来了。"

杨笑这才知道,原来她能进卫视,居然还有云老师的一份功劳。

周绘不等她做出任何反应,便用冷冰冰的声音吩咐起来:"一会儿让于令龙给你拷一份节目资料,这周之内给我出一份完整的策划案。"

"这周?"如果杨笑没记错的话,现在已经是周三了!

"做不到?"周绘冷哼一声,起身从会议桌前离开。她一走,整个会议室哗啦啦全部站了起来。

杨笑眼睁睁地看着未来的同事埋头从她面前经过,没有一个人向她

## 第二十三章　新的节目，新的挑战

打招呼，也没有一个人冲她笑一笑。

而留在她耳边的，只有周绘的一句话——"做不到，就给我滚蛋。"

如果让杨笑用一个字来形容新工作入职的第一天，那就是"忙"。

焦头烂额的那种忙，信息量爆炸的那种忙。

"好了，这就是所有的资料了。"节目的另一位编导于令龙把最后一份文件拖拽到杨笑的办公电脑里，多达十几个的视频文件占据了她电脑硬盘里最后一丝空间。而在此之前，他已经给杨笑传了近百个 G 的参考资料了。

"谢谢于哥。"杨笑道谢，"我会把这些东西尽快看完的。"

"不用说谢谢，咱们以后就是同一个战场上的战友了。"于令龙笑了笑，只是那份笑容实在有些浅淡。

从外表来看，他是一位典型的文艺男青年，头发偏长，在脑袋后面松松散散地扎出一个小丸子，穿着肥大宽松的棉质衬衫。他看不出年纪，杨笑猜他应该三十出头，两团浓重的黑眼圈挂在眼睛下面，手边的咖啡杯总是冒着一股苦味儿。

"确实是战场。"杨笑望着电脑里密密麻麻的资料包，苦笑着说，"让我一个人徒手挖战壕，难度太大了。"

于令龙道："等你习惯了就好了。周老师就是那个性格，在工作场合里容不得一点小瑕疵，想不出卖点要骂，想不出宣传语要骂，想不出选题要骂……我在她手底下干了八年了，从我入职第一天她就在骂我，到现在还在骂我。"

于令龙像是早已认命一般，死气沉沉，说这些话时，脸上没有一点感情波动。

他很快跳过了这个话题，说："对了，那边穿黄衣服的是文案、旁边红衣服的是统筹，要是还需要什么资料管他们要就好。如果需要联系商务，就去旁边办公室。"他抬手看了下手表，"现在距离周五下班还有不到六十个小时，你要加快速度了。"

杨笑望着空白一片的PPT，头一次产生了临阵脱逃的情绪。

她刚刚从于令龙口中得知了他们这个项目的波折经历——在节目即

将上马前,整个核心团队被挖走,制作人周绘只能用留下的虾兵蟹将,把节目重做一遍。

是的,重做一遍。

盖一座大楼很容易,炸毁一座大楼也很容易,但是想要在废墟上重建大楼,而且新的大楼要比原来的更大、更漂亮、更气派……那就是难如登天了。

可是再难的工作,她也必须要做。

杨笑先花了一下午,把现有的资料过了一遍,了解了这个《篮板之王》的创办意图和最终要达到的目的。

立项文件是制作人周绘亲手起草的,第一页写着:汇聚民间篮球人才,打造第一篮球竞技综艺。

篮球圈并不小众,它就像足球一样,一直吸引着无数的粉丝观众,但奇怪的是,这个圈子里外却有着非常鲜明的隔阂。一直有人想要尝试打破这种隔阂,比如邀请娱乐圈明星和篮球明星组成队友,或者是在多城举办线下赛事,但仅能引起小圈子的关注。

周绘想要打造一款全新的综艺,她想要依托电视媒体的力量,把一个普通人打造成明星。

所以,这个综艺只是挂名的"选秀",而本质上,这是一场"真人秀"。

在镜头前的运动员们,他们近乎素人,她要把他们的野心、他们的追求、他们的梦想、他们的丑陋与伟大,全部暴露在观众面前。

在摄像机的赤裸追逐下,谁能受到万众瞩目呢?

在周绘的计划中,第一季要甄选二十七名选手,绝大部分来源于高校,小部分来源于街头野球场。

经过数轮比赛,数轮拆分,数轮互相选择,最终剩下三名,第一名是"篮板之王",剩下两名是"篮板之星"。

杨笑指尖的笔转了一圈,她埋下头在纸上写写画画起来。

她在思考时,喜欢做思维导图。

赛制,规则,如何营造话题,在什么时候制造冲突,台本推进节奏,需要深挖的点……

## 第二十三章 新的节目,新的挑战

说实话,自从杨笑从事编导工作以后,她再看什么综艺都觉得了无趣味,因为她已经熟知了里面的弯弯绕绕,那些在粉丝眼里剑拔弩张的冲突点,大多是台本提前计划好的。

某个选秀节目,在节目海选时,就已经定好了第几期有谁会宣布退赛;某个情感类节目,签合约时,就定下了第几期女嘉宾会闹离婚。他们圈里总是自嘲,他们不应该叫编导,应该叫编剧才对。

杨笑埋头在白纸上写下了一连串关键词。

相爱相杀的兄弟情必须有;性格狂妄的野球选手必须有;外表和性格反差萌的学院派选手必须有;受伤,退赛,掉眼泪,悲伤求学的故事必须有。

当她写完了,望着写满了关键词的白纸,静默几分钟,突然烦躁地把纸揉成一团,直接扔进了垃圾桶里。

不行,不行,不行。

这样垃圾的东西,她能出,别人也能出。

她来卫视,是想做出精品节目,而不是想单纯炒流量的!

而且……她也抱着一分私心,想让孟雨繁报名参加这个节目,为他博一分名气,若她只能拿出这种三流创意,她怎么对得起他!

杨笑起身去茶水间倒了杯咖啡,复又回到桌前坐下。

她再次拿起一张纸,重新写出头尾,然后对着空白的纸页,开始绞尽脑汁地想创意……

篮板之王……篮板之王……这四个字,究竟要怎么在节目里体现出来呢?

当她伏在案前冥思苦想之时,茶水间里,项目组的几位同事聚在一起,正低声说着闲话。

"我看这个新来的编导,也没什么了不起的嘛。"执行策划吹了吹刚做好的指甲,语气轻佻。

文案接话:"刚才她向我要资料,说什么'之前被枪毙的几版文案也一起给我吧',莫名其妙,已经被否决的东西我怎么可能还留着?害我去回收站里翻了半天。"

"好了,"人群之中,于令龙推了推鼻梁上的眼镜,淡淡开口,"既然她是被制作人钦点的,那就看看她有几分本事吧。"

"雨繁,你过来一下!"

华城大学篮球训练馆里,武教练叫停孟雨繁,让他一会儿去办公室找他。

孟雨繁摘下头上的阻氧面罩,汗水如溪流一样淌进衣领里,衣服随便一攥,就能拧出水来。

他费了很大力气才平复了呼吸,气喘吁吁地走向了武教练的办公室。

办公室还是如他上次进来的那样,到处都乱糟糟的,角落里堆着不知道谁的脏球衣,坏了的球鞋和篮球全部撂在那儿,孟雨繁怀疑它们随时有可能塌方。

"教练,有什么事吗?"

武教练没有废话,直接说:"是有点事,刚才有个节目组过来找我,说他们要做一个篮球综艺,正在物色年轻、有能力的篮球选手。咱们华大是强队,他们第一站就来了咱们这里,说是能给咱们一个隐形种子名额,能够保证进最后三轮。"

所谓的隐形种子,用饭圈的话来说,就是"天选之子",通过内部操控赛程的方法,在两队PK时,让形势有利于其中一方,获取碾压式的胜利。

武教练又说:"我和其他两位助教商量了一下,觉得这是一个很好的宣传,对队里是,对你也是,但是报名前还是要问一下你的意见。"

孟雨繁是个蛮低调的人,不爱出风头,听到武教练的话,他迟疑了一下,问:"可是去录节目,不就会耽误训练了吗?"

"这个问题我们也问过对方了,对方说一周只录一次,而且可以在节目里和其他对手切磋,不算耽误时间。"

孟雨繁还是有些犹豫。

说实话,他实在不喜欢什么"隐形种子"的做法,他有实力,他可以自己堂堂正正打上去,若是连比赛都被人操控,那么竞技体育的精神又在哪里呢?

武教练看出了他的迟疑,劝道:"若是一个'三无'综艺,我肯定不会劝你接受,但这个《篮球狂热》是著名的猕猴桃网站出品,团队是从大电视台跳出来的,项目介绍也很靠谱,我觉得你可以考虑一下。"

"还是不了。"孟雨繁摇摇头,但他并没有说出拒绝的真实理由,只说:"我现在只想安心练球,不想上电视。"

既然他都这么说了,武教练只能尊重他的选择。

每周四晚上,是孟雨繁和杨笑的固定约会日。

因为孟雨繁周末加训的缘故,两个人已经很久没有在周末见过面了,只有周四晚上他们可以吃顿饭、聊聊天,缓解身上的压力。

孟雨繁搭车到了电视台。因为晚高峰地铁人多,他挤了三次才挤上地铁,本以为自己迟到了肯定会让笑笑姐生气,哪想到当他抵达停车场时,并没有看到那个日思夜想的身影。

他给杨笑发消息。

微信发出去,等了足足五分钟,依旧没有收到杨笑的回复。

奇怪,难道是在加班?没顾上看手机?

眼看天色越来越暗,停车场里的人也越来越少,孟雨繁按下了拨号键,给杨笑打了个电话。

他一连打了好几次,电话终于接通了。

女孩疲惫中透着一丝焦虑的声音在电波那头响起:"雨繁,抱歉我刚才在忙工作,怎么忽然给我打电话?"

孟雨繁答:"今天周四啊,你忘了咱们约好今天要见面的吗?"

"啊!"电话那头响起了翻日历的声音,"对不起,我忙忘了,你已经到了吗?"

"是,我就在楼下。"

"那你稍等一下,我现在下楼。"

孟雨繁心疼她,赶忙说:"你要是在加班,那就不用特地跑下来陪我吃饭了,我直接回学校也行。"

"不是我陪你吃饭,"杨笑疲惫地说,"是你陪我吃饭——我现在太想见到你了。"

三分钟后,遭受了工作痛殴的杨笑摇摇晃晃地出现在了停车场里。

她幽魂似的停在孟雨繁面前,拉开男孩身上的超长款羽绒服拉链,然后伸出两只冰凉的手环住他的腰,紧接着一头栽进他的胸膛里。

孟雨繁赶忙手忙脚乱地回抱住她,用温暖的胸口和绵软的羽绒服包裹住她,让她可以安心靠在自己怀里,汲取他身上的温度。

"工作好难啊……"杨笑发出了绝望的叹息,"孟雨繁,你家那么有钱,能不能买下我们电视台?不,买下我们频道……实在不行只买下我们节目组也行!让我做一次霸道总裁的小娇妻?"

她本意只是在撒娇抱怨,哪想到孟雨繁当了真,居然耿直地回答:"你们节目需要冠名吗?一年预算几百万的话,我可以和我爸妈商量一下,他们应该会同意的。"

好吧,孟雨繁确实不是霸道总裁,但是她可以当霸道总裁的儿媳妇呀。

"我开玩笑的。"杨笑从他怀里抬起头,把下巴支在他胸口,闷声同他说话,"而且一年几百万,可冠名不了我现在的节目——我换组了,从综艺频道到了卫视,负责一档竞技真人秀。"

她之前没有告诉过孟雨繁她的工作调动问题,本来想给他一个惊喜,哪想到这份惊喜会来得这么曲折。

"卫视!笑笑姐,你晋升了?"

"不算晋升,职位还是编导,不过算是进了大内任职吧……"

但是大内太不好混了,古有"治不好贵妃你就给她陪葬",今有"拿不出方案你就给我滚蛋"。

周绘让杨笑在两天半内交出一份全新的节目方案,可现在已经过去一天半了,她的进度,还是零。

昨天她只睡了三个小时,甚至翻墙去看了国外相似题材的综艺,灵感凑了一堆,但却一直没能梳理成脉络。本来,一个节目的完整方案至少需要三个月的时间去打磨,可周绘让她把时间压在三天里,这完全是不可能的任务。

但是让她放弃、乖乖滚回原来的频道,杨笑绝对不甘心,她只能枯坐在电脑前,用尽她所有的经验,把那些不听话的灵感抓起来,用最华丽也是最累赘的废话包装好,再把它们一一安在PPT里。

但是,她总觉得少了些什么……

"算了,不提工作了。"杨笑无精打采地说,"找个近点的餐厅吃晚饭吧,今晚我不能和你约会了,晚点我还要回来加班。"

"必须回台里吗?"孟雨繁再次露出了金毛犬一样可怜巴巴的眼神,"咱们都好久没见了……"

一边是美色当前,一边是毫无进展的工作,杨笑在理智与感情的旋涡中挣扎起来。

最终,还是工作占了上风,把她的理智抢了回来:"虽说我只要有电脑,在哪里都能工作,但是在办公室里工作更安静,不容易分心。"

"那我给你找一个更安静的地方,我保证不打扰你,就安安静静地待在你身边,可以吗?咱们一周没见了,我不想浪费这个晚上。"

女孩失笑:"哪有这种地方?你不会要说,咱们去酒店开间房,我工作,你坐在旁边看我工作吧?一晚上房费好几百,这钱我可不想浪费。"

孟雨繁摇摇头,神秘地说:"放心吧,绝对让你满意。"

杨笑站在一套公寓大门外,目瞪口呆地看着孟雨繁掏出门禁卡,刷开了房门。

这个小区距离电视台很近,楼下就是地铁站,周围配套设施齐全,配有专人管家和保洁人员,是数一数二的酒店式公寓。精装修、拎包入住,这个小区刚一开盘就被疯抢一空;二手房网站上挂着的每平方米售价,抵得上杨笑好几个月的工资。

"这是你租的?"杨笑问。

"不是。"孟雨繁摇头,"我爸妈这次回来,觉得你工作太辛苦,就干脆在电视台旁边给咱们买了套小公寓。"

大门推开,整套房子非常干净,但又不是那种毫无人气的干净。玄关挂着外套,鞋柜敞开,两双来不及塞进去的球鞋歪在一旁,看样子男孩离开时有些匆忙。桌上的花瓶里插了一支桃花，在寒冬里增添了一分春意。

门卡一共有两张，孟雨繁把提前准备好的另一张拿出来，递到了杨笑面前。

杨笑在心里默默计算了一下房价——当霸道总裁的儿媳妇，心理压力可真大啊。

两人叫了外卖，在等待外卖送上门的这段时间，杨笑把房子里外转了一遍。这套房子不大，一室一厅五十平方米，厨房和餐厅都是开放式的，和客厅连成一体。

阳台空间很大，墙体里巧妙地嵌进了一个电脑桌和书柜，让阳台同时兼具了书房的功能，方便随时办公。想必等到天气晴好时，看阳光从百叶窗里洒进阳台，拿着一本书懒洋洋地坐在窗下，一定惬意非常。

孟雨繁没有玩游戏的习惯，家里的电脑完全就是为杨笑配备的。书柜的格子里也空荡荡，杨笑突然生出一种冲动，她想要买好多好多的书，把这里全部填满。

客厅的电视柜前放着一个拆了一半的打包纸箱，杨笑好奇地探过头一看，发现里面装着一些金灿灿的奖杯，还有些相框、剪报一类的。

不用说，这一定是孟雨繁从小到大获得过的荣誉了。

这么多的奖杯堆在一起，视觉冲击力极大，杨笑摸摸这个又碰碰那个，颇有种无从下手的感觉。

"笑笑姐，你别看那些了，那都是我小时候的东西了。"孟雨繁有些不好意思，挡住杨笑的手，把她握在自己掌中揉捏，"真没什么可看的。那时候参加的比赛太多了，肯定是家里放不下，我妈才让人搬到这边一部分的。"

可他越是这样不好意思，杨笑越是要看，她伸手从纸箱里拿出一只相框，照片中，十几名身材高大的少年并肩而立，穿着鲜艳的橙色队服，每个人都一脸烂漫春光。照片下方是一行烫金的小字：第××届××杯全国U14篮球比赛金奖。

U14，是指十四岁以下的组别，也就是说，照片里的这群男孩应该都处在十二三岁的年纪，算算时间，刚好是十年前。

杨笑一眼就看到了站在后排的孟雨繁。

他看上去……年纪好小，模样也傻乎乎的。

他站在教练身旁，一手抱着篮球，一手比出一个大大的"V"，那时的他就已经有了成年人的身高，可是脸上仍然稚气未脱。

"别看——"孟雨繁赶忙伸手想要遮住照片上的自己，杨笑灵活地转身，从他手底下溜走。

杨笑看着这张十年前的照片，看着照片里十年前的男孩，指尖摩挲着他的脸庞。

十年啊……十年前，她十六岁，在读高中，每天的日常就是上学、背书、做作业，唯一的调剂就是唐舒格偷偷传给她的言情小说。

在那个情窦初开的年纪，她却没有感受过一次怦然心动。那时的杨笑也不会知道，有一个注定会与她携手的小小少年，正在这座城市的某片球场上挥洒汗水。

照片上的十几个男孩靠得很近，围着正中间的一座巨型的奖杯，其中一个男孩调皮地把两只手都贴在了奖杯上，装作正在搬起它的样子。

杨笑指着那个调皮鬼问："这男孩是谁啊？真有趣。"

"让我看看。"孟雨繁探过脑袋，皱眉，"他是……呃……好像是姓徐，不对，是吴，还是王来着？"

杨笑无奈："你这是什么记性，连你的队友都记不住？"

孟雨繁诚实地说："确实记不住啊，毕竟这场比赛之后，他就没再打篮球了。"

"咦？"

"不光是他。"孟雨繁的手指从那一张张笑脸上划过，"还有这个，这个，这个……这种以年龄层划分的联赛，基本上每过一层，就有很多人退出了。"

想要培养出一个优秀的体育运动员太难了。

先天很重要，后天同样很重要，其中一个环节稍有差池，可能就再也触碰不到那个奖杯了。

"我还记得，我小学第一次去体校上那种周末开班的篮球课，当时有很多很多的同龄人，可是一学期过后，就只剩下一半。三年过后，只剩下我和另一个人了。"孟雨繁陷入了回忆当中，"有些人，是先天能力不足，运动神经不发达，球商低；有些人，觉得学体育太费钱；还有些人，家里人不同意，觉得好好读书考大学比什么都重要……

"后来，我上了初中，我爸妈商量了一下，不想让我进体校接受封闭式训练，就花了大价钱把我挂在一个私立学校借读，每天上午半天文化课，下午去体校跟着他们一起练球。结果六年下来，我和私立学校的同学不熟，和体校的同学也不熟。"孟雨繁笑了下，"其实那种不熟还不是最难过的，最难过的是，你看着他们渐渐走远，从你的生命里彻底消失不见。"

他接过杨笑手里的照片，照片里，十二三岁的男孩肩并着肩，那时候他们每个人都相信自己有着美好的未来。

可实际上呢？

"等到我参加 U16 的时候，这些人里，还在打篮球的就剩下四五个了。"

杨笑轻声问："那些人都去哪里了呢？"

"有些人在篮球上实在没什么天赋，但又不愿意浪费这么多年的努力，若是弹跳力够好，可以转去学排球；还有人腿够长，转练跨栏；还有些……就这么离开了。离开球场，进了普通学校，和普通学生一起读书考试。"

而球队里剩下的那四五个人，也不是人人都有机会顺利升入大学。

就拿华大来说，每年的体育特招生名额只有一到两个，全国有近千名体育特长生在争这个名额，他们要经过一轮又一轮的面试、比赛，即使拿到了预录取通知书，但如果高考时掉以轻心没有过线，那就会功亏一篑。

竞技体育，永远是百舸争流、百中取一，不知什么时候，你就会掉队，你就会被淘汰下去。

杨笑低头看着面前的纸箱，这些金灿灿的荣耀奖杯，是孟雨繁经历过的"看得见的比赛"。

而那些看不见的厮杀,则融入了他的骨血中,每一天,每一个小时,每一秒,他都在比赛。他要和别人比,更要和自己比。

突然,杨笑从纸箱前站了起来,神色肃然。

孟雨繁还蹲在地上,茫然抬头看向她:"笑笑姐?"

杨笑弯腰,搂着男孩的脑袋,在他的头发上印下响亮的一个吻。

"雨繁,你可真是我的灵感缪斯!"

杨笑顾不上刚刚送到的外卖,她完全忘了扁扁的肚子,两眼放光地扑向电脑,打开了PPT。

——《篮板之王》的策划案,她终于有思路了!

这次,她绝对会给制作人呈上一份完美的答卷。

## 第二十四章
## 《篮板之王》

孟雨繁给杨笑带去了一场灵感风暴。

一整个晚上,杨笑把自己钉死在电脑前,心无旁骛,手指像是有自己的意识一样,把脑中那些点点灵光全部捕获,穿针引线织成最美的布匹,又裁剪成最闪亮的华服。

她从晚上一直坐到早上,除了去洗手间以外,再没有离开过座位,也没分心过一次。

外卖到了,孟雨繁便端着餐盒坐在她身边,拿筷子一口口喂她。吃完晚饭,孟雨繁又削了水果,切成小块,杨笑根本无暇顾及,送到她嘴边的东西她就张嘴吃下,至于吃的什么、好不好吃、谁喂她吃的,她完全没有任何意识。

她整个人都投入到眼前的工作中,她像是一个披荆斩棘的勇士,摆在她面前的就是最强大的敌人、最狰狞的恶龙,她只想扬起手中宝剑,把这道难关攻克下来!

这种工作状态从深夜一直持续到黎明,第一缕晨光透过百叶窗,洒到她身上,女孩的指尖在键盘上与阳光一起跳动着,敲下了最后一个字——宝剑绾了个漂亮的剑花,利落归鞘。

杨笑呆呆地望着屏幕上的文件,就连她自己都不敢相信这是她一晚上的杰作。因为时间仓促,她没有做成PPT,但十几页充满干货图文并茂的文档,也足够说明她的努力。

能在几个小时里,拿出这么完美的一份方案,和她几年来的工作积累、为项目做的诸多功课脱不开干系,但她最要感谢的,是孟雨繁给了她这个灵感。

## 第二十四章 《篮板之王》

说到孟雨繁——杨笑的目光扫过凌乱的书房，看向旁边的客厅，只见在客厅的沙发里，她的男孩歪倒在那儿，垂着头，两条无处安放的大长腿落在沙发外，正闭着眼酣睡着。

他兑现了他昨晚的诺言：杨笑只需要在这里安心工作就好，他会静静的在旁边守候她。

"早安。"
"早晨好。"
"早上好。"

早上八点半，华城电视台卫视频道的办公室里，响起了一阵阵的寒暄。

于令龙步出电梯时，不出意外地迎来了许多后辈的恭敬问好。

自从之前的团队被挖走后，于令龙从原本一个默默无闻的普通编导，摇身变为"忠心耿耿的老臣"，瞬间成为周绘身旁资历最高的下属。

有这份缘由在，组里的其他员工见到他时，自然对他笑脸相迎，唯他马首是瞻。

于令龙环视一周，见杨笑的工位空着，心里不禁嗤笑一声，果然，那个新来的编导被周绘折磨到临阵脱逃了……

他完全不明白周绘到底在想什么，居然从其他频道挖了个编导过来！他提前打听过了，杨笑之前所在的节目，平均收视率只有0.8左右，而且在新年录影时，还搞出了录像事故，造成了一个巨大丑闻，整个综艺频道都因为那件事焦头烂额，三位总监都给惊动了……

这样的小编导，周绘即使挖过来，难道还盼望她能给出什么惊天创意吗？

真是笑话！

于令龙嘴角轻提，把嘲讽藏在了眼神里，他正要走向自己的工位，忽然茶水间的大门推开，一道倩影走入了他的视线中。

只见杨笑手里端着一杯咖啡，浓醇的苦味从杯里荡出，没加一点奶与糖。

她看上去有些疲倦,眼睛里有些红血丝,但是精神却很好,走路如风。

她没有注意到于令龙,步速飞快地走向了自己的工位,唤醒了休眠的电脑——于令龙远远瞥了一眼,发现杨笑的电脑屏幕停留在一个写满字的文档里。

于令龙心里一紧,一种危机感油然而生。

他快步走向杨笑的工位旁,状似闲聊地开腔:"杨笑,怎么这么早就到了?不会是昨晚通宵留在台里加班了吧。"

"没有。"杨笑抬头笑笑,避重就轻地说,"我家就在旁边,步行只要十分钟,所以来得早了些。"

于令龙这才装作看到电脑上文档的样子,问:"怎么样?今天下午的提案会准备好了吗?"

杨笑对他没什么戒心,以为他单纯是从一个前辈的身份出发关心她:"有些思路了,昨晚写了个简单的文档,但还没有整理成 PPT。"

"唔……那可不行啊。"于令龙这才松了口气:用文档写的创意?不过是些灵感碎片而已。"你可能不知道,卫视和地面频道不一样,整个办公氛围都不同,我们可是很讲究专业性的。可能你们频道开提案会,随随便便交个 word 文档就行了,但是在咱们卫视,所有报告必须整理成可以演示给所有人看的 PPT,内容简明扼要——像你这样大段大段的文字描述,制作人不会有耐心看的。"

杨笑皱眉,于令龙的语气让她觉得很不舒服。

什么叫"卫视和地面频道不一样"?什么叫"我们很讲究专业性"?什么叫"你们随随便便交个 word 文档就可以"?

提案会本来就是头脑风暴,只要把自己的创意阐述清楚、把卖点介绍完全,所依托的形式并不重要。

当然,一个地方有一个地方的规矩,周绘要求下属提交成 PPT,那么杨笑可以把文档整理成 PPT,形式不同,并不是于令龙看不起她的理由。

杨笑原本对于令龙这个前辈还挺有好感的,但没想到,他居然话里

## 第二十四章 《篮板之王》

带刺。

于令龙并没有发现杨笑对他的评价下降了一级，继续夸夸其谈着——

"杨笑，我这可是为你好呀，这都是我的血泪经验。"于令龙用一种随意的口吻开口，"不过你也要理解，周老师对咱们要求高也是有原因的……毕竟，像她这样年过四十才结婚又迅速离婚的'女强人'，总会在工作上吹毛求疵的。"

杨笑惊了，真没想到，一个男人居然比路边大妈还要嘴碎。

杨笑确实不知道周绘的婚姻状况，但是周绘的婚姻状况和她的工作态度有什么直接必然的联系吗？于令龙话里有话，处处在暗示"周绘年纪这么大离了婚，所以她心理变态只能折磨下属"，并且想要把这种想法灌输给杨笑。

她和周绘接触不多，只在前天有一面之缘。确实，周绘要求高，脾气暴，说话也难听，但同样性格的男领导在台里一抓一大把，毕竟，制作人是需要抓住整个节目方向的，性格不够强硬的领导无法驭下。没有人会把一个男领导的工作态度和他的婚姻状况混在一起，为什么却要对周绘背后议论呢？

"于哥，周老师是离婚还是结婚，和我这次的提案没什么关系吧。"杨笑淡淡地说，"不好意思，我还有事情要忙。毕竟，我还要抓紧时间，把这份拿不上台面的文档，整理成PPT呢。"

"你……"于令龙被她刺了一下，偏偏又挑不出什么错，只能咬牙离开了。

他坐回到自己的座位上，越想越气。

这个杨笑，他给她抛出了橄榄枝，她却故意不接，那就不要怪他在一会儿的提案会上，给她"认真挑刺"了！

下午三点，华城电视台二十楼会议室。

杨笑站在投影仪前，环视着这间塞满人的房间。曾经的她一直希望自己能有机会站在这里，今天这个愿望实现了——而且，她还是作为主讲人!

垂在身体两侧的双手轻轻捏成拳头,杨笑定了定神,最后检查了一遍待会儿要汇报的节目策划案。

因为时间紧急,她的PPT做得并不精美,更像是一套精炼的发言提纲,不过没关系,她有信心通过自己的阐述,把最核心的创意传递给大家。

她在脑中迅速过了几遍发言,会议室里的人渐渐坐满了,一张张陌生的面孔会聚在她面前,他们没人说话,但每个人的眼里都刻着对她的怀疑——没人相信她能打动挑剔的周绘。

就在这时,会议室的大门突然被推开,周绘一马当先,快步走进了会议室中。她身后的助理殷勤地为她拉开椅子、摆好茶水,她端坐在正中间的座位上,像是一位女王在检阅她的新士兵。

于令龙坐在距离她最近的位置,电脑打开放在面前,一副耐心求教的模样。

"好了,一会儿我在其他节目组还有个会。"周绘抬起手腕看了眼时间,"废话就不用说了,给你半小时,把你的东西过一遍。"

这时间比杨笑预计的要短,不过没关系,这并不会影响到她的讲解。

会议室的灯光熄灭,在一片黑暗之中,投影屏幕亮了起来。

杨笑站在那片光之下,徐徐开口——

"制作人好,各位同事好。我给《篮板之王》找到了一个新的关键词——不抛弃、不放弃。"

周绘还没开口,于令龙先笑起来了。

"哈?"于令龙说,"我是穿越去隔壁组的军旅节目了吗?'不抛弃、不放弃'都出来了?"

随着他的话,整个会议室里也响起了小小的笑声。

周绘并未制止那些嘲笑,也并未出言批评杨笑,她表情冷淡,等待着杨笑的下文。

杨笑:"在解释这个概念之前,我想先请问大家一件事,想必大家从小到大,学校里应该都有体育生吧?"

## 第二十四章 《篮板之王》

众人点头。

"那你们关注过这些体育生最后都去哪里了吗？"

"呃……"有人回答，"还能去哪里啊？继续升学，有的进体校，有的去综合类大学当特长生呗。"

杨笑看向那人，摇了摇头："不，你这个想法完全是基于幸存者偏差。实际上，就像普通学生里有很多人在九年义务教育之后就辍学，即使读完高中也没能考上大专院校一样，很多以体育作为梦想的孩子，并没有走到最后。"

大屏幕上光影变换，杨笑展示了一组数据，这是她通过网络查找历年新闻后，整理成的表格。

"以篮球为例，每年都会举办全国性质的青少年篮球比赛，但是我们通过这些数据可以看到，每年参加U14的篮球运动员，要远远少于U12的；参加U16的，又远远少于U14的……"她一边说，鼠标一边在几个关键数据下打了圈，"也就是说，随着年龄增长，还在坚持篮球梦想的人，越来越少了。"

"毕竟不是人人都有能力进国家队啊！"有人举手，杨笑认出来他是节目组的统筹，"我小时候也去体校练过两年乒乓球呢，以为自己打得不错，结果正式比赛一上场，整个反应能力都差太多了。"

"是的，你说的是一种没能继续的情况——虽然有梦想，但是自身能力跟不上，也就是俗称的'先天不足'。"杨笑接话。

会议室里又响起了一阵小小的笑声。

杨笑："这些人为什么从篮球世界里离开？简单来说，可以归纳为两点。其一，就是那位同事的'先天不足'；还有一类是因为家庭贫困等'后天'原因，离开了球场。"

她话音一转："他们，都被命运抛弃了。"

会议室里突然变得很静，有人想要咳嗽，刚发出一声，就立刻按住了嘴巴。

杨笑说："但是，还有人在这条路上坚持下来了。这些坚持下来的人，难道人人都是乔丹转世吗？难道人人都付得起高额的私教学费吗？不是的，他们很多人也在命运里挣扎着，他们无数次想要放弃，但是无数次坚持下来了。"

PPT重新退回到第一页，那六个字逐渐拆分变换，形成了一句新的宣传语。

"在实现梦想的路上，不被命运抛弃，也不放弃命运——这就是我对篮球这项运动的理解。"

一句掷地有声的话说完，杨笑勇敢地迎上了周绘的视线。

只见这位金牌制作人身子微微前倾，眼神里闪过一丝兴味。

她用指节轻敲桌面，说："继续。"

简单至极的两个字，杨笑却从中听出了肯定。

PPT又翻过一页，杨笑背后的大屏幕上，出现了新的内容。

"我的提案是，扩大甄选范围，引进不同年龄层的选手，暂定十四到十六岁的预备役少年组、二十到二十五岁的现役运动员、三十到三十五岁的退役运动员，代表篮球梦想的传承与发扬。鼓励运动员自由组合，组成小队，进行三对三、五对五的PK赛……最终决出优胜者。"

具有光辉未来的少年，正处于运动生涯巅峰的青年，已经离开球场的中年……他们的人生和篮球息息相关，这条艰难前进的道路上，他们踏错一步，就会与冠军无缘。

他们站在时光长河的两岸，审视着自己，也审视着别人。

在最初的《篮板之王》的策划案里，节目组想要把这个综艺节目打造成两个阵营对抗的形式，一边是学院派出身的CUBA篮球运动员，一边是活跃在街头巷口的路人王，整个节目风格强强相对，剑拔弩张。

一直以来，很多人都在争论，街头篮球和联赛篮球，究竟哪个更强？街头派认为学院派篮球古板、教条，畏首畏尾，打起来不够精彩，而学院派则认为街头派手段脏、总搞一些花哨的无用功，根本没有对战的价值。

两方人互相看不上，而上一版的编导就抓住了这个内核，把矛与盾放在一起，让他们对战——因为这个设定实在太过精彩，所以当整个团队被挖走后，《篮板之王》元气大伤，根本找不到可以继续前进的方向。

## 第二十四章 《篮板之王》

之前,于令龙连续交了几版方案,都没能逃脱这个设定的桎梏,哪想到杨笑只用了三天,就另辟蹊径,拿出了一个更有趣的方案!

杨笑大胆推翻了原有的设定,把原本的横向对比,改成了纵向——球员们不再和"另一个自己"做斗争,而是和"曾经的自己""未来的自己"做比较。

整个节目的内核瞬间被拔高了。

至于具体的赛制、拍摄流程等等,还需要后续再讨论,但杨笑已经完美地搭出了一个框架,后续增补只是时间的问题。

半个小时的汇报结束,杨笑没有浪费一秒时间,把自己的思路一一阐述清楚。

而会议桌那边的周绘,也从最开始的漫不经心,逐渐变得认真起来。

在杨笑的发言结束后,周绘有针对性地提了几个问题。作为制作人,周绘看待事情的角度和深度都远超常人,有些问题是杨笑提前考虑过的,她便把提前准备好的答案抛出来;有些问题是她自己都没意识到的,只能诚实地告诉周绘自己还需要时间思考。

在杨笑和周绘的一问一答间,其他同事也开始参与进来,宣传、统筹、文案,每个人都灵感顿生,争抢着为这个创意添砖加瓦。

文案说:"我觉得宣传语还可以更精炼一些……"

宣传说:"那我们海选时可以配合高校地推……"

统筹说:"我去负责和体校方面沟通……"

唯有坐在周绘另一侧的于令龙,一脸煞白,一句话不吭,打开的电脑文档上全是空白。

不知不觉间,原定的半小时汇报时间被无限延长。直到会议室外的天空完全黑了下来,他们才惊觉,原来时间已经过去这么久了!

杨笑站在投影屏幕前,望着会议桌旁热情讨论的同事们,她紧握的掌心慢慢松开了。

原来,融入这里并不是那么困难——职场如战场,只要你表现出足够出色的能力,那么别人就会对你臣服!

"好了,"坐在上位的周绘拍了拍手,清脆的响声吸引走了所有人的注意，大家正襟危坐，同时看向她的方向。她环视一周，脸上难得见到了一丝笑模样，"杨笑的提案很好，咱们节目就向这个方向继续优化。"

她看向杨笑，再次用指节敲了敲桌子："你下周五再给我更新一版细纲——不能再是这样笼统的东西了，要细致，不低于三十页，必须要有明确的台本计划和拟请的嘉宾。有问题吗？"

杨笑立正站好，大声回答："没问题！"

不就是加班嘛，她根本没在怕的！

可周绘沉吟了一下，忽然说："算了，我看你的PPT水平太差了，你周四把东西给到我助理，让她优化。"

杨笑：怎么又提前了一天……而且她的PPT虽然做得没那么花哨，但白底黑字简明扼要，也挺好的啊！

周绘："毕竟这套是要拿出去谈合作的，做成你现在这样，我可没脸拿给人家看。"

"合作？"杨笑问，"是给投资商看吗？"

众人窃笑。

周绘古怪地看她一眼，答："想什么呢？当然是拿去给CBA看了。"她挑眉反问，"你不会觉得，那群反骨仔拿着方案另起炉灶之后，我会放他们一条生路吧？"

"额……"

"他们就算能拉来再多投资，可只有我，才能拉来CBA官方合作。"

杨笑真真正正服了！

原本只是电视台和视频网站打擂台，哪想到周绘这么狠，居然直接拉来CBA搞官方合作！简直像是两个国家开战，一个国家忽然召唤宇宙外援空降地球——这根本就是降维打击啊！

杨笑一时间接收了这么巨大的信息量，再加上昨晚通宵没睡，她整个人都蒙了。

她呆立在那儿，望着周绘如一阵风似的刮走了。

"周老师……制作人！请等等！"

电梯间里，响起了一连串的脚步声。

## 第二十四章 《篮板之王》

正要踏进电梯的周绘脚步一顿,转身看去,只见于令龙神色仓皇,自会议室里追了出来。

他一直都是文质彬彬的文艺青年形象,可现在,他却丢了那一份儒雅,整个人都透着一股气急败坏。

"制作人,我想和你谈谈!"他开门见山,根本不管周绘的助理还在旁边看着。

周绘看看表,不耐烦地问:"谈什么?"

"谈杨笑。"于令龙撕破了自己的羞耻心,直白地问,"您刚才在会议室里说,让所有人配合她的工作,按照她的提案继续深化——您的意思,是要把节目二把手的权柄交给她吗?"

"正是如此。"周绘坦然回答,"她是编导,在一个节目中,编导本来就是节目的核心,文案、策划、统筹、宣传、艺管,这些都是要围绕编导的方案工作的。台里的制作人基本都是编导出身,怎么,你有意见?"

"我……我……可我也是编导啊!"于令龙急切地说,"而且她来卫视只有三天,根本什么都不懂!我可是在卫视兢兢业业做了好几年,这个节目也是我从立项之初就一直跟到现在的!我现在是您手下里资历最老的人,周老师,您把她提拔起来,那我怎么办?"

"既然你说杨笑经验不足,那很简单。"周绘淡定道,"我把你调去她手下,从今往后,你就负责配合她的工作。她不清楚、不明白的地方,你就负责给她说清楚、说明白——还有什么问题吗?"

当然有问题!当然有天大的问题!

于令龙万万没想到,他本来想讨个公道,让周绘重视他这几年的付出,哪想到,最终的结果却和他的期望背道而驰,他居然沦落为了一个新人的手下!

如果这都不叫侮辱,那还有什么叫作侮辱!

于令龙气急败坏地说:"周老师,您就算想任用新人,可您能不能考虑一下我这个老人的立场?当初视频平台来挖人,整个团队都拿着高薪跳槽走了,只有我,只有我留下了!难道我的忠诚,在您眼里一文不值吗?"

周绘果然被他的话"震住"了,她静了几秒,仔仔细细地端详起这位忠心耿耿的老臣,紧接着——她大笑出声。

她从未这么大笑过,在所有下属眼中,这位女魔头向来是不苟言笑,冷酷无情的。

她一笑,躲在旁边的助理吓得瑟瑟发抖,看向于令龙的眼光也充满了怜悯。

于令龙后背发紧,问:"……您笑什么?"

"我在笑,你谎言重复那么多次,是不是连自己都被自己骗过去了?"周绘眼神锋利,笑颜如刀,"你说你是因为'忠诚'才没有跟他们一起离开的?但是我怎么听说,在他们的挖人计划里,你根本不在其列呢?"

视频网站想挖的是节目组核心团队,于令龙因为工作水平很一般,一直没能混进核心团队,所以对方挖人时,他的名字根本不在名单当中。

那一天,当所有同事同时递交辞呈、同时旷工、同时入职新公司时,他和其他人一样惊讶。

整个核心离开后,他稀里糊涂地就成了资历最老的那个。

也不知流言从何而起,大家说于令龙忠心耿耿,没有和那些跳槽的人同流合污。于令龙出于虚荣,默认了这个说法,而他也渐渐被这个想法所洗脑,在内心深处把自己塑造成了一个不为金钱折腰的人……

可惜,这层谎言实在太脆弱了,周绘人脉强大,她早就知道了事情的真相。但她愿意给于令龙一次锻炼的机会,所以她把写新案子的活交给他。

可惜阿斗永远是阿斗。

于令龙只能做庸庸碌碌的螺丝钉,他无法更进一步,成为一个好的领导者。

"于令龙,看在你这么多年在我手下工作,没有功劳也有苦劳的分上,我最后再给你一次机会吧。"周绘说。

于令龙抬起头,眼神希冀。

周绘说:"留在卫视,成为杨笑的下属,或者由你主动递交申请,我把你调去地面频道——你选一个吧。"

## 第二十四章 《篮板之王》

半个月后——

"听说没有听说没有!"茶水间向来是八卦集散地,小宣传眼神发亮,和小姐妹分享着八卦,"于令龙递交了申请,要转去地面频道了!"

"啊!"大家根本不信,"为什么啊?之前别人出那么多钱挖他,他都没走,怎么现在突然要走了啊……"

于令龙风度翩翩又单身未婚,是卫视很多小女生心里的择偶优选,他突然离开,大家别提多难过了。

小宣传说:"据说是身体不好,卫视工作强度太大了,他说想换个清闲一点的频道养老。"

"啊……"

那就没办法了。

每年卫视都会有人因为各种各样的原因离开,虽然在很多人眼里,从卫视去地面频道属于"降级",但对于当事人来说,这何尝不是一种解脱呢?

他们正聊着天,忽然间,茶水间的门又被推开了。

杨笑走进了茶水间,把这群上班时间开小差的家伙们一网打尽。

"打扰各位的雅兴了。"她靠在门框上,无奈地敲了敲门板,"请问各位,新的宣传语定下来了吗?宣传排期出来了吗?艺管那边搞定了吗?物料准备好了吗?赞助商爸爸的露出确定了吗?还有……"

众人一哄而散,简直像是一群被野火烧了屁股的野鸡。

"天……"不知是谁悄声嘀咕了一句,"杨笑简直就是翻版的周绘啊,大魔头带小魔头,大工作狂带小工作狂,简直是人间炼狱,人间不值得!"

人间确实不值得,可是工资条值得啊。

三月份伊始,CUBA的全国赛正式拉开了帷幕,华城大学篮球队在地区预选赛上以当之无愧的第一名成绩成功出线,他们将在接下来的几个月里,和全国上下其他几十支强队,一起角逐最终的冠军。

比赛日程排得很密集,球队要全国各地到处飞,经常是昨天还在华城大学打主场赛,今天就要飞到广东去打客场。

队员们都累得要死,打完比赛就回酒店闷头睡觉。他们个子高,一般的酒店床型长度不够,他们只能斜着睡对角,又滑稽又可怜。

尽管比赛这么繁忙,孟雨繁还是会在每天晚上入睡前,和杨笑视频聊天,只是大部分时候,他们聊到一半,孟雨繁就会睡着。杨笑舍不得关视频,于是经常两个人一直连线到第二天早上,微信通话时间四百多分钟。

孟雨繁忙,杨笑也忙。

多方消息透露,猕猴桃视频网站的《篮球狂热》栏目即将上马,投资已经到位,节目组四处招兵买马,声势浩大。他们明明是背叛者,可却一副正宫上位的架势,招摇至极。想想也是,现在综艺节目为了流量,无所不用其极。

周绘自然不会任他们猖狂,为了赶在他们之前把《篮板之王》推向市场推向观众,周绘下令所有人一周七天二十四小时待命,加紧推进。

杨笑当年在新闻频道实习的时候,特别羡慕综艺节目制作组一周只出一期节目,而且每期都在吃喝玩乐,轻松得不得了。等到她现在真的成为综艺节目制作组的一员,她真想穿越回过去,拉住自己的肩膀,不停摇晃:"醒醒啊!在新闻频道累成狗,进了综艺节目那就是累得狗都不如了!"

好在辛苦终有回报,《篮板之王》的进度飞快,周绘通过她强大的人脉顺利成为CBA的官方合作节目,台里的审批也顺利到手。现在商务在谈赞助商,而组里的其他人,则在讨论参赛选手的邀请名单。

这次比赛并不是海选制,而是邀请制,节目组提前列了一个名单,一一去碰。

但是他们下手有些迟了,他们看上的好几个运动员已经提前接到了《篮球狂热》的通告,只能拒绝他们的邀请。

不过杨笑并未气馁,因为她知道,这世上至少有一个选手,是绝对不会拒绝她的。

## 第二十四章 《篮板之王》

这天,孟雨繁结束一场比赛飞回华城,他一路风尘仆仆,洗完澡连头发都没有吹,就扑倒在床上。杨笑坐在床边,一边用毛巾帮他擦头发,一边和他讲了综艺节目的事情。

"抱歉啊笑笑姐。"听她说完,孟雨繁的脸上露出了一丝迟疑,"你也知道我最近的比赛日程有多忙,我没有时间去录综艺节目呀。"

事情发展和杨笑的预计有一百八十度的不同,她是真的没想到,孟雨繁居然会拒绝她!当初她选择加入《篮板之王》,除了出于职业道路的考量,其实也有一点私心作祟,她希望能通过她的镜头,把爱人的优秀展示给所有观众看。

杨笑定了定神,努力游说起来:"雨繁,华城电视台卫视频道是全国十大上星频道,每年收视率都稳定在全国前三。《篮板之王》整个项目是我亲自操刀,我的工作态度你也知道,我不是那种为了收视率就胡乱剪辑制造冲突的人;我们团队也很靠谱,制作人是大咖,你之前特别喜欢看的那个军事节目,就是她做的!"

她又说:"至于你担心会影响你的比赛,这点你可以放心。我们和CBA、CUBA官方都有合作,你们的比赛日程我们都提前拿到了,会尽量避开你们的比赛,如果实在避不开,选手有三次请假机会。

"而且你之前不是和我说,若想通过选秀进入CBA,除了要有过硬的技术以外,还要有一定的知名度吗?参加我的节目,你一定可以收获大批粉丝的!"

杨笑拿出她的三寸不烂之舌,拼命游说孟雨繁加入。

一方面,她作为工作人员,确实对自己的节目质量有自信;另一方面,作为孟雨繁的伴侣,她是真的觉得他不应该错过这么好的露脸机会!

听了她的认真解释,孟雨繁的脸上露出了一分心动。

他挣扎起来,表情凝重地说:"可是光有这些的话,还不够打动我……"

杨笑:"还不够?那什么才够?"

孟雨繁:"唔——比如一些交易?"

杨笑:"什么交易……"

男孩的眉毛挑起来，带着一种暗示的语气说："你看，让我们想象一下，有这么一个女编导，她清纯、无辜、认真、努力，她为了让工作继续下去，不得不配合霸道嘉宾男友这样、那样……"

杨笑终于听懂了。

杨笑后悔怎么现在才听懂！

这浑小子根本就没打算拒绝她，明明是在装模作样故意拿乔，等着她往他的篮框里跳呢！

可怜的杨小姐，白天要在电视台上班，晚上还要去"嘉宾"的怀里继续加班，怎么这么辛苦啊！

……

第二天一早，容光焕发的孟雨繁向武教练提交了书面报告，表示自己想要在CUBA的比赛间隙，参加《篮板之王》的节目录制。

武教练凉凉地问："你不是说你对镜头过敏吗？怎么，病好了？"

嗯，他遇到了一个神医，好得不能再好了。

会议室里，周绘望着大屏幕上打出的二十七名选手的资料，眉头紧锁。

这份名单是整个节目组加班加点整理出来的，二十七人分成三个大组，九名体校预备队、九名大学生运动员，还有九名退役运动员。在每个人的照片之下，有简明扼要的文字说明，列举出了每个人的性格特点和身上的"宣传点"。

虽然这个节目是选"素人"，但扔在人堆里平平无奇的人，绝对得不到摄影机和观众的青睐。

杨笑在选人时，有针对性地选择了一些有"故事"的选手，方便进行包装。

出身贫苦的"全村希望"VS家境富庶的"贵公子"；性格狂妄的球场狠人VS球风温暾的万年助攻；能力一直被质疑的退役选手VS虎视眈眈的篮球新星……

冲突、转折、矛盾、和解、信赖、敌对。

## 第二十四章 《篮板之王》

台本已经写好,演员已经就位,杨笑头一次操刀这样的大型项目,她做了无数版预案,殚精竭虑,头发掉了一把又一把。

可是这样的成功,却没能讨来"王母娘娘"的欢心——

"如果光凭这份出场名单的话,这个节目的收视率不会超过 1.5。"周绘一针见血地指出,"一群无名小卒,追着一个圆球,满场乱跑,而且要跑整整三个月、十二期节目?你告诉我,观众为什么要打开电视,看这么一台不知所谓的节目?"

杨笑简直觉得自己回到了高三的课堂上,她被老师拎到讲台上,在所有同学的注视中,回答数学考卷上最后一道大题的最后一问。

杨笑捋顺思路,犹豫作答:"作为真人秀节目,选手就是咱们最大的卖点。这二十七名选手,已经是我们仔细筛选过的了,每个人都人设饱满,咱们可以用小剧场形式,把他们的故事讲述出来,让观众了解他们。"

"愚蠢!你以为这是十年前的音乐选秀吗?出现一个选手,就开始放煽情音乐,讲自己全家都过得特别惨,他为了继续唱歌多么不容易的悲情故事?"周绘的失望溢于言表,她完全否定了杨笑的看法,"选手人设确实很重要,但这应该是留给观众去挖的,而不是节目组抖搂出来。你拿十年前的选秀套路,来迎合现在的观众,实在太可笑了。"

若是打个比方,以前的选秀节目更像是比萨饼,所有的馅料都清清楚楚明明白白地摆在观众眼皮子底下,观众爱吃不爱吃,一目了然。

而现在的节目则像是"馅饼",把所有的暗潮都藏在饼皮之下,只有当观众尝试性地咬上一口,才能挖掘出其中的美味。这也是为什么很多粉丝会管自己的偶像叫作"宝藏男孩""宝藏女孩",意味他们就像宝藏一样,越挖越璀璨。

杨笑努力跟上周绘的节奏,她咬住下唇,把文档上关于卖人设的点全部删去了。

在原来的台本里,所有的起承转合全部靠选手的人设对撞,在删去人设卖点之后,节目的短板立刻暴露出来——节目赛制缺少真正的看点,一直在组队、比赛、组队、比赛,对于不懂篮球的观众来说,确实有些无聊。

而对于懂篮球的球迷来说……有时间看三组菜鸡互啄，他们为什么不买张票去看CBA？

团队里的其他人也意识到了这个问题，一时间，整个会议室都被大家嗡嗡的议论声填满了。

距离正式开拍没有多久了，他们现在难道要推翻台本，重新制定一套新赛制吗？

"我看，请几个明星吧。"策划提议，"娱乐圈里喜欢打篮球的明星不是挺多的嘛，只要有钱，谁请不到啊？随便安个名头，比如……球队经理？"

宣传立刻接上："要是球队经理的话，我看不如直接请几个女明星好了，就像赤木晴子那样，走初恋路线。选手都是些血气方刚的大小伙子，经理嘛就请当红女团，俊男靓女配在一起，这样我这边也有的可炒。"

商务拍桌子瞪眼："别扯了！你们以为女明星是你们想请就请的？现在就连网红推货都要排一两个月了，圈里能叫出名字的女团，所有工作排期都排到明年了！"

左边嗡嗡嗡、右边嗡嗡嗡，这群电视台精英开起选题会来，简直比菜市场大妈还要闹腾。

周绘没有说话，就静静地看他们吵。如果碰到一道难题，不经思考讨论，就求助老师指点正确答案的话，那学生永远不会有进步。

耳边充斥着乱糟糟的议论声，杨笑并没有被他们影响，反而陷入了自己的世界当中。留给她的时间不多了，节目即将开拍，赛制框架不能再变，如果推翻重写，就会赶不上拍摄。但如何在不改变原有框架的基础上，让赛制充满跌宕的看点呢……

要够有趣、够困难、够反转、够刺激——

"我想到了！"杨笑忽然站起身，双手一拍桌子，叫停了所有人，她眼神发亮，仿佛有一丛烈火自她灵魂里燃烧起来，"我知道怎么做了！"

"哦？"周绘双腿交叠靠坐在正位上，饶有趣味地问，"说说看。"

杨笑大声回答："九名预备役运动员、九名大学生运动员、九名退役运动员——这种组合，确实就是'菜鸡互啄'，所以我们要引进新的

## 第二十四章 《篮板之王》

角色！"

"还要加人？"有人惊呼出声。

"没错，加人。"杨笑点头，"在座的各位肯定都听过一个故事，为了保证沙丁鱼在长途运输中不死亡，所以要在运鱼的集装箱里装进它们的天敌，让天敌刺激它们，激发它们的求生意识。对于咱们这个节目来说也是一样。菜鸡互啄又怎么了？咱们放进去几只老鹰，不就行了吗？"

弱者对抗强者，这种题材永远是观众最喜闻乐见的。

不管是弱者逆袭、打败前辈，还是大魔王永葆胜利、教训新人，这两种进展都会刺激收视率，观众们会对节目的发展和选手的成长充满期待，这才是真正有趣的节目设计。

"啪、啪、啪"，三声清脆的鼓掌声响起。

众人循声望去，只见向来神色冷厉的周绘，居然面带笑容，赞赏地看向杨笑。

"很好。"周绘满意地说，"能在这么短的时间里就想出这个解决办法，看来在座的这么多人里，只有你是带脑子上班的。"

其他人：表扬她就表扬她，不带侮辱其他人的！

周绘又问："你准备再引入多少只老鹰？"

"三个，和现有选手加起来刚好是三十名，刚好可以凑成六组五人团队，三队有'老鹰'，三队没'老鹰'，这样两队厮杀才有意思。后期的话，也可以变成三对三斗牛。"

周绘点点头："那你有合适的人选了吗？"

杨笑回答："唔……已经有一个了，之前他上过我的节目。"

"那好，那你负责联系这个选手，剩下两个我来。"


周末，CBA华城篮球队宿舍区外。

如往常的每个周末一样，通向宿舍区的小胡同两侧，有不少热心球迷在初春的冷风中哆嗦着，他们有的拿着礼物，有的拿着球鞋球衣，希望自己支持的球星能够在他们面前停下。

和队友们去城里打牙祭回来的冯相，一看到那乌泱乌泱的人群就觉得眼晕。他拉起卫衣的帽子，遮住了自己的脑袋，埋头快步走向了宿舍。

他的队友都被粉丝们拦下来了，有他们做挡箭牌，冯相两条长腿载着他冲向了宿舍大门。

就在这时——"冯队长！请留步！"

一道清脆的女声自身后响起。

冯相脚步一顿，那道女声有些熟悉，刚开始他以为是自己听错了。但很快，一阵细碎的高跟鞋脚步声越来越近，那道声音再次响了起来。

"冯队长，你好，我是华城电视台的综艺节目编导杨笑，您还记……"

"我当然记得。"冯相转过头去，低头看着这个不到自己胸口的年轻姑娘，"我又没得老年痴呆，我几个月前才上了你的节目。"

他这人风流成性，可惜杨笑名花有主，是他师弟的女朋友。

想到那个狼崽子一样的师弟，冯相下意识退后一步和她拉开距离，问："杨编导，你找我有什么事吗？"

杨笑见周围有其他粉丝的目光飘过来，立刻压低声音，长话短说："我想请您上我的节目。"

"那个……叫那个什么《午夜凶铃》？"

"……是《午夜心路》。"杨笑压住自己吐槽的欲望，"不过我已经从《午夜心路》栏目组调走了，我现在在卫视《篮板之王》做编导，这是一档篮球竞技类真人秀，我想邀请你上这个节目。"

冯相一直是综艺节目的常客，只是之前因为《午夜心路》录制时遇到的小波折，他被队里停了两个月的商业活动。杨笑算算日子，他应该已经解禁了，立刻马不停蹄地过来找他。"

"《篮板之王》？"冯相不屑地打了个手势，"抱歉，你来晚了。前几天，猕猴桃平台的《篮球狂热》也来找过我，他们为了让我当导师，开出了这个价格，被我拒绝了。咱们算半个熟人，我也不和你说那些客套话。当导师的话，我要牺牲自己的时间去带那群杂牌军，费力不讨好，这笔买卖太亏，除非你们给我双倍，否则我是不会……"

"抱歉，你误会了。"杨笑抬头看着他的眼睛，打断了他的夸夸其谈，"我不是来请你当导师的。"

## 第二十四章 《篮板之王》

"哈？"

"我要请你当选手。"

从A节目的导师，到B节目的选手，这落差也太大了吧！

冯相气笑了，反问她："杨编导，你觉得我是吃饱了撑的吗？去给你们节目组当选手，我能落到什么好处？"

"唔……"杨笑认真想了想，"我可以把你分到孟雨繁那组，多给你们组一些镜头？"

冯相气到鼻子歪："这哪是给我福利，这明明是给你男朋友福利！你听好了，我才是最大咖，我走到哪里，你们的镜头就必须跟到哪里。他能和我分到一组，蹭我的镜头，是他的荣幸！"

杨笑立刻说："这么说来，你同意上节目了？"

冯相："我什么时候同意了？"

就这样，杨笑顺利把冯相蒙骗……不对，"邀请"进了《篮板之王》，组里的同事看她时，眼神里都放着光。

"那可是冯相啊！"有位喜欢篮球的男同事惊叫，"两届MVP，现役CBA球员里当之无愧的最强前锋的冯相！杨笑，你是怎么把他请来做选手的？"

杨笑谦虚地说："也是凑巧，他之前上过我的节目，而且我男朋友是他的师弟。"

谈到男朋友，几位同事隐秘地交换了一个眼色，你推我来我推你，最终，还是不怕死的艺管被推到了阵线的最前方。

"那个……杨笑，你之前没做过这种真人秀综艺，有件事我要提醒你一下。"

杨笑问："怎么了？"

"你男朋友是孟雨繁吧？就是这次华大篮球队选送的选手？"

"是啊。"杨笑从来没遮掩过她和孟雨繁的关系，在她还没调来卫视之前，孟雨繁经常接她下班。他个子高长得又帅，台里很多人都知道杨笑有个打篮球的小奶狗男朋友。

艺管有些尴尬地说："在真人秀节目里，最忌讳的就是选手和工作人员有'私交',虽然说咱们这不是选偶像爱豆,但该有的距离还是要有的。"

艺管的话只说了一半,点到为止。

杨笑沉默,她之前确实没有想到这一层面,她是整个节目的二把手,她让自己的男朋友参加节目录制,这种事可大可小,若是被有心人带了节奏,肯定会对节目的声誉和孟雨繁本人的声誉造成很糟糕的影响。即使孟雨繁凭借自己的能力堂堂正正赢得了比赛,也会被质疑是开后门、有内幕的。

"谢谢你提醒。"杨笑点点头,"这件事我回去会和他商量的。"

这个周末,孟雨繁终于结束了客场作战,从大雪纷飞的东北飞回了华城。

他刚一到家,还来不及放下背包和许久未见的女朋友亲热亲热,就被接连两个噩耗打晕了头。

第一个噩耗是,他的师兄、他的前辈、他的对手、他的隐形情敌冯相,居然要作为特别嘉宾,参加节目的录制!

第二个噩耗是,为了防止节目播出后有不好的传闻,杨笑决定在节目录制期间,和他拉远距离,装成陌生人!

孟雨繁能理解第二条,为了笑笑姐的工作,他这个糟糠之夫只能让步。但是第一条,他生了一肚子闷气,拉着杨笑约法三章,要求她绝对不能和冯相说任何工作以外的事。

杨笑莫名其妙:"我和他说工作以外的事情干吗?"

孟雨繁这才心满意足,但他还是装出一副忍辱负重的样子,借机提出要求——他希望杨笑能直接搬来这里,和他同居。

杨笑有些迟疑,但并没有第一时间拒绝。

最近她加班频繁,这间公寓距离电视台很近,一周七天杨笑有四天都要在这里休息。而孟雨繁每次从外地比赛回来,也会第一时间来这里……他们现在的生活,其实和同居差不了多少了。

孟雨繁见她表情松动,赶快趁热打铁:"笑笑姐,你就搬过来吧,我想和你一起生活。"

## 第二十四章 《篮板之王》

同居呀……

杨笑想，一起吃饭，一起休息，一起生活。

好像也挺不错。

又过了几日，节目组安排所有选手到棚里拍摄宣传照。

摄影棚没在电视台内，而是在城外一个合作的摄影棚，摄影师是合作多年的专业老手，审美称不上多高超，但胜在中规中矩，而且出片速度快。

这天一大早，节目组就派了一辆大巴车接来了所有选手，然后全部打包运到了摄影棚里。这些选手筛选不局限于华城，很多都是从天南海北赶来的，一脸风尘仆仆。

二十七个人像是过流水线一样被塞进了化妆间，做发型、修眉毛、涂粉底，换上节目组提供的篮球服，然后又排成一长串，依次走向相机。

对于绝大多数选手来说，进摄影棚拍照绝对是一件新鲜事。尤其是那群从体校来的小青苗，站到镜头前，每个人都僵硬得不得了，手脚都不知道往哪里摆。摄影助理一直在调动他们的情绪，让他们笑啊笑啊，可是越笑，他们的脸越僵硬，简直像是一群刚出土的小僵尸。

遇到这种事，杨笑也没有办法，只能等他们自己情绪缓过来。

预备役拍完，就轮到了大学生运动员上场拍照，拍照的顺序是按照姓名首字母排列的，孟雨繁排在中间。

他之前也没有拍宣传照的经验，虽然小时候，他爸妈带他去拍过艺术照，但那都是十几年前的事情了。不过他性格外向，并不惧怕镜头，很快就调动起情绪，对着镜头露出标志性的阳光笑容。

摄影师忙活了一上午，终于遇到了一个有镜头感的人了！他拼命按动快门，特意给孟雨繁多照了很多张。别人的物料都是五张里选两张精修，而孟雨繁呢，就这一会儿工夫，摄影师都照了十来张了。

摄影师让助理找个篮球当道具。

孟雨繁接过，自然地在镜头前摆出各种帅气姿势，只见他一会儿用指尖顶着球打转，一会儿把球夹在腰旁，一会儿又学习NBA名将的经典造型，单手抓球平举……完全是在肆无忌惮地发散魅力。

不过，像他这样俊朗帅气的年轻人，就算烧包一点也未尝不可啊！

"等等，你手腕上是什么东西？"摄影助理眼尖地看到孟雨繁的左手腕上有一根手工编织的细绳，"你最好摘下来。"

他们给电视综艺的选手拍照，出来的成品图片会挂在官网上、放在广告里，有些甚至会印成线下物料，虽然没有硬性规定，但被拍摄者最好不要戴任何饰品。

可向来好说话的孟雨繁，却拒绝了摄影助理的要求。

"这个不能摘。"孟雨繁挡住手腕，在细绳的中间，连着一片小小的被滴胶塑封起来的柏树叶，"这是我女朋友送的，拍照时，我希望能让这跟细绳一起出镜。"

他不能在节目里明着秀恩爱，还不能在节目外偷偷地发柠檬吗！

# 第二十五章
# 神秘赞助商

整个节目组像是被拧上了发条,所有工作一刻不停地往下推进着。

这边拍完了选手的宣传照,那边官方网站就上线了,几个宣传忙得团团转,通稿发了一篇又一篇。

只不过现在网站还没有正式开放,观众点过去,只能看到首页上的倒计时,那些选手的照片也全部蒙上了黑色蒙板,塑造出一种剪影的效果。

网站正中间是精心设计的节目标志,顶部顶着独家冠名商的名字——飞扬运动饮料。

飞扬运动饮料?

怎么之前从来没听过这个牌子?

杨笑停下鼠标,转头问旁边的商务同事:"咱们节目组的赞助商是什么来头?"

华城卫视稳居全国上星频道的前三名,而《篮板之王》是卫视今年的重头节目,集全频道之力打造,可不是随随便便任何野鸡商家都可以冠名的。

商务左右看看,见无人注意,赶快凑过来,压低声音,神神秘秘地说:"这事说来话长,其实节目刚立项的时候,周老师就出去拉一圈赞助了。当时敲定了一家大公司,本来都要签合约了,结果闹出了团队出走的事情,赞助也被猕猴桃网站抢过去了。"

杨笑没忍住骂了一声,偷创意也就罢了,那群人居然连赞助商一并撬走,真是贱到极致。

那次赞助黄了之后,周绘顾不上生气,立刻开始了新一轮的运作。

只不过这一次障碍重重。

首先，在周绘之前，没人做过类似的综艺，收视率很难保证。那些赞助商都是不见兔子不撒鹰，怎么可能白白扔下这么多钱给一档名不见经传的节目里？其次，他们都听说了团队出走的事情，对周绘产生了怀疑，担心节目录一半再搞出什么将帅不合的丑闻来。第三嘛，就是几家公司联手压价，想要把赞助费降下来，来薅卫视的羊毛，捡便宜。

拜托，他们卫视也是要格调的！那么点钱就想冠名节目，他们怎么不去做梦？

如此一来，赞助的事情就僵持在了那里。

就在关键时刻，一家名为飞扬运动饮料的厂商横空出世，财大气粗，拿出大笔现金砸了下来，而且并不纠缠合同的细枝末节，只要求一点——据说，他们老板很喜欢篮球，甚至在他们公司里也组建了篮球队，收罗了一批好手，经常出去和其他公司打比赛。队里大多是CBA退役球员，赞助商希望节目组能给公司几个名额，让他们参加节目，露露脸。

这不是什么过分的要求，看在钱的分上，周绘很爽快地同意了。

商务耸了耸肩，见怪不怪地说："这都是正常操作，就像有的经纪公司也会往选秀节目里送自己的练习生一样。不过，往篮球综艺里送选手的，我还是第一次见。"

杨笑颇为好奇，拿过桌上装订成册的选手名单，翻到退役运动员那一组，问："这里头都有谁是赞助商送过来的啊？"

商务接过册子，唰唰翻了几页："喏，从这页到这页，都是。"

杨笑无语了。

一共九名退役运动员，赞助商送来了六个！

哪想到商务又翻到了最前面——"还有这个，现役CBA运动员'文身哥'丁蛮，也是他们送来的，据说是签了个人代言合同。"

杨笑这次是真的惊到了！

这家运动饮料公司到底是什么来头，就连现役球员都能搭上关系？节目为了效果，特地请来了三只"老鹰"，结果其中一只居然背靠赞助商。

丁蛮这个人，杨笑听说过，身高两米一二，号称CBA"魔鬼后卫"。

## 第二十五章 神秘赞助商

他攻势迅猛,球路诡秘,而且丁蛮酷爱文身,从指尖到肩膀,两条胳膊密密麻麻纹满了图案!而且那些图案都非常可怖,在赛场上具有极强的威慑作用。

不知怎的,杨笑心里觉得很不对劲。

是她敏感了吗?

她劝自己不要钻牛角尖,可却忍不住跑去搜索这家运动饮料厂商的背景。

他们公司的官网做得很简单,原来这是一家历史悠久的饮料公司,注册地是某个十八线小城市,以前都是做山寨橙汁、山寨可乐的。一年前它被一家大公司收购,才开始做运动饮料,但看起来卖得不怎么样,知名度并不高。

总的来说,这家公司透出两个字——野鸡。

而就是这么一家名不见经传的公司,居然拿得出那么多钱赞助卫视频道的节目!

就在它被大公司收购后,才开始组建属于自己的篮球队,新老板热爱篮球,雇用了一批退役球员,让他们南征北战。

那些比赛的名字也很一言难尽,什么××乡镇篮球赛、××土地庙篮球赛、××伟人诞辰篮球赛……杨笑不禁怀疑,真的会有人去看这种篮球赛吗?

好奇之下,她点开了公司网站上的篮球比赛新闻资讯,整条"新闻"一看就是外行人写的,干巴巴的毫无文采,开篇就是某年某月某一天,在某某地,我公司篮球队和某某地区篮球队进行了一场别开生面的篮球比赛,最终比分几比几……

从新闻上来看,比赛有输有赢,新闻里还配了几张照片,都是选手们在球场上的合影。

杨笑滑动鼠标滚轮,浏览着那些照片。

一场比赛需要有十二名球员,五名首发,七名替补,照片上所有人都一脸疲惫,但在疲惫之外,还有一股——杀气。

忽然,一条新闻映入杨笑眼中——《邢总莅临篮球比赛现场,为选

## 男友请就位

手们加油打气》。

邢总？看来他就是这家古怪公司的总裁了。

杨笑点开新闻，一张照片迫不及待地蹦了出来。

照片中，十二名身高在两米上下的壮汉簇拥着一位三十多岁的男人，那男人长相成熟英俊，穿一身笔挺高定西装，眼神里满是傲气。

在看清那男人面貌的那一刹那，杨笑的手指不自觉地颤抖起来。

她认识他——他叫邢飞！

他骄傲自大、目中无人，总是自顾自地决定好一切，他最常做的事情是否定别人，绝不允许身边人做出任何违背他意愿的决定。

而他，恰好是杨笑的第一任男友。

杨笑不想称他为"初恋"，因为他的存在简直是对这个词的最大侮辱！

那时候杨笑刚从学校毕业踏上社会，初出茅庐的她，在一次新闻频道的采访中遇到了邢飞。这位霸道总裁立刻开始了一连串堪称浪漫的追人方式，杨笑那时候毫无识人经验，就这样晕乎乎地被他骗到了手。

他留给了杨笑无穷的心理阴影，尤其那句"先怀孕后结婚，不生男孩不领证"，简直是到了让她起鸡皮疙瘩的地步。幸亏她及时醒悟逃得够快，才没在这种混蛋身上浪费青春。

万万没想到，兜兜转转这么一大圈，她居然在自己的节目里，遇到这个人渣了！

"行啊繁子，听说你要上电视了？"

刚一下训，队友们就围了上来，纷纷开始恭喜孟雨繁。

要说嫉妒，肯定是有些的，但在嫉妒之外，更多的是佩服，毕竟篮球场上靠实力说话，孟雨繁有能力又不张扬，大家都对他在球场上的表现心服口服。故而，他们在听说孟雨繁参加了华城卫视的综艺节目后，一个个都喜气洋洋，都挺为他开心的。

"以后，我就是明星的同学了！"队友黄晓柯搂着他的脖子，举起手机，"大明星，快和我来几张自拍，录个小视频，等你红了，这些可都是

## 第二十五章　神秘赞助商

能卖钱的！"

孟雨繁无奈地从他的魔爪下逃脱，结果一扭头，又撞到了队长刘方舟手中。刘方舟揶揄地说："繁子，苟富贵勿相忘啊！你可是咱们全队的希望！"

孟雨繁被他们打趣得晕头转向，等到好不容易从人群里逃出来，他额头上都冒了一层薄汗。

他转身走向宿舍，哪想到在宿舍门口，遇到了正要出门的徐冬。

见到这位曾经的好兄弟，孟雨繁心底有一阵说不出的尴尬。

徐冬的禁赛期已经过了，可依旧面临无球可打的境地。CUBA规定，全国赛的选手必须是参加过地区预选赛的选手，徐冬错过了预选赛，自然不能在CUBA全国赛上露脸。

而不能在CUBA上场的运动员，也没有报名参加CBA选秀的机会。

可以说，徐冬已经提前宣布从这条职业道路上离开了，每个篮球男孩都梦想走入那片辉煌赛场，可现在，徐冬的梦想结束了。

两人都是前锋，球技相当，本来他们都有资格去争一争选秀名额……可是现在，两个人的境地却有了天壤之别。

如果时间能倒流的话，孟雨繁一定会劝徐冬不要涉足野球场，不要拿自己的职业生命开玩笑，但他同时也知道，徐冬如果不打野球赚钱，他爷爷的医疗费就没有着落。

这是一道没有正确答案的选择题。

相比于心情复杂的孟雨繁，徐冬坦然得多，他早就已经接受了现实。他见到孟雨繁，笑了笑，淡定地打招呼："你们训练结束了？"

"刚结束。"孟雨繁也故作自然地回答，"你要出门？"

"嗯。"徐冬停顿了几秒，还是说出来了，"老板叫人去比赛。"

老板是谁，他们心里都清楚。

在野球场上，很少有固定队伍，"老板"们通过野球球探联系选手，而选手在抵达场馆之前，甚至不知道对手是谁、队友是谁。野球选手之间没有所谓的合作，也不会像正规比赛一样讲战略、讲助攻，大家都是一门心思投篮，一门心思表现自己，甚至不惜用上一些肮脏的小动作。

毕竟，只有这场赢了，球探才会在有其他球赛时想到你。

他们就像是一群被驱使的鬣狗，主人让他们去哪里，他们就不假思索地冲向哪里。

孟雨繁欲言又止，最终，只郑重地吐出几个字："他们手段太脏，你注意安全，保护好自己不要受伤。"

徐冬点点头，正色道："这点我一直记得，即使得分少些，我也不会和那帮人硬碰硬的。"

两人匆匆说了几句话，徐冬就以时间紧张为由离开了。孟雨繁看着这位老友越走越远的身影，心里千般难受，却又不知该说什么好。

晚上六点，徐冬赶到了野球经纪人告诉他的地点。

这位经纪人已经和他合作过很多次了，他们通过微信联系，平时几乎没有沟通，只在有活儿时才会联系。

其实，徐冬心里清楚，这位经纪人并不喜欢他——徐冬是正经学院派出身，和那群野路子不一样，他打球太干净，小手段用得也少，少了那股和人家硬碰硬的拼劲儿，导致每场得分都不是很多。但是徐冬的优势在于时间灵活，随叫随到，任劳任怨价格还低，所以经纪人在找不到人的时候，总会第一时间想到他。

徐冬到了现场，他这场比赛的队友已经在热身了，他们有些人徐冬见过、一起打过篮球，有些人徐冬是第一次打交道。

几个人彼此交换了姓名，问了好，但是谁也没提出来交换一下微信，反正都是野球场上的点头之交，没必要装模作样。

徐冬身高两米，打大前锋，他看了看这次的队友，年纪都比他大，看起来经验都很丰富，其中有三名队友是黑人——这些都是过来"捞外快"的外籍球员。

在野球场上，外籍球员，尤其是黑人球员非常常见，黑人的运动细胞发达，身体素质也好，像篮球这样考验反应能力和爆发能力的运动，向来是黑人的天下。外籍球员打一场球价格不菲，也不知今天的老板究竟是谁，这么大方。

"观众呢？"徐冬问经纪人。

## 第二十五章　神秘赞助商

"今天这场没观众。"经纪人头也不抬地回答。

徐冬侧头看去，果然在球场周围，只看到了几台摄像机。

于是他便明白了，这场比赛不是没有观众，而是真正的观众都在摄像机后面。在互联网的某个角落里，有一个隐蔽的篮球直播间，那群躲藏在网络背后的人，正屏息等待着这场狂欢。

而这种比赛……一般都是伴随着金钱性质的。

这样的比赛，徐冬不是第一次打了，刚开始，他对此非常反感，他不想自己成为幕后庄家的棋子，更不想成为网络赌博的帮凶，可是在爷爷越来越高昂的医药费下，他低头了。

打普通的野球赛，他要打五六场才能换来一支全自费的进口药，但是这种他打两场就够了。于是，他捂上耳朵不去听，闭上眼睛不去看，停止思考不去想……他只闷头打球，不去想他每次进球时，都有哗啦啦的金钱在篮框上流淌。

就在徐冬在场边热身时，另一队人走进了场馆里，想必他们就是徐冬这场的对手了。

徐冬赶快打量起对手来。

唔，对手里有几名球员，他以前在场上搭档过，都属于勇猛有余智谋不足的，会是很好的进球突破口。还有几个出身野球场，路子太野，手段太脏，徐冬在心里给他们画上了红圈，提醒自己不要和他们硬碰硬，离他们越远越好。

走在队伍最后一个的，是一个身高远超两米、体型瘦高的男人，他戴着耳机，帽衫的帽子扣在脑袋上，他低着头，一副漫不经心的模样，就连热身都有些敷衍。

徐冬看不清他的面貌，但隐隐地，从那个人的身上感受到了一丝压迫感。

做完热身运动后，那人终于脱下了帽衫——两条粗壮的、文满了恶鬼花纹的手臂，展露在了所有人面前！

徐冬呼吸一滞，认出了那人的身份。

"这是开玩笑吧？"徐冬太阳穴嗡嗡直跳，"那是'文身哥'丁蛮？

他不是CBA现役队员吗?他跑来打野球?"

这场比赛背后的老板,到底是谁?

"管好你的嘴。"经纪人瞪了徐冬一眼,"在野球球场上,只有输球和赢球,你的对手是谁并不重要。"

徐冬瞬间安静下来。

"还有……"经纪人招了招手,示意徐冬靠近。

徐冬抿着嘴,靠了过去。

经纪人低声道:"一会儿比赛时,不要防丁蛮。"

"什么?"

"听不懂?"经纪人斜睨了他一眼,放慢语速,"不要防丁蛮。"

在赛场上,有人进攻,自然就要有人防守,丁蛮是CBA现役球员,注定会成为所有人的首要防守对象,防止他拿分。

可是经纪人却说,丁蛮的所有进攻都不要防守,那就说明……

"你让我打假球?"徐冬的脸色瞬间变了,"我早就和你说过,我来打球,我什么都能做,但是最低的底线是绝对不打假球!"

徐冬看着赛场周边的摄像机,不敢去想网络那端有多少人挥舞着金钱,在赛场上下注。他让的不只是一个球,而是多少人的血汗钱啊!

"徐冬,你可真有意思。"经纪人冷冷道,"你当自己有多干净吗?你以为自己是守护正义的英雄吗?现在还跟我谈不打假球?从你在我手里拿过第一次酬劳的那天起,你早就成为这肮脏泥潭里的一员了。"

"想清楚吧。"经纪人拉过他的衣领,像是拍打一只野狗一样,轻蔑地拍了拍他的脸颊,"你懂的,球场上总是免不了一些肢体冲撞……你说,要是有人在你起跳投篮时,'不小心'撞了你一下,那会引发什么后果,可就不一定了。"

这绝对是徐冬此生打过的最艰难的一场比赛。

他踏上野球场,不惜冒着风险,赌上自己的职业生涯,只为赚钱——但绝对不是黑心钱。

从他成为运动员的那天起,他便发誓绝对不愧对良心,他投出的每

## 第二十五章　神秘赞助商

一球，必须是堂堂正正的。

但是站在面前的经纪人却打碎了他最后一丝底线。

野球场就像是一个泥潭，除非他完全没有利用价值了，上面的人才会放他走，否则他只能永远留在这里，这钱，他不赚也得赚；这球，他不打也得打。

徐冬几乎是被逼上了球场。

因为是野球局，所以并不像正规比赛一样是五名首发、七名替补的设置，这场比赛两队各只有七名队员，五名首发、两名替补。上场后，也没有教练会给他们指导，只有站在场外的经纪人会密切紧盯他们，在关键时刻会换人。

徐冬想要消极怠工，不碰球、不追球，到时候即使经纪人不把他罚下场，站在网络那端的庄家和赌球的人，也会把他骂下场。

哪想到，在开场前，经纪人居然把所有人聚在一起，告诉他们："老板对这场比赛很重视，所以这场比赛不再拿固定薪酬，而是按照进球数给钱！谁进得多，谁就拿得多。"

此话一出，整个队里的氛围瞬间变了，本来野球队员就是临时拼凑的队伍，彼此之间毫无默契，而经纪人的话，也把他们之间最后一分遮羞布撕扯开了。只有进球才给钱，助攻不给钱……那别人凭什么帮你拆挡？

而那些坐在替补席上的人，也虎视眈眈地望着场上的五个首发，他们都巴不得首发出现失误，能让他们上场赚钱。

在这样的压力下，徐冬哪敢再消极怠工！他若是不进球，他连这场比赛的工资都拿不到！

他算了一下，按照经纪人承诺的价格，他若是这场表现得好，就能给爷爷换来整整一支进口药！

想到这里，他只能把那些杂念抛之脑后，带着球拼命奔跑起来。

他所在的球队首发五人，其中三人都是黑人球员，而敌方球队的配置也很了得，有丁蛮这个魔鬼后卫在，所有人的进攻节奏都隐隐被他引领着。

徐冬完全不想和丁蛮硬碰硬,丁蛮一冲到篮下,徐冬就故意被挤出内线,躲得他远远的——这是现在的他,唯一能做到的事情了。

他不想打假球,只能选择避开。

丁蛮确实势不可当。他身体素质很好,而且又是CBA的正规军,身高、体重甚至比那群黑人球员还要强。在篮球圈,身体高一厘米,就是多一分胜算,他可以用他的身高来碾压别人,在身体对撞时,也可以毫不留情地把别人撞开。

徐冬被挤到外线,看到丁蛮如入无人之境,一次又一次地把球灌进他们的篮框中。有几次,黑人球员明明能够挡住他,但是都会意外摔倒或者指尖恰好擦过篮球,再或者起跳失误……

若不是徐冬熟悉这之中的门道,恐怕他也会和场外的观众一样,以为这只是正常攻防而已。

终于,徐冬又一次拿到球了,他立刻带球冲向了敌方篮下,可有个人影比他更快——是丁蛮!

丁蛮快速回防,如鬼魅一般出现在徐冬面前,双手大张,挡在了徐冬的进攻路上。

好在,徐冬对自己的三分非常有信心,尽管丁蛮比他高,但只要他能立刻起跳把这一球投出去,至少有百分之八十的可能性入篮,拿到这宝贵的三分。

可就在此时,他听到面前的丁蛮开口了。

"把球给我。"

丁蛮的声音很小,但他确确实实说的是这四个字。

徐冬怔住了,但他的身体却提前做出了反应,他转身跨步,一个漂亮又惊人的带球过人,起跳出手——篮球稳稳地射入了篮框!

而在他落地的一瞬间,他清楚地看到了丁蛮眼中闪过的一丝狠戾。

徐冬的心脏颤抖起来。

但他很快又安慰自己,经纪人只是让他"不防守",没说让他"不进攻",一定没关系的,一定没关系的,一定——没关系的。

他看了场边的经纪人一眼,却没在他脸上看到任何表情。

## 第二十五章 神秘赞助商

比赛继续下去。

第三节的时候徐冬被换了下去,坐到场边休息。

野球比赛的节奏比正规比赛快得多,所有人都拼着一股狠劲在往前冲,违规没有裁判吹哨,被撞倒了那就立刻爬起来继续跑,也不会有人低头看看会不会踩到别人。

在这场比赛里,徐冬看到了篮球圈里能够出现的最肮脏最卑鄙的手段,甚至有人因为多次摔倒,弄得遍体鳞伤,鲜血淋漓。但流血并未让他们停下,反而激发了这群男人心中的凶性,他们的球衣沾上了血,随便拿绷带一缠,继续向前冲。

徐冬所在的队伍,军心涣散,不讲合作,即使每个人的攻势都很猛,但依旧在比分上吃亏,被丁蛮的队伍甩下了很多分。

徐冬知道,这就是幕后老板想要的效果,"拼命打球依旧输了",只有这样的作假才不会有人怀疑。

在距离整场比赛还有三分钟结束时,徐冬又一次被替换上场。他休息了这么久,身体已经不太疲惫了,他只想抓住机会再进两个球,给爷爷凑医药费。

但是没人为他拆挡,没人为他助攻,他的进攻屡屡被打断,而且不知不觉中,他一个内线球员,居然被挤到了外线——

当他意识到时,发现自己居然迎面撞上了丁蛮!

丁蛮双手运球,手臂上的文身如狰狞恶鬼,对徐冬龇出了獠牙。

徐冬心中大乱,一种莫名的危机感迎面而来,他立刻扭转身体想要避开,可是晚了……

丁蛮高高起跳,手中的篮球砸出——但不是对着篮框,而是对着徐冬的头部重重砸下!

徐冬下意识抬起右手挡在眼前,下一秒,一阵巨大的冲击力撞到了他的掌心中,紧接着又磕向了他的眉骨……

剧痛袭来,黑暗遍布。

男孩高壮的身躯轰然倒地,激起一片尘埃。

"抱歉啊。"丁蛮自上而下俯视着陷入昏迷的徐冬,耸耸肩,轻飘飘地扔下一句话,"我手滑了。"

"繁子!繁子!你别睡了!"

早上,孟雨繁被激烈的敲门声震醒,他迷迷糊糊离开床,拉开宿舍大门,只见队长刘方舟满脸煞白地站在那里,浑身颤抖。

见他这副模样,孟雨繁瞬间醒了。

"怎么了?"他问。

刘方舟大声道:"徐冬出事了!"

"他怎么了!"孟雨繁身躯一震,攥住了队长的手腕。

"具体出什么事不知道!今天早上医院打电话找到学校,说昨天晚上收治了一个病人,是我们学校的学生,还穿着篮球服!整个人昏迷不醒,眉骨、鼻骨、手指都骨折了,像是被什么重物重击过,至少是脑震荡,现在还没清醒!"

孟雨繁比任何人都清楚昨天徐冬去了哪里,徐冬的伤不用想,肯定是野球场上被人暗算的!

"繁子,你快点换衣服吧,教练就在楼下等咱们!"

另一边。

《篮板之王》节目组的摄影棚正在做最后的搭建准备工作,这个周末,就要正式开录了。

节目会预先录够一个月四期的量,不仅要拿去给台里审核,还要留出修改的时间。一般来讲,一个综艺节目有三期存量就足够了,但《篮板之王》历经波折,又是卫视的重点项目,周绘要求必须提前剪出四期来。

眼看节目即将录制,杨笑带着节目组的同事们一起到摄影棚踩点。

摄影棚在郊外,远离市区,棚子很大,是由台里另一档歌手选秀节目的摄影棚改的,地上堆了很多拆下来的配件,而他们《篮板之王》的物流正在等待安装。

这个摄影棚就是一个室内球场,中间低、四周高,身处其中,颇有种罗马斗兽场的感觉。不过开始几期并没有开放给观众参观,除了选手

## 第二十五章 神秘赞助商

之外,只有啦啦队在现场。

主持人是周绘找来的,她面子大,居然请动了国家篮球队的两位功勋球员和一位职业解说,每期还会和隔壁的选秀节目联动,请当红流量过来当一期嘉宾……杨笑不得不惊叹于周绘的神通广大。

她无比庆幸当初的自己选择离开《午夜心路》来到卫视工作,能遇到周绘这样厉害的领导绝对是她职业生涯上最大的幸事。

她头上戴着黄色的安全帽,手里拿着图纸,小心翼翼地绕过地上的建材,走向正中间的舞台。

负责做舞台调度的同事正在和施工队碰方案,杨笑在旁边静静听了一会儿,确认进程良好,能如期完成任务,她便转身走向了其他区域。

需要她一一检验的地方有很多,她要抓紧时间赶快确认。

"让一让、让一让!"扛着广告牌的施工团队喊道。

杨笑赶快让开道路,看着几位工人抬着一个足有三米高的大展牌从她面前经过。牌子上,喷绘的节目标志极为醒目,而在标志之上,便是赞助商的名字——飞扬运动饮料。

杨笑盯着那几个刺目的文字,只觉得阵阵作呕。

邢飞那个人渣,葫芦里到底卖的什么药?以杨笑对他的了解,他这人精于算计,心思深沉,杨笑不相信他会出于"喜欢篮球"就给他们节目投这么多钱。

算了,想那么多也没有意义。

她只是一个小小的编导,躲在幕后,而他是高高在上的赞助商,他不可能知道自己在这个节目中,他们是不会再相遇的。

然而,有时候命运就是这么古怪,偏要违背她的意愿,把她玩弄在股掌之中。

就在杨笑检查物料的时候,手机忽然响了,她拿起来一看,发现居然是她的顶头上司周绘!她立刻手忙脚乱地接起来。

"喂,周老师,您有什么吩咐?"她恭敬地问。

周绘的声音传来:"你现在在摄影棚是吧?"

"对,我在这边检查棚内搭建的进度。"

"嗯，那就好。"周绘道，"刚才赞助商给我打了个电话，他们老板邢总刚好在那边附近开会，想去摄影棚看看，我现在赶不过去了，你负责接待一下。"

杨笑愣住了，她下意识地就想拒绝，然而不等她开口，一阵脚步声忽然在她身后响起。

冥冥之中，她的第六感催促着她转过身去。

于是，她便僵直着脊背，慢慢地、慢慢地回过了头。

身后，一行几人站在那里，不论男女皆是西装革履，全为人中精英。

而领头的那个男人，穿一身高定西装，踩一双手工皮鞋，腕间手表镶钻，顶得上半间摄影棚的造价，他器宇轩昂，满头黑发被发胶固定在脑后，顾盼间皆是逼人的傲气。

他冷冷地盯着杨笑。

盯着这个居然胆大包天，拒绝了他"求婚"的女人。

如果那也叫求婚的话。

杨笑手里还举着手机，见到这位眼高于顶的前前男友邢飞，一时不知道应该说什么才好。

不等杨笑想清楚，邢飞率先开口了。

他扭过头，看向身旁的秘书，吩咐道："现在立刻给周绘打电话，让这个碍眼的女人，滚出节目组。"

杨笑没想到，他们两人重逢的第一面，邢飞就要给她一个下马威。

而且实话实说，面对这样一个出手阔绰的赞助商，杨笑并没有信心相信周绘会偏袒自己。如果赞助商坚持要撤掉她这个小编导，周绘真的会站到自己这边吗？

就在她脑中飞快地思考起应对之策时，站在她面前的男人，突然大笑了起来。

"哈，杨笑，真应该在你面前立一个镜子，让你看看你现在的表情。"邢飞非常美式地、做作地、夸张地耸了耸肩膀，调笑道，"是不是吓了你一跳？"

杨笑：玩笑？他管这个叫玩笑？

## 第二十五章　神秘赞助商

杨笑露出一个尴尬又不失礼貌的微笑:"……确实,吓了我一跳。"

这么久不见,邢飞这个人真是越来越惹人厌了。

杨笑想要把两个人曾经的关系直接忽略过去,于是生疏而客气地说:"邢总,您现在时间方便吗?一会儿将由我带您参观我们的摄影棚。"

可惜邢飞并不买她的账,直白地说:"'您'?我以为咱们的关系没必要这么生疏。"

杨笑坚持用敬称:"您是投资商,对您有礼貌是应该的。"

"那现在,投资商要求你直接叫我名字。"

杨笑不应,只用一双眸子定定地注视着他。

邢飞说:"杨笑啊杨笑,你可真是让我惊喜!第一次见你的时候,你还是新闻频道的小实习生,现在居然跑到卫视来了!刚才我看到你时,着实惊讶。"

杨笑很谦虚:"也是因缘际会,不足为谈。邢总,我看时间不早了,您一会儿应该还有工作吧?我看咱们尽快参观,不要耽误您之后的工作了。"

说完,她率先迈开步子,根本不管邢飞有没有跟上。

邢飞望着她远去的背影,嘴角噙着一抹笑容,但眼神里却充满了恨意。

杨笑啊杨笑,这个让他头一次尝到败绩的女孩子,他怎么会忘?

邢飞从来不缺女人,对于他来说,女人都是些扑火的飞蛾,不过是看上了他的钱,却以爱情的名义作为包装。在遇到杨笑后,这个热烈如火、娇艳如花的女孩逐渐走进了他的心里,虽然她出身普通,父母都是没什么本事的工厂干部,但他并不介意。

于是,他屈尊降贵向她求婚,可她呢,居然拒绝了他!

理由也格外可笑,她居然说,她绝对不接受先怀孕再结婚,生下儿子后再领结婚证!

真是莫名其妙,女人的作用不就是传宗接代吗?他连她有没有怀孕能力都不知道,万一不能,怎么可能把一只不会下蛋的母鸡娶回家?

至于生了儿子才能领证……这更正常了!没有儿子,谁来继承他的

男友请就位

家产呢?

当然,他会是一个很宠女儿的老爸,不管生多少女儿,他绝对会把她们捧在手掌心,锦衣玉食,带她们去环球旅行,等她们长大了,给她们买车买房,置办嫁妆,再找个乘龙快婿风光出嫁……这绝对是一个女孩子这辈子最完美的生活了。

至于学业、事业……女孩子当然要聪明些,但是不需要太聪明。

他想,像杨笑这样,就属于聪明过头了。

她脑袋里乱七八糟装了什么"女人当自强"的想法,居然拒绝了他的求婚!这就完全属于聪明反被聪明误了!

她当记者那么辛苦,又赚不到几个钱,就应该早点嫁人,当全职太太,闲来无事和其他太太们喝喝茶,买买包,不好吗?

在杨笑和他提分手时,邢飞并没有当真,毕竟他以前的那些女人,也是喜欢把分手当作口头禅,目的只不过是从他手心里再捞几个包包、几颗钻石而已。

但是邢飞没有想到,杨笑居然走得那么决绝。

在杨笑提出分手的第二天,她就搬出了别墅,那些昂贵的首饰、衣服、包包一个都没有带走。

他等她回心转意,等她哭着回来求他……可最终,她却消失在了自己的生命里。

可笑!

这是邢飞第一次尝到败绩,让他刻骨铭心——恨到刻骨铭心。

没想到现在,他兜兜转转,又和她相遇了。而这次,他绝对不会再放手了。

邢飞脑袋里的危险想法,杨笑并不知道。

他带着邢飞一行人参观搭建中的摄影棚,从头到尾都贯彻着一个词——公事公办。她不和邢飞对视,永远离着他一米远的距离,用最简洁的话介绍摄影棚,回答他的问题。

邢飞最开始,确实问了几个和节目有关的问题,但是问着问着,内容就跑偏到了别的地方。

## 第二十五章　神秘赞助商

他直接问:"杨笑,你还是单身吗?"

杨笑也直接回答:"不是,我和我男朋友感情很稳定,春节就见了家长,也订婚了。"

她暗想,既然接过那支柏树枝,就代表订婚了。

邢飞瞥了她的手指一眼,似笑非笑:"可你并没有戴戒指!怎么,那个男人穷到连一枚戒指都舍不得给你买?"

说起来,孟雨繁和杨笑相处这么久,好像还真没有送过杨笑很正式的礼物,倒是杨笑给孟雨繁买了不少东西,从脚下的篮球鞋到脖子上的围巾,杨笑努力在用自己赚的人民币把她的男孩装点成一棵在黑夜里闪闪发光的圣诞树。

但是,孟雨繁送过杨笑别的东西,他送过她一杯藏在怀里暖烘烘的奶茶,送过她一枚初秋时节树梢上的红叶,送过她一只还没有巴掌大的小雪人……他送过她无数的吻和无尽的爱。

但是这种事,杨笑自然不会说给邢飞这个垃圾人听。

她回答:"工作场合要低调,而且工地很乱,戴戒指不方便。"

邢飞傲慢地哼了声。

邢飞问:"这周末就要录制第一期了吧?"

"是的,第一期第二期一起录,预计要录两天。下周工作日剪片子,周末录第三期第四期,四期全部剪好就要送到台里过审了。"

"好。"邢飞说,"这周末的录制,我会来看的。"

杨笑:"抱歉,节目并没有邀请观众。"

邢飞道:"我不是观众,我是赞助商,你信不信我给周绘打个电话,我就算带一百个人来棚里,她也会给我安排?"

杨笑没办法,只能默认了他的到来。

邢飞走到主舞台入口处,看到堆放在旁边的选手展板,眼神闪过一丝异色。

杨笑注意到,他盯着的正是丁蛮的照片。

杨笑一直没搞清楚他和丁蛮的关系,现在看他驻足,便问道:"听说,丁蛮是你推荐来的?"

"是。"邢飞语气轻松,"我喜欢篮球,养了一支球队,平时没事就让他们出去打打球。丁蛮是我在一场球赛里认识的,他能力很强,我喜欢他在赛场上的那股劲儿。现在很多运动员,拿着那点儿年薪混吃等死,在队里蹉跎几年,连个首发都没混上,要是像丁蛮这样的人多一些就好了。"

杨笑皱眉,她看过丁蛮的比赛视频。

丁蛮人如其名,在赛场上简直像是一台移动绞肉机,毫无顾忌,横冲直撞。他体重有一百一十公斤,能够卧推推起和他体重相当的重量。他仗着身强力壮,经常肆意冲撞别的队员,其他人怕受伤,不敢和他硬碰硬,所以他在CBA赛场上所向披靡。

杨笑很讨厌他的球路,相比来说,孟雨繁和冯相打球时就干净得多,虽然也会有身体对撞,但都是技巧性的,而不是这样蛮横的。

邢飞说他喜欢丁蛮的打球风格,杨笑心中很反感,状似无意地说:"怎么以前从没听你讲过你喜欢篮球?"

"哈。"邢飞笑了,眼神斜睨地扫过她,"女人,你不知道的事情还有很多呢。"

这句话成功地恶心到了杨笑,如果把恶心分成十级的话,管不住裤腰带给她递房卡的冯相,属于二级;脚踏三十多条船还一副深情脸孔的于淮波,八级;家里有皇位等待继承的霸道总裁邢飞——唔,两百级吧。

杨笑压住作呕的感觉,说:"不好意思,我忽然想起我还有个事没有处理完,我让别的同事来带你参观。"

说完,她转身便要离开。

"杨笑!"邢飞忽然拉住她的胳膊,力气很大,大到她脚腕一扭,被他硬扯了过去。

杨笑神色警惕:"还有什么事吗,邢总?"

"当然。"邢飞看着她,手指死死捏住她的胳膊,"我要见你的未婚夫。"

杨笑当然不可能也根本不敢让他见孟雨繁。

若是邢飞知道她的男朋友也在这档节目中,谁知道会发生什么事?

## 第二十五章 神秘赞助商

邢飞看着仪表堂堂，但本质上不过疯子一个。

杨笑强作镇定，回答："见他？我看没什么必要。"

"哦？说不定他也想见我呢。"邢飞玩味地说，"哪个男人不会对自己女人的前男友好奇呢？"

"他就不会。"杨笑笃定地说，"他为什么要见一个没他年轻、没他英俊，更没他时间长的老男人？"

邢飞的脸色瞬间漆黑。

杨笑强忍痛楚，坚定地把自己的胳膊从他的手掌中抽走，一字一顿说："邢飞，我再告诉你一遍，咱们已经结束了——咱们早就结束了。"

逃离摄影棚后，杨笑立刻冲到洗手池仔仔细细洗了好几遍手，她挽起袖子一看，果然她的胳膊已经红了，说不定到了晚上还会青。

她心中咒骂连连，邢飞祖宗八代都被她骂了一个遍。

一想到在节目录制的三个月里，肯定时不时要和邢飞打交道，她就觉得头疼又恶心。可是，她又不能直接和周绘提这件事，怕上司觉得她公私不分，意气用事……算了，不要去想了，船到桥头自然直吧。

她驱车去了最近的首饰店，为自己挑了一枚简单的小钻戒，从进店到刷卡付账，前后不超过三分钟。她把它戴在左手中指上，对着灯光看了看——嗯，一闪一闪亮晶晶，正适合当订婚戒指。

不过像她这样，自己给自己买订婚戒指的女孩子，估计天底下是独一份了。

社畜逛完街，依旧要回公司加班。

临近节目开播，工作只多不少，同事们都在挑灯夜战，她自然不能当逃兵。她回电视台又忙到了后半夜，实在没力气开车回家，她想了想，干脆去孟雨繁买的那套公寓居住。

这套房子虽然挂在孟雨繁名下，但他大多住在学校，每周只能逃出来一天和杨笑私会。这栋公寓楼就买在电视台旁边，杨笑工作太忙时，经常独自留宿在这里，她的衣服、鞋子、化妆品，一点点挪了过来，让这里逐渐成了她的另一个小巢，有了家的模样。

她疲惫地开门进屋，踹掉高跟鞋，扔下装着笔记本电脑的包包，啪一声按下墙壁上的开关——"啊!"杨笑吓一大跳,完全没想到客厅里居然坐着另一个人!

只见孟雨繁垂头坐在沙发上,不声不响,衣服未脱,整个肩膀垮了下来,像是一座死寂的山。

杨笑敏锐地察觉出了不对,立刻赶过去,蹲下身,看他。从这个角度,才能看到孟雨繁的表情。

他脸上表情复杂,凝重有之,愤怒有之,茫然有之。他眼眶微微泛红,像是刚刚哭过。

杨笑心里一紧,忙问:"怎么了?"

男孩声音低沉:"徐冬……"

"徐冬怎么了?"

"徐冬出事了。"孟雨繁声音轻到听不见,"是打野球出的事,现在还在医院昏迷不醒。"

杨笑倒吸一口冷气。

她对徐冬的感情很复杂,一方面,她厌恶他想把孟雨繁拖下水打野球的行为,另一方面,又觉得他本质不坏,只是为了筹钱走错了路。

"具体怎么发生的知道吗?有抓到凶手吗?"

孟雨繁沮丧地摇摇头:"什么线索都没有,医院120接到了一个匿名电话,当他们赶到时,徐冬倒在地上,身边一个人都没有。天这么冷,他身上只穿着一套篮球衣,包里的东西一样没少,鼻血流了满脸,手指骨折了三根,眉骨骨裂,鼻梁重度骨裂,瘀血严重,医生说搞不清楚他被什么东西砸了。但是我知道——有人拿球狠狠砸他的脸,他拿手挡了一下。"

幸亏徐冬拿手挡了,否则他的伤只会更严重。

杨笑不可思议地问:"篮球会造成这么严重的伤?"

"嗯。"孟雨繁苦笑着说,"很难想象吧?一只充气的皮球居然会造成这么大的伤害……其实篮球的攻击力很可怕,那些力气很大的球员,向来以'扣碎篮板'为荣。"

所谓的扣碎篮板,是指篮球运动员在起跳灌篮时,篮球撞上篮框,

## 第二十五章　神秘赞助商

导致整个篮板的有机玻璃完全碎裂。

在 NBA 叱咤风云的大鲨鱼奥尼尔,就曾多次灌碎篮板,甚至利用他恐怖的体重,直接把篮板拽下来,整个金属支臂都被压弯。

当然,在国内 CBA 暂时还没有出现这样厉害的球员,但这足以证明篮球的攻击力有多大。

一个充气圆球连有机玻璃板都能震成碎片,遑论人的头骨呢?

杨笑牙齿打战。

一个她前不久还见过的、会和她戏谑玩笑的活生生的人啊,就是因为打了几场野球,就被人打进了医院!

篮球明明应该是一项光明正大、讲究合作的竞技运动,但在有心人的暗中操控下,成了充满危险的暗黑游戏,何其可怕!何其可笑。

她紧紧攥住了孟雨繁的手,她只觉得心里又空又乱。

她问:"你们去看过徐冬了吗?"

"看过了。"孟雨繁说,"他家人一直守在病房外,他爸妈完全不知道他这段时间在打野球,他和家里人说,他在外面兼职教小朋友打篮球,赚的钱全是学费。出事后,他爸妈特别自责,都没敢告诉他爷爷。"

他的声音越来越低,突然间,一滴眼泪落了下来,滚烫的,灼烧了杨笑的手背。

"我特别后悔……"男孩声音里充满着迷茫和无助,"他那天去打野球前,我碰见他了,可我却没有拉住他,我……我……我是真的想和他做一辈子兄弟。从我们入学那天起,我们俩就一起训练,一起努力,我们说好了要一起进 CBA 的,可是现在……其实他爷爷的病,我也可以帮忙的。他完全不用那么辛苦去打野球的!我还有一笔钱信托在银行,我可以提前取出来,我可以给他,或者借他一大笔钱,可我……"

杨笑见他钻了牛角尖,她立刻扬起手臂,打了他一巴掌。

清脆刺耳的巴掌声落在他的脸侧,杨笑并没有用多大力气,可也足够让这个陷入沼泽的男孩清醒过来。

"孟雨繁,你在说什么胡话?"杨笑厉声道,"这根本不是我认识的你!"

孟雨繁被她打蒙了，愣愣地看着她。

杨笑跪坐起身，复又抱住了他。

她像是在搂着一个孩子，一个超大号的孩子，她强硬地把他的脑袋压在自己的肩膀上，她一只手抱着他的肩膀，另一只手抚摸着他的后背，一下又一下。

"这不怪你，雨繁，这从来不是你的错，你不需要把所有的错误归结在自己身上。"杨笑在他耳边坚定地说，"即使你给了他一大笔钱，以徐冬的性格，他就会接受吗？他有千百次机会向你借钱，但他一次都没有开口。他有他的骄傲。"

"打野球，是他自己做出的选择，不管这个选择是对是错，带来的结果是好是坏，这都是他自己选择的路。你是他的朋友，你可以惋惜他，你可以心疼他，你可以帮助他，但是你不能替他做选择！"

她一口气说完这一串的话，杨笑不希望孟雨繁陷入不该有的自责中。每个人都应该为自己的人生负责，孟雨繁没有必要把别人的人生背负在自己的肩膀上。

一时间，整间屋子寂静无声，只有两道呼吸声交织在一起。

过了许久，孟雨繁忽然开口："……那笑笑姐，我能为他报仇吗？"

杨笑一愣："你知道是谁下的手？"

"暂时不知道。"孟雨繁摇摇头，"但是篮球圈子就这么大，不管是野球还是职业球员，能以那么大力度攻击的人寥寥无几，这个人一定很高，而且臂力惊人……我可以照着这个范围缩小。"

孟雨繁以为杨笑会制止他，劝他不要冲动，不要以身犯险。

可是谁料，杨笑居然点了点头。

"那好，我支持你。"她郑重说道，"但是你一定要答应我，这个复仇，一定要在篮球场上光明正大地解决，不能私下斗殴。"

少年意气，挥斥方遒。

虽然直到现在，杨笑依旧无法喜欢徐冬这个人，但孟雨繁这么重视这段友谊，一定有他的理由。

那么，她会支持他的一切决定。

## 第二十五章 神秘赞助商

男孩的眸子中闪过一片光彩,他伸直双臂,紧紧送了她一个拥抱。

"谢谢。"他说。

谢谢杨笑,来到他的生命中。

男孩的力气太大了,手掌刚好碰到杨笑胳膊上的青紫处,那是白天的时候被邢飞抓出来的抓痕,经过几个小时已经从通红变成了紫色。

杨笑低声"嘶"了一声,庆幸穿着长袖衬衫挡住了皮肉上的痕迹。

孟雨繁忙问:"怎么了?是我力气太大了吗?"

杨笑回答:"没事,就是白天去看录影棚搭建时,不小心碰伤了。"

本来,她是想告诉孟雨繁关于邢飞的事情的,她的前男友成了节目赞助商,未来他们还会在工作中有诸多交集,这种事情她觉得应该提前告诉他一下。

但是……今天孟雨繁的烦心事已经这么多了,还是不要再拿这件事打扰他了。

## 第二十六章
# 节目录制

仿佛一眨眼间,就到了节目录制的日子。

整个节目组乌泱乌泱那么多人,人人都挂着浓重的黑眼圈。这段日子,杨笑都不知道自己是怎么熬过来的了,她不是在影棚工作就是在前往影棚的路上,每天仅能睡两三个小时,全靠咖啡续命。

她为《篮板之王》操碎了心,要知道,她上一个节目手底下仅有四五人。可是现在呢,她手底下负责一整个大团队,她事事操心,样样协调,生怕哪里出纰漏,让同事们背地里看笑话。

在节目开录的那个早晨,周绘率领节目组的所有员工去庙里上头香,跪求菩萨保佑一切顺利,收视长虹。

杨笑震惊了,茫茫然地下跪、磕头、敬香,周围同事都比她虔诚得多,一个个闭着眼睛念念有词,负责选手管理的同事更是把脑袋磕得哪哪响。

负责后勤的同事提了两箱篮球过来,摆到佛像前,请高僧开光。一时间,整个大堂香火弥漫,佛音袅袅,全部落在了那些棕橙色的皮球上。

杨笑目瞪口呆,问:"……这么大张旗鼓地搞封建迷信,是不是不太好啊?"

文案同事见怪不怪地说:"嗨呀,这是老传统啦,就跟电影剧组开拍前要拜祭台一样。咱把能做的都做了,但一档节目能不能火,还是得看天意嘛。"

一行人拜完,还没踏出庙门,就撞上了另一组跑来敬香的人——正是《篮球狂热》节目组!

两组人大眼瞪小眼,在庙门口僵住了。

杨笑本来觉得自己节目组把篮球扛过来就很夸张了,哪想到《篮球

## 第二十六章 节目录制

狂热》居然打包了所有篮球服、篮球鞋,比他们的阵势还要大。

仇人相见,分外眼红,杨笑本以为一场骂战一触即发,哪想到周绘连眉头都没皱,轻蔑的眼神自对方身上扫过,留下一声讽笑,便提步离开了。

而对方团队的表情呢?愧疚,尴尬,心虚,偏又要强撑硬气……

背叛者永远是背叛者,他们自己的心虚就足够折磨他们了。

摄影棚内,三十名选手已经在后台排队化妆了。

旁边的休息区里,已经有不少化完妆的选手们三三两两地聚在一起聊天。休息区很大,足够装下所有选手,但是人群泾渭分明——

从体校和俱乐部选拔上来的孩子们,嘻嘻哈哈地聚在一起,嘲笑彼此的眉毛和脸上的粉底。和孟雨繁一样出身 CUBA 的大学生运动员们,因为经常在赛场上碰到,所以还算有话题。最格格不入的当数年纪最大的 CBA 退役运动员们,那块区域的气氛几近凝固,每个人都各自玩着手机,彼此都不理睬。

想想也是,那群体校的孩子只有十五六岁,退役运动员们都三十出头了,年龄差了一倍,确实不好融合。

不过,初生牛犊不怕虎,有些大胆的孩子鼓起勇气,拿着提前准备好的小本子,跑过去请那些退役运动员们签名,他们眼中闪着向往的光芒,期盼未来的自己能像他们一样为 CBA 效力。

孟雨繁无所事事地拿出手机摆弄。

他戳开徐冬的微信名字,给他留言。

> 雨过天晴:冬子,我来录节目了。
> 雨过天晴:你都想不到,居然男人也要化妆!
> 雨过天晴:太奇怪了,又给我抹脸,又给我画眉毛的。
> 雨过天晴:本来想给你拍张照片看看的,但我想了想,还是等节目播出后,你直接在电视上看吧。
> 雨过天晴:你快醒过来吧,你不会一直睡到节目播出吧?

自然，这些留言并没有得到回复。

忽然间，不知是谁喊了一句："制作团队来了！"

整个休息室瞬间安静下来，二十几双眼睛全部看向了大门，很快，一阵脚步声在走廊上响起，紧接着，那道紧闭的房门被推开了——

率先进入眼帘的，是一位四十多岁的职业女性，她留着一头短发，脊背挺得笔直，表情严肃，不怒自威。七八个人紧紧跟在她身后，每个人的脖子上都挂着工作牌，孟雨繁一眼扫过去，看见上面写着什么策划、文案、艺管、商务，还有——编导。

年轻的女编导今天没有穿职业裙，而是方便运动的牛仔裤配帽衫，脚下踩着一双红白相间的球鞋，头发高高束起，行走间左右摇摆，像是一条机敏的尾巴。

四目相对。

孟雨繁故意挤眉弄眼，扬起一抹讨好的、大大的傻笑，然而杨笑却满脸冷漠，眼神毫无波动地从他身上掠过，滑向了其他选手，仿佛他只是一棵平平无奇的大白菜。

制作人周绘是特地来慰问选手的，节目日程很紧，要在两天之内录完两期节目，每个小时都在比赛、比赛、比赛，第一次录制节目的选手们很容易晕头转向。

周绘先向所有选手简单介绍了一下节目，她语速很快，像是机关枪一样噼里啪啦打出来。她明明个子不算很高，但二十多个大男人站在她面前，居然被她的气势压了一头，整个队伍都安静到了极致。

"抱歉各位，我一会儿和赞助商还有个会议，不能在这里多待。"周绘转头看向身旁的编导，"杨笑，你是和我去见赞助商，还是留在这儿？"

杨笑当然不想见前男友，立刻说："我还是留在这里吧，我想选手们对拍摄流程肯定还有不清楚的地方，我留在这里给大家答疑好了。"

周绘并没有看出她的不对劲，点点头，便带着人离开了。

待气场可怕的大魔王一走，整个休息室内的风向立刻变了。

杨笑年纪轻，长得又漂亮，这么一个大美人放在一群饿狼眼前，哪能不让他们心思浮动？

## 第二十六章 节目录制

杨笑在介绍完节目录制的详细流程后，就把时间留给选手，让他们自由提问。

说是答疑，可结果呢？选手们的问题都稀奇古怪的，集体降智，撑死了也就是小学三年级水准。二十几个大小伙子、二十几张嘴叽叽喳喳地挤在一起，简直比一群鹅还要烦。

这个问："妹妹，这个节目要排到几点啊？我今天晚上还约人看电影呢！"

杨笑面对这些球痞子，也不客气，直接回答："您直接把约会推了吧，我打包票，录节目比你们打一场比赛累得多，你今天录完，明天能爬来录影棚都不容易。"

那个问："美女，以后能不能别这么早集合了，我们一群大老爷们，化什么妆啊，娘唧唧的！"

杨笑又说："化不化妆和'娘'无关，只和'丑'有关，我们节目需要收视率，胡子拉碴满脸痘坑不适合上镜。"

杨笑一连驳回去几个人，剩下的人都熄灭了乱七八糟的念头，但依旧有人不死心，躲在人群之中，暗暗地发问。

"小姐姐，你有没有男朋友啊？"

站在最后一排的孟雨繁立刻抬起头，看向了杨笑。

虽然两人说好在节目录制时装成陌生人，但他们可没有聊过如何应对这种问题。

孟雨繁猜不到杨笑会如何应对。

"男朋友？"杨笑看向声音来源的方向，淡淡道，"我没有男朋友。"

孟雨繁：繁繁很委屈，但是繁繁不说。

下一秒，女孩抬起左手，纤长的中指上，一枚精巧优雅的钻戒夺走了所有人的视线。

她浅浅一笑，答道："不过我有一个未婚夫，春节刚定的亲。"

孟雨繁：哪儿来的钻戒？

他梦游时买了个钻戒还求婚成功了吗！

十二点整，节目录制正式开始。

## 男友请就位

《篮板之王》在综艺形式上,借鉴了成功的男团选秀类节目,摄影棚内搭建了一个篮球场,不过在节目录制初期,篮球看台全部封锁,只有场地北边留有三十个座席。

三十个座席分成三组,并不是以年龄区分,而是以前锋、中锋、后卫的司职区分。

每个选手依次走进摄影棚内,选择自己的座席坐下,每一个选手都可以对其他选手点评,他们可以吹彩虹屁,也可以讲垃圾话,不过太垃圾的内容卫视过不了审,会消音处理。这一段在后期剪辑时,会配上每个选手的单采片段,穿插在一起剪辑。

所有选手通过抽签,打乱顺序上场,第一个上场的是个面嫩的小朋友,嘴唇上一层毛茸茸的小胡子,他被摄影棚里刺目的灯光吓了一跳,缩起脖子就往座席跑。守在旁边的工作人员赶忙拦住他,把他推回球场,让他先做自我介绍,他这才后知后觉地"啊"了一声,同手同脚地站回到聚光灯下,对着摄像机鞠躬问好。

这群小孩子明明在后台闹得不得了,可等到真的开始录像了,就紧张到连话都说不利落了,有些选手弓着腰、埋着头,两米的大高个都快缩成一米五的小矮人了,显得畏畏缩缩的。

在摄影棚二层,临时搭建出来了一个高空导播室,这里有一整面的监控墙,两侧是玻璃,站在导播室里的工作人员只要一低头,就能看到摄影棚内的情况。

导播室并不大,二十多个工作人员挤在里面,人多到几乎无从下脚。

邢飞双腿交叠,坐在角落的沙发上,饶有兴趣地看着导播室内的忙碌景象。

"真有趣。"他想,"原来电视台的幕后工作是这样的吗?"

邢飞事业有成,以前也接受过采访,只不过他之前都是坐在摄影机前,这还是第一次坐在导播室里,看到那么多台摄像机同时把它们捕捉到的画面集中在面前的导播墙上。

邢飞看向人群最前方的杨笑,她就站在周绘的身后,眉头微锁,目光凝在那一个个变换的小屏幕上。她专心致志,手里拿着 iPad 时不时写

## 第二十六章　节目录制

写画画，周绘偶尔会侧过头去，向她小声吩咐工作。

杨笑并不知道，当她专注于工作时，有一双充满邪念的眼睛落在了她身上。邢飞的目光仿佛能淌出毒水来，他用视线一遍又一遍地舔舐着她，幻想着她向自己臣服……

女孩打了个寒战，电子笔尖在 iPad 上顿了顿。

"怎么了？"周绘问她，"我说的事情都记下来了？"

"还没有。"杨笑忙打起精神，甩掉身上那股怪怪的感觉，继续埋头工作。

节目流程早就整理成了文档，所有工作人员人手一份，杨笑提前把文档传进了 iPad 里，现在屏幕边缘全部被各种颜色的线条和图片补丁占据。

周绘很满意她的工作态度，有心想把她培养成接班人。

周绘走到玻璃窗前，低头俯瞰，只见舞台旁的选手席上已经坐了三分之一的人了，她摇头："这样不行，节目进程比咱们计划中的快太多了。"

杨笑不解地问："节目录得快不好吗？这代表咱们工作很顺啊！"

"第一期的主要内容是选手登台介绍，他们都是素人，没有应对摄像机的经验，说几句话就下台了，其他人全都木木地坐在椅子上，一点反应都没有，这样剪出来的片子没法要。"周绘耐心给杨笑解释了一番，又立刻拿起对讲机，向楼下的工作人员吩咐："通知艺管，下一个上场的选手找个机灵点儿会说话的，把整个舞台的气氛搞活。"

对讲机里传出沙沙的声音："艺管收到。"

两分钟后，摄像机里出现了一个新的身影。

那是一个身材高大的青年，猿臂蜂腰，肩膀平直舒展，不耸肩、不缩脖、不埋头，从骨子里透出一股胜券在握的自信。他脸上笑容满满，仿佛有个小太阳在摄影棚内升起。

他站定在球场中央，四台摄像机对着他，看台上十双眼睛也在盯着他。

"大家好，我是孟雨繁。"他声音朗朗，笑容大方明快，"今年二十三岁,就读于华城大学,司职小前锋。刚才上台前,工作人员特地叮嘱我,让我多说几句,炒热气氛,就像酒吧里的气氛组一样。我心想,什么气氛组啊,说白了就是托儿嘛。

"我说我不会炒气氛,他们就告诉我,可以聊几句兴趣爱好、特长什么的,但我看了看,大家都是手也特长、脚也特长,我这点特长实在拿不出手。"

座席上,响起了一阵善意的笑声。

光看身高,一米九六的孟雨繁确实不是选手中个子最高的,他的臂展两米零一,称得上"特长",但节目里比他条件更好的人也有不少。

孟雨繁侧头想了想,忽然道:"不过我有一点特长,估计大家都比不上。"

立刻有人问:"什么特长?"

他得意道:"我和我女朋友谈恋爱谈了特长时间!"

"那是谈了多久?五年?十年?"

孟雨繁一仰头:"半年!"

"半年还算特长?"

"半年怎么不算特长?"孟雨繁故意说,"我知道一位前辈,每打一场球,都要换一个女朋友呢!"

全场大笑。

孟雨繁说的是谁,大家都猜出来了,毕竟,CBA里号称"女朋友比球迷还多"的选手,只有那一位。

在后台的VIP休息室,冯相咬牙切齿地看着大屏幕,心中的垃圾话加起来足够一档节目停播了。

等一会儿分组对抗,他冯相就是从这儿跳下去、摔死,也绝对不可能和孟雨繁这死小子一组的!

摄影棚二楼的导播室里,守在这里的工作人员也被孟雨繁逗笑了。

他是被摄像机偏爱的人,五官周正而英俊,一双眼睛自内散发着光。摄像师推了几个近景镜头过去,自他修长笔直的双腿向上攀登,最终落在他肌肉盈实的双臂上。

## 第二十六章 节目录制

"是个好苗子。"周绘满意地点点头，翻了翻手里的出场名单，"这就是那个孟雨繁吧？"

说话时，她眼尾扫了杨笑一眼，很明显，她早就知道了孟雨繁和杨笑的关系。

杨笑有些羞涩，更有些自豪。

杨笑问："这能播吗？"

周绘反问："这有什么不能播？不仅要播，这段可以直接剪进先导预告片了。"

她们讨论时，邢飞一直坐在房间角落中，他的视线落在女孩左手中指的钻戒那里——它实在太小，也太不起眼了。

邢飞不知道她的未婚夫是谁，不过他只能送这么小的一枚碎钻，想必一定是个穷鬼吧。

二十七名选手依次上场，做过自我介绍后，找到了自己的位置落座。

三十个座位分成了三大组，每组座位的顶部都留有一个"王座"。每个"王座"都有特殊的装饰花纹，把它和其他的普通座位区分开。

选手们已经提前得知，这档节目会请来三位CBA现役明星球员加盟，但具体是谁节目组一直在卖关子，说要给大家一个惊喜。

而现在，就是惊喜揭晓的时刻了——

在万众瞩目中，第一位球员在白雾中昂首走出，这是一位来自大西北的少数民族球员牙克甫江，他有着一头浓密的鬈发，眼窝深陷、鼻梁高挺，带着浓浓的异族风情。

CBA里现役的少数民族球员凤毛麟角，他又是非常难得的中锋，他刚一出场，就引发了全场的热烈欢迎。

牙克甫江走到中锋区域的"王座"上坐下，坐在他下方的中锋们都开心疯了，后悔没把签名本带进摄影棚内。

牙克甫江性格低调内敛，不善社交，节目组采到了几个镜头后，很快就请出了第二名选手。

"——是丁蛮！"

"节目组牛啊,连花臂哥都能请来!"

"花臂哥牛啊!CBA最强后卫!"

"丁蛮在赛场上见谁都撞,就这样也能称最强后卫?"

"丁蛮粉丝又在吠了,也不看看赛后统计,每场下来就他犯规最多。"

"弱的人就会学狗叫,花臂哥就是牛,他场均最多三分好不好?"

丁蛮刚一出场,整个场子就炸了起来。

有喜欢他、崇拜他的球员,自然有看他不顺眼、厌恶他在球场上小动作的球员。

不过,选手有争议反而对节目收视率是一个很好的刺激,他们吵得越凶,节目的火药味越重,观众就越喜欢。

那群年轻选手都是憨直性子,当着丁蛮的面就吵吵嚷嚷地闹起来了。可陷入舆论中心的丁蛮就像是完全没听见一样,大摇大摆地走到了后卫王座的位置上坐下,双腿一敞,胳膊往靠背上一搭,坐姿充满挑衅。

他睥睨地看了那群选手们一眼,有他的崇拜者冲上来,伸直手臂想和他握手,他懒散地把对方的手挥开,一点尊重都没有。

丁蛮心里是有气的——三位"王者"的出场顺序,是按照咖位从低到高依次出场。

他原以为,他是CBA现役最强后卫,又有赞助商邢飞在身后作为支援,他绝对能够压轴出场。哪想到节目组居然把他排到了第二个!

凭什么?

丁蛮心性狭隘,最容不得别人比他强。他被节目组安排到第二位出场,觉得自己受到了莫大的屈辱。

而挤掉他的那个人,就是……

"——厉害了,居然是冯相!"

全场哗然。下一秒,陆陆续续有选手站起身,起立鼓掌。

在欢呼声中,篮球场顶部的大屏幕上出现了冯相的赛场精彩剪辑视频,篮板抢攻、三分跳投……他是当之无愧的MVP!

虽然,冯相的私生活被无数人诟病,但他的球品毋庸置疑。有人说,待他退役后是要进体育局的,也有人说,球队会把他留下来做经理人……

## 第二十六章 节目录制

冯相享受灯光，也享受掌声，他自众人的欢呼声中走了出来，全场仅有两个人对他的到来无动于衷。

一个是满心愤恨的丁蛮，而另一个就是孟雨繁了。

孟雨繁身旁的选手用胳膊肘顶了顶他，揶揄着说："孟雨繁，我看你要倒霉了！刚才你做自我介绍说的那番话，没想到正主会出现在节目里吧？"

孟雨繁纠正他："不，我是提前知道了冯相会来参加这个节目，所以那番话是故意说给他听的。"

那位选手嘲笑他："哈哈，你就嘴硬吧！小心录节目时被他针对。"

孟雨繁："针对也没关系，我和他打过球。之前我俩打赌，说三十分钟之内，要是我能进五个球，他就答应我一个要求。"

"那你赌赢了吗？"

"赢了。"孟雨繁轻声道，"二十分钟内，我进了八个。"

"哈哈哈哈哈！"那位选手笑得眼泪都出来了，"兄弟，你可真幽默！"

孟雨繁本来就不在意别人信不信，反正那场比赛全世界只有他和冯相两个人知道，而赌约，他也替杨笑拿到了。

冯相如王者一样一步步登上了阶梯，坐到了前锋的王座上。

从他的角度低头看去，可以清楚地看到孟雨繁的脑瓜顶——实在是太明显了，其他人都仰着脖望着他，只有孟雨繁在闭目养神，岿然不动。

真是个臭小子。

冯相左右分别是丁蛮和牙克甫江，他们三人归属CBA不同的俱乐部，之前在赛场上见过很多次。

牙克甫江主动和冯相打招呼，两人像好兄弟一样拥抱问好。

两人聊得酣热，丁蛮在旁边不发一言。

冯相本来就看不上丁蛮，丁蛮仗着身体素质在球场上故意冲撞过他，那次冯相的肩膀整整疼了一个月，差点没赶上决赛。

……

第一期节目的重头戏就是分组对抗，以五人小组为单位，三十位选手分成六组，捉对厮杀。

这样一来，拥有三位"王者"的队伍就会占据优势，而没有"王者"的队伍，则有极大可能挑战失败。

分组是完全自由结合的，在主持人说出"现在可以自由寻找你们的组员了"之后，所有人都立刻冲向了三位宝座上的王者。

每个人都各展其能，拼命推销自己，希望能够得到王者的青睐。

三位 CBA 现役队员身边，围在冯相周围的人是最多的，他球品好，又当过队长，在他手下打球踏实。

第二位则是最富争议的丁蛮，他是后卫，吸引了不少和他一样身体强健的队员，每个人都满脸横肉，仿佛是一群行走的轧路机。

人数最少的则是中锋牙克甫江，但是，他反而是最先挑选好队员的。他来这个节目本来就不是为了出风头，找的队员也都和他一样，踏踏实实的。

本来，孟雨繁想去牙克甫江那里自荐，可惜他晚了一步，牙克甫江已经挑选好了大小前锋，没有他的位子了。

孟雨繁有些遗憾，但他并没有放在心上，大不了自己组队嘛，第一场比赛不算积分，仅仅是为了队员间彼此磨合、向观众展示能力，他可以自己当队长，找一群合拍的组员。

这么想着，他便转身准备走下楼梯，去和其他还没有进组的选手聊聊。

哪想到……

"喂……那个谁，孟雨繁是吧！"一道粗犷的声音自身后响起。

孟雨繁一愣，回头看去。

不知何时，丁蛮居然离开了他的王位，逐级而下，一步步来到了孟雨繁的面前。

而在他身后，则跟着三个身高体壮的队员。

孟雨繁不知道丁蛮找他做什么，冲他点了点头。

"丁前辈，有什么事吗？"他问。

丁蛮哼了一声，用一种傲慢的、仿佛给了他天大荣耀的语气说："孟

## 第二十六章　节目录制

雨繁，你也不喜欢冯相吧？我们队缺一个前锋，来我的队，咱们一起给冯相一个教训。"

丁蛮觉得自己"纡尊降贵"邀请孟雨繁加入，只要孟雨繁不是个傻子，绝对会拍马跟上。

然而事情的发展出乎他的意料——孟雨繁居然拒绝了他的邀请！

青年眼神古怪地看了他一眼，问："丁前辈，刚才主持人有说过，鉴于 CBA 现役队员能力远超其他选手，有 CBA 队员的队伍直接归为种子队，种子队不能互相比赛，而是要和其他弱一些的队伍打。"

也就是说，别管丁蛮看冯相有多么不顺眼，两个人都不可能直接对上的。丁蛮拉拢孟雨繁，说要"一起给冯相一个教训"，完全是不可能成立的伪命题。

刚才主持人介绍规则时，丁蛮一直在走神，心思根本不在上面，哪想到会闹出这么一个笑话。

孟雨繁有礼貌地说："前辈，感谢你给了我这么一个机会，但是如果我想和冯相打比赛，我必须自己组建队伍才行，所以抱歉，我没办法加入你的队伍了。"

他这话说得委婉，丁蛮的脸色也没那么难看了。

可丁蛮依旧没有放弃游说的机会："你就算不加入我的队伍，依旧可以成为我的队友。"

"什么……"

"结盟。"丁蛮说，"怎么样？"

只要结盟，不管他们是不是一个队伍、不管未来赛制怎么变化，他们都可以共同进退。

面对一位 CBA 现役球员递出来的橄榄枝，若是别人肯定会心动，但孟雨繁心底格外反感。

篮球是一种讲"策略"的群体运动，但是，"策略"应该是在球场上动脑，如何进攻、防守、助攻，而不是在球场下拉帮结派，一起排挤其他球员。

想到这里，孟雨繁的声音冷了下来。

## 男友请就位

"我水平不够,只不过是一个普普通通的学生,怎么能高攀前辈和您结盟。"孟雨繁淡淡道,"节目里比我优秀的前锋还有很多,我实在承受不起您的厚爱。"

二楼的导播室里,十几台监控器代表着十几台摄像机,从不同方位捕捉着选手们的行为。现在是自由分组时间,有选手找好了自己的队伍,还有选手正在不同的组之间游荡,寻找着合适的机会。

杨笑的视线落在了一台监控器上。

"导播老师,麻烦切下这里。"她抬手点了点那台机器。

导播按下按键,小屏幕上的画面立刻跳到了主监控器上,只见在画面的角落里,丁蛮带着三个同样和他高壮的队员,把孟雨繁围在了那里。

气氛看上去不太对。

杨笑立刻问:"这附近有麦吗?"

"我看看……"音响老师找了找,"最近的在三排最左边的座位下,距离有点远,收音可能不够清晰。"

为了方便选手活动,所以节目组并没有在选手身上加装麦克风,而是在座位附近放置了几台收音设备。

丁蛮特意避开了麦克风的收音范围,他还有点脑子,知道拉拢孟雨繁对付冯相的事情,不能做得那么显眼。

杨笑让音响师把麦克的声音调大。

断断续续的对话声传了出来。

"孟雨繁,你要想清楚了,"丁蛮冷笑,"你确定不加入?"

"我刚刚就说过了。"孟雨繁的声音不大,倒更有种四两拨千斤的感觉。他中间的回答听不清楚,唯有最后几个字掷地有声:"我会自己组队,我要当队长。"

"那好。"丁蛮突然抬手,重重地拍了拍他的肩膀,不,那不应该叫作拍,更像是在捶打,但孟雨繁依旧站得笔直,并没有被肩膀上的力量压趴。

"孟队长,那咱们就在赛场上见吧。"

## 第二十六章 节目录制

他们的对话声回荡在小小的导播室里,镜头内,孟雨繁不带任何流连地转身离开,走向了其他零散在主流圈子外的选手,而丁蛮则脸色阴森地留在原地,他身后的跟班们围了上来,看看他的脸色,一声都不敢吭。

"这段不错。"主导播点评道,"火药味儿挺浓。初生牛犊不怕虎,观众爱看这种。"

其他工作人员也随声附和。

镜头很快切走,导播们又开始寻找新的素材。在综艺节目里,镜头永远是最残酷的。

所有人都在关心收视率,唯有杨笑在关心孟雨繁。

她心里总觉得不太对劲,丁蛮这个人给她非常不舒服的感觉。

忽然,她身后贴近一个热源,一道幽幽的男声在她耳边响起。

"这个选手叫什么?"

杨笑吓了一跳,不知何时邢飞居然起身走到她身后,与她紧紧挨着,她若是再退后半步,就要撞到他怀里了。

杨笑立刻挪开脚步,错开身子。

"抱歉邢总,请您不要离我这么近。"她直言不讳道,"我身体不好,容易过敏。"

"过敏?"邢飞装模作样地闻了闻身上,"我也没喷古龙水,你对什么过敏?"

"我对男人过敏。"

两个人说话的声音不大,并没有引来同事的侧目。

邢飞见杨笑一脸冷淡,也没自讨没趣,而是回到了刚才的话题。

"刚才在镜头里的小子叫什么?"邢飞饶有兴趣地问,"居然拒绝了丁蛮,小朋友可真有骨气。"

杨笑装作没听到,根本不想回答他。

不过邢飞要得知孟雨繁的名字有的是办法,他借着出门抽烟透气的工夫,叫秘书送过来一套选手名录。名录里写了详细的个人简介,包括

## 男友请就位

身高、体重、司职、毕业院校等等，旁边还配上了大幅的宣传照。

邢飞的视线落在照片上，只见青年的左手腕间，有一条彩色的编织手绳，在紧贴脉搏的地方有一个透明挂坠，坠子里是一枚被滴胶塑封的柏树叶。

邢飞很快转移了目光，又翻了翻孟雨繁的资料，叫来秘书，小声吩咐："一会儿重点关注这个选手，如果他在场上表现得不错的话，那就派人去和他聊聊，问他愿不愿意过来为我打球。"

秘书为难地说："邢总，这种小年轻儿都很倔，轻易不会受招揽。"

"你是第一天为我工作吗？"邢飞轻蔑一笑，"他愿意，就有愿意的聊法；他不愿意，那就有不愿意的聊法。"

识时务者为俊杰。邢飞想，他还挺欣赏孟雨繁这样倔脾气的年轻人，但太倔的话，就不如毁了吧。

二十分钟的自由分组时间即将结束，可篮球场上依旧乱哄哄的，很多"无家可归"的选手三三两两聚在一起，找不到合作的队友。

他们大部分人都是第一次见面，根本不知道对方的水平如何，所有人都想抱 CBA 选手的大腿，但那三支队伍很快就满员了，剩下的十五个人互相试探，陷入了漫长的拉扯之中。

孟雨繁已经蹲在场边观察很久了，在主持人提醒还有一分钟自由分组就要结束时，他猛地站了起来，走向了篮框下。

篮框下，有三个十五六岁的小男孩正聚在一起，吵得热闹。

甲说："咱们应该去找个小前锋！"

乙说："滚犊子，还找小前锋？那我干啥去啊？"

甲又说："你个儿高，可以当后卫啊。"

乙又说："你干啥不找中锋啊，刚好把你这货顶下去！"

丙受不了了："你俩别吵吵了！吵吵来吵吵去的，就剩一分钟了！"

这种程度的吵架，简直像是一群"哈士奇"幼犬在互相挠痒痒，看上去声势浩大，但落在旁人眼里，只觉得好笑。

就在他们吵得最面红耳赤的时候，孟雨繁从天而降。

## 第二十六章 节目录制

"三位小同学,我看你们骨骼精奇,天赋异禀,要不要来我的队伍?"他笑得和善,身上自带一种让人信服的气场。

"你的队伍?"甲同学问,"你的队伍有几个人了?"

孟雨繁笑眯眯地说:"加上你们,就缺一个人了。"

"哦,那还行……等等,不对啊!"甲同学掐指一算,立刻炸毛,"大哥,你这是空手套白狼啊!"

空手套白狼的孟雨繁一点都没脸红,立刻给他们分析起来:"我注意你们很久了。听你们的口音,应该都是一个地方的吧?即使以前不是队友,也绝对在各种比赛上见过,你们对彼此的球路一定很熟悉,打配合肯定要方便得多。"

乙震惊极了:"你咋知道我们是一个地儿的?我们说的都是普通话啊!"

孟雨繁没回答这个显而易见的问题,继续说:"大家来参加节目、来打比赛,肯定不是为了输球来的。你看那三支种子球队,口音天南地北的都有,完全是临时组队,肯定不像咱们队伍这样有默契。"

丙:"你和谁'咱们队伍'呢?"

甲立刻扑上去捂住他的嘴巴:"闭嘴!你继续听他讲!"

孟雨繁继续说:"你们三个人,一个小前锋、一个大前锋、一个中锋,两个内线一个外线,基本就能把球场控住了,现在咱们只要再找一个有经验的得分后卫就可以了。我刚才注意过了,有个退役的 CBA 后卫还没有找到队伍,咱们可以去和他聊聊。"

"这不对啊!"乙困惑地说,"孟队,"就这么一会儿的工夫,他已经叫上队长了。"我记得你刚才做自我介绍时,说你也是前锋啊。"

"这点我已经想好了。"孟雨繁沉稳地回答,"这次比赛由我来当 PG(核心控卫),我来组织进攻。"

在倒计时结束的那一秒,孟雨繁带着三位小队员,终于啃下来了最后一位队员——也就是他最先看上的那位得分后卫。

那是一位年纪很大的退役球员,今年三十五岁,年轻时在 CBA 一个不怎么出名的俱乐部效力,慢悠悠熬到退役,现在进了家国企,在给国

## 男友请就位

企打比赛。

他这个年纪，给那三个小队员当爸爸都可以了，本来他不想进这个队伍"带孩子"，可孟雨繁的劝说成功打动了他，让他决定加入。

分组结果最终确定，在六支队伍里，就数孟雨繁的队伍里小朋友最多。

丁蛮看到后，冷哼一声："那个孟雨繁，居然跑这里来玩过家家了。"

冯相听到了他的话，掀了掀眼皮，懒散地说："我好心提醒一句，在好莱坞电影里，像他那样的杂牌军一般都是主角，像您这样全副武装的精英队伍，基本都是反派。"

丁蛮把拳头捏得咔咔响："冯相，我看你是欠收拾。"

冯相："巧了，我宿舍还真挺乱的，你要真想帮我收拾，我把钥匙给你啊？"

主持人的出场打断了两人的低语，工作人员端出了三瓶由赞助商提供的运动饮料，在饮料瓶底写有三支种子队伍的名字，其他三支队伍的队长要上台抽一个瓶子，抽中哪个瓶子，谁就是他们的对手。

孟雨繁是队长，上台前，甲乙丙三个人围着他不停祈祷。

"队长，你的手一定要争气啊！千万别抽中丁蛮，你看他们组的队员，最矮的都有两米零一，比咱最高的还要高！"

孟雨繁逗他们："那好，我就抽冯相。你们不是都崇拜他吗？"

甲乙丙都要哭了："……那倒也是不必。"

孟雨繁在四位组员的热情目送中走入了聚光灯下，面前的三瓶饮料外表看上去一模一样，都印着"飞扬运动"。

光圈之外，丁蛮、冯相、牙克甫江并肩站立，他们身上自带一股强烈的压迫感，那是属于CBA现役队员的骄傲。

孟雨繁伸手，拿起了面前的瓶子。

台下，甲乙丙三个小朋友双手合十，念念有词："一定要是牙克甫江、一定要是牙克甫江、一定要是牙克甫江……"

相比而言，牙克甫江的球风四平八稳，和他对战，至少输得体面。

孟雨繁说不紧张那是骗人的。

## 第二十六章 节目录制

他头一次当队长，而且还带着三个小朋友对战 CBA 球员，他当然希望自己的第一场战役能打得漂亮。他微微阖了阖眼，一鼓作气，把瓶子掉转过来——

"孟雨繁队伍的对手是——"主持人大声宣布，"丁蛮！"

抽签结果一出，甲乙丙三个小朋友差点跪地上哭出声来。

"队长，你这手气太臭了吧！"甲嗷嗷叫，"我现在退出队伍还来得及吗？"

被临时拉来组队的后卫眉头紧皱，忧心忡忡："居然要和丁蛮打……"

孟雨繁听他语气奇怪，不由问道："哥，您以前和他交过手？"

按照时间推算，这位后卫退役的时候，丁蛮应该刚进 CBA 才对。

后卫迟疑了几秒，见周围没有麦克风，才压低声音说："我之前打球赚过几次'外快'，碰到过他。"

甲乙丙三个小豆丁没听懂，茫然又咋呼地问："外快？打球还能赚外快？"

孟雨繁听懂了——原来这位后卫老大哥，曾经打过野球！

很多人误以为篮球运动员很赚钱，实际上，能拿到数百万年薪的只有金字塔顶尖的那几位，普通篮球选手进入 CBA 后，只能拿俱乐部底薪，一年也就三十万元而已。退役后，一般都会进一些国企、省企谋个小差事，替公司出去打比赛，但是这种工作工资都很低，纯属养老。

篮球运动员吃穿用度远比一般人大，还要养妻儿老小，故而不少运动员在退役后会出去打野球、赚外快。

但没想到的是，丁蛮这个现役选手，居然也会参加！

孟雨繁的眼神瞬间凝重起来，忙问："那您仔细讲讲？"

"……没什么好讲的。"后卫大哥摇摇头，情不自禁地打了个寒战，"那根本不叫打球，你能想象吗？那场比赛结束后，有三个选手进了医院，锁骨骨折一个、脑震荡一个，还有一个半月板撕裂。我本来觉得打野球赚外快是个轻省的工作，但打完那一场之后，他们再叫我，我绝对不去了。"

"半月板撕裂！"乙捂住嘴巴，瑟瑟发抖。对于篮球运动员来说，膝盖受了伤,那他的职业生涯几乎就可以提前宣告结束了。

在 CBA 赛场上,丁蛮就属于小动作特别多的选手,没想到在其他比赛中,他的行为更肮脏。

后卫大哥点到为止,不肯再继续往下说了。

他看向面前的四位临时队友,移开视线,不忍直视他们的目光:"小朋友们,你们还年轻,还有大把的青春可以花在赛场上。这只是一场综艺节目,别拼命……输了就输了,没关系的。"

此话一出,整个队伍的士气瞬间低落下来。

他们即将面对的,是一场注定不会赢的战役。丁蛮的能力毋庸置疑,他们不能为了这么小小的一场比赛,搭上自己的职业生涯。

可是……

"谁说我们一定会输的?"孟雨繁突然扬声道,"野球归野球、节目归节目,这里有十几台摄像机在拍,现场有这么多双眼睛在看,只要他有脑子,就不敢在电视台的节目里使出那些肮脏手段。比下流咱们比不过他,难道比正正经经的本事,咱们也比不过他吗?"

打篮球绝不是单打独斗,而是需要一整个团队协同作战,丁蛮强、丁蛮狠,但他的队员总会有弱点。丁蛮的队伍里,有三位退役选手、一位年仅十七岁的预备役选手,年轻选手经验不足,而退役选手年纪大,身上或多或少都有职业伤,体能跟不上。

"咱们的战略就一个字——拖。"到了这一刻,孟雨繁终于露出了他的利爪,他看向甲乙丙三位小朋友,"不要以为他们身材才是优势,咱们身材低也是一种优势!多传快球,钓着他们全场跑;传球时可以搞些花哨动作,他们的腰、膝、脚踝肯定不如你们灵活,让他们多多用到这些关节,只要撑过上半场,下半场肯定有翻盘的机会!"

他把所有球员围在一起,小声给他们讲解起战术来。

他们队伍里身高最高的是那个退役后卫,仅有一米九八,三个小孩子分别是一米八五、一米九、一米九二,未来还有长高的趋势。

而丁蛮队伍中,几位组员都和他一样,又高又壮,吨位吓人,唯有那个十七岁的预备役又高又瘦,像个还没发育好的麻秆。

## 第二十六章 节目录制

孟雨繁定下的策略是，以麻秆作为首要攻略目标，其他时间则用来拖死那三个退役选手，至于丁蛮……能躲则躲，能避就避。

"哦了！"丙同学一拍大腿，"这就像是游戏里开黑，他们那边一个王者带仨白银一青铜，咱这边俩白银带仨青铜。咱不能硬杠，猥琐发育别浪！"

他说了这么一大串，孟雨繁根本没听懂，但连蒙带猜也大概明白了他的意思。

三位小同学现在满心火热，恨不得立刻冲到场上，和丁蛮决一死战。

对于年轻人来说，强大的敌人从来不能阻挠他们成长：他们渴望攀越高峰，然后成为另一座高峰。

"来吧！"甲兴冲冲地伸出右手，"稳住，咱们能赢！"

乙同学也伸出手去，把手掌搭在甲同学的手背："赢赢赢，我未来的女朋友绝对会看这个节目的！"

紧接着是丙同学："赢，说什么也要赢！"

孟雨繁同他们一样，也把手掌交叠上去，他看着面前的三双眼睛，重复道："这世上没有打不败的对手，只有不齐心的队友。我是队长，请你们相信我，咱们绝对能取得胜利。"

四个人，四只手，紧紧地贴在一起，手掌贴着手背，手背抵着手掌，把他们的信心与勇气全部连接在了一起。

可是，光有四个人是组不成一支队伍的——他们同时扭转视线，看向了队伍里的第五位队员。

后卫大哥安静地站在那里，时间在他的眼神里留下了无数烙印，他看看面前那四双朝气蓬勃的眼睛，又垂眸看向自己掌心被篮球磨出的茧子。

他抬手，坚定地把自己的手掌交了过去。

五只手叠放在一起，滚烫的，炙热的。

"大吉大利。"后卫大哥笑起来，眼角的皱纹叠堆在一起，那是岁月的痕迹，"今晚吃鸡。"

三场比赛都分组完毕，在比赛开始前，工作人员给了选手们半小时

### 男友请就位

休整时间，让他们可以吃些东西补充体力，化妆师也要赶上来补妆。

孟雨繁一个人去了洗手间。

洗手间里空荡荡的，他刚走到小便池前，突然身后的单间门打开了，一只纤瘦细白的手从门内伸出，拽着孟雨繁的运动服把他拉进了单间里。

"别叫，"那只手的主人把他推到墙上，两个人把小小的单间挤得严严实实，女孩踮起脚尖，把红唇抵在他喉结上，轻声说，"劫色。"

孟雨繁昏头昏脑，不仅没被这突如其来的艳遇击晕，反而问道："笑笑姐！这里是男——"

杨笑讪讪地捂住他的嘴："你再大声点，全摄影棚的人都要来围观了。"

孟雨繁赶快用拉链封住嘴巴。

杨笑说自己来劫色纯粹是开玩笑，她找孟雨繁有更重要的事情要说。

"小心丁蛮，他后台很硬。"杨笑飞快地说，"丁蛮是赞助商推来的人，他们组的三个退役运动员，也都是赞助商推来的人。"

"你是说，那个什么飞扬运动饮料？"孟雨繁皱眉。在节目录制中，那几个人显得素不相识，互相之间都很生疏，就连组队看上去也是临时起意，没想到他们居然全是赞助商推荐来的！他们为什么要刻意装作不认识？

杨笑点点头："千真万确，这是负责招商的同事和我讲的。邢飞——我是说那个赞助商——很喜欢篮球，自己组建了一个篮球队，签了一些退役球员，经常出去打比赛。"

"让退役球员出去打比赛？"孟雨繁喃喃重复着这句话，在那一瞬间，好像有什么灵感之光从他的脑海中一闪而过，但是遗憾的是，他并没有抓住。

"丁蛮在赛场上手脚不干净，你一定要注意安全。"杨笑叮嘱道，"不要让他伤到你。"

"放心，我知道的。"青年点点头，反握住她的手，"不过我都和我的队员们说好了，这场比赛我们会赢的。"

他神色笃定，脸上神采飞扬。在他的笑容的感染下，杨笑也逐渐放

## 第二十六章 节目录制

下心来。

"那我，我等你赢。"杨笑抬手，为他整理好凌乱的球衣，"别忘了，这只是第一场比赛，今后你还有千千万万场比赛要打呢。"

杨笑钻出男厕所时，差点撞上了其他队员，好在她随机应变，才避免了一场尴尬。

她急匆匆赶回了导播室，周绘眼尖，问她："你去哪儿了？我这儿还有工作要吩咐你呢。"

杨笑回答："抱歉，去了趟洗手间。"

周绘点点头没再细问，把一沓文件交给她："今天要一口气把三场比赛都录完，你再带人过一下台本。"

杨笑接了过来，正要去叫其他同事，周绘复又拦住她，递给她一支口红。

杨笑："这是？"

周绘瞥了她一眼，抬手点了点自己嘴角："杨笑，下次和领导撒谎时记得要把扫尾工作做好。你是节目编导，你是来工作的，不是来和选手幽会的。"

杨笑脸色爆红，赶忙掏出随身的小镜子——果然，她嘴上的口红完全花了，唇峰唇珠模糊一片，明显被人啃过。

好不容易"偷情"一次，居然被领导撞破，杨笑真恨不得直接消失在原地了。

……

摄影棚里，化妆师们正在趁着休息时间给各位选手补妆，甲乙丙三个人被按在那里补了眉毛、涂了唇膏、填了痘坑，他们别扭得哇哇大叫。

孟雨繁回来时，他们仿佛见到了救星一样，乙指着孟雨繁，对化妆师说："化妆师，我们队长回来了！放过我们吧，给他涂一涂！"

化妆师漫不经心地抬眼看了孟雨繁一眼，忽然"咦"了一声："这位同学，有人给你补过口红了？"

孟雨繁茫然："没有啊！"他下意识地用手背抹了下嘴巴，意外的是，他的手背上居然真的有一抹红。

他愣了几秒,终于意识到这抹红是哪里来的了。

"啊,对。"他憋笑,"刚刚有人给我补过口红了。"

很快,休息时间结束了。

根据抽签顺序,孟雨繁组和丁蛮组被分到了最后一场比赛。

因为没有替补,所以每场比赛计划用时二十分钟,罚球时间另算,再计算上其他时间损耗,估计一场比赛要打四十分钟到一个小时。

前面两场比赛仿佛一眨眼就结束了,最终结果不出意外,两支有CBA选手所在的队伍,都轻而易举地获得了胜利。

冯相那一组,一场下来狂砍八十分,打得敌方小朋友泪洒当场。冯相完全没手软,要知道牙克甫江还特意给对手让了几球呢,冯相这老混蛋一点情面都不讲,砍瓜切菜一样把对手们虐得嗷嗷叫。

他明明这样惹人恨,可下场后,那些对手们全都围上来合影,还拿出马克笔让他签在球衣上留念。

冯相一边签名,一边给小朋友擦泪,故意逗他们:"以后还和我打吗?"

"打!"小朋友哭得直打嗝,"冯相叔叔,你永远是我的偶像!"

冯相立刻纠正他:"……是哥哥吧?"

"冯相叔叔,你怎么知道我还有个哥哥?你永远是我们兄弟俩的偶像!"

冯相:够了……

冯相在众人簇拥下下场,刚好和场边做热身的孟雨繁擦肩而过。

"加油啊小学弟。"众目睽睽之下,冯相笑着拍了拍他的肩膀,可喉咙里的窃窃私语却不那么动听,"要是输给丁蛮那种人,我会嘲笑你一辈子的。"

"不劳师兄费心。"孟雨繁一句话顶了回去,"我以为上次那场比赛,你已经记住小看我的后果了。"

"……孟雨繁,我那是故意让着你!"

孟雨繁耸了耸肩膀,一副"你说什么就是什么吧"的表情。

## 第二十六章 节目录制

冯相说不过他，冷哼一声转身回到了王座上，脸色铁青。

待他走后，孟雨繁的小队员们立刻围了上来，一个个都抓心挠肺的样子。

"队长，你怎么认识冯相的呀？"甲问，"而且你们看上去好熟啊，他都和你说什么了？"

"熟？"孟雨繁想，他觊觎我女朋友，这种关系叫熟？"他是我师兄，我们关系很差。"

甲乙丙三个人明显没信。

丙羞答答地问："那你能帮我要个签名吗？"

孟雨繁："我的签名可以，他的签名免谈。"

甲乙丙嫌弃地撇撇嘴，同时"喊"了一声。三个小朋友的表现逗笑了最年长的后卫大哥，在他眼里，这群小豆丁当他儿子都可以了。

与孟雨繁队伍的其乐融融不同，在赛场另一边丁蛮队伍，气氛格外凝滞。

在热身阶段，几个人完全不交流，一个个沉默得像是默片。在热身结束后，丁蛮招手唤来那三个退役队员，开始给大家布置任务，聊稍后的作战计划。

队伍中唯一的预备役选手被他们排挤在外，他实在不愿错过和这么优秀的选手一起打球的机会，赶忙厚着脸皮挤过去，自告奋勇地说："丁队长，有什么事情我能做的，您尽管吩咐！我也想给队伍做贡献！"

他才十七岁，个子超过两米，但肌肉量却没有跟上，整个人又瘦又长，光从外貌来看，仿佛他只有丁蛮的一半宽。

他原以为自己的毛遂自荐能引来丁蛮的青眼，可他的偶像却打破了他的幻想——

"省省吧，小屁孩。"丁蛮轻蔑的视线从人群中穿了过来，蛮横地落在了那位队员身上，"你以为你凭什么能进我的队伍呢？你真以为是我看上你的狗屁能力了？不过因为比赛规则要求罢了。待会儿到了场上，你就给我乖乖站在篮框下面，别打扰我们，懂吗？"

他的眼神里藏了无数的怨恨情绪，毫无保留地投射在了那个可怜的

## 男友请就位

男孩身上。

小麻秆儿浑身一颤,原本对偶像崇拜的想法瞬间灰飞烟灭,剩下的唯有恐惧。"我……我懂了。"他嗫嚅着回答。

这绝对是他参加过的最荒诞的一次比赛了,而这场比赛绝对会成为他人生里的一道阴影。

最后一场比赛终于开始了。

赛前的两队握手,被双方都刻意忽略了。丁蛮队的队服是白色的,孟雨繁的队服是红色的,颜色反差鲜明,在镜头里颇有种烈火碰冰山的视觉效果。

节目组请来了三位专业裁判员,主裁判手捧篮球站在跳球圈内,两位前锋各占一边。

导播室里,一干工作人员聚精会神地盯着面前的屏幕,屏息以待,杨笑停下手里的工作,精神紧张。

哨响,比赛正式开始。

裁判把篮球高高抛向天空,两位球员迅速起跳,争抢球权。

特写镜头凝固在那枚棕橙色的球上,紧接着两只手突然从镜头里出现,一只回勾、一只猛拍——只听一声巨响,猛拍的那只手迅速把球扣向自己的队友,篮球落地后被白队拿在手里,经过一轮激烈的传球,最终落入了丁蛮的手里。

丁蛮身高体壮,拿着球一路猛攻,直冲红队篮下。

红队中锋迅速回防,伸开手臂想要阻拦,可他身高刚刚一米九,哪里是身高两米一的丁蛮的对手?

丁蛮用肩膀一顶,便撞开他的防线,起跳投篮——球进了!

特意聘请的现场解说人员立刻说道:"完美的一球!开场仅十秒钟,丁蛮就灌入一球,而这个时候,他的对手完全没有反应过来。红队的几位小同学经验不足,我们可以看到,现在他们都一副很茫然的样子。"

随着解说,导播切近镜头,不同的荧幕上,甲乙丙三个小队员的表情是如出一辙的震惊。

## 第二十六章 节目录制

"哈。"导播室里，邢飞大笑出声，"还什么初生牛犊不怕虎？我看这明明是蚍蜉撼树，不自量力。"

可是导播室里根本没人理睬他的话，屏幕中，身为队长的孟雨繁跑向了那群男孩。他抬起手臂，男孩们以为他会发火打他们，条件反射地缩了缩脖子，哪想到孟雨繁的手却轻轻落在了他们的头顶。

"放轻松。"他揉乱他们的头发，"这才刚开场十秒，咱们可有二十分钟的时间呢。"

丁蛮能进CBA，自然是有两把刷子的，他的球技确实了得。虽然和顶尖球员没法比，但秒杀这群还未出校的小牛犊完全没问题。

他故意一开场就展露雷霆手段，就想震慑住他们，动摇军心，但是，只要孟雨繁坚定如一，他们队伍的军心就不会散。

可惜的是，红队队员在个人能力上比不上白队，即使他们使出拖字大法，像是放风筝一样领着白队满场乱跑，但最终结果还是不尽如人意。

三分、两分、两分、三分、三分、两分……

比分差距越来越大，眼看时间慢慢过去，孟雨繁的队伍居然只拿到了几个三分球，所有的两分球都在篮下被截住了！身高高初一厘米，就多一分胜算，丁蛮的队伍可不止高一厘米，完全碾压孟雨繁的红队。

而且，丁蛮的队伍非常善于犯规，他们总能在最关键的时刻，打断他们的进球，偏偏又不触犯罚球机制。

"这样不行。"后卫大哥忧心忡忡地说，"他们是打定主意不让咱们拿分了。"

乙同学几次被人盖帽，现在已经心灰意冷了，"队长，要不然……咱也'犯规'吧。"他小声道，"你又不是没看到他们是怎么做的，我好不容易拿到一次球，那边的中锋就抓了我三道印子。"

他给孟雨繁展示自己胳膊上的伤，三道鲜明的指甲抓痕留在那儿，斑斑血迹已经干透了。还有一次，甲同学因为身体对撞被绊倒在地，而对方只吃了技术犯规而已。

"不行。"孟雨繁厉声制止，"他们犯规是因为不要脸，难道咱们也要跟他们一起不要脸吗？"

"可是……"

"没有什么可是。"孟雨繁告诫年轻的小队员,"走歪路这种事,有一就有二,你们通过犯规尝到一次甜头,以后只会次次都想走捷径了。"

篮球有输就有赢,他想赢球,但他更想保护好自己的队员,他可以在前半场沉住气,但那群小年轻却比他冒进得多。

在比赛进行到八分钟时,红队终于等来了一个绝佳的进攻机会。

孟雨繁带球过人,白队的几位队员凶神恶煞地围了上来,他岿然不动,瞅准空隙把球传给了后卫大哥,后卫大哥迅速带球拉远距离,可惜还未跑出半场,就撞上了回防的丁蛮。

后卫大哥并不恋战,立刻把球传给了一米外的丙同学,然而——球被截住了。

丙同学身高一米九,臂展不够长,他的指尖明明已经够到那只篮球了,可对方队员突然蹿出,大手一勾,篮球便落入了对方掌下。

紧接着那位队员肩膀一转、身子一拧,用侧身对着丙同学,弯着的胳膊肘"恰好"落在了丙同学的脸前。

而这个时候,丙同学的上半身已经探了过去,根本收不住惯性,一张脸直接撞到了对方凸起的手肘上。

瞬间,丙同学鼻子一酸,说不出的痛、涨、痒、麻,而那名抢他球的选手,连头都没回,早就带球跑远了。

就在此时,裁判吹响哨声,打断了那名选手的进攻。

所有人停下动作,那名选手更是高举双臂以示无辜:"我可没犯规,是他自己不长眼睛撞上来的!"

候在场外的医护人员第一时间冲入了场内,丙同学傻呆呆地怔在原地,直到被人围住,他才注意到他的鼻血已经淌满前襟了。

谁都没想到,这场比赛居然这么激烈,刚开始节目录制,居然就引发了流血事故!丙同学的鼻血流个不停,医护人员摸了摸他的鼻子,断定他鼻骨没有受伤,赶快把他领到场下止血。

观摩这场篮球的其他选手赶快围了上去,摄像师也扛着镜头走近,在镜头下,被人层层围住的丙同学高仰着脖子,淌血的鼻孔里塞了好几团棉花。

导播室里也不是风平浪静的。

对于选手受伤离场的情况,他们提前做过预案,但没有想到这么快就能用上。

周绘雷厉风行地吩咐:"杨笑,你现在带两个人下去,叫停比赛,找丁蛮和他的球员聊聊,让他不要在节目里搞太多小动作,这是综艺节目,不是他个人英雄主义的秀场!"

她这话完全没有客气,直接当着赞助商的面说了出来,邢飞的脸色一下挂不住,哼了哼:"周制作人,您这话说得有些偏颇吧?什么个人英雄主义?我没看出来。只看出来一堆毛头小子妄想翻过五指山,结果——呵,撞山上了。"

"撞山?我看不是他们撞山,而是山撞他们吧?"杨笑终于忍不住,"这才开场多久,邢飞,你的人居然把一个十五岁的小朋友撞成这样,你好意思吗?你就算想借着节目捧人,也不能心偏成这样吧?"

"杨笑!注意你说话的态度!"周绘立刻喝止,凤眼圆瞪,"给邢总道歉。"

杨笑不说话,只红着一双眼睛看她。

周绘厉声重复道:"道歉。"

杨笑深吸一口气,对着邢飞垂下头去:"……对不起,邢总,是我唐突了。"

一时间,整个导播室都安静下来,其他同事噤若寒蝉,注视着风暴圈内的三人。

杨笑深深地把头低了下去,众人看不清她的表情,但想必一定是很复杂的。

而邢飞则双手插兜盯着杨笑,一句话不说。

半晌,他突然笑出声:"笑笑,我怎么会怪你呢?这么久没见,你还是这样的——心直口快。"

如此亲昵的称呼一喊出来,几乎就是在向所有人明示他们之间曾经发生过什么了。

同事们互相交换了一个眼神,有什么隐晦的东西在大家的目光里传播。

他的笑声让杨笑觉得后背发麻,仿佛被一只毒蛇盯上。她紧紧攥住拳头,用指甲抵住掌心,强迫自己不要露出怯色。

"感谢您的谅解。"她抬头,根本没有回应他过于亲昵的称呼,不卑不亢地说,"我还有工作,抱歉我不奉陪了。"

说罢,她立刻转身走出了导播室,又叫上两位同事一同下楼去录影棚。

直到合上门,她才发现整个后背冷汗涟涟,手心也被她攥得潮湿了。

刚才确实是她太冲动了,周绘是制作人,在身份上和邢飞平起平坐,但即使这样,她也不能直接斥责邢飞,而要杀鸡儆猴,通过斥责丁蛮去敲打邢飞。而刚刚的杨笑被愤怒冲昏了头脑,她身为下属,居然贸然地顶撞赞助商,若邢飞把这件事捅到频道里,那频道领导完全可以把她踢出卫视。

周绘正是察觉到了这个问题,立刻打断了她,并且让她道歉。那感觉,就像是一位家长发现自己孩子犯了大错,肯定要先一步严惩孩子,以避免招来更多的责难。

杨笑想通了关节,很是感谢周绘,但倒霉的是,她和邢飞曾经的关系居然也被抖搂出去了。

当时屋里有那么多的同事,不用想,这个八卦不出三天肯定要传到台里尽人皆知了。

算了,杨笑想,她被人传得难听的八卦还少吗?

也不差这一桩了。

杨笑压住心底的胡思乱想,带着两位同事迅速赶往了摄影棚。

篮球场旁,里三层外三层围了很多人。

丙同学年纪小,性格又仗义,和他同龄的选手都很喜欢他,这时都纷纷围过来问他怎么样。

血不知道怎么回事,一直淌个不停,他仰着脖子止血,疼到眼泪和鼻血一起掉。

## 第二十六章 节目录制

杨笑费力挤进人群中,她身高才一米六八,被这群一米九多的年轻人挡着,她觉得自己就像是孤身闯树林,头顶的光都要被遮没了。

"让一让!"她提高音量,"我是节目组的编导,我来看看这位同学的伤怎么样。"

女声清亮鲜明,听到她的声音,男孩子们才注意到有个年轻的小姐姐挤在他们之间,他们吓了一跳,赶快让开身子,硬是给她腾出了一条道。

杨笑快步冲过去,只见孟雨繁就站在丙同学身旁,正紧紧握着他的手,不住地安慰他。

这对小情侣视线相碰,又很快错开。

杨笑轻咳一声,问孟雨繁:"孟队长,这位同学现在情况怎么样了?"

孟雨繁回答:"杨老师,他的鼻血刚刚止住,护士说骨头没断,但需要再休息观察一段时间。"

"那好,身体没有大碍就好。"杨笑点点头,看向几位队员,"因为你们有个组员受伤了,所以根据我们节目做的预案,现在有两个选项可以选择。一个是,今天的录像到此为止,等这位同学伤痊愈了,明天继续录制;还有一个是,你们直接以四人对战的形式和对方比,不过为了表示公平,可以由你们决定让对方下场一人。"

听到这里,后卫大哥立刻问道:"那我们让丁蛮下场可以吗?"

"这恐怕不行。"杨笑摇摇头,丁蛮是节目组花大价钱请来的人,除非犯了原则性的大错误,否则他不会下场的。

节目组提出的两种解决方案都是相对公平的,不管选哪一个,孟雨繁的小队都不会吃亏。

然而,丙同学突然拉住孟雨繁的手,着急地说:"队长,我、我没事的!我的血一会儿就止住了,你不要让我下场!这是咱们队的第一场比赛,我不想现在就下场!"

若是变成四对四,那这场比赛他就再也没有出场机会了。

杨笑理解丙同学想要留在赛场上的想法,问:"那孟队长,你们是想选第一种吗?等他什么时候止住血了再继续比赛?"

孟雨繁刚要应答,哪想到其他围观的选手炸了起来。

"不行,不行!"有选手说,"明天我们自己的俱乐部还要比赛,要是明天再录一天,我们就不能来录了!"有同样问题的选手不在少数,几乎每个周末,不同的俱乐部、学校都有自己的比赛安排,所有选手好不容易调出一天录制节目,不能这样浪费。

两条路都被堵死,杨笑无奈了。

关键时刻,孟雨繁忽然开口:"比赛继续吧。"

杨笑:"四对四?"

孟雨繁摇头:"不,是四对五。"他指向还仰着脖子的丙同学,"我们队伍四个人打丁蛮五个人。下半场等到他的伤恢复好了,直接归队继续打。"

此话一出,众人皆惊。

人群之外的丁蛮大笑出声,喊话道:"臭小子,你脖子上的那个东西我看不是脑袋,是篮球吧?你们五打五都不可能打赢我,还想四打五?"

就连杨笑都忍不住提高音量,反复确认:"雨……孟队,你确定要继续比下去?你们实力悬殊,我劝你谨慎考虑。"

"我已经谨慎考虑过了。"孟雨繁看着她的眼睛,坚定地说,"四打五,等我的队员伤好了再归队。即使受伤,我们绝对不会放弃任何一个队友的。"

杨笑无奈,又看向其他队员:"你们也同意?"

甲乙对视一眼,大声道:"队长的意见就是我的意见!"

后卫大哥没办法,苦笑道:"船长的意见就是我的意见。"

孟雨繁不解:"船长?"

后卫大哥做了个开船的姿势,解释:"我这是误上贼船了。"

大家低声笑了起来。

孟雨繁的提议得到了队里所有成员全票通过,当事人如此坚持,节目组只能让步。比赛将会照常进行,孟雨繁队将在接下来的比赛中四打五,直到丙同学恢复再入场。

他们上赛场前,丙同学拉住他们的手,眼泪汪汪的,不知道的人还

## 第二十六章 节目录制

以为他们是上战场呢。

"好了,别哭了。"孟雨繁借着拥抱他的机会,小声道,"你可是我的秘密武器。"

丙:"啊?"

孟雨繁说:"好好养精蓄锐,我们会按照原计划拖死他们的体力,等下半场你回来了,可要扣死他们啊。"

丙同学的目光里瞬间光彩四射,他拼命点了点头,就像是一只小"哈士奇"在敬礼:"嗯!保证完成任务!"


哨响,比赛再次开始。

这次球权又被白组抢到了手里,红队的几位队友紧紧护着篮下,而孟雨繁则采取紧迫盯人战略,紧紧追着丁蛮。

"小哈巴狗,离你爷爷远点。"丁蛮带球想要突进,却被孟雨繁拦下。

孟雨繁表情未变,不就是说垃圾话吗?他也可以:"我爷爷早死了,需要我每年清明给你烧纸吗?"

丁蛮牙齿一咬,把球迅速传给队友,绕过孟雨繁再次接球,谁料孟雨繁的动作居然比他更快,一个扭身,再次贴了上来!

而这时,丁蛮已经冲到了篮下,一边双手花哨地来回换球,一边说话干扰孟雨繁的思维:"小队长,你刚刚和你那群哭鼻子的娃娃兵们都聊了些什么?"

孟雨繁双眼紧紧锁在球上,回答:"我们聊散场后吃什么。"

"呵,还挺有闲情逸致的嘛。"丁蛮话音未落,立刻起身向着篮框扑去。

而孟雨繁也在同一时间欺身而上,紧紧贴在了他的身前,堵住了他的前行路线。

就在那电光火石之间,丁蛮训练有素的反射神经已经告诉了他怎样做才是最佳选择——他仰,起跳,双手高投——非常标准的后仰跳投!

然而,因为这个后仰跳投实在太过仓促,整个运动空间被大大缩短,丁蛮的起跳高度不够,出手又晚了一秒……

## 男友请就位

一道红色的身影自旁边飞扑而来,双脚犹如加装弹簧一样奋力跃起,右手重重一拍——那只即将入框的篮球,居然就这样被打到了一旁!

观众席上的选手瞬间哗然!

他们看到了什么!一个再默契不过的团队协作!

"太漂亮了!"解说员拍桌称赞,"刚刚场上的这一幕真是太漂亮了!明明是刚组建的队伍,但红队展现了绝佳的凝聚力!队长孟雨繁负责吸引丁蛮的全部火力,通过挤压空间缩减丁蛮的发挥。而最终的'盖帽'是由队里年纪最小、身高最矮的 11 号选手完成的!"

另一位解说跟上:"官方资料里写,这位盖帽的小选手,身高仅有一米八五,而丁蛮选手身高两米一二,差了将近三十厘米!这个弹跳力太惊人了!我们必须赞叹一下年轻选手的潜力,而且队伍的配合非常默契!"

场内太嘈杂了,解说们的声音无法传到选手的耳边。

不过没关系,全场的欢呼声说明了一切。

丁蛮脸色漆黑地望着刚刚居然从他手里抢下两分的小矮子,他从来没想过,自己居然会被一个年纪只有自己一半大的小屁孩送了个"盖帽"!

奇耻大辱!

孟雨繁踏前一步,挡住了丁蛮的视线,护住了欢天喜地的小傻子乙同学。

"丁蛮,忘了告诉你。"孟雨繁浅浅一笑,昂首说道,"我刚才和这群小朋友们说,等比赛结束后,我带他们吃火锅。"

第二十七章
## 球场重伤

时间是最公平的,人会一天天长大,人也会一天天变老。很多三十多岁的人,已经忘记了青春期的自己有着多么充沛的体力,又有着多么庞大的勇气。

而现在,丁蛮队内的三名退役球员,在面对接二连三的进球失败后,终于止不住地烦躁起来。

谁能想到,两个年仅十五岁的青少年球员,居然把这群经验十足的老将耍得团团转!

只见甲同学持球飞奔,白队的中锋迅速跟上,关键时刻,甲同学突然刹车——白队中锋怒骂,就这么短短几秒内的加速跑与急停,他的脚踝关节就在哀号着抗议了。

甲同学扭身把球传给乙,乙带球突进,白队前锋张开双臂去拦他,身高只有一米八五的乙同学顺势一低头,居然从那位两米多的前卫胳膊下面钻过去了!

所有见证了这一幕的场外选手们哄堂大笑。

而那名妄图拦他的白队前锋,也因为扭腰速度过快,引起腰椎的咔嚓轻响。

十几岁的年轻人有体能却没有经验,三十多岁的老选手正好相反,经验十足,但是体能跟不上了。

所有人都在屏息看着这场好戏,想看看究竟是老将占据上风还是小年轻们更胜一筹呢?

与一盘散沙的白队不同,孟雨繁所在的红队势如破竹,原本悬殊的比分,居然一点点扳平了!

## 男友请就位

后卫大哥体力最先告罄,他主动把上篮机会让给两位小朋友,给他们送了好几次漂亮的助攻;孟雨繁的优势在于三分精准,他的阵线在三分线外,他用他对赛场的敏锐判断力,掌握着整场节奏。

渐渐的,胜利女神的天平开始向着红队倾斜了!

场边,杨笑看着在赛场上奔驰的男孩,灵魂仿佛也跟着他一同驰骋在篮框之下。她不敢大声喊他的名字,只能默默在心里鼓劲。

这场比赛不算是正规比赛,只有两节,中场休息只留了十分钟。趁着中场休息,两队人马回到了赛场旁的休息区,喝水、擦汗,聚在一起讨论着接下来的战术。

"大家都做得很棒!"孟雨繁没有吝啬自己的夸奖,"尤其是两个小家伙,真的很有篮板天赋。"

甲乙同学得意地翘起鼻子,双手叉腰,他们可是要当未来的篮板王呢!

丙同学急得抓耳挠腮,他取下自己鼻孔里的消毒棉,着急地说:"队长,我好了!我真的好了!你看,鼻子不流血了,你让我上场吧!"

他看两位小伙伴在场上那么骚,他一颗少男的心都跟着躁动起来,也想跟着大家一起骚。

因为刚刚鼻血流了太多,丙同学止血后,脸色有些发白,眼角处也有淡淡的瘀血痕迹。看他这副样子,孟雨繁不禁确认道:"你确定你能上?你别打着打着就晕过去了。"

"我真能上!"说着,丙同学啪啪拍了拍自己的胸口,"队长,你就放心吧!"

他们几人嘻嘻哈哈的,后卫大哥的心情却不怎么轻松:"小朋友,你要想好了,你见识到他们的手段有多脏了,你就不怕他们再伤害你?"

丙同学摇摇头,大声回答:"要是打篮球还怕受伤的话,那我就不会站在赛场上了!"

后卫大哥听了他的豪言壮语,不禁失笑。

"真是一群没经验的臭小子。"他抬手揉了揉几个小朋友的脑袋,"到了赛场上你们就放心打吧,我在后面护着你们不受伤。"

## 第二十七章 球场重伤

孟雨繁脸皮虽然厚，到了这时也有些脸红："哥，麻烦您这么操心了。"他把一位有经验的老后卫坑上了贼船当保姆，还真有点不好意思。

"没事。"后卫大哥冲他笑了笑，"我自从退役之后，就没这么痛快打过球了。和你们这群年轻人在一起，感觉自己最开始那股热爱篮球的心又找回来了。"

孟雨繁望着他疲惫里透着一丝坚定的双眼，有无数话堵在嘴边。

"算了，不提那些陈芝麻烂谷子的往事了。"后卫大哥抬手拍了拍孟雨繁的胳膊，爽朗道，"孟队长，你可别忘了答应过我们什么，比赛结束后，可要请全队人吃火锅啊。"

"一定！"孟雨繁重重点了点头，"哥，带上嫂子一起来吧。"

"行，等比赛结束，我带上老婆孩子，咱们一起去吃火锅！"

……

摄像机围着他们打转，把队员们的对话都一字不漏地记录了下来，又传到了导播室里。

与其乐融融的红队不同，白队那里气氛凝滞到极点，完全成了丁蛮的一言堂。

"你是不是傻！"他的怒火向着队内唯一的未成年小队员撒去，"他们上篮时你就在那里站着？你的拆挡呢？你的助攻呢？我换只狗过来都比你擅长打篮球！"

小队员直面这位煞星的怒火，吓得眼圈一下就红了："丁、丁队，上场前，你不是说让我就站在篮下不要动、不要拖后腿吗？"

"我让你不动你就真的不动啊？"丁蛮怒火连天，"那我现在让你死，你为什么不去死？"

他的话实在太过难听了，就连一旁的工作人员都觉得太过火，出声提醒他注意语气。

"别拍了，别拍！"丁蛮蒲扇大的手掌直接把摄像机镜头扒拉到一边。摄像师哪想到他会突然动手，肩上的十几斤重的摄像机差点没扛住摔在地上。

而丁蛮别说道歉了，他甚至连一个眼神都没有给摄像师。他猖狂惯了，他清楚地知道自己身后站着赞助商，只要他不直接在赛场上打人，整个节目组就没人敢动他。

待十分钟的休息时间一结束，他立刻甩掉毛巾，黑着脸带着队员们走向了赛场。

"好了兄弟们，咱们也要上场了！"这一次，孟雨繁率先伸出右手，在他的带动下，红队其他四名队员接连把手掌放了上去。五个人围成一圈，五只手叠放，上下猛晃，他们齐声喊出了队伍的口号——"今晚吃火锅！"

五道男声聚在一起，声势浩大。

监场的杨笑没忍住捂住嘴闷笑出声，不用猜，这么脱线的加油词一定是她男朋友想的。

"啧，这段话听上去可不太妙啊。"杨笑身后忽然出现一道熟悉的男音。

杨笑回头一看，果不其然是冯相。

冯相也不知道什么时候从他的王座上溜了下来，双手背在身后，活像个看热闹的老大爷。

杨笑没听懂："什么不太妙？"

"刚刚的加油词，他们居然说'今晚吃火锅'，听上去像在发表宣言。一般影视剧里出现这种话，主角团就要死光了。"

杨笑无语："冯相，你能不能不要乌鸦嘴了？"

"乌鸦嘴？呵！"冯相收起了嬉皮笑脸，双手抱胸，一脸凝重地看着篮球场，"……篮球场上的腌臜手段，可不是你们这群坐在摄影棚里的人能够想象出来的。"

杨笑本想骂他危言耸听，可不知怎的，话到嘴边，一阵心悸突然袭来。

下半场，红白两队互换场地，孟雨繁所属的红队换到了场地左边。每个篮框上，都有一个特别鲜明的四面计时器，不仅显示着比赛进行的时间，更用鲜明的红色标注出了每队的持球时间。

## 第二十七章　球场重伤

根据规定，每一次球队进攻时，从拿球、进攻到篮球出手，不能超过二十四秒，一旦超过二十四秒，裁判会立刻吹响哨声交换球权。

而孟雨繁指定的"拖"字大法，不止一次让白队的持球时间超过了二十四秒，而当球权在他们手中时，他们就利用低海拔和速度优势，猛攻快攻。

三位小朋友主攻，后卫大哥助攻，孟雨繁则充当大脑，调动整个团队——进展顺利，比分渐渐追上了！

不过，白队有丁蛮这一员猛将，每当红队追上几分，丁蛮又迅速拉开距离。

于是，整个后半场比赛就在你追我赶的状态下向前冲刺着，所有人的心也跟着大屏幕上的比分狂跳着。

这不是杨笑第一次看孟雨繁的篮球比赛，但这绝对是最激烈的一次。她双手压住心脏位置，感受着胸腔里的那个器官在怦怦跳动。

比分追上了……比分追上来了！她强压住心底的尖叫，原本因为冯相的话带来的那丝阴霾，也渐渐散去。

她想，孟雨繁一定会赢的，一定会平平安安地赢的。一切都很顺利，根本没什么好担心……

赛场上的时间永远是过得最慢也是最快的。

一眨眼的工夫，计时器上的时间已经进入了最后六十秒的倒数计时。

而就在罗马数字从六十变成五十九时，红队的比分扳平了！

"万岁！"杨笑终于忍不住大喊出声！

他们可能赢！他们真的会赢！

看台上的所有选手全都站了起来，自发地围到了看台边，他们每个人都想知道，究竟谁能够取得这场比赛的胜利！

可惜的是，在接下来的比赛中，甲同学因为防守动作过大，白白送给了丁蛮一个罚球机会！

甲同学懊恼不已——那可是丁蛮啊，丁蛮有可能罚球罚出个三不沾吗？

用爪子想都不可能！

结果如他所料，丁蛮轻轻松松投进了这一球，把原本两队追平的比分，重新拉开了一分。

而这时，距离比赛结束只剩下二十秒了……

"队长……"甲同学自责极了，沮丧地看着面前的孟雨繁。

"没事的，犯规是很正常的。"孟雨繁心里也急，但是他知道作为队长，他绝对不能把压力转嫁给球员，"咱们还有二十秒，绝地翻盘还是有可能的！"

"相信队长，相信自己。"后卫大哥沉稳地说，"二十秒时间，在篮球场上可是什么都能发生的。"

哨响，比赛重新开始。

二十秒——丁蛮持球冲向红队篮框。

十五秒——孟雨繁虎口夺食，抢回球权。

十二秒——孟雨繁冲向白队，三位小将为他挡开所有阻挠。

八秒——孟雨繁已冲到篮下，预备投篮。

五秒——丁蛮回防。

三秒——后卫大哥同时冲到篮下，冲孟雨繁微微点头。

一秒——孟雨繁虚晃一招，把球传给后卫大哥，与此同时，后卫大哥起跳、出手、投篮……

而丁蛮也在同一时间，迈开大步，冲到了投篮的后卫大哥身下……

这绝对是会让心脏骤停的一秒。

在地心引力的作用下，投篮结束的后卫大哥从篮框前下落，然而他并不知道，就在他的脚掌将要落地的位置，有一只球鞋在等着他！

"不要！"孟雨繁目眦欲裂，大吼出声。

可一切……发生得是那么快。

灌篮后在空中的那一瞬间，人是最没有防备，也是完全无法防备的。就在后卫大哥落地的一刹那，他的脚掌直接踩上了那只挡在他落脚点的脚上！

而落地站不稳的直接后果是——将近一百公斤的冲击力完全集中在了他的脚踝上，只听一声骨头闷响，后卫大哥脚腕一拐，膝盖以一种非

## 第二十七章　球场重伤

正常的状态扭向了侧面！

"啊！"他从喉咙里憋出一声惨叫，眼前漆黑，直接倒在了地上。

而那只他拼命投出的球，在撞上篮框后，也同他一起落在了球场上。

仿佛所有的一切都变成了慢动作。

赛场上刺耳的结束嗡鸣声，选手席里响起的激烈议论声，后卫大哥抱着腿在地上一动不动的哀号声……这一切都交织在了一起。

一切全部乱套了。

杨笑呆立在那里，她甚至不明白发生了什么。

世界突然有了重影，医护人员冲上了场，牙克甫江和冯相直接跳过看台护栏，跑向了受伤倒地的后卫大哥。

穿着红色球衣的小运动员跪在后卫大哥身旁，不停地喊着什么。

而孟雨繁……

在杨笑的注目里，孟雨繁双眼通红，怒吼着举起手臂冲向了站在一旁的丁蛮。

这是杨笑第一次看到孟雨繁发火，更是第一次看到孟雨繁打人。

孟雨繁已经完全被愤怒冲垮了，他毫不客气地向着丁蛮挥出一拳，但却失了准头，轻而易举地被丁蛮躲过。

"赛场打人？"丁蛮嗤笑道，"怎么着，比赛输了，输不起啊？"

眼见情况不妙，丁蛮的三个跟班立刻冲了上来，隔开了孟雨繁。

隔着重重人群，孟雨繁大吼："你知不知道垫脚会毁了他的腿！会毁了他的篮球生涯！"

"垫脚？"丁蛮无所谓地耸耸肩，"是他自己不长眼睛，非要落在我脚上的，我还没怪他把我踩疼了呢。再说，'篮球生涯'？一个三十五岁的退役老废物，还有这种东西吗？"

这句话，彻底激怒了青年。

孟雨繁虎目圆瞪，额角青筋暴露，他怒视着猖狂的丁蛮，一字一顿道："丁蛮，你就是个浑蛋！"

"垫脚"指的是，当一个运动员起跳投篮时，在他落地的位置，另一位运动员伸脚阻挠，导致他落地时重心不稳，引发崴脚、扭伤等一连串的后果。

轻则肌肉拉伤,需要休息几天,重则半月板撕裂、脚踝骨折。

垫脚这个词绝对是无数篮球运动员的噩梦,而现在,这个噩梦在这片球场上发生了。

赛场上乱成一片,谁也没想到,在众目睽睽之下,丁蛮居然真的敢这么做!

孟雨繁太单纯了,他驰骋过的赛场是一片纯白的,他这是第一次知道原来赛场上也可以这样污秽。

他怒吼着向前扑,拳头捏得死紧,他实在太想狠狠地、狠狠地揍那张气焰嚣张的臭脸了!

他要把丁蛮的脸打烂,要把他打到身上每一根骨头都断开,打到他浑身都是血!

可不等孟雨繁挥出拳头,他的胳膊就被人死死搂住了。

是杨笑。

是杨笑拦住了他。

杨笑不知何时冲进了赛场,她胸口还挂着工作证,证件上烫金的节目标志是那样闪亮,那样讽刺。

"孟雨繁!你冷静一下!"杨笑用全身力气死死抱住他的胳膊,"暴力解决不了任何问题!"

这么多的摄像机,这么多双眼睛,杨笑绝对不能让孟雨繁在这个时候打人!一位年轻球员打一位 CBA 前辈,这种丑闻若是流出去了,绝对会对孟雨繁造成极大的负面影响的!

孟雨繁却根本冷静不下来,他咆哮着:"我怎么冷静?我的队友被伤了,可能一辈子再也打不了篮球了,我怎么冷静!"

杨笑的心尖跟着颤动了一秒,一阵说不出的心酸笼罩了她。

"你……"她喉咙生涩,拼命地想着解决办法,"我们可以看回放,裁判会给他判犯规的……"

"然后呢?"孟雨繁怒极反笑,反问,"裁判判他违规,给了我们两次罚球机会,球进了,我们分数反超了,我们赢了——杨笑,你觉得这

## 第二十七章 球场重伤

有用吗？我的队友能再站起来吗？"

杨笑被他劈头盖脸的质问声，问得哑口无言。

是啊……然后呢？

即使这场比赛赢了，又能怎样呢？这只是这个综艺节目的第一期而已，未来还有许许多多期，难道每一期、每一期、每一期，都要任由丁蛮这么猖狂下去吗？

就因为他是赞助商力捧的选手？那他们这个节目干脆不要叫《篮板之王》，直接叫《垫脚之王》好了！

面对孟雨繁的滔天怒火，身为始作俑者的丁蛮施施然退后一步，扭头催促裁判："喂，比赛已经结束了，你们傻站着干什么，还不宣布我们队获胜了？"

裁判被他的嚣张气焰吓倒，完全说不出话来。

冯相赶了过来，怒斥："丁蛮，你不要太过分了！"

丁蛮和冯相向来不对付，冯相越动怒，丁蛮越开心。丁蛮哼笑："呦呵冯队长，在这儿扮演正义使者呢？你不是说在电影里，像我这样的反派都是要被打倒的吗？真可惜呢，看来你搞错了，这部由我主演的电影里，我才是主角呢。"

这几十平方米的赛场仿佛被无形的墙壁分割成了无数个平行空间，一边是孟雨繁无从宣泄的愤怒；一边是丁蛮与冯相的针锋相对；一边是医护人员急救包扎，后卫大哥低声呻吟；一边是其他选手们脸上的茫然与惶恐……

突然，一道女声打破了那些无形的墙壁，如一支利箭刺透了一切。

"都给我安静！"

远远的，只听到一阵脚步声响起，在来人的气势逼慑下，所有人都下意识地向两侧分开。

顺着人群的缝隙望过去，只见周绘脸色铁青，一副山雨欲来的架势。

而在她身后，则是匆匆赶来的节目组其他的工作人员，他们皆是惊慌失措，不知道该怎么面对这种意外的局面。

"还傻愣着做什么！"周绘雷厉风行地说，"急救人员赶快抬担架过来，把受伤的选手送去医院,所有费用由节目组垫付;艺管带所有选手去后台休息;裁判,去看回放录像,你们尽快出具一份关于这件事的书面报告;摄影组停止录像;导播组封存一切视频资料,剪辑的事情押后。"

任务一条条地布置下去,原本嘈杂的人群在她的气场重压下逐渐安静下来。

周绘又把视线转向杨笑:"至于你……"

杨笑立刻说:"我跟车去医院。"

节目组出了这么大的事故,确实需要一个说得上话的工作人员去医院处理问题。杨笑是节目编导,由她代表节目组去医院,还是比较合适的。

于是,周绘点点头同意了。

"我也去!"孟雨繁突然插话,"我的队员受伤了,我也要去医院。"

见他态度坚决,周绘便也同意了。

"丁蛮。"周绘处理完其他杂事,立刻掉转矛头冲向丁蛮,"刚刚发生的事你怎么解释?"

丁蛮却一脸无所谓的样子:"解释?有什么可解释的?让裁判看回放呗,我问心无愧。"

对于像他这样的"老手"来说,完全可以把垫脚的行为做得天衣无缝,他可以伪装成跑步跑太快没刹住闸,或者是抬头看篮框没注意脚下……他的演技炉火纯青,即使回放视频,他也完全能推脱,说不是故意的。

他那副嘴脸,让孟雨繁的火气再次烧了起来,若不是杨笑死死拉住他,冲动的青年绝对会扑上去给他一个难忘的教训。

就在此刻,一道傲慢的男声突然出现了。

"丁蛮说得对,确实没什么好解释的。"那道傲慢的男声说,"打篮球嘛,磕磕碰碰很正常,要是一帮大老爷们打篮球还搞什么友谊第一比赛第二的假玩意,我干吗不去看女篮?"

不用想,能说出这么充满性别歧视的屁话的人,自然是天上地下唯他独尊的直男癌患者邢飞了。

## 第二十七章 球场重伤

原来,邢飞见到篮球场内的混乱后,也带着手下找过来了。

他双手插兜,慢悠悠走到人群里,他刚刚说的那番话颠倒是非,态度又那样轻佻,着实让人不喜。

一旁的医护人员正费力把后卫大哥扶上推床,后卫大哥躺倒时,邢飞目不斜视地从他身边走过,他并没有注意到,后卫大哥在看到他的脸后,瞳孔一震,原本的呻吟声变成了一声短促的喊叫。

医护人员赶忙安抚他:"是不是太疼了?你躺下,快躺下,我们很快就送你去医院!"

人群又让出了一条路,所有人注视着那辆医用推车飞快离开,孟雨繁立刻追了上去,杨笑顾不得别的,也跟着跑走了。

至于球场上丁蛮搅出来的烂摊子,就要看周绘和邢飞博弈的结果了。

杨笑衷心希望,最后的结果不是邢飞胜利。


医院距离摄影棚不远,医院特地给他们开了绿色通道,后卫大哥下了救护车,立刻被推进了CT室。

就这么短短半小时的工夫,后卫大哥的脚踝和膝盖已经全部肿了起来,尤其是膝盖,皮肤肿胀发亮,既没有办法伸直也没有办法打弯,他只能保持着微微蜷腿的姿势,在病床上辗转。

很快,片子结果出来了——十字韧带断裂,半月板损伤,脚踝撕脱性骨折伴随肌腱损伤。

任何一种伤势,对于篮球运动员来说都是致命的,而且医生直言,因为后卫大哥年纪不轻了,身体自愈能力有限,手术后不可能完全恢复。

他,要告别球场了。

在听到医生的解释后,孟雨繁重重一拳砸向了医院走廊的墙壁。

后卫大哥的妻子匆匆赶到,她的个子也很高挑,比杨笑高了大半个头,曾经是省队的女篮队员。在她听说丈夫的伤情有多严重时,没忍住红了眼眶。

她坐在他床边,止不住地埋怨:"你,你怎么就这么傻啊?我早就说了,家里钱够用的!你一份工资,我一份工资,而且我现在带小孩打球,课外赚得也不少。你干吗这么拼命啊?之前去打野球,现在又来参加这个什么篮球节目,你……你……"

话没说完,女人的眼泪已经滚了下来,一滴一滴全落在了后卫大哥满是老茧的手上。

后卫大哥痛到五官都皱在一起,还要安慰心碎的老婆,他苦笑道:"我不是想着,女儿要上小学了,我怕她跟不上学校的进度,想给她多报几个班,学学英语、钢琴什么的。而且她不是一直想要艾莎的公主裙吗?我想生日的时候让她开心开心……"

为了赚钱,三十五岁的退役老将重返沙场——然后折戟在此。

篮球是他的生活、生涯、生命,他刚刚重新找回了篮球的乐趣,可他再也无法拿起那个重于千金的篮球了。

孟雨繁在床边手足无措地站着,他几次想要开口,但最终只能沉闷地退出病房,轻轻把房门关上。

走廊上,杨笑刚和台里通过电话,她把验伤报告传给了法务部的同事,让他们尽快走赔偿流程,同时联系转院去市里最好的运动医学科。虽然赔偿金不能弥补他们的损失,但至少……是个慰藉。

见孟雨繁出来了,杨笑把电话挂断,看向他:"里面怎么样了?"

孟雨繁没吱声,突然伸开双臂紧紧地抱住了杨笑。

他出来得匆忙,连外套都没穿,身上只套着单薄的篮球背心,即使医院里有暖气,可裸露在外的臂膀还是起了一层鸡皮疙瘩。

杨笑一愣,但她很快就发现,紧拥住她的青年,全身上下都在颤抖。

杨笑抱着他,问:"雨繁……你是在哭吗?"

"不是。"孟雨繁闷声说,"我只是……只是太冷了。"

他把额头死死抵在杨笑的肩膀上,有什么滚烫的液体顺着他的眼角流下,灼伤了她的脖颈。

他不明白,篮球……怎么能这么脏呢?

杨笑回拥住他,把自己身上的温暖传递给这个因为寒冷而落泪的青年。

"我恨他。"孟雨繁低声喃喃,"我恨丁蛮。"

## 第二十七章 球场重伤

"终有一天,我会让他得到教训。"

第二天,后卫大哥转院去了市内最好的医院,这里的运动医学科非常有名,很多体坛名将都在这里动过手术。

后卫大哥苦中作乐地说:"要不是节目组给报销,我可没钱没门路请来世界冠军的主刀医生。"

在动手术前,杨笑又去探望了病人一次。

她代表节目组送去歉意,提了果篮、鲜花。后卫大哥的夫人脸色不愉,全程横眉冷对,反复问她:"你也是给电视台打工的,我不需要你来道歉,我只想问问,你们节目组打算怎么处理丁蛮?"

杨笑回答不上来,这个问题也是她现在极想知道的。

自事情发生后已经过去三天了,《篮板之王》居然一直没有确定对丁蛮的处理结果!杨笑几次询问周绘,都只得到了"还在考虑"的答复。

后卫大哥心善,长叹一声,主动转移了话题。

后卫大哥问:"我想请问一下,我那天被推上担架车离开时,看到了一个穿着西装的男人,他是谁?"

"穿西装的男人?"杨笑回忆了一下,录制节目的时候,他们组内都穿着方便活动的运动装,唯有一个人西装革履,"他是不是三十出头,头发打着发胶?看上去很傲慢?"

"对,是他,个子不高,也就一米八几。"后卫大哥坐起身子,有些急切地问,"他是谁?"

杨笑不知道他为什么打听邢飞:"那是节目组的赞助商,飞扬饮料的老总,邢飞。"

后卫大哥惊呼一声:"他是赞助商!那,那丁蛮……难道是他推荐来的?"

杨笑点头,想了想,也没什么好隐瞒的,直言道:"是的,其实不光是丁蛮,节目里还有几位退役运动员,也是邢飞推荐来的。"

后卫大哥表情挣扎,像是有什么事情想说,却又郁结在心里不知要如何开口。

隐隐的,杨笑觉得自己好像站在了通往真相的路上,只要推开大门,

## 男友请就位

一个她从未想过的真相就会出现在她面前。

她没有出声,不敢打扰他,怕自己会打断后卫大哥的思考。

后卫大哥的视线落在了自己被固定吊起的腿上,他想到自己在队内的辛苦训练,想到退役后讨生活的不易,想到自己再也无法站在赛场上,不能练球——终于,他开口了。

"杨小姐,杨编导……我,可以信任你吗?"

杨笑一凛,下意识地站直身体,点了点头:"您当然可以信任我!"她说,"我在组里还算是能说得上话的,您要有什么问题,我会竭尽所能地帮助您。"

"……那好。"后卫大哥慢慢地眨了眨眼,艰难地吐出了几个字,"我以前,见过邢飞。"

"什么?"

"这件事有些羞于启齿,但我这条腿算是废了,以后肯定也不会走上赛场了,所以我什么都不怕了——我退役后,有段时间特别缺钱,打过带有赌博性质的野球,而且在野球场里,和丁蛮交过手。"

杨笑脸色突变,万万想不到丁蛮身为现役运动员,居然会参与到这样的事情中!但是……

"这件事和邢飞有什么关系?"

"当然有关系。"后卫大哥痛苦地合上眼睛,身体不受控制地打了个寒战,"在比赛结束后,我见到了赌局的庄家——那个人,就是邢飞。"

一瞬间,杨笑明白了一切。

所有的线索终于串联到了一起——这就是为什么,她和邢飞在一起时,邢飞从来没有和杨笑说过自己是做什么生意的;这就是为什么,邢飞会购买一个毫无名气的空壳饮料公司,甚至还要花价钱投资综艺;这就是为什么,邢飞要把自己的选手安插进来,力捧他们上位……

邢飞,把整个栏目做成了一场荒诞的赌局——他,想要庄家通吃。

话分两头。

孟雨繁开着杨笑的SUV,带着甲乙丙三个小朋友前往医院探望受伤

## 第二十七章 球场重伤

的后卫大哥。

即使车子空间不小,但挤下四个人高马大的男孩子,还是显得很局促。

三个小朋友惊魂未定,一路上不停地叽叽喳喳。

"孟队,录制结束之后,我都好几宿没睡着了!"

"孟队,节目组会让丁蛮滚犊子吗?"

"孟队,后卫大哥的腿能治好吗?"

孟雨繁被他们吵得头大,又不得不安慰这群聒噪的"哈士奇"。

他提醒他们:"一会儿到了医院,你们不要提这些煞风景的事情,后卫大哥已经很难过了。"

甲问:"那我们说什么?"

孟雨繁:"随便你们说什么,给他讲笑话都可以,但不要提他的病,也不要提丁蛮,更不要提节目组的事情。"

乙完全是小孩子心性,愤愤不平道:"丁蛮有名,就捧着丁蛮、护着丁蛮。整个节目组就没个好人!"

孟雨繁默默纠正:"节目组还是有好人的,比如那个编导杨笑,我看人就挺好的。后卫大哥受伤了,她一直在跑前跑后帮忙。"

"杨笑?"谁想到,丙同学大声道,"我看她才是最坏的那个呢!"

孟雨繁:"啊?"

三只"哈士奇"对视一眼,甲同学抢先说:"孟队,你的消息也太不灵通了吧?这件事节目组都传遍了,所有人都知道了!"

孟雨繁觉得不对,把车停在路边,回头看向他们,不动声色地问:"我错过了什么重要剧情吗?"

乙:"你知不知道,丁蛮是赞助商的人?"

孟雨繁:"知道。"这件事杨笑告诉过他。

丙大喊:"杨笑和那个赞助商以前谈过恋爱!谁知道他们现在是不是还藕断丝连!"

孟雨繁愣了。

华城医院很大,分为好几栋楼,不熟悉这里的人第一次来,肯定连

543

住院部的大门朝哪里开都找不到。

孟雨繁把车子停好后,带着甲乙丙三个小队员抄近道走进了住院部大楼。骨科在八楼,孟雨繁按下了数字键,电梯逐级上升。

"孟队,你对这儿好熟悉啊!"甲同学惊叹道。

孟雨繁低沉地说:"嗯,我有个好朋友前几天也住院了,就在楼上。"

不知该说是巧还是不巧,徐冬和后卫大哥住进了同一家医院,只不过分属不同科室。徐冬一直没有醒来,他父母又要照顾昏迷不醒的他,又要照顾患癌的徐爷爷,身体都累垮了。

孟雨繁打算看望后卫大哥后,顺便去看看徐冬。

孟雨繁带着三个小朋友抵达后卫大哥的病房时,他的妻子正坐在床边,慢慢削着一颗苹果。

她手里捏着一柄锋利的小刀,长长的苹果皮垂落下来,完整地连成了一条线。

后卫大哥的腿做了简单的正骨包扎,打了止痛针,他的脸色比刚入院时好了不少。手术排在了第二天上午第一台,先做脚踝,再做膝盖。

三个小朋友吵吵闹闹冲进了病房,围在后卫大哥的病床前,争抢着同他说话。

后卫大哥的妻子把手里的苹果放下,给他们搬来凳子。

"坐吧。"她说,"你们来得真巧,前脚节目组的人刚走,你们就来了。"

孟雨繁把手里的补品放在桌上,随口问:"来的是谁?"

"一个女孩,年纪不大。"后卫大哥的夫人说,"好像叫杨笑。"

孟雨繁一愣。

他刚刚从甲乙丙三个小朋友嘴里听到了自己女朋友的花边八卦,心情颇有些复杂。

他相信杨笑,分手了就分手了,杨笑和邢飞绝对不会藕断丝连,但孟雨繁免不了酸溜溜的。一想到邢飞是赞助商,肯定会和杨笑有很多工作上的接触,他就心里头猛吃柠檬。

他正胡思乱想,忽然耳边响起一阵铃声。

刚开始他还没有意识到那是他自己的手机铃声,还是被人提醒了,

## 第二十七章 球场重伤

才注意到兜里的手机在振动。

他漫不经心地掏出手机,看向了屏幕——然后,呆立当场。

屏幕上是队长发过来的一句话:"徐冬醒了!"

下一秒,他顾不得和后卫大哥说再见,立刻蹿出了病房,跑向了楼梯。

第二十八章
## 扣碎篮板！

杨笑离开医院后，一秒钟不敢耽误，马上打车冲回了电视台。

电梯门叮的一声停在了十五楼，杨笑直奔制作人办公室，哪想到她扑了个空，办公室里一个人都没有，就连周绘的助理也没坐在格子间里。

卫视频道的办公室里人人忙到脚不点地，杨笑随便逮住一个人，劈头便问："周老师人呢？"

"她，她……"同事被她凶神恶煞的表情吓到，空白了好一会儿才说，"周老师去十八楼开会了，刚走，听说是频道总监找她，应该是问她关于选手受伤的事情。"

《篮板之王》第一期录制就出了这么大的录制事故，一位选手搭上了一条腿和他的篮球生涯，这种事情如果处理不好，传出去绝对会成为一桩丑闻。周绘身为制作人，选手的安全问题她是第一负责人。

杨笑匆匆向同事道了谢，转头又跑向电梯间，不巧的是，两部电梯都卡在下面迟迟不上来，杨笑等不及，直接推开应急通道的大门，顺着楼梯嗒嗒往上跑。

她踩着高跟鞋，三步并作两步，好不容易跑到十八楼，推开楼梯间大门时，因为太过着急，左脚不小心崴了一下。

她疼得"嘶"了一声，但想到医院里后卫大哥经受的痛苦，她又硬生生把声音憋了回去。

频道总监的办公室在十八层最深处，坐拥整层楼最好的景观，门上挂着刻有总监名字的金属铭牌，大门没有关紧，隐隐的，有声音从门内飘了过来。

"周绘，你让我太失望了！"频道总监刚过五十，但因为总是操心，

## 第二十八章　扣碎篮板！

白头发非常多，他看向坐在自己对面的周绘，语气失望至极，"当初你立下军令状，说绝对会为台里打造一款新的爆款栏目，频道也用了所有资源去协助你。结果呢，节目还没开始，组里的人跑了一半！等到新的班子组起来了，节目刚录了第一期，一个选手的腿废了！"

"总监，这件事是多方因素造成的……"周绘想要解释。

总监直接打断她："我不需要你解释，报告里都有。我知道这不是你的错，但是你要知道，台里不会听我的解释，观众不会听台里的解释——事情发生了，一名选手因为录制节目永远地离开了赛场，这件事一旦传出去，你有想过对节目会有多大影响吗？"

天下没有不透风的墙，事情发生时，有那么多的工作人员和选手在场，一传十十传百，不用多久就会尽人皆知。

再加上，猕猴桃视频平台筹备的竞品也将在这段时间上线，他们巴不得《篮板之王》爆出丑闻，他们绝对会伺机煽风点火，传播《篮板之王》的恶名。

作为制作人，周绘有无法推卸的责任。

周绘向来心高气傲，但她也知道，事情发生了，必须有人出来负责。其实，最直接的办法就摆在她面前：把丁蛮开除节目，赶出球场。

丁蛮的气焰实在太嚣张了，赛后，周绘和三位裁判回看了事故发生时的视频，在后卫大哥起跳后，丁蛮冲到了他的身下，丁蛮的右脚"一不小心"迈进了后卫大哥的落脚点处。对于这一脚，裁判们都很为难，他们支支吾吾无法给节目组一个肯定的答复。

毕竟，丁蛮是赞助商送来的人，邢飞力捧他上位，再加上他的粉丝极多——是的，现实就是这么讽刺，丁蛮这么一个在球场上脏手段很多的人，居然有一大票的忠实拥趸！

频道总监猛地提起桌上的水杯，又重重放下："周绘，这件事我先给你压住了，但是我压得了一时，压不了一世。节目做出来后，总要拿去给台里审核的，咱们要在上面问责前，拿出一个解决办法来！"

面对频道总监的质询，周绘举棋不定，是冒着得罪赞助商和球员粉丝的风险，把丁蛮赶出节目，还是辜负一位普通的选手，保下臭名昭著的丁蛮?

宽阔的总监办公室里陷入了一阵静谧,突然,一阵敲门声在门口响起。

两人一惊,这才发现办公室的大门没有关紧!

他们侧头看去,只见一个年轻女孩站在门外,神色严肃而焦急。

"你谁啊?"总监皱眉看着她。

"不好意思,打扰一下。总监您好,我是《篮板之王》节目组的编导杨笑。"她的语气不卑不亢,"我有事要向我们制作人汇报。"

周绘不知道刚才他们的对话被杨笑听走了多少,周绘脸色有些难看:"杨笑,你怎么找到这里来了?我在和总监谈事,你先回去等我,记得把门给关上。"

"制作人,这件事非常重要。"杨笑一口咬死"非常重要"四个字,心急地说,"必须现在和您当面汇报。"

周绘迟疑了一下,见杨笑焦急的面色不似作伪,只能向频道总监道了歉,起身走向了守在门外的女孩。

总监办公室旁边的小茶水间刚好无人,周绘领着杨笑来到了那里。

"你最好是真的有很重要的事。"周绘冷冰冰说,"重要到你能不懂规矩地闯进总监办公室,打断我和他的谈话。"

杨笑不敢再耽搁,立刻把她知道的所有情况都吐了出来。

"制作人,我刚刚去看望了受伤的那位选手……"

"嗯,然后呢?"

"他说……"杨笑压低声音,轻声道,"他说,丁蛮虽然是现役CBA选手,但他其实一直活跃在野球场上,亲身参与那种带有赌博性质的野球比赛。"

周绘知道什么是野球,她也知道,沾染了赌博性质的野球比赛都有人在背后操控。

"而且,"杨笑继续说,"丁蛮的老板就是邢飞!他是幕后庄家,他送进来的那些球员,全部参与过野球比赛!"

《篮板之王》可是卫视开年的重头综艺,这么一部重要作品,却受到

## 第二十八章　扣碎篮板!

了黑色资本的渗透。

邢飞注资这个节目的原因，不外乎两个：第一，捧自己的球员上位，塑造明星球员效应，在以后的野球比赛中大肆敛财；第二，他可以借机物色更多的球员选手，为他的球队补充新鲜血液。

杨笑把自己的分析全部汇报给了周绘，本以为周绘在听完后，一定会大惊失色，立刻和邢飞撇清关系。

可出乎意料的是，周绘只在最开始露出了一点惊讶的表情，除此之外，她的嘴角都是紧抿的。

"您难道不相信我的话吗？"杨笑只能得出这个结论。

"实话实说，我确实不相信。"周绘摇头，"你说的事情确实出乎了我的意料。邢飞背景不纯，丁蛮和其他球员参与野球，咱们这个节目很可能成为他们的赌博工具，但是——"

"但是？"

"但是，你没有证据。"周绘眉头蹙起，看向杨笑的双眼，"你没有物证，只有人证。那位受伤的后卫被丁蛮伤了腿，断送了自己的篮球生涯，他很有可能为了报复，编造出这些谎言。"

杨笑瞳孔猛缩，但偏偏又找不出任何话来反驳。

"我很想信任你，但如果你拿不出切实的物证，那么抱歉——我会选择邢飞，而不是选择你。"

医院住院区。

现在是午休时间，整个住院部都弥漫着一股宁谧的气息，消毒药水味在空气中飘散，和正午的阳光撞在一起，把护士站值班的小护士熏得昏昏欲睡。

一个高大的人影跌跌撞撞地冲进了内科病房。

"护士小姐！"青年双手撑在桌上，急切地问，"请问徐冬现在在哪个病房？他醒了是吗？我是他同学！"

护士小姐赶快站起来，抬头望着这位高大的年轻人："同学，请安静，这里是住院区，不要打扰其他病人的休息。"

她拿出本子让他登记，青年急急抓过笔写下自己的名字，"孟雨繁"三个字写得龙飞凤舞，代表了他急迫的心情。

护士小姐带孟雨繁去了徐冬的病房——他住的是个八人间，环境不太好，床是医院通用尺寸的病床，徐冬躺在上面，脚底顶着床板，模样有些憋屈。

孟雨繁刚刚收到了班长的短信，说徐冬醒了。孟雨繁兴奋地跑上了楼，原以为能看到苏醒后的好兄弟，哪想到徐冬居然闭着眼，还在沉沉睡着。

徐冬的爸爸妈妈都守在他身边，一左一右拉着儿子的手，一边抹泪一边说话。

孟雨繁看向护士："……他不是醒了吗？"

"还没有完全苏醒。"护士摇头，"但是他已经有反应了，今早查房时，他的眼珠、手指都对外界的声音有反应，虽然反应不大，但这是个好兆头。CT也显示，他脑中的瘀血逐渐散去了。"

孟雨繁又问："那他什么时候能完全苏醒呢？"

"这不一定，有可能一两天，有可能需要更长时间……"护士柔声道，"他现在的状态，有些像俗称的'梦魇'，耳朵能听到外界的声音，但是肌肉神经没有反应。他需要一个契机，家属可以轻轻地推推他、拍拍他，多陪他说说话，都有助于他的意识苏醒。"

徐冬的妈妈原本正拉着儿子的手絮絮说话，见孟雨繁来了，赶忙起身，擦了擦眼角的泪水。

"你就是繁子吧？"徐妈妈说，"总听冬冬说起你的事情，谢谢你这么忙还来看他。快，你快坐，你们是好朋友，你陪他说说话，指不定他就能醒了呢。"

徐妈妈赶忙把孟雨繁推到徐冬的病床前坐下。

徐冬的手指骨折，缠着绷带，鼻梁眉骨也垫着纱布，眼角满是瘀血。他双眼合着，胡楂已经长出来厚厚的一层。

徐冬已经睡过去一星期了，可是他脑中的瘀血一直没有散开，迟迟未醒。

## 第二十八章 扣碎篮板！

见到昔日的好友变成了这个样子，孟雨繁心里酸涩，赶忙握住了他的手。

"冬子、冬子，你醒醒，要出早功了。"孟雨繁故意用一种轻松的语气说，"教练说，今天早上六点集合，咱们要跑三公里！"

徐爸徐妈期待地看向病床，可徐冬却毫无反应。

孟雨繁又换了一个话题："对了，你知道吗？足球队的队长又换女朋友了！上次他的两个女友在男生宿舍楼下对他大打出手的时候，还是你叫我去看热闹的呢！"

徐冬还在睡着。

孟雨繁并不气馁，又换了第三个话题："我告诉你啊，我打算和你笑笑阿姨领证了。你睡醒了之后，就要管我叫姨夫了！"

徐冬依旧静默着。

他睡得是那样沉，孟雨繁不知道他的梦境是什么样的，他真的能听到自己说的话吗？

孟雨繁尝试换了好几个话题，可都没有唤醒徐冬。

徐爸徐妈脸上的表情，也从一开始的充满期待，渐渐变回了灰暗晦涩。

"……谢谢你了，繁子。"徐爸艰难地笑了笑，"冬冬这孩子自小就爱赖床，小时候上学怎么叫都不起床。现在一转眼二十多岁了，这臭毛病还没改呢。"

徐妈妈红着眼睛给儿子盖好被子，轻声哄道："没事儿，冬冬，再睡会儿。妈守着你，你啥时候醒，妈都在这儿呢。"

孟雨繁心里苦得要命，但他又不敢在徐家爸妈面前露出悲伤。

徐爸爸生硬地转移了话题："对了，小同学，你怎么这么快就赶来了？我刚给你们班长发了信息，还没五分钟呢，你就过来了。"

孟雨繁："我有个朋友也是打篮球的，他受伤了，在骨科病房等待手术，我刚刚就在楼下看他，接到消息赶快上来了。"

徐爸爸哎呀了一声："怎么了？啥毛病啊？"

"十字韧带断裂，半月板撕裂，脚踝滑脱骨折。"

"老天爷,这怎么弄得这么严重啊!"徐妈妈听了直摇头,"你们打篮球的,什么时候成高危职业了?冬冬是这样,你那个朋友也是这样。"

"……他是被人恶意垫脚了。"孟雨繁语气沉重地解释。

作为篮球运动员的家属,徐爸徐妈对篮球圈的专业术语都清楚,一听说后卫大哥被人恶意垫脚,老两口气得不行。

徐爸爸怒骂:"体育精神呢?在赛场上恶意垫脚,难道要故意毁人一辈子吗?这种人就该逐出球场……不对,就该让他蹲监狱!"

徐妈妈问:"谁啊,是谁这么缺德?"

孟雨繁想了想,觉得这事也没什么可以隐瞒的:"是丁蛮——就是那个双臂纹了很多文身的'魔鬼后卫'。"

"丁……蛮……"

"对,就是丁蛮……嗯?"孟雨繁一愣,低头看去——只见原本躺在床上毫无反应的徐冬,居然睁开了双眼!

徐冬昏迷许久刚刚苏醒,眼中一片迷蒙。

谁都没想到,大家在他床前说了那么多的事情都没能唤醒他,反而是丁蛮垫脚的事情,居然把他叫醒了!

徐冬看着孟雨繁的方向,张了张口,因为许久没有喝水,喉间嗓音沙哑,他嗫嚅着重复着那个名字:"丁蛮……丁蛮……"

孟雨繁不明所以,只能跟着重复:"丁蛮?丁蛮怎么了?你别着急,慢慢说……"

徐冬太累了,他刚挣扎着从一片一望无际的黑暗中苏醒,他有几次差一点就搏斗失败了。他实在没有力气了,他只能一遍遍地重复喊着丁蛮的名字。

激动的徐妈妈第一时间按响了床头的按铃,医生、护士瞬间赶来了一大帮,又高又大的孟雨繁因为太碍事了,被护士们挤出了病房。

孟雨繁茫然地站在病房门口,从头至尾把事情捋了一遍。

为什么徐冬听到丁蛮的事情会这么激动?为什么他要一遍遍重复丁蛮的名字?

——等等!

## 第二十八章　扣碎篮板！

电光火石之间，一个可怕的想法窜入了孟雨繁的脑中。

——徐冬是在野球场受的伤。

——丁蛮在偷偷打野球。

难道，徐冬头上的伤——和丁蛮有关？

在徐冬苏醒后，医生和护士们从头到脚给他做了一遍检查，他除了身体还有些虚弱以外，精神还算不错。

用他自己的话讲，"一口气睡了一个星期，把上大学熬夜打游戏的觉都补回来了，精神能不好吗？"

而孟雨繁也从他的嘴里，听到了完整的事实真相——如他所料，那天徐冬去打野球时，在赛场上遇到了丁蛮，因为徐冬不肯配合丁蛮打假球，被心胸狭窄的他一球闷在了脑袋上！

"……真的太可怕了。"即使现在回想起来，徐冬依旧在情不自禁地微微打战，他的眉骨和鼻梁都包裹在纱布之下，眼神里满是后怕，"我根本反应不过来，完全没有躲避的空间，那绝对不是意外，那一球就是冲着我的脑袋来的！"

徐冬和孟雨繁说话时，特地把他的父母支开，担心长辈听到后情绪激动。

孟雨繁第一反应就是报警："他这是故意伤害！你必须报警！"

"怎么报警？"徐冬反问，"我参与的那场野球带有赌博性质，坐庄的人是谁我都不清楚。而且，我爷爷现在还在医院，我不敢拿他的安危去赌……"

正是因为料到徐冬无法报警，对方才会这么猖狂。

孟雨繁问："难道就这么算了吗？"

"我不想算了，我当然不想就这么算了！"徐冬痛苦极了。

他的手掌因为正面接受了篮球的冲击，手指骨折了三根，现在用保持器固定着，即使康复，未来也会影响运球时的手感。"我恨不得给他套上麻袋，狠狠揍他一顿！"

"套麻袋算什么报仇？"孟雨繁却固执地说，"他是打篮球的，咱们也是打篮球的，报仇当然要堂堂正正地在赛场上打败他！若用那些下三滥的手段去报复，那和他这种垃圾又有什么区别？"

"'堂堂正正'？"徐冬苦笑连连，"他是 CBA 现役，我不过是一个连 CUBA 都没法参加的编外选手，除了野球场，我哪有什么机会和他交手？"

"不，你说错了一点。"孟雨繁打断他。

"……哪一点？"

"不是你。"孟雨繁看向自己的好友，慢慢吐出两个字，"是我。"

"什……"徐冬突然反应过来，不可思议地说，"繁子，你要干什么？这件事和你无关，你别做傻事！"

"怎么会与我无关呢？我的朋友被他打到在医院昏迷了整整一周；我的队友被他废了一条腿，这辈子再也打不了篮球。而未来总有一天，我会站在 CBA 赛场上和他对战，这一次是你们，那下一次就有可能是我……难道我要当作这件事完全没发生过，下次在赛场上碰到他，和他恭敬地打招呼，请他手下留情吗？"

受伤的人不是孟雨繁，孟雨繁大可事不关己高高挂起，但他没有。

他就是这样一个人——正直、仗义、执拗。

他傻得要命。

"篮球不应该是这样的。"孟雨繁说，"篮球不应该成为敛财的手段，也不应该成为他私人泄愤的工具。"

徐冬语塞。

半晌，徐冬沉沉地叹了口气，问："……那你想怎么做？"

"我还没有来得及告诉你，"孟雨繁眼里闪过一丝光芒，"我参加的那个综艺节目，丁蛮是出场选手之一。"

"你是说……"

"我要在所有选手的见证中，给他一个终生难忘的教训。"

孟雨繁告别徐冬后，又回到了后卫大哥的病房，带走了甲乙丙三只神情沮丧的"哈士奇"。后卫大哥的伤势很严重，他们明明是来看望他的，结果倒成了后卫大哥安慰他们不要太伤心了。

## 第二十八章　扣碎篮板！

在回去的路上，三只"哈士奇"——不对，三个小朋友一直在嘀咕，孟雨繁侧耳一听，发现他们在研究战术。

撞人、绊腿、垫脚……这是丁蛮最常用的三招，他们决定由一个人潜心对抗一招，下次比赛时让丁蛮无从下手。

倒真是现代版的"三个臭皮匠顶一个诸葛亮"了。

三个小朋友憋着一肚子火气，孟雨繁安慰他们："放心吧，会有机会报仇的。"

把他们送回节目组提供的宿舍后，孟雨繁驱车回了家——他和杨笑共同居住的那个家。

最近杨笑工作忙，加班也多，她基本上不回她和唐舒格同住的那个房子了。

孟雨繁原以为今天杨笑又要加班到很晚才回来，他打算在屋里等她，哪想到他推门时，却在玄关的地上发现了一双扔得横七竖八的高跟鞋。

屋里没有开灯，杨笑穿着一身毛茸茸的家居服坐在沙发上，她陷在沙发垫和抱枕之中，怀里抱着一只大号冰激凌杯，勺子在杯里搅和着，冰激凌已经被她搅和化了，她却不吃，像是在思考着什么。

孟雨繁进门时，杨笑被惊醒了。

"你怎么没回宿舍？"她问。

"你怎么这么早下班了？"他问。

"今天不想加班。"她答。

"今天我想见你。"他答。

孟雨繁弯腰换了鞋，把杨笑的高跟鞋和自己的球鞋摆在一起，放进了鞋柜中，他趿拉着拖鞋，坐到了杨笑身边。

他个子大，一坐进沙发里，沙发便向着他的方向陷下去，杨笑便顺势滚到了他怀里。

杨笑把已经融化的冰激凌桶扔到垃圾箱里，抱住孟雨繁宽阔的肩膀，同他说："雨繁，我有件事情要和你说，但是你要答应我，不能冲动。"

孟雨繁想，真是巧了，今天是什么日子？他刚好有件事也要和杨笑说。

孟雨繁道："你说吧。"

杨笑便慢慢把她知道的情况逐一道来——"我今天去看后卫大哥时，他告诉我，丁蛮一直活跃在野球赛场上，而邢飞是野球比赛的幕后老板，我怀疑邢飞想要通过我们的节目洗钱，可是我没有证据，制作人并不相信我的话。"

她一边说一边去看孟雨繁的表情，生怕他现在就冲去和丁蛮决一死战。

出乎意料的是，孟雨繁的眼中只闪过了一点点惊讶，很快就变为严肃。

杨笑诧异道："你不惊讶吗？"

孟雨繁实话实说："其实，你说的消息我已经知道了。我今天去了医院，徐冬醒了，他告诉我，他之所以受伤，是因为在野球场上不肯打假球，被丁蛮打伤的。"

杨笑没有想到，徐冬的事情居然也和丁蛮那群混蛋有关！

"而且除此之外，我还知道一件事……"孟雨繁眨眨眼睛，故意问，"邢飞是你的前男友，你怎么不告诉我？"

杨笑瞬间尴尬到头皮发麻，她没有告诉孟雨繁她和邢飞曾经交往过，就是担心孟雨繁胡思乱想，哪想到最后这个消息还是让他知道了！

这八卦传递的速度未免太快了吧……

杨笑赶忙解释："我不是故意瞒你，但我和他分手已经很久了，这次他赞助我们节目纯属阴错阳差！"

孟雨繁也不是真的掂酸吃醋，他现在心里其实特别庆幸——庆幸杨笑早就和这种人渣分手，没在他身上浪费宝贵的人生。

但他难免心里有点酸溜溜的。

"要是我能早几年遇到笑笑姐就好了。"他搂住她，喃喃道，"没有邢飞，没有于淮波，没有这些人渣前男友，笑笑姐可以一直被我宠着，多好啊。"

"你给我打住！"杨笑直接按灭他的念头，"我第一次谈恋爱那都是四五年前的事情了！你那时候才多大？你刚刚成年，我绝对不可能对一

## 第二十八章 扣碎篮板!

个刚成年的小屁孩产生兴趣的。"

孟雨繁故意说:"兴趣没有,但是可以试着培养一下嘛。"

她实在受不了他的厚脸皮,干咳一声转移了话题。

"咱们能不能谈正事?"杨笑看着他的眼睛,"你想找丁蛮报仇,我想证明邢飞是野球赌局的幕后黑手,可是咱们要怎么做?"

孟雨繁沉思一阵,回答:"野球赌局的事情,我可以想想办法。就我所知,这种赌局涉及金额这么大,除了散客下注以外,很多都是做实业的'土老板'在投。我爸妈做木材生意,平时没少和这种地方上的老板打交道,说不定他们会有消息。"

想到就做,孟雨繁立刻给远在国外的父母打了个电话。

孟妈妈听到孟雨繁的询问后,吓了一跳,忙问:"你怎么问这种事?你不会动什么歪心思吧?"

孟雨繁赶忙对天发誓自证清白,发毒誓自己绝对不会打野球,孟妈妈才放下心来。

孟妈妈说:"你要是早几个月问我这种事,我肯定要说不知道,但那天我和几位太太聚会,从她们口里刚好听到了一些消息。"

经商的人都有自己的圈子,做实业的一拨,做互联网的一拨,做金融的一拨……彼此之间很难融合。孟爸孟妈做木材生意,平常往来的也都是实业商人,小辈们大多混在一起,唯有孟雨繁是个异类。

前不久,有几个富二代孩子迷上了篮球,他们爸妈喜笑颜开,觉得喜欢篮球挺好的,总比学人家玩赛车、开酒吧要好。哪想到,那群孩子被人带进了沟里,居然参与网络赌博,挥金如土,一场比赛就能输几百万进去!

"好几个年轻人都被拉进去了!刚开始他们还不肯说实话,是爸妈发现账不对了,他们才承认。"孟妈妈痛心疾首地说,"家长赶快押着他们去报案,几个浑小子真没少往里扔钱,加起来至少有大几千万了。"

孟雨繁一听,惊喜交加:"他们报警了?"

"是啊,可是报警也没用。负责办案的警官说,那家网络赌博公司是在海外注册的,就连服务器都架设在东南亚,法人是谁根本不知道,一点线索都没有。"

孟雨繁:"妈,你能不能帮我打听一下那个警官的联系方式?"

"什么?"

"他们缺少的法人线索,我能补上!"

永远不要小看阔太太的交际圈,孟妈妈没让儿子等待太久,没过一会儿,居然真的给孟雨繁发来了那位警官的联系方式!

杨笑望着手机屏幕上的电话号码,颇有一种眩晕的感觉。

她头一次对孟雨繁的富二代身份产生了真实感,她这辈子最大的赌博就是花五十九块钱买了一个盲盒,结果开出了一个雷款,这辈子都不敢碰。而孟雨繁认识的那群公子哥,随随便便往野球比赛里扔几千万,赔了也不着急……

好在孟雨繁是居家省钱型的好男人,别的富二代玩球是输钱,他是赚钱——至少上节目能赚个几百块的通告费呢。

孟雨繁和杨笑第二天就约见了负责办案的警察,这个案子因为牵扯众多富家子弟,涉案金额又大,很受局里重视,但是他们的办案过程一直不顺利,没能查出这个站在野球局背后操控一切的黑手是谁。

杨笑带他们去了医院,见了后卫大哥和徐冬。

后卫大哥知无不言言无不尽,他的腿受了重伤,手术后也无法踏入他最爱的战场了。他像是报复一般,把他曾经参与野球并且在野球场上见过邢飞的事情一五一十说了出来。

他已经失去了最爱的事业,他还有什么好怕的呢?

至于徐冬,他虽然没有见过邢飞,但他和丁蛮交过手,而且他还在球场上遇见过很多野球选手。他提供了不少球员名字,只要警察顺藤摸瓜,绝对能找到幕后大鱼。

警察们的笔录做了数个小时,可是光有人证是不行的,若要给他们定罪,必须有切实的物证才可以。

野球赌博网站架设在外国,而且每次直播结束后网站都会清空视频数据,留不下任何东西,若从海外反推,不仅耗时长,而且很容易打草惊蛇。

民警同志说:"最好的办法,就是在下次比赛时,抓到他们网站的直播信号,掌握证据后,直接收网逮捕——但是就我们掌握的情况,邢飞这个人非常狡猾,他很少亲临比赛现场。"

一场比赛,要让丁蛮和邢飞同时出现,而且还要整场比赛处于非法直播的状态中……

杨笑沉思了一阵,很快,一个大胆的想法出现在她的脑海中。

"我倒有个法子,"杨笑说,"可以试一试。"

这天中午午休时,杨笑把刘悦月约出来,在电视台楼下的咖啡厅里见了一面。

自从杨笑调去卫视频道之后,她和刘悦月见面的机会并不多,杨笑在忙着筹备《篮板之王》的上线,刘悦月也忙得脚不点地,她一边要写毕业论文,一边要负责《午夜心路》的选题,一个人简直要被劈成两半了。

虽然这么忙,但刘悦月状态很好,和半年前刚进电视台相比,那时的她幼稚、莽撞,完全是个傻乎乎的学生。现在呢,她则成了独当一面的小编导,备受新上司器重。

节目组的新领导同意了她的转正申请,也就是说,只要她一毕业,就能拿到电视台的正式 offer 了!虽然只是一个最初级的"节目聘",但只要踏实干两年,换到"频道聘"乃至"台聘"都是有可能的!再看看和她同期入台的其他实习生,还在做打杂的基础工作,很多人实习结束后就要离开台里,根本拿不到正式 offer。

"杨姐,要是没有你之前的指导,我肯定不会有这么快的成长。"刘悦月拉住杨笑的手,"我要怎么感谢你呀!"

杨笑反握住她的手:"这是我今天找你出来的理由——姐不需要你道谢,但是我现在有件事,需要你帮忙。"

刘悦月答应得很爽快:"什么事?"

杨笑:"具体其实是三件小事——第一件,我想让你帮我找二三十个男同学,去我现在的节目当群演观众。"

刘悦月:"《篮板之王》?没问题,我们学校篮球氛围很浓的,群演分分钟凑齐!"

杨笑:"第二件事,你再找几个同学,必须是在电视台实习过的,有实操经验,也过来给我帮忙,具体任务我到时候分配。"

这个要求有些奇怪,但出于对杨笑的信任,刘悦月也答应了。

"那第三件事是什么?"她好奇地问。

"第三件事,我需要你陪我去见一个人、演一场戏。"

"啊,谁啊?"

"我的前男友。"

邢飞这几日过得有些不痛快。

他投资了一档篮球综艺,以飞扬运动饮料的规模来看,能在华城卫视这个全国前五的上星频道上占有一席之地,纯属捡漏。若不是原定的投资商被猕猴桃综艺撬走,这么好的果子绝对落不到他头上。

哪想到,节目刚录了第一期,就闹出了个烦心事。

在比赛里,他最看好的选手丁蛮弄伤了一个退役老后卫。真是可笑!篮球比赛是热血运动,磕磕碰碰完全正常,他甚至可以说,那场比赛是他见过的最"文明"、最不激烈的了。那个后卫受伤怎么会是丁蛮的错,明明是对手太弱,不过被绊了一跤就进了医院。

可就是这么一件微不足道的小事,节目组却不依不饶,制作人周绘到现在也没给他一个准话,说"丁蛮参加录制的资格还需要重新考虑"。

有病!

他是赞助商,他想推谁、捧谁、让谁成名,节目组照办就是了,居然还敢向他甩脸色?

整个节目组从上到下,就没有一个地方让他看得顺眼!

尤其是他的前女友杨笑,节目录制时故意在他眼皮子下面晃悠,当初分手时,杨笑头也不回地走了,现在她看他扶摇直上,成了节目的赞助商,心里不知道怎么后悔呢。

邢飞性格自大,在他看来,杨笑提分手是不可理喻的行为,重逢后

## 第二十八章　扣碎篮板！

不巴结他更是脑子进水。他功成名就，怎么会有女人拒绝优秀的他呢？

就在邢飞沉思之际，秘书敲门走进办公室，告诉他有人拜访。

邢飞不快地问："谁？"

秘书："是节目组的工作人员，说要和您谈谈丁蛮的事情。"

"是周绘？"邢飞冷笑，"我的态度从始至终很明确，我要保丁蛮。如果她不答应这个要求，我和她没有什么可谈的。"

"不是周制作人。"秘书恭敬地把手中的名片奉上，"是杨笑，说是编……"

"杨笑！"邢飞一愣，下意识地就想从沙发上起身，但他立刻压下心里的那丝躁动，复又坐回了沙发中，"……把她带进来吧。"

几分钟后，"水性杨花"的前女友杨笑在秘书的带领下走进了他的办公室里，而在她身后，还跟着一个二十岁左右的"小尾巴"，看样子像是她的助理。

"邢总您好。"杨笑落座在沙发上，落落大方道，"应该不需要我再做自我介绍了吧？我身边的人是我的助理刘悦月，我们是代表节目组来通知您关于丁蛮选手的处理结果的。"

"处理结果？"邢飞双腿交叠，靠在沙发中，手中的雪茄烟气缓缓飘荡，"我不觉得丁蛮做了什么事，需要你们'处理'的。"

两年未见，她变了，变得更锋利、更漂亮……也更诱人了。

红色的呢子大衣裹住她的身体，腰带勾勒出她纤细的腰部曲线，一双小腿自衣摆下探出来，踩进高跟鞋里……

邢飞想，杨笑一定是故意的！她装什么谈工作，她居然化了妆，她一定是在勾引他！

他的目光是那样赤裸，刘悦月看了，只觉得浑身发麻。

杨笑顶着那样的目光，视若不见："丁蛮在赛场上故意伤人，使一位优秀的后卫受伤，永远地离开了赛场。故意垫脚的行为，是完全违反体育精神的，若是在正规比赛里，恶意垫脚致使他人受伤的，可以判违体犯规。但是，"杨笑话锋一转，"鉴于您是我们的赞助商，丁蛮又是您想捧的选手，我们可以再给他一次机会。"

"什么机会?"邢飞觉得杨笑的话异常幼稚,"我是不是还要感谢你们节目组,给你们送一面锦旗啊?"

"我们会重新组织一次比赛,丁蛮率领的队伍会对阵孟雨繁率领的队伍,孟雨繁队伍内缺少的队员将由其他队员补上。补拍地点就在摄影棚内,补拍时间是明天下午三点。"杨笑语气淡漠地念完通知,"请务必告诉丁蛮选手准时到达摄影棚。"

"补拍!就因为那个什么狗屁后卫技不如人,就要搭上丁蛮的时间补拍你们的节目?你知道丁蛮在别的比赛里一次出场费多少吗?他的时间你们耽误不起。"

杨笑寸步不让:"如果您觉得他没有时间来的话,也可以不来。那我会和制作人说,丁蛮自愿放弃了录制节目的机会,我们会物色其他的CBA选手加入节目。"

邢飞被她一句话顶回来,正要发作,忽然,在旁边安静当摆设的小助理刘悦月的手机响了。

原本气氛凝滞的办公室被她的手机铃声打断,刘悦月赶忙说了声抱歉,像只小仓鼠一样埋着头拿着手机跑了出去。

"你这个助理真是不懂规矩。"邢飞哼了声,"对了,怎么之前录节目的时候没见过她?"

杨笑淡淡地说:"当时人太多,可能你没注意吧。她跟了我半年多了,是个挺机灵的小姑娘。"

没过一会儿,那位机灵的小助理刘悦月回来了。

只见她面露难色,一副支支吾吾的样子。

"杨姐,有件事要向你汇报。"刘悦月作势要贴到她耳边。

杨笑说:"有什么事你就直接说吧,邢总也不是外人,他是节目赞助商,咱们节目的事情不需要瞒他。"

刘悦月这才说了实话。

"杨姐,刚刚我接了平台那边的电话,他们说我们这次临时补录时间太不巧了,他们团队很忙,没时间过来做网络测试。"她一副生怕杨笑骂她的样子,委屈地说,"可是不做直播测试的话,等到再过几期需要现场直播的时候,总不能临时搭建吧?"

邢飞心里一动,问:"什么现场直播?你们这个节目还有现场直播?这个什么网站又是怎么回事?"

杨笑回:"现在年轻人都喜欢在网上看综艺,就算是上星节目后期也要和平台签独播协议。我们节目后面几期会以直播形式进行比赛,网络早就搭建好了,但是需要平台过来测一下直播数据,省得到时候出现问题……"她皱眉,看向刘悦月,"这事先放放,等我回去再和平台沟通吧。周老师那边报告催得急,如果这周拿不到网络数据,频道领导肯定会有意见的。"

就在两人商量事情的时候,邢飞开口了。

"如果只是一次网络直播测试的话,我倒是能帮上忙。"邢飞把玩着手里的雪茄,"刚巧,我名下有一家网络直播平台,我可以帮你测试效果。"

杨笑眸光流转,看向他:"直播网站?没想到邢总的业务这么广!"

"反正就是一次测试而已嘛,只要证明网络没问题,能够经得住流量考验就可以,对吗?"邢飞挑眉,"至于你们频道领导需要的数据报告,我这边也能出一份。"

"不知邢总名下的网站是……"

"你应该没听过。"邢飞挑眉,"我的业务不在国内,不过在国外还是有一定知名度的。反正这次补拍只是一次网络测试,具体在哪个网站上做,没影响吧?"

"可……"杨笑婉拒,"这不合规矩。"

"这有什么不合规矩的?"邢飞道,"我是赞助商,我又不是什么外人,我用我的资源免费帮节目组做网络测试,这有什么问题?再说,周绘那人我比你了解,在那种老女人手底下工作很辛苦吧,你要是完成不了工作,她肯定会骂你的。"

杨笑又拒绝了几次,但最终被邢飞说动,接受了他的"好意"。

于是两方约定,第二天下午三点丁蛮和他的队友去摄影棚补拍,而邢飞也会带着他的直播团队来帮忙测试直播效果。

这场简短的会议就这样结束了，邢飞本想约杨笑共进晚餐，但杨笑以未婚夫还在等她回家吃饭为由拒绝了。

"未婚夫？"邢飞的视线瞥过杨笑手指上那枚精巧的钻石戒指，"笑笑，和那种穷人交往，一定很辛苦吧。他给不了你未来的。"

他丝毫不在意刘悦月这个大灯泡还在旁边，他执起杨笑的手，状似深情地在她手背上贴上一吻。

"你若是后悔了，"他灼灼目光看向她，"我会原谅你，给你在我身旁留下一席之地的。"

杨笑只觉得一阵湿滑阴冷的感觉从手背上拂过，那感觉像是有一只恶心的蜗牛爬过去一样。

她强忍住心中的恶心，坚定地把手掌从他掌心里抽走："我现在住的地方挺大，您的一席之地不用给我留了。"

秘书把她们送出了办公室，回到停车场、上了车后，刘悦月唰一下就瘫倒在了座位上。

"杨姐，我、我刚才表现得怎么样？"她结结巴巴地问，"有没有露馅？"

"没有，非常棒。"杨笑摸摸她的头，"他主动上钩，省了大力气。"

刘悦月瘫成一团："我都不记得我刚刚说了什么了，什么直播平台什么流量测试，没想到那个邢总真的被忽悠住了！"

杨笑庆幸不已，幸亏有刘悦月配合她，与她在邢飞面前演了这么一出戏，否则还真的很难抓到他的尾巴。

从头至尾，根本没有什么所谓的补拍，也没有什么直播流量测试。因为上次的比赛事故，这几天摄影棚一直闲置，杨笑利用时间差，在正式录制开始之前，以补拍的名义把丁蛮、邢飞和他的直播平台汇拢在一起，方便警察一网打尽。

这一步走得格外艰难，稍有疏忽，狡猾的邢飞可能就会察觉出问题，逃之夭夭。

演员已就位，舞台已搭建好……现在，这场瓮中捉鳖的大戏，是时

## 第二十八章 扣碎篮板!

候收场了。

虽然通知丁蛮下午三点到场,但杨笑和孟雨繁提前三个小时就到摄影棚做准备了。

刘悦月找来了十几位同学,有学摄影的,有学灯光的,有学编导的,杨笑给他们找来了工服穿上,他们像模像样地站在机器后,不知情的人肯定会以为他们是真的工作人员。

至于充当观众的群演,本来杨笑只让刘悦月找二三十个就好,哪想到哗啦啦来了一大片,人头堆在一起,看着实在眼晕。

杨笑惊讶道:"你怎么招来这么多人的?"

刘悦月怪不好意思的:"我们学校喜欢篮球的人还挺多的,一听能来篮球节目组参观,还能看到CBA名将,他们报名特别积极,我都说没钱不包饭了,可他们还是要来……"

"人多正好。"孟雨繁却说,"他们都会成为我打败丁蛮的见证。"

杨笑忧心忡忡,丁蛮和邢飞完全是一丘之貉,他们的狠辣她比谁都要清楚。孟雨繁上次和丁蛮对战,侥幸没有受伤,可是这次……

仿佛看出了她的担忧,孟雨繁牵住她的手,看向她的眼睛:"你放心,这场比赛我绝对会取得胜利,因为我不仅代表了我自己,更代表了还躺在医院里的两个队友。"

杨笑紧紧回握住他的手,青年的手腕上,被滴胶封住的柏树叶紧紧贴在他的腕间,倾听着他脉搏的跳动。

"好,我相信你。"杨笑说,"你要赢,但是一定要堂堂正正、安安全全地赢。那种下流的手段丁蛮能使出一次,就能使出第二次,不要让他伤到你们。"

"我答应你。"

除了孟雨繁以外,甲乙丙三个小朋友也参与了这场偷天换日的大戏,他们几乎一整晚都没睡,眼皮下挂着浓重的黑眼圈,但精神格外亢奋,聚在后台叽叽喳喳地商量着要如何在赛场上报仇。

丁蛮和邢飞故意耍大牌,卡着点抵达摄影棚。邢飞环视棚内一周,

## 男友请就位

皱眉问:"观众席上的那些学生是怎么回事?其他选手呢?"

杨笑镇定地说:"这些都是我叫来的群演,其他选手还有工作,时间调不开。反正只是补拍一场比赛,后面的群演都是背景,不会有人注意到的。"

邢飞勉强接受了这个答案,他勾勾手,他带来的团队立刻在场边搭建起一个小型网络工作站,他们把摄像机的信号连上了直播网站。杨笑故意从他们身后经过,看了眼屏幕,只见屏幕侧边挂着一些数字,还不等她看清,就被别人有意无意地隔开了。

猜都不用猜,那些往上不停跳动的数字,绝对和赌资有关。

该说邢飞是愚蠢,还是疯狂呢……

丁蛮组的队员已经早早到了现场,三个退役选手并不清白,他们也是邢飞麾下的人,没少为他南征北战。唯有一个可怜无辜、拉来凑数的预备役选手,缩在角落里,充当人形看板。

丁蛮换上篮球服,带着自己的队员们在篮球场旁做热身,充当背景板的学生观众们看到他后非常兴奋,甚至有人起身挥舞手臂叫着他的名字,还有人拿出笔记本想让他签名。

丁蛮懒懒地掀了掀眼皮,敷衍地摆摆手,格外傲慢。

孟雨繁带着甲乙丙三个小豆丁从另一个休息室里走了出来,三个小男孩看到丁蛮傲慢的模样,恨不得冲上去狠狠咬他的肉。

"呦呵,我的手下败将来了?"丁蛮嘲讽地说,"要我说,补拍根本没什么意义。上次比赛你们就输了,难道再比一次,你们就能赢球吗?"

孟雨繁的身高比丁蛮矮了一些,但他站在丁蛮面前,并没有显出一点弱势。他平静地望着这个心思阴暗的赛场前辈,冷淡道:"能不能赢球,不是嘴上吠的。"

"你!"

"丁前辈,少吠两句,留着力气打你的脏球吧。"

孟雨繁的队伍因为少了一个队员,故而只能从其他选手里找一个队员来弥补那个位置。

而他们最终找来的人,便是冯相。

## 第二十八章　扣碎篮板！

冯相本来就看丁蛮不顺眼，两人矛盾已久，冯相身为现役球员，几次在CBA的球场上和丁蛮相遇，每次都被他的肮脏手段弄得不堪其扰。

现在有机会光明正大地教训丁蛮，冯相自然愿意。

甲乙丙三个小豆丁在听说他们队伍居然招来了冯相大神后，所有人都开心疯了，孟雨繁无奈极了："冯相到底有什么魅力，你们都喜欢他？"

甲说："他打球打得好！"

孟雨繁说："我打得也不差啊。"

他话音未落，冯相便伸手勾住他的脖子，大笑起来："小学弟，你就承认我比你强吧，你也可以像他们那样崇拜我，我不会嘲笑你的！"

孟雨繁反问："难道CBA选人是看谁脸皮厚吗？丁蛮脸皮厚，他进了；你脸皮厚，你也进了。"

冯相答："要不然呢？不看脸皮难道看脸吗？要是看脸的话，丁蛮这辈子都别想进了。"

玩笑话暂时告一段落，孟雨繁开始分配起稍后的司职来，他们队里前锋多，冯相是前锋，孟雨繁是前锋，三个小朋友里也有两个是前锋！

孟雨繁想了想，决定让跳跃能力最强、个子又最矮的乙同学担当后卫，乙同学吓了一跳，他从入门打篮球开始就一直是前锋，从没做过后卫。

"我……我可以吗？"

孟雨繁拍拍他的肩膀："你要对自己有信心，你的弹跳力非常强，上场比赛不是还给了丁蛮两次盖帽吗？NBA有名的矮个球员全是后卫，最矮的只有一米六。你一米八五，做前锋和丁蛮那边的人对抗会吃亏，但是调去做后卫，肯定没有问题的。"

乙同学被他鼓励得心潮澎湃，他挺起胸膛，把自己的胸口拍得乒乓响。他还记得上次让丁蛮吃瘪时，丁蛮脸上的表情——震惊、恼怒、丢脸……等到几十年后他死掉了，他也要把这段刻成墓志，让所有人知道他曾经帽过丁蛮！

空出来的前锋名额，他给了冯相。

冯相好奇道："那你呢？你不打前锋？"

"不打。"孟雨繁坚定回答,"丁蛮是后卫,我当然要在他最得意的司职上打败他。"

冯相哑然半晌,他失笑:"行,你是队长,你说了算。"

按理说,冯相是整个队伍里能力最强,同时也是年龄最大的选手,如果他说要手握队长权柄,其他人都不会有意见。可他这话一出口,就说明他心甘情愿把队长的身份拱手让人,把整个队伍的领军职责交付在孟雨繁的手上。

而他,也会听命于孟雨繁的指挥。

五个人围成一圈,五只手交叠在一起,孟雨繁看向他的队友,大声问:"我们的目标是什么?"

甲:"替天行道!伸张正义!"

乙:"为民除害!除暴安良!"

丙:"以牙还牙!报仇雪恨!"

冯相:"好好打球,不要受伤。"

孟雨繁大笑起来:"咱们的目标只有一个,那就是享受比赛,完成梦想。"

所有的运动最开始诞生的目的都是快乐,若一场篮球只剩下输赢,那它就失去了最初的意义。

杨笑站在赛场旁的看台上,神色肃穆地看着场地上的情况。

邢飞双手插袋站在她身旁,想要同她闲聊:"怎么今天没见周绘?"

"制作人工作忙,这种补拍只是小事,不需要周老师到场。"杨笑怕他再问下去自己露馅,她赶忙拿起对讲机,告诉各部门准备。

当然,说是"各部门准备",实际上,楼上的导播室空无一人,只有摄像机后站了几个学生,穿着工作服、戴着工牌,装出一副专业的样子,但实际上机器里根本没有带子。

这就是一场临时搭建出来的情景剧,身在剧中的邢飞和丁蛮绝对不会知道,当他们把所有注意力放在赛场上时,警察手中的大网正在逐步收紧。

## 第二十八章 扣碎篮板！

这场"补录"和上次比赛一样，一共只有两节，每节十分钟。听上去时间很短，但当势均力敌的两队选手相遇时，二十分钟足以出现无数个精彩绝伦的瞬间。

在裁判哨声响起后，两队的前锋第一时间跃起抢球，冯相身体素质好，长臂一勾便抢到了球权，迅速带球往丁蛮队伍的篮框攻去。

开场半分钟冯相就攻入一球，2∶0的比分高高挂在计分器上，引起了观众们的热情欢呼。

可惜丁蛮那边也不是吃素的，他很快追回了一球。双方队员追得很猛，二十四秒的球权往往刚开局就被对方抢走，一时间，战况陷入了胶着。

甲乙丙三个小朋友尤为浮躁，他们一心想在球场上伸张正义，可丁蛮那边的队友皆是人高马大、满脸横肉，小朋友们的进攻全都被拦了下来，几次进攻的好机会就这样白白错过。

官方暂停时，孟雨繁把几个小朋友聚在一起，安慰他们："你们不要着急。咱们已经和他们交过手一次了，他们知道在体力上不如咱们，才会在一开场采取猛攻，想要压住咱们的气势。篮球不仅是技术战，更是心理战，你们若继续浮躁下去，谁来给后卫大哥报仇？"

"可是得分……"

"上半场的得分你们不用急。"孟雨繁爽快地说，"冯相能者多劳，得分的事情他全权负责。"

冯相："孟雨繁，我怎么摊上你这个学弟？"

孟雨繁面色一整，严肃道："别叫得这么亲热，谁是你学弟？叫我队长。"

冯相：行吧。

官方暂停的一分三十秒过得极快，两边队伍休整完毕后，再次踏入了赛场。

比赛分数一直都咬得很紧，两支队伍各有一名CBA现役球员，在人气上，冯相名声更好，现场观众的叫好声大多是送给冯相的。

丁蛮本就心高气傲，最忍不了这种差别，他一时被虚荣冲昏了头脑，不管不顾，在一个不该出手的时刻，直接出手——全场的第一枚"三不沾"在近百双眼睛的注视下诞生了！

全场观众哄堂大笑。

守在直播电脑前的工作人员脸色一变，快步走到邢飞身边，伏在他耳边叨念了几句。

杨笑虽然听不到他们在说什么，但想必和网上的赌局有关。

邢飞的脸色果然沉了下来，他挥手让工作人员回去，侧头看向杨笑："你怎么从没说过，这次补拍冯相也来？"

他之所以冒着暴露的风险让自己的团队参与进这场补拍的直播当中，就是为了借机开局坐庄，好好赚上一笔！哪想到半路杀出个冯相，完全打乱了他的计划！

刚刚工作人员告诉他，现在两支队伍的赔率完全颠倒了过来，尤其在丁蛮投出那枚三不沾后，丁蛮身上的投注额一落千丈。

杨笑故作茫然，反问："我没说过吗？那可能是我忘了吧。"她挑眉，"你放心，这次比赛只是为了让观众了解球员能力，不计入节目的最终成绩，不会影响的。"

邢飞满肚子脏话——节目组是不受影响，可是他的赌局很受影响！若丁蛮最终没能拿下这场比赛，那他这个庄家，就要赔掉……不，丁蛮绝对不可能输的！

邢飞神色一凛，在摄像机找不到的角落，向着台上的丁蛮做了个隐蔽的手势。

而这个手势的意思是——他必须不计代价，赢下这场比赛！

在接收到那个手势之后，丁蛮的攻势果然变得更强势了。

他在队友的帮助下，带球接连过人，仗着身强体壮，毫不客气地撞开挡在前面的选手。

甲乙丙三个小朋友被他轻松抛在身后，篮框近在眼前！

就在这时，孟雨繁立刻冲出来挡在他的必经之路上，高举双手阻挡住他的投篮路线。丁蛮恍若未见，冲势未停，直接起跳扣篮，他整个上半身越过了孟雨繁——两百多斤的高壮运动员的膝盖重重撞上了青年的

## 第二十八章　扣碎篮板！

胸口，孟雨繁猝不及防，就这样被他迎面踹倒在地！

而丁蛮连看都没看孟雨繁一眼，双手抱紧篮球投入篮框，身体挂在篮框上往前一荡，就这样落地离开了！

记分牌上的数字随之变化，裁判的哨声姗姗来迟，孟雨繁倒在地上，胸口一阵闷痛，眼前不由自主地发黑。

"雨繁！"场边的杨笑急得不行，恨不得立刻冲上场去，但身旁还有邢飞虎视眈眈，她不敢在邢飞面前暴露出她和孟雨繁的关系。

篮框下，青年捂住胸口大口喘息，过了足有十几秒，才慢慢翻身起来。

观众席上吵成一片，有人支持丁蛮："丁蛮的跨人扣篮太帅了！直接飞过防守队员的头顶，也太厉害了吧！"

有人自然看不惯："厉害什么厉害？他膝盖撞到了人家的胸口，这就是故意犯规！"

跨人扣篮时，一方球员的双腿从另一方球员的头顶飞过，这在比赛当中，其实有着很浓重的挑衅意味，甚至可以说是一种蔑视与侮辱。

丁蛮不仅在赛场上跨人扣篮，更用膝盖撞翻了孟雨繁，从始至终，他根本没把孟雨繁放在眼里。

裁判们聚在一起看了回放，商量许久，最终给丁蛮判了个技术犯规，但对于丁蛮这个惯犯来说，吃这种警告根本不算什么。

场边的医护人员赶过来询问孟雨繁的伤势，孟雨繁把球衣掀开，只见他胸口上有一片格外鲜明的通红撞痕，想必很快就会泛青，足以想象刚刚丁蛮踹上来时，用了多大力气！

杨笑恨得牙痒痒，邢飞见她神色关切，语带深意地问："怎么，我看你好像很关心那个球员啊？"

杨笑回答："他是节目组请来的选手，我当然关心。"

"那怎么不见你关心丁蛮？"邢飞不依不饶。

"我关心一个犯规成性的人做什么？"杨笑反问，"好好的球场被他弄得乌烟瘴气，那么多人因他受伤，篮球比赛怎么能这么肮脏？"

哪想，她的问题只引来了邢飞的一阵狂笑。

## 男友请就位

"肮脏?"邢飞说,"杨笑,这么多年没见,你怎么还这么幼稚啊?这不是肮脏,这叫真实。为了胜利不择手段是错误吗?什么友谊第一比赛第二,全都是屁话!"

虽然邢飞把自己包装成一个热爱篮球运动的企业家,但实际上,他对篮球根本没有任何敬畏,他敬畏的只有钱,而这群在赛场上挥洒鲜血和汗水的运动员们,则成了供他驱使的棋子。

杨笑以前就知道邢飞这个人控制欲旺盛,他通过一局局的野球,享受着掌握所有人命运的快感。

可是杨笑知道,真正的篮球不是这样的,它应该一群热爱篮球的人的运动,它应该是纯粹的、不掺杂任何金钱利益的。

休息区内,甲乙丙三个小朋友围着孟雨繁团团转,问他:"队长,你怎么样?疼不疼?"

孟雨繁当然是疼的,但好在没有伤筋动骨,当疼痛渐渐散去后,并不影响他的活动。

应该说,丁蛮的刻意冲撞,反而激起了他的血性。

不就是跨人扣篮吗?

丁蛮可以,那他也可以!

下半场比赛开始时,场上的争斗气氛变得更加激烈了。

丁蛮在上半场结束时的那记跨人爆扣,给他赢来了诸多关注,在网站上向他投注的人瞬间暴涨了许多。

丁蛮不仅受邢飞雇佣,他甚至还从邢飞的生意里拿分成!邢飞让他赢,他便赢,让他输,他便输。他根本没有廉耻心,只要能赚钱,不管是犯规还是打假球他都无所谓。

这场过家家似的综艺节目对于他来说,本来是来"放松"的,哪想到会碰到几个硬茬子,打起来格外不痛快。

丁蛮阴鸷的视线从孟雨繁和冯相身上滑过,若这是在野球场的话,他有无数种方法让他们再也爬不起来!

比赛前,孟雨繁在场边喊的口号丁蛮都听到了——他们以为自己是

## 第二十八章 扣碎篮板！

谁？好莱坞电影里伸张正义的超级英雄吗？想要给他们的队友报仇，也不看看自己有几斤几两！他讨厌这种满口梦想、像是从漫画里走出来的"热血人物"，丁蛮只觉得恶心，想要把他们的梦狠狠撕碎。

丁蛮捏了捏手指关节，发出咔嗒的轻响。

即使有摄像机在旁边又怎么样？毁掉别人的人生，他有的是办法。

对于今天所有到场的学生观众来说，这绝对是他们看过的最漫长、最焦灼、最痛苦的一场比赛。

同时，这也是最畅快、最危险、最刺激的一场比赛。

那些在CBA赛场上都见不到的危险动作，在他们眼前一一呈现，更有数不清的擦边球动作在身体对撞时上演，裁判的哨声接连响起，队员们身上的伤口也越来越多。

拉拽、挥肘、绊腿、撞肩……

这不像是一场篮球比赛，反而像是一场野蛮人对文明人的攻击。

"这……"就算是原本偏向丁蛮的观众，心里也有些闹嘀咕，"刚刚那个动作，丁蛮明显就是在犯规啊，绝对不可能是无心的啊？"

原本就讨厌丁蛮的观众，则大声"嘘"着，倒喝彩声从溪流汇聚成江河，在赛场上空飘散着。

在旁观战的邢飞脸色漆黑，他走到负责直播工作的下属身旁，问他："现在情况怎么样？"

"老板，不太好啊……"那位下属战战兢兢地说，"从下半场开始，丁哥的队伍就没怎么进球，一直在犯规，两边的比分根本没什么差距，而且……"

"而且什么？"

"现在，投注丁蛮的人已经不多了，很多人都把钱压在了别人身上。"

这种网络赌局有各种不同的赌博方式，除了押注哪支球队获胜以外，还可以押注哪个选手得分最高。

邢飞抬头看向墙上的计分器，那上面不仅显示了两队的比分，还显示了每个球员的得分情况和犯规次数。

丁蛮的犯规次数毋庸置疑是最多的,而他的得分只排在第二名。

而排在第一名的是……

"怎么会是他!"邢飞不可思议地问,"居然是孟雨繁?"

如果是冯相拿到了得分榜的第一位,他绝对不会这么震惊,可是孟雨繁?那个被丁蛮踹在胸口上的手下败将,究竟是什么时候拿到这么多分的?

属下赶忙解释:"这个选手三分很准,而且下半场开始后,丁哥因为故意针对他犯规,裁判给了他好几个罚球……"

就这样叠加在一起,孟雨繁居然不声不响地冲到了排行榜的第一位!

平台上,那些关注积分榜的赌徒们立刻闻风而动,纷纷在他的身上下注。

"不行!"邢飞暗自盘算,若是再这样下去,这个盘口就要翻了!

坐庄的人远比普通赌徒更加迷信,盘口一次崩盘,后续带来的影响不可估量,他绝对不能让这种事发生。

他立刻冲到场边,一把抓住杨笑的手,用命令的口吻说:"让比赛停下!"

杨笑不可思议地问:"邢总,您在说什么天方夜谭?比赛正在关键时刻,你让我叫停比赛?凭什么?"

"就凭我是赞助商!"邢飞黑着脸说,"我投了这么多钱进去,难道我连叫停一场补拍比赛的资格都没有吗?"

杨笑不知道邢飞受了什么刺激,但是叫停比赛是万万不行的。

她刚刚接到警察给她发的消息,让她想办法再拖延一阵,他们的网警已经摸到了网站的位置,只要攻破防火墙,就能掌握证据!

所以,比赛不仅不能暂停,还要想办法拖得更长才行。

可能是冥冥之中自有天意,上下场打完后,居然两方分数持平,进入了加时赛!

加时赛是五分钟,所有观众屏息以待,冥冥之中仿佛有个声音在预示着他们,这场比赛中将诞生一个奇迹!

## 第二十八章  扣碎篮板！

在丁蛮的队伍旁，邢飞厉声指责："丁蛮，你到底会不会打球？那边有三个毛头小鬼，你们怎么能被他们牵着鼻子走！这场比赛你必须给我赢！"

丁蛮在赛场上接连失利，本就烦躁，现在又被邢飞咄咄逼人地一通质问，心中的怒火瞬间翻了起来："邢飞，你怎么能这么对我说话？你不是我的老板，你只是我的合作伙伴！"

"我不是你的老板？"邢飞怒极反笑，"别忘了，这一场场比赛，都是谁给你发钱！"

丁蛮："那你也别忘了，那些比赛究竟是靠谁赢的！没有我，你之前开的那么多盘口早就翻了！"

丁蛮猛地起身，一把擎住了邢飞的衬衫。

邢飞不过一米八几的个子，在身高两米一二、体重两百多斤的丁蛮面前，简直像是个纸片人一般。丁蛮像是夹住一个娃娃一样，拉住邢飞的衬衫衣领，就这样把他提溜了起来！

邢飞双脚离地，皮鞋鞋尖距离地面越来越远，他惊恐地蹬着两条腿，怒骂："你……你……咳咳咳咳……"可刚一出声，被压迫的气管就迸发出来了一阵惊天的咳嗽。

丁蛮低下头，看着这个弱小的可怜虫，眼中的轻蔑一闪而过。

他松手，邢飞扑通一声就落到了地上。

"邢总，邢老板。"丁蛮弯腰把他拽起来，像是摆弄个玩具一样，让他立正站好。丁蛮的双手装模作样地掸了掸邢飞身上的灰尘，低声道，"别以为自己是庄家，你充其量，只是个发牌的荷官罢了。"

他丁蛮，为什么要给别人当木偶？

这场比赛，是输是赢，由他自己说了算！

一种难以言喻的可怕气势从丁蛮身上扩散开，邢飞重重一抖，冷汗直冒。

丁蛮把邢飞扔到一边，带着四位沉默的队员，一步步踏回了球场。

聚光灯下，孟雨繁带领着他的队伍站在那里，昂首挺胸，等待着即将到来的决战。

## 男友请就位

"孟雨繁,球场上不需要像你这么天真的人。"丁蛮神色阴冷,"让你知道挑衅我的代价。"

"太巧了。"孟雨繁朗声道,"我也想让你知道,挑衅我的代价是什么。"

哨响,最后一场加时赛正式开始!

篮球在两队球员手中跃动,整个场内寂静无声,所有观众都像是被按下了消音键,捂着嘴巴看向场内瞬息万变的局势。

一会儿是孟雨繁的队伍超过两分,一会儿是丁蛮的队伍追上三分……整场比赛就像是一场胶着的攻防战,不到最后一刻,没人能断定胜利女神的天平倾向哪方。

就在距离加时赛结束仅剩下四十秒的时候,丁蛮再进一球——反超一分!同时,他成了全场得分最多的球员!

场外,邢飞情不自禁地松了一口气,只要剩下的时间保住,他的盘口就不会翻!

他的注意力都放在丁蛮身上,而他身旁的杨笑则在关注孟雨繁。

忽然,邢飞的眼角余光注意到了她的锁骨之间有一个亮晶晶的东西。

这段时间,杨笑一直戴着项链,只不过项链坠放在衣服里,邢飞并没有在意。可是现在,那个项链坠不知何时落到了衣服外,就映衬在她纤长的脖颈之间,格外显眼。

那是一个方形的滴胶项链坠,看上去像是手工制作的,一截翠绿的柏树叶被封在滴胶之间,盈盈的绿色更衬得她肌肤雪白。

滴胶……吊坠……柏树叶……

邢飞微微皱眉,总觉得这个东西好像在哪里见过。

好像某个人也戴着一个相同的吊坠,因为样式太独特了,所以他看到后一直留在脑海里。

而那个同样拥有柏树叶的人是……

电光火石间,邢飞的眼神射向了场内的孟雨繁,就在他的手腕上,正戴着一枚同样的滴胶吊坠!

## 第二十八章 扣碎篮板！

原来——原来如此！

邢飞怒火中烧，明明他和杨笑已经分手许久了，可当他发现杨笑居然和孟雨繁在交往时，一股难言的怒气自心底飙升！

这个只懂得打篮球的毛头小子算什么东西！杨笑是不是眼瞎，居然看上这种穷小子！

他以为自己是在生气，但其实他的内心深处是浓浓的嫉妒——嫉妒孟雨繁比他年轻，比他英俊，比他更会讨杨笑欢心，获得他无法拥有的爱。

浓浓的妒意从他的骨髓里升起，扭曲，最终化为了一种嫉恨。

他看向球场，只见丁蛮持球，再次向着篮框奔去！邢飞不住祈祷着：最后半分钟，就让丁蛮再进一球，让孟雨繁那小子落入凡尘！

然而，上帝不仅没有听到他的祈祷，反而在他的脸上狠狠抽了一巴掌——

冯相篮下抢断，硬是把球权抢了回来！他一记远投立刻把球传给了孟雨繁，孟雨繁带球突围，直冲向敌方篮框。

而这个时候，他面前只有一个人阻挡——就是那个从始至终在丁蛮组内被边缘化的少年球员！

丁蛮大喊："拦住孟雨繁！"

然而少年球员在深深看了丁蛮一眼后，居然主动让开了封锁，一条畅通无阻的大道直通篮下！

他不仅主动让开路，甚至还刻意向孟雨繁做了个"请"的手势。他早就受够丁蛮了，和这样的暴君在一起，他干吗不早点弃暗投明？

丁蛮万万没想到会被队友"背叛"，他一声怒骂，迅速迈开步子奋力回防。

然而，他终究是晚了一步。

孟雨繁攻势迅猛，早就冲到篮下摆出了起跳姿势，丁蛮冲过去时根本来不及阻拦。丁蛮眼中闪过一抹阴狠，干脆一不做二不休，故技重施，居然在众目睽睽之下再次伸脚，把脚垫在了孟雨繁即将落下的位置！

若孟雨繁落地时稍不注意，那就会严重崴脚，成为第三个重伤入院的人!

观战的杨笑注意到了他的小动作,大惊失色,在场边疾呼出声:"雨繁!"

可她的喊声未落,场上的形势来了一个惊天逆转。

只见在空中的孟雨繁突然变换了姿势,仿佛有个看不见的透明台阶在撑着他——他并不是要原地跳起投篮,而是直接飞过丁蛮的头顶,一记爆扣!

篮球入篮!

同样的跨人灌篮,同样的爆扣得分,孟雨繁以一记惊艳四座的灌篮,把丁蛮加在他身上的耻辱,一分不少地还了回去!

而就在他灌篮入筐的那一刹那,巨大的动能冲击力撼动了整个篮架,只听一阵巨响,篮板就这样应声而碎!

透明的玻璃碎片如雨幕一样倾泻下来,全部砸在了丁蛮的身上,丁蛮躲闪不及,瞬间被玻璃碎片戳得头破血流!

全场呆滞。

观赛的观众们没了声音,场边的记分员与裁判都目瞪口呆,至于同在球场的其他球员,也震惊到说不出话来。

就在刚刚,他们所有人亲眼见证了一个奇迹:孟雨繁跨人飞扣,扣碎篮板!扣碎篮板向来被誉为篮球赛场上最具有观赏性的动作,在国内外所有篮球赛场上,能够扣碎篮板的球员凤毛麟角,唯有最顶尖的球员、拥有最顶尖的灌篮技术,才能达到这个成就。

孟雨繁落地后,看着满地狼藉的场地,和头脸扎满玻璃碎片的丁蛮,一时间就连他自己都失去了声音。

他——居然扣碎篮板了?

他真的扣碎篮板了!

比赛结束的哨声响起,计分器上,代表着他们队伍的那串数字又跃进了一步。

他们赢了!

孟雨繁赢了!

## 第二十八章　扣碎篮板！

因为灌篮用了太大的力气，青年的双手还在微微颤抖，他真的用手中的篮球，给了丁蛮一个终生难忘的教训！

他给徐冬报仇了，他给后卫大哥报仇了，他用自己的实力证明了一切，只有真心热爱篮球的男孩，才能引发奇迹。

甲乙丙和冯相迅速奔了过来，少年球员簇拥在孟雨繁身边，紧紧搂着他，开心地不停尖叫着。而冯相在旁边抱手看着，喃喃自语："……现在的年轻人，潜力也太可怕了。"

至于丁蛮？他身上脸上全部扎满了玻璃碎片，鲜血瞬间涌出，流了满脸。他痛得双腿一软，跪倒在地，可他忘了地上也全是玻璃碴子，他这么一跪，顿时一声哀号，篮球短裤下的膝盖也被扎满了玻璃。他活像是一个巨大的刺猬，全身上下已经没有一块好肉了。

现场乱成一片，谁都没想到，全场最后一个球居然这么有戏剧性！丁蛮的那三个跟班围在他身边，每个人都是一副手足无措的模样，医护人员迅速冲进了场中，可他们看着浑身是血的丁蛮，根本无从下手。

邢飞最倚仗的摇钱树遭受如此大的折磨，邢飞的第一反应不是看看他的伤势，而是立刻奔向了场边的直播人员。

"快！"邢飞命令道，"立刻断掉视频信号，别再直播了！"

"啊？"他的属下愣住了。

"不，等等——干脆整个直播网站都舍弃吧。"他心里迅速计算了一下这场比赛他要赔进去多少钱，他立刻当机立断，决定丢车保帅。趁着还没结算，干脆关掉整个网站，把赌民的钱全卷走才是上策。

他拍桌命令属下动作快点，甚至已经到了歇斯底里的状态。这时的他，哪里还看得出霸道总裁的模样，明明就是个贪财又卑鄙的小人而已。

忽然，他身后响起了一道字正腔圆的声音："你是邢飞吗？"

邢飞正在气头上，脾气很差地骂："我的名字也是你能直呼的？"他一边骂一边回头，剩下的句子都被吞回了嘴里。

站在他身后的三男两女，全部身穿黑色警服，面容冷酷地盯着他。

为首一人向他出示了证件："邢飞，我们已经掌握了证据，你通过举办地下野球比赛，开设网络赌场，组织他人赌博，涉嫌金额上亿元。"他

**男友请就位**

拿出了一双明晃晃的铐子,咔嗒一声敲在了邢飞的手腕上,"请你配合我们的工作,跟我们走一趟吧。"

只不过,在场的所有人都知道,邢飞这次"走一趟",就再也走不出来了。

邢飞脸色灰暗,但仍然负隅抵抗着,他叫嚣:"我是有律师的!我是有律师的!你们不能这么粗暴地对我!"

警察叔叔面无表情地说:"上一个进去的人,也是这么说的。"说着,他重重推了邢飞的后背一下,邢飞一个踉跄,只能满腔愤懑地离开了。

杨笑站在赛场旁,远远看着邢飞被铐走的背影,再看看全身插满碎玻璃的丁蛮被拉上担架车推走的身影,她在心底长舒了一口气,这场让她神经紧绷的闹剧,终于可以结束了。

人群纷乱。

冥冥之中,杨笑像是预感到了什么一样,抬起头,看向了篮球场内。

在众人的簇拥里,她的男孩也在看着她的方向,在视线相撞的那一刹那,孟雨繁冲她露出了一个灿烂的、足以照亮天空的笑容。

这个笑容实在太熟悉了,杨笑忽然想起来,当初他们第一次见面时,孟雨繁从小区大门口的篮球场走向她,那时的他就是这样对她笑的。

她就是被他用这样的笑容蛊惑了。

一场酣畅淋漓的篮球赛、一个有很多人围观的篮球场、一个被小朋友们包围住的他……仿佛一切都没变,但杨笑知道,她的男孩已经长大了。

## 尾声

摄影棚发生这么大的事儿,现场人多口杂,瞒是根本瞒不住的。

前脚警察和救护车刚走,不出一小时的工夫,《天降巨瓜!某篮球节目录制现场有选手受伤 & 警察铐人》的八卦帖就以当之无愧的热门,空降了几大八卦论坛。

经过一晚上的舆论发酵,吃瓜群众已经把事发时的所有蛛丝马迹都串联在了一起,甚至有神通广大的网友扒出了邢飞的身份,就连他名下的境外赌博网站也被挂出来鞭尸。

第二天一早,彻夜未眠的杨笑便把辞呈放到了制作人的桌上。

周绘沉默着看完了这封言辞诚恳、前因后果娓娓道来的辞职信,冷笑一声,问道:"杨笑,你这封辞职信是什么意思?你先斩后奏,闹出这么大的事情,以为我不敢开除你?还要等你自己辞职?"

"不是的。"杨笑苦笑道,"我只是想对此事负责。"

她的出发点是为了节目好,她既不想让野球赌博污染他们公正的节目,也不想让不尊重体育精神的选手出现在节目里。但是她不经允许私开摄影棚,还叫来一堆群演学生,导致现在舆论扩大,他们的节目也被推到了风口浪尖上……这种事情对频道的影响太大了,按照台里的规矩,肯定要一层层问责的。

一人做事一人当,杨笑在最开始设局的时候,就已经做好了最坏的打算:扛下所有责任,引咎辞职。

周绘坐在办公桌后,双手抱胸,冷冽的眼神落在她身上:"负责?难道你觉得拍拍屁股辞职,就叫负责?"

杨笑愣了一下,傻傻问:"总不会要坐牢吧……"

周绘怒极反笑:"这么想坐牢?把你送去和你前男友关在一起?"

女制作人把那写满了整整两页纸的辞职信团成一团,双手一投,纸团便在空中化作一道漂亮的抛物线,稳稳地落进了垃圾桶里。

杨笑讶异地看着她。

"你给我听好,下面的话我只说一遍。"周绘朗声道,"杨笑,工作上遇到点屁大的事儿,就闹着辞职,这不叫负责,这叫无能!"

"真正的负责,是把这一个烂摊子打理好。赞助商进了局子,选手进了医院,舆论对我们很不利,竞品在浑水摸鱼,节目就要开播,结果咱们之前录制的都要作废……你身为编导,现在首要工作是把这些问题一一解决,而不是转身就跑。"

节目开播前爆出丑闻,总比节目开播后手忙脚乱要好。周绘比杨笑多活二十年,见过的大风大浪多了去,她一手打造的《篮板之王》已经经历过一次风雨,如今第二次风雨再来,她也能坦然面对。

杨笑被她骂得羞愧至极,但也多亏了周绘的痛骂,让她一下惊醒。

是啊,《篮板之王》是她的心血所在,对于编导而言,一个节目就像是她的孩子,现在就离开,哪里对得起她对这档节目的热爱!而且,孟雨繁还在节目里,若她走了,他也会很难做的。

思及此,她立刻打点好精神,看向办公桌后的制作人:"周老师,那我现在……"

周绘打断她:"你现在去楼下花园里,拣两根长一点的枯枝回来。"

杨笑:"啊?"

周绘:"你一枝我一枝,十点钟我和台长有个会,咱们直接去负荆请罪。"

杨笑:行吧。

有周绘顶住了来自上面的压力,杨笑只要把全部精力放在"灾后重建"上就好了。

只是,灾后重建的工作比想象中的还要困难一百倍。

赞助商跑了,谁来接下这么大的摊子?现在电视台都是商业化运营,

# 尾声

节目组开拍的每一天都在烧钱,如果没有赞助商注资,节目组可以利用的资源就非常有限。

关键时刻,居然是孟雨繁的家人带来了好消息!孟爸孟妈的朋友里,刚好有人的公司最近扩张势头良好,想要投资综艺节目。独家冠名的钱实在太高,但是拆成首席合作伙伴、官方指定伙伴等等名头,倒是让几个小公司眉开眼笑。

杨笑又被周绘发配给商务组跑了几家公司,终于把其他的赞助缺口补上了。杨笑几乎累瘫了,短短几天就瘦了好几斤,下巴尖了,倒衬得一双眼睛愈发明亮。

周绘说:"像你这样的编导,以前都坐在办公室里安心搞台本,从来不知道拉赞助有多难吧?"

杨笑只点头,不说话。

周绘这才慢悠悠地说:"你自己一个人搞出那么一摊子事情,却不提前和我说,是不是因为心里对我有怨言?觉得我宁可相信邢飞也不相信你,所以你要自己证明给我看,他是错的,你是对的?"

杨笑没想到自己当初的小心思原来都被制作人看透了,有些难堪,但更多的是心服口服。

不在其位不谋其政,她之前确实心里有点不甘心,觉得周绘为了冠名费,就睁一只眼闭一只眼,不肯直视邢飞的问题,甚至包庇丁蛮在赛场上故意伤人的事情。可当她跟着商务组东奔西跑了一周后,才明白了事事皆有两面——找钱,实在太难了啊。

好不容易把钱的问题解决完,新麻烦接踵而至。

丁蛮进医院后,很快又被警方传唤走了,故意伤人、协助他人经营赌场等等罪名列了一长串。他所属的篮球队再也容不下他了,连夜发表声明和他撇清关系,直接把他开除出了队伍,只剩下他的一些不死心的粉丝还觉得他是无辜的,等待着他的回归。

丁蛮走后,节目组里就空出了一个"王座",而邢飞送进来的剩下六名球员,也主动退赛离开了。

虎视眈眈的猕猴桃平台立刻浑水摸鱼抹黑他们节目组,各种千奇百怪的流言甚嚣尘上，导致有些不明就里的选手，居然也跟着退赛了！

就这样，原定三十个选手的节目最后只剩下了一半……

怎么办？

好的篮球选手有很多，可是赶在这个风口浪尖上，加入他们节目组的选手，却很难找到。

这天杨笑下班后，回到了她和孟雨繁的爱巢。

最近节目组风雨飘摇，孟雨繁听到风声，主动提出帮忙："笑笑姐，我之前打球认识了不少其他学校的球员，我去联系他们，或许能有转机。"

"没关系，你养精蓄锐好好打球就是了。"杨笑淡定一笑，"姐姐自有妙计。"

她不仅没见一点紧张，还刻意故弄玄虚，搞得孟雨繁越发好奇了。

孟雨繁越问她，她越不说。

"这是我的秘密武器。"杨笑回答，"现在不能走漏风声，要不然让外人知道了，他们又该折腾了。"

孟雨繁委屈极了："你告诉我，也叫走漏风声？你拿我当外人？"

"你当然不是外人了！"杨笑赶快哄他，"但是你这人藏不住秘密，你们队里的那三个小队员缠着你问来问去，你舍得不告诉他们吗？你告诉了他们，不就等于告诉全天下了吗？"

孟雨繁：好像还真有道理！

杨笑不想在家里谈工作，换了个话题："最近学校里还有人骚扰你吗？"

"算不上骚扰。"孟雨繁摇摇头，"最近有人在体育馆门口东瞧西看的，但是都被武教练轰走了。"

之前闹出那么大一桩子事，除了丁蛮和邢飞涉足野球的秘密之外，最令吃瓜群众感兴趣的，就是孟雨繁跨人飞扣、扣碎篮板的传奇。

因为当时事情发生得太突然了，除了官方摄像机以外，没有观众来得及掏出手机记录下那传奇的一幕。

故而，流传在外的都是口口相传的八卦，没人能拿出孟雨繁扣碎篮板的实锤来。

## 尾声

大部分人都不相信,一个区区 CUBA 运动员能够拿到 CBA 运动员都不能企及的成就——有专人做过实验,专业篮板足以承担三百公斤以上冲击力,就算孟雨繁自身体重一百公斤,那就说明,他飞扣时产生的动能超过了两百公斤!

为此,网上吵成一片,还有人特地跑到孟雨繁的学校去堵他,想看看他是不是像传说中的一样厉害,甚至有号称路人王的莫名其妙的人,拿着篮球跑来和他"斗牛"。

孟雨繁不胜其扰,只能从学校宿舍搬了出来。

这个综艺节目还未播出,孟雨繁就先一步红了。

"好了我的大球星,你就算现在不红,等我的节目一开播,你照旧会闪闪发光的。"杨笑亲了亲他的脸,"对了,我今晚没吃晚饭,我记得壁橱里还有方便面,你给我煮一碗吧。"

"你忙起来怎么又忘了吃晚饭啊……"孟雨繁嘴里嘀咕着,但还是乖乖地去厨房下面了。

虽然是煮方便面,但孟雨繁一点也不糊弄,他切好了青菜、香肠、蘑菇,然后打开壁橱,从高高的柜子里翻找起方便面来。

因为杨笑是个大忙人,壁橱里常备了很多口味的方便面,一包包地摞在一起,五颜六色的。

红色的是红烧牛肉的,绿色的是小鸡炖蘑菇的,紫色的是酸菜牛肉的,蓝色的是海鲜的,橙色的是球鞋……

嗯?

孟雨繁愣了好半天,突然反应过来,双手并用把那些堆得高高的方便面袋子全都弄到了旁边,露出了藏在下面的鞋盒。

这是上天给田螺先生的奖励吗?

不,当然不是。

孟雨繁小心地把那个鞋盒取下来,掸掸上面并不存在的灰尘,充满期待地把鞋盒翻开。

他有一种预感,这双鞋一定与以往的不同。

自从两个人在一起后,杨笑就多了一个爱好,每次逛商场时,看到

### 男友请就位

适合孟雨繁的球鞋就会买下来送他。她是一个纯佛系买家,既不在乎球鞋是不是限量款,也记不得不同配色的名字。

但是这一次,她特地委托买手,花高价为孟雨繁找到了这双鞋。

鞋盒里,一双黑白橙配色的篮球鞋静静躺在那里。

孟雨繁呼吸一滞,作为一个热爱篮球的人,他当然知道这双鞋代表了什么。

这双鞋,以著名的篮球巨星迈克尔·乔丹在 1985 年的一场惊世罕见的比赛作为灵感,融入了他当时身上所穿的球服配色。

在那场比赛中,乔丹跨人飞扣,篮板瞬间碎裂,化为无数透明碎渣倾泻而下。

于是,这双鞋就被命名为"MJ Shattered Backboard"。

直译过来,便是"扣碎篮板"。

是的,"扣碎篮板"。

孟雨繁在那场比赛中的惊艳之举,掀起了惊涛骇浪,引来了风风雨雨,这颗冉冉上升的篮球新星,未来注定不会平静。

杨笑特地选择了这双鞋作为纪念。

他让她欣赏了一场由玻璃碎片化成的暴雨,而她赋予了他震碎篮板的勇气。

"大球星,你的未婚妻快要饿死了,方便面到底什么时候才会好啊?"

客厅里,传来了杨笑的声音。

她语气带笑,像是百灵。

"马上就好了!"孟雨繁扬声回答,话尾高高扬着,止不住地开心。

灶台上,面汤咕嘟咕嘟地冒着热气。

孟雨繁拆开面饼,看着浓稠的面汤把它一点点吞了进去,然后放青菜、香菇、香肠,再卧一颗鸡蛋。

满满当当一大碗,作为消夜来说,实在是有点多了。

不过没关系,运动可是很消耗体力的。

番外一

# 一场惊喜

《篮板之王》上线前就历经风风雨雨,一直处于舆论的旋涡之中,而在节目正式上线后,不再需要额外宣传,它就足以吸引无数吃瓜群众的注意了。

很多人抱着打发时间的心态点开了这个节目,结果——一不小心就把整集追完,完全上头了!

  网友a:对这个节目一点兴趣都没有,除了冯相以外其他人我都没听说过,作为一个资深NBA球迷本来想挑挑毛病,结果看完之后只挑出来一个毛病,那就是这节目怎么这么短啊?

  网友b:不是节目短,是广告太多!怎么大大小小的赞助商这么多,看得正上头呢突然就进广告,我就想知道孟雨繁那球进没进!

  网友c:那球进没进等着看下集吧!孟雨繁真的是CUBA选手吗?这么强以前怎么没注意过?

  网友d:今年CBA选秀门票肯定有他一个了!不过要我说还是冯相更厉害,球风太稳了!而且这剪辑卡得太厉害了,每次都搞得我抓心挠肺想看下一场,连广告都舍不得转!

  网友e:呜呜呜呜女粉一名来报到!以前对篮球一点兴趣都没有,和男朋友去过几次球场,就觉得挺没意思的。看完这个节目我才发现,原来不是篮球没意思,是看水平差的男人打篮球没意思!小姐姐们都太飒了!

  网友f:姐姐妹妹都太可了!我可了!我半夜尖叫,叫得整个宿舍楼都爬起来看!呜呜呜呜而且我才发现节目里有两个同校学姐,我

**男友请就位**

以前是瞎了吗?也不知道什么时候节目组才会开放观众入场,我第一个报名!

——是的,没错,"小姐姐"。

这就是节目组直到重新录制那天,才露出的最后撒手锏。

在原来的十几名选手退赛后,杨笑并没有厚着脸皮去求他们回来,而是另辟蹊径,直奔女篮,把节目邀请函递向了同样优秀的女篮队员!

我国的女篮其实非常强悍,不仅是亚洲最强,而且拿到过世界冠军!可惜女篮受关注度不高,女篮队员们也很低调,不像男篮那样四处招摇。

杨笑直接拿着节目台本找上了WCBA(中国女篮协会),向她们展现出了十足的诚意。

恰巧,女篮的领导也很希望有一档节目可以提升自己在电视观众中的知名度,两方一拍即合,很快敲定了合作方案。

于是,十五名女篮队员进驻节目——从十四五岁的俱乐部预备役,到还在读书的大学女篮队员,再到退役队员……而她们的领队,则是带着中国女篮拿下世界冠军的队长!

和女篮签署合作协议的事,节目组一直偷偷保密着,杨笑甚至连孟雨繁都没有告诉,等到节目正式录制那天,孟雨繁看到女篮球员们一个个出场,嘴巴越张越大,差点就要掉到地上了。

杨笑在撰写节目流程时,并没有把男女选手分开,而是完全打乱顺序,让男女选手同场竞艺,这样的台本设置,更是吸引了观众的视线,让粉丝看得格外过瘾。

节目到现在已经播到第六期了,战况越发激烈。选手们在赛场上贡献了精彩绝伦的扣杀,而在节目外,他们也收获了大批粉丝。

其中,孟雨繁的粉丝是增长最迅速的。

他年轻,长得帅,性格阳光直率,球技又好,这样的人设就算去混娱乐圈都绰绰有余了。

每次节目录制前后,他的小迷妹们都会在摄影棚外守着,只为了给他递礼物、递信。

孟雨繁很不习惯突然暴涨的人气,他不止一次和粉丝说:"我只是个篮球运动员,你们别喜欢我了,你们喜欢我打球就够了!"

可是粉丝却很固执,那些限量版的球衣、运动鞋拼命往他的怀里塞。

"这些礼物我不会收的。"孟雨繁拒绝,"我是有女朋友的人!"

粉丝问:"你是怕女朋友看到你收我们礼物,她会生气吗?"

"不是呀,她才没有那么小气。不过这些礼物,她都送过我了!"

于是所有粉丝都知道,孟雨繁有个感情很好而且很有钱的女朋友,已经见过双方家长,打算谈婚论嫁了。

粉丝喜极而泣:"崽,你真有出息,会抱富婆大腿了!"

孟雨繁:"崽?"

后来孟雨繁才发现,他的粉丝好像和其他人的粉丝不一样,别人的粉丝都是女友粉、老婆粉、妹妹粉,可是他的粉丝莫名其妙都是妈妈粉。

怎么回事,现在妈妈粉的年龄层这么低了吗?

孟雨繁火了之后,有很多媒体想要采访他,孟雨繁只想专心打球,不想出太多风头,干脆全部推掉。

不过,有些节目是推不了的,比如,华城电视台的体育频道本着"肥水不流外人田"的想法,打算做个《篮板之王》的采访特辑,把所有人气选手聚在一起,做个独家专访。

采访地点选在赛场旁。

孟雨繁其实有点害怕镜头,他等到几位前辈都接受完采访后,才慢吞吞蹭到了镜头前。

冯相笑话他:"你又不是没见过镜头,咱们录节目时,赛场旁边好几个镜头呢。"

孟雨繁紧张道:"录节目和上新闻又不一样!"

冯相大肆嘲笑了他一通,得意地走了。

赛场旁,除了前来采访的体育频道记者以外,杨笑作为节目编导,也在旁边帮忙。

那位女记者个子矮,采访篮球选手时,脚下踩着一个高高的脚蹬,这才让镜头里的身高和谐。

孟雨繁第一次接受采访,面对麦克风说得磕磕绊绊,回答问题颠三倒四,简直像是程序错乱的机器人。

女记者一直在耐心引导他,可他还是没法进入状态。

"小老弟,你这样我没法采访啊!"女记者无奈,那位女记者曾经和杨笑共事过,名叫程姬,性格有些男孩子气,大大咧咧的。程姬知道她和孟雨繁的关系,她干脆把麦克风往杨笑手里一塞,"笑笑,你来吧,你来采访。你俩熟,你用话带着他走,他应该就没那么紧张了。"

杨笑吓了一跳:"这不合台规吧!"

程姬耸耸肩:"这有什么不合台规的?你不是也有采访证吗?放心,到时候剪辑时会把你剪掉的,只留下你的手。"

杨笑这才同意。

她站上了凳子,举起手里的麦克风。阔别新闻频道多年,她再次以记者身份出现在镜头前,而且还是采访自己的男朋友,这种感觉实在太奇妙了。

程姬把采访大纲递过来,上面问题倒是不多,杨笑很快就记了下来。

问题都很常规,比如,问孟雨繁每天训练多久,参加节目后生活有什么改变,粉丝多了之后会不会开心……

这些问题刚刚程姬已经问过一遍了,当时孟雨繁答得乱七八糟,而这次换成杨笑提问,他居然顺顺利利地答下来了!

杨笑在心底舒了口气,目光移到了最后一道问题上。

奇怪,刚刚程姬问过这个问题吗?

"之前你提到兴趣爱好时,说你很喜欢收集球鞋,家里的鞋有数十双。"镜头前,杨笑面带笑容提问,"但是每次录制节目时,你都穿着同一双白橙黑配色的球鞋,请问这双鞋对你有什么特殊意义吗?"

听到这个问题,孟雨繁也露出了一丝诧异的表情。

他停顿了两秒像是在做思考,他上半身微微前倾,凑近麦克风,回答:"这双鞋确实有特殊意义,我之前打过一场很重要的比赛,在艰难取胜后,她送了我这双鞋作为纪念。每次我穿上这双鞋,都会想起她。"

在镜头里,青年眉目温柔,深情款款,他注视着高举着麦克风的女孩。未来，这个镜头会出现在几千万观众面前，没人知道，有一场不为人知的爱恋正在大庭广众之中悄悄绽放。

"她是我赢球的勇气，更是我获胜的信念。"

他靠过来时，杨笑的脸瞬间变得通红，那一刻，她以为他要在镜头前吻她了。

还好她脑海中的理智之弦紧紧绷着，才没让她在同事面前失态地叫出声。

"好的——咔！"在摄像机后面站着的程姬立刻举手示意，"OK，采访结束了！"

杨笑的身体瞬间软了下来，她的手忽然变得很酸，酸到连麦克风都握不住。孟雨繁这个臭家伙，好好的采访，干吗要说这种话？

程姬凑到摄影师旁边看回放。杨笑脸上的温度还没有降下来，她瞪了孟雨繁一眼，压低声音问他："谁教你说这些话？"

"什么话？"

"油嘴滑舌的话。"

"哪里油嘴滑舌？"孟雨繁委屈地眨眨眼，"我是有感而发、真情流露好不好？"

杨笑作势要拿手里的麦克风敲他，结果她胳膊刚抬起来，程姬忽然出声："等等，镜头有点问题！"

杨笑停下，问："什么问题？"

程姬想了想："镜头有点生硬。杨笑你先别动，站在凳子上，我们补几个记者反应镜头。"

说完，程姬拍了拍摄影师，摄影师立刻扭转机身，把镜头推向了杨笑。

杨笑心里闪过一丝疑惑：她的镜头不是后期都会剪辑掉吗，为什么要补反应镜头？但看到摄像机已经推过来，杨笑立刻条件反射地站直身子，眼神平静地看向孟雨繁的方向，嘴角挂起了十五度微笑。

孟雨繁听得云里雾里，问程姬："什么叫'反应镜头'啊？"

程姬便给他解释："在做采访时，为了让新闻画面不呆板，记者和被采访者的镜头是交替出现的。比如说,被采访者说了一段话,后期剪辑时就要切几个镜头,表示记者正在倾听,但其实这些镜头都是后面补拍的,这种补拍镜头就叫作'反应镜头'。"

镜头下,杨笑眼神明亮,她一边做出倾听的样子,一边微微点头。

孟雨繁惊讶:"那笑笑姐就要一直这样,微笑、点头,微笑、点头吗?"

"是啊。"程姬笑嘻嘻说,"'反应镜头'就是这样的,一般会连续采好几分钟,不管咱们说什么,她都只能微笑点头啦!比如这样,"她转过头,看向杨笑,故意说,"杨笑,你是不是胖啦?上镜脸圆了一圈呢。"

镜头里,杨笑微笑、点头。

程姬:"今天这么冷,你晚上请我吃火锅吧?"

镜头里,杨笑还在微笑、点头。

程姬:"哎,你别熬夜啦,你看你头发都快掉没啦!"

镜头里,杨笑明明听见了,可她只能继续微笑、点头。

程姬做了几个示范,用胳膊肘推推孟雨繁:"喏,这可是个大好机会,你不试试?"

孟雨繁有些不好意思,他挠挠头,试探性地开口:"笑笑姐,你今天发型真好看。"

杨笑微笑、点头。

孟雨繁:"你今天裙子也很好看。"

杨笑微笑、点头。

这种没有营养的内容,如果他在平时说出来,杨笑肯定要翻个白眼,说他净说无聊的话。但是现在她在录反应镜头,不管孟雨繁在她面前说什么,她只能做出微笑点头这一种反应。

孟雨繁的胆子逐渐大了起来:"笑笑姐,你今天真好看。"

"不对,你每天都特别好看。"

"你每天都打扮得这么好看,我有时候就特别担心,害怕别人发现你的美,把你抢走。"

"我对你是一见钟情的。"

"我还记得咱们第一次见面的时候,你坐在车里,抬头看向我。你的眼睛有点红,我后来才知道你刚刚为你前男友哭过,我就想,这世上怎么会有男人舍得让你掉眼泪呢?如果是我的话,我会永远爱惜你,保护你,让你每天都带着笑容。"

他说的每一句话都清清楚楚地传进她的耳朵里。

她倾听着,微笑着,点着头,而藏在身侧的手指,却微微颤抖起来。

孟雨繁声音徐徐,眉目舒朗:"和你越接触,我就爱你越多。咱们在一起半年多,我有时候觉得像和你老夫老妻过了一辈子,有时候觉得只过了短暂的一天。你总说你喜欢看我笑,说我笑起来的时候天都放晴了,其实在我心里,你一笑,我的世界就有了颜色。"

杨笑仿佛预感到了什么,她竭力抑制住全身的震颤,抬眸望着高大英俊的爱人。

初见面时,他还是个"男孩",他有些莽撞,有些懵懂。

可是不知不觉间,他一步步成长,变成了可以让她依靠的男人。

他们经历了这么多,有争吵,有分歧,但更多的是成长与幸福。杨笑一度对爱情失望,是孟雨繁坚定不移的爱给了她信心,让她敢于拥抱新的人生,而对于孟雨繁来说,杨笑何尝不是他的力量源泉呢?

镜头逐渐推近,杨笑还在笑着,还在不停地点头,可这时的笑容已经不再是录制需要的假笑,而是发自真心的快乐。

"所以——"在女孩的注视下,孟雨繁忽然后退一步,单膝跪地,手掌缓缓展开,露出了藏在他掌心的一枚戒指。他望着她,像是骑士望着守护一生的公主,"杨笑,你愿意嫁给我吗?"

就在他问出这句话的那一刻,杨笑忽然发现,在篮球场周围出现了很多身影。

他的父母,她的父母。

他的同学,她的同事。

他的队友,她的朋友。

所有人都来了,他们就站在篮球场周围,眼神里带着祝福。

原来……自始至终,并没有什么采访,也没有什么补录,这是男孩

**男友请就位**

精心设计好的一场浪漫求婚,他请来所有人作为他们感情的见证。

这场求婚就如他本人一样,在她始料未及时,降落在她的生命中。

镜头还在这里,摄像机还在运转,那枚闪闪发光的戒指就躺在他的掌心之中。

杨笑睫毛轻颤,一滴名为幸福的泪珠,从眼角滑落。

她微笑,点头。

"我愿意。"

番外二
## 公开秀恩爱

《篮板之王》顺利收官,最终拿到"篮板之星"称号的人不出意外,正是孟雨繁。

作为节目组里的人气选手,孟雨繁一路走来也不是顺风顺水、全无波澜的,他遇到过强有力的对手,被CBA的前辈们虐到体无完肤;也遇到过跟不上他节奏的预备役选手,被猪队友坑到差点输球,但每一次,他都能力挽狂澜,凭借出色的掌控能力和精湛的篮球技术,掌控全场,把胜利攥在了手里。

在节目里,他贡献了数个精彩扣篮,接连上了好几次热搜,一时他的热度就连冯相也难以匹敌。他成了当之无愧的"CUBA第一人",不少CBA的球探跑来看他打球,向他递出了橄榄枝。

他火了之后,粉丝也多了。

周绘严禁杨笑和孟雨繁在公开场合秀恩爱,毕竟,他们一个是节目组的二把手,一个是备受瞩目的种子新星,要是让观众知道他们两人是情侣关系,他们绝对会被冠上"关系户""走后门""暗箱操作"的骂名。

因此,即使孟雨繁已经在众人的见证下向杨笑求了婚,但是在粉丝面前,两人依旧要装出完全不熟的样子。

某日,一个帖子在孟雨繁的超话里悄然升起。

节目播完了,我终于可以把憋在心里的话说出来了!我不止一次看到这个女编导给我崽甩脸色了!

po主是孟雨繁超话的小主持人,之前几次录制,她都拿到了观众席的座位票，她本想开开心心去看自家崽，结果看着看着，一颗妈粉的心就碎成了渣子！

小主持人啪啪啪贴出数段视频，瞬间刷屏了超话。

小视频是节目录制间隙偷拍的，也不知她是怎么偷偷把手机带进去的。

视频一：所有选手上场前，女编导叫场务拆开了一箱矿泉水，她亲手发给每个选手，她和选手们都很熟悉，有说有笑，态度亲切自然。可是当孟雨繁走过去领矿泉水时，她却像是没看见一样，把脸转到了一旁！孟雨繁只能摸摸鼻子，自己弯腰捡了一瓶矿泉水。

视频二：中场休息时，女编导跑到每个队伍的队长那里，手里拿着iPad，一边询问一边在iPad上记录着什么，看样子是在聊工作。孟雨繁是最后一个受访的队长，女编导态度敷衍，直接把iPad递给孟雨繁，让他自己输入。

视频三：在最终比赛时，孟雨繁所在的队伍获胜了！在计分器上的数字定格之后，女编导立刻跑向了场内，和队员们一一击掌庆祝，结果轮到孟雨繁时，孟雨繁却故意抬高手臂，不让她碰。他个子高，胳膊一举起来，她就完全碰不到了，她试着跳起来去拍他的手，模样狼狈，孟雨繁"冷眼"看着，她试了两次够不到，直接转身离开。

超话小主持人忧心忡忡地说："我崽性格太耿直了，女编导给他甩脸子，他就反击回去。幸亏我崽能力强，堂堂正正拿了MVP，编导不敢给他孤儿剪辑！"

所谓孤儿剪辑，指的是某些综艺节目里，剪辑师通过移花接木、断章取义的手法，扭曲嘉宾的动作和语言。遇到这种事，粉丝都会激情开麦，"问候"剪辑师，所以这种剪辑就叫作"孤儿剪辑"。

孟雨繁粉丝的担心真真切切，然而被控诉的女编导杨笑，在看到帖子后却一脸蒙。

她看着睡在自己身边的傻小子，实在不明白，他的粉丝是怎么对着一个身高将近两米的成年肌肉男"妈"起来的……"妈"含量未免太足了吧？

超话主持人贴出的几个证据，其实是两个人故意避嫌，连对视都不敢；至于赛后击掌……纯粹是孟雨繁故意使坏，想看她求他！杨笑才不上当。

只是，他们两人的亲密关系不能讲给粉丝听，虽说孟雨繁不是偶像爱豆，不需要保持单身，但是藏在阴暗处的柠檬精键盘侠才不管那些呢，他和杨笑的关系，绝对会成为他们攻击他的把柄！

但是放任粉丝这么误会下去也不是办法，她可不想真的被粉丝当作是给人穿小鞋的坏编导。

《篮板之王》虽然已经收官，但是为了回馈球迷，节目组决定在几座大城市举办线下球赛。其实这种形式和综艺选秀没什么区别，人家是巡回演唱会，他们是巡回篮球赛，因为球赛也是节目组主办，所以杨笑也会到场。

于是在之后的比赛中，杨编导对孟选手和颜悦色，矿泉水第一个给他，毛巾双手奉上，就连他的座椅她都亲自擦干净。

结果坐在观众席的超话小主持人爹毛了。

无事献殷勤，非奸即盗！黄鼠狼给鸡拜年，不安好心！她对我崽这么好，一定有阴谋！呜呜呜，崽崽只有妈妈了！

杨笑：是，我承认，我有阴谋！

孟雨繁知道这个莫须有的八卦后，实在坐不住了，恨不得现在就跳出来向粉丝澄清，让大家不要再误会下去。

他和她可是谈婚论嫁的关系，节目里表现冷漠是为了避嫌，即使粉丝现在不知道，未来也会知道的。

"那也不能现在说！"杨笑竭力阻止，"你不用替我觉得委屈，若是现在告诉观众咱们是情侣，肯定会被《篮球狂热》泼脏水！那个垃圾综艺，收视率干不过咱们，就用各种办法雇水军，就算你是靠自己的努力拿到优胜，也会被质疑的。"

孟雨繁急躁地问："难道就要这么一直避嫌下去？之前你说，节目没

## 男友请就位

录完,不能公开;现在节目录完了,你又说还有比赛,不能公开……那什么时候才能公开啊?"

他急得要命,恨不得昭告天下,告诉所有人他和杨笑之间"不清不白"的关系。

见自家的金毛大狗如此恳切,杨笑心软了。

"……等到最后一场比赛吧。"杨笑艰难地说。

"那现在呢?"孟雨繁委屈,"难道要继续地下情?"

杨笑忽然展颜一笑,挑眉问:"怎么了,地下情难道不好吗?"

一边说着,她的手已经爬到了男孩的身上。

孟雨繁咽了口唾沫,一双亮晶晶的眼睛期待地投在她身上。

时间过得飞快,转眼就到了最后一场线下回馈比赛,以往的篮球赛,向来是男观众比女观众多,但是自从《篮板之王》口碑大爆之后,场内的女观众数量节节攀升。能让越来越多的女粉丝走进赛场、爱上这项运动,杨笑作为节目编导,与有荣焉。

最后一场比赛所有选手都会出席,选了一个足以容下五千人的场馆,可即使这样,依旧供不应求。因为票早就一卖而空,有疯狂的黄牛想要钻空子,带人冲关。

节目定在下午两点录制,从早上八点起,保安已经陆陆续续抓住十来个带着伪造的工作证、记者证,妄图混进来的粉丝了。最小的粉丝才十六岁,还没成年,脸都憋红了,手里攥着一张后勤出入证。

杨笑赶到时,那位小粉丝正蹲在地上哭。她检查了小粉丝手里的工作证,确实是真的,不过证件的持有者在一周前就报告工作证丢失,估计是被黄牛偷了,又转手卖给了傻傻的小粉丝。

杨笑问她:"你这张工作证花多少钱买的?"

小粉丝期期艾艾地说:"五千。"

杨笑:有这五千块钱做什么不好,非要喂黄牛!

小粉丝自称是孟雨繁的粉丝,掏空了从小到大的压岁钱,就想见崽崽一面。

## 番外二　公开秀恩爱

杨笑问："别人叫他'崽崽'也就算了，你还在上高中吧？你管一个两米高的成年男人叫'崽崽'，你不觉得有点奇怪吗？"

"那叫什么？"小粉丝脸颊飞红，"叫'老公'？"

杨笑立刻改口："不，你还是继续叫他崽崽吧！"

多个丈母娘，总比多个情敌好吧。

虽然这位年轻的小丈母娘哭得梨花带雨，杨笑也不能因为一时的恻隐心，把这个没有票的粉丝放进现场。她只能嘱咐保安把她送出去——在比赛场馆外，有其他没买到票的粉丝聚集在那里，默默给自己支持的球员加油。

杨笑提前在观众等待区竖了好几个实况转播屏，没能入场的粉丝在场外也可以看到这场比赛。

一切准备就绪，杨笑又匆匆回到后台，做最后的比赛确认。

调皮的球童们随处乱跑，这里翻翻、那里动动，桌上的糖果被他们当作弹药互相投掷，满地都是糖纸，整个后台，充斥着孩子们的尖叫声。艺管同事哪里是这群小毛毛头的对手，被整得叫苦不迭，甚至还有大胆的孩子爬到球员的身上，把他们当作小山去爬。

看到后台乱象，杨笑的脸瞬间黑了。

"都给我安静！"杨笑手里的文件夹重重砸向门板，发出一声巨响。

孩子们被吓到，瞬间，整个屋子里鸦雀无声，一个个瞪着惊恐的大眼睛看着她，安静得只剩下呼吸声。

杨笑冷酷地看着这群调皮捣蛋的小鬼，厉声问："家长呢？带队老师呢？"

艺管同事赶忙回答："家长送过来之后就去观众席了，带队老师好像去打电话了。"

"把家长和老师都叫过来。"

"呃……叫过来组织秩序？"

"当然不是。"杨笑皱眉道，"叫过来把这群调皮捣蛋的臭小鬼都领走。"她说，"这场比赛有五千观众到场看，现在这群小鬼已经严重影响了选手的休息，如果上场之后发挥失误，谁来负责？"

"啊？"同事大惊，"可、可是选手入场时要牵着球童的手，这是传统啊。"

杨笑反问："你看我浑身上下，哪根头发丝像传统？"

同事哪里再敢多置喙一句，立刻叫来这群臭小鬼的监护人，把他们都送走了。

有些小朋友不愿意走，泪汪汪的，哭声震天，可是杨笑却根本没有哄哄他们，完全是《白雪公主》里的巫婆女王、《灰姑娘》里的冷酷后妈。

休息室里，冯相用手肘推了推孟雨繁，低声道："你女朋友对孩子也太凶了吧，等你们结婚有宝宝了，她绝对是那种'虎妈'。"

孟雨繁大惊失色："宝宝？什么宝宝？她只要有我一个宝宝就够了！"

冯相："……滚。"

这场比赛是表演赛性质，只打了半场，余下的时间里，三十位球员表演了花式扣篮、过人扣篮、超远距离投篮等绝活，引起了观众的大声欢呼。

最后一个环节，是邀请粉丝来场内和选手互动。

三十位选手，每人抽选了两名粉丝，手把手教他们上篮、投篮，甚至还能拥有拥抱、摸头等各种福利。

冯相的粉丝胆子大，居然直接问："哥哥，我能拥有一个电视剧里那样的公主抱吗？"

冯相欣然同意，大大方方伸出强壮的手臂，搂起女粉丝，甚至带着她绕场一周。女粉丝脸颊通红，观众席里更是爆发出一阵哗然，柠檬酸气直冲云霄。

见状，被点选出来互动的孟雨繁粉丝眼睛也亮了，她看向孟雨繁，羞羞答答地问："崽崽，我想……"

话没说完，但意思大家都懂。

面对那含情脉脉的目光，孟雨繁一个寒战，眼神下意识地飘向了场边的杨笑。

## 番外二 公开秀恩爱

监控台旁，杨笑戴着耳麦、手里攥着对讲机，保持着营业性微笑遥望着他。

孟雨繁只觉得一股寒意顺着脊骨往上爬，他立刻收回视线，打断粉丝的话："抱歉，我卖艺不卖身。"

粉丝：你在说什么……

其他选手：想啥呢……

主持人：无语了……

杨笑：呵，算你识相。

主持人见气氛有点僵，眼珠一转，立刻活跃气氛："看来我们孟同学有些矜持啊，不好意思公主抱。"

主持人给他找了个台阶下，哪想到孟雨繁立刻否认："不，我不是不好意思！"孟雨繁的脑袋摇成小旋风，"这场比赛我女朋友也在看，我不能和其他女孩子搂搂抱抱！"

粉丝："啊！"

全场一静。

其实，粉丝们隐隐约约都知道孟雨繁是"名草有主"的，虽然他的手腕上没有小皮筋，但是他戴着一根手工编织的手绳啊，那手绳上还挂了一枚小小的吊坠，就连他比赛时都没有摘下过。这么重要的手链，一定是重要的人送的。

孟雨繁是运动员，不是偶像，也没有什么不能恋爱的规定，只不过他之前从来没在公开采访里谈到过女朋友，女球迷们便刻意忽视掉这个事实。

但是今天，在全国巡回表演赛的最后一场，孟雨繁当着现场五千名观众、当着直播镜头说出了这番话，宣告要对自己的女朋友忠诚……不知今晚有多少粉丝要心碎了。

场外，杨笑也没想到这傻小子居然会直接说出了真相。她甚至能听到观众席上粉丝们嗡嗡的议论声，她的正上方刚好是孟雨繁的粉丝区，粉丝们原本正摇着手幅，现在手都僵在了空中，摇都摇不动了，只剩下两个兢兢业业的站姐还在按着相机快门，可是看她们咬牙切齿的表情，

## 男友请就位

实在太像是恶婆婆。

杨笑头痛不已,这傻子,不和她商量就在节目里公布这种事,幸亏这是最后一场比赛了!虽然她满腹抱怨,可是她更无法欺骗自己,她心里就像是海浪一般不住地翻腾,而每一朵浪花,都是开心的。

站在她旁边的周绘轻笑一声,挑眉揶揄:"看来你眼光不错,够男人的啊!"

"什么啊,"杨笑嘴硬,"还是个小屁孩呢。"

节目组原本为这次告别比赛准备了三个小时的时间,哪想到现场观众太过热情,迟迟不愿散去,又是硬拖了半个多小时。

粉丝们聚集在散场口的位置,等候着自己支持的球员出来,他们抱着应援手幅、礼物、手写信等等,翘首以盼,即使工作人员三令五申不能送贵重东西,可依旧挡不住粉丝们的热心。

球员们从休息室走出来时,粉丝们一声尖叫,全部围了过去。

从休息室到接送大巴只有短短一百米的距离,可这段路却走得格外艰难,走走停停、停停走走,球员们都被这群还不到他们胸口高的粉丝堵住了!一眼望过去,全是汹涌的头顶,就连成名许久的冯相看到这一幕,都不禁感到头皮发麻。

在所有的球员中,孟雨繁身前的粉丝是最多的。

"崽,你真的有女朋友了吗?"

"崽崽,她是你同学吗?"

"你们不会要结婚了吧?"

小姑娘们普遍都是一米六左右的身高,踩上高跟鞋也不过一米七多,按理说,孟雨繁一米九六的身高可以轻轻松松地突破防线,可是他哪里舍得对这群泪眼汪汪的小女生下手?

他就算在球场上被五个人缠住,都没有现在为难!

眼见球员们无法顺利离开,工作人员立刻派遣保安过去维持秩序,可是保安个子也矮,站在球员身前,简直像是羚羊想去保护长颈鹿一样自不量力。

## 番外二 公开秀恩爱

没一会儿,保安也被粉丝们冲散了。

人潮汹涌,不停地挤来挤去,后面推前面、左边顶右边,很快,场面开始失控了……

"这样下去会出踩踏事故的!"杨笑当机立断,吩咐道,"所有男同事跟上我,咱们赶快过去!"

说罢,她一马当先冲在了最前面。

他们这些工作人员入场后,原本混乱的人群确实得到了短暂的平静。他们都穿着工作服、身上挂着工牌,粉丝看到《篮板之王》的标志后,都会下意识地避让。

眼看激荡的人群重新安静下来,杨笑攥紧的心终于稍稍松了一口气。

"大家都别挤了!不要拉拽球员,不要送礼物!"杨笑一边说着,一边向着球员的方向前进,"请让让,让出一个通道,让球员安全离开!"

眼看,她距离孟雨繁只剩下不到一米的距离,两人的视线隔着汹涌的人潮相触。

可在这关键时刻,不知是谁喊了一句:"节目已经结束了!咱们干吗要听她的?"

这句话宛如烈火浇油,瞬间让人群重回躁动。

下一秒,沸腾的粉丝群又一次冲向了球员!你推我搡,互不相让,伴随着尖叫声、拍打声、哭泣声、大笑声……会聚成了一团,震得杨笑耳膜嗡嗡作响。

人群失控了!

杨笑勉力和工作人员组成人墙,可她不过一个身材瘦弱的女孩,哪里抵得住激动的人群?忽然,一阵大力撞上杨笑的肩膀,她瞬间丧失平衡,踩着高跟鞋的脚往旁边一扭,身子便倒向了人群间!

"啊!"她只来得及惊呼一声,眼看就要被人群淹没。

站在她身旁的同事吓坏了,若她倒下,势必要引发踩踏事故!他们迅速扑了过去,可人群却拖慢了他们救援的脚步——

就在这千钧一发之际,一双大手从旁伸出,稳稳地攥住了女孩纤瘦的手腕,把她自困境中救出。

时间仿若定格。

嘈杂的声音远去,狂涌的人群远去,烦躁与喧嚣都远去了。

杨笑被她的男孩拥入了怀中。

杨笑在他怀里仰起头,有些愣怔地望着他。

"受伤了吗?"孟雨繁低声问。

"好像……好像脚扭到了。"杨笑回答。

孟雨繁点了点头,神色看似平静,可是下一秒,他直接弯下腰——杨笑身子一轻,居然就被他打横抱了起来!

他炙热的手掌就贴在她的腿上,滚烫的,温柔的。

这一瞬间,原本远离他们的噪声又回到了她的耳畔。

她倚在他的胸口,他的身上还带着刚刚运动后的热意,汗味与阳光的香气混合在一起,这是她最熟悉的味道。

"抱紧我。"他口中的热气吹拂在她耳边,语气中带着命令。

杨笑仿佛被他蛊惑了一样,真的伸出手去,环住了他的肩膀。

快门声响起。

杨笑和孟雨繁顺着声音的方向看去,只见一个站姐正举着沉重的相机对准他们。

那几道快门声像是什么开关一样,周围人群也被带动起来,每个人都举起手机对准他们,闪光灯此起彼伏,晃得杨笑睁不开眼睛,她完全没有余暇去仔细数一数,到底有多少个镜头对准了他们两人。

孟雨繁迈开步子,一步步向着人群外走去。

而在他的怀里,杨笑脸色涨红,偏偏她还要故作正常,说着只有自己才信的虚言假语:"孟同学,我没事的,你把我放下来吧。"

周围有议论声响起。

"这女的是谁啊?"

"工作人员吧?戴着胸牌呢。"

"我认识她!这是节目组的负责编导,是节目的二把手!"

"原来如此!要不然孟雨繁对她这么好呢,看她崴了脚,就急急忙忙出来献殷勤,敢情是在装好人呢。"

"呸，瞎说什么呢！我们崽崽人帅心善，这是学雷锋做好事！再说了，节目都录完了，他不用在这时候装好人！"

繁杂的噪声灌入耳朵，杨笑一时头大，立刻对孟雨繁说："你快把我放下来！"

孟雨繁脚步一顿，可并未把她放下，而是抱着她往上托了托，让她靠得更舒服一些。

做完这一切，他低头看向那几个吵成一团的粉和黑。

接近两米的身高宛如一座高山，投下的阴影遮住了那群人的嘴巴。

"我当然不是什么好人。"孟雨繁扬眉，满脸骄傲，"我是她爱人。"

她遮遮掩掩藏了这么久的地下爱情，就这样曝光在所有人眼前了！

她有一肚子的脏话想说，可是看着孟雨繁满脸炫耀的模样，杨笑只能把所有的话化成了一声叹息。

算了。

杨笑把通红的脸颊藏在孟雨繁的颈窝里。

这一次，就让她当个逃兵吧。

番外三
# 关于爱情的三个瞬间

**第一个瞬间——同居**

杨笑和孟雨繁决定正式同居了。

杨笑和唐舒格商量后,退掉了两人的合租房,搬到了电视台旁边的小公寓里。

其实她和孟雨繁已经同住很久了,但这一次,她是真的真的搬进来了。

衣柜里多了她四季的衣服,玄关多了一个新的鞋柜放她的高跟鞋,阳台多了台迷你洗衣机专洗内衣裤……一点一点地,这个房子逐渐有了家的味道。

杨笑和一个身高超过自己三十厘米的男人住在一起,总会有些不方便。

比如,在杨笑正式搬进来之前,阳台的晾衣架是固定在房顶上的,没有办法升降,毕竟那个高度对于孟雨繁来说,只要稍微伸伸手就能摸到,可是杨笑每次晾衣服,都要搬着凳子爬上爬下。

后来,孟雨繁包揽了晾衣服的重任。

再比如,卧室的床大得吓人,杨笑刚住进来那段日子,每天晚上都做噩梦,梦见自己在森林迷路,怎么都找不到出口。至于被子,那就更大了,一般的双人被是一米八、一米九的,可是孟雨繁的被子是特别定制的,宽两米、长两米五,杨笑每次换被罩,都累得气喘吁吁。

后来,孟雨繁包揽了换被罩的重任。

还比如,孟雨繁用的雨伞都比正常的大一个尺码,普通的折叠伞根本罩不住他的身体，他只用直柄伞，张开像是一座屋顶、收起来像是一柄剑。有一次下雨，杨笑要去小区门口取快递，就随手拿了孟雨繁的雨伞去，结果快递小哥同她开玩笑："姐，你怎么把保安岗亭的遮阳伞偷来啦？"杨笑气到心塞。

后来，孟雨繁包揽了取快递的重任。

杨笑问孟雨繁："咱俩同居这么久，一直是我在提要求、提问题，你呢，你有没有觉得哪里不方便？"

孟雨繁认真思考了好久——杨笑比她矮这么多，给他的生活带来了不便吗？

没有，完全没有。

她关不上窗户叫他帮忙，很可爱；她够不到橱柜最顶层，很可爱；她在门后挂外套时需要踮起脚，很可爱；她炒菜时需要踩着小凳子，很可爱。

她身高只有一米六八，在他眼里什么地方都可爱。

不过，要是让笑笑姐知道他在心里偷偷叫她"小矮个儿"的话，她肯定会生气的。

思来想去，孟雨繁终于想出来一点。

"笑笑姐，咱家浴室的花洒不是上下可调节的那种吗？"他伸手比画了一下，"你每次用花洒，都把它调得很低，我洗澡的时候，那个花洒只能喷到我胸口。"

杨笑爽快地说："OK，我记下了！"

**第二个瞬间——吵架**

孟雨繁和杨笑吵架了，说起来都是鸡毛蒜皮的小事，但就是因为那一点小得不能再小的事，两个人在家里上演了全武行。

孟雨繁撅了杨笑的十支口红。

杨笑戳漏了孟雨繁的三双球鞋。

孟雨繁气坏了，控诉道："你居然戳我的球鞋！"

## 男友请就位

杨笑一叉腰："你的球鞋都是我买的！我爱戳哪双戳哪双！我还没说你居然敢撅我的口红，好大的胆！"

孟雨繁终于抓到了她的把柄，得意扬扬道："你的口红也是我买的！我想撅哪根撅哪根！"

杨笑一下子说漏了嘴："胡说！你给我买的死亡芭比粉、死亡荧光黄、死亡电光紫我早在咸鱼上打包卖掉了，你撅的都是我自己买的！"

孟雨繁静默了，他受伤了，原来他送她的口红，她居然全都拿去卖掉了！而这带来的精神伤害，远比她戳漏了他的球鞋还要难受。

他一气之下离家出走，大半夜跑去公园球场发泄。

公园球场向来是高中生的聚集地，不过现在已经是深夜了，孩子们早就散去了，只剩下几个矮、胖、颓、宅的中年男人还在篮框下找乐子。

自从上了节目，孟雨繁也算小有名气了，走到哪儿都有人同他打招呼、合影。不过他的红只是在年轻人里小范围的红，对于这群半夜三更跑来公园打球的中年男人来说，他只是个陌生人而已。

孟雨繁问："能带我一个吗？"

拿球的那个中年人把球传给他，就算允许他加入了。

这是孟雨繁第一次在街边打养生篮球，所谓养生篮球，重点不在篮球，重点在养生。

大家慢悠悠地传球，慢悠悠地带球过人，慢悠悠地投篮……现在办公室生活太枯燥，微信步数一天不超过一百步，只有晚上来篮球场遛遛弯，才能让微信步数排名不垫底。

孟雨繁一边打球，一边听那群中年人聊天。

人到中年，各有各的烦恼，车子、房子、票子、孩子、妻子，样样都要发愁。

这个说："孩子学校组织夏令营去美国，半个月要交五万块，老婆说不能让孩子输在起跑线上。"

那个说："老丈人生病住院，妻子二胎待产……每天两个病房来回跑，烦。"

第三个说："家里催婚，我现在每个周末要相六次亲，大家都是骑驴找马。"

几个人诉了一圈苦,最后不约而同地把视线集中在了孟雨繁身上。

"你呢?小伙子,你大半夜跑来打球,遇到什么事了?"

孟雨繁发了一会儿呆,右手机械性地拍打着篮球,忽然,他把篮球往篮框方向一扔,转身就跑。

那只篮球在夜空中划过一道漂亮的抛物线,在路灯的注视下,空刷入网,又嘭一声落到了地上。

杨笑蹲在鞋柜前,望着被她戳漏气的三双球鞋,发愁地在手机上百度"球鞋漏气了怎么办""闲鱼上转卖的口红还能追回来吗""男朋友生气了怎么哄"。

吵架的时候她倒是很爽,可是吵完了,后悔了。想到孟雨繁跑出门时那受伤的表情,杨笑心底的愧疚噌噌往上冒。

果然是吵架一时爽,追夫火葬场,只听说轮胎漏气可以补胎,没听说气垫鞋漏气还能补上的。

她正犯愁呢,忽然,防盗门被拉开了。

孟雨繁身上带着一股深夜的寒意,他直接扑过来,把她紧紧抱在怀里。

杨笑吓了一跳,条件反射地回抱住他:"你去哪儿了?怎么身上这么凉?大半夜跑出去不带手机,我还以为你今晚不回来了。"

孟雨繁突然飞来一句:"我喜欢和你吵架。"

杨笑:"……哈?"

孟雨繁:"和你吵架,真有安全感。"

杨笑:"……哈?"

孟雨繁:"虽然你卖了我送你的口红,还戳烂了我的球鞋,又和我吵架,但是我好爱你啊!"

杨笑:"……哈?"

青年用一双狗狗眼可怜巴巴地看着她:"难道你和我吵了一架,就不爱我了吗?"

杨笑毫不犹豫，赶忙点头："爱，当然爱，永远爱。"

像爱冬天的热奶茶那样爱，像爱清晨照在枕头上的那束光那样爱，像爱一本绝顶有趣的侦探小说那样爱。

正是因为爱，他们才会因为鸡毛蒜皮的小事吵架，他会一气之下离家出走，她会蹲在屋里独自懊恼。

若是不爱的话，这些乱七八糟的心思，也就不复存在了。

**第三个瞬间——发胖**

唐舒格成为全职作家后，变得愈发宅了，有时候她忙着赶稿，连狗都没时间遛，只能把大圣送到杨笑家。

这天一见面，唐舒格就大呼小叫地说："笑笑，你的脸怎么变得这么圆，你的肚子怎么变得这么鼓……天啊，你不会是怀孕了吧！"

杨笑尴尬地摸摸肚子："这不是怀孕，这是比萨。"

孟雨繁最近在赛期，吃东西必须严格控制，每天只能吃水煮鱼肉、牛肉、鸡肉，但是他特别馋，每次回家都大包小包买一堆吃的，他自己不能吃，又不想浪费，干脆让杨笑吃。

杨笑本来没有吃夜宵的习惯，硬是被孟雨繁"培养"出来了这个坏习惯。

杨笑周一吃烤串，周二吃手抓饼，周三吃凉皮，周四吃炸鸡……

她吃着吃着，就吃出了小肚子。

杨笑从唐舒格手里接过狗绳，长舒了一口气："这段时间大圣就住在我家了！我以后早上遛它一次，晚上遛它一次，我身上的肥肉很快就能下去了！"

结果事与愿违，杨笑只坚持早起了两天，就再没爬起来遛狗。

遛狗的重任交付在了孟雨繁身上。

他早晚都要长跑，他把大圣的狗绳套在手腕上，带着大圣一起跑，每天他的微信步数都是朋友圈第一。

一周后，唐舒格急匆匆地把狗接走了。

## 番外三 关于爱情的三个瞬间

杨笑茫然地问:"不是说你最近要赶稿,没时间遛狗吗?"

唐舒格回答:"你家孟雨繁每天要跑一万多步,我不知道他身体受不受得了,我觉得狗的身体肯定受不了!"

仔细看看,好像大圣来他家这段时间,确实累瘦了……

不过,孟雨繁只有赛季才会这么辛苦,在非赛季时,他的体重直线上升,漂亮的巧克力腹肌从八块变成了一块。

等到唐舒格再和他们见面时,差点没认出他们来。

唐舒格震惊道:"等等,我只听说结婚使人发胖,怎么谈恋爱也会使人发胖?"

孟雨繁嘿嘿傻笑。

唐舒格又看向闺密,盯着她小腹上的赘肉,问她:"这次你肚子里的是什么?汉堡?炸鸡?奶茶?"

"都不是。"杨笑清清嗓子,吐出三个字,"是孩子。"

唐舒格:"啊?"

杨笑说:"没错,我怀孕了。"

番外四
# 关于婚礼

在验孕棒上显示出两条杠的第二天,杨笑和孟雨繁急匆匆去领了结婚证,连日子都没有挑。

结果非常巧合的是,这一天居然是两人第一次见面的日子。

果然,这世上一切都是命中注定的。一年前的杨笑无论如何都不会想到,她会和当初找来的假男友走进婚姻殿堂。

走出民政局的那一刻,杨笑看着户口本上的"已婚"红章,还来不及适应新的身份,孟雨繁已经急匆匆地开始计划起婚礼的事情了。

杨笑只想简单操办,可孟雨繁却非常固执,一定要给她一场浪漫而盛大的婚礼不可。

因为杨笑怀了孕,孟雨繁怕累到她,干脆把所有事都抓在手里,一手操办。

孟雨繁许诺:"你什么都不需要操心,你只要当天漂漂亮亮地出现在婚礼现场就够了!"

婚礼选在郊外的一个度假庄园,日期定在元旦。

杨笑问:"我认识的同事朋友办婚礼,都要提前一年选定位置,你怎么能临时选择到这么热门的地方?"

孟雨繁谦虚地说:"因为我是富二代。"

本场婚礼伴娘伴郎各选两人,花童一名,花狗一条。

不用说,花狗自然是金毛犬大圣,他们还给它约了个美容洗澡SPA修毛一条龙,到时候保证把它收拾得漂亮利落,成为整个婚礼最靓的崽。

花童他们邀请了后卫大哥的女儿,她今年六岁,上一年级。因为爸爸妈妈都是篮球运动员的缘故,她身高早早突破了一米五,比同龄人高

番外四 关于婚礼

了一大截。

丁蛮被逮捕后，后卫大哥把丁蛮送上了被告席，要追究他在赛场上故意伤人的责任。丁蛮败诉，赔了一笔钱出来，后卫大哥拿着那笔钱"提前退休"，离开了原来的球队，现在在一家儿童教育机构做儿童体能训练师。虽然比不上以前风光，但时间充裕，有更多的时间陪女儿了。

至于伴娘组，杨笑把请帖递给了刘悦月和唐舒格。

刘悦月接到请帖后，陷入了忧愁之中。

杨笑见她愁眉不展，问她："怎么了？是时间排不开吗？不方便的话直说，不用不好意思拒绝我。"

"杨姐，你选伴娘选到了我，我真的特别激动、特别开心、特别幸福，可是……"刘悦月期期艾艾地说，"到时候，我不就成了全场最矮的人啦？大孟请的伴郎，应该是他认识的篮球队队员吧？我才一米五五，我站在两米高的伴郎身边，不知道的还以为伴郎拎了个水壶呢！"

杨笑万万没想到她会因为身高问题而感到困扰，劝了她好久，刘悦月终于豁出面子，接受了。

不出所料，孟雨繁请的伴郎正是徐冬和冯相。

杨笑："说起来，徐冬的爷爷身体怎么样，徐冬最近在做什么？还要继续打篮球吗？"

孟雨繁："他爷爷病情还算稳定。徐冬打算考公，去体育局。"

杨笑："考公？"

孟雨繁："他文化课成绩好，毕竟他是我们队里唯一一个本科就过了英语六级的人！"

这倒不失为一个不错的结局了。

杨笑："说起英语六级，你去年的英语四级过没过？我当初辅导了你这么久，怎么没见到你的四级证？"

孟雨繁顾左右而言他："呃……咱们不是在说伴郎伴娘的事情吗？"

杨笑不想嫁了。

她一个英语专八不想嫁给一个英语四级都没过的学渣！

试纱那天，新郎、新娘、伴郎、伴娘齐齐出动。

伴郎伴娘第一次见面，场景格外尴尬。

徐冬见到刘悦月后，有些好奇地问："花童今天也来试衣服？"

刘悦月跳起来，猛踹徐冬膝盖。

徐冬惨烈阵亡。

另一边，唐舒格拿着纸笔围着冯相团团转。

冯相以为自己遇到了女粉丝，得意地问："怎么，想要签名？"

哪想到唐舒格不按常理出牌，反问他："谁要谁签名？你想要新锐言情女作家的签名吗？"

冯相莫名其妙："你不要我的签名，那拿着纸笔围着我转什么啊？"

唐舒格："我在为我下篇文做储备，我看到你就觉得灵感顿生。下篇文讲的是一个花花公子穿越到金庸世界，然后用科学技术改变武侠世界，建功立业，造肥皂、造玻璃、造药厂……"

"哦？那你可要多给我安排几个女主角，什么刁蛮郡主啊、邪魅女魔头啊，温柔圣女啊，体贴小侍女啊……我看直接穿越成韦小宝就不错。"

"你误会了。"唐舒格诚恳地说，"你魂穿之前练了辟邪剑法。"

唐舒格和刘悦月第一次见面就一见如故，因为她俩的手机屏幕居然是同一个偶像！

两人执手相看泪眼。

唐舒格尖叫："你看老公的新 MV 了吗？隔着屏幕我都要被我男人的荷尔蒙击晕了！好帅，好酷，好绝一男的！"

刘悦月也在尖叫："当然看了！我女儿世界最美，宇宙最娇，妈妈的小公主，姐姐的好妹妹！"

唐舒格："……呵呵。"

刘悦月："……呵呵。"

两人仅存在三秒的友谊就这样破灭了。

杨笑听她们吵得天地变色，不得不出来主持公道。

"你们俩不是喜欢一个偶像吗？你也喜欢他，你也喜欢他，你俩为什么不能成为朋友呢？"

唐舒格义正词严："泥塑粉猪油蒙心，我和她没什么好讲的。"

刘悦月冷哼一声："呵呵！我偶像女扮男装的可能性，可比他娶你的可能性大多了。"

杨笑："额……"

她当初就不该选两个伴娘。

她们吵归吵，但并没有耽误正事，杨笑在几件婚纱之间犹豫不定，最后在伴娘的建议下选了一件造型典雅素净的鱼尾婚纱，没有夸张的大拖尾，没有闪闪发亮的水钻，也没有繁复的蕾丝……

丝绸勾勒出女孩玲珑的曲线，细细的吊带扣在纤瘦的肩膀上，胸口位置的布料层层堆砌却又不显得累赘。整件婚纱干净又优雅，把她衬得像是一株盛放的百合。

小夫妻商量着写客人名单。

杨笑请一桌同学，请一桌同事，请一桌朋友，再加上杨爸杨妈那边的亲戚和同事，她最后列出来六桌。

孟雨繁能请的只有同学和队友，两桌就能坐下，可是孟爸孟妈那边，却给了他们一个十足的"大惊喜"。

他们居然列出了一张长长的清单，宾客足有五十桌！从公司往来的合作伙伴，到公司里面的员工，他们恨不得昭告天下：他们儿子要结婚啦！

孟雨繁无奈："爸，妈！你们这么搞下去，干吗不直接把我的婚礼办在公司年会上？"

孟爸居然当真了："咦？你们想在公司年会上举办婚礼吗？倒也可以。"

孟雨繁把那张名单全划掉了，搞得孟爸爸可惜了好一阵。

其实杨爸爸杨妈妈知道孟家这么有钱之后，很是吓了一跳。亲家这么有钱，他们这算不算高攀啊？

杨爸爸感叹道："没想到我一把年纪了，还有父凭女贵的一天！"

杨妈妈说，杨爸爸最近在看一个讲后宫斗争的小说。还是个女尊文。

接亲那天，杨笑和姐妹团说好，不准搞那些奇奇怪怪的游戏，千万不要折腾人，意思意思就成了。

程姬翻了个白眼："说来说去，你就是心疼呗。"

杨笑坦然："我老公，我当然心疼！"

杨家的亲戚们其实设置了不少关卡，哪想到新郎带着一帮两米高的大小伙子横冲直撞地冲进来，杨家亲戚被杀得片甲不留。

杨笑的舅舅："这帮土匪是来抢亲的吧！"

姐妹团只保留了一个游戏，那就是找婚鞋。只有穿上婚鞋的新娘，才能被新郎接走。

姐妹团把婚鞋藏在了一个很难找的地方，除非孟雨繁拿出足够打动她们的红包，她们才会告诉他线索。

孟雨繁进屋后，看看杨笑光溜溜的小脚丫，他淡定地打了个响指。

伴郎拿过来一个鞋盒——没错，孟雨繁自带了一双婚鞋！

杨笑："……不是球鞋吧？"

还好不是球鞋，杨笑可不敢想象自己穿着球鞋走上红毯的傻样。

孟雨繁选了一双亮晶晶的银色婚鞋，鞋花是一朵水晶玫瑰。它真的很美，它也真的好贵。

孟雨繁单膝下跪，给杨笑穿上了婚鞋，然后用公主抱的姿势把她抱出了娘家。

这是结婚时的一个小习俗，新郎接亲时，新娘的脚不能落地，新郎只能背着或者抱着。

因为杨笑肚子里有了小宝宝，小腹微微隆起，孟雨繁担心压到宝宝，于是用公主抱的姿势把她抱了出去。

可杨笑身上的丝绸礼服太滑了，孟雨繁还没走出房门，杨笑就从他怀里往下滑。

孟雨繁吓得赶快把她往上颠了颠。

"嘭！"杨笑的头撞上了房顶的灯。

个子高的男人不适合玩浪漫。

## 番外四  关于婚礼

么不能成为朋友呢？"

唐舒格义正词严："泥塑粉猪油蒙心，我和她没什么好讲的。"

刘悦月冷哼一声："呵呵！我偶像女扮男装的可能性，可比他娶你的可能性大多了。"

杨笑："额……"

她当初就不该选两个伴娘。

她们吵归吵，但并没有耽误正事，杨笑在几件婚纱之间犹豫不定，最后在伴娘的建议下选了一件造型典雅素净的鱼尾婚纱，没有夸张的大拖尾，没有闪闪发亮的水钻，也没有繁复的蕾丝……

丝绸勾勒出女孩玲珑的曲线，细细的吊带扣在纤瘦的肩膀上，胸口位置的布料层层堆砌却又不显得累赘。整件婚纱干净又优雅，把她衬得像是一株盛放的百合。

小夫妻商量着写客人名单。

杨笑请一桌同学，请一桌同事，请一桌朋友，再加上杨爸杨妈那边的亲戚和同事，她最后列出来六桌。

孟雨繁能请的只有同学和队友，两桌就能坐下，可是孟爸孟妈那边，却给了他们一个十足的"大惊喜"。

他们居然列出了一张长长的清单，宾客足有五十桌！从公司往来的合作伙伴，到公司里面的员工，他们恨不得昭告天下：他们儿子要结婚啦！

孟雨繁无奈："爸，妈！你们这么搞下去，干吗不直接把我的婚礼办在公司年会上？"

孟爸居然当真了："咦？你们想在公司年会上举办婚礼吗？倒也可以。"

孟雨繁把那张名单全划掉了，搞得孟爸爸可惜了好一阵。

其实杨爸爸杨妈妈知道孟家这么有钱之后，很是吓了一跳。亲家这么有钱，他们这算不算高攀啊？

杨爸爸感叹道："没想到我一把年纪了，还有父凭女贵的一天！"

### 男友请就位

杨妈妈说，杨爸爸最近在看一个讲后宫斗争的小说。还是个女尊文。

接亲那天，杨笑和姐妹团说好，不准搞那些奇奇怪怪的游戏，千万不要折腾人，意思意思就成了。

程姬翻了个白眼："说来说去，你就是心疼呗。"

杨笑坦然："我老公，我当然心疼！"

杨家的亲戚们其实设置了不少关卡，哪想到新郎带着一帮两米高的大小伙子横冲直撞地冲进来，杨家亲戚被杀得片甲不留。

杨笑的舅舅："这帮土匪是来抢亲的吧！"

姐妹团只保留了一个游戏，那就是找婚鞋。只有穿上婚鞋的新娘，才能被新郎接走。

姐妹团把婚鞋藏在了一个很难找的地方，除非孟雨繁拿出足够打动她们的红包，她们才会告诉他线索。

孟雨繁进屋后，看看杨笑光溜溜的小脚丫，他淡定地打了个响指。

伴郎拿过来一个鞋盒——没错，孟雨繁自带了一双婚鞋！

杨笑："……不是球鞋吧？"

还好不是球鞋，杨笑可不敢想象自己穿着球鞋走上红毯的傻样。

孟雨繁选了一双亮晶晶的银色婚鞋，鞋花是一朵水晶玫瑰。它真的很美，它也真的好贵。

孟雨繁单膝下跪，给杨笑穿上了婚鞋，然后用公主抱的姿势把她抱出了娘家。

这是结婚时的一个小习俗，新郎接亲时，新娘的脚不能落地，新郎只能背着或者抱着。

因为杨笑肚子里有了小宝宝，小腹微微隆起，孟雨繁担心压到宝宝，于是用公主抱的姿势把她抱了出去。

可杨笑身上的丝绸礼服太滑了，孟雨繁还没走出房门，杨笑就从他怀里往下滑。

孟雨繁吓得赶快把她往上颠了颠。

"嘭！"杨笑的头撞上了房顶的灯。

个子高的男人不适合玩浪漫。

杨笑:"以后你不准和孩子玩举高高的游戏!我怕他脑袋撞上吊扇!"

杨笑对即将到来的婚礼确实一点都没操过心,在婚车驶向酒店的路上,她忽然紧张起来,她让孟雨繁给她透露一下,可是孟雨繁什么都不说。

杨笑:"你至少可以讲一下入场歌曲是什么吧?不要选太催泪的,我是出嫁,不是出家,不想看我爸妈哭出来。"

孟雨繁神秘兮兮地说:"选了一个和你有关系的!"

《Can you feel the love tonight》,杨笑想破头也没想出来这首歌和自己有什么关系。

他们婚礼又不是晚上举办的。

"因为这是《狮子王》的主题曲,而你是狮子座,你像狮子一样勇敢,我爱像狮子一样的你。"

好幼稚。

好浪漫。

孟雨繁送杨笑的那双又美又贵的婚鞋,实在太难穿了,杨笑穿了五分钟,就磨破了脚后跟。

真是鲜血染红的风采。

最后实在没办法,孟雨繁贡献了自己大得像船一样的球鞋。

最后,她还是穿着他心爱的篮球鞋,嫁给了自己最爱的男人。

【全文完】

图书在版编目（CIP）数据

男友请就位：全2册/莫里著. -- 南京：江苏凤凰文艺出版社，2022.1
ISBN 978-7-5594-6349-4

Ⅰ.①男… Ⅱ.①莫… Ⅲ.①言情小说－中国－当代 Ⅳ.①I247.5

中国版本图书馆CIP数据核字(2021)第213598号

## 男友请就位：全2册

莫里 著

责任编辑　王昕宁
特约编辑　马春雪　夏君仪
装帧设计　卷帙设计
责任印制　刘　巍
出版发行　江苏凤凰文艺出版社
　　　　　南京市中央路165号，邮编：210009
网　　址　http://www.jswenyi.com
印　　刷　天津鑫旭阳印刷有限公司
开　　本　880毫米×1230毫米 1/32
印　　张　19.75
字　　数　575千字
版　　次　2022年1月第1版
印　　次　2022年1月第1次印刷
书　　号　ISBN 978-7-5594-6349-4
定　　价　69.80元（全2册）

江苏凤凰文艺版图书凡印刷、装订错误，可向出版社调换，联系电话 025-83280257